Maria Regina Kaiser, 1952 in Trier geboren, arbeitete von 1976 bis 1986 in der Forschung an der Universität Frankfurt a. M. und ist seitdem als Autorin historischer Romane, Kriminalromane und Jugendbücher tätig. Sie lebt in der Nähe von Frankfurt a. M.

Maria Regina Kaiser

Der Sänger und die Ketzerin

Historischer Roman

Rowohlt Taschenbuch Verlag

Originalausgabe
Veröffentlicht im Rowohlt Taschenbuch Verlag,
Reinbek bei Hamburg, Juli 2006

Umschlaggestaltung any.way,
Barbara Hanke/Cordula Schmidt
(Abbildungen: Ketzerverbrennung
in Gegenwart Philipps II. von Frankreich © akg-images,
Sänger © Corbis/Michael Nicholson)
Karten Peter Palm, Berlin
Innengestaltung Lisa Poggel
Satz ITC Galliard PostScript (InDesign)
bei Pinkuin Satz und Datentechnik, Berlin
Druck und Bindung Clausen & Bosse, Leck
Printed in Germany
ISBN 13: 978 3 499 23499 6
ISBN 10: 3 499 23499 8

Zur Erinnerung
an den besten aller Lehrer
Professor Jaime Ferrero Alemparte
und an Britta Zimmermann
auf dem roten Felsen

Yo no digo mi canción
sino a quién conmigo va.

Ich sage keinem mein Lied,
nur dem, der mit mir geht.

Romance del Infante Arnaldos

Inhaltsverzeichnis

Vorspiel

Klirrend schlug das schwere Schwert auf den felsigen Boden, und der Conde begriff instinktiv, dass er verloren war. Keiner seiner Männer war mehr zu sehen. Die maurischen Bogenschützen hatten ihn weit vom Trupp seiner *Infanzones* und Fußleute abgedrängt. Der Helmschutz im Nacken war durch einen der Pfeile weggerissen, und das Blut lief ihm unter der Rüstung über den Rücken. Nicht, dass er sich schwach fühlte, im Gegenteil, jetzt, wo er wusste, dass es gleich zu Ende sein würde, erfüllte ihn eine abgehobene Tollkühnheit. Keinesfalls wollte er dem Gegner lebend in die Hände fallen. Er hätte gerne noch einen Feind getötet, allerdings war er ohne jede Waffe. Die Lanze war ihm gleich zu Beginn des Gefechts entrissen worden, der Schild von maurischen Säbelhieben zertrümmert und sein kostbares Schwert war ihm unter der Wucht des Zusammenpralls mit einem der Sarazenenkämpfer aus der seltsam zittrigen Hand gerutscht.

Don Julián sah kurz zum Himmel auf und empfahl seine Seele dem Herrn. Mindestens drei feindliche Reiter umdrängten ihn. Krampfhaft hielt er den kümmerlichen Rest des Schildes vor sich her und bohrte den Sporn in die Satteldecke, um den Halt nicht zu verlieren, nachdem auch der zweite Steigbügel abgerissen war.

Das Kind, das Domna Elvira in diesen Tagen zur Welt bringen sollte, würde er auf Erden nicht mehr sehen. Seine Lippen murmelten ein Gebet für Elvira. Für eine Frau würde es schwer sein, die Grenzen der Grafschaft allein zu verteidigen. Noch nicht einmal dreißig, schoss es ihm durch den Kopf, und schon zum Sterben verurteilt. Und es war ungerecht und grausam, dass er sein Kind nie kennen lernen würde.

Der Fremde war aus dem Nichts aufgetaucht, ein riesenhafter Kerl mit groben Gesichtszügen auf einem heruntergekommenen Maultier, ein *Peón*, ein Bauer. Nie zuvor war er ihm begegnet, es war keiner von den Leuten aus Vallderonca. Mit schnellen Bewegungen rammte er den Moro-Kriegern, die Don Julián fast aus dem Sattel gehoben hatten, die Lanze zwischen die Schulterblätter. Wirklich, der Mann verstand sein Handwerk, die *Noblessa* gebot, ihn reich zu belohnen. Gott hatte ihn geschickt wie einen seiner Engel, und vielleicht war er sogar einer von ihnen.

Julián, geschwächt und zittrig durch den Blutverlust, war danach, in Tränen auszubrechen.

«Wollte immer schon so eine Klinge haben, bessere Schmiedearbeit gibt es nirgendwo. Meine letzte hab ich verkauft. Seid ruhig, Senhor, es waren nur die drei», sagte der Hüne in einem ländlichen Dialekt. «Der Rest ist weiter drüben flussaufwärts hinter den Königlichen her.»

«Wie ist die Schlacht ausgegangen?»

«Weiß nicht, sah aber nicht gut aus für die Unsrigen.» Er nahm sich die Zeit, den Getöteten die Waffen abzunehmen, zwei Säbel, die geflochtenen Schilde, die kunstvollen Bogen aus biegsamsten miteinander verleimten Holzstücken und die zierlichen Köcher mit den Pfeilen. Ein Engel, dachte Don Julián, hätte allerdings nicht mit solcher Gier nach den Waffen gegriffen. Seelenruhig befestigte der Mann seine Beute hinter dem Sattel des Maultiers und schwang sich wieder auf das Tier, das aussah, als würde es gleich unter der Last zusammenbrechen.

«Kommt, Senhor, lasst uns schnell zu den anderen reiten.»

Dann begriff er, wie schlecht es dem von ihm Geretteten ging.

«Hier, erfrischt Euch.» Er hielt ihm den Weinschlauch vor den Mund und spritzte ihm ein paar Schlucke zu, die Julián wie ein Verdurstender zu sich nahm.

«Ich bin Antoni», sagte der Fremde, als sei damit alles erklärt.

«Ich – ich bin der Conde von Vallderonca.»

«Ich hab mir's gedacht», erwiderte Antoni. «Da drüben bei den Büschen über dem Flussufer –»

Julián folgte seinem Blick.

«Sind das Eure Leute, Senhor?»

Heiliger Jaime Matamoros, heilige Jungfrau, sie waren es, Aslan und Oswaldo, die Infanzones und die Männer vom Fußvolk, sie waren offenbar wohlbehalten und weitgehend unversehrt.

Don Julián nahm den Helm ab und hängte den Lederriemen an den Halteknopf seines Brustpanzers. Oswaldo hatte die Wunde in seinem Nacken mit Wein ausgewaschen und notdürftig verbunden, nachdem die Blutung gestillt war. Der Conde hatte etwas Brot und Wein zu sich genommen, fühlte sich aber immer noch schwach. Erschöpft wischte er sich den Schweiß von der Stirn und spähte hinüber zu den Felsen über dem Fluss.

«Da sind nur die Zigeuner, Senhor», sagte Antoni, der neben ihm auf seinem Maultier ritt, «die tun uns nichts. Macht Euch keine Sorgen. Von dort ist kein Angriff mehr zu erwarten.»

Der Conde schüttelte grimmig den Kopf. Nein – der Gegner war überall und nutzte den kleinsten Vorteil. Don Julián hatte seinen Schimmelhengst schon gewendet und sprengte kurz entschlossen die Böschung hinab. Antoni setzte langsamer hinterher, gerade so, als gehöre er durch seine Heldentat zu den engsten Gefolgsleuten Don Juliáns. Das Wasser war jetzt im Hochsommer niedrig und ging dem Pferd nur bis an die Kniekehlen. Julián sah kurz zurück und stellte mit Befriedigung fest, dass seine Männer ihm folgten, allen voran Oswaldo, der Zwerg. Er war ein guter Reiter und ein tollkühner Kämpfer, obwohl niemand ausgerechnet von ihm, dem Verwachsenen, ritterliche Taten gefordert hätte. Oswaldo preschte durch das niedrige Wasser zu seinem Herrn, eifersüchtig den Fremden beobachtend. Hinter Oswaldo ritt der dunkeläugige Page Aslan, ein halbes Kind noch, den er lieber zu Hause gelassen hätte. Aber Aslan war heimlich dem Trupp des Conde hinterhergeritten. So jung und schon so versessen darauf, in der Schlacht mitzuhalten. Im Grunde genommen war es Don Julián nicht unrecht gewesen. Er war das einzige Kind eines alten Kampfgefährten, dem er sich verpflichtet fühlte.

«Seid vorsichtig, Senhor», warnte Oswaldo. «Setzt lieber den Helm auf!»

Vom Feind war am anderen Ufer nichts zu sehen. Auch auf der Höhe über den Höhlen bewegte sich nichts. Ein paar Rabenkrähen kreisten hoch oben, und noch höher über ihnen waren Falken, aber das musste nichts heißen. Kein Lüftchen ging. In der drückenden Hitze roch man das sich zersetzende Blut, die Exkremente und all die Gerüche, die kurz nach der Schlacht schon in der Luft lagen und die sich danach mit jeder Stunde bis zur Unerträglichkeit steigern würden. Es stank jetzt wie im Vorzimmer des jüdischen Arztes von Vallderonca. Trotz der Sauberkeit, um die man sich dort bemühte, hing der Geruch nach Eiter und Blut und Verwesung im gesamten Haus, sodass das Pferd jedes Mal scheute, wenn es dort vorbeikam. Über den Steinen am Ufer flussaufwärts lagen Pferdekadaver und Leichen. Der Conde wendete die Augen ab.

Die Hände in die Hüften gestützt, stand eine dunkelhaarige Frau vor einer der Höhlen inmitten der Wasserlilien, als hätte sie die christlichen Krieger schon länger erwartet. Sie war von auffallender Schönheit. Langes schwarzes Haar fiel ihr bis zum Gürtel über die Schultern. Goldschmuck zierte ihre Stirn.

«Vorsicht», sagte der Peón und ritt auf sie zu, als wollte er sie über den Haufen reiten. Unerschrocken sah sie ihm in die Augen. Sie kreischte weder auf, noch wehrte sie sich, als Antoni sie vor den Conde zerrte.

«Lass sie los», befahl Don Julián.

«Da sind Waffen in der Höhle, seht Ihr nicht? Moro-Waffen.»

«Also, wo sind die Moros?», herrschte Don Julián die Zigeunerin an, während Antoni seinen Griff lockerte.

«Sie sind überall, nicht hier, da drüben auf den Höhen.» Die Frau lachte heiser auf. «Das da in der Höhle sind ein paar Schilde, die sie auf der Flucht zurückgelassen haben. Sie mussten vor den Christenkriegern fliehen.»

«Warum habt ihr sie bei euch versteckt?»

«Weil sie die Herren dieses Landes sind.» Sie sagte es mit einem feindseligen Unterton in der Stimme. «Seht zu, dass ihr davonkommt. Sie sammeln sich aufs Neue und werden gleich zurück sein.»

«Sie hat Recht», ließ sich Oswaldo vernehmen.

«Reite zurück zu deiner Burg und begrüße deinen Sohn, den deine Frau heute Morgen geboren hat.»

Das Zauberwort, sie hatte es gefunden. Don Julián vergaß, wo er war, und trat näher. Unfassbar, dass die Frau wusste, dass er Domna Elvira hochschwanger zurückgelassen hatte.

«Was weißt du noch?»

Ein durchdringender Blick aus dunklen Augen traf ihn.

«Kommt hinein, hierher ans Feuer. Ich werde euch sagen, was ich sehe, dir, dem Conde, und dir, dem Peón. Du bist reich und vornehm, und du bist ein armer Teufel, und doch seid ihr durch das Geschick miteinander verbunden. Ein Windstoß hat euch zusammengeführt, und ein Windstoß reißt euch wieder auseinander. Ihr kennt euch nicht und werdet euch nicht kennen lernen –»

Das war der Moment, in dem Don Julián alle Moros in Al-Andalus vergessen hatte. Wie hypnotisiert lauschte er den Worten der Zigeunerin. Sie legte seine Hände in die des Kerls, den er erst vor ein paar Stunden kennen gelernt hatte.

«Ich sehe deinen Sohn», sie sprach jetzt zu Antoni, «er ist rothaarig. Ich sehe ihn – als Mann. Er reitet in der Rüstung des Königs von Aragon.»

Auch Antoni stand wie erstarrt.

«Der Rotschopf ist Martí», murmelte er. «Sagtest du König?»

«Und mein Sohn?», fragte der Conde, leicht irritiert. «Was wird aus ihm?»

«Welchen meinst du? Ich sehe einen großen und den Säugling –»

Wieder konnte der Conde es kaum fassen.

«Den Neugeborenen.» In Don Julián stieg eine Welle von Zärtlichkeit und Liebe auf für das Kind, das im Norden Kataloniens seinen ersten Schrei getan hatte.

«Er bereitet dir den größten Schmerz deines Lebens. Er wird seinen Bruder töten, danach wirst du nur noch ein blasser Schatten deiner selbst sein.»

Die Infanzones umdrängten den Conde und Antoni, alle waren sie fassungslos. Jeder hatte die Worte der Zigeunerin gehört. Don Julián stöhnte laut auf.

«Verdammte Hexe», sagte Antoni, unberührt von den Worten der Frau mit dem Schmuck aus Goldplättchen auf der Stirn, «ich glaub dir kein Wort.»

«Sprich weiter», stammelte Don Julián. «Was wird aus Vallderonca?»

«Vorsicht, Senhor. Wir sitzen in der Falle!», kreischte Oswaldo auf.

«Ich sehe Moro-Kinder, die auf dem Hof deiner Burg nach deinem Tod spielen!» Sie lachte hell auf. Antoni hatte sie wutentbrannt gepackt und würgte sie, ließ sie dann aber los und griff nach seinem Schwert. Aus allen Ecken der Höhle kamen Moro-Krieger und umringten die Katalanen. Don Julián schlug mit den nackten Fäusten um sich, es war keine Möglichkeit mehr, sein Schwert zu packen, so dicht umdrängten ihn die Feinde. Verdammt, warum hatte er nicht begriffen, dass die Höhle nicht nur aus diesem vorderen Teil mit dem Tisch und der Feuerstelle bestand? Offenbar gab es da ein unteres und ein oberes Stockwerk, die miteinander verbunden waren, wo sich die maurischen Truppen versteckt gehalten hatten. Doch für diese Einsicht war es zu spät. Armer Junge. Im Gedränge hielt Don Julián Ausschau nach dem Pagen Aslan. Zwölf Jahre alt und durch die Unvorsicht seines vergötterten Herrn in den dümmsten aller Hinterhalte geraten. Und heilige Jungfrau, welch einen Schrecken hatte ihm das Weib eingejagt. Natürlich musste sie mit dem größten Schrecken und dem größten Wunder aufwarten, um ihn von der Gefahr abzulenken – ein leicht zu durchschauender Trick. Er hätte gerne der Erleichterung nachgegeben, dass ihm eine solch schwarze Zukunft nun doch nicht bevorstand, wäre die Gefahr nicht so tödlich und hoffnungslos gewesen. Dann erschien plötzlich einer der Moro-Krieger direkt vor ihm und holte weit aus. Ein Schlag auf den Kopf ließ Don Julián fallen, fallen, fallen.

Der riesenhafte Antoni war auf seinem hageren Maultier davongeritten, ohne den Dank des Conde abzuwarten. Oswaldo pfiff leise durch die Zähne. Allein waren die Chancen größer, durch die Reihen der Feinde zurück zum Heer des Königs zu finden.

«Der Kerl ist nicht nur stark, sondern auch klug», sagte er leise zu Aslan. Mindestens zehn Infanzones aus Vallderonca lagen schwer verwundet oder tot in der Höhle. Nur dem wilden Peón verdankten sie es, dass sie davongekommen waren.

«Was sollen wir tun?»

«Frag nicht so dumm, wir müssen da hinüber.» Oswaldo wies auf den Sumpf vor dem Meer.

«In das Schilf hinein? Da – lauert der Tod.»

«Mag sein, dass wir das Fieber bekommen.» Oswaldo trieb sein Pferd an. Hinter ihm lag festgebunden der verwundete Conde. «Doch lieber später das Fieber als jetzt den Tod.»

Niemand folgte ihnen. Die Moros hatten vermutlich genug damit zu tun, ihre Verwundeten zu versorgen und die Toten zu bergen. Doch in Sicherheit fühlte sich Oswaldo erst, als sie den schützenden Schilfgürtel erreicht hatten. Er hielt sein Pferd kurz an, um nach dem Conde zu sehen, der schwach atmete und die Hände bewegte, was ein gutes Zeichen war.

Oswaldo winkte den Pagen näher an sich heran.

«Die Männer, die die Worte der Zigeunerin gehört haben, sind fast alle tot. Weißt du noch, was sie gesagt hat?»

Aslan sah den Zwerg verängstigt an. «Es waren ja nur Lügen, um uns in die Falle zu locken.»

«Egal, was es war. Du wirst kein Wort darüber verlieren, keiner Menschenseele gegenüber. Schwör es beim Leben deiner Mutter.»

Aslan hob die Hand zum Schwur.

Oswaldo nickte zufrieden. «Kein Wort. Am besten, du vergisst auf der Stelle, was passiert ist.»

Als Antoni die Männer erreichte, die den Graben für die Leichen aushoben, stieg er vom Maultier und trat näher. Jedem der Toten sah er ins Gesicht, soweit noch etwas davon zu erkennen war. Es waren sowohl christliche Kämpfer wie Moros. Antoni stellte erleichtert fest, dass keiner aus Bicalaú darunter war. Ein Mönch las derweil die Sterbegebete und segnete die Toten, ehe sie in der Erde versenkt wurden.

«Und jetzt nichts wie auf und davon», sagte Antoni grimmig. «Die Feinde sind nicht weit, und sie machen jeden nieder, den sie finden.»

«Wo musst du hin?», erkundigte sich der zierliche Mönch. Er hatte gepflegte Hände mit kurz geschnittenen Fingernägeln, ein Mann, der seit langem kein Holz mehr gehackt oder Unkraut gejätet hatte. «Auch nach Kastilien wie die Infanzones hier?»

«Nein, nach Norden, nach Katalonien in die Berge.»

«Da haben wir fast den gleichen Weg. Ich will zurück in mein Kloster hinter Vallderonca.»

«Dann reiten wir zusammen, Mönchlein.»

«Danke, Kriegsmann. Ich bin übrigens Bruder Hilarius.»

«Ich bin Antoni aus Bicalaú.» Zufrieden registrierte Antoni die Erleichterung des Kleingewachsenen. Bruder Hilarius stieg auf einen Esel, der mit allerlei Zeug beladen war, das aussah, als hätte ausgerechnet der fromme Mann Beute bei den Moros gemacht.

Immer wieder sahen sie in der Ferne feindliche Bogenschützen. Im Schilfstreifen neben dem Meer waren sie einigermaßen sicher. Bruder Hilarius hatte ein paar alte Brote bei sich, mit denen sie den Hunger notdürftig stillten. Ein Feuer anzuzünden wagten sie nicht. Sie kamen nur langsam vorwärts. Antoni allerdings fühlte sich, als hätte er Fieber. Wie immer, wenn es nach der *Cavalgada* zurückging, konnte er kaum Schlaf finden und wollte nichts als zurück in sein Bergdorf. Während der Mönch jammerte, er werde vor Müdigkeit gleich vom Esel fallen, trieb Antoni sein Maultier an. Er dachte an Maria, seine Frau, und daran, dass sie in seiner Abwesenheit den Kindern vermutlich Lieder vorsang, obwohl er es ihr verboten hatte. Er sah sie deutlich vor sich und konnte ihr nicht einmal böse sein. In Bicalaú war es strengstens untersagt zu singen. Und doch hörte Antoni Marias leises Singen in den Tiefen seiner Seele.

Abends suchten sie sich eine höher gelegene trockene Stelle im Schilf, wo sie ihre Decken ausbreiteten, um zu nächtigen. Einer hielt Wache, während der andere schlief.

«Mönchlein», begann Antoni an einem dieser Abende, froh über das Kaninchen, das er in einer Schlinge gefangen hatte und das er nun doch an einem kleinen Feuer briet. «Du als Pfaffe kannst ja lesen und schreiben und kennst das Evangelium und die Psalmen Wort für Wort –», er suchte nach Worten für das, was er fragen wollte, ohne sich zu verraten.

Hilarius sah ihn aufmunternd an.

«Da gibt es Zigeunerinnen, die die Zukunft verkünden und Dinge prophezeien, die manchmal eintreffen und manchmal nicht. Ist – das alles Teufelswerk? Ich meine, die Prophezeiungen treffen manchmal zu. Wie kann das sein?»

Hilarius wartete immer noch ab, und Antoni nahm einen Schluck aus dem Weinschlauch, der inzwischen fast leer war.

«Die Zigeunerinnen wissen nicht viel von der Welt, und sie sind auch nicht fromm wie du. Woher können sie etwas verkünden, was erst Jahre später eintrifft?»

«Keiner von uns ist besser als eine solche Zigeunerin. Auch wir, die wir die Schriften studiert haben, sind vor Gottes Allwissenheit nur unerheblich klüger als eine Zigeunerin. Und jeder von uns hat schon einmal einen Traum gehabt und etwas gesehen, das später tatsächlich genau so eingetroffen ist.»

«Ja, das meine ich. Wie kann das sein? Sind es vom Teufel geschickte Bilder?»

«Es gibt die eine göttliche Wahrheit, unveränderlich und ewig. Normalerweise sind wir so beschäftigt mit der täglichen Arbeit und unseren Sorgen und Nöten, dass wir uns nicht um sie kümmern können. Manchmal erhaschen wir im Traum einen Blick auf sie. Die Zigeunerin sieht sie ebenfalls – in einer Art Mondsüchtigkeit, nicht die ganze, das wäre unmöglich, immer nur Fetzen, einzelne Bilder. Demnach wird nicht etwas Künftiges vorhergesagt, sondern etwas Verborgenes enthüllt.»

«Es gibt verschiedene Mittel, das zu tun. Ist es nicht so?»

«Ich habe Moros gesehen, die aus der Betrachtung von Sand zukünftige Ereignisse lesen konnten. Sie sind auch sehr erfahren darin, aus dem Lauf der Sterne Menschenschicksale und den Ausgang von Schlachten vorherzusagen, Dinge, von denen ich nicht das Geringste verstehe. Du siehst, selbst die Heiden erhalten göttliche Offenbarungen.»

Antoni schwieg, entschlossen, sein Geheimnis für sich zu behalten.

Er geleitete den gelehrten Mönch bis an die Pforte des Klosters bei Vallderonca. In seinem ganzen Leben hatte er sich selten so interessant mit einem Menschen unterhalten können. Bruder Hilarius, so erfuhr er, war für die Bibliothek und die Schule des Klosters zuständig. Er lehrte dort die ihm anvertrauten Jungen Lesen und Schreiben und leitete die Mönche an, die heiligen Schriften auf Tierhäute kunstvoll niederzuschreiben, sie auszumalen und mit Gold zu verzieren. Ob er mit hineinkommen und sich erfrischen wollte, fragte Hilarius Antoni. Den aber hielt nichts mehr. Zwei Tage später war er zurück in Bicalaú.

1. Buch

Katalonien, 1180

Alles hatte damit begonnen, dass die Mutter Wasser über dem Feuer erhitzte, es dann in den Holzzuber goss und erst Martí und anschließend Malena in die duftende Brühe steckte. Maria hatte vorher ein Stückchen von der weißen Seifenkugel in das heiße Wasser hineingerieben. Es war die kostbare letzte von ursprünglich fünf, die Antoni vom Feldzug gegen die Moros als Beute hierher nach Bicalaú gebracht hatte. So musste das Paradies sein. Martí versenkte sich im wohlig duftenden Bad, während seine Mutter mit einem Holzlöffel Wasser schöpfte und über sein krauses Rothaar schüttete.

«Was ihr in der Stadt alles sehen werdet», rief sie und trocknete dabei den schmächtigen Körper ihres Sohnes mit einem rauen Tuch ab, «so ein Glück, dass ihr mitkommen dürft.» Sie war die Tochter des reichsten Mannes im Dorf, des Kerzenmachers, der seine Ware auf Jahrmärkten und Marktplätzen anbot und einige Klöster in der Gegend belieferte. Die Herrlichkeiten der Städte und Klöster der Umgebung hatte sie schon als junges Mädchen mit eigenen Augen erblickt und den Kindern oft genug von ihnen erzählt.

Sie hatte saubere Kleider aus der Truhe geholt und die Kinder angezogen. So neu gefärbt und frisch war der Stoff, dass Martí die Haut davon kratzte und brannte.

«Vielleicht seht ihr sogar den Conde.» Sie warf ihrem Sohn einen bedeutsamen Blick zu.

«Hör auf damit. Warum soll der denn auf den Markt kommen. Und außerdem, die hohen Herren kennen so etwas wie Dankbarkeit nicht», brummte Antoni. In Gedanken war er schon in Tarragona. Jede Gelegenheit, die sich bot, nutzte er, um fort aus Bicalaú zu kommen. Der Ort, auf der Höhe eines Bergrückens erbaut, bestand aus der kleinen Kirche aus gelblichem Kalkstein und zwanzig Häusern aus Holz und Bruchstein, zu denen schmale Landstücke am Fuß des Bergmassivs gehörten. Gerste konnte man dort anbauen und mit etwas Glück auch Weizen. Für Olivenbäume war es zu kalt. Dafür konnte man im Bergbach Forellen mit den Händen fangen. Jeder Haushalt besaß Ziegen und Hühner. Antoni und sein Bruder Jaume waren stolz auf ihre Herde schwarzer Schweine, die Martí täglich in die Wälder trieb, wo sie Eicheln und Bucheckern fraßen. Die Leute aus dem Dorf hatten auch einige Bienenkörbe und schleuderten Honig aus den Waben, genug, um vor Weihnachten und Ostern gesüßte Kuchen zu backen. Ein Pfarrer aus dem Nachbarort auf der anderen Seite des Berges versorgte die kleine Gemeinde in geistlicher Hinsicht, und manchmal fanden fahrende Händler den Weg hoch mit ihren Waren, die zu kaufen den Dörflern das Münzgeld fehlte, weshalb sie ihre Erzeugnisse gegen Salz, arabische Gewürze, seidene Tücher oder schöne Krüge und metallene Ziergegenstände tauschten.

«Wenn das nur gut geht», jammerte die Großmutter. «Für Kinder ist die Stadt viel zu gefährlich.» Obwohl sie erst an die fünfzig Jahre alt war, hatte sie keinen Zahn mehr im Mund. Als einzige Frau in Bicalaú war sie der Schrift mächtig. Sie konnte lesen und sogar schreiben, fast wie die Pfaffen und Notare, wozu sich allerdings hier in den Bergen kaum eine Gelegenheit bot. Bei mehreren Vertragsangelegenheiten, in denen es um Gebietsrechte mit den angrenzenden Nachbarn ging, hatte der Dorfälteste sie zu Rate gezogen.

Als junge Frau war Urruaca mit blutigen Füßen, ausgezehrt

und hustend im Flüchtlingstrupp aus dem Süden des Landes hierher in den Norden gekommen, nach Godalunia, Katalonien. Hier hatten sich die letzten Überlebenden der westgotischen Bevölkerung mitsamt ihren Grafen und Herzögen in die schwer zugänglichen Bergregionen zurückgezogen, nichts in der Hand als ein jämmerliches Bündel Fetzen und Kleidungsstücke. Urruaca trug den jüngeren Sohn Jaume auf dem Arm, den zweijährigen Antoni auf dem Rücken. Ihren Mann hatten die Moros in Stücke gehackt, als er sein Dorf verteidigte. Und noch Schlimmeres war ihr geschehen, etwas, worüber sie zu niemandem je gesprochen hatte und von dem nur sie wusste. Denn die Flüchtlinge, mit denen sie nach Bicalaú kam, stammten aus weiter entfernten Höfen und Dörfern. Das größte Stück Land im Dorf südlich des Ebro hatte ihr und ihrem Mann gehört mitsamt fünf Eseln, einer Ziegenherde und einigen gescheckten Rindern. Knechte und Mägde hatten sie gehabt. Sogar Baumwolle war auf den Feldern gewachsen und hatte ihnen behaglichen Wohlstand gesichert. Doch diese Zeiten waren für immer vorbei.

Urruaca, damals hübsch und noch im Besitz sämtlicher Zähne, aber eine schutzlose Witwe, die sich weigerte, einen neuen Mann zu heiraten und jedem Werben beharrlich widerstand, hatte Mühe, die ihr vom Dorfältesten zugeteilten Ackerstücke zu behaupten und die Kinder täglich satt zu bekommen. Die Schrecken der Kämpfe gegen die Moros und die Mühen der darauf folgenden Jahre hatten sie mutlos gemacht. Manchmal erzählte sie den Enkeln schaurige Geschichten vom Kampf der Christenmenschen gegen die Sarazenen oder märchenhafte vom mühelosen Leben im Süden unterhalb des Ebro, wo Pomeranzen und Orangen auf den Bäumen wuchsen, wo die Aprikosen gelb und saftig waren und es die herrlichsten Pfirsiche zu essen gab. Und Zucker aus Rohr und Sirup aus Granada. Es war ein Leben mit Musik gewesen. Die Frauen hatten abends und an den Festtagen getanzt, die Männer hatten Flöte geblasen und Trommeln geschlagen. In Bicalaú gab es keine Musik, das hatten die Ankömmlinge nach der Flucht geschworen. Erst dann, wenn sie ihre heimatliche Erde zurückerobert hatten, wollten sie wieder zu ihren Instrumenten greifen, und erst dann würden die Mädchen und Frauen wieder tanzen. Die Hirtenjungen, die auf selbst geschnitzten Flöten manchmal Lieder bliesen, wurden streng zurechtgewiesen, und im Laufe der Jahre hatten die Alten ihre Lieder verlernt, und die Kinder kannten sie gar nicht erst.

«Von der nächsten Cabalgada werde ich dir Sirup mitbringen, Mutter», gelobte Antoni, wenn er sie hörte.

Urruacas Söhne waren sehr unterschiedlich: Jaume war der Bauer, Antoni der Kämpfer. Während Jaume still und in sich gekehrt war, ein zäher, geduldiger Arbeiter, entwickelte sich Antoni zu einem temperamentvollen, ungestümen Kind und später zu einem cholerischen jungen Mann, dem die männlichen Altersgenossen aus dem Weg gingen, während ihn Mädchen und Frauen anhimmelten und davon träumten, den wilden Burschen zu zähmen. Geheiratet hatte Antoni die rothaarige sanfte Maria, eine der fünf Töchter des Kerzenmachers.

Urruacas Blick glitt liebevoll zu ihrem erstgeborenen Enkelkind, dem Antoni und Maria den Namen des Großvaters väterlicherseits – Martí – gegeben hatten. Wie der von den Moros Getötete war auch er ein Rotschopf. Urruaca liebte ihn weit inniger als Jaume und Antoni. Nichts als Freude hatte er ihr bereitet.

Martí war außerstande, sich auf das zu freuen, was ihm bevorstand. Er hatte das Dorf in den Bergen noch nie verlassen. Einmal in seinem zehnjährigen Leben hatte er sich bei der Suche nach einem der schwarzen flinken Schweine, die er hütete, verirrt. Zwei Tage und zwei Nächte war er orientierungslos durch den Bergwald gelaufen. Es war im Sommer gewesen, und er hatte immerhin Beeren gefunden und sie gierig verschlungen. Der wertvolle Jungeber allerdings war in die Wildnis entkommen, und der Vater, der Martí mit Hilfe des Hundes schließlich aufstöberte, verprügelte ihn gnadenlos. Eigentlich fürchtete der Junge sich am meisten vor ihm, viel mehr als vor der Bedrohung durch die Moros, die er nur vom Hörensagen kannte. Antoni war jähzornig und ungerecht. Er neigte dazu, sich unmäßig zu betrinken, und geriet in diesem Zustand schon durch eine Kleinigkeit in rasenden Zorn. Dann überlegte er nicht mehr, wo er hinschlug. Was man auch sagte, um ihn zu beruhigen, es war immer das Falsche. Martí zuckte nervös mit den Augenlidern, wenn er an solche Momente dachte. Antoni war ein großer kräftiger Mann, einer der längsten Kerle in Bicalaú, viel größer als Onkel Jaume, es war ganz unmöglich, ihm davonzulaufen oder sich vor ihm zu verstecken.

«Seid nur vorsichtig, dass ihr den Vater nicht verliert. Es gibt dort Kinderfänger, die Christenkinder in die Sklaverei verkaufen, und Juden, die Christenkinder schlachten –» Urruaca fühlte wieder die Angst von damals. Martí war ihr Augapfel, und Malena, so zart und kindlich wie sie war – was würde aus ihr werden, wenn sie in die Hände der Moros geriet?

«Schon gut, Mutter», sagte Antoni unbeholfen. Seine Mutter war der einzige Mensch, bei dem er sich in den sanftmütigen Jungen aus den Tagen der Flucht verwandelte. Aber selbst ihretwegen war er nicht bereit, Martí zu verweichlichen. «Die Stadt hat feste Mauern. Und die Soldaten des Königs laufen überall herum.» Er lachte verlegen. Nein, die Sache mit der Prophezeiung der Zigeunerin damals am Fluss hatte er keinem Menschen erzählt, nicht einmal Maria, obwohl er manchmal nahe daran gewesen war. Martí König von Aragon. Unverschämtes Weib, erst hatte sie ihm das Herz ganz kurz erhoben und dann den Conde zu Tode erschreckt, und dabei war es fast der Untergang gewesen.

Martís Herz klopfte, Tränen schossen ihm in die Augen. Er würde die Reise nicht lebend überstehen. Er wollte weder geschlachtet noch an die Moros verkauft werden.

Die Leute aus dem Dorf luden Schinken und Käse auf den Karren, den der Maulesel zog. Die Kinder durften ebenfalls aufsitzen. Dann ging es los in die Stadt. Mit barschen Schreien und zornigen Stockschlägen trieb Antoni den Maulesel an, sein

Bruder Jaume ging neben ihm her. Die beiden waren beauftragt, die Erzeugnisse des Dorfes auf dem Markt von Tarragona zu verkaufen.

Lautlos heulte Martí in sich hinein. Wenn man in der Stadt verloren ging, wurde man nie wieder gefunden. Unter all den Menschen, die einen nicht kannten, würde er verhungern und verdursten. Der Junge beschloss, sich nicht einen Schritt vom Wagen wegzubewegen.

Die Männer mit ihren breiten Strohhüten auf dem Kopf stapften vor dem Wagen und sprachen halblaut miteinander. Die Kinder saßen eng aneinander gelehnt, und bald waren sie beide eingeschlafen. Martí wurde erst wach, als sie gerade am Stadttor hielten, wo ein Wächter mit bärbeißiger Stimme die Leute vom Land grüßte und einließ. Erschrocken sah Martí um sich. Die Straßen waren eng und schattig. Hohe Häuser standen zu beiden Seiten. Vornehm gekleidete Senhors und wunderschöne Damen gingen in Schuhen umher. Im Dorf hatte kein Mensch Schuhe an, höchstens im Winter die strohgeflochtenen Schlappen. Mönche und Priester waren unterwegs und Marktfrauen mit Weidenkörben auf dem Rücken. Zugleich stank es so übel, dass es einem den Atem nahm. Hühner gackerten, Gänse schrien, Esel gaben klagende Laute von sich. Von irgendwoher waren Trommeln zu hören. Es war genauso entsetzlich, so grauenhaft, wie die Großmutter gesagt hatte, und doch auch wieder schön, dachte Martí beschämt. Plötzlich war er sogar froh, dass sein Vater ihn hierher gebracht hatte.

Martí dröhnte der Schädel von all den Gerüchen, dem Lärm und dem Stimmengewirr. Die Stadt, in deren innerstem Kern sich der Marktplatz befand, war ein brodelnder Hexenkessel. Er und Malena saßen fast zitternd vor Erregung auf dem Karren und sahen zu, wie Käse und Schinkenkeulen ihre Käufer fanden. Onkel Jaume pries die Waren an und wuchtete einen Schinken nach dem anderen über das Brett des Marktstandes. Der Vater versenkte die eingenommenen Münzen in einem eisenbeschlagenen Kasten, trank ab und zu einen Schluck Rotwein aus dem mitgebrachten Vorrat und wurde immer lauter.

Die Käufer, die sich über die Theke beugten, um vom Käse zu probieren, sprachen ganz anders als die Leute in Bicalaú.

Antoni drehte sich plötzlich um und sah Martí finster an, so, wie er es immer tat. Die Augenlider des Jungen begannen zu zucken. Blitzartig wurde ihm klar, dass er hier weder mit dem Schutz der Mutter noch der Großmutter rechnen konnte.

«Martí, hol Wasser», donnerte der Vater und hielt ihm den leeren Krug entgegen. «Wer getrunken hat, muss auch Wasser holen.»

«W-wo soll ich Wasser holen?»

«Drüben am Brunnen, Kerl. Stell dich nicht so an.» Mit einem Fußtritt beförderte Antoni seinen Sohn vom Karren herunter und übergab ihm den Krug. Zu blöd zum Schweinehüten und unfähig, zum Brunnen zu laufen. Der und König von Aragon. Komisch genug, so lange lag das jetzt zurück, und immer noch sah er die Zigeunerin vor sich, wie sie barfüßig inmitten der Wasserlilien stand. Und der Satz von Martí, der eines Tages die Rüstung des Königs tragen sollte, war wie eingegraben in seinem Herzen, so oft er sich auch vorgenommen hatte, ihn zu vergessen. Missmutig verschränkte Antoni die Arme vor der Brust und nahm sich vor, sich mehr um die Erziehung seines Sohnes zu kümmern. Ein verwöhntes Muttersöhnchen war er. Maria und seine Mutter verzogen ihn. Höchste Zeit, dass er ihm beibrachte, was es hieß, ein Mann zu sein. Er würde ihn lehren, mit der Lanze einen Eber abzustechen, damit er begriff, was Kampf bedeutete. Antoni erwog kurz, Martí schon jetzt zu erklären, worauf es ankam. Die Moros hatten vor zweihundert Jahren Santiago de Compostela in Staub und Asche gelegt und das Grab des Heiligen geschändet. Seit diesem Tag der Schande gab es für die christlichen Kämpfer im Norden, mochten sie aus León, Navarra, Asturien, Kastilien oder Katalonien stammen, nur noch das eine gemeinsame Ziel.

Die Männer von Bicalaú hielten sich immer bereit. Jeden Tag

warfen sie mit Lanzen auf Bäume und übten mit Holzschwertern, wie man feindliche Schläge abwehrt. Bald würde der Tag kommen, an dem sie mit einer Cabalgada gegen die Moros reiten würden – der einzige Weg, um aus dem Elend des Dorfes jemals herauszukommen. Einem, der gut kämpfte und sich vor nichts fürchtete, standen alle Wege offen.

Martí spürte den Unwillen seines Vaters, presste den Krug an die Brust, warf einen ängstlichen Blick zurück und verschwand im Gedränge.

Der Brunnen. Martí brach vor Verzweiflung der Schweiß aus. Er war gar nicht nahe, sondern weit entfernt. Und überall ungeduldige Menschen, die ihn abdrängten. Martí umklammerte den Tonkrug und kämpfte sich weiter vor. Es standen ziemlich viele Leute vor ihm, kräftige Männer und einige Mädchen, allesamt älter als er. Neuerdings war es ihm unangenehm, wenn ihn Mädchen anstarrten.

«Na, Knirps», sagte die eine und schubste ihn.

«Igitt, wie hässlich», kicherte die andere. «Narbengesicht!»

Nur kurz spürte Martí Erleichterung, als er das Wasser aus dem Eimer geschöpft hatte, den das Mädchen hochgezogen hatte. Dann, als er zurückwollte, packte ihn fassungsloser Schrecken. Im Gewirr der Menschen nichts als Marktstände, Hühner, Schinken, mannshohe runde Käse und Fässer mit Oliven. Und eine Vielzahl von Straßen mit hohen Häusern dicht nebeneinander, die in verschiedene Richtungen führten und alle gleich aussahen. Unzählige Leute mit fremden Gesichtern. Niemand, der ihn kannte, kein Mensch, den er kannte. Da, wo er Malena, den Vater und Onkel Jaume vermutete, waren sie nicht. Sie waren wie vom Erdboden verschwunden. Er kämpfte gegen Tränen an.

«Frecher Lümmel, pass doch auf.»

Martí war über einen Flechtkäfig mit wuselnden gelben Küken gestolpert. Der Krug schlug vor ihm auf dem Pflaster auf und zerbarst in unzählige Stücke. Beschämt sammelte er die Scherben ein und legte sie in eine Ecke nieder, damit sich niemand die Füße daran zerschnitt. Gleich neben ihm standen Blumen in irdenen Kübeln. Dann waren da mehrere Händler mit Lederwaren. Erschöpft blieb Martí stehen und sah einem Sarazenen in die dunklen Augen, einem alten Mann mit einem dünnen weißen Bart, der Gewürze vor sich aufgehäuft hatte, gemahlene Kostbarkeiten in Gelb und Rot, Kästen voll Pfefferkörner und geöffnete Säcke mit Blüten und getrockneten Kräutern. Und Seifenkugeln hinter ihm an der Holzwand des Verschlags, weiße und bläuliche. Die Kugeln lösten ein kurzes Glücksgefühl in ihm aus, doch dann wurde ihm seine Lage bewusst. Nicht nur seine Augenlider zuckten jetzt, sondern auch die Hände.

Martís Mund war trocken vor Verzweiflung. Der Strom der vorbeidrängenden Menschen riss ihn mit, ohne dass er fähig gewesen wäre, eine Richtung einzuhalten. Er hätte gar nicht gewusst, wo er nach seinen Leuten Ausschau halten sollte.

Plötzlich stockte die Menge, und auch Martí blieb stehen, wurde aber weiter nach vorne geschoben, und irgendjemand drückte ihn zu Boden. Martí blieb sitzen, die letzte Scherbe seines Krugs an sich gepresst, und sah dahin, wohin alle Blicke gerichtet waren. Auf einer Bühne aus rohen Holzbrettern tanzten und sangen bunt gekleidete Gestalten. Die Scherbe rutschte ihm aus der Hand. Er presste beide Hände vor den Mund, um nicht aufzuschreien wie ein wildes Tier.

Ein Mann in einem blauroten Gewand, zierliche Kalbslederstiefel an den Füßen, zupfte die *Al-ud* und sang dazu, und zwei andere junge Kerle in mit Schellen besetzten gelbgrünen Kleidern drehten und wanden sich zur Musik. Außerdem war da noch ein Wesen, das aussah wie ein Mädchen. Still saß es in der Ecke und schlug ein Tamburin. Martí begann am ganzen Körper zu zittern. Malena, der Vater, Onkel Jaume, sie waren vergessen. Er wollte nur noch hier sein. Die durcheinander wirbelnden Körper der Spielleute, der Gesichtsausdruck des Al-ud-Spielers und die betörende fremde Musik, wie er sie nie zuvor gehört hatte, trafen ihn tief in seiner Seele. Für Momente hörte er auf, Martí zu sein, er war jetzt nur noch das, was er hörte und sah. Er wollte hier bleiben, bei dieser Musik, bis ans Ende seines Lebens. Plötzlich packte ihn Angst, die Musik könnte aufhören, er würde seine Leute wieder finden, mit ihnen nach Bicalaú zurückkehren, in das Dorf, aus dem die Musik verbannt worden war, und nie wieder etwas vergleichbar Herrliches erleben. Mehr als Angst, bittere Gewissheit war es. Doch sie löste sich wieder auf, während die Musiker weiterspielten. Alles wurde einfach und leicht. Martí war jetzt die Musik, die er hörte, war der Lautenspieler, die *Joglares* und das Mädchen mit dem Tamburin. Ohne Hunger und Durst, ohne Schmerz oder Angst hörte er zu. Er wollte so werden wie die Gestalten auf der Bühne, so leicht und elegant wie die Tänzer, so männlich wie der Al-ud-Spieler, so mädchenhaft wie die Tamburinspielerin. Und kalbslederne spitze Schuhe musste er haben. Der Wunsch nach ihnen war plötzlich wie der Stich eines Insekts gekommen und ließ nicht nach. Dabei hatte er bei Sonnenaufgang heute Morgen noch nicht gewusst, dass es solche gab.

Wie betäubt stand Martí vor der Bühne, als die Musiker ihr Spiel beendeten, sich höflich verneigten und anfingen, ihre Sachen zusammenzupacken. Noch nie hatte er in einer so kurzen Zeitspanne so widerstrebende Gefühle verspürt: einen Taumel von Glück, tiefe Betrübnis und dann wieder Glück.

Es war vorbei. Alles war vorbei. Da stand er, nichts als die eine Scherbe in der Hand. Sollte der Vater ihn durchprügeln, wenn er ohne den Krug zurückkam, er würde keinen Laut von sich geben. Er schaute um sich. Weder Onkel Jaume noch der Vater noch Malena waren irgendwo zu sehen. Er hatte Hunger und Durst. Er hätte geweint, wenn es den mindesten Nutzen gebracht hätte. Wie erstarrt war er. Er wagte nicht, irgendjemand anzusprechen und um Hilfe zu bitten.

Martí befand sich vor einem riesigen Aufgang aus Treppenstufen. Oben war eine Baustelle. Mauerwerk ragte in die Höhe. Ein hölzerner Kran, mit einem Rad, das ein Maulesel mit verbundenen Augen antrieb, erhob riesige Steinquader zu einem Gerüst empor. Hämmern und Geschrei hallten herunter.

Sarazenen mit Turbanen auf dem Kopf gingen an Martí vorbei, ohne die mindeste Absicht, ihn zu entführen. Christenmenschen, Juden, Moros, alle waren sie unterwegs, niemand nahm ihn zur Kenntnis.

«Was machst du da?»

Martí schrak zusammen und starrte das Mädchen an.

«Nichts. Nur so. Ich gucke.»

«Was willst du mit der Scherbe in der Hand?»

Martí konnte es nicht fassen. Da stand sie vor ihm, das wunderbare Wesen, das noch eben das Tamburin geschlagen hatte. Mit den kurz geschnittenen schwarzen Löckchen und dem verschmitzten Blick ihrer wachen grünlichen Augen hatte sie etwas Jungenhaftes, wozu ihre seltsame Kleidung aus weißen Pluderhosen und einem eng anliegenden grünsilbernen Brokatjäckchen noch beitrug.

«Du bist vom Land», stellte sie fest. «Bist du allein hier?»

«Ja», sagte er und verzog das Gesicht zu einer schmerzlichen Grimasse.

Das Mädchen setzte sich auf die unterste Treppenstufe und zog ihn neben sich nieder. «Komm, trink aus meiner Wasserflasche.» Sie reichte ihm eine lederne Flasche. Durstig trank er sie halb leer.

«Du siehst aus wie ein Godo.» Sie musterte ihn eindringlich.

«Bei uns im Dorf sind alle Godos.»

«Was machst du in der Stadt?»

«Wir haben Sachen verkauft.» Martí musste an sich halten, nicht in Tränen auszubrechen. «Dann ist der Krug zerbrochen. Mein Vater wird mich prügeln. Aber ich kann ihn nirgendwo mehr finden. Er ist verschwunden.» Er zog die Nase hoch. «Wie heißt du?»

«Angelina», sagte sie lächelnd. «Und du?»

«Martí.» Er atmete kurz und flach. Angelina schien ihm der einzige Name zu sein, der zu ihr passte.

«Martí ist ein schöner Name», sagte sie leise.

«Deiner ist auch schön», brachte er heraus.

«Aber es ist gar nicht mein richtiger. Früher hieß ich anders, und noch früher hatte ich wieder einen anderen Namen.»

«Warum ist das so?»

Sie senkte den Kopf. «Ich bin nicht wie du, keine von den Godos und auch nicht getauft. Ich bin eine Sklavin. Jedes Mal, wenn ich verkauft wurde, haben sie mir einen neuen Namen gegeben.»

«Hast du keinen Vater und keine Mutter?»

«Ich weiß nicht», sagte sie hilflos. «Ich kann mich nicht an sie erinnern.»

Menschen hasteten an ihnen vorbei.

«Don Raimón ist gut zu mir», erklärte Angelina.

«W-wer ist Don Raimón?»

«Der Ritter, den du gesehen hast, der Troubadour.»

«Der Mann, der gesungen hat?»

«Er erfindet auch Melodien und Verse. Andere Sänger singen seine *Cantigas* auf den Plätzen. Er bekommt viel Geld, wenn er vor den reichen Herren und ihren Damen mit uns auftritt, Maravedis. Und auch die Moros laden ihn ein und beschenken ihn.»

Sie hielt einen Moment inne.

«Die Moros?», fragte Martí entsetzt. «Er als Christenmensch geht zu ihnen? Warum tut er das?»

Als Christ musste man die Moros bekämpfen und ihnen ihre Reichtümer abnehmen. Etwas anderes hatte er bislang nicht gehört. Die Moros waren grausam und hassten Jesus, sie hatten Kirchen zerstört und seinen Großvater in Stücke gehackt. Er atmete schwer.

«Warum nicht? Bei den Moros ist es schön.»

«Schön?»

«Martí», sagte Angelina ernst, «nirgendwo lebt man so angenehm wie im Süden bei den Moros. Ich wünsche dir, dass du auch einmal dorthin darfst. Nach Valencia oder Murcia. Dass du die Moscheen siehst und –»

«Hast du keine Angst, dass sie –»

«Die Moros sind Menschen wie du und ich. Sie tragen seidene Kleider und essen Zuckergebäck. Sie haben marmorne Bäder und große Moscheen, in denen man zu Allah betet –» Angelina seufzte auf. «Godo, du weißt nicht viel von der Welt. Ich war schon an vielen Orten. Wir bleiben überall nur kurz. Morgen ziehen wir weiter. Es gibt ein Fest auf der Burg von Vallderonca. Die Schwester des Grafen heiratet. Es wird ein Turnier geben, und Don Raimón wird mit uns tanzen und singen.»

«Leute aus Bicalaú waren manchmal auf der Burg und haben Schinken und Käse an den Grafen verkauft.» Martí geriet erneut in Aufregung. «Es sind nur zwei Tage und zwei Nächte bis zu unserem Dorf Bicalaú.»

«Würdest du zurückfinden?»

Etwas in ihm krampfte sich zusammen. Er war nicht gut darin, etwas wieder zu finden. Wenn sie ihn auf den Weg schickten, würde er wieder verloren gehen. Und selbst, wenn er zurückfände – Martí schoss der Gedanke in den Kopf, dass er ihn besser nicht finden sollte: Bicalaú, den Ort ohne Musik. War er erst wieder zu Hause, würde er sie nie wieder zu hören bekommen, nicht einmal eine Flöte durfte er sich schnitzen, nicht einmal singen.

Hier und jetzt, neben Angelina, wollte er nicht zurück, nicht mehr zu seinem Vater Antoni und nicht mehr zu den schwarzen Schweinen. Nicht einmal zu Malena, der Mutter und der Großmutter. Zugleich sah er Urruacas zahnloses Lächeln vor sich und schämte sich.

Er überlegte. «Kann ich mitkommen auf die Burg von Vallderonca? Mit euch?»

«Wir fragen Don Raimón. Ich denke, er wird nichts dagegen haben.»

«Und – werdet ihr wieder solche Musik machen, so wie heute?»

«Ja, natürlich. Es ist unser Lebensunterhalt. Ohne Musik keine Maravedis.»

Dass man mit Musik sogar Geld verdienen konnte, so wie mit Käse und Schinkenkeulen oder Kerzen! Martí war überwältigt.

Sie nahm ihn einfach an der Hand und hüpfte mit ihm davon. Es war klar, dass ein Wesen wie sie nicht imstande war, normal und gesittet daherzugehen, dachte er, während er mühsam mit ihr Schritt hielt.

Als sie aus dem Stadttor hinaustraten, sah Martí zum ersten Mal im Leben das Meer. Mit offenem Mund blieb er stehen und stieß einen Schrei aus. Das, was er vor sich ausgebreitet liegen sah mitsamt den Möwen und den heranrollenden Wellen, die sich am felsigen Ufer brachen, war erschreckend und schön zugleich. Zweifellos hatte die Großmutter auch das Meer gemeint, als sie vor den Gefahren der Stadt gewarnt hatte.

«Es ist nur das Meer», sagte Angelina sanft.

«Bleibt es da? Da unten, wo es jetzt ist, oder kommt es näher?»

«Es bleibt immer da unten. Mach dir keine Sorgen.»

Misstrauisch sah er wieder hinüber.

An einer ruhigen Stelle im Schatten der Stadtmauer hatte die Truppe von Don Raimón ihren Planwagen mitten im Sand abgestellt. Zwei halb verhungerte Maultiere weideten einen spärlichen Grasflecken ab. Die Joglares lagen halb entkleidet in der Sonne. Jetzt waren sie gewöhnliche Menschen. Erschrocken sah Martí zu ihnen hin.

«Geh nicht zu nahe an den Hund heran», warnte Angelina, als er sich nach einem struppigen kleinen weißen Köter bückte. «Er hat Flöhe und die Krätze.»

Don Raimón saß auf einem Klappstuhl im Sand und feilte sich die Fingernägel. Seine Füße waren nackt. Er hatte halb langes dunkelblondes Haar mit grauen Strähnen und einen kleinen eleganten Bart. Jetzt, direkt vor ihm, sah der Junge, dass er nicht mehr ganz jung war. Er lächelte, einer der Frontzähne fehlte ihm.

Martí verbeugte sich bis zum Boden. Ein erstaunter Blick traf ihn.

«Was für einen Bengel hast du da mitgebracht, Angelina?»

«Er hat seine Leute in der Stadt verloren. Sie wohnen in der Nähe von Vallderonca. Können wir ihn mitnehmen?»

«Meinetwegen, wenn er bereit ist, für sein Essen zu arbeiten.» Don Raimón lachte schallend. «Immer noch besser als der Hund, den du neulich angeschleppt hast. Der Junge soll sich nützlich machen. Hör genau zu, Flohlump, das Geschirr muss gewaschen werden. Danach hängst du die Kleider auf und bürstest unsere Stiefel. Hier gibt's immer zu tun.»

Am Abend dieses Tages hing Martí die grüngelben Anzüge der Joglares mit den Schellen und Glöckchen auf eine zwischen zwei Bäumen gespannte Leine, ebenso wie das Gewand Don Raimóns und das von Angelina. Danach durfte er sich zu den anderen ans Feuer setzen, wo ein Kaninchen am Spieß geröstet wurde. Dazu gab es Schnecken und eine dunkle Weinsoße und Weißbrot aus feinstem Weizenmehl, das nur die Städter und Senhores aßen, Herrlichkeiten, wie Martí sie noch nie zu sich genommen hatte. Als Getränk gab es mit Wasser vermischten Rotwein.

Im Hintergrund schlugen die Wellen ans Ufer. Der Wind war wieder stärker geworden. Es fröstelte Martí.

«Flohlump, du frisst ja mehr, als du gearbeitet hast!» Don Raimón grinste Martí freundlich zu. Der Troubadour war schon gesättigt und wusch sich die fettig gewordenen Finger in einer blechernen Schale, die Angelina ihm reichte, trocknete sie sorgsam mit einem weißen Leinentuch und griff dann zur Al-ud. Martí umklammerte seinen Becher mit der einen Hand, die Scherbe mit der anderen, während er mit offenem Mund zuhörte, wie der Meister sang und spielte. Er versuchte die Worte zu verstehen, doch es gelang ihm nicht.

Das Feuer züngelte jedes Mal auf, wenn ein Windstoß hineinfuhr. Hoch oben glänzten die Sterne. Immer öfter fielen dem Jungen die Augen zu. Angelinas Warnungen zum Trotz kuschelte er sich an den warmen Körper des struppigen Hundes, rollte sich mit ihm unter den Wagen und schlief auf der Stelle ein.

Im Tal vor der Burg des Conde von Vallderonca waren die prachtvollen Zelte der Ritter und Edlen aufgebaut. Jedes einzelne war mit farbigen Wimpeln geschmückt. Auf einem großen Platz dahinter weideten Pferde mit zusammengebundenen Vorderfüßen, schwere ruhige Turniergäule und edle Rösser aus arabischer Zucht.

Der kleine Hund stand zuoberst auf dem Gepäck und bellte trotzig, als das Maultiergespann auf der Suche nach einem Lagerplatz an der Reihe der Ritterzelte vorbeifuhr.

Martí saß bei Angelina neben dem Burschen, der das Gefährt lenkte. Während der Tage, die sie unterwegs gewesen waren, war Martí aus dem Staunen nicht herausgekommen. Auf einem Dorfplatz hatten sie angehalten und gesungen und getanzt, nachdem Martí zuvor Geld eingesammelt hatte.

Don Raimón war jetzt abgesprungen und winkte huldvoll. Er trug wieder die zierlichen Kalbslederstiefel und das blaurote Festgewand, in dem er auf der Bühne gesungen hatte. Mit blitzenden Augen ging er auf eine Gruppe von Rittern zu und begrüßte sie. Man kannte ihn hier und behandelte ihn wie einen, der dazugehörte. Ein Knecht des Conde de Vallderonca kam und wies ihnen einen Platz ganz am Ende der Ritterzelte zu. Nur ein paar Schritte weiter floss ein Bach vorbei. Ein Blick ins Wasser sagte Martí, was er zu tun hatte. Er watete hinein und hatte auch schon mit bloßen Händen eine große Forelle erwischt. Er schlug sie mit dem Kopf gegen einen Stein.

«Sehr gut, Flohlump», lobte ihn Don Raimón. «Du hast schnell gelernt, worauf es ankommt.»

Der Abend brach herein. Diesmal war er erfüllt von hastigen Vorbereitungen für die Auftritte an den nächsten Tagen. Don Raimón hatte schlechte Laune, stolperte über den Hund und schimpfte missmutig herum. Die Saiten der Al-ud waren hoffnungslos verstimmt, und Don Raimóns Stimme war belegt wie bei einer Erkältung.

«Beim Auftritt ist alles vorbei», flüsterte Angelina Martí zu.

Martí und der mürrische Bursche, der Don Raimón zu Diensten war, bürsteten und klopften die Kleidungsstücke aus und polierten die metallenen Glöckchen und Schellen der Joglares. Die Stiefel wurden mit Fett bearbeitet. Die Joglares jonglierten mit bunten Lederbällen.

Dann wurde die Forelle am Spieß über dem Feuer gebraten. Außerdem aber gab es ein duftendes Mahl aus den Töpfen, die von der Burg heruntergebracht wurden zur Verköstigung der Geladenen: Linsensuppe mit Wurstschnitzen und gesottene Fleischstückchen. Auch an diesem Abend nahm Martí zum Schlafen wieder den Platz unter dem Wagen ein, eng an den Hund gekuschelt, diesmal aber hatte er zusätzlich zwei Decken, die Angelina ihm gebracht hatte. Beim Einschlafen kam ihm in den Sinn, wie ungewohnt es war, dass alle ihn akzeptierten und niemand ihn wie ein dummes Kind behandelte – so, wie sein Vater es immer getan hatte. In dieser Nacht träumte er den Traum, den er schon öfter gehabt hatte. Ein bedrohlich aussehender Moro, mit einem Turban auf dem Kopf, ritt aus der Ferne auf ihn zu, den Säbel erhoben. Das Seltsame war, dass auch er, Martí, wie ein *Hidalgo* auf einem edlen Pferd daherkam. Noch seltsamer war es, dass er Freude empfand, als er auf den Gegner zusprengte. An diesem Punkt, kurz vor der kriegerischen Begegnung, brach der Traum wie immer jäh ab.

Das Krähen der Hähne weckte ihn. Martí schaute aus seinem Winkel heraus auf das Treiben vor ihm. Plötzlich bemerkte er Angelina. Sie sah anders aus als tagsüber. Mit einem Schleier verhüllt, kniete sie auf einem Teppich neben dem Wagen und verneigte sich in Richtung der aufgehenden Sonne. Sie war so vertieft in ihre merkwürdigen Verbeugungen, dass Martí sich verlegen abwandte. Er schlief wieder ein und wurde dann plötzlich wach, als es um ihn herum laut wurde.

Mit aufgeregtem Gackern stoben Hühner zur Seite, ein Reiter sprengte den Weg von der Burg herab, hinter ihm trabte ein weißschwarz geschecktes Pony, das ein kleiner Junge ritt. Er trug wie der Mann vor ihm eine Rüstung und einen Helm mit einem Federbusch.

«Martí, siehst du den Conde Julián?»

Angelina zupfte an Martís Schulter und hielt ihm ein frisches Weißbrot unter die Nase. Sie war schon angezogen und offenbar fertig.

«Und der Junge?»

«Das ist Alvaro, sein älterer Sohn, der Erbgraf.»

«Er reitet gut», stellte Martí neidlos fest. Er selbst hatte sich vor Pferden immer gefürchtet, wenn er ihnen begegnet war. Im Dorf gab es ohnehin nur ein oder zwei alte Gäule. Er biss in das Brot.

Angelina hatte ein Kissen mitgebracht, auf dem sie Platz nahm.

«Morgen heiratet die Schwester Don Juliáns in der Klosterkirche», erklärte sie ihm. «Wir werden vorher auf dem Platz vor dem Hochzeitseingang tanzen und singen. Nein, Flohlump, du nicht.»

Martí kicherte verlegen.

«Danach wird gegessen, und am Nachmittag findet ein Turnier vor der Burg statt. Die Ritter werden Zweikämpfe austragen, und es gibt eine Reiterschlacht. Flohlump, du hast Glück, dass wir dich mitgenommen haben.»

«Ich muss zurück nach Bicalaú», murmelte Martí schuldbewusst.

«Meinetwegen», sagte Angelina. «Aber erst sehen wir uns das Fest an.»

«Hast du kein Heimweh?», fragte er.

«Doch», sagte sie, «nach der Familie in Valencia, bei der ich früher war, als ich noch Leila hieß. Ich hatte es dort gut, ich dachte, ich würde immer dort bleiben. Aber dann starb die Frau, meine Herrin. Und die neue wollte mich nicht mehr haben.

Das Heimweh kommt nur abends, wenn ich mich schlafen lege. Am nächsten Morgen ist es verschwunden.»

«Ich habe dich heute Morgen gesehen, da drüben auf einem Teppich.»

«Leise.» Sie sah ihn erschrocken an. «Sag nichts zu Don Raimón. Er darf es nicht wissen.»

«Wovon darf er nichts wissen?»

«Wenn er mich dabei erwischt, wie ich zu Allah bete, verprügelt er mich. Es ist die einzige Sache, wegen der er mich schlägt.»

Martí sah sie betroffen an.

«Du darfst nichts Falsches von ihm denken. Er muss es tun, weil er ein christlicher Ritter ist.»

«Dann hör doch auf, zu Allah zu beten.»

«Das geht nicht», sagte Angelina trotzig. «Ich muss es fünfmal am Tag tun, so wie ich auch die Fastenzeit einhalte. Meistens merkt Don Raimón nichts davon.»

Yolanda de Vallderonca trug ein mit Perlen besticktes weißes Seidenkleid und einen Kranz aus Frühlingsblumen im dunklen gewellten Haar. Sie sah starr geradeaus, entschlossen, ihrem Haus keine Schande zu machen und nicht etwa irgendwann haltlos zu weinen. Irgendwo in der Kirche unter den Gästen oder vielleicht auch auf dem Vorplatz in der Sonne stand er, ohne den ihr Leben für immer glanzlos sein würde, ihr Ritter, der so oft am Fuß des Burgturms für sie die Laute geschlagen hatte. Verglichen mit dem Grafen von Cervera und Cerdanya, war er ein Habenichts, Raimón teilte sich die ererbte Burg mit drei Brüdern. In ihr wäre kein Platz für eine reiche Erbin aus gräflichem Haus, wie sie es war, gewesen, das sah sie ja selbst ein und konnte es zugleich nicht ertragen. Zudem fürchtete sie die kommende Nacht, in der sich unweigerlich enthüllen würde, was bisher nur sie und Raimón gewusst hatten. Yolanda seufzte schwer. Ihre Mitgift war so üppig, dass Miguel die Tatsache, dass sie keine Jungfrau mehr war, sicherlich nicht überbewerten, ja, sie vielleicht mit keinem Wort erwähnen würde – jedenfalls hoffte sie das. Yolanda sah den beiden Priestern entgegen, die am Altar zwischen den prachtvollen Kerzen hantierten, und erwog noch einmal die verschiedenen Möglichkeiten.

Sie schluckte tapfer und war sich sicher, dass, was immer auch geschehen würde, die Momente mit Raimón im Mondlicht in ihrer Kammer es wert gewesen waren.

Sie würde dem Grafen von Cervera eine vorbildliche Ehefrau sein, sein Vermögen mehren und ihm Kinder gebären, nie aber, so schwor sie sich, als sie jetzt niederkniete, würde sie ihm die Worte ins Ohr flüstern, die sie zu Raimón de Miraval gesagt hatte. In gewisser Weise würde sie ihrem Troubadour für immer die Treue bewahren.

Für ihren Gemahl, Miguel de Cervera, war es die zweite Eheschließung, nachdem seine erste Frau, die schöne Alicia, ihn schmählich mit einem jungen französischen Kreuzritter verlassen hatte. Er tröstete sich damit, dass sie den kleinen Fernando hatte zurücklassen müssen, und hatte bei Gott geschworen, dass sie den Jungen niemals wieder im Leben zu sehen bekommen sollte. Das würde sie hart treffen, mehr als jeder Fluch, den er ihr hinterhergerufen hatte. Miguel de Cervera gab sich weiteren Rachegedanken hin, während er zum Altar schritt. Es war eines Mannes nicht würdig, sich so wegen einer Frau zu grämen, noch dazu am Tag der Hochzeit mit der nächsten Ehefrau, aber es war nun einmal so. Miguel de Cervera schnäuzte sich geräuschvoll. Er konnte den Tag nicht genießen, sein Herz war voll ungestümer Trauer um die Verlorene, und er bezweifelte ernsthaft, dass er mit Yolanda das tun konnte, was sie, aufgewühlt durch die Lektüre zahlreicher Ritterromane, heute Nacht sicherlich von ihm erwartete. Nun gut, er würde sich ordentlich betrinken und das arabische Aphrodisiakum zu sich nehmen, das ihm sein Arzt gemischt hatte.

Fernando, der hinter seinem Vater einherging, gekleidet wie ein kleiner Erwachsener, heulte Rotz und Wasser – er war ein sensibles Kind, das immer noch nicht verstand, warum seine Mutter von einem Tag auf den anderen verschwunden war.

Das Singen der Chorknaben machte den Grafen von Cervera nur noch trauriger. Und Fernando hinter ihm, verängstigt von all den Menschen, dem Weihrauch und den beiden Priestern, schluchzte bitterlich.

Sein Vater schniefte erneut auf. Am Ende bereute Alicia noch, was sie getan hatte, eines Tages kam sie vielleicht zurück zu ihm. Demütig würde sie ihn bitten, ihr zu verzeihen, so, wie der Herr ja schließlich auch dem reumütigen Sünder verzieh. Welch ein Fehler, an diesem Tag der Ehemann Yolandas zu sein. Seine Rachegedanken waren verflogen. Kein Triumph wollte sich einstellen, keine Vorfreude. Der Graf von Cervera nahm seine frisch angetraute Ehefrau kaum wahr, als er an ihrer Seite durch das Hochzeitsportal die Kirche verließ.

Das Licht der Sonne blendete ihn für Momente. Er schloss kurz die Augen, dann nahm er auch schon die Segenswünsche entgegen, schüttelte Hände, ließ sich umarmen.

Eine Gruppe von Joglares mit farbigen Seidentüchern wirbelte über den Vorplatz, und ein Sänger verneigte sich vor dem Brautpaar, ehe er das Lied von der «Lauzata» anstimmte. Das stürmische Trommeln der Musikanten im Hintergrund löste die Trauer, die Miguel de Cervera empfand, mit jedem Schlag weiter auf. Hoffnung erhob sich in ihm und die Gewissheit, dass es eine Zukunft auch ohne Alicia gab. Nein, es würde nicht so sein wie mit ihr. All das war einmalig und unwiederholbar, so wie seine Jugendjahre, die er hinter sich gelassen hatte. Aber da würde noch etwas kommen, etwas Neues, Gewaltiges. Sein Blick fiel auf den blassen hoch gewachsenen Mann in der Menge, der in der Schar der Festgäste sofort auffiel. Der kurze Bart und die zerzausten Haare betonten seine Jugendlichkeit noch, während die schlichte schwarze Mönchskutte ihm etwas Weltabgewandtes verlieh, das eigentlich noch nicht zu ihm passte. Ihre Blicke begegneten sich.

Der Mann trat auf den Grafen und Yolanda zu und reichte Miguel die Hand, ohne die Hochachtung vor dem Stand der beiden, die sie gewohnt waren, erkennen zu lassen. Es war Fra Roberto. Sie waren sich schon einige Male begegnet. Stolz wie ein Bischof und dabei doch nichts als ein junger Hund, dachte Don Miguel irritiert. Und was macht ihn so stolz? Nichts als die Gewalt seiner Worte. Nur das, seltsam.

«Auch ich entbiete Euch meine Glückwünsche.»

«Danke.» Der Graf zwang sich zu einem Lächeln. «Das ehrt Euch, wo Ihr doch die Ehe für Teufelswerk haltet.»

«So simpel sind die Dinge nicht, mein Bruder.»

Schweigend sahen sie einander an, der Graf und der Wanderprediger.

«Ein schönes Lied», sagte der Schwarzgewandete, «passend für einen Hochzeitstag. Aber da ist noch mehr zu sagen. Lasst Ihr mich predigen, Herr Graf?»

«Wer ist das?», fragte Martí neugierig.

«Ein Wanderprediger aus Italien», antwortete Angelina. «Es sind viele wie er auf den Straßen unterwegs. Sie leben nur von dem Essen, das sie unterwegs bekommen.»

«Der da sieht aus, als ob er überhaupt nichts isst», murmelte Martí.

«Diese Leute essen kein Fleisch, keine Eier, keine Milch, nur Nüsse und Getreide und manchmal etwas Fisch.»

«Manchmal sind auch solche in Bicalaú aufgetaucht. Sie kamen aus Italien.» Martí erinnerte sich wieder. Da war einer gewesen, der einen Streit mit dem Pfarrer begonnen hatte. Es sei Unsinn, kleine Kinder zu taufen. Sein Vater war dem Geistlichen zu Hilfe gekommen. Er hatte dem Fremden Prügel angedroht und ihn fortgejagt.

Hier unter den Festgästen jedoch war die Stimmung dem Predigermönch gegenüber freundlich. Einigen war er offenbar bekannt.

«Dann predige heute vor uns, Roberto», rief der Graf. «Aber mach's nicht zu düster. Es ist schließlich ein Festtag!»

Der Mönch trat vor und stieg auf eine umgestülpte Holzkiste, um besser gehört zu werden. Mit klarer, deutlicher Stimme sprach er zu der Versammlung.

«Die päpstliche Kirche ist entartet. Sie will uns weismachen, dass die einfachen Menschen das Evangelium nicht selbst lesen dürfen, und verbietet, Gottes Wort in die Landessprachen zu übersetzen. Gepredigt wird auf Latein. Der normale Mensch kann also die Predigt nicht verstehen.»

Beifälliges Gemurmel erhob sich rundum.

«Prunk und Pracht der Kirche und ihrer Oberen setzen sie in Gegensatz zum Wort Gottes.

Gott ist nämlich nicht nur in der Gestalt des Hohen, Heiligen enthalten, sondern auch in der des Kleinen, Unscheinbaren, und muss in dieser Form ebenfalls aufgesucht und angeschaut werden.

So kann es nicht nur, so muss es sogar sein, so wahr Gott nur Gott ist als der Mensch gewordene und am Kreuz gestorbene, nicht als das über den Wassern schwebende Licht …

Und da wir hier auf einem Hochzeitsfest sind, sei an den heiligen Alexius erinnert, den bußfertigen Sohn aus reichem Haus, der seine frisch Vermählte verließ, um ein Leben in Armut zu führen –»

Martí langweilte sich. Einige der Festgäste entfernten sich, ohne das Ende der Predigt abzuwarten.

«Und was kommt jetzt?», fragte er Angelina, die wie gebannt zuhörte.

«Der Hochzeitsschmaus. Hinterher werden einige Männer

betrunken unter dem Tisch liegen, andere werden kotzen. Dann singen wir wieder. Übrigens – erschrick nicht über das, was ich tun werde! Gegen Abend findet dann das Turnier drüben im Tal vor der Tribüne statt.»

Er hatte noch nie ein Turnier gesehen, Martí schwieg, um sich nicht durch seine Unwissenheit lächerlich zu machen.

Obwohl es auf den Abend zuging, stach die Sonne immer noch mit unverminderter Kraft vom Himmel herab. Von allen Seiten wieherten Pferde auf und klirrten die Metallplättchen der Wappendecken. Eine Musikkapelle aus Männern mit Blasinstrumenten spielte eine langsame Tanzmelodie. Die Männer sahen aus wie Bauern aus einem Dorf, und Martí musste wieder daran denken, dass in Bicalaú alle Musik verboten war.

Nach dem Hochzeitsschmaus war Angelina unter dem Getrommel Don Raimóns über ein hoch gespanntes Seil zwischen zwei Eichen balanciert, und Martí hatte der Atem gestockt, so verwegen und gefährlich erschien es ihm, wie das Mädchen einen Fuß vor den anderen setzte.

Danach hockten er und Angelina dicht beieinander auf der rotweiß gestrichenen Stange, die die Turnierbahn von den Zuschauern abtrennte, und kauten abwechselnd an einem Weißbrot. Die hölzerne Tribüne hinter ihnen war dicht besetzt. In der Mitte auf den mit Wappenfahnen geschmückten erhöhten Sitzen thronten der Conde Vallderonca mit seiner Frau und dem älteren Sohn und neben ihnen das Brautpaar. Ein Herold in rot-goldenem langen Gewand trat auf die Bahn vor und verkündete mit lauter Stimme die Namen der Sänger und Joglares, die gleich auftreten würden.

Im kurz abgesichelten Gras vor der Tribüne ging eine Amme mit einem zornig schreienden Jungen an der Hand auf und ab. Er war höchstens fünf Jahre alt.

«Das ist Peire, der jüngere Sohn des Conde», flüsterte Angelina.

Martí hatte es sich fast gedacht, angesichts der golddurchwirkten Festkleidung des Kindes. Peire de Vallderonca schrie wie am Spieß und schlug nach seiner Kinderfrau, der es nicht gelang, ihn zu beruhigen.

«Da kommen sie.» Angelina beugte sich weit vor. Martí konnte sich nicht abwenden vom Anblick des tobenden kleinen Grafen.

Plötzlich riss Peire sich los, die Amme schrie auf und versuchte ihn zu fassen, doch er entkam ihr. Triumphierend lief er weiter. Niemand achtete auf ihn. Alle Augen waren bereits auf die aufeinander zustürmenden Reiter gerichtet. Die Amme kreischte erneut auf; mit einem Jubelschrei taumelte das Kind zur Rennbahn hin und bemerkte aus seinem Blickwinkel die drohende Gefahr nicht. Martí hörte undeutlich den hundertstimmigen Aufschrei von der Tribüne.

Die Pferde stürmten aufeinander los. Die Ritter standen leicht gebeugt mit angelegten Waffen in den Steigbügeln.

Auch Angelina schrie gellend auf. Ohne nachzudenken, stürzte Martí von der Schranke auf das Kind zu und bekam es im Nacken zu fassen wie einen jungen Hund. Ein unglaubliches Brausen umtoste ihn. Dreck flog ihm um die Ohren, er hörte Pferdewiehern und spürte, wie die Pferde sich in seiner Nähe aufbäumten. Die Reiter brüllten wie Stiere. Irgendetwas krachte schwer gegen seinen Schädel. Doch Martí spürte weder Angst noch Schmerz, nur die Entschlossenheit, das zu tun, was er tun musste. Martí zerrte den widerstrebenden Kleinen aus der Bahn, hielt ihn mit beiden Händen fest und lehnte sich zitternd an den Olivenbaum neben der rotweißen Schranke.

Plötzlich bemerkte er, dass sie ihn alle umringten. Da waren der Conde Julián, seine Schwester, die Braut, Fra Roberto und viele andere. Angelinas Gesicht schwebte auf einmal dicht über seinem, gleichzeitig rief Don Raimón immer wieder «Flohlump». Und dann war da endlich Urruaca, seine Großmutter. Sie lächelte ihr zahnloses Lächeln. Es war so gut, dass sie da war. Martí versank in Dunkelheit.

«Es war ein Wunder», sagte Fra Roberto. Mit Mühe öffnete Martí die Augen. Seine Schulter stach grausam, und er ließ sich sofort zurücksinken.

«Wer auch immer du bist, fremder Junge, du warst meinem Sohn ein Schutzengel.»

Martí hörte jedes Wort, verstand aber nicht, was da gesagt wurde. Er schien auf einem mit weißem Leinen bedeckten Bett zu liegen, der Conde stand vor ihm und hielt seine Hand.

«Er muss hier bleiben», sagte der Conde. «Gott hat es so gewollt. Von heute an wirst du Peire beschützen.»

«Flohlump!» Don Raimón sah Martí anerkennend an. «Flohlump, heute war dein Glückstag, den du im Leben nicht vergessen wirst. Ich bedaure fast, dass du auf Vallderonca bleibst.»

Alles tat so weh. Martí verzog das Gesicht. Er wollte allein sein. Aber dann sah er Angelina, die offensichtlich traurig war. Der Schmerz in Schulter und Arm hinderte ihn, nach ihr zu greifen und sie zu trösten.

Jemand hielt ihm einen silbernen Becher an den Mund und flößte ihm Wein ein, der einen bitteren Beigeschmack hatte. Martí trank langsam und spürte eine wunderbare Leichtigkeit und tiefe Ruhe in sich aufsteigen.

Angelina weinte trotzig vor sich hin.

Don Raimón strich über ihr krauses Haar. «Du wirst ihn vergessen.»

«Niemals», schluchzte Angelina.

«Er ist gerade mal zehn Jahre alt und nichts als ein jämmerlicher Bauernbengel und Flohlump. Töchterchen, du hast einen König verdient, glaub es einem alten Troubadour.»

Dann geschah etwas, das Martís Fassungsvermögen überstieg. Angelina beugte sich über ihn und küsste ihn auf den Mund. Für Sekunden sah er ihre grünlichen Augen über sich, berührten ihre seidigen schwarzen Löckchen seine Stirn.

Ungläubig und erschrocken nahm Martí wahr, wie die beiden eilig den Raum verließen. Er hörte auf zu denken und versank in tiefen traumlosen Schlaf.

Vallderonca, 1185

Die Helligkeit des sommerlichen Morgens fiel durch den Rundbogen des Fensters in den gemauerten Raum. Scheppernd bimmelte von weit her ein Glöckchen. Ängstliche Mutterschafe blökten unterhalb der Burg nach ihren Lämmern.

Martí zupfte am Ärmel seines Leinenkittels. Wie sollte er es nur anstellen, den Befehl des Grafen auszuführen? Du lieber Gott, wer war er denn? Gerade mal fünf Jahre älter als der junge Graf, fast sein Spielgefährte. Doch das zählte nicht, denn er war einer, der Befehle ausführen sollte, ohne nach dem Warum und Wozu zu fragen. Martí wollte nicht noch einen Zahn verlieren wie neulich, als der Graf ihn im Zorn zusammengeschlagen hatte. Martí bemühte sich, ein guter Diener zu sein.

Das war nicht leicht bei diesem Herrn, der über so viel Macht verfügte, dass sich in ganz Aragon kein Adeliger mit ihm vergleichen konnte, außer dem König. Einerseits war Martí stolz darauf, Diener auf der Burg von Vallderonca zu sein, der einzige Junge aus seinem Dorf, der zu solchen Ehren gekommen war, der einzige Peón weit und breit, der sich zweimal die Woche an Hühnchen laben konnte und weißes Brot zu essen bekam wie die Edlen.

Bei aller Unberechenbarkeit hatte der Graf das feste Vertrauen, dass Martí der von Gott gesandte Schutzengel Peires auf dieser Erde war, und das hatte die Stellung des Dieners über die Jahre immer gesichert. Doch seit gestern war alles anders.

Er durfte nichts falsch machen, nicht jetzt, wo der Conde so zornig war. Ein kleiner Fehler reichte aus, und sie würden ihn zurückschicken. Dann würde er für den Rest seines Lebens auf den Feldern schuften müssen. Nie wieder wollte Martí in der Mittagshitze Unkraut jäten, bis ihm der Schädel dröhnte und der Rücken schmerzte, nie wieder tagealtes grobes Brot kauen. Wenn er auch nur der unterste Diener war, zuständig für Nachtgeschirr und Kleidung der jungen Herren, so war es doch ein Leben im Glanz ihrer Herrschaft, ein Leben mit feinem Essen und – für ihn wichtiger als das Brot – Musik. Martí selbst war ein anderer geworden. Er liebte es, die Reden seiner Herren zu wiederholen, zu sprechen wie sie, zu lachen wie sie und ihre alten Kleider aufzutragen. Manchmal malte er sich aus, auf dem Marktplatz einer großen Stadt neben dem jungen Herrn zu stehen und die Flöte zu blasen, während Peire die Al-ud schlug und sang. Manchmal wünschte er sich sogar, ein Senhor in Stiefeln und Rüstung zu sein, so einer, dem der samtene Mantel über die Schultern wehte. Er wusste durchaus, dass er es nie so weit bringen konnte. Es war sogar Sünde, das zu wollen – den Mantel, die Stiefel und die Rüstung –, so hatte ihn der Pfarrer bei der Beichte belehrt. Aber Martí konnte davon nicht lassen. Ein Schimmel, ein feuriger Fuchs oder ein Rappe, mit ihm, Martí, im Sattel. Wenn er die Rösser der jungen Herren aus dem Stall holte, stellte er sich vor, sie gehörten ihm. Die Wünsche in seiner Brust waren wie Unkraut in einem Klostergarten. Sie wucherten und hatten hartnäckige tiefe Wurzeln, von Natur aus robuster als all die gesitteten Kräutlein, die dort eigentlich wachsen sollten.

Es gab kein Zurück. Bicalaú, das war das Fegefeuer auf Erden, dem er durch eine glückliche Fügung entronnen war. Und er spürte deutlich, dass Gott noch mehr mit ihm vorhatte, dass er noch nicht am Ende des Wegs angekommen war. Missmutig erinnerte sich Martí an seinen Vater Antoni, der an schlechter Laune und Grausamkeit Conde Julián in nichts nachstand. Immerhin aber gab es hier weniger Wanzen in den Betten und Flöhe in den Räumen als in seinem heimatlichen Bergdorf. Schaudernd dachte Martin zurück an das einfache Bruchsteinhaus, in dem im Winter die Ziegen herumgelaufen waren. Einmal, es war sein Namenstag, war er hier seiner Schwester begegnet. Barfuß und schmutzig stand sie am Eingangstor der Burg, einen runden Ziegenkäse von zu Hause unter dem Arm für ihn, den er ihr am liebsten wieder zurückgegeben hätte. Sie hatte nur gestammelt wie die Dörfler aus dem Gebirge, und Martin hatte sich unendlich geschämt.

Da lag der Junge, mehr tot als lebendig, ein zitterndes Bündel unter der Decke mit dem aufgestickten Wappenadler derer von Vallderonca. Nur die Hände waren zu sehen, kleine verkrampfte Finger, die Halt suchten. Martí hatte Peire an den Schultern wachgerüttelt. Er war laut geworden, obwohl ihm sein Schützling leidtat. Schließlich war er noch ein Kind, und anders als die Bälger der Bauern, die früh mit aufs Feld mussten und an harte Arbeit und Prügel gewohnt waren, kannte der Sohn des Grafen die Härte des Lebens nicht. Mit dem gestrigen Tag war das schlagartig anders geworden. Für den Rest des Lebens würde Peire de Vallderonca Wasser und Brot zu sich nehmen und stundenlang im Gebet auf dem kalten Steinboden des Klosters ausharren. Sofern er einsichtig war, und Martí hoffte sehr, dass er es sein würde, würde er sich freiwillig geißeln und kasteien.

«Don Peire, Ihr müsst aufstehen. Der Conde ist schon ungeduldig.» Ratlos sah er zum Bett hin und fürchtete sich zugleich davor, das Gesicht Peires zu sehen. Ihm graute davor, seinen Herrn im Kloster abzugeben, nicht so sehr wegen Peires weiteren Schicksals, eher wegen der Unsicherheit seiner eigenen Stellung auf Vallderonca. An einem Tag hatte er seine beiden Herren verloren. Am Ende kam noch einer auf den Gedanken, er sei jetzt überflüssig, ein unnützer Fresser, und schickte ihn heim in sein Dorf.

Dem Jungen war immer noch übel, das sah man. Er zitterte am ganzen Körper und konnte das Zähneklappern nicht unterdrücken. Als Martí ihn am Morgen geweckt hatte, hatte er sich würgend übergeben. Dann war er zurück auf seine Bettstätte geflüchtet, hatte die Decke über den Kopf gezogen und sich nicht gerührt.

Martí hielt sich vor Augen, dass der Graf ihn auspeitschen würde, wenn er seinem Auftrag nicht nachkam. Der Graf schlug schnell zu. Viele Herren waren so. Was für ein Leben, wenn man wie ein Hund ständig vor der Peitsche zittern musste. Zweifellos war Gott jedoch der größte Herr, und er hatte gestern, Martí seufzte auf, den Grafen gezüchtigt. Gott allein konnte es, nicht einmal der König hätte es gewagt. Der Graf war reich, er gebot über fünftausend Peones, über Pinienwälder und Äcker voll Weizen, das Kloster, die Backofenrechte in den Dörfern und einige Mühlen. Weit und breit gab es keinen Mann, der mehr Macht hatte und reicher an Besitztümern war als der Conde. Und doch war das Schrecklichste geschehen. Gott hatte mit der Peitsche ausgeholt und nach dem Haupt des Conde gezielt. Alvaro, der Stolz seiner Eltern, die Freude Aragons, war tot. Es war entsetzlich, und doch auch gerecht, wie Martí dachte.

Er würde Peire dazu bringen, ihm zu folgen.

«Kommt, zieht das an.»

Martí warf ein graues kratziges Gewand aus Wollstoff auf die Bettdecke. Für Sekunden tauchte der Kopf des Jungen hervor. Seine Augen waren rot und geschwollen vom Weinen, die Nase noch blutverschmiert von den Schlägen des Conde.

«Gib mir meine richtigen Kleider.»

Martí erschrak über die Stimme des Kindes, die über Nacht zum Krächzen eines alten Mannes geworden war.

«Don Peire, Ihr müsst diese Kutte anziehen. Bitte, Don Peire, tut es, Ihr wisst, Euer Vater –»

Peire krümmte sich erneut. Dann klammerte er sich an seine Wolldecke, entschlossen, dieses Bett keinesfalls zu verlassen. Für immer hier bleiben und schlafen, das war die Rettung.

«Don Peire, bitte –»

Der Junge sah nicht zu Martí hin, vielleicht hörte er nicht einmal, was er sagte. Er hustete, würgte und spuckte aus. Dann rieb er sich die Augen.

«Was muss ich tun, um zu sterben?», fragte er plötzlich mit der hohen kindlichen Stimme vom Vortag, die noch nicht in den Stimmbruch gekommen war.

«Ihr dürft nicht sterben», sagte Martí verlegen, «denkt an

Euer Seelenheil. Hoffentlich erreicht Ihr ein hohes Alter, denn Ihr müsst Buße tun für das, was Ihr getan habt. Würdet Ihr jetzt sterben, so würdet Ihr augenblicklich zur Hölle fahren.»

«Ich will zur Hölle fahren», sagte der Junge leise. «Mein Vater hat gesagt, ich werde zur Hölle fahren.»

«Nein, nein.» Martís Stimme bebte vor Mitgefühl. «Don Peire, Ihr werdet für lange Zeit diese Welt verlassen, das ist alles, versteht Ihr?»

«Hast du – Alvaro gesehen?»

Martí nickte.

Engel hatten ihn empfangen, Heilige ihn begrüßt, um ihn nach Jerusalem zu geleiten, der Heiligen Stadt.

Die Kerzen waren niedergebrannt. Schwaden von Weihrauch standen schwer im Kellergewölbe. Martí hatte angstvoll und aufgewühlt auf das Lager gestarrt, auf dem mit gefalteten Händen Alvaro lag. Die mittelblonden Haare des jungen Conde waren so ordentlich gekämmt, wie sie es im Leben nie gewesen waren. Seine Augen waren geschlossen, und er trug das lange blaue Festgewand. Verwesungsgeruch mischte sich mit dem Dunst von Weihrauch und Blumen. Martí kämpfte gegen die aufsteigende Übelkeit an, als er niederkniete und den Bund weißer Lilien neben dem toten Herrn auf der purpurfarbenen Decke ablegte.

Am Fußende des Lagers betete leiernd einer der Mönche vom Kloster die Totengebete. Domna Elvira war in ihrem Sitz neben der Leiche eingeschlafen. Martí versuchte den Geruch zu vergessen.

«Sag es mir ehrlich, ist er wirklich tot? Als er – als er am Boden lag, hat er noch gelebt.»

«Er ist bei Gott», flüsterte Martí.

Alvaro. Jahrelang hatte Peire in seinem Schatten gelebt. Was Alvaro vorgeschlagen hatte, hatte er getreulich ausgeführt. Alvaro hatte das gleiche mittelblonde lockige Haar wie Domna Elvira und blaue Augen wie sie. Wie ihr gelangen ihm lustige und treffende Bemerkungen, die von den Gästen und den Eltern wohlwollend und amüsiert aufgenommen wurden. Und er würde eines Tages Don Julián nachfolgen. Alvaro, nicht Peire, würde wie sein Vater zu Gericht sitzen und im Rat des Königs von Aragon eine Stimme haben. So jung er auch war, Alvaro wurde von den Dienern und den Infanzones des Hauses bereits Respekt entgegengebracht, während sie Peire kaum zur Kenntnis nahmen.

«Ich hab den Schlüssel für die Rüstkammer, Peire», hatte Alvaro gestern zu ihm gesagt.

«Wo hast du ihn her?»

«Don Julián ist betrunken und wird ein paar Stunden schlafen. Der Schlüssel hing am Gürtel seines Gewands, und ich habe ihn mir – ausgeliehen.» Alvaro lachte sein keckes Lachen. «Schließlich – wenn mein Vater schläft, bin ich der Conde von Vallderonca. Komm, wir holen uns richtige Schwerter.»

«Das dürfen wir nicht.»

«Ach, Peire. Ein Ritter muss mutig sein. Er darf sich vor nichts fürchten.» Alvaro blieb stehen. «Du fürchtest dich vor dem Dunkeln, vor Wildschweinen, vor Gespenstern, und du hast Angst vor Blut.»

Oswaldo war ihnen auf der Treppe begegnet. «Wo wollen die jungen Senhores hin?»

«Wir halten Wache vor der Tür von Don Julián. Er schläft. Geh in die Küche, Oswaldo, du weißt ja, wenn mein Vater schläft, bin ich der Conde und darf hier bestimmen.»

«Immer langsam, Senhor», brummte der Zwerg. Einen Augenblick lang starrte er hinter den Brüdern her, dann trollte er sich davon.

Peire hastete hinter Alvaro her, besorgt, sein Bruder könnte es sich anders überlegen und doch lieber allein in der Rüstkammer nach Waffen suchen.

Jeder hatte eine leichte Wurflanze mit eiserner Spitze genommen, die richtigen Stechlanzen waren ihnen zu schwer gewesen.

«Das genügt», entschied Alvaro.

«Kein Schwert?»

«Wir machen ein Turnier. Dazu brauchen wir nur die Lanze.»

Jetzt sah Peire die Szene wieder vor sich. Sie waren auf ihren Pferden gegeneinander angeritten, unten im Tal vor der Burg auf dem Turnierplatz.

Peire wusste genau, dass er wieder vom Sattel auf den Boden fallen würde. Bei jedem Zweikampf mit Alvaro war es so gewesen. Immer hatte der ihn mit der Holzlanze mühelos vom Ponyrücken geworfen. Peire presste den runden Kinderschild vor seinen Körper, während er losritt, und umklammerte mit den Beinen den runden Bauch des kleinen Pferdes, um dem Stoß des Älteren standzuhalten. Und wie jedes Mal, wenn sie Turnier spielten, schrie er laut und durchdringend, als wollte er den Schmerz und die Wucht des Sturzes vorwegnehmen. Über die Lanze, die er Alvaro entgegenhielt, dachte er gar nicht nach. Alles, was er anstrebte, war, auf dem Ponyrücken sitzen zu bleiben. Sich oben zu halten war Triumph genug.

Diesmal blieb er oben. Peire nahm wahr, dass Alvaro vom Pferd fiel. Sein Geschrei verwandelte sich in Jubelgeheul. In weitem Bogen sprengte er um den gestürzten Körper Alvaros, dessen Pferd mit hängendem Zügel zur Seite getrabt war. Dreimal ritt Peire um den am Boden liegenden Bruder herum, der sich nicht rührte. Dann begriff er, dass Alvaro Hilfe brauchte. Er rammte dem erschreckten Pony den Sporn in die Seite, um es zum Halten zu bringen, und sprang ab. Alvaro lag mit eigenartig verdrehtem Körper im Sand, die Hände nach vorne geworfen. Die rechte umklammerte einen kleinen Zweig, der zufällig dort gelegen hatte. Peire beugte sich über Alvaro. Er atmete tief ein und warf ihm einen schrägen Blick zu.

«Ich bin Sieger. Steh auf.» Peire stieß mit der Fußspitze leicht gegen den Älteren.

Aus Alvaros Mund trat Blut, nicht viel. Er versuchte etwas zu sagen, brachte aber kein Wort hervor.

Mehr war es nicht. Alvaro hatte nicht aufgeschrien, sie hatten nicht gekämpft. Peire hatte nur den Bruder mit der Lanze aus dem Sattel gehoben und zu Boden geworfen. Endlich einmal er Alvaro und nicht Alvaro ihn.

Vielleicht war er zu schnell und zu heftig gegen Alvaro angeritten, aber er war jünger und schwächer und hatte das kleinere Pony, es war die einzige Chance gewesen, die er hatte. Das Siegesgefühl hatte ihn danach übermannt, es war, als ob hundert Fanfaren auf einmal losbliesen. Doch als er beglückt im Kreis um den Gefallenen geritten war und die Hand zum Himmel gereckt hatte wie die erwachsenen Ritter beim Turnier, hatten unsichtbare Engel schon neben Alvaro gestanden und ihn an der Hand genommen, um ihm den Weg zu zeigen, den er nach Jerusalem nehmen musste.

Die Mönche würden Peire einschließen. Er würde einmal am Tag Wasser und Brot durch einen Spalt in der Tür gereicht bekommen, gerade genug Nahrung, um nicht Hungers zu sterben. Martí hatte das alles gehört, und ihm schauderte bei der Vorstellung. Andererseits war die Bestrafung, eingemauert zu werden, im Fall des jungen Grafen durchaus angemessen. Sicher war es gut für die Seele des Jungen, wenn er, unbeeinflusst von den Reizen der Außenwelt, den Gesprächen mit Gleichaltrigen, sich ganz auf seine Buße konzentrierte.

Das Kloster lag auf halber Höhe des Berges inmitten eines Steineichenwaldes. Gescheckte Schweine liefen unter den Bäumen umher. Eine in Stein gefasste Quelle lag dem Portal gegenüber.

Am Eingang begrüßte sie der zittrige alte Bruder Pförtner mit dem Evangelium in der Hand. Erst drückte der junge Graf den Friedenskuss auf den kostbaren, in Leder gebundenen Folianten, dann kniete Martí nieder, um das Gleiche zu tun.

Er kannte sie alle, den Bruder Pförtner, der sie zum Prior geführt hatte. Den alten Prior mit der schleppenden Aussprache und den Warzen im Gesicht, den jungen Pater Urban, der eine Zeit lang auf der Burg gelebt hatte und mit den Kindern des Grafen befreundet war.

Martí war hin- und hergerissen zwischen Abscheu über die Tat Peires und Mitleid mit seinem Herrn. Gewiss, er fürchtete den Conde Julián, aber ebenso fühlte er sich Peire verbunden. Peire, mit dem zusammen er immer Musik gemacht hatte, dessen Joglar er gewesen war. Wie man es auch sah, Peire zu verstoßen bedeutete, ihn zu verstoßen. In ratloser Verzweiflung senkte Martí den Kopf.

Nebeneinander waren sie den Pfad zum Kloster gegangen. Niemand hatte sie gegrüßt, jeder hatte sich still abgewendet, sobald er des jungen Grafen ansichtig geworden war. Martí hatte sich immer wieder Augen und Nase mit dem Ärmel gewischt, während Peire stumm und klaglos neben ihm lief.

Der alte Prior trat durch den dunklen Gang voran, der Schlüsselbund an seinem Gürtel klapperte bei jedem Schritt. Der Mönch Urban hielt Peires eiskalte Hand.

«Geh, Martí, du kannst dem Grafen berichten, dass wir alles tun, wie es besprochen wurde», sagte der Prior. «Nun geh schon.»

Das Flehen in Peires Augen verhinderte, dass Martí sich gleich aus dem Staub machte.

«Ich soll mitkommen», behauptete er, obwohl ihn niemand angewiesen hatte, Peire bis an die Schwelle seines Gefängnisses zu begleiten.

Peire folgte dem Prior mit gesenktem Kopf, seine Lippen bewegten sich lautlos. Er wusste, dass sie ihn einmauern würden, und doch regte sich kein Widerstand in ihm. Es würde für eine lange Zeit sein, vielleicht für den Rest seines Lebens, und das war gut so. Plötzlich blieben alle ruckartig stehen. Die Novizen schwenkten ihre Weihrauchgefäße, der Prior besprengte Peire erneut mit Wasser.

Martí duckte sich in eine Wandnische, von wo aus er das Geschehen weiterverfolgte. Urban trat jetzt zu Peire und berührte seinen Arm. Peire schien ihn nicht zu bemerken. Martí überlegte, ob er weinte. Urban hatte eine Al-ud erhoben. Martí beugte sich vor, um zu sehen, was der Mönch mit der Al-ud wollte. Genau genommen gab es in einem Kloster keine Verwendung für die maurische Laute. Das Instrument war schwer zu spielen, außerdem waren es meistens Moros, die damit Musik machten. Christliche Mönche sangen die Psalmen oder Choräle ohne Instrumentenbegleitung, sie benutzten allenfalls einmal Flöten oder Harfen, und in einigen wenigen Klöstern gab es Orgeln.

«Nehmt sie, Don Peire», sagte Urban und drückte dem Jungen das kostbare Stück in die Hände.

Eine sonderbare Aufregung ergriff Martí. Er trat näher.

«Was machst du noch hier, Lümmel? Scher dich fort.» Der warzengesichtige Prior wedelte mit dem weiten Ärmel, als wollte er eine Mücke verscheuchen. «Fort, hast du keine Ohren am Kopf?»

In Erwartung eines Schlags duckte Martí sich und ging rückwärts. Dann, bewegungslos im Schatten der Wand stehend, schien er verschwunden.

Fassungslos griff Peire nach dem Holzkörper.

«Ich darf nicht –»

«Doch, Ihr dürft.»

Peire begann zu weinen über Urbans unvermutete Freundlichkeit und über die Ungeheuerlichkeit des Geschenks. Nichts außer dem Gebetbuch hatte er mitnehmen sollen, und jetzt war da etwas, fast so viel wie ein Gefährte in der Einsamkeit.

Zarte Töne drangen aus dem Holzkörper, als er das Instrument an sich drückte.

Er hatte kein Recht auf die Al-ud, er am wenigsten, schuldig, unwürdig, verdammt in alle Ewigkeit, wie er war.

«Seid froh, dass Ihr das Instrument habt», sprudelte Martí hervor. «Ihr müsst jeden Tag darauf spielen. Ihr wisst ja, eines Tages –»

Der Prior hob wütend die Hand und packte Martí wie einen Hund. «Der Rotschopf ist zudringlich wie eine Mücke. Endgültig, fort.»

Martí huschte davon.

«Sie wird Euch ein Trost sein in der Finsternis», sagte Urban, bevor sich die Holztür hinter Peire schloss.

Im Inneren des Gewölbes erkannte Peire das Bettgestell mit einem Strohsack und ein Kruzifix an der weiß getünchten Wand. Ein kleines Rundbogenfenster ließ etwas Licht und Wärme in den Raum und gewährte Ausblick auf ein Stück bewaldeten Bergrücken.

Zitternd trat Peire zum Bett und verkroch sich auf dem Strohsack. Die Al-ud legte er neben sich. Noch trennte ihn nur die Holztür von der Welt draußen. Peire horchte angespannt hinüber.

Es dauerte nicht lange, bis sich murmelnder Gesang und entschiedene Schritte seinem Gemach näherten. Die Tür öffnete sich weit. Jemand hob sie aus den Angeln.

«In nomine patris et filii et spiritu sancti», sang der Prior. Peire rutschte auf den Boden und kniete nieder. Chorknaben versprengten Weihwasser auf die Fliesen und über Peires nass geschwitzten Körper.

«Bete», befahl der Prior.

Peire senkte den Kopf. Leise flüsterte er das Ave Maria.

Am Abend hatten die Maurer ihr Werk vollbracht. Die Tür war bis auf eine schmale Klappe zugemauert. Es roch nach feuchtem Mörtel. Peire trat an das Fenster und sah hinaus auf den Bergwald. Ohne sie zu sehen, hörte er die Quelle unterhalb des Gebäudes rauschen. Frösche begannen zu quaken. Hoch im Himmel standen zwei Sterne. Die Nacht war voller Geräusche.

Peire empfand weder Trauer noch Schmerz. Zu seiner Verwunderung war da ein Gefühl wie Befreiung, eine ungestüme Hoffnung auf ein geheimnisvolles besseres Leben, das doch nicht sein konnte. Er sah hoch zu den Sternen. Hier in seinem Gefängnis aus schweren Steinen war er ganz allein, nur noch er mit der Al-ud. Jetzt, eingeschlossen, wie er war, kam etwas Neues, etwas Unglaubliches auf ihn zu. Es war, als ob die Sterne mit ihm sprechen wollten. Peire hielt den Atem an.

Martí verlangsamte seinen Schritt, als er auf das Burgtor zukam, von dem die Trauerfahne herabwehte. Er weinte selten und nur dann, wenn es keiner sah, aber hier und jetzt war ihm danach. Die Knie zitterten ihm, er wusste nicht, was das zu bedeuten hatte, ob es Angst oder Hunger war. Wegen des Todesfalls wurde in der Burgküche nämlich ohne Fleisch gekocht. Ob es einen Heiligen gab, den er anrufen konnte, dass der Zorn des Conde auf die unschuldigen Ponys seiner Söhne und die Stallknechte und ihn, Martí, bald nachließ? Er hätte den Bruder an der Pforte des Klosters fragen sollen.

«Rotschopf, dreh dich um!»

Martí gehorchte der schneidenden Stimme. Ein baumlanger Kerl mit ungepflegtem Bart stand im Schatten, an den Stamm einer Pinie gelehnt, einen Weinschlauch in den Händen, und sah ihn an. Martí hätte fast aufgeschrien. Er erkannte den Mann sofort, vor ihm gab es kein Entkommen, das hatte er immer gewusst. Er war der Einzige, der noch stärker war als der Conde. Martí schlug der Länge nach hin.

«So viel Angst musst du nicht vor deinem Vater haben.»

Willenlos erhob sich Martí, am ganzen Körper schlotternd. Es war, als zöge ihn der Mann im Schatten nur mit der Kraft seines Blicks wieder auf die Füße.

«Feines Stöffchen.» Antoni befingerte das Gewand, das sein Sohn trug.

«Woher weißt du –»

«Ich hab die ganze Zeit gewusst, dass du hier bist, auf Valldemonca», sagte Antoni seelenruhig und spritzte sich Wein in den Mund. «Malena war einmal da, hast du das schon wieder vergessen vor lauter Wohlleben?»

Vorwurfsvoll musterte er Martí.

«Aber es gab gewisse Gründe, weshalb ich nicht zum Conde gegangen bin, um ihm mitzuteilen, dass du kein vaterloser Bankert bist. Bei Gott, nein.»

Nur langsam begriff Martí, dass Antoni nicht gekommen war, um ihn zu vernichten. Er atmete tief durch.

«Wie geht es Urruaca?» Martí kämpfte um seine Fassung, als er ihren Namen aussprach.

«Sie betet jeden Tag für dich. Und seit zwei Tagen mehr denn je. Sie ist die Einzige, die alles weiß. Als ich die Nachricht vom Tod des Erbgrafen hörte, habe ich ihr alles erzählt, was es dazu zu sagen gibt. Nur ihr, sie ist zuverlässig.»

Ratlos sah Martí zu ihm auf.

«Sie war nicht verwundert. Im Gegenteil – sie hat gesagt: Ich wusste immer, dass es Martí einmal zu etwas bringen wird. Was sagst du dazu?»

Martí sah Antoni prüfend an. Er war angetrunken, sprach aber klar und deutlich. Sein Vater reichte ihm den Weinschlauch und sah belustigt zu, wie sein Sohn gierig trank.

«Bist ein hübscher Kerl geworden», sagte Antoni völlig unvermutet. «Ich werde es allen in Bicalaú erzählen, jetzt, wo ich dich gesehen habe.»

«Du weißt sicher, was sich zugetragen hat», begann Martí.

«Deswegen bin ich gekommen.»

Antoni beugte sich vor und sprach leiser. «Der Bruder hat den Bruder getötet. Vor langer Zeit am Tag der Geburt des Jüngeren hat eine Zigeunerin in Al-Andalus dies dem Conde prophezeit. Niemand glaubte ihr.»

Martí umklammerte den Weinschlauch.

«Setz dich zu mir in den Schatten. Ich werde nämlich gleich

verschwinden, nachdem ich dir etwas Wichtiges gesagt habe, für das es jetzt an der Zeit ist.»

Martí ließ sich nieder. Mit seinen tellergroßen Händen packte Antoni aus einem mitgebrachten Korb riesige Räucherwürste, breitete ein grob gewebtes Tuch auf dem Boden aus und schnitt abwechselnd Brot, Käse und Wurst ab, die er Martí in den Mund steckte. Martí kaute langsam, und ein seltsames Gefühl, fast wie Glück, stieg in ihm auf.

«Bist du satt?»

Martí nickte und verstand immer noch nicht, worauf die Begegnung hinauslaufen sollte.

«Sind alle gesund? Malena, die Mutter?»

«Malena heiratet Ende des Sommers. Die Mutter trifft schon Vorbereitungen, du weißt ja, wie die Frauen sind. Wirst du kommen?» Und ehe Martí antworten konnte, fügte er schnell hinzu: «Nein, komm lieber nicht. Das wollte ich dir nämlich sagen. Lass den Conde niemals erfahren, dass du der Sohn von Antoni aus Bicalaú bist. Er würde sich sofort an die Prophezeiung der Zigeunerin erinnern.»

Antoni pfiff das uralte Maultier herbei, das am Abhang des Weges Gras und Disteln gerupft hatte.

«Grüß sie alle von mir», sagte Martí, während Antoni die Reste der Mahlzeit zusammenpackte. «Eines Tages werde ich nach Bicalaú zurückkehren.» Er wollte noch sagen: «mit Musik und als Joglar», aber er traute sich nicht.

«Wird es zu Malenas Hochzeit Musik und Tanz geben?»

Antoni sah ihn durchdringend an. «Du redest wie deine Mutter, die das mit der Musik auch nie eingesehen hat. Du weißt doch, was die Männer von Bicalaú geschworen haben. Erst wenn wir unser Dorf südlich des Ebro wiedererobert haben, werden wir wieder tanzen und singen.»

«Vater, wenn der Tag da ist, werdet ihr nicht mehr wissen, wie man tanzt und musiziert. Nicht einmal singen könnt ihr dann.»

«Es wird ein Festessen zu Malenas Hochzeit geben. Das muss genügen.»

Antoni schwang sich auf das Reittier, drückte ihm die Sporne in die ausgemergelten Flanken und sprengte davon. Martí sah hinter ihm her, unsicher, was er von diesem Besuch halten sollte. Nicht, dass er sich über ihn gefreut hätte, aber irgendwie kam doch etwas wie Verlassenheit in ihm auf, als er schweren Schrittes allein in den Burghof ging, wo ihn niemand erwartete.

Er trat zunächst in den Stall, wo nur die beiden verletzten Ponys der jungen Herren standen und ein paar Pferde der Trauergäste einzeln angebunden waren. In seinem Wutanfall nach Alvaros Tod war Don Julián zunächst über die beiden Tiere hergefallen und hatte sie getreten und geschlagen. Die übrigen Pferde und Lasttiere grasten draußen auf dem Weideplatz im Schatten der Burgmauer.

Verängstigt und zitternd standen die kleinen Schecken dicht nebeneinander, als wollten sie sich Trost spenden. Sie reckten ihm die Nüstern entgegen.

«Ihr könnt nichts dafür, arme gute Viecher», murmelte Martí begütigend und strich ihnen über die Köpfe. Jetzt erst bemerkte er Oswaldo, der im Stroh saß, ein Schachbrett vor sich, und gegen sich selbst spielte.

«Solltest du nicht bei der Domna sein?», erkundigte sich Martí behutsam.

«Domna Elvira braucht jetzt keinen Narren. Fürs Erste hat sie mich davongejagt. Du weißt ja, das Kamel trägt Zuckerrohr und bekommt nur Dornen zu fressen.»

Martí hockte sich zu ihm.

«Scheint so, dass ich nun auch nicht mehr gebraucht werde.»

Oswaldo hob den Kopf. «Nur langsam, Junge. Wir werden alle gebraucht, auch wenn die Herrschaften es vergessen haben. Heute wollen sie uns fortjagen, und übermorgen rufen sie nach uns.»

«Meine beiden Herren sind nicht mehr auf Vallderonca.»

«Nur der eine, der andere wird dich weiterhin benötigen. Mehr als früher vielleicht. Er wird nicht für immer im Kloster bleiben.»

Martí schluchzte auf.

«Ich weiß, dass sie ihn eingeschlossen haben.» Der Zwerg lachte höhnisch. «Es gibt ein Kirchenrecht, das ihnen das sogar verbietet. Inkluse dürfen nur auf eigenen Wunsch eingemauert werden. Man müsste dafür sorgen, dass die Sache sich weiter herumspricht.» Er lächelte verschmitzt.

«Immerhin ist er jetzt vor den Zornausbrüchen seines Vaters geschützt.»

«Kluger Junge», lächelte Oswaldo. «Ich bin sicher, es war Urbans Idee, ihn in die Zelle zu bringen.»

«Wer würde denn auf Urban hören? Er ist doch nur ein Mönch.»

«Pah –», Oswaldo schnaubte durch die Nase, «warte ab, was aus Urban wird. Bald wird er kein einfacher Mönch mehr sein, wenn er nicht sogar auf andere Weise von sich reden macht –»

«Willst du damit sagen, dass er einen einflussreichen Vater hat?» Jeder Vorwand war Martí momentan recht, um auf das Thema «Vater» zu kommen.

«Es gibt Menschen, die nicht nur einen, sondern sogar zwei Väter haben», sagte Oswaldo geheimnisvoll, «und glaub mir, Rotschopf, zwei Väter sind mehr als einer.»

«Meiner war gerade da, auf dem Weg vor der Burg, und hat mich davor gewarnt, irgendeinem Menschen zu erzählen, dass er Antoni heißt», platzte Martí heraus, «vielleicht ist er schon so alt, dass er nicht mehr weiß, wovon er redet.»

Oswaldo schloss die Augen und versank in Gedanken. Schließlich nahm er König und Dame vom Brett vor seinen Knien und hielt sie in die Luft, als wolle er mit ihrer Hilfe etwas erklären.

«Jeder Mensch hat Vater und Mutter.»

Martí starrte die zierlichen Holzfiguren an.

«Und er denkt, er weiß alles über sie, weil er sie ja von Geburt an kennt. Dabei aber gibt es immer ein Rätsel, das er lösen muss. Kein einfaches, sondern etwas, wofür er Jahre, Jahrzehnte brauchen wird.»

«Ist dir etwa nicht bekannt, wer dein Vater und deine Mutter sind? Bei mir ist alles ganz klar. Meine Eltern sind Maria und Antoni aus Bicalaú, und meine Großmutter heißt Urruaca.»

«Rotschopf, ich verrate dir etwas. Vor über tausend Jahren gab es in Athen einen Weisen. Er verkündete überall: Ich weiß nur zu gut, dass ich nichts weiß.»

«Ich habe keine Lust, mir heute lauter Unsinn anzuhören», murrte Martí. Er hasste die Art von Oswaldo, immer in Sprichwörtern mit ihm zu reden, ohne je zur Sache zu kommen.

Oswaldo ließ König und Dame auf das Brett fallen. Die übrigen Figuren purzelten durcheinander.

«Machen wir ein Spiel?»

«Nein.»

«Wer gewinnt, bekommt einen Dirhem.»

«Ich habe keinen Dirhem, das weißt du doch.»

«Aber vielleicht gewinnst du», lockte Oswaldo.

«Sieht ganz so aus, dass du zu viele davon hast.»

Sie spielten manchmal um Geld. Eigentlich war Oswaldo der bessere Spieler, doch wenn er unkonzentriert war, setzte Martí den schwarzen König matt – Oswaldo spielte immer mit Schwarz. Nach einem Sieg gegen ihn ging Martí zu Maiorina, der Tochter der Köchin Fortunata, die ihre Gunst genau abgestuft an jeden verkaufte, der sie dafür bezahlte.

«Matt», sagte Martí wenig später zufrieden, wobei er nicht ganz sicher war, ob Oswaldo ihn hatte gewinnen lassen. Oswaldo blinzelte, und Martí mochte ihn wieder. Niemand auf der Burg war so großmütig wie der verwachsene Zwerg. Wann immer er etwas Gutes hatte, teilte er es mit irgendjemand. Die großen Sachen mit dem Mönch Urban, der sich immer wieder einmal bei ihm sehen ließ, die kleinen zum Beispiel mit Martí. Wenn es frischen Kuchen gab, rief er ihn und ließ ihn daran teilhaben. Oder nach einem Jagdausflug mit dem Conde, wenn er sich ein Karnickel oder eine Ente briet, lud er Martí immer ein, sich zu ihm an den großen langen Tisch unten im Küchengewölbe zu setzen. So war niemand sonst, den er kannte. Wenn einer etwas ergattert hatte, ein Hühnchen oder einen Fisch, aß er es schnell selbst auf. Martí machte es selbstverständlich auch so. Das Leben fiel nicht so üppig aus, dass man die guten Sachen auch noch halbieren konnte, schlimm genug, wenn einer vorbeikam und sie einem wegnahm, wie Paco, der Stallmeister, der Martí das letzte Stück eines Sirupkuchens einmal im Vorbeigehen aus dem Mund gerissen hatte.

Obwohl er arm war und nichts als ein Zwerg, übte sich Oswaldo in Noblessa. Manche lachten darüber und nahmen es wie einen von Oswaldos Scherzen. Der Hofnarr war es übrigens gewesen, der Martí ermuntert hatte, es auch einmal mit Maiorina zu versuchen, und ihm Ratschläge gegeben hatte.

Martí hätte gerne noch einmal von Antoni angefangen. Mit irgendjemand musste er darüber reden, denn das Ganze erschien ihm rätselhaft. Warum, um Himmels willen, war sein Vater den weiten Weg nach Vallderonca gekommen, hatte keine fünf Sätze mit ihm gesprochen und war dann eilig, als hätte er etwas Verbotenes getan, wieder davongeritten?

«Nimm.» Oswaldo reichte ihm das Geld. Verlegen steckte Martí es in den Ärmel, wo es sicher war. «Und vergiss nie, was der Weise in Athen gesagt hat: Ich weiß ganz genau, dass ich nichts weiß!»

Maiorina war höchstens zwanzig und hatte schon zwei Bankerte von verschiedenen Vätern, der ältere sah aus wie Paco, der Stallmeister, und die Kleine, so wurde gemunkelt, sei Oswaldos Kind. Genau wusste es vermutlich nicht einmal die Mutter. Maiorina war von so auffallender Schönheit mit ihrem kastanienbraunen Lockenhaar, den kleinen verschmitzten Augen, die sie auf maurische Art mit Kuhl zu schminken pflegte, dem großen Busen und den üppigen Hüften, dass die Männer auf der Burg sich fast zwanghaft nach ihr umdrehten und sie unziemlich anstarrten. Sogar Mönche aus dem Kloster suchten sie auf, zähneknirschend hatte Martí es beobachtet. Maiorina stieß bei jedem Liebesakt Lustschreie aus, wie er es sonst nur bei brünstigen Katzen gehört hatte. Insofern war jeder auf der Burg über Maiorinas Liebesleben informiert, ob er wollte oder nicht. Die kleine Kammer, die sie neben der ihrer Mutter über der Küche bewohnte, hatte ein Fenster zur Pferdeweide hin. Sie war über eine Stiege in der Tiefe des Küchengewölbes zu erreichen, und da unten täglich Knappen und Infanzones, Pferdeknechte und Dienerschaft aus der Burg und außerdem die Vorbeireisenden, die verschiedensten Gäste und Boten sich zum Essen einfanden, fiel es kaum auf, wenn einer hochging.

Im Küchengewölbe saßen die fremden Reitknechte, schäkerten mit den Mägden und erzählten Geschichten von den Burgen, auf denen sie lebten. Geschäftig watschelte Fortunata zwischen dampfenden Töpfen hin und her. Ab und zu loderten Flammen hell auf, wenn Fett oder Flüssigkeit vom Schöpflöffel heruntertropfte. «Du lieber Gott», rief die Köchin, als sie Martí sah, «nichts als Gemüse und Zwiebeln gibt es in diesen Tagen, aber das Brot ist gut und kräftig.»

Martí war noch so gesättigt vom Essen mit Antoni, dass er abwinkte, als sie ihm eine Schüssel Suppe auf den Tisch stellen wollte. Hastig kletterte er die Stiege hinauf.

Maiorina räkelte sich auf ihrem Bett, sie war nicht gerade nackt, aber sie trug nur ein leinenes Hemd, unter dem ihre Brüste spannten. Sie lächelte ihm zu, als hätte sie gewusst, dass er kam. Martí lief ein Schauer über den Rücken. Es war die kleine Unregelmäßigkeit ihrer schneeweißen Zähne, die etwas zu großen Lücken zwischen ihnen, die ihr Lächeln so einzigartig machte. Für einen kurzen Moment war er überzeugt davon, dass sie ebendieses Lächeln nur ihm schenkte und alle anderen Männer anders ansah.

«Martí», sagte sie, ernsthafter als sonst, «du wirst mir das nicht glauben, aber obwohl du ein armer Hund bist, freue ich mich am meisten, wenn du hier hochkommst.»

Verlegen schwieg er.

«Die andern, die Ritter und Söldner und die Pfaffen, für die bin ich eine Beute, wie im Krieg. Nichts mehr von *Courtesia*, nichts mehr mit Noblessa.»

Er legte die Hand auf ihren nackten Arm und streichelte sie. Am liebsten hätte er ihr alles erzählt, was ihm heute widerfahren war. Das mit dem Kloster, das mit seinem Vater, aber ihm fehlten die Worte, er hätte nicht gewusst, womit er hätte anfangen sollen.

«War ein schwerer Tag für dich, vermute ich mal.» Sie sah ihn an, und er hoffte, sie würde noch einmal lächeln.

«Ja, weiß Gott. Und dass Don Julián die Pferde so zugerichtet hat, und wenn du Peire gesehen hättest mit der gebrochenen Nase –»

Er setzte sich auf die Kante des Bettes.

«Du hast gegen Oswaldo gewonnen?»

«So ist es.»

«Heute hätte ich es auch ohne Geld gemacht.» Sie zog ihn an sich. «Hast du den jungen Conde ins Kloster gebracht?»

«Sie haben ihn eingemauert.»

«Trink einen Schluck.» Sie hielt ihm einen Krug an die Lippen.

«Hm, das ist nicht dein normaler Wein.» Maiorina ließ ihn nämlich immer ihren besseren Wein trinken, aber diesmal war es ein erlesener dunkelroter, der ihm wie Feuer die Kehle hinabfloss.

«Ein Geschenk. Rate, von wem.»

Es gab zu viele Möglichkeiten.

«Oswaldo?»

«War seit ewigen Zeiten nicht mehr hier.»

«Einer von den Trauergästen? Ein Senhor?»

«Du wirst es nicht erraten.»

Ratlos trank Martí weiter. Der Wein war schwer und süß.

«Das Goldkettchen ist neu», stellte er fest. «Es muss schon ein Senhor gewesen sein.»

Kichernd warf sie ihr Lockenhaar zurück, und jetzt sah er die Ohrringe. Schimmernde goldgefasste Perlen. Heilige Jungfrau. Am Ende würde irgendein Senhor Maiorina mit den Bankerten noch zu seiner Domna ernennen und Lieder für sie singen und immer wieder nach Vallderonca kommen. Nur ihretwegen und weil sie dieses Lächeln hatte. Vielleicht kam der fremde reiche Senhor ja auch wegen ihrer Stimme. Es gab keine andere Frau, die so aufreizend redete. Selbst Maiorinas belangloseste Sätze hatten etwas, was Martí den Atem nahm.

«Warum jagst du mich nicht fort, Maiorina? Wenn ein Senhor dir solche Geschenke macht, wartest du wohl kaum auf meine Kupfermünzen.» Er versuchte nicht eifersüchtig zu sein. «Sag mir, wo er herkommt. Einer aus Okzitanien?»

«Schon zu viel getrunken?» Maiorina küsste ihn übermütig und begann ihn zu entkleiden.

«Der verrückte Mönch?»

«Müssen wir jetzt über Mönche reden?» Ihre Liebkosungen wurden intensiver. «Welchen meinst du überhaupt?»

«Bruder Urban.»

Sie richtete sich auf und sah ihm in die Augen. «Ach der. Urban schenkt mir andere Sachen.»

«Was für Sachen?»

«Rebhühner, Kapaune aus der Klosterküche, Stoffe, damit ich für die Kinder etwas nähen kann, du weißt doch, wie er ist.»

«Du musst irgendwo ein ganzes Warenlager haben.» Sein Blick fiel auf einen tönernen Weinkrug oben über dem Bett in einer kleinen Wandnische.

«Da war früher immer eine Heilige Maria.» Martí richtete sich auf und griff nach dem Krug.

«Was fällt dir ein?», fauchte Maiorina.

Das Gefäß war unheimlich schwer.

«Oh, Münzen bis oben hin, ich kann es nicht fassen.»

«Das geht dich überhaupt nichts an.»

«Du bist reich», stellte Martí fest.

«Na und? Es sind immer viele Männer in der Küche. Und die Infanzones und Söldner von weit her, die geben ihr Geld gerne bei mir aus –»

«Beklaust du sie?»

«Sehr selten. Nur, wenn sie geizig sind.»

Er musste lachen.

«Ich tu es für meine Kinder.»

«Ach ja, die würden sonst inmitten der Küche verhungern.»

«Satt oder hungrig, das ist alles, meinst du?» Maiorina schnippte mit den Fingern. «Ich will mehr für meine Kinder. Wenn der Junge das Alter dafür hat, bekommt er ein Pferd und eine Rüstung. Nur so kann er etwas werden wie sein Vater. Und für mich – für mich will ich Courtesia und Noblessa.»

Der letzte Rest von Erregung verflog. Ernüchtert starrte Martí Maiorina an.

«Du bist wie –», ein einziger Vergleich fiel ihm ein, «so geldgierig wie die Pfaffen.»

«Komm», sagte sie, zog ihn nieder zu sich und lächelte ihn an, «jetzt vergessen wir alles und machen Liebe.» Mit einer schnellen Bewegung zog sie ihr Hemd über den Kopf und warf es zu Boden. Martí dachte kurz, dass das Paradies ein blasses Nichts sein musste, gemessen an diesem Körper.

«Maiorina, versprich mir, nach unserem Tod, wenn du in die Hölle gehst, dass du auf mich wartest.»

«Warum sollte ich das?»

«Egal, was man mir anbietet, Himmel, Fegefeuer, ich weiß es nicht, ich werde mit dir gehen. Und wenn es die Hölle ist, dann eben die.»

«Und jetzt im Leben?», fragte sie.

«Da hast du ja deinen reichen Senhor.»

«Wenn du wüsstest, wer es ist, Martí! Wenn du das wüsstest! Du würdest es nicht glauben.»

«Maiorina!» Er erschrak zutiefst. Am Ende war es Don Julián. «Ist es – der Conde? Du würdest doch nie –»

«Keine Angst, der nicht. Einer, der noch bedeutender ist als Don Julián.»

Er war beruhigt, dass es nicht der Conde war. Sie hätte ihn nicht belogen. Es kamen immer mal wieder höchste Herren, ein Bischof war neulich zu Besuch gewesen, der Graf von Montcada ließ sich gelegentlich sehen, hin und wieder auch der Graf von Toulouse, Uc de Mataplana, die Senhores von Urgel, um die Herrschaften zu besuchen oder ein Fest mit ihnen zu begehen. Alles war möglich.

Sie lachte ihr Lachen, das er so oft unten am Essenstisch gehört hatte, wenn sie mit einem ihrer Kerle zugange war. Martí schloss die Augen und überließ sich ganz Maiorina. So wie beim Trommeln mit Peire zusammen war es der Moment, wo er nur noch das Richtige tun konnte, weil da ein Rhythmus war, stärker als er, in den man eintauchen musste, um getragen zu werden.

«Du bist der Troubadour, und ich bin die Domna», Maiorina flüsterte dicht über ihm kniend, «die du über alles liebst. Du warst ein Jahr von mir getrennt, weil du gegen die Moros gekämpft hast, und jetzt bist du zurückgekommen.»

Manche Dinge in seinem Leben passierten später als bei anderen. Erst mit achtzehn wuchs Martí ein gutes Stück und wurde zu dem baumlangen breitschultrigen Kerl, der nun über Nacht seinem Vater ähnlich sah. Auch die Haare, früher leuchtend rot, gingen allmählich in einen dezenten bräunlichen Rotton über.

Martí hatte nicht aufgehört, Maiorina zu lieben, obwohl es etliche Mädchen unter den Mägden gab, die sich für ihn interessierten. Er blieb so wortkarg, wie er seit eh und je gewesen war. Nur mit Paco, dem Stallmeister, sprach er das Notwendige, und mit Oswaldo ließ er sich beim mittäglichen Schachspiel in gelockerter Stimmung auf die ein oder andere tiefere Unterhaltung ein.

Einen Großteil seiner Zeit verbrachte er damit, Peire zu besuchen und mit Nachrichten und Nahrungsmitteln aus Fortunatas reichlichen Beständen zu versorgen. Peire war auf dem besten Weg, in seiner Zelle trotz der spärlichen Klosterkost pummelig zu werden.

Offiziell war Martí für den Stall zuständig, versorgte die Maultiere und übernahm die täglichen Botengänge zum Kloster. So wenig das auch war, so brachte es ihn doch immer wieder in näheren Kontakt mit Domna Elvira, die sich ihm manchmal in den Weg stellte und nach Peire befragte. Gelegentlich steckte sie ihm wortlos ein Geldstück zu. Auch Conde Julián erkundigte sich mit schroffen Worten nach Peire, und Martí beeilte sich dann zu versichern, wie schlecht es dem jungen Grafen gehe. Dass er nur bete und weine und immer magerer werde, was nicht der Wahrheit entsprach.

Peire spielte den ganzen Tag auf der Al-ud und sang dazu. Nicht nur Martí steckte ihm zusätzliches Essen zu, auch Urban versorgte ihn mit Krapfen aus der Klosterküche und süßem Wein. Der eingeschlossene Erbgraf führte in der Einsamkeit seiner Zelle ein seltsames Leben mit kleinen verbotenen Freuden und Ereignissen, von denen weder der warzengesichtige Prior noch Domna Elvira und Don Julián das Geringste ahnten.

2. Buch

Bei Béziers, 1198

Der Hund lief vor den Frauen den gewundenen Weg durch die Rebenfelder entlang, eine blaugraue Jagdhündin mit rosafarbenem Bauch und Schnauze. Die jüngere der Pilgerinnen, Leonor, trug ein schlichtes Kleid und einfache Sandalen. Ihr braunes Haar hing lang in den Nacken hinab, die Haube hatte sie zurückgeschoben. Sie war zierlich und mager, fast kindlich, nur ihre dunkelbraunen Augen wirkten zu alt und wissend für eine siebenundzwanzigjährige Frau.

Leonor ließ ihre Lieblingshündin Arria nicht aus den Augen. Jedes Stück Fleisch, jeden Knochen, den Arria zu sich genommen hatte, hatte sie ihr mit eigener Hand gereicht. Wenn Leonor im Winter krank gewesen war, hatte die Hündin, den Kopf auf die Pfoten gelegt, in der Kemenate neben dem Bett der Herrin ausgeharrt. Arria war viel mehr als nur ein Tier, ein Geschöpf, von Gott gesandt, das sie ergötzen und beglücken sollte, treuer, als Menschen je sein konnten. In manchen Momenten schien es Leonor, als sei Arria ein Bestandteil ihrer selbst. Den winzigen Welpen hatte sie aus der Hand des Königs von Aragon empfangen, ein wahrhaft königliches Geschenk. Fernando, ihr Mann, hatte sofort Pläne geschmiedet, sah im Geist schon die Meute von Arrias Nachkommen seinem Pferd vorausspringen.

Edle Hunde, kostbare Pferde, Turnierdienst und der Dienst

an Frauen waren die Gesprächsthemen der Männer bei ihren Treffen. Aber für Hunde und Pferde konnte sich auch Leonor begeistern. Öfter, als es sich für eine höfische Frau schickte, stand sie im Stall bei den Pferden oder im Zwinger und sah nach den Hunden. Nie hatte sie Gefallen an verzogenen Schoßhündchen gefunden, sie ließ sich stets von einem ausgewachsenen Jagdhund begleiten. Leonor war eine gute Reiterin und ritt auf den herbstlichen Jagden gerne neben Fernando durch die Wälder. Tagaus, tagein in den Gemächern ihrer Erbburg den Tätigkeiten einer Burgherrin nachzugehen füllte sie nicht aus. Sie kam sich dort vor wie ein Vogel im Käfig. Die Wege zwischen Burg und Kirche und dem kleinen Klosteranbau waren eng und beschränkt. Auf dem höchsten Punkt des Felsens war in alten Zeiten die Burg errichtet worden, etwas darunter lag die Kirche. Ringförmig um die Anlage herum waren Mauern und Wohntürme aus dem gleichen gelblichen Kalkstein gebaut. Hühner, Gänse, Ziegen und Kinder tollten auf dem Platz vor Kirche und Burg.

Leonor de Trencavel hing an dem Ort, in dem sie geboren war, und doch war Fouzilhon zu klein für sie. Leonor liebte die Weite, den Blick vom Fenster ihres Söllerzimmers auf die Hügellandschaft. Nichts war schöner, als zu Pferd durch die Weinhänge unterwegs zu sein. Losgelöst von allem und frei fühlte sie sich dann. Manchmal stieß sie sogar kleine Jauchzer aus.

Magalit sang leise vor sich hin. Ihr Haar war schon grau, und sie hatte einen Buckel. Noch nie hatte ein Troubadour unter ihrem Fenster für sie gesungen. Die beiden Heiratsanträge, die ihr gemacht worden waren, hatte sie abgelehnt, zu stolz, sich ihrer Besitztümer wegen ehelichen zu lassen.

Sie genoss es, mit Leonor unterwegs zu sein. Mit ihr zusammen fühlte sie sich vollständiger als allein, ja vollkommen und begehrenswert. Da war kein Neid auf ihre Cousine, jetzt nicht mehr. Mehr denn je empfand sie es als ihre Aufgabe, Leonor zu beschützen. Sie hatte noch mehr vor. Wichtiger als das Leben und die Gesundheit eines Menschen war die Rettung seiner unsterblichen Seele.

Seit Monaten schon war Leonors Ehemann, der Graf von Cervera, mit dem Heer des Königs von Aragon unterwegs und kämpfte gegen die Moros. Bei Gott, es war höchst ungewiss, ob und wann er zurückkehren würde, und doch fühlte Magalit eine ruhige Sicherheit in sich.

Die Liegenschaft Fouzilhon war eher unbedeutend. Doch die Herrschaft musste darauf achten, dass die Bauern ihren Zehnten ablieferten und ihren Lehnspflichten nachkamen. Manchmal, Magalits Rücken straffte sich unwillkürlich, musste man sie bestrafen und den Gehorsam einfordern. Leonor in all ihrer Schönheit war immer noch so unsicher wie damals kurz nach der Hochzeit. Sie hatte nicht das Selbstbewusstsein und den Stolz der Burgfrauen, die mehrere Kinder geboren hatten. Sie war zart und schön und zu empfindsam für die Welt, die nun einmal war, wie sie war. Leonor war kaum fähig, einem Huhn den Kopf abzuschlagen und es zu rupfen. Sie war die sanfte, stille Domna mit der zarten, fast durchsichtig wirkenden Haut, von der die Troubadoure sangen, ein Bild von Frau, wie es sie im Leben selten gab. Die aus dem Norden mit dem blonden Haar waren zu groß und knochig und hatten ein Pferdegebiss, andere wurden mit den Jahren feist und unansehnlich, es gab welche mit Mundgeruch oder einem unangenehm schrillen Lachen. Und es gab sie, Magalit, geistvoll und wortgewandt, im Lesen und Schreiben bewandert, der lateinischen Sprache mächtig, ebenso wie Leonor aus dem Hause Trencavel, aber bucklig von Geburt an. Magalit haderte nicht mit Gott, der ihr die Freuden von Ehe und Kindern versagt hatte. Es gab etwas in ihrem Leben, das sie für diese Entbehrungen entschädigte. Sie lächelte beim Gedanken an ihr Geheimnis. Magalit war glücklich, als sie an diesem Sommermorgen neben ihrer Cousine auf die Kapelle zuging.

Lerchen flogen hoch in die Luft und tirilierten. Dunkelrot blühte der Mohn am Wegrand. Die Sonne stand noch niedrig am Himmel. Die Hügel mit den Burgen auf der Höhe waren von Frühnebelschwaden umflossen.

Der Weg zur Gnadenkapelle war nicht weit, man konnte an einem Vormittag bequem hin- und zurückgehen. Leonor und Magalit hätten Reittiere nehmen können, doch die Jungfrau Maria würde ihre Gebete geneigter aufnehmen, wenn sie demütig zu Fuß kamen wie einfache Bäuerinnen aus der Umgebung.

Zwischen den Reihen der Rebstöcke arbeiteten Tagelöhner und Bauern mit gekrümmtem Rücken und barfuß. Niemand außer den beiden Damen von der Burg war um diese Zeit unterwegs zur Kapelle.

Im Korb trug Leonor lediglich einige dicke Wachskerzen für die Muttergottes. Sie hatten darauf verzichtet, Brot und Wein mitzunehmen. Es sollte eine kleine Wallfahrt sein, die Mühe bereitete.

«Der Herr wird zurückkommen», sagte Magalit eindringlich.

Leonor war nicht zum Gespräch bereit. Sie murmelte bereits ihre Gebete.

«Ich weiß es.»

«Nur Gott weiß es», verwies sie Leonor.

«Ich habe die beiden im Traum gesehen, wie sie den Weg zur Burg hochgeritten kamen.»

«Welche beiden?»

«Fernando und Peire.»

«Du darfst diese Träume nicht haben», begann Leonor. Ihre Füße schmerzten schon wieder.

«Gott schickt sie mir. Was soll ich tun?»

Die hellsichtigen Träume, in denen Magalit Ereignisse aus der Zukunft sah, waren Leonor nie geheuer gewesen. Sie gaben Magalit Stärke und eine geheime Macht, vor der alle auf der Burg sich fürchteten.

«Die beiden waren gesund und munter», fuhr Magalit fort.

«Ich will nicht, dass Peire hierher kommt», murmelte Leonor. «Er ist ein von Gott Verfluchter.»

Magalit blieb stehen und lachte.

«Er ist der beste Freund deines Mannes. Die beiden kannten sich schon vor der Schwertleite damals am Hof von Aragon. Und außerdem – das ganze Land singt Don Peires Cantigas.»

Magalit atmete tief durch. Sie hatte Peire de Vallderonca damals am Hof von Zaragoza kennen gelernt, am Tag seines Triumphes, seines ersten Auftritts vor König Alfonso. Nachdem Peire gesungen hatte, von Meister Ziryab auf der Al-ud begleitet, herrschte für Momente betroffene Stille im großen Saal der Aljafería. Schon damals hatte man gespürt, dass er ein großer Troubadour werden würde. Der König setzte Peire einen Lorbeerkranz auf, die Edlen und ihre Damen erhoben sich und applaudierten lange. Einige hatten Tränen in den Augen. Auch Folquet von Marseille klatschte, der Troubadour, der unmittelbar vor Peire gesungen hatte. Bei der Erinnerung an Folquet seufzte Magalit leise auf. Sie war zwanzig gewesen und erkannte ihn sofort, obwohl er sich wesentlich verändert hatte. Mit seinem schulterlangen Lockenhaar sah er so edel aus, dabei war er nur der Sohn eines italienischen Kaufmanns. Weniger arrogant als die hochgeborenen Edlen, war er der Liebling der Damen am Hof. Froh, ihn wieder gefunden zu haben, war Magalit ein Stück auf ihn zugegangen, dann hatte sie der Mut verlassen. Was hätte sie auch zu ihm sagen sollen? Folquet, wir kennen uns aus einem früheren Leben. So viele bittere schwere Jahre haben wir miteinander zugebracht. Weißt du noch, wer ich bin?

In den kommenden Jahren war sie ihm immer wieder begegnet, was jedes Mal ebenso beglückend wie grausam gewesen war. Bei den Festen an den Höfen ihres Cousins, des Vizegrafen, in Carcassonne und Béziers, in Montpellier. Umjubelt von den Damen, trat Folquet dort auf und sang seine *Cansos.* Bei Folquets Anblick hatte sie gewusst, dass sie für immer zu ihm gehörte, so gering auch die Chance war, dass er sie überhaupt zur Kenntnis nahm. In der Zeit ihrer Jugend war es besonders hart, einen Buckel zu haben und allgemein als hässliches Mädchen zu gelten.

Damals aber in Zaragoza, als sie ihn zum ersten Mal sah und hörte, stockte ihr der Atem. Das schmelzend traurige Lied Peires versetzte sie in eine wehmütige Stimmung.

Der Sänger Giraut de Bornelh, der nach Peire hätte auftreten sollen, war kurz auf die Bühne gesprungen und hatte unter dem Beifall der Zuschauer erklärt, obwohl älter und berühmter als der blutjunge Peire, möchte er an diesem Tag nicht mehr singen, da Peires Lied unübertrefflich gewesen sei.

Peires Sängerkunst, der Schmelz seiner Worte und Töne, steigerte sich, je älter er wurde. Seine Cansos und Cantigas wurden auf den Straßen und Plätzen in den Städten und Dörfern Okzitaniens gesungen ebenso wie in Katalonien und Aragon. Er genoss höheren Ruhm als die alterprobten Troubadoure wie Bernard de Ventadour, Cerveri, Pons de la Garda und Folquet.

Musik und Verse Don Peires waren selbst dann noch göttlich, wenn fahrende Joglares sie für eine Handvoll kupferner Münzen vortrugen. Wenn der Meister selbst sie aber sang und spielte, war es, als sei man im Himmel angekommen, im Paradies der Moros. Die Engel und himmlischen Heerscharen sangen nicht lieblicher. Schon oft hatte Magalit gedacht, dass Gott Peire längst vergeben hatte. Nur so waren der Liebreiz seines Lautenspiels, die Anmut seines Gesangs zu erklären. Mit Missbilligung sah Magalit zu ihrer Cousine hin. So schön und anmutig sie auch war, Leonor war ein seltsames Wesen, die Lieder der Troubadoure nahmen sie nicht gefangen, brachten sie nicht zum Erröten, entlockten ihr nicht einmal ein Lächeln.

«Ich werde nicht zulassen, dass er Fouzilhon betritt.» Leonor presste die Lippen zusammen. Irgendwie würde es ihr gelingen, ihn fern zu halten und mit ihm das Unglück, das er über sie alle bringen würde. Für Peire, den Troubadour, gab es keine Rettung, weder im Himmel noch auf Erden. Zu groß war die Schuld, die er damals als Kind auf sich geladen hatte. Trotz seines Ruhmes luden ihn wenige ein, auf ihre Burg zu kommen, wenige gingen freiwillig zu Peire nach Vallderonca auf Besuch. Alle kannten sie schließlich die Geschichte, die von ihm und seinem Vater erzählt wurde.

«Leonor, glaub mir, es ist unklug, den besten Freund deines Ehemannes zu vertreiben.»

Magalit sprach einen wunden Punkt an. Tausendmal hatte Leonor ihren Gatten gebeten, Peire die Freundschaft aufzukündigen. Sie hatte ihn gewarnt, ihn ermahnt und ihm sogar gedroht.

«Auch die Freundschaft ist ein Geschenk Gottes», sagte Magalit. «Geschenke, sagen die Moros, darf der Mensch nicht ablehnen.»

«Soll ich ruhig zusehen, wie dieser Mensch uns alle ins Unglück stürzt?»

Leonor blieb stehen. Peire de Vallderonca war von Gott verflucht, wie oft er auch das Kreuz genommen hatte, wie viele Ablässe ihm auch gewährt worden waren.

«Ist dir nicht gut?» Magalit warf einen besorgten Blick auf ihre Cousine. Leonor zitterte am ganzen Körper. Es war wohl doch ein Fehler gewesen, ohne ein Frühstück aufzubrechen.

«Denk nicht an Peire. Wichtig ist nur, dass Fernando mit unseren Leuten wohlbehalten zurückkommt.»

Leonor zitterte immer noch. Sie lehnte sich an Magalit und vergrub den Kopf an ihrer Schulter.

«Er darf nicht nach Fouzilhon kommen. Niemals soll er unsere Kirche betreten. Ich will es nicht.»

«Leonor», murmelte Magalit. «Warte ab, was der Tag bringt. Du weißt, alles ist unsicher. Noch ist Fernando irgendwo auf der Landstraße unterwegs.»

«Arria!» Leonor war stehen geblieben. Mit den Augen suchte sie die Weinfelder ringsum ab. Die Rebstöcke hatten gerade erst ausgetrieben, sodass man in die Weite schauen konnte. Die Hündin allerdings war nirgendwo zu sehen.

«Sie wird hinter einem Hasen her sein.»

«Hoffentlich findet sie zurück.»

«Keine Sorge, Arria findet immer zurück nach Fouzilhon», sagte Magalit.

Je näher sie der Gnadenkapelle kamen, desto mehr Menschen begegneten ihnen, die von allen Seiten auf den Weg zum Heiligtum strömten. In Leonor wuchs die Unruhe wegen ihrer Hündin. Das Tier war nervös und leicht ablenkbar.

«Arria!»

«Sie kann dich nicht hören. Sie wird auf die Burg zurückgelaufen sein.»

«Das würde sie nie tun. Sie bleibt immer bei mir.»

«Sie muss nur einen Hasen gesehen haben –»

«Warum sind so viele Leute unterwegs und alle in ihren besten Kleidern?» Leonor sah sich fragend um.

«Fra Roberto predigt auf dem Platz vor der Kapelle, und hinterher bricht er das Brot mit den Guten Menschen», erklärte ein bäuerlich gekleideter Mann neben ihr.

«In welchem Haus wird das sein?», wollte Magalit wissen.

«Bei Mabelia, der Witwe des Tuchmachers.»

«Ich will nicht –» Leonor wollte nicht mit der Menge zum Platz gehen, um Fra Roberto zuzuhören. Fernando, da war sie ganz sicher, hätte es nicht gebilligt. Sie hatte den Namen des Predigers noch nie gehört, sie wusste nichts von ihm. Er war wohl einer der asketischen Wandermönche aus Italien. Außerdem war sie aufgewühlt wie eine Mutter, deren kleines Kind im Treiben der Menge verloren gegangen ist. Sie musste Arria finden, ehe dieser etwas Schreckliches zustieß.

Magalit nahm sie energisch am Ellenbogen. «Komm», sagte sie, «der Fra predigt interessanter als die päpstlichen Pfaffen.»

«Hast du ihn schon einmal gehört?»

«Und wenn?», fragte Magalit kämpferisch.

Sie bewegten sich jetzt dicht gedrängt im Zug der Menschen aus der Umgebung. Hier konnte sie unmöglich Arria wieder finden. Plötzlich war auch Magalit verschwunden.

Gemurmel erhob sich. Alle hielten an und wichen zurück. Jetzt sah Leonor den Prediger. Er war groß und hager, von knochigem Körperbau mit breiten Schultern. Seine Gesichtsfarbe war erstaunlich fahl. Das Alter des Mannes ließ sich schwer schätzen, er hätte ebenso gut vierzig wie fünfzig Jahre alt sein können oder noch älter. Seine halb langen braunen Haare waren schlecht gekämmt und ungepflegt, ebenso wie der kurze Bart.

Der fremde Mönch war vor Leonor stehen geblieben und sah sie durchdringend an. Er war weder schön noch edel, eher wie ein großes Tier, und auch seine Augen waren die eines Tieres, eines männlichen Tieres. Leonor war über und über rot geworden. Es war, als fasse er sie an, als zöge er ihr die Kleider vom Leib und musterte sie. Leonor fühlte sich von ihm angegriffen und durchschaut. Nie zuvor hatte ein Mann sie so angesehen. Sie wollte sich gegen diesen Blick wehren und wusste nicht wie. Wie gelähmt stand sie da und starrte ihn mit leicht geöffnetem Mund an.

«Du zitterst, Tochter», sagte er. Seine Stimme, rau und zu laut, war wie eine weitere Berührung.

«Wer bist du?», fragte er und trat so nah an sie heran, dass sie fast aufgeschrien hätte.

«Leonor», hauchte sie. «Und Ihr?»

«Ich bin Fra Roberto.»

Eine Pause entstand. Offenbar nahm er an, auch sie kenne ihn.

«Ich – ich bin keine von den Leuten, die den neuen Lehren folgen.»

Er lächelte.

«Leonor», sagte er. «Auch du wirst den Weg der Guten gehen, ich weiß es. Du gehörst nicht zu den Verlorenen, Tochter. Und eines Tages werde ich dir das Consolamentum geben.»

Das Consolamentum. Sie zuckte zusammen. Fernando hatte sie oft genug vor den Reden der Guten Menschen gewarnt: «Sie sagen nicht gleich alles, was sie wollen, das macht sie so gefährlich. Sie sind weit mehr als Häretiker.» – «Warum?», hatte sie ihn damals gefragt. «Sie leben doch in Armut wie die Apostel und lehnen den Prunk der Kirche ab.» Doch ihr Mann hatte daraufhin geantwortet: «Nein, nein. Es ist viel mehr als das. Sie glauben an zwei Götter. Eigentlich ist das eine heidnische Religion. Leonor, ich verbiete dir, sie in unserem Haus zu bewirten. Lass keinen ihrer Prediger herein. Ich weiß, viele Frauen leben inzwischen nach der Lehre der Guten Menschen, auch vornehme Frauen von Adligen und Rittern. Leonor, bitte, halt dich von ihnen fern, sie sind Ketzer – in manchen Punkten hören sie sich überzeugend an, aber immer, wenn ich ihnen länger zuhöre, fasse ich mir ans Herz. Sie leugnen, dass Jesus Gottes Sohn ist. Damit sagen sie sich von Christus, dem für uns Gekreuzigten, los. Leonor, für wen habe ich denn mehrfach das Kreuz genommen? Auf wen bin ich mit meinem Ritterschwur und Lehnseid verpflichtet?»

Sie war Fernandos Ehefrau, die ihm nie vor anderen widersprochen hätte. So gebot es die gute Erziehung. Nie hatte sie Gedanken gehegt, die er nicht erfahren durfte. Nahezu ihr einziger Streitpunkt war die Sache mit Peire, den sie fern halten wollte. Wann immer Fernando ihr Vorwürfe oder Vorhaltungen gemacht hatte – es ging darum, dass ihm Hühnersuppe nicht bekam und dass er Kastanienpüree unausstehlich fand, ferner hatte er sich ausbedungen, sie sollte keine roten Kleider tragen –, hatte sie ihm zugestimmt und sich bemüht, seine Wünsche stärker zu berücksichtigen. Sie hatte sich immer an das gehalten, was er von ihr verlangte. Er war schließlich ihr Herr, ihr Gemahl. Jetzt war jedoch der Moment gekommen, in dem sie etwas tat, was er nie gebilligt hätte. In ihrer Angst um Arria übertrat sie die Grenze, die Fernando für sie gezogen hatte.

Fra Roberto war ein Vollkommener, einer, der sich kasteite,

seit Jahren kein Fleisch mehr gegessen, keine Frau mehr berührt hatte. Nur Vollkommene wie er durften das Consolamentum spenden. Die Kleinlichkeiten dieser Welt berührten ihn so wenig wie sie, wenn sie durch die Weinberge dahinritt.

Tränen schossen ihr in die Augen, Tränen der Dankbarkeit. Sie sank in die Knie. Er legte die Hand auf ihren Scheitel, eine glühende Hand.

Als er weiterging, folgte sie ihm.

Das Haus des Tuchmachers hatte einen Anbau, in dem an Werktagen gearbeitet wurde. Doch heute waren die hohen Webstühle in einer Ecke zusammengerückt. Stühle waren in den großen Raum gestellt worden und ein langer Tisch, den ein schlichtes weißes Tuch bedeckte. Darauf befand sich ein Korb mit Weißbrot. Die Menschen drängten hinter Fra Roberto in den Raum, die Sitzgelegenheiten reichten für die wenigsten, einige ließen sich vor dem Tisch auf dem Boden nieder, die meisten standen dicht gedrängt.

Mit den Augen suchte Leonor nach Magalit, doch diese war nirgendwo zu sehen.

«Der Fra wird das Brot brechen», sagte ein Mädchen, das neben ihr stand.

Der Fra hatte durch eine Seitentür den Raum betreten. Alle Anwesenden sanken lautlos in die Knie.

«Benedicite, parcite nobis. Seid gegrüßt, gewährt uns Verschonung», murmelten alle.

«Gott segne euch», antwortete Fra Roberto mit erhobenen Händen.

Zweimal wurde diese Begrüßungsformel wiederholt. Beim dritten Mal fügten die Gläubigen hinzu: «Bittet Gott für uns Sünder, dass er uns zu guten Christen mache und zu einem guten Ende führe.»

Fra Roberto erwiderte: «Gott sei gebeten, dass er euch zu guten Christen mache.»

«Tut Buße, ihr, die ihr euch wie Säue in Dreck und Wollust wälzt. Keiner wird das Himmelreich erlangen, der –»

Leonor sah zu ihm auf und senkte dann den Blick, um seinen brennenden Augen auszuweichen. Ohne es zu wollen, trat sie einen Schritt näher. Fra Roberto. Roberto. Sah er nicht aus wie Jesus selbst? So und nicht anders hatte sie sich Jesus seit jeher vorgestellt. Plötzlich wusste sie es. Ihn einmal berühren. Den Ärmel seiner löchrigen Kutte anfassen und kurz festhalten.

«Vater und Mutter sollt ihr verlassen und mir nachfolgen –»

O ja, sie wollte nicht nach Fouzilhon zurückkehren. Nicht heute. Vielleicht morgen. In Fouzilhon wartete am Ende bereits Fernando auf sie. Es war viel besser, hier in der Nähe Fra Robertos auszuharren und seinen Worten zu lauschen, so wie einst die Jünger am See Genezareth Jesus zugehört hatten.

«Die sichtbare Welt mit ihren Verlockungen ist das Werk Satans. All das, was ihr jeden Tag seht, ist eitler Schein. Ihr seid noch nicht Vollkommene. Noch steht ihr unter Satans Herrschaft. Noch habt ihr nicht das Recht, Gott Vater zu nennen. Die Welt ist böse und verkommen, sie existiert nur durch den Willen des Teufels. Den Guten Menschen bereitet sie nichts als Tränen und Leid.

Wer ihr entkommen will, muss das stille, strenge Leben der Apostel führen. Vor jeder Berührung mit der teuflischen Materie muss er sich hüten: vor dem Geschlechtsverkehr, auch vor der Ehe, die dem Satan nur neue Untertanen schenkt, vor Fleischgenuss und Schlemmereien –»

Leonor fühlte sich nach der Rede matt und schwach. Fra Roberto war gegangen, und sie fand, er hätte noch lange bleiben müssen. Sie war so enttäuscht wie damals als kleines Mädchen am Hof von Carcassonne, wenn ihre Eltern sie und ihren Bruder kurz zu sich hatten kommen lassen, nur, um ihnen mitzuteilen, sie würden jetzt auf Reisen gehen. Alles in allem war seine Ansprache zu kurz gewesen, sie hätte ihm gerne länger zugehört. Heilige Jungfrau, wo war nur Magalit?

Die Menge riss sie mit sich wie eine Schafherde, die – einmal in Bewegung gesetzt – nicht mehr zu halten ist. Alle verließen das Haus des Tuchmachers und gingen in die Richtung, in die der Mönch entschwunden war.

In einer Seitenstraße drängte die Menge in einen kleinen gepflasterten Innenhof. Einzelne Rufe und höhnisches Gelächter waren zu hören. An der Rückwand eines Hauses war ein hölzernes Kreuz errichtet, an dem ein blutiger Körper hing, der im ausgestreckten Zustand fast Menschengröße hatte. Alles in Leonor krampfte sich zusammen.

Mit weit aufgerissenen Augen und offenem Mund starrte sie auf das Kreuz und den Hund, der darauf festgenagelt war. Blut tropfte von den Vorderläufen zu Boden. In übergroßem Schmerz war Arrias Maul weit aufgerissen. Die Augen der Hündin sahen sie vorwurfsvoll an.

Die Menschen um sie johlten und freuten sich.

«Die Töle gehörte zur Meute des Königs von Aragon», erklärte der Bauer neben ihr wichtigtuerisch.

«O ja», stammelte Leonor.

«Sie hat besser gelebt als die meisten von uns. Sieh nur, wie ihr Fell glänzt. Jeden Tag bekam sie ein rohes Ei.»

Leonor krallte ihre Hand in seinen Arm, um nicht zu fallen. Ihr war schwindlig. Scham stieg in ihr auf, dass sie sich nicht zu Arria bekannte. Wenn es darauf ankam, war sie ängstlich. So wenig sie Fernando je widersprochen hatte, so wenig gelang es ihr hier.

«Ich kenne dich», sagte der Bauer, «ich hab dein Gesicht schon gesehen. Du bist die Tochter des Kaufmanns von Montpellier.»

«Ja, ja», bestätigte Leonor in Todesangst.

«Du gehörst zu uns, das weiß ich, so wie dein Vater bist du eine von den Guten Leuten.»

Der Fra in der schwarzen Kutte stand plötzlich mitten unter ihnen. Alle wichen ehrfürchtig vor ihm zurück. Einen Moment stand er schweigend da und betrachtete die gekreuzigte Hündin.

«Hört mir zu», sagte Fra Roberto. «Was ihr getan habt, war

nicht gut.» Der Fra hielt inne. Sein Blick blieb auf Leonors verweintem Gesicht stehen, sprach ihr Mut zu, und plötzlich spürte sie eine große Erleichterung, ja fast Heiterkeit, so als hätte sie ihren Schmerz um Arria bei ihm abgegeben.

«Das Kreuz hat es nie gegeben. Jesus, der Bote des allmächtigen Gottes, wurde nie ans Kreuz geschlagen. Die Guten Christen wissen das. Sie müssen demnach auch kein Kreuz verhöhnen. Das Kreuz ist nichts als zwei Balken.

Was habt ihr getan? Warum habt ihr diese arme Kreatur gequält? Die Vollkommenen dürfen kein Blut vergießen. Ihr dürft es, weil ihr die Versprechen noch nicht gegeben habt, aber es ist auch für euch nicht gut, Menschen oder Tiere zu töten. Vielleicht ist sie eine verstorbene Freundin, die im Körper des Hundes steckte, das hättet ihr bei eurer Tat bedenken sollen ...»

Jetzt lächelte Leonor zu Arria hinüber. Die Hündin war tot. Wie sehr sie auch gelitten hatte, es war vorbei.

Um sie herum erhob sich Murmeln. Einer nach dem anderen verließen die Menschen den Innenhof. Leonor trat an das Kreuz und streichelte Arrias geschundenen Körper.

«Sie gehörte mir. Sie war noch jung und verspielt.»

«Das habe ich mir gedacht. Es tut mir leid, dass sie sterben musste. Auch sie war ein Geschöpf auf der Suche nach dem Weg, der zurück in die Heimat der Engel führt.»

«Sie war immer freundlich und dankbar. Keinem Menschen hat sie je etwas Böses getan.»

Fra Roberto trat näher.

«Komm, wir nehmen sie ab.»

Er hielt ein Messer in der Hand und begann sogleich, die Nägel aus Arrias Läufen zu ziehen. Unfähig, ihm dabei zu helfen, stieg eine große Dankbarkeit in Leonor auf.

«Du wirst deine Hündin sicher begraben wollen.» Fra Roberto arbeitete weiter, ohne sie anzusehen. «Geh in die Werkstatt des Tuchmachers und hol ein Laken, damit wir sie hinaustragen können.»

Es war ihr unmöglich, sich von der Stelle zu bewegen. Sie blieb stehen und sah ihm zu, wie er die Hündin behutsam vom Kreuz abnahm und auf den Boden legte. Jede seiner Bewegungen war sanft und richtig.

«Und Ihr glaubt wirklich, dass sie eine verstorbene Frau war?»

«Oder ein Mann, darauf kommt es nicht an. Die Engel im Himmel waren ohne Geschlecht. Erst auf der Erde, als sie in Menschenkörper hineingezwungen wurden, mussten sie Mann oder Frau sein.»

«Und – woher kamen die Menschenkörper?», fragte Leonor stockend.

«Satan hat sie geschaffen, so wie er die Welt gemacht hat. Voller Krankheiten, Hunger, Grausamkeit und Kampf. Such gar nicht erst nach etwas Gutem, es ist Täuschung.»

«Sie – sie war gut.»

Leonor kniete nieder, streichelte Arrias Körper, ihren Kopf, die Ballen ihrer Pfoten und küsste die herabhängenden seidigen Ohren. Einen Moment drückte sie ihr Gesicht in ihr Fell. Ja, die Welt war Teufelswerk, voller Schmerz, Widersprüchen und Qual. Aber es war möglich, besser zu werden, und da gab es eine Wahrheit, von der die päpstlichen Geistlichen nichts wussten. Sie wollte so werden wie Fra Roberto, ein himmlisches Wesen, vollkommen.

Die Sonne ging über den Bergen unter. Der Himmel leuchtete rosig.

«Siehst du, mein Traum ist eingetroffen», sagte Magalit. Leonor und ihre Cousine standen beide am Fuß des Treppenaufgangs hinter der Ringmauer, die den kleinen Ort am Fuß des Burgbergs umschloss. Von hier sahen sie die Fahnen der Trencavels und der Cerveras vom Turm wehen.

Magalit trug ein frisch gebackenes Brot unter dem Arm. Sie hatte Leonor wieder getroffen, als der Fra und sie am Wegrand das Grab für Arria aushoben. Leonors Hände zitterten, und ihr Gesicht war fleckig. Wenn sie sich aufregte oder in großer Sorge war, bekam sie unweigerlich einen hartnäckigen Gesichtsausschlag. Die Vorboten waren immer die roten Flecken im Gesicht. Sie hatte den ganzen Tag über nur einmal am Brunnen ihren Durst gelöscht, ansonsten verspürte sie immer noch kein Hungergefühl und lehnte es ab, in das Brot zu beißen, von dem Magalit ihr anbot.

«Fernando wird nach Arria fragen. Soll ich ihm sagen, was geschehen ist?»

«Nicht heute. Er wird es ohnehin erfahren.»

Magalit sah ihre Cousine besorgt an. «Iss wenigstens ein kleines Stück. Du fällst um, ehe wir oben sind, wenn du nichts zu dir nimmst.»

Leonor biss folgsam ein Ende ab und kaute lustlos.

«Wenn doch unser Pfarrer und der Kaplan nur ein bisschen so wie dieser Mann wären», sagte Magalit. «Es fällt ja schwer, ihnen sonntags zuzuhören, wenn sie die Messe halten. Jesus hätte sie aus dem Tempel verjagt, wenn er ihnen begegnet wäre.»

«Ich hätte dem Fra tagelang zuhören können», flüsterte Leonor und lehnte sich am Geländer an.

«So ging es mir auch. Er ist ein Seelenfänger, sagen die Leute. Alle hier in der Gegend laufen zu seinen Predigten. Sie gehen auch in die Kirche und lassen die Kinder taufen, wie es sich gehört, aber wenn der Fra auftaucht, wollen sie ihm zuhören. Komm, wir müssen uns beeilen. Fernando erwartet uns schon.»

Magalit nahm Leonor an der Hand und zog sie energisch weiter.

«Kein Wort zu Fernando darüber, dass wir der Predigt des Fra zugehört haben», beschwor sie Leonor. «Du weißt ja, wie er ist.»

Fernando besaß leider nicht die höfische Leichtigkeit wie ihr Bruder, der Vizegraf von Trencavel, und andere Adlige in Okzitanien, die mit den Leuten, die die neuen Lehren verbreiteten, freundlich umgingen und zugleich auf gutem Fuß mit der päpstlichen Kirche standen.

«Er wird viel vom Feldzug zu erzählen haben.» In Leonor stieg Beklommenheit auf, je näher sie dem Burgtor kamen.

Oben auf dem gepflasterten Platz zwischen Kirche und Burg drängten sich die Menschen, die alle einen Blick auf den Grafen von Cervera und sein Gefolge werfen wollten. Leonor und Magalit hatten ihre Hauben über den Kopf gezogen und wurden in der Aufregung nicht zur Kenntnis genommen. Beide huschten sie zuerst in die Küche, wo die Mägde und der Küchenmeister geschäftig hin und her rannten.

«Habt ihr das Essen schon hereingebracht?», wollte Leonor wissen.

«Aber ja, Herrin. Die Senhors sind jetzt bei Wein und Brettspiel. Ich werde noch eine Eierspeise rühren.» Die dicke Martha schlug eben die Eier am Schüsselrand auf.

«Nehmt auch ordentlich Zucker dazu.»

«Der Senhor hat einen Sack mitgebracht», berichtete der Küchenmeister gut gelaunt. «Probiert selbst.» Er zerrte den Sack herbei und reichte Leonor einen Löffel mit brauner Füllung.

«Bester arabischer Zucker aus Rohr.»

Leonors Hungergefühl war schlagartig erwacht. Gierig leckte sie den Zucker vom Löffel. Martha, die ihre Herrin aufmerksam beobachtete, reichte ihr ein Stück Ziegenkäse und einen Kanten Brot. Leonor aß voller Heißhunger.

Leonor und Magalit eilten in ihre Gemächer, um sich umzuziehen und zu säubern. Ganz allein in ihrem Zimmer, vermisste Leonor sofort Arria, die noch gestern still auf dem Teppich gelegen und auf sie gewartet hatte. Ihre Schuldgefühle so gut es ging beiseite schiebend, griff sie hastig nach ihrer Schmuckschatulle. Fernando war darauf versessen, dass sie seine Geschenke trug. Sie legte die schwere goldene Halskette an, ein Hochzeitsgeschenk, und die Ringe, darunter den mit dem geschliffenen Bergkristall, den er vor Jahren in Outremar mit seinem Beuteanteil erworben hatte. Bei seiner letzten Rückkehr hatte er als Erstes die Ringe an ihren Fingern gezählt und wutentbrannt festgestellt, dass sie eines der Prunkstücke verloren hatte. Vorwurfsvoll hatte er sie darauf hingewiesen, es sei die Aufgabe einer Ehefrau, den Besitz der Familie zu vermehren, nicht aber achtlos mit ihm umzugehen.

Es war dunkel geworden. Aus dem Hauptraum mit dem Kamin klangen Musik und Gesang zu Leonor hinüber. Das Herz klopfte ihr bis zum Hals. Jedes Mal nach einer längeren Abwesenheit im Feldzug schien es ihr, als habe Fernando sich verändert. Beim letzten Mal war er mit einem Bart zurückgekehrt, hatte sie in aufbrausender Weise aller möglichen Versäumnisse in seiner Abwesenheit beschuldigt und einige Tage gebraucht, um wieder normal zu werden.

Leonor hielt den Atem an und blieb einen Augenblick lang auf der obersten Stufe stehen, von der sie in die Kemenate sehen konnte, ohne selbst bemerkt zu werden. Im Kamin flackerte das Feuer hell und warm. Auf dem langen Tisch in der Mitte des Raums standen Essensreste und farbige Glaspokale mit Wein. Ein buckliger Zwerg jonglierte mehrere bunte Bälle durcheinander.

Beim Anblick Fernandos fiel die Trauer um Arria von ihr ab. Tränen schossen ihr in die Augen. Seine kleinen Anfälle von Geiz, seine übertriebene Ordentlichkeit, seine Sehnsucht nach geordneten Verhältnissen, zweifellos hatte er in der Zeit der Kämpfe mehr gelitten als andere Männer, die das Leben leichter nahmen. Sie hatte ihn vermisst, wie sehr, das wurde ihr erst jetzt klar, als sie ihn sah. Er lag auf einem Polsterstuhl ausgestreckt und schien zu schlafen. Sein Gesicht war friedlich und entspannt, und Leonor fühlte plötzlich eine ungestüme Zärtlichkeit für ihn. Leise trat sie die zwei Stufen hinunter, ging hinüber zu ihm und küsste ihn behutsam. Er lächelte, ohne wach zu werden. Kurz streifte Leonors Blick die Ringe an ihren Fingern. Den mit dem Bergkristall aus Outremar, den Goldreif mit dem Rubin, den sarazenischen aus Silber mit schwarz glänzendem Stein. Heilige Jungfrau, sie hatte den mit dem grünen Stein in der Eile nicht gefunden. Fernando würde sofort nach ihm fragen, was, beim heiligen Antonius, sollte sie nur antworten – vielleicht, dass sie ihn an eine andere Domna ausgeliehen hätte –

«Seid gegrüßt, Domna!»

Leonor sah auf. Vor ihr stand Peire de Vallderonca. Sie hatte verhindern wollen, dass er nach Fouzilhon kam, und nun war er einfach da. Sie war zu erschöpft, um verärgert zu sein. Eigentlich empfand sie nur Erleichterung darüber, dass Fernando zurückgekommen war. Und sie war froh, dass er schlief und nicht bemerken konnte, dass sie den Ring mit dem grünen Stein nicht trug.

In der einen Hand hielt Peire die Al-ud. Die andere reichte er ihr. Sie nahm sie nicht, obwohl es unhöflich war.

Der bucklige Zwerg fing mit einer überraschenden Bewegung alle Bälle auf einmal ein und verbeugte sich vor ihr.

«Seid gegrüßt, edle Senhora, ich bin Oswaldo, der Hofnarr von Vallderonca.» Seine fast schwarzen Augen unter den buschigen Augenbrauen hatten etwas Bedrohliches. Er trat näher an sie heran. «Euer Herr bedarf der Ruhe.»

«Ihr könntet mir behilflich sein, meinen Gemahl ins Schlafzimmer zu tragen», schlug sie vor.

«Domna», sagte Peire mit eigenartig melodiöser Stimme, «Ihr müsst unbedingt einen Medicus herbeiholen. Fernando hat eine Verletzung am Rücken, die während der letzten Tage neu aufgebrochen ist. Er hat den Tag über gefiebert.»

«Der Arzt wohnt unten in Servian.» Leonors Stimme zitterte. «Der erste Stallknecht soll hinunterreiten und ihn unverzüglich kommen lassen.»

«Taugt der Medicus von Servian etwas?», fragte Peire.

Hilfe suchend sah Leonor zu Magalit.

«So viel wie andere auch. In Béziers mag es Bessere geben und in Montpellier die Besten von ganz Okzitanien, aber es braucht ein oder zwei Tage, bis wir sie hier haben.» Magalit beugte sich über ihren Schwager, der ruhig atmete.

«Schafft die Truhe herbei», befahl sie und griff schon nach

einem Teppich und Kissen, die in der Ecke neben dem Kamin aufgeschichtet lagen. «Hier im Raum ist es heller als im Schlafzimmer.»

Rasch hatten sie ein Lager für Fernando hergerichtet. Fernando wachte auch nicht auf, als Oswaldo und Peire ihn behutsam zwischen die Kissen betteten.

Peire ließ sich auf dem Boden vor der Truhe nieder, sah zu Leonor auf und ließ die rechte Hand über die Saiten der Alud fliegen. Sie wollte ihm nicht zuhören, empfand es sogar als störend, dass er sang, während Fernando schlief und sie auf den Arzt warteten, aber dann, gegen ihren Willen, hörte sie seine Worte dennoch.

Pois de chantar m'es pres talens
farai un vers don sui dolens

Da die Sehnsucht mich überkommen hat zu singen
Werde ich einen Vers schaffen, an dem ich leide

Domn'ades m'avetz valgut
tan que per vos sui chantaire.

Herrin, Ihr bedeutet mir so viel
Dass ich für Euch singe.

Tänze und Lieder hatten Leonor nie sonderlich beeindruckt. Die verlockenden Liebeslieder der Troubadoure hatten so mancher adligen Dame nichts anderes eingebracht, als vom Ehemann verstoßen zu werden und ihr Leben hinter Klostermauern beenden zu müssen. Viele dieser Sänger dichteten ihre frivolen Cansos ohnehin nur, um die Eitelkeit einer alten hässlichen Burgherrin zu befriedigen und ein paar Maravedis aus ihrer Hand zu erhalten.

Die Musik erfüllte den Raum, wirbelnd, jubelnd, flehend.

Leonor wendete sich von Peire ab und beugte sich über den

schlafenden Fernando. Peire de Vallderonca war unverschämt. Sie kämpfte mit sich, es ihm zu sagen, brachte es aber nicht über die Lippen. Wie anders war da doch Fra Roberto, der Nachfolger der Apostel.

Sie streichelte Fernandos heiße Stirn.

«Arria ist tot», flüsterte sie, «aber sie wurde von Fra Roberto und mir begraben.»

Sein Schlaf war so tief, dass er sie unmöglich verstehen konnte, das gab ihr Mut.

«Ach, Fernando, die Welt ist Satans Blendwerk, mit der er uns alle zum Narren hält –» Verzweiflung übermannte sie, und sie brach ab.

Sie würde den Ring mit dem grünen Stein womöglich nicht so schnell wieder finden, und Arria – Arria war tot. Sowie Fernando die Augen aufschlug, würde er nach dem Ring und nach Arria fragen. Sie musste von Magalit unbedingt erfahren, wo Fra Roberto sich befand. Vielleicht wusste er einen Rat, wie sie den Ring wieder finden konnte. Leonors Hände zitterten. Sie war Leonor de Trencavel, die Schwester des Vizegrafen. Sie war jung, schön und reich. Aber was nutzte es ihr, wenn sie Monat für Monat darauf warten musste, schwanger zu werden.

So, wie es war, war das Leben zu schwierig. Die Freude über Fernandos Rückkehr war verflogen. Er hatte sich nicht geändert, sogar dem Schlafenden sah sie genau an, was er von ihr erwartete, er war der Fernando, der er immer gewesen war.

Peire hatte sein Spiel beendet. Amüsiert sah er zu ihr hinüber.

«Geht jetzt», sagte sie mit schneidender Stimme. «Geht hinaus.»

Katalonien, 1200

Uralte Schirmpinien säumten die Ufer des ausgetrockneten Flussbettes. Inmitten endloser *Machia* zwischen der Bergkette und dem Meer waren sie die einzigen Bäume. In mäßigem Tempo ritt der Jagdtrupp des Grafen von Vallderonca über den gelblichen Sand des Barranco. Die erlegten Kaninchen baumelten an den Satteltaschen der beiden Trägermaultiere herab.

Peire de Vallderonca sprengte auf seinem kleinwüchsigen Apfelschimmel vorneweg. Er hatte die Zügel mit der linken Hand umschlungen, auf der Rechten, die bis zum Ellenbogen in einem Lederhandschuh steckte, hielt er den Falken. Seine dunkelbraunen Locken fielen ihm bis auf die Schultern. Die gelbgrünen, weit auseinander stehenden Augen sprühten vor Mutwillen und Entschlossenheit – ein Eindruck, der täuschte.

Peire de Vallderonca hing an all den Äußerlichkeiten einer Jagd. Er liebte die Falken, das Hecheln der Jagdhunde und die Zusammenkunft der Edlen, doch das Eigentliche, worauf es ankam, die Tötung des Wilds, stieß ihn ab.

«Ein Mann kann nicht mehr als einen Falken aufziehen», rief der ältere Reiter hinter ihm seinem Freund zu.

«Es genügt doch», schrie Peire durch den Wind zurück.

Sie hielten die Pferde an, zähe kleine Pferde, die für die Jagd in unebenem Gelände am besten geeignet waren.

«Zwei wären schon zu viel. Das ist, wie wenn einer zwei Frauen hat.»

Einen Beizvogel handzahm zu machen und für die Jagd zu trainieren, erforderte unendlich viel Zeit. Manch ein Edler hatte seine Geliebte über der Arbeit mit dem jungen Greifen vernachlässigt. Reichere Herren überließen die Angelegenheit einem eigenen Falkenmeister. Peire war dankbar, dass Martí mit den wenigen Jagdvögeln, die auf Vallderonca gehalten wurden, gut umging.

Peire lachte über Fernandos Vergleich. Was Frauen anging, war Fernando von eigenartiger, ganz unhöfischer Zimperlichkeit. Peire fand durchaus nicht, dass zwei Frauen zu viel waren. Er hatte Mariela de Cuenca vor fast zehn Jahren als junger Mann geheiratet. Sie war Hofdame bei den Prinzessinnen von Aragon gewesen, und er kannte sie aus seiner Pagenzeit. Der einzige Sohn des Grafen von Vallderonca war in dieser Entscheidung nicht frei gewesen. Alle Vernunftgründe hatten für Mariela gesprochen. Sowohl Domna Elvira wie Conde Julián hatten sich für die Ehe mit ihr ausgesprochen. Der alte Conde hatte die Hochzeit seines Sohnes zwar nicht mehr erlebt, aber Peire hatte sich verpflichtet gefühlt, konnte er doch zum ersten Mal seit dem Tod Alvaros seinen Eltern eine Freude machen.

Mariela war tugendhaft und schön. Peire hatte jedoch bald schon festgestellt, dass sie weder den Geist noch den Liebreiz einer Domna hatte und auch nicht die handfesten Vorzüge eines Landmädchens. Er fand sie jeden Tag enttäuschender. Sie betete viel und sprach wenig. Über seine Scherze hatte sie nicht einmal am Anfang ihrer Ehe gelacht. Und seine Zärtlichkeiten hatte sie sich als übertrieben verbeten. Aber so war die Ehe unter Gleichgestellten nun einmal. Unleugbar waren schließlich die Vorteile der Verbindung zwischen den Familien der Vallderonca und der Edlen von Cuenca. Mariela war die einzige Tochter des alten Grafen und würde nach seinem Tod einige Dörfer mit den dazugehörigen Olivenpflanzungen und Schafherden erben. Hinzu kamen dienstverpflichtete Peones, die Feuerholz und Arbeitsleistungen zu bieten hatten, die nicht unbeträchtliche Bibliothek mit Pergamentbänden in schönster Klosterhandschrift, darunter sogar eine Abschrift des Werks des heiligen Beatus, und die Schatz- und Rüstkammer der Familie, aus der sich Peire de Vallderonca auch jetzt schon jederzeit bedienen durfte. Der Schwiegervater nämlich war nicht knauserig und setzte all seine Hoffnungen auf Peire, den er sich schon damals am Hof in Aragon als zukünftigen Eidam ausersehen hatte. Der alte Cuenca hatte ebenso wie Peires Vater einen Platz im Beratergremium des Königs von Aragon.

Es gab nicht viel, das Peire und seine Ehefrau miteinander zu besprechen hatten. Die Geldangelegenheiten erledigte ohnehin Domna Elvira aus dem sicheren Gefühl heraus, dass ihr Sohn für solcherlei nicht geschaffen war. Manchmal ging ihr die Schwiegertochter dabei zur Hand. So, wie der Graf von Cuenca seinen Schwiegersohn schätzte, war Elvira angetan von der Gattin ihres Sohnes. Sie bildete sich ein, bei dieser Wahl die Fäden gezogen zu haben. Mariela war ihre Favoritin gewesen.

Domna Elvira wachte darüber, dass ihr unzuverlässiger leichtlebiger Sohn diese kostbare Ehefrau achtungsvoll behandelte. Gebar sie ihm nicht Kinder? Brachte sie ihm nicht Wohlstand und Prestige? Außerdem war sie schön. Ihr Gesicht war ebenmäßig geschnitten, das dunkle Haar üppig glänzend, die Lippen voll und sinnlich. Ihre Bewegungen hatten höfische Anmut. Was Mariela fehlte, war eine gewisse Leichtigkeit im Umgang mit den Menschen. Die junge Frau lächelte nicht einmal über den Scherz eines Edelmanns. Still und ernst ging sie durch die Burg und sah nach dem Rechten. Die Gäste, die aus dem Norden Aragons zu Besuch kamen, hielten die junge Hausherrin für erheblich älter, als sie an Jahren war. In manchen Momenten gestand Domna Elvira es sich ein: Die Schwiegertochter war schwermütig.

Mariela war den Tag über meist mit Beten und Stickarbeiten beschäftigt. Sie bestickte damastene Tischtücher und Haarbänder, die sie an ihre Freundinnen verschenkte. Wenn sie nicht betete, dann dichtete sie fromme Lieder. Am Anfang ihrer Ehe hatte sie darauf bestanden, diese ihrem Gemahl abends vorzutragen. Sie hatte eine wohlklingende, eher dunkle Stimme, anders als die der Sängerinnen, die er gehört hatte. Doch Peire verabscheute es, sich religiöse Gesänge vor dem Zubettgehen anzuhören, und war ehrlich genug, es ihr zu sagen.

«Außerdem ist deine Stimme nicht besonders geeignet. Der Tonumfang ist zu gering für anspruchsvolle Melodien. An deiner

Stelle würde ich das Singen unterlassen. Heilige Jungfrau, warum müssen die Menschen gerade das tun, was sie nicht können?»

«Untersagst du es mir?», hatte sie mit zitternder Stimme gefragt.

«Das verbietet mir die Noblessa, meine Liebe. Du kannst singen, so viel du willst, aber tu es, wenn ich es nicht höre.»

Sie war gleich in Tränen ausgebrochen. Warum lag ihr so viel an seinem Lob? Ihr Weinen war ihm unangenehm. Er wollte nicht der Ehemann sein, dessentwegen eine Frau litt. Er hätte sie gerne zufrieden gesehen, war aber nicht bereit, sich auf ihre Wünsche einzulassen. Er tat, was ein Ehemann in seiner gesellschaftlichen Stellung tat, er schenkte ihr goldene Ketten und Armringe, Seidenrollen und Bahnen von Samt und Brokat, ein silbernes Aquamanile in Form eines Greifen, mit dem sie sich bei Hof sehen lassen konnte, und am Weihnachtsfest einen Ring mit einem Edelstein. Aber wichtiger als jede Kostbarkeit war ihr, dass er ihren Gesang lobte, und eben dazu war er nicht bereit.

Manchmal, wenn sie ihm unerwartet über den Weg lief, dachte er, dass sie durchaus schön war, schöner als manch andere Domna. Dann kam sogar Stolz in ihm auf. Aber sie war ihm zu sanft, zu leise. Ein- oder zweimal hatte er versucht, ihr zu erklären, was ihm nicht an ihr gefiel.

«Du müsstest mir widersprechen.»

«Ich? Mich dir widersetzen?»

«Ja, aber nicht im Ernst. Es ist ein Spiel. Du müsstest mit mir kämpfen, mit scharfen witzigen Worten. Bis ich nichts mehr antworten könnte.»

Das hatte sie nicht verstanden. Sie war und blieb die demütige kleine Hofdame, die ihn verzweifelt ansah, wenn er sie tadelte. Wenn sie es versucht hätte, hätte sie womöglich seine Liebe gewinnen können. Aber sie verstand das Spiel nicht, das er ihr vorschlug. Sie hoffte auf die verlässliche Zuneigung ihres Gatten Tag für Tag, die ihm einfach zu langweilig war.

Abends trank er meist noch einige Gläser von seinem besten

Rotwein, und dazu gehörte die entsprechende heitere Unterhaltung. Da Mariela dazu nicht zu bewegen war, scherzte er an den Abenden mit Oswaldo und dem Pagen Rodrigo, der für seine persönliche Bedienung zuständig war. Wenn er in der Gegend war, gesellte sich auch Fernando zu ihnen oder Urban aus dem benachbarten Kloster, der es inzwischen zum Prior gebracht hatte und all den mit diesem Amt verbundenen Freiheiten.

Martí schenkte an solchen Abenden den Wein ein und blieb still in einer Ecke sitzen. Er war zwar nur der Diener, doch für Peire längst viel mehr, auch wenn es dafür keine Amtsbezeichnung gab. Er hatte den wortkargen Rotschopf, der die Musik so liebte wie er selbst, spätestens seit der Zeit der strengen Klosterklausur in sein Herz geschlossen. Niemand außer Martí hatte damals mit ihm gesprochen. Ein Mönch hatte ihm Essen durch die Klappe gereicht. Seine Notdurft hatte Peire durch die Luke verrichtet, die zum Felsen hinausging, auf dessen Abbruchkante die Rückwand des Klosters errichtet war. An diesem Felsen war Martí damals mit Eisenhaken und einem Seil einmal die Woche hochgeklommen bis unter das kleine Fenster. Er hatte Peire flüsternd von allem berichtet, was in Vallderonca vorgefallen war, ihm immer ein frisches Weißbrot und manchmal ein Stück Schinken oder einen Apfel mitgebracht. Eigentlich stand Martí Peire näher als seinen eigenen Eltern. Es war Peire unmöglich, in ihm nur den Diener zu sehen. Und ein ähnliches Verhältnis verband ihn mit dem Prior.

Von dem Tag an, an dem Urban ihm die Al-ud geschenkt hatte, war im Laufe der Jahre eine unverbrüchliche Freundschaft zwischen ihnen gewachsen.

Für einen guten Wein war Urban immer zu haben. Peire bemühte sich, keine schlüpfrigen Witze in seiner Anwesenheit zu machen, und doch war Urban ein unterhaltsamer Gesprächspartner.

Peire de Vallderonca liebte die Nachmittage mit Fernando, an denen sie mit seinem Falken und Fernandos Habichtweibchen

Hasen jagten, so, wie er die großen Treibjagden mit den schweren Hunden hasste, bei denen er den Speer nach der Beute werfen musste.

Der Schweiß lief ihm über das Gesicht. Am Ende jedes Jagdtags ritten sie den Weg zum Meer hinunter. Dort ließen sie sich auf Decken nieder, die der Page Rodrigo mit flinken Händen im Sand ausbreitete. Dieser Page, Sohn eines kleinen Edelmanns aus Nordspanien, groß gewachsen und knochig wie viele Nachfahren der Westgoten, die die Gegend früher besiedelt hatten, war schon jetzt ein guter und verbissener Kämpfer. Trotz seiner Jugend kämpfte er wie ein erfahrener Alter. Sowie er auf einem Pferd saß, verschmolz er mit dem Tier zu einer Einheit. Schwert und Lanze waren für ihn die natürliche Erweiterung seiner eigenen Arme. Peire gab sich Mühe, ihn nicht um diese Eigenschaften zu beneiden.

Rodrigo suchte vom Meer angeschwemmtes Holz zusammen. Peire und Fernando warfen ihre Jagdkleidung von sich, rannten einen vorspringenden Felsen hinauf und warfen sich übermütig in die Wellen. Die Hunde standen bellend am Flutsaum.

Im Sand kniend kümmerte sich Rodrigo um das Feuer, das vom Wind bald frisch angefacht, dann wieder fast ausgelöscht wurde. Mit geschickten Bewegungen steckte er zwei Kaninchen auf den aufgestellten Spieß.

Er bedeckte die Augen mit den Händen, als sein Herr und Fernando nackt wie Gott sie geschaffen hatte, aus dem Wasser stiegen und sich trocken schüttelten wie nasse Hunde.

«Geh auch schwimmen, Junge», rief ihm Peire zu. «Ich kümmere mich um unser Abendessen.»

«Nein, Herr.» Rodrigo senkte den Blick.

«Wieder einer, der zu den Guten Leuten gehört?», fragte Fernando.

Peire rang hilflos die Hände. «Was soll ich tun? Ich kann ihn doch nicht deshalb aus meinem Dienst entlassen.»

«Du nimmst es zu leicht.» Fernando runzelte die Stirn. «Sie

sind Ketzer, auch wenn sie sich Gute Menschen nennen. Sie gehen in die Häuser und beschwatzen die Frauen. Ich habe Leonor verboten, ihnen zuzuhören. Es fängt immer mit den Frauen an. Und eines Tages ist es so weit, sie nehmen die Kruzifixe von der Wand und verbrennen sie im Kamin –»

«Rodrigo würde nicht wagen, die Kruzifixe in Vallderonca von den Wänden zu nehmen.» Peire sah mit Unbehagen, wie schwer Fernando die Sache nahm. Keine Courtesia, dachte er missbilligend, keine *gentilezza*. Hohe Herren wie Graf Raymond von Toulouse und der Graf von Foix standen den Guten Menschen und ihren Lehren nahe. Nicht zuletzt der Schwager Fernandos, der Bruder seiner kapriziösen vornehmen Frau, der Vizegraf Trencavel. Genau genommen handelte es sich um ganze Städte und Dörfer, die fest in Händen der häretischen Prediger waren, ohne dass den Menschen klar war, auf welchen Weg sie sich begaben. In Okzitanien nahm kaum einer das Wort «Ketzer» in den Mund. Sie hielten sich für die besseren Christen, die das Evangelium richtig auslegten – im Gegensatz zu den dem Papst ergebenen Gläubigen.

«Also, jedenfalls wird dein Page sich nicht an dem Braten beteiligen.» Fernando warf sein Gewand über und machte es sich vor dem Feuer bequem.

«Er isst nur Brot, Brei und Gemüse.»

«Kein Täubchen? Kein Hühnchen?»

«Manchmal Fisch. Warum eigentlich Fisch?»

«Weil die Fische nicht durch Zeugung entstehen, sondern aus dem Wasser erwachsen.»

«Bist du sicher, dass es so ist?»

«Ja, es steht in der Schrift.»

«Und was essen die Guten Leute vor einer schweren Arbeit, um sich zu stärken?»

«Nüsse», sagte Rodrigo und lächelte scheu. «Nüsse sind viel besser als Fleisch und stärken genauso. Eine Hand voll Nüsse ist ein Abendessen. Und niemand musste dafür sterben.»

Fernando legte einen abgenagten Kaninchenknochen zur Seite und griff nach dem Weinschlauch.

«Hör zu, Junge. Das ist alles Moro-Zeug, glaub mir, ich bin weit herumgekommen. Eure Leute nennen es anders und wollen uns Christenmenschen glauben machen, wir hätten es noch mit dem Evangelium zu tun. Aber glaub mir –»

Rodrigo nahm einen Anlauf, zu widersprechen, doch unter Fernandos drohendem Blick verstummte er sofort.

«Es ist gottverdammtes Moro-Gerede. Dass Gott keinen Sohn hat und Jesus nur ein Bote ist, genau so reden die Moros, Gott verdamme sie.»

Interessiert hörte Peire zu. Er selbst wusste nicht genug vom Glauben der Moros oder dem der «Guten Christen», um mitreden zu können. Was die Moros anging, so war es Mühe genug, sie totzuschlagen.

«Und das ist das Gefährliche», ereiferte sich Fernando. «Heiden im Süden und Heiden mitten unter uns. Die Christenheit ist umzingelt vom Irrglauben. Ich habe Leonor und Magalit verboten, die Ketzerprediger anzuhören.» Sein Gesicht verzerrte sich.

«Aber wo gibt es denn noch Frauen, die sich an das halten, was ihre Männer von ihnen fordern?» Peire versuchte zu scherzen, zugleich zitterten ihm die Hände, weil die Rede auf Leonor gekommen war. Dass sie den Ketzerpriestern zuhörte, passte gut zu ihr. Sie war neugierig und unternehmungslustig, das Gegenteil seiner ängstlichen Mariela. So irrsinnig die Folgerungen dieser Leute auch waren, ihre Kritik am Wohlleben der katholischen Geistlichen war berechtigt.

«Manchmal muss Härte sein», sagte Fernando. «Ich habe sie noch nie geschlagen. Hier aber, wo es um die wichtigsten Dinge des menschlichen Lebens, um unsere unsterbliche Seele, geht, würde ich zu diesem Mittel greifen. Ihrer Cousine Magalit habe ich gedroht, sie aus der Umgebung meiner Frau zu verweisen. Für immer.»

«Wollt Ihr es wirklich auf einen Streit mit dem Vizegrafen von Béziers und Carcassonne ankommen lassen? Ihr wisst, wie sehr die Geschwister aneinander hängen.» Peire war ins förmliche «Ihr» übergegangen, ohne es zu merken, so entsetzt war er.

Er sah sie vor sich, Leonor, die Domna, zart und mädchenhaft, deren Augenfarbe manchmal blau, dann wieder graubraun erschien, wie nasse Kiesel auf dem Boden eines schnell fließenden Baches. Leonor, kapriziöser, als Frauen sonst waren, sprach angeblich mit ihren Pferden und Hunden. Peire musste aufseufzen. Heilige Jungfrau, er hatte sie nur wenige kostbare Male gesehen, sie war anders als die Frauen der Edlen, die er kannte, wie ein junges Mädchen, in gewisser Weise noch kindlich und dann, wenn sie sprach, überraschend sachlich, fast wie ein Mann. Selbst ihre Stimme hatte etwas Raues, Kehliges, nicht mehr Weibliches. Diese Zwitterhaftigkeit ihres Wesens hatte ihn entzückt, als er sie das erste Mal gesehen hatte. Peire musste sich gestehen, dass er von Leonor etwas Außergewöhnliches erwartete, etwas, das über das hinausging, was ihm Frauen bisher geboten hatten, und er wusste nicht einmal, was das in ihrem Fall sein könnte. Er war in sie verliebt. Zugleich warnte ihn eine innere Stimme. Es war unmöglich, unmöglich, unmöglich. Schon um sie zu werben war nicht statthaft. Fernando würde es ihm nie verzeihen.

Fernando hätte nicht einmal ertragen, dass seine Ehefrau einem anderen Ritter oder Edlen liebevolle Blicke zuwarf. Über die Tugend von Frauen dachte er sehr streng. Manchmal kam er auf das Unglück zu sprechen, das seine Mutter Alicia über ihn und seinen Vater gebracht hatte, als sie mit dem französischen Kreuzritter davongelaufen war. Auch umgekehrt hätte Fernando nie einer vornehmen Domna den Hof gemacht, wie es allgemein üblich war.

«Da ist noch die Sache mit den Kindern», begann Fernando. Er hatte jetzt sichtlich mehr Wein getrunken, als ihm gut tat. So ernst und streng er sonst war, beim Weintrinken konnte er nicht

Maß halten. Er gehörte zu denen, die gerade zwei Gläser Wein vertragen, aber jedes Mal drei trinken. «Der Arzt hat gesagt, wir sollen uns keine Hoffnung mehr machen.»

Für Augenblicke empfand Peire Zufriedenheit über das Urteil der Ärzte. Kind sein bei Fernando war gewiss kein Vergnügen. Gott wusste schon, wem er Nachwuchs schenkte und wem nicht. Fernando wäre bestimmt ein strenger, oftmals zu harter Vater. Fernandos Kinder in Zaragoza und Adegunt, die Peire aus Freundespflicht bei seinen Aufenthalten in der Hauptstadt stets kurz besuchte, jammerten manchmal über Fernandos Strenge und seinen Geiz. Auch konnte er sich Domna Leonor unmöglich als Mutter oder auch nur schwanger vorstellen.

«Kannst du nicht mit irgendeinem Trick deinen kleinen Jaume aus Zaragoza anerkennen lassen? Wenn du dem Bischof ein entsprechendes Geld zahlst?»

«Ich habe schon nachgefragt. Glaub mir, ich will nicht, dass er ein Bastard bleibt.» Fernando stöhnte auf. «Aber es ist unvorstellbar, was sie von mir verlangen. Du weißt ja, die Kirche Christi benötigt Geld und fragt nicht, wo es herkommt. Sie sind unersättlich. Für jede Sünde musst du teuer bezahlen. Gerade wenn du ein gläubiger Diener der Kirche bist, wie ich mich in aller Demut zu sein bemühe, musst du bluten.» Er hatte den Weinschlauch schon wieder in den Händen.

«Also haben sie ja gesagt. Dann tu es so bald wie möglich. Jaume ist klug und hat eine große Zukunft vor sich. Sieh zu, dass er eine gute Ausbildung bekommt. Wenn du willst, kannst du ihn mir als Pagen schicken.»

«Sie wollen ein Kloster mit den zugehörigen Ländereien.» Fernando rang die Hände. «Heilige Jungfrau, ein ganzes Kloster, mit Reliquien und einem goldenen Schrein, weißt du, was das bedeutet? Für den Preis des Klosters würden sie Jaume zum Erben von Cervera und Cerdanya installieren.»

«Tu es», sagte Peire. «Er ist es wert.»

Fernando war schon als Page geizig gewesen. Es kostete ihn

Kraft, sich zu größeren Ausgaben durchzuringen. Wann immer er eine größere Summe ausgab, brach ihm der Schweiß aus.

«Weißt du, was sie noch verlangen?» Fernando verdrehte die Augen. «Leonor muss dem Handel zustimmen.»

«Das würde sie doch tun.» Wieder zitterte alles in Peire.

«Kann sein, aber am Ende auch nicht. Sie ist sehr stolz. Manchmal vergleicht sie das Geschlecht der Cerveras mit ihren Trencavels. Sie wird sagen, dass sie eine Trencavel ist und eine solche Behandlung nicht verdient, dass sie mit meinem elenden Bastard nichts zu tun haben will, ich bin mir nicht sicher. Nein, Peire, noch ist es nicht so weit. Ich warte ab. Leonor wird mir einen Sohn gebären. Andere Ehefrauen tun es doch auch. Nimm deine Mariela –»

In der Tat, Mariela hatte mehrere Kinder zur Welt gebracht und war schon wieder schwanger, was zu der Hoffnung berechtigte, dass sie eines Tages auch den Erbgrafen von Vallderonca gebären würde.

Zwei männliche Kinder waren kurz nach ihrer Geburt verstorben. Der Tod der beiden Säuglinge hatte Mariela tief verstört, während Peire fast unberührt davon geblieben war. Er vergaß sogar ihre Namen und hätte sie jetzt nicht mehr sagen können, während sie für ihre Mutter immer noch ein Gesprächsthema waren. So wenig die beiden überhaupt getan hatten, – der eine hatte kein einziges Mal Nahrung zu sich genommen –, so viel wusste Mariela von ihnen zu erzählen. Beide waren sie zu früh geboren, und die Hebamme und der Arzt Jakub hatten auf ihr Fortleben kaum zu hoffen gewagt. Damit hatte Peire sich abgefunden, während Mariela den Himmel mit Bittgaben und Gebeten bestürmte. Das Mädchen aber, das Mariela de Cuenca als erstes geboren hatte, erfreute sich einer zähen Gesundheit. Es kränkelte wenig, war meist gut gelaunt und wurde täglich hübscher. Mariela ließ es sich nicht nehmen, selbst den roten Samt zuzuschneiden und zu Kleidchen zu nähen und den Kragen des Kindergewands mit einem Geflecht aus Goldfäden und Perlen zu besticken.

Peire stellte fest, dass sie mehr Sorgfalt auf die Ausstattung der Kleinen legte als auf ihre eigene.

«Warum ist der Moro noch da?», wollte Fernando wissen.

Peire schrak zusammen.

«Ach, der Moro. Er bringt das Lösegeld nicht zusammen. Und ein Christenmensch will er auch nicht werden.»

«Spricht der Prior Arabisch?»

«Viel besser als ich», seufzte Peire. «Er kann sogar die Schriften lesen. Du weißt doch, was man als Junge lernt, vergisst man nie mehr.»

«Dein Vater hatte ihn nach Córdoba geschickt», erinnerte sich Fernando.

«Es gab einen Grund, weshalb er dorthin musste. Er hatte Verwandte dort.» Peire entschuldigte sich gleichsam für Prior Urbans lange zurückliegenden Aufenthalt im muslimischen Gebiet. Seine Kindheit war für ihn von Nebel bedeckt. Nur einzelne Bildfetzen ragten daraus hervor. Das vorwurfsvolle Gesicht seiner Mutter, die strengen Züge des Vaters und das Gelächter von Alvaro, seinem älteren Bruder. Seine Zeit in der zugemauerten Einzelzelle.

Irgendwann war die Mauer niedergerissen worden und Peire hatte wie die übrigen Novizen am Klosterleben teilnehmen können. Doch auch das war freudlos gewesen, mit gebeugtem Rücken Buchstaben und Zahlen zu malen. Bei Bruder Hilarius im Skriptorium hatte er manchmal geholfen, Texte heidnischer Schriftsteller von den kostbaren Pergamenten herunterzukratzen, damit die Mönche danach fromme Schriften darauf schreiben konnten. Man musste aufpassen, dass man mit dem feinen Schabemesser keine Löcher in den Untergrund bohrte. Die Herstellung neuer Kodizes war seit jeher eine wichtige Einnahmequelle des Klosters von Vallderonca.

Er sah die Kerzen vor sich, hörte die Gesänge der Klosterbrüder im Hintergrund. Wie begraben hatte er sich dort gefühlt. Die Al-ud, Urbans Geschenk, war sein Trost gewesen. Er hatte sie immer bei sich gehabt, und Urban hatte ihn gelehrt, auf ihr zu spielen.

Urban gehörte in diese Zeit. Ganz dunkel erinnerte sich Peire und hätte doch nicht sagen können, woher Urban gekommen und dann wieder für Jahre verschwunden war.

«Jetzt wirst du dreißig.» Fernando lehnte sich schläfrig gegen ein Polster. «Sei ehrlich, dein Leben ist manchmal schwierig, auch wenn man es deinen Liedern nicht anmerkt, oder? Die beste Zeit, die wir hatten, war unsere Pagenzeit am Hof von König Alfonso. Wir waren fromme christliche Knappen, ich jedenfalls. Du hattest dich ja in das Moro-Mädchen verliebt und wärst fast zum Heiden geworden. Erinnerst du dich noch?»

Peire stemmte die Hände auf den Sand. Ein kalter Wind strich vom Meer her landeinwärts.

«Weißt du noch ihren Namen?»

«Ja», murmelte er und sah in den Flammen des Lagerfeuers Bilder lebendig werden. Er erinnerte sich, obwohl er es nicht wollte.

Zaragoza, 1186

Nie war Peires Leben farbenprächtiger, waren seine Sommer heißer, seine Winter kälter gewesen als zu seiner Pagenzeit am Königshof von Aragon. Nie mehr hatte er so wunderbare Musik gehört wie in diesen frühen Jahren am Hof.

Auf dem Weg zur Hauptstadt, in die ihn sein Vater brachte, hatte er weinen müssen aus Angst vor dem Unbekannten, das auf ihn zukam und auf das er schlechter vorbereitet war als normalerweise ein zukünftiger Page. Die Söhne der Adligen hatten ihre Väter bei der Jagd begleitet und an den Gesprächen, Festen und Vergnügungen auf der Burg teilgenommen. Peire dagegen war die letzten Jahre so wie jüngere Söhne auf eine Laufbahn im Kloster vorbereitet worden. Im Kloster war er ein- oder zweimal im Jahr mit den Mönchen zur Jagd gegangen. Dafür hatte er einen Sperber gehabt, mit dem er sich nie besonders intensiv beschäftigt hatte. Das Tier war in der Lage, ein Rebhuhn oder ein Karnickel zu schlagen. Auch eine Taube hatte es einmal beigebracht. Mehr wusste und verstand Peire nicht von der Jagd mit Greifvögeln.

Ganz anders Urban. Auf dem Markt in Tarragona hatte er einen jungen Habicht gekauft, obwohl ihm als gewöhnlichem Mönch, der er damals war, ein solcher gar nicht zustand. Er trug das Tier täglich auf der Faust mit sich, sogar wenn er im Kreuzgang betete, und hatte es selbst in der Kirche immer bei sich.

Erst vor ein paar Tagen hatte Martí Peire abgeholt und auf die Burg gebracht. Dort hatte der Stallmeister ihn notdürftig mit der Reitkunst vertraut gemacht und versucht, ihn an einen hochbeinigen braunen Wallach zu gewöhnen, vor dem Peire sich fürchtete. Am meisten bekümmerte ihn, dass Martí nicht nach Zaragoza mitkommen durfte.

Die Straße nach Zaragoza, zu Zeiten der Söhne des Romulus gebaut, war schlecht gepflastert, ab und zu wurde sie zu einem Stück staubiger Piste mit tiefen Wagenrinnen und elenden Schlaglöchern.

Der Herold, der ihnen voranritt, war in die Wappenfarben der Vallderonca gekleidet, Rot und Gelb, und die Reittiere der drei hatten Decken in den gleichen Farben übergelegt. Auf dem Packpferd zuoberst thronte in seinem Holzkäfig, der mit einem Tuch umbunden war, der zerrupfte alte Sperber aus Peires Klosterzeit.

Peire hoffte inständig, dass niemand sah, wie ihm unablässig Tränen über das Gesicht liefen. Er weinte, weil Martí in Vallderonca zurückgeblieben und weil es so schwer war, auf dem Pferd zu sitzen. Der Dienst am Hof des Königs, so hatte er verstanden, bedeutete, Tag und Nacht auf einem Pferd zu sitzen.

Der Ritt durch die sommerliche Hitze war nichts als Qual für Peire. Sich zu beklagen war unmöglich. Wie ein Reiterstandbild saß Don Julián auf seinem andalusischen Schimmelhengst. Das Tier hieß Valor, und trotz seiner Stärke und Kraft gehorchte es dem Conde wie ein Hündchen. Seine dunklen Augen waren so ausdrucksstark wie die eines Mädchens. Es konnte seinen Herrn vorwurfsvoll oder aufmunternd ansehen. Mühelos ritt Don Julián voran, ohne seinem Sohn einen Blick zu schenken. Schon am Abend des ersten Tages waren die Innenseiten von Peires Beinen wundgescheuert, und es bereitete ihm Mühe, sich auf dem Rücken seines Gauls zu halten.

«Wo willst du hin?», herrschte der Conde seinen Sohn nach dem Absitzen an, der den Türknauf der Herberge in der Hand hielt.

«Etwas essen und trinken, Vater.»

«Peire, du führst zuerst dein Pferd in den Unterstand, nimmst ihm den Sattel ab, die Trense aus dem Maul und reibst es mit Stroh trocken. Dann stellst du ihm einen Eimer Wasser hin, damit es saufen kann, und sorgst dafür, dass es Futter bekommt. Das Pferd geht vor, merk dir das. Du wirst auf es angewiesen sein, jeden Tag. Ein Mann kann nicht besser sein als sein Pferd. Geht es Moreno schlecht, bist auch du schlecht dran.»

Der Conde war rot vor Zorn im Gesicht und nahe daran, Peire einen seiner belehrenden Faustschläge zu versetzen. Peire duckte sich, und seine Augenlider begannen zu zucken.

«Warum stehst du noch hier?»

Hastig griff der Junge nach dem Zügel und trottete mit Moreno hinter dem Herold her, halb tot vor Hunger und Durst.

Am anderen Morgen nach einem reichlichen Frühstück in der Herberge fühlte er sich immer noch am ganzen Körper zerschlagen. Kurz überlegte er, seinen Vater um ein kleineres Pferd zu bitten, das er ihm nach Zaragoza schicken sollte, schämte sich dann aber und ließ es lieber. Scheu sah er hinüber zu dem Conde, dem der Herold gerade Wasser aus dem versilberten Bronzegefäß über die Hände goss.

«Es ist ein Verstoß gegen die Courtesia, sein Gegenüber anzustarren», knurrte Don Julián den Sohn an. Immerhin war er jetzt besser gelaunt als gestern Abend. Die eisgrauen Haare und der fast weiße gepflegte Bart gaben ihm etwas Erhabenes und Weltabgewandtes. Nur mit äußerster Mühe gelang es Peire, ihn anzusprechen.

«Don Julián, könntet Ihr vielleicht Martí zu mir senden?», wagte er sich vor.

«In den nächsten Jahren bist du selbst Diener», sagte Don Julián in feierlichem Ton. «Was auch immer man dir aufträgt, wirst du tun. Es ist eine Ehre, Diener des Königs zu sein.»

«Ja, Don Julián, eine große Ehre.» Es gelang Peire nicht, mit seinem Vater in dem leichten Ton zu sprechen wie andere Söhne, und auch Don Julián redete mit Peire wie mit einem Pagen, der gerade neu auf Vallderonca eingetroffen war und von dem man nicht sicher wusste, ob man jemals vertraut mit ihm werden würde.

Während des letzten Wegstücks schwelgte Peire in Phantasien, was er alles zu Don Julián sagen könnte. Der Vater hatte ihm nämlich wohlwollend zugenickt, als er morgens auf Moreno aufgestiegen war. Das mit dem kleineren Pferd beispielsweise. Peire erprobte in Gedanken den Satz, mit dem er darum bitten wollte. Don Julián, ich bitte Euch inständig um ein Pferd mit niedrigen Beinen. Don Julián, wann darf ich wieder zurück nach Vallderonca kommen? Es gelang ihm jedoch nicht, einen seiner Sätze über die Lippen zu bringen.

Die Stadt mit ihren im Nebel schwimmenden Hanghäusern und Kirchtürmen, die über eine riesige, fast schwarze Mauer hinausragten, war das größte Wunder, das der Junge bisher zu Gesicht bekommen hatte.

«Don Julián!» Peire zitterte am ganzen Körper, als er die Worte hervorstieß. «Ist das die Stadt, in der der König lebt?»

«So ist es. Sieh genau hin, überall in Zaragoza wirst du auf die Spuren der Moros treffen, die die Stadt noch vor wenigen Jahrzehnten fest in der Hand hielten. Ihre Bauwerke, ihre Handwerker und Gelehrten, ihre Frauen, du wirst ihnen begegnen, und das ist gut so. Sie verstehen, die Zeit mit Wasseruhren zu messen. Sie können Gold aus Sand machen und stellen künstliche Menschen her mit schlagenden Herzen.» Der Conde hielt kurz inne. «Sie wissen Bescheid über den Lauf der Sterne am Himmel. Ihre Seefahrer haben alle Meere befahren. Es gibt kein Geheimnis der Natur, das sie nicht erforscht haben. Sie haben dickere Bücher geschrieben als unsere gelehrtesten Mönche. Ihre Kriegsmaschinen verbreiten den Tod. Sie werfen mit lebendigem Feuer um sich. Das alles musst du wissen, bevor du in der Schlacht mit ihnen zusammentriffst.»

Peire konnte sich nichts unter «lebendigem Feuer» vorstellen, jedenfalls hörte es sich schauerlich an. Don Julián machte sich Sorgen um ihn, sonst hätte er es wohl nicht erwähnt.

«Machen sie wirklich künstliche Menschen mit schlagenden Herzen?»

«Ja, mein Sohn, und noch viel mehr und Schlimmeres als das.»

«Dann sind sie doch unbesiegbar.»

«Nein», sagte der Conde, «wir haben die Heiligen und die Jungfrau Maria auf unserer Seite und die Kreuze, die wir in jeder

Schlacht mit uns führen. Jesus Christus ist auf unserer Seite und wird uns den Sieg verleihen.»

Peire hatte nie ergründen können, was sein Vater von ihm hielt. Damals, nach Alvaros Tod, hatte er ihn fast erschlagen. In der Klosterzeit hatte er ihn, wenn überhaupt, immer nur kurz und förmlich begrüßt.

«Ich sehe, du hast die Al-ud mitgenommen», setzte Don Julián erneut an. «Sie wird dir bei Hof von Nutzen sein. Übertreib es nicht mit der Musik, andererseits ist es für einen zukünftigen Ritter und Edlen kein Nachteil, Lieder zu singen und ein Instrument zu beherrschen. Du wirst mancherlei Vorteile dadurch haben, wie du bald feststellen wirst. Dein kostbarster Besitz aber, mein Sohn, ist weder die Al-ud, noch sind es die Maravedis, die ich dir mitgegeben habe.» Er machte eine erwartungsvolle Pause, und Peire beeilte sich zu antworten.

«Bitte, Don Julián, sagt Domna Elvira nochmals Dank für das wundertätige Stück der Werkbank des heiligen Jakob. Ich habe es nicht verdient und bin ihr sehr dankbar.»

Der Holzsplitter aus der Werkstatt des Apostels Jakob war in ein goldenes Medaillon gefasst, das Domna Elvira ihrem Sohn zum Abschied überreicht hatte.

Don Julián nickte wohlgefällig.

Durch das Stadttor, an dem Bewaffnete sie ehrfurchtsvoll begrüßten, folgten sie einer gepflasterten Straße, zu deren Seiten Stadtpaläste mit prächtigen Portalen aufgereiht waren.

«Der Königspalast, zu dem wir gleich kommen werden, war das maurische Castillo de la Aljafería. Nach der Einnahme Zaragozas durch das Schwert Aragons wurde er zunächst als Kloster genutzt, dann aber zum Palast ausgebaut», belehrte der Conde seinen Sohn.

Der eigentliche Palast, in westlicher Richtung hinter der Stadt gelegen, war von hohen langen Mauern umschlossen, mit zahlreichen hervorspringenden runden Wehrtürmen. Von außen wirkte die Anlage Respekt einflößend und uneinnehmbar. Noch nie hatte Peire ein eindrucksvolleres Gebäude gesehen. Er schluckte. Heilige Jungfrau, der Palast war ja größer als eines der Bergdörfer in der Gegend von Vallderonca. Ungeheuer viele Menschen mussten sich hinter den Mauern befinden. Eine Menge Leute drängten sich vor dem prächtigen Eingangstor. Was die nur alle beim König wollten …

Durch das hufeisenförmige Portal ritten sie in den gepflasterten Hof der Aljafería. Hier drinnen war ein geschäftiges Gewirr von Reitern, die, von großen Hunden begleitet, zum Tor hinaussprengten: Männer und Frauen in prachtvollen seidenen Gewändern, Diener und Mägde, wie Peire es selbst an höchsten Festtagen im Kloster nie erlebt hatte.

Das Innere des Schlosses, der Palau, war ein Wunderwerk mit steinernem Zierwerk an der Fassade und über den Fenstern. Wie Stickerei sahen die Verzierungen über den Toren und Rundfenstern aus. Käfige mit Hühnern und riesige Schinken, Gemüse und schwere Säcke wurden in einen der unteren Eingänge des Schlosses gewuchtet, während von muskulösen Bediensteten Fässer in einen Kellereingang gerollt wurden. Menschen strömten durch die Eingänge hinein, andere strebten hinaus.

«Peire, wir sollten uns jetzt voneinander verabschieden. Ich übergebe dich dem Hofmeister des Königs.»

Der Conde war vom Pferd gesprungen, Peire rutschte erlöst von dem seinen zu Boden. Der Herold war davongeeilt, um den Hofmeister zu holen.

Ein Pferdeknecht stellte den Sack mit Peires Habseligkeiten und die umhüllte Al-ud auf den Boden und führte auch schon Peires großen Braunen hinüber zum Marstall. Mit zitternden Beinen stand der Junge neben seinem Vater.

«Ich bin Alfonsin, der Hofmeister, der die Pagen erzieht.» Alfonsin war ein junger Mann, vielleicht Mitte zwanzig, schätzte Peire, mit dichtem schwarzem Haar und einem kurz geschorenen Bart.

«Trag deine Sachen selbst zum Schlafsaal hinüber.» Don Julián warf Peire einen unnachsichtigen Blick zu und reichte ihm den Sack mit seiner Kleidung und der Reliquie des heiligen Jakob.

«Hast du das Medaillon?»

«Ja, Don Julián.»

«Trag es immer um den Hals, dann verlierst du es auch nicht, und küsse es jeden Morgen nach dem Aufstehen.»

«Ja, Don Julián.»

Brüsk wandte der Conde sich von seinem Sohn ab.

«Komm mit mir», sagte der Hofmeister. Peire stolperte steifbeinig hinter ihm drein über den Hof zu einem großen Gebäude. Über eine kleine Treppe betraten sie einen gemauerten Saal mit kunstvollem Gewölbe. Ein langer Tisch stand aufgebockt in der Mitte. An den Seitenwänden unter rundbogigen Fenstern, die durch zierliche Säulen miteinander verbunden waren, befanden sich einfache Betten mit Strohsäcken und Wolldecken.

An hölzernen Stangen über den Fenstern hingen schwere Vorhänge aus dunkelrotem Wollstoff herab, die Wind und Zugluft bei Nacht fern halten sollten. Teppiche lagen auf den Bodenplatten, und Peire musste sich gestehen, dass die Pagen des Königs von Aragon komfortabler untergebracht waren als die seines Vaters in Vallderonca.

In der ersten Nacht auf dem Strohsack im Schlafraum, den er mit etwa zwanzig anderen Pagen teilte, hatte er geglaubt, er müsse sterben vor Heimweh. Eine Ratte war durch den Raum gelaufen, später war eine weitere gekommen, hatte sich vor seinem Bett aufgesetzt und ihn angestarrt. Nass geschwitzt vor Entsetzen, hatte er nicht gewagt, sich zu rühren. Kaum hatte er den Mut gehabt, sein Bett zu verlassen, als der Morgen graute. Im Aufwachen wurde ihm klar, dass hier nirgendwo Wanzen herumliefen. Auch Flohbisse spürte er nicht. Im Kloster hatte man sich viel Mühe gegeben, die kleinen braunen Bettwanzen zu vertreiben, aber sie kamen doch immer wieder zum Vorschein. Alle Mönche kämpften im Sommer gegen rote Quaddeln am ganzen Körper.

Doch schon in der nächsten Nacht schlief er tief und fest und hatte die Ratten vergessen, vielleicht waren sie ohnehin nur Traumbilder gewesen.

Die Glocke des Hofmeisters weckte die Knaben noch vor Sonnenaufgang. Verschlafen sprangen sie auf, griffen nach ihren Handtüchern und gingen zu einem runden steinernen Wasserbecken im Raum nebenan. Nach der Morgentoilette überprüfte der Hofmeister Kleidung und Aussehen jedes Einzelnen. Stieß er auf unsaubere Fingernägel oder ein schmutziges Gewand, erhielt der Page einen Verweis und wurde erneut zum Waschbecken geschickt.

Alfonsin, der Hofmeister, den alle nur «El Bort», den Bastard, nannten, gab sich Mühe, streng zu sein, aber in seinen Augen blitzte etwas auf, das allen seine Unfähigkeit zu rigoroser Konsequenz verriet.

Die Königspagen von Aragon waren ein prächtiger Anblick. Jeder trug ein breites Wappen in den Farben seiner Familie auf der Brust des dunkelblauen halb langen Gewandes und dunkelblaue kurze Lederstiefel. Die Haare waren auf etwa gleiche Länge geschnitten.

Nach dem eiligen Frühstück, das aus einem Trunk Wasser, Käse und Brot bestand, holten sie den König in seinem Schlafgemach ab. Einige ausgewählte Ältere, die kurz vor dem Tag ihrer Schwertleite standen, durften Don Alfonso beim Anziehen behilflich sein. Wenn sie mit dem König hinaustraten, reihten sich die Jüngeren nach einer kurzen Begrüßung hinter ihnen in den feierlichen Zug ein und geleiteten ihn zur Frühmesse in die Palastkapelle. Die Königin kam aus einem anderen Gebäudeteil, umringt vom zehnjährigen Infanten Pedro und seinen Schwestern Eleonor, Konstanza und Petronila. Sie wurden geleitet von einem Zug adliger Mädchen, die ebenfalls Dienst in der Aljafería leisteten. Noch nie in seinem Leben hatte Peire eine so große Zahl an aufwändig gekleideten, bildhübschen Mädchen gesehen.

Am schönsten war eindeutig Petronila, wie eine Wachspuppe war sie anzusehen mit ihrem schneeweißen Gesicht und den geröteten Wangen.

«Glotz die Mädchen nicht so an!», wurde Peire von Fernando de Cervera y Cerdanya ermahnt. Fernando, wenig älter als Peire, ein blasser hochgeschossener Junge, der kaum etwas aß, kümmerte sich um die jüngsten Pagen. Peire konnte ihm nicht ins Gesicht sehen, so verpickelt war er. Fernando hatte ihn schon ein paar Mal ermahnt, und Peire war nicht sicher, was er davon zu halten hatte.

«Du wirst sie jeden Tag sehen. Schlag die Augen nieder.»

Glühende Röte schoss Peire ins Gesicht. Die vielen Menschen brachten ihn aus der Fassung. Am liebsten wäre er davongelaufen, hätte sich in sein Bett geflüchtet und die Decke über sich gezogen.

Fernando war schon länger am Hof und wunderte sich über nichts mehr. Er bewegte sich sicher und unauffällig, der tadelnde Blick Alfonsins traf ihn so gut wie nie, und er wusste immer, was als Nächstes geschah.

«W-was ist mit dem Mädchen?», wagte Peire zu fragen.

«Mit Petronila? Du meinst, weil sie die Treppe hoch getragen wird? Sie ist krank.»

Peire konnte es nicht fassen. Die Tochter des Königs war so krank, dass zwei Hofdamen sie die Treppen hochtragen mussten. Petronila war ein zartes Mädchen mit herabhängenden blonden Zöpfen und wasserblauen Augen – eindeutig die Schönste der drei, wie er fand. Ihr Gesicht war von elfenbeinerner Blässe mit einer kleinen blauen Stelle über der Nase zwischen den Augen, was sie noch zerbrechlicher erscheinen ließ, als sie ohnehin schon war.

Es gelang Peire inzwischen, sein Pferd ohne größeres Aufsehen zu besteigen. Er selbst fand, dass er in den letzten Tagen ein besserer Reiter geworden war. Seine Fortschritte wurden in diesem Kreis jedoch überhaupt nicht zur Kenntnis genommen. Die anderen Pagen bewegten sich auf ihren Pferden, als seien sie mit ihnen zusammengewachsen.

«Der kann ja nicht mal reiten», schrie der freche kleine Jordi gellend über den Hof. Ein kräftiger Haarwirbel über der Stirn ließ nicht nur seine Haare, sondern den gesamten Pagen widerspenstig aussehen. Peire bewunderte Jordi de Montcada für seine Reitkunst und hasste ihn für seine boshaften Witze. Jordi machte sich über alles und jeden lustig und schreckte auch nicht vor Respektspersonen zurück.

Alle sahen hin zu Peire, der im schnelleren Tempo Mühe hatte, sich auf dem Braunen zu halten.

Alfonsins Gesicht verfärbte sich. Er drehte sein Pferd, einen edlen Araberschimmel, in Peires Richtung und maß den neuen Pagen mit sorgenvollem Blick. «Du hast es nicht gelernt», sagte er in schneidendem Ton. «So geht es nicht.»

«D-doch.» Peire verlor den Zügel. Der Braune bäumte sich leicht auf, und Peire rutschte zu Boden.

«Der blamiert uns!», zeterte Jordi. «Der König wird ärgerlich werden, wenn so einer dabei ist. Der muss weg –»

«Hör zu, Peire de Vallderonca. Wer nicht einmal reiten kann, kann nicht Diener des Königs sein.» Alfonsins Worte waren klar und deutlich artikuliert.

«Steig wieder auf und zeig uns, dass du es kannst.» Immerhin hörte es sich an, als sollte Peire eine letzte Chance gegeben werden.

Peires Hände zitterten jetzt so stark, dass er die Zügel des Braunen nicht zu fassen bekam. Moreno wieherte hell auf und sah aus, als wolle er gleich davonlaufen.

«Ein Ritter muss sein Pferd im Griff haben. Das gilt nicht nur für den Tag der Schlacht, sondern –»

Jordi lachte meckernd. Peire spürte die hämischen Blicke der anderen Jungen auf sich. Er hatte gegen das oberste Gesetz unter ihnen verstoßen – ein Edler musste sein Pferd beherrschen. Man war es von Kindesbeinen an gewohnt. Er aber konnte es nicht.

Und war man erst einmal so alt wie er, das genau meinten Jordi und Alfonsin, hatte es gar keinen Sinn mehr, noch damit anzufangen, die Reitkunst zu erlernen.

Der Wallach spürte die Unsicherheit seines jungen Herrn, legte die Ohren schräg und tänzelte unruhig auf der Stelle.

«Jordi, es ist keine Noblessa, über einen zu lachen, der jahrelang im Kloster war!»

Fernando, kerzengerade auf seinem Rappen sitzend, ritt näher an Peire heran, als wolle er ihn persönlich unter seinen Schutz nehmen.

«Im Kloster hat Peire viele Dinge gelernt, die wir nicht können», rief er zornig. «Ich werde Peire zeigen, wie man mit Pferden umgeht, und er wird es in einem halben Jahr so gut wie die anderen können.»

«Fernando, es ehrt dich, dass du Peire de Vallderonca in Schutz nimmst, aber er kann wirklich nicht den König zu Pferd begleiten», sagte Alfonsin, während Peire am liebsten im Boden versunken wäre.

«Na und? Jesus konnte auch nicht reiten», sagte Fernando seelenruhig.

Der Vorfall bei diesem ersten Ausritt ließ Fernando und Peire Freunde werden, und irgendwie machten Peire auch die Pickel im Gesicht des Älteren plötzlich nichts mehr aus. Zwar verstand Peire nicht, wieso Fernando Alfonsin dazu brachte, Peire weiterhin bei den Pagen zu behalten, und warum er ihn gegen den unverschämten Jordi verteidigte, aber er nahm es dankbar hin, so wie er damals Urbans unerwartete Freundschaft angenommen hatte. Fernandos Einsatz war ein Geschenk und machte sein Leben leuchtender und schöner.

An zwei Nachmittagen in der Woche ging es unter der Leitung Alfonsins auf den Pferden zu einem Sandplatz unweit der Aljafería. Sie übten dort, im Paradeschritt zu reiten, oder, für Peire zunächst ganz unmöglich, bestimmte Sprünge, mit denen man sich im Gefecht des Feindes entledigte.

Für ihn war es das Äußerste, Moreno zur Levade zu erheben und sich selbst im Sattel zu halten, während das Pferd eine Zeit lang auf den Hinterbeinen balancierte und dabei die Vorderbeine unter dem Leib anzog.

«Dein Wallach ist begabt», sagte Alfonsin im Vorbeireiten, als er die Haltung der Tiere überprüfte. Er hielt seinen Berberhengst kurz an. «Er ist diese Übung gewöhnt, sonst könnte er sie jetzt nicht ausführen.»

Der schwierigste Sprung von allen war die Courbette, bei der das Pferd durch mehrere Sprünge nach vorwärts Raum gewinnen sollte.

«Das ist der Sprung, den ihr anwendet, wenn ihr vom Fußvolk bedrängt werdet!», brüllte Alfonsin über den Platz. «In der Schlacht wird er euch das Leben retten. Übt, übt, übt!»

Peire saß still auf Moreno und sah zu, wie die Pferde der Pagen die Sprünge auf der Nachhand vollführten, ohne dabei mit der Vorhand den Boden zu berühren.

Anschließend ging es zu zwei Balken, zwischen denen auf einer Schnur ein sternförmiges Metallstück herabhing.

Die Pagen trainierten, im schnellen Anritt mit der Lanze das Metall herunterzustechen. Zwischen Peire und Moreno, dem braunen Wallach, kam es erst jetzt langsam zu einer gegenseitigen Vertrautheit. Peire stellte fest, dass sein hoher Wallach mit dem ruhigen Temperament beim Sternstechen besser geeignet war als die nervösen niedrigen Gäule der anderen Jungen. Zum ersten Mal empfand er sogar Sympathie für sein Reittier, das er in der ersten Zeit von Herzen gehasst hatte.

«Gut gemacht, Moreno», murmelte er und tätschelte ihm den Hals. Das Pferd tat in letzter Zeit immer häufiger das, was Peire von ihm wollte. Es gehorchte ihm, und er saß fast so entspannt wie die anderen Pagen im Sattel, hoch aufgerichtet und mit den Bewegungen Morenos mitgehend.

«Gar nicht schlecht für den Anfang», rief Alfonsin zu ihm hinüber. «Vier Sterne! Du hast gute Augen!»

Jordi preschte vorbei und schlug blitzschnell Moreno mit der Reitpeitsche über die Kruppe. Der Wallach keilte aus, nur mit Mühe hielt sich Peire im Sattel. Die Muskeln in seinen Oberschenkeln verzerrten sich dabei vor Anstrengung, aber er hatte sich oben gehalten.

«Kröte!», schrie er.

«Krötenfresser, gib dir keine Mühe, du lernst es nie», fauchte Jordi zurück.

«Warum hasst er mich so?», fragte Peire am Abend, als er und Fernando einen Moment allein im Treppenhaus der Aljafería standen.

«Ach der. Jordi ärgert sich über jeden, der größer ist als er. Außerdem hat er nur zwei Sterne geholt», sagte Fernando verächtlich. «Und schließlich ist es überall so, dass einige eifersüchtig sind und den Neulingen keine Chance geben wollen. War es im Kloster etwa anders?»

Peire fand, dass es im Kloster leichter gewesen war.

«Das Hofleben bedeutet, dass jeder möglichst nahe am König sein will. Jeder will sich vor ihm auszeichnen und seine Aufmerksamkeit erringen. Jordi de Montcada ist ehrgeizig. Er kann freundlich sein, er ist nicht immer so wie heute, das wirst du auch noch merken. Aber nimm dich immer vor ihm in Acht.»

Sie sahen in die Eingangshalle hinunter, wo die Diener mit Besen und Wischtüchern zugange waren.

«Und weißt du, was das Schlimme ist? Es wird nie zu Ende sein. Wenn wir älter werden, wird die Rivalität noch zunehmen. Jeder wird besser sein wollen als der andere. Jeder wird versuchen, dem König Gemeinheiten über die Ritter zu erzählen, die er näher an sich bindet.»

Fernando sah jetzt wieder aus wie ein alter Mann, und Peire fand ihn komisch in all seiner Besorgtheit. Durch das Eingangsportal trat Jordi. Er sah hoch, und ihre Blicke trafen sich.

«Stinkige Kröte», rief Peire, als Jordi nach oben stieg, und musste dabei lachen.

«Sei mir dankbar, Krötenfresser», keuchte Jordi, «ich tu alles, damit du reiten lernst. In fünf Jahren bist du so gut wie ich.»

Sobald sein Dienst zu Ende war, suchte Peire sich eine stille Ecke im Hof hinter dem Schlafsaal der Pagen. Dort standen alte Bäume und Sträucher um einen Springbrunnen aus maurischer Zeit. Das Blumenbeet, das ihn kreisförmig umgab, war von Unkraut überwuchert, weil auf der Rückseite der Gebäude keine Diener um das gepflegte Aussehen der Gartenanlagen bemüht waren. Im Gebüsch befand sich eine zierliche Marmorbank. Hier fühlte Peire sich ungestört genug, um auf der Al-ud zu spielen. Die Sterne schienen meistens schon, wenn er kam. Magere Katzen strichen umher, und ab und zu huschte eine Ratte vorbei.

Wieder einmal vergaß Peire Zeit und Raum, als er an diesem Abend spielte. Im Spiel gewannen seine Finger ihre alte Beweglichkeit wieder. Es war etwas ganz anderes, Zügel und Lanze zu halten, als die Al-ud zum Erklingen zu bringen.

Ein Schatten fiel auf ihn. Er sah zu dem Mann hin, der im Dunkeln vor ihm stehen geblieben war. Von irgendwoher kannte er den hoch gewachsenen Ritter. Richtig, es war Uc, der Troubadour, ein Freund Alfonsins. Er war kein gewöhnlicher Ritter, sondern einer, den Alfonsin mit ausgesuchter Höflichkeit behandelte.

Hastig sprang er auf und verneigte sich respektvoll.

«Bleib nur sitzen, Page», sagte Uc mit seiner angenehm weichen Stimme. «Ich habe dir schon eine Weile zugehört.»

Peire senkte verlegen den Kopf.

«Wie war noch dein Name? Du bist noch nicht lange hier, deshalb kenne ich dich nicht.»

«Ich bin Peire de Vallderonca.»

«Ah, Don Juliáns jüngerer Sohn.» Uc schwieg einen Moment, dann ließ er sich auf der Bank nieder. «Wie geht es Domna Elvira?»

«Es geht ihr immer schlecht», platzte Peire heraus. «Sie weint und betet.»

«Ah ja, sie weint und betet. Die schöne, lustige Domna Elvira.»

Eine Weile war es still zwischen ihnen. Peire begriff, dass er etwas Unpassendes, Peinliches gesagt hatte.

«Ich bin Uc de Mataplana. Du hast meinen Namen sicher schon gehört. Ich war oft auf der Burg in Vallderonca. Mataplana liegt nicht allzu weit entfernt.»

Peire konnte sich nicht erinnern, Don Uc auf Vallderonca begegnet zu sein. Wahrscheinlich war dieser zu Besuch gewesen, als er im Kloster lebte.

«Ihr seid – ein richtiger Troubadour?»

«Ich bemühe mich darum. Als Troubadour hat man nie ausgelernt, man ist immer auf der Suche. Ein Troubadour muss – wie der Name schon sagt – erfinden, das ganze Leben hindurch.»

Peire sah erstaunt auf.

«Ich habe gehört, Ihr könnt beides, dichten und die Töne dazu erfinden.»

«*Motz e son*, die Worte und die Melodie gehören untrennbar zusammen.» Uc lachte leise. «Es ist ein ehrenvoller Beruf, Troubadourdichter zu sein, Könige und die vornehmsten Herren üben ihn aus, aber auch ein Kaufmannssohn wie Folquet von Marseille.»

«Und die Joglares sind für die Begleitmusik zuständig?»

«Ja, die meisten spielen mehrere Instrumente, den Dudelsack, die Leier, das Horn oder die Trommel. Und manche der *joglares comtaires* tragen ganze Erzählungen vor. Es gibt noch die *joglares contrafazeires*, sie führen Possenspiele vor und lassen dressierte Affen und Hunde tanzen. Und du? Kannst du auch singen?»

«Manchmal versuche ich es. Ich habe einige Lieder erfunden, und ich kann viele nachsingen, die ich gehört habe. Es geht nicht so gut, wenn andere zuhören.» Im Dunkeln wurde Peire rot vor Verlegenheit.

«Hast du schon ein *Senhal*?»

«W-was ist das?»

«Ein Deckname, den nur deine Freunde kennen. In ihren Cansos reden sich die Dichter mit den Senhals an.»

Peire verneinte.

«Ich bin ja noch kein Troubadour, Senhor.»

«Du könntest bald einer sein.»

«Ich?»

«Auf alle Fälle verstehst du, mit der Al-ud umzugehen. Keiner der Pagen spielt so gut wie du. Alfonsin begleitet seine Cansos meistens mit der Zither, was einfacher ist, als die Al-ud einzusetzen. Woher kannst du es eigentlich?»

«Urban hat es mir beigebracht, damals, als ich im Kloster war.»

«Urban wird demnächst Prior, habe ich gehört.»

«Davon weiß ich nichts, Senhor.»

«Musst du auch nicht. Vergiss Urban am besten ganz, so wie wir alle ihn vergessen, Conde Julián will es schließlich so. In Wirklichkeit, kleiner Peire, ist es mit dem Vergessen nicht so einfach.»

Peire saß wie erstarrt. Was wollte Don Uc damit sagen? Gleich würde er wahrscheinlich auf die Geschichte von Alvaros Tod zu sprechen kommen, und das würde er, Peire, niemals ertragen. Ein eigenartiger trockener Husten brach aus ihm hervor, wie ein Schluchzen.

«Spiel weiter, Peire.»

«Ich – ich kann nicht. Jetzt, wo Ihr mir zuhört, geht es nicht mehr.»

«Dann will ich wieder gehen und dich nicht weiter stören.»

Noch einmal schüttelte Peire der trockene Husten. Er war zu aufgewühlt, um eine höfliche Antwort zu geben. Er lauschte in die Dunkelheit des Gartens hinein, bis Ucs Schritte sich entfernt hatten. Schlimmer noch, als dass der Edelmann ihm hatte zuhören wollen, war gewesen, dass er genau zu wissen schien, wer er, Peire de Vallderonca, war, und dass er vermutlich die Geschichte von Alvaros Tod kannte.

Peire zupfte nochmals die Saiten an, es klang kläglich. Aus dem Baum über ihm schrie eine Eule durch die Nacht. Im Gebüsch raschelte es, und eine unglaublich große Ratte rannte über den Weg. Aus der Tiefe des Gartens erklang ein Lachen. Es hörte sich an wie Alvaros Lachen. Peire drückte die Al-ud an sich und lief eilig zurück zum kleinen Hintereingang des Gebäudes, wo die Stimmen der anderen Pagen aus dem Schlafsaal zu hören waren.

Der König von Kastilien, der am Hof des Königs weilte, hieß ebenfalls Alfonso, er war der achte dieser Linie. Auch er liebte den Gesang der Troubadoure. Die Sänger aus seinem Gefolge sangen auf Kastilisch, einer Sprache, die härter als Katalanisch und Okzitanisch klang und ein wenig gewöhnungsbedürftig war, wie Peire fand.

«Er ist vom Unglück verfolgt», sagte Fernando gerade, und Peire zuckte unwillkürlich zusammen.

«Gott hat ihn verflucht.»

So wie ihn. Mitgefühl mit dem kastilischen König durchflutete Peire.

«W-warum?»

«Seine Mutter starb bei seiner Geburt. Als er drei Jahre alt war, kam sein Vater ums Leben.» Fernando machte eine Pause. «Weißt du, warum die Kastilier gekommen sind?»

Peire verneinte.

«Unser König hält die Hand über ihn und hilft ihm gegen die, die ihm den Thron abjagen wollen. Die beiden Alfonsos haben mehrere Verträge abgeschlossen über das Land, das sie den Moros abnehmen werden. Sie werden sich bei der Eroberung nicht in die Quere kommen. Unser König wird Valencia zurückholen, und die Kastilier haben sich den Süden reserviert, Denia und Sevilla.»

Peire konnte sich nicht satt sehen an der Pracht der Gewänder der kastilischen Pagen und Ritter.

«Du glotzt zu viel, es gibt nichts zu bestaunen. Das sind die Kastilier», mahnte Fernando. «Alfonso von Kastilien kommt zweimal im Jahr mit seinem Hof hierher. Er hat die eingebildetsten Pagen und Diener. Dabei sind sie nicht mehr als wir.»

Die Darbietungen steigerten sich, ohne dass die Pagen ihnen folgen konnten. Die Hofmusikanten beider Höfe wetteiferten miteinander. Die Joglares ließen ihre Äffchen tanzen und hüpfen. Ein Tanzbär tapste durch den Festsaal.

«Ich gäbe etwas darum, jetzt König zu sein», witzelte Jordi, der fast mit Peire zusammengestoßen wäre, als der mit einer gefüllten Suppenschüssel aus dem Rauch und Dunst des Küchengewölbes trat.

«Was ist da drin?» Er hielt die kleine spitze Nase über die heiße Flüssigkeit. «Fleischklößchen, o mein Gott. Bleib stehen.» Blitzschnell zog er mit den Fingern zwei der Klößchen heraus und warf sie sich in den Mund. Voller Genuss verdrehte er die Augen.

«Nimm dir noch ein paar. Langsam, sonst verbrennst du dir die Zunge.»

Jordi grinste dankbar.

Die beiden hasteten aneinander vorbei zwischen Küchenkeller und Prunksaal die Treppen hoch, beladen mit leeren Schüsseln, die zurück-, und gefüllten, die zum Festmahl getragen werden mussten. Zwischendurch goss Peire Wasser und Wein in die Gläser der Tafelnden. Neben den Edlen standen ihre kostbaren versilberten Wassergefäße – meistens in Tiergestalt. Jordis Vater, der heute auch zu Gast war, hatte einen Greifen, der König von Aragon einen versilberten Ritter zu Pferd. Nach jedem Gang trat einer der Pagen heran und goss dem Herrn, für den er zuständig war, Wasser aus dem Metallgefäß über die Hände, wobei er gleichzeitig die dazugehörige Bronzeschale darunter hielt. Danach trocknete er die Finger des Senhors oder der Domna mit einem weißen Tuch, das über seinem Arm hing. Dies war ein Dienst für die fortgeschrittenen älteren Pagen, während die jüngeren sich um Gläser, Teller und Schüsseln zu kümmern hatten.

«Peire!» Mit zornrotem Gesicht drehte Petronila sich nach ihm um. «Siehst du nicht, dass mein Glas schon wieder leer ist?»

Peire griff nach einem gläsernen Krug und füllte Wasser für die Prinzessin nach.

«Bleib hier stehen!», befahl Petronila.

«Das darf ich nicht.»

«Ich befehle es dir.»

«Du musst tun, was sie dir sagt», meckerte der Zwerg, der immer am Boden hinter dem Stuhl des Mädchens kauerte. Er hatte krauses schwarzes Haar, altersmäßig entzog er sich jeder Einschätzung. Er hätte ebenso gut zwanzig- wie fünfzigjährig sein können. Er war ganz anders als Oswaldo. Oswaldo war spöttisch und komisch, er hatte teils Närrisches, teils Poetisches von sich gegeben und immer auf Peires Seite gestanden. Isidro galt dagegen als unberechenbar. Er war klug und geschäftstüchtig. Bekannt war auch, dass er für jeden, der ihn bezahlte, spionierte und Gespräche belauschte. Aber anders als Oswaldo machte er keinerlei Scherze oder die üblichen Narrenspäße.

«Was muss Peire? Sag es noch einmal, Isidro. Ich will es noch einmal hören!» Alfonsin war lautlos herangetreten, bückte sich blitzschnell und hob den kreischenden Zwerg in die Höhe. Alle sahen jetzt zu ihnen hinüber. Alfonso wiegte Isidro wie ein Kleinkind auf den angewinkelten Armen und warf ihn mit einer schnellen Bewegung quer über den Tisch in die Arme eines der Ritter, die den König bedienten. Isidro schrie schrill auf. Der Recke gegenüber ließ ihn zu Boden, und der Kleine krabbelte unter dem Tisch wieder zu Petronilas Platz, wo er sich schmollend wie ein trauriges Kind zusammenrollte.

Das Treffen der beiden Könige war das größte Fest am Hof, das Peire bisher erlebt hatte. Alfonso von Kastilien blieb mehrere

Tage. Es wurden mehrere Wildschweine und zwanzig Ochsen verzehrt. Unüberschaubar war die Zahl der Tänzer, Spielleute und Musikanten, die bei den Mahlzeiten und hinterher auftraten.

Im Jahr des Herrn 1170, Peires Geburtsjahr, hatte eine Gesandtschaft des aragonesischen Königs die elfjährige englische Königstochter in Bordeaux abgeholt, um sie in Zaragoza mit dem knapp vierzehnjährigen kastilischen König zu verheiraten. Domna Elvira und Don Julián hatten immer wieder von dem glanzvollen Fest erzählt. Don Julián hatte ebenso wie Jordis Vater die Ehre gehabt, die Braut von Bordeaux nach Aragon zu begleiten. Jetzt, fünfzehn Jahre später, war die Engländerin Mutter von fünf Kindern, aber immer noch knabenhaft schlank.

Die Könige der fünf christlichen Reiche Hispaniens – Portugal, León, Navarra, Kastilien und Aragon – waren allesamt miteinander verwandt und hießen Alfonso, Sancho oder Ramiro. In ihren besten Momenten hielten sie zusammen, aber oft kam es auch zu kriegerischen Auseinandersetzungen zwischen ihnen wegen Gebiets- und Grenzstreitigkeiten.

Die beiden Alfonsos verband nicht nur die Tatsache, dass Alfonso II. von Aragon der Vasall des zwanzig Jahre jüngeren kastilischen Alfonso war, sondern vor allem handfeste gemeinsame Interessen, wenn es darum ging, das feindliche Königreich Navarra in Schach zu halten. Der kastilische König hatte fuchsrotes Haar und einen kleinen Bart. Seine Gemahlin Alinor von England trug einen zinnoberroten Umhang mit einem aufgestickten goldenen Löwen über ihrem gefältelten dunkelblauen Gewand, dessen silberne Leiste über der Brust sie noch schlanker erscheinen ließ.

Da stand er, der fünfzehnjährige Peire, und hörte dem Spiel der Joglares zu, dem Gesang der Troubadoure und den Zwischenspielen der beiden Hoforchester. Zum ersten Mal hörte Peire einen Troubadour auf Kastilisch singen. Die muskulösen Arme spannten unter dem silberdurchwirkten Gewand, das bei jeder leichten Bewegung aufschimmerte. So schmelzend der Mann auch sang, er war ein kampferprobter Recke.

«Das ist Gonzalvo Ruiz», flüsterte Fernando.

Dann trat völlige Stille ein. Nach einer Verbeugung vor den Königen und ihren Damen stieg Ziryab mit seiner Al-ud auf die Bühne. Ihm folgte ein in dunkelgrüne Seide gehülltes zierliches Wesen, die Flötenbläserin, die ihn immer begleitete. Der maurische Meister trug die Haare bürstenartig geschnitten wie sein berühmter Sängervorfahre des gleichen Namens. Mit Herzklopfen stellte Peire fest, dass seine Al-ud genauso gebaut war und die gleiche Holzfarbe hatte wie sein eigenes Instrument. Noch einmal verbeugte sich der Meister mit einem Lächeln. Jetzt stieg tobender Beifall im ganzen Saal auf. Freundlich winkend wehrte Ziryab ab. Rosen fielen vor seine Füße. Das verhüllte Mädchen hatte sich niedergekauert und spielte eine kurze klagende Melodie. Ziryab schloss die Augen, setzte den Fuß auf ein kleines hölzernes Trittbrett, dann flogen seine Finger auch schon über die Saiten, und zugleich erhob sich seine Stimme. Die Zuhörer waren verstummt, und auch die Flötenbegleitung hatte ausgesetzt. Nur noch Ziryab war zu hören mit seinem in arabischer Sprache gesungenen Lied, von dem Peire kein Wort verstand. Peire vergaß alles um sich herum. Eine Hand legte sich auf seine Schulter. Unwillig versuchte er sie abzuschütteln.

«Senhor!»

Peire blickte auf. Martí stand neben ihm, bekleidet mit einem seiner abgelegten Festtagsgewänder, und sah darin so komisch aus, dass er fast aufgelacht hätte. Wortlos zog er seinen Diener neben sich zu Boden. Martí ließ sich neben ihm nieder, und Peire glaubte, sein Herz im gleichen Rhythmus wie das seine schlagen zu hören.

«Wo kommst du her?»

Ziryab war jetzt fertig. Auf der Bühne warfen ein paar Joglares ihre farbigen Bälle.

«Domna Elvira hat mich geschickt, da Don Julián sehr krank ist. Ihr möchtet Don Alfonsin um ein paar Tage Urlaub bitten.»

«Sehr krank?»

«Bruder Urban ist bei ihm und betet den ganzen Tag. Der Conde hat Fieber, und Ihr sollt kommen. Mehr weiß ich nicht.»

Eine seltsame Aufregung ergriff Peire. Er sollte zurück nach Vallderonca, jetzt, nachdem er Ziryab hatte singen und spielen hören. Er empfand keine Angst um seinen Vater. Dass er sterben könnte, erschien ihm völlig unmöglich. Don Julián war so stark, so mächtig.

«Heilige Jungfrau», stöhnte Martí, «in dieser Stadt findet man wirklich nichts. Ich habe zu meiner Großmutter gebetet, Ihr wisst ja, sie hilft mir immer. Zum Glück hatte ich das Maultier, Ihr wisst, das von Bruder Urban, es kennt den Weg zur Aljafería. Aber der Palast ist so groß, ich bekam Angst, als ich in den Hof eingeritten bin. Ich war ganz sicher, ich würde Euch nie finden.»

Das Maultier, berichtete er, war gut und sicher im Gästestall untergebracht, und Martí hatte ein Bett bei den kastilischen Dienern zugewiesen bekommen.

«Morgen früh müssen wir aufbrechen. Domna Elvira hat es so befohlen.»

«Hast du schon gegessen?»

«Nein, ich war zu aufgeregt dazu. Mir ist schlecht vor Hunger, aber ich könnte immer noch nichts essen. Die Musik und der Gesang und dass ich Euch endlich gefunden habe ...»

Martí umklammerte Peires Handgelenk.

Als sie dabei waren, den Raum zu verlassen, griff Peire im Vorbeigehen ein Weißbrot und verbarg es im Ärmel seines Pagengewands. Er hatte jetzt nichts mehr zu tun. Der König hatte sich ebenso wie seine Familie in seine Gemächer zurückgezogen, auch die Kastilier verschwanden. Einige, die schnarchend am Boden lagen, wurden von kräftigen Infanzones zu ihren Schlafräumen getragen. Überall lagen Kaninchen- und Hühnerknochen, die die einfachen Bediensteten am nächsten Morgen gleich nach Sonnenaufgang beseitigen würden.

«Kommst du mit uns hinaus?», fragte Fernando.

Spät in der Nacht saßen Peire, Martí und Fernando unter einem Baum im Hof. Martí war eingeschlafen, nachdem er Rotwein und Brot zu sich genommen hatte. Er schnarchte leise. Peire versuchte auf der Al-ud eins der gehörten Lieder nachzuspielen.

«Das machst du gut», lobte Fernando. «Lass mich mal.» Er brachte Peire einige neue Griffe auf der Al-ud bei, aber es war nicht das, was Peire sich erhofft hatte.

«Tut mir leid», grinste Fernando, «ich will Ritter werden, nicht Joglar.» Es war eindeutig, dass Peire der begabtere Spieler und Sänger war. Betroffen starrte Peire den älteren Freund an. Zum ersten Mal war da etwas, worin er Fernando überlegen war.

«Wo hast du das alles gelernt?»

«Im Kloster.»

«Das muss ein fröhliches Kloster gewesen sein. So zu spielen, lernt man nicht im Kloster.» Fernando sah ihn zweifelnd an. «So richtig können es nur die Moros. Ich kann dir jedenfalls nichts mehr beibringen. Du musst dir einen besseren Lehrer suchen.»

«Einen von den arabischen Joglares?»

«Ja. Und gib ihm Geld für seine Dienste.»

«Kann ich das wirklich tun?»

«Niemand im christlichen Spanien spielt die Al-ud so gut wie die Moros.»

«Ich weiß. Aber es ist Sünde, bei ihnen in die Lehre zu gehen», wendete Peire ein

Fernando schwieg einen Augenblick und sah ihn merkwürdig an.

«Merk dir mal eins, Junge. Wenn du ein Mann sein willst, ist es nötig, die eine oder andere Sünde zu begehen», sagte er nach einer Weile. Es hörte sich an, als sei er zwanzig Jahre älter als Peire.

Peire dachte, dass er nie so werden wollte wie Fernando.

Unwillig war Peire am Morgen mit Martí nach Vallderonca aufgebrochen. So betrübt er vor einigen Monaten mit seinem Vater zum Hof des Königs geritten war, so ungern verließ er die Aljafería jetzt. Sogar die Pagen und Alfonsin vermisste er, je näher sie den Bergen von Vallderonca kamen.

Am Ende starb sein Vater noch, und er, Peire, musste fortan für immer in Vallderonca bleiben. Moreno keilte ärgerlich aus, denn Peire hielt die Zügel zu stramm.

«Don Peire, Ihr reitet jetzt wie ein Senhor!», rief Martí anerkennend.

Peire hatte die Al-ud in ihrer Hülle hinter sich auf dem Pferd.

«Es ist das Wechselfieber, das er jedes Jahr hat. Aber diesmal hat es ihn besonders schwer getroffen», erklärte Martí.

Die Vorhänge vor dem Rundbogenfenster der Kammer Don Juliáns waren zugezogen. Trotzdem strich der starke Wind, der gegen die Burg drückte, durch den Raum und ließ die Kerzen vor dem Bett des Kranken unruhig flackern.

Urban kniete neben dem Kopfende der Bettstatt und betete leise. Domna Elvira hatte sich in einem Sessel etwas abseits niedergelassen und besprach sich leise mit dem Arzt Jakub. Sie nahm keine Notiz, als Peire eintrat. Lediglich Urban sah auf und begrüßte ihn mit einem Lächeln. Peire trat neben ihn, verlegen und hilflos sah er auf die Gestalt seines Vaters, der verschwitzt und nur mit einem Hemd bekleidet in den Laken lag. Mehrere Kissen im Rücken stützten ihn auf.

«Die Moros kommen», stöhnte Don Julián. Er war kaum zu hören, so leise kamen die Worte über seine Lippen.

«Was hat er gesagt? Ich kann kein Wort verstehen.» Domna Elvira hatte sich erhoben und blieb ein paar Schritte vom Bett ihres Gemahls entfernt stehen.

«Sie sind stark, Sohn, hast du es schon gemerkt?»

«Die Könige schlagen sie zurück», flüsterte Peire. «Sie haben ein Bündnis geschlossen, das war sehr klug von ihnen.»

«Aber die Kriegsmaschinen – und die Städte, du hast die Städte nicht gesehen, es sind die menschenreichsten der Welt. So viele Menschen kann kein König erschlagen.» Der Conde richtete sich halb auf, sein verschwitztes Haar hing ihm wirr um den Kopf. «Mein Pferd ist durch blutigen Schlamm gewatet, und dabei war es ein heißer trockener Tag, als wir gegen sie kämpften. Ich erschlug einen Moro nach dem anderen und dachte mir dabei, gut, es ist die letzte Schlacht gegen sie. Danach müssen wir es nie wieder tun.» Jakub flößte dem Conde einen Trunk Medizin ein. Don Julián atmete tief auf.

«Ich habe das dem König gesagt, immer wieder. Ich habe ihm gesagt, es ist besser, Verträge mit den Moros zu schließen und Frieden mit ihnen zu halten. Aber ich bin nicht der Mann, auf den der König hört. Da sind die Montcadas und die Lunas und die Laras. Das Wort des Grafen von Vallderonca gilt nichts am Hof von Zaragoza –»

«Schon gut», murmelte Urban.

Die Stimme des Conde war deutlicher und kräftiger geworden, fast schrill.

«Am anderen Morgen mussten wir kein Feuerholz sammeln. Wir nahmen einfach die zerbrochenen Bögen und Lanzen. So weit das Auge sehen konnte, bedeckten die Waffen der Moros und ihre verendeten Gäule die Erde. Die Geier hockten überall am Boden und fraßen an den Leichen – sei froh, dass du nicht aus deinem Kloster herausmusst, Urban. Der Kadavergestank war schlimmer als die Hölle. Man konnte kaum atmen, so widerlich stank es in der Ebene. Fett gefressene Ratten tummelten sich überall, und streunende Hunde zerrten Leichenteile mit sich.»

Der Conde schwieg erschöpft und schloss die Augen.

«Don Julián!» Domna Elvira beugte sich über ihn.

«Er erkennt mich nicht. Warum spricht er mit Euch, Frater Urban, und Peire?»

«Ich weiß nicht, Domna Elvira.»

«Er erkennt Euch beide. Aber mit mir will er nicht reden.»

Peire spürte ihre Feindseligkeit, die sich gegen ihn und Urban richtete.

«Jakub, er wird doch wieder gesund werden?», fragte sie.

Der Arzt wog bedenklich den Kopf. «Er hat eine starke Natur. Aber das Fieber weicht nicht, trotz all der Medizin, die ich ihm gegeben habe.»

«Gott straft ihn für seine Sünden», flüsterte Domna Elvira. «Geht zurück ins Kloster, Frater Urban, sagt dem Prior, dass man Messen lesen soll für die Genesung des Senhor.»

Peire schlich sich mit Urban hinaus. Die Beine zitterten ihm vor Hunger. Draußen im Treppenhaus stand Martí, der auf ihn gewartet hatte.

«Geht nicht in die Kemenate, kommt lieber mit hinunter in die Küche. Domna Elvira hat allen auf der Burg befohlen, zu fasten und zu beten, solange der Conde krank ist.»

«Ich sterbe vor Hunger», stöhnte Peire.

Unten im Küchengewölbe brannte das Feuer niedrig im Kamin, im Topf brodelte eine Kichererbsensuppe, wie Peire aus dem Duft erschloss, und um den langen Tisch, an dem die Speisen zubereitet wurden, hatten sich Oswaldo und die Diener und Mägde versammelt, einige Infanzones und die blassgesichtigen beiden Pagen Don Juliáns, kurzum alle, die Domna Elvira zum Fasten verurteilt hatte. Mit aufgestützten Ellenbogen schlürften sie eine Schale Suppe oder kauten einen Kanten Brot, und Peire und Martí beeilten sich, noch eine Portion aus dem Topf zu schöpfen. Peire war so ausgehungert, dass er sie im Stehen in sich hineinschüttete.

«Wie lange soll das so weitergehen?», wendete er sich an Oswaldo, der ihm freundlich zugrinste. «Ist es wenigstens erlaubt, Wasser und Brot zu sich zu nehmen?»

«Gewiss. Aber es wird nicht gerne gesehen.» Der Zwerg zwinkerte betrübt und erhob sich, um die letzte Portion Suppe zu holen. Die alte Burgköchin Fortunata nahm danach den Topf vom Feuer und setzte ihn auf den Rand des Kamins.

«Der Hungrige macht keine Späße», rief Oswaldo und leckte sich die Lippen.

Draußen brach die Dämmerung herein. Unschlüssig, ob er wieder zum Zimmer seines Vaters hochgehen sollte, war Peire am Brunnen im Hof unter der Platane stehen geblieben. Urban hatte ihn begleitet.

«Urban, was hat Don Julián damit gemeint, als er von der Schlacht gegen die Moros erzählt hat?»

«Vergiss es wieder. So würde er bei klarem Bewusstsein nie reden – er, einer der Grafen des Königreichs. Glaub nur nicht, dass er sich vor den Moros fürchtet. Du weißt ja, es gibt Verträge, in denen die christlichen Könige genau aufgeteilt und geregelt haben, welche Länder und Städte sie erobern werden.»

Peire steckte seine Hände in den Wassereimer, der bis zum Rand gefüllt auf der Brüstung des Brunnens stand, und spritzte sich etwas Wasser ins Gesicht.

«Aber ich glaube schon, dass die Schlachten so sein werden, wie Don Julián es beschrieben hat», murmelte er.

«Egal, was du denkst», sagte Urban mit Strenge. «Du darfst es dir nicht anmerken lassen. Du darfst keine Angst zeigen, sonst hast du schon verloren.»

«Du warst bei den Muslimen in Córdoba.» Zum ersten Mal in ihrer langen Bekanntschaft kam Peire darauf zu sprechen. «Manche Mönche im Kloster haben gesagt, du bist kein richtiger Christenmensch.»

«Es gibt keinen Gott außer dem, auf welchen alles Dasein hinweist und von dem alle Geschöpfe bezeugen, dass er unbedingt und unendlich ist, frei von aller Bestimmung durch Zeit, Raum, Richtung, Grenze, Art, Form, Gestalt … Er ist der Erste, dem nichts nachfolgt, der Letzte, dem nichts vorausgeht. Einzig ist er, ohne irgendwo zu sein, erhaben, ohne irgendwie zu sein, liebenswert, ohne etwas zu gleichen. Der Verstand kann ihn nicht erfassen, die Phantasie nicht vorstellen, die Gedanken nicht erreichen, die Vernunft nicht beschreiben …»

«Kommt mir bekannt vor. So steht es beim heiligen Augustinus.» Zu den Mahlzeiten im Kloster hatte Bruder Hilarius immer aus religiösen Schriften vorgelesen, und das ein oder andere davon war Peire im Gedächtnis geblieben. Er zog sich auf den Brunnenrand hoch, während Urban stehen blieb und den Anschein erweckte, als ob er gleich gehen wollte.

«O nein, es sind die Worte von Ibn Tumart, dem Religionsgelehrten aus Marokko, der in der Sprache der Berberstämme predigte. Du hast sicher von ihm gehört.»

«Nur den Namen und dass er der erste Almohaden-Herrscher war.»

«Ibn Tumart stellte die Einheit Gottes, den Tauhid, in den Mittelpunkt seiner Lehre. Er wurde von den Rechtsgelehrten der Almorawiden-Herrscher verfolgt. Die Menschen in Nordafrika sammelten sich aber um ihn, sie nannten sich Einheitsbekenner, al-muwahhidun, und sahen in ihm den auf Erden weilenden Vertreter des Propheten, den Mahdi, den Rechtgeleiteten. Sein Nachfolger Abd al-Mu'min zog mit seinen Berbern durch Nordafrika und eroberte wichtige Städte, darunter Marrakesch, die Residenzstadt der Almoraviden.»

Heilige Jungfrau, was Urban alles wusste. In Nordafrika, erklärte er, lebten damals viele Handwerker, Gelehrte und Künstler aus Spanien, darunter auch Christen.

«Die Almohaden wurden jeden Tag stärker. Schließlich traten die Statthalter der Almoraviden einer nach dem anderen auf ihre Seite, zuerst der Admiral ihrer Flotte. Die letzte Stütze des letzten Almoraviden-Herrschers Tasufin war der Kommandeur der christlichen Garde, der barcelonesische Vizegraf Reverter –»

«Warum sprichst du nicht weiter?»

«Er war ein tapferer Mann. Bei den Muslimen hieß er ar-Rubartair.»

«Warum hatten die Berberherrscher eine christliche Garde?»

«Warum nicht? Zu allen Zeiten haben sich Söldnertrupps da verdingt, wo das Geld floss. Auch heute noch gibt es katalanische Söldner im Dienst der Moros – in Nordafrika und Ägypten. Sie kämpfen für jeden Herrn, der sie reichlich entlohnt.»

Urban schien sich über diese schmähliche Tatsache nicht im Mindesten aufzuregen.

«Willst du damit etwa sagen, dass christliche Katalanen von den Muslimen Geld nehmen und für sie kämpfen?»

Urban lachte. «Aber natürlich, und es war immer so und wird so bleiben.»

«Dann würden diese Söldner auch gegen die christlichen Könige antreten?»

«Peire, das ist oft genug geschehen.»

Irritiert griff Peire nochmals in den Eimer und spritzte wieder sein Gesicht nass. Ob Fernando auch über diese Dinge Bescheid wusste? Peire atmete tief durch, entschlossen, auch den Rest zu klären.

«Ich möchte zu gern wissen, warum du bei den Moros warst. Ich glaube, du willst es mir nicht sagen.»

Urban trat einen Schritt zurück und lächelte gleichmütig, während Peire kaum atmen konnte, so sehr wühlte ihn die eigene Frage auf.

«Es ist sehr einfach. Ich bin dort aufgewachsen. Meine Mutter war eine Muslima aus Córdoba.»

«Dann bist du im Herzen ein Moro», platzte Peire heraus.

«Nur Gott kennt die Herzen der Menschen», sagte Urban. «Aus meiner Herkunft habe ich nie ein Geheimnis gemacht. Soll ich mich dafür entschuldigen, dass meine Eltern sich liebten? Die arabischen Dichter von Al-Andalus besingen unzählige Male die Liebe zwischen Muslimen und jungen Christinnen und umgekehrt. Du musst bedenken, der Graben zwischen beiden ist weder breit noch tief.»

Ein Pferd wieherte durch die Dunkelheit.

«Es gab eine Zeit, in der Muslime, Christen und Juden friedlich miteinander umgingen und zusammen lebten, ohne sich zu bekämpfen.»

«Das muss lange her sein.»

«Es war die Zeit des Kalifats in Córdoba, vor ungefähr zweihundert Jahren, als Abd al Rahman und sein Sohn al Hakam herrschten. Das von ihnen beherrschte Al-Andalus war militärisch stark, die Verwaltung des Staates war vortrefflich organisiert. Der Staat lebte in einer Zeit der Ruhe ohne Angriffe von außen und ohne Rebellionen im Inneren. Die Wirtschaft blühte, und Córdoba war im Westen des ganzen Erdkreises das glänzendste Geschmeide unter den Städten.»

«Und dann?»

«Die Herrschaft der Kalifen zerbrach. Zahlreiche Kleinkönige erhoben sich überall in Al-Andalus. In Córdoba revoltierte die Bevölkerung gegen die letzten Kalifen und rief die Berber zu Hilfe. Mit der Schwäche der Mauren gingen verstärkte Angriffe durch die christlichen Könige einher. Die Kämpfe nahmen zu, und das Land geriet zunehmend wieder in christliche Hände.»

«Die friedliche Zeit ist vorbei.»

«Nicht ganz. Und ich halte für möglich, dass sie wiederkommt. Die Menschen sind nicht für lebenslängliche Kämpfe und Schlachten geschaffen. Don Julián ist das beste Beispiel. Er, ein christlicher Kämpfer im Dienst des Königs, möchte, dass die Schlachten ein Ende haben.»

«Wir kämpfen nicht gegen die Sarazenen, weil sie einen anderen Glauben haben als wir, sondern weil sie ehemals christliches Land in Besitz genommen haben und unsere Grenzen bedrohen. Mit Menschen, die unsere Kirchen und Klöster niederbrennen wollen, ist Friede nicht möglich –» Peire wiederholte, was Alfonsin den Pagen erklärt hatte und was auch der König in seinen Ansprachen sagte.

Einen Moment schwiegen beide, dann sagte Urban: «Ich muss gehen. Im Kloster warten sie auf mich.» Er entfernte sich.

Peire sah starr geradeaus. Dass er selbst sich vor tödlichen Kämpfen fürchtete, war nicht weiter verwunderlich. Er war nicht dazu erzogen worden, und ob er jemals einen Mauren mit sicherem Schwertschlag köpfen würde, war ungewiss. Aber dass der fiebernde Conde de Vallderonca sich vor den Kämpfen gegen die Moros grauste, war erschreckend. Und dass Urban, der demnächst Prior des Klosters werden sollte, Sohn einer maurischen Mutter war, brachte Peires bis lang fest gefügtes Weltbild vollständig ins Wanken.

Was war denn überhaupt noch sicher? Jahrelang hatte er vor dem Zorn seines Vaters gezittert. Für allmächtig und allwissend hatte er ihn gehalten, im Grunde genommen noch bedeutender als den König. Jetzt war Don Julián nur noch ein hilfloses Bündel Mensch, das fiebernd und schwitzend gegen den Tod antrat, zu schwach, ein Schwert zu halten, zu elend, sich auf ein Pferd zu schwingen. Er, der immer stolz und stark gewesen war, dessen Befehle für alle auf Vallderonca göttliches Gesetz gewesen waren, er schluckte jetzt wie ein Kind gehorsam die Medizin, die der Arzt Jakub für ihn bereitet hatte.

Der Boden unter seinen Füßen schwankte. Peire klammerte sich am Brunnen fest. Eine Gestalt kam auf ihn zu.

«Kommt, Don Peire, lasst Euch den Apfel schmecken.» Es war die alte Fortunata, die ihn am Brunnen entdeckt hatte. «Esst ihn hier, wo die Domna Euch nicht sieht, und geht dann hoch in die Kemenate zu den anderen.»

«Danke, Fortunata.»

«Alle beten für Euren Vater. Er ist ein so frommer Mann. Gott wird ihm helfen, was auch immer geschieht.»

«Danke, Fortunata.»

Das Pferd wieherte erneut, und Peire begriff plötzlich, dass es Valor war, der Schimmelhengst seines Vaters, der aus dem Stall nach seinem Herrn rief.

Urban war nirgendwo mehr zu sehen, Peire versteckte den Apfel hastig im Ärmel seines Gewands.

Drei Tage nach Peires Ankunft trat eine leichte Besserung im Befinden des Conde ein. Er war fieberfrei und schlief ruhig und friedlich. Peire hatte die Morgenstunden wieder neben Frater

Urban im Gebet auf den Knien neben dem Bett seines Vaters zugebracht.

«Es geht ihm besser», sagte Urban leise. «Die Krankheit ist überwunden.»

«Hat Jakub das gesagt?»

«Ja, aber ich spüre es auch.»

Zusammen gingen sie hinunter in die Küche, wo die mittägliche Essensrunde aus Knechten, Mägden, Waschfrauen und Infanzones sich erneut zusammengefunden hatte, um Brot und Suppe zu sich zu nehmen. Behagliches Schlürfen und Schmatzen erfüllte das Gewölbe.

«Jedenfalls hält sich hier keiner an die Regeln von Noblessa und Courtesia», bemerkte Peire leise zu Urban.

«Wir und Oswaldo schon.»

Oswaldo schien ganze Tage in der Küche zuzubringen.

«Und – meine Mutter? Was nimmt sie zu sich?» Peire wandte sich an die rundliche alte Fortunata, die Herrin der Töpfe und Kessel.

«Nur Brot, Wasser und etwas alten Käse, Senhor.» Leiser fügte sie hinzu: «Ich habe guten alten Wein für Euch und den Frater. Setzt Euch und haltet die Becher bereit.»

Beschwingt ging Peire wenig später mit Urban zusammen in den Obst- und Gemüsegarten unterhalb der Stallgebäude. Sie ließen sich auf einer hölzernen Bank nieder, und Peire ergriff die Al-ud.

«Was hast du vor?», fragte Urban.

«Warte ab.»

Urban war der Einzige, vor dem Peire sich nicht fürchtete zu spielen. Sorgsam stimmte er die Saiten des Instruments, und dann begann er, zu spielen und zu singen. Es war nicht genau der Text des Cansos, das er von Alfonsin gehört hatte, auch die Melodie verbesserte er nach seiner eigenen Vorstellung.

«Sehr gut», lobte Urban. «Ich hatte schon gefürchtet, du hättest es verlernt bei all den Kampfübungen, die du machen musst.»

«Ich bin kein guter Kämpfer. Alle sagen, dass ich mit der Al-ud gut umgehe. Aber mit Pferd und Waffen habe ich Schwierigkeiten.»

«Sie lachen dich aus?»

«Woher weißt du das?»

Urban zuckte die Achseln. «Wer so lange im Kloster war wie du, wird nur mühsam bei den Ritterspielen mithalten können. Don Julián ist ein kluger Mann. Aber er denkt immer nur an seine Pferde. Die meisten Edlen sind so, wie dir vielleicht schon aufgefallen ist. Sie unterhalten sich lieber mit ihren Pferden als mit ihrer Ehefrau.»

«Na ja, zum Bischof würde ich mich auch nicht gerade eignen», versuchte Peire zu witzeln. Dann kam er zu seinem Anliegen. «Urban, ich werde jetzt von hier verschwinden.»

«Bei der heiligen Jungfrau, wohin willst du?»

«Ich werde zurück nach Zaragoza reiten. Die Zeit wird mir lang, hier in Vallderonca, am Hof, wartet dagegen meine Ausbildung auf mich. Außerdem – sollte Don Julián etwas zustoßen, wird Domna Elvira uns allen hier das Essen ganz verbieten.»

«Er wird nicht sterben. Nicht diesmal.» Urban versetzte Peire einen freundschaftlichen Klaps auf die Schulter. «Aber ich verstehe dich. Lass dich von Martí begleiten. Martí wird wieder mein Maultier nehmen, es kennt den Weg –»

Don Julián würde diesmal nicht sterben, aber irgendwann würde der Tag kommen, und vielleicht schon bald. Peire hatte erkannt, dass sein Vater ein Mensch war wie alle anderen auch. Für ihn war es die ungeheuerlichste Entdeckung seines Lebens, sie machte ihn traurig und übermütig zugleich. Aber auch Angst mischte sich in das merkwürdige Triumphgefühl, das ihn überwältigte, Angst davor, wer er selbst nun sein würde. Er als Nachfolger auf Vallderonca. Es war undenkbar.

«Danke.» Peire überlegte einen Moment. «Ich werde Martí in Zaragoza behalten. Don Julián wird es mir kaum verbieten, so, wie es ihm geht. Ich brauche einen Diener dort, die anderen Pagen am Hof haben auch welche.»

«Junger Senhor, du wirst langsam erwachsen», stellte Urban fest. «Schade nur um den tapferen Sinan, den ich so bald nicht wieder sehen werde.»

«Von wem sprecht Ihr?»

«Von meinem treuen Maultier, das die Wege kennt.»

Im Stall der Burg von Vallderonca standen die Pferde des Grafen und seiner Gefolgsleute aufgereiht nebeneinander in Holzverschlägen. Gegenüber auf der anderen Seite befanden sich die Esel und Maultiere. Peire überlegte kurz, ob er einfach noch ein Pferd mit niedrigerem Körperbau aus dem Stall mitnehmen sollte, auch das konnte ihm jetzt keiner verbieten. Aber da er mit Moreno inzwischen gut zurechtkam, war es nicht mehr nötig.

Martí ließ sich seine Freude, Peire nach Zaragoza zu begleiten, nicht anmerken. Er belud das klösterliche Maultier noch mit einigen nützlichen Sachen, vor allem Rotwein und Gebäck und zwei gewaltigen Schweineschinken, die er Fortunata abgeluchst hatte. Zu Peires Erstaunen lud er auch noch Trommeln und Schellen auf das ohnehin zu schwer beladene Packtier.

«Wofür ist das?»

«Senhor, wir werden zusammen Musik machen.»

«Was werden wir?»

«Am Hof von Zaragoza, meint Ihr nicht?»

«Doch», stammelte Peire überrascht.

Valor, der Schimmelhengst des Conde, stand schnaubend in seiner Ecke. Peire ging auf ihn zu und blieb vor ihm stehen. Das Tier senkte den Hals und betastete mit den feinen Nüstern Gesicht und Schultern Peires. Der Junge nahm einen Apfel aus seinem Ärmel und reichte ihn dem Pferd, das ihn behutsam entgegennahm und mit den Zähnen zermalmte. Kurz überlegte er, ob es dieses Tier gewesen war, das seinen Vater durch die Schlachten getragen hatte. Aber dann fiel ihm ein, dass Don Julián im Kampf und bei Turnieren sein schwereres Schlachtross benutzte, einen zwanzigjährigen Wallach, der mürrisch etwas abseits stand und Stroh kaute. Ob der Hengst sich jemals von ihm reiten lassen würde?

«Heute nicht, Senhor. Wir wollen fort», drängte Martí.

Die Sterne standen noch am Himmel, als sie aus der Wärme des Stalls hinaustraten. Sie hatten sich von niemandem verabschiedet außer von Oswaldo und der alten Fortunata.

Nebelschwaden stiegen vom Boden auf, während sich die Sonne langsam über die östliche Bergkette hocharbeitete, hinter der das Meer lag.

«Senhor», rief Martí, als sie den Weg ins Tal hinuntersetzten, «jetzt müsst Ihr eine *Alba* singen!»

«Ich weiß keine auswendig!»

«Dann erfindet sie! Motz e son, so wie die Troubadoure!»

An diesem Morgen wusste Peire, dass er ein Troubadour war. Hinter ihm klatschte Martí in die Hände, Moreno wieherte hell auf, und sie ließen Vallderonca hinter sich wie einen bösen Traum.

Gewiss, Ziryab hatte einige Schüler, christliche Knappen und zwei oder drei junge Männer aus Bagdad und Córdoba, alle älter als er und hervorragende Spieler der Al-ud. Sie begleiteten den Meister ab und zu bei seinen Auftritten und waren oft mit ihm zu sehen, wenn man ihm in der Stadt begegnete. Und dann war da noch ein zierliches Mädchen, das ihn bei manchen Auftritten auf der Flöte begleitete. Sie war immer verhüllt, man sah von ihr nichts als ihre hellbraunen Augen, die lebhaft und neugierig die Umgebung musterten.

Peire saß auf seinem Bett im Schlafsaal der Pagen, riss die Saiten der Al-ud an und kämpfte mit sich. Seine Mutter hatte ihn vor den Heiden gewarnt. So wenig sie sonst mit ihm überhaupt gesprochen hatte, diese Sache war ihr ein Herzensanliegen.

«Hüte dich vor ihnen, Peire. Es ist nicht gut, mit ihnen Umgang zu haben. Bist du erst ihr Gast gewesen, fängst du an, zu denken wie sie. Glaub es mir, deiner Mutter.»

«Ich werde nie zu ihnen ins Haus gehen», hatte er leichtfertig versprochen.

«Ein guter Entschluss, mein Sohn.» Sie hatte ihn angesehen, als wollte sie etwas hinzufügen, war dann aber plötzlich verstummt. Ihre Lippen hatten sich fest geschlossen, und sie hatte starr zu Boden gesehen. Sie hatte ihm noch das Medaillon mit der Reliquie vom heiligen Jakob gegeben. Kein Heiliger schützte die Kämpfer so gut wie er.

Er nahm die Kette mit dem Medaillon vom Hals und starrte den kleinen Holzsplitter an.

«Hilf mir, heiliger Jakob Matamoros», murmelte er.

Peire kämpfte mehrere Tage lang mit sich. Er besuchte die heilige Messe und legte die Beichte ab, der Beichtvater riet ihm mit ernster Stimme davon ab, zu Ziryab zu gehen. Doch der Wunsch, Ziryabs Schüler zu werden und von ihm Dinge zu lernen, die er nur bei ihm erfahren konnte, war nach wie vor da. Nicht einmal Martí wagte er in seine Pläne einzuweihen. Auch Martí war der Meinung, dass man den Moros aus dem Weg gehen musste.

Vielleicht würde der Meister ihn ja ablehnen. Peire hoffte es ebenso, wie er es fürchtete. Mit hängenden Schultern und voller Zweifel machte er sich auf den Weg, den er sich von Fernando hatte erklären lassen, und ging zum Haus des Mannes aus Bagdad, der die Al-ud schlug wie kein Musiker sonst am Hof. Simon, der jüdische Harfner, und Ziryab mit der Al-ud waren die Höchstbezahlten und Geachtetsten unter den Hofmusikanten.

Ziryab wohnte außerhalb der Aljafería im Stadtviertel der Moros, wo die Fenster der Frauengemächer vergittert waren. Aus den Innenhöfen der kleinen weiß getünchten Häuser erklang betörend fremde Musik. Kinder und Hunde balgten sich in den engen Sträßchen. In der Luft lag der Duft von Gewürzen. Über Peires Kopf flatterte Wäsche auf Leinen, die zwischen den Häusern von Fenster zu Fenster über die Straße gespannt waren.

Kläglich und unfähig fühlte er sich, als er vor der Tür des Meisters darauf wartete, eingelassen zu werden. Er rechnete fest mit einer abschlägigen Antwort. Was konnte er schon? Sein Spiel war immer noch das eines Jungen ohne wirkliche Ausbildung in der Musik.

Der Meister selbst öffnete, und Peires Brust zog sich zusammen.

«Salam aleikum», begrüßte Ziryab ihn. Jetzt, so dicht vor ihm, sah Peire, wie mager, fast ausgemergelt er war, der knöchellange Kaftan schlotterte ihm um den hageren Körper, seine grauen Haare waren diesmal von einem blauen Turban bedeckt. Feine Fältchen unter den Augenlidern zeigten an, dass er nicht mehr ganz jung war.

«Salam aleikum», stammelte Peire und verbeugte sich, obwohl er als Christenmensch einen Heiden nicht so hätte begrüßen dürfen.

Ziryab sah ihn belustigt an.

«Tritt ein in mein Haus.»

Eine magere weiße Katze strich ihm um die Beine. Er bückte sich und streichelte sie. Es war ein junges Tier. In einem hohen klagenden Ton maunzte es auf.

Peire stolperte vor Aufregung, als er dem Meister in einen größeren Raum mit zwei Fenstern zum Innenhof hin folgte. Im Patio plätscherte ein kleiner Brunnen über zwei Steinschalen, an dessen moosbedeckter Umrandung Töpfe mit blühenden Rosen standen.

Aus dem oberen Stockwerk blies jemand eine Melodie auf der Flöte.

«Setz dich.» Ziryab wies auf den mit einem Teppich bedeckten Diwan. Er selbst ließ sich auf dem Boden nieder und griff nach der Wasserpfeife. Ein schwarzer Diener trat hinzu. Der Meister gab ihm Anweisungen auf Arabisch.

Peire brach der Schweiß aus, und er zitterte am ganzen Körper. Da saß er nun und hatte getan, was seine Mutter ihm streng verboten hatte.

Sein Blick fiel auf eine Schildkröte, die sich schwerfällig durch den Raum schleifte und erst anhielt, als sie einen sonnigen Streifen unter dem Fenster erreicht hatte.

«Was führt dich zu mir, junger Mann?»

«Ich will bei Euch Unterricht nehmen.»

«Um das Spiel auf der Al-ud zu erlernen?»

Peire nickte. Der Meister fand die Bitte offensichtlich nicht außergewöhnlich oder unmöglich.

«Dann lass hören, was du schon kannst.» Ziryab bückte sich und schob ein Instrument aus der Ecke hervor, schlug die Saiten mit einem beinernen Plektrum kurz an und reichte beides seinem Besucher hinüber.

Ehrfürchtig ergriff Peire die Al-ud, so wie er es bei Urban gelernt hatte. Sie war mit fünf Doppelsaiten bespannt. Seine Hände zitterten nicht mehr, als er dem Holzkörper die ersten perlenden Töne entlockt hatte. Entzücken überkam ihn. Der Klang des Instruments war unvergleichlich. Er überlegte nicht mehr, halblaut begann er zu singen, während seine Hände immer heftiger die Saiten zum Klingen brachten. Er vergaß Ziryab ebenso wie die Schildkröte und sogar sein Vorhaben, der Schüler des Meisters zu werden. Es war reines Glück, die Töne durch den kleinen Raum wirbeln zu lassen. Irgendetwas an dieser Al-ud war anders als an seiner eigenen, sie war ein vollkommener Körper, fast ein Mensch. Im Spiel mit ihr wurde es belanglos, dass er selbst Peire war, der Junge, der im Vergleich mit Ziryab nichts konnte. Nass geschwitzt nahm er die Finger von den Saiten und sah einen Moment lang ins Leere.

Ziryab schwieg.

«Sie ist unvergleichlich», sagte Peire.

«Erzähl mir, was du von ihr weißt.»

«Ich weiß gar nichts», sagte er verlegen.

«Zurzeit von Abd ar-Rahman II. musste der Sänger Ziryab, mein berühmter Urahn, aus Bagdad nach Córdoba flüchten. Ziryab brachte all den Glanz des Hofs von Bagdad mit sich, er führte eine neue Art ein, wie sich die Männer frisierten und den Bart stutzten, Albernheiten, er war ein Geck.» Ziryab lachte kurz und trocken auf. «Vor allem aber gründete er hier im Land die ersten Schulen zur Ausbildung von Musikern und Sängerinnen. Dort wurden auch seine eigenen Töchter Aliyya und Hamduna ausgebildet.

Die klassische orientalische Al-ud besaß zu seiner Zeit vier Doppelsaiten. Ziryab fügte zwischen die zweite und dritte eine fünfte ein.»

«Was war der Sinn dieser Maßnahme?»

«Der Klang des Instruments wurde voller. Unermüdlich versuchte Ziryab ihn zu vervollkommnen. Er nahm auch anderes Material für die Saiten, um die Klangfarbe zu beeinflussen. Woraus sind wohl die ersten zwei Doppelsaiten?»

Peire tastete noch einmal über die glitzernden hellen Stränge.

«Seide?», riet er.

«So ist es, sie sind aus Seidenfäden gedreht, die in kaltem Wasser gehärtet wurden. Die anderen drei sind aus den Därmen von Löwenwelpen hergestellt.» Ziryab sagte es, als sei die Welt voller Löwenwelpen.

«Von Löwenwelpen?» Die Saiten seiner eigenen Al-ud waren aus normalen Schweinedärmen und aus Metall, soviel er wusste. Die gängigen Darmsaiten, wie man sie überall benutzte, hielten nicht lange, wenn man viel spielte. Peire hatte immer ein paar Ersatzsaiten dabei.

Ziryab lächelte. «Kennst du die Namen der Saiten?»

«Die ursprünglichen vier heißen Zir, Mazna, Mazlaz und Bamm.»

«Zir, die erste, ist gelblich. Die zweite, Mazna, ist rot, sie symbolisiert die Luft. Ihre Töne helfen gegen die Melancholie. Mazlaz, die dritte, ist weiß, wie das Wasser. Hört man ihr zu, endet die Traurigkeit. Bamm, die vierte, die schwerste und tiefste, ist schwarz. Sie symbolisiert die Erde und bringt der Seele Frieden.»

Aus dem oberen Stockwerk des Hauses erklang wieder eine Flötenmelodie. Peire hörte fasziniert zu und war plötzlich ganz vertieft in die fremdartige intensive Musik.

«Wer spielt da?», fragte er, unfähig, Ziryab weiter zuzuhören.

«Das ist Kholla, meine Tochter. Um diese Zeit spielt sie immer ihre Flöte.»

Obwohl er nur Wasser und Granatapfelsaft getrunken hatte, fühlte sich Peire wie berauscht, als er das Haus Ziryabs verlassen hatte. Der Meister hatte ihn als Schüler angenommen. Zweimal in der Woche durfte er fortan zu ihm kommen. Ein unfassbares neues Leben hatte angefangen. Er würde Dinge lernen, die über das hinausgingen, was einem christlichen Klosterschüler, einem christlichen Ritter normalerweise bekannt war. Peire dachte einen Moment lang, dass er sich nichts mehr wünschte, als die Welt der Moros und Sarazenen kennen zu lernen. Dann schämte er sich sofort. Nein, es war nur die Welt der Musik, es waren die Klänge der Al-ud, die er bei Ziryab erlernen wollte. Alles andere war fremd und feindlich. Von allem anderen musste er sich fern halten, so hatte er es gelobt.

Der Schlafsaal der königlichen Pagen war leer. Peire summte leise vor sich hin. Es war die Flötenmusik, die ihm nicht mehr aus dem Ohr ging. Der alte Sperber ruckte auf dem Gestänge hin und her und rief den Lockruf «Gü gü» beim Anblick seines Herrn.

«Warst du bei Ziryab?»

Fernando kniete auf dem Boden neben seinem Bett und wechselte die Piniennadeln im Korb aus, in dem der junge Habicht seine Behausung gefunden hatte. Die Sonne fiel durch die Rundbogenfenster auf die Bodenplatten. Kleine Stäubchen schwebten im Licht durch den Raum. Peire hätte laut losjubeln können vor Freude.

«Ja.»

«Was heißt ja?»

«Alles.»

Fernando unterbrach seine Arbeit einen Moment.

«Hast du bei ihm vorgespielt?»

«Er hat mir eins seiner Instrumente gegeben und –»

«Er war begeistert, vermute ich.»

«Davon hat er nichts gesagt. Nur, dass ich zu ihm kommen darf –»

Mit Fernandos Interesse war es wieder vorbei. Peire bückte sich zu ihm hinunter. Die Augen des Raubvogelkindes waren noch geschlossen, die Federn standen hässlich von ihm ab, seine Bewegungen waren ungeschickt und hilflos. Für Augenblicke ergriff auch Peire die Begeisterung seines Freundes. Genau so jung musste ein Habichtküken sein, um handzahm zu werden. Das erste Wesen, das es erblickte, sobald seine Augen sich öffneten, würde Fernando sein und nicht die Habichtmutter. Damit würde das Tier für immer auf ihn festgelegt sein, ihn für seine Mutter halten, ihm an jeden Ort folgen und ihn um Futter anbetteln.

«Es ist ein Weibchen, ich habe den richtigen herausgegriffen.» Fernando war außer sich vor Freude und wartete Peires Antwort nicht ab.

«Lahnt er?»

«Nicht er, sie. Sie ist ein süßes kleines Mädchen. Alle Nestlinge lahnen.»

Fernando setzte das Habichtküken übermütig auf seine Schulter. «Ich kann dich zu einem Falkennest führen, wo du dir deinen eigenen Falken holen kannst. Sie müssen seit ein paar Tagen ausgebrütet sein.»

Verwirrt starrte Peire den Freund an.

«Willst du ihn nicht holen? Wir müssen uns beeilen, ehe ein anderer die Jungen wegnimmt. Man kann sie an den Falkenmeister des Königs verkaufen oder an einen von den Rittern. Oder – ihn einer hohen Frau schenken.»

Natürlich, es war das Beste, sich einen Nestling großzuziehen, so viel wusste auch Peire. Er hatte bislang nur mit seinem alten Sperber gejagt, der immer nach ihm hackte und schon mehrmals fast entflogen war. Der Sperber mit seinem zerrupften gescheckten Federkleid saß auf dem Gestänge neben Peires Bettstatt und stieß gurrende Laute aus, die sein Herr jedoch nicht wahrnahm. Ziryab hatte ihn als Schüler angenommen. Es gab kein größeres Glück.

«Hast du mir überhaupt zugehört, Peire?»

«J-ja, schon.»

«Peire, wenn du einer Domna einen jungen Falken bringst, wird sie es dir für immer danken.» Fernando kniete erneut nieder und setzte sein Habichtmädchen in den Korb zurück. «Wo bist du nur mit deinen Gedanken? Erfindest du den ganzen Tag nur Melodien und Lieder? Ganz schön verrückt.»

Peire musste sich eingestehen, dass Fernando Recht hatte.

Der Sperber gurrte liebevoll, doch Peire schenkte ihm auch diesmal keinen Blick.

«Du musst auch ein guter Kämpfer werden. Du musst vor allem fechten und reiten lernen, damit du deinem Haus keine Schande machst und dich im Kampf bewährst.»

«Flieg, junger Habicht, werde stark», summte Peire mit geschlossenen Augen. Er hatte das Gefühl, eine Flöte zu hören, die sein Lied begleitete. «Du musst ein Kämpfer werden …»

«Jetzt hör mir mal zu, in diesen Zeiten ist das eine Frage von Leben und Tod. Wer sich nicht verteidigt, wird im Kampf ums Leben kommen –»

Er gehörte nun zu den Schülern des Meisters, eine Tatsache, auf die er stolzer war als auf den Ritterschlag seines Königs. Der Ritterschlag war noch weit entfernt. Was hier und jetzt für ihn zählte, war das Spiel auf der Al-ud.

«Moulaya», so begrüßte er Ziryab an den Abenden, wenn er sich im Schatten der Steineichen an der Mauer hinter der Aljafería einstellte, wo bei gutem Wetter der Unterricht stattfand. Wenn es regnete, trafen sie sich in Ziryabs Haus in der Stadt.

Die Al-ud bedeutete Peire mehr als sein Schwert. Er schämte

sich nicht mehr, wenn ihn Jordi auslachte, manchmal gelang ihm sogar selbst ein Witz, wenn er vom Pferd fiel. Die anderen Pagen waren unleugbar geschickter als er im Umgang mit Pferden und Waffen. Doch neuerdings machte ihm das nichts mehr aus. Denn ein Lob von Ziryab war das höchste für ihn.

An manchen Nachmittagen hatte Peire keinen Dienst, und auch Alfonsin stellte keine Forderungen an ihn. Er nahm dann die Al-ud und ging hinter das Gebäude, in dem sich der Schlafraum befand, zur Bank mit dem verwilderten Garten und spielte und sang, ohne dass ihm jemand zuhörte. Die Einsamkeit machte ihn mutig. Er probierte Lieder aus, die er gehört, und Griffe, die Ziryab ihm gezeigt hatte. An einem solchen späten Nachmittag, als die Sonne immer noch hoch stand und die Luft nach dem blühenden Jasmin der verwilderten Hecke duftete, hörte er auf einmal ein klagendes Maunzen.

Er ließ das Instrument sinken und schaute irritiert um sich. Dann sah er die Katze. Sie war mager und schmutzig weiß und klammerte sich an einem Fensterbogen im zweiten Stock des Gebäudes fest. Eine Katze, die sich verstiegen hatte und nicht mehr vorwärts und rückwärts konnte. Irgendwie kam sie ihm bekannt vor. Peire überlegte, wo sie hergekommen war.

Heilige Jungfrau, er hätte schwören können, dass es Khollas Katze war. Das Tier schrie wie ein Kleinkind, durchdringend und jämmerlich, und Peire dachte, dass eine Katze es schließlich nicht wert war, das Leben für sie zu riskieren. Um ihr zu helfen, überlegte er, musste er vom Gebäude aus durch das Fenster hindurchsteigen und ihr einen Zweig oder einen Stock entgegenhalten. Wie war das Tier überhaupt an diesen unmöglichen Ort gekommen? Peire seufzte auf. Ein Glück, dass Khollas Katze weit weg in der Sicherheit des Gartens von Ziryabs Haus vor sich hin döste.

Und wenn es Khollas Katze war? Peire hing sich die Al-ud um, ehe er zurück in das Gebäude ging. Er nahm sich noch die Zeit, das Instrument neben seinem Bett abzulegen. Dann erst lief er ins Treppenhaus zu dem Fenster, über dem die Katze immer noch schrie. Kein anderer Page war zu sehen. Wenn wenigstens Martí in der Nähe gewesen wäre!

Kurz entschlossen schwang er sich auf die Fensterbank. Mit einer Hand umklammerte er dann die Säule des zweibogigen Rundfensters und trat behutsam auf das äußere Sims. Er war nicht ganz schwindelfrei, für die Dauer von zwei Wimpernschlägen schloss er die Augen. Über ihm klagte Khollas Katze. Peire war sich plötzlich sicher, dass sie es war, und ebenso, dass er sie aus ihrer misslichen Lage befreien würde. Seine Hände waren nass geschwitzt. Er wischte erst die eine, dann die andere an seinem Gewand trocken.

«Komm, komm», lockte er und hielt den rechten Arm nach oben. Sie musste sich nur fallen lassen und seinen Ärmel umklammern. Ärgerlicherweise tat die dumme Kreatur nichts dergleichen, sondern schrie verzweifelt weiter.

Peire reckte sich weiter vor. Der Arm, mit dem er die Säule umklammert hielt, spannte schmerzlich.

«Schuf henne, otta, otta.» Hati, die alte Dienerin in Ziryabs Haus, sprach so mit der Katze, und Peire versuchte es einfach. «Schuf henne, otta, otta.»

Die Katze sprang so schnell und heftig auf seinen Arm, dass er taumelte.

Unten vom Garten kam ein spitzer Schrei. Die Krallen bohrten sich wie Nadelstiche durch den Ärmel in seine Haut. Peire umklammerte das Tier wie eine Beute und wand sich zurück durch das Fenster. Jetzt erst sah er die beiden Frauengestalten unten, die gestikulierend zu ihm hochsahen. Es waren Hati und Kholla. Eine Welle von Glück überflutete Peire. Er lehnte die Stirn gegen den kühlen Stein der Säule.

Kholla, er, die Katze, sie beide. Es war so unglaublich, so unfassbar, dass er die Katze entschlossen an sich presste und in die Gewandkammer schlüpfte, wo die Festkleidung der Pagen aufgehoben wurde. Er schloss die schwere Tür behutsam hinter sich und versteckte sich hinter einer Truhe. Unablässig streichelte er die Katze, um sie zu beruhigen. Sie klagte und maunzte jetzt nicht mehr, sondern schnurrte mit der gleichen Heftigkeit, mit der sie eben noch geschrien hatte. Seine Finger spürten jeden einzelnen Rückenwirbel, während sie über das seidige Fell glitten.

Draußen im Treppenhaus hallten die Stimmen der beiden Frauen.

«Nein, ich weiß nicht, wo der Senhor ist», sagte Martí. «Die Katze? Er wird sie sicher vorbeibringen. Vielleicht ist er schon unterwegs.»

Peires Herz klopfte unbändig. Auch hier drinnen roch es nach dem Jasmin der verwilderten Hecke. Kleine Stäubchen schwebten im schrägen Streiflicht des Abends. Nie wieder würde er sich auf ein solches Fenstersims stellen, sein Leben riskieren. Ihn erfasste ein Schwindelgefühl, als ihm klar wurde, welches Glück er gehabt hatte.

«Schuf henne, otta, otta», murmelte Peire wie ein Gebet. Von heute an – das fühlte er – konnte er alles, ihm gelang das, was er wollte. Da war das alte Triumphgefühl aus längst vergangener Zeit. Hundert Fanfaren bliesen auf einmal wie vor einem Fest, und er sprengte dreimal im Kreis um den Körper des gefallenen Feindes, auf Moreno, die Faust gegen den Himmel gereckt. Es waren Lust und Schmerz. Es waren Schmerz und Lust. Und dann waren es nur noch Schmerz, Betroffenheit, Angst. Peire öffnete die Augen und blinzelte. Schatten fielen in den Raum. Die Gewandkammer war wie die Rüstkammer Don Juliáns auf Vallderonca, die gleichen schweren Eichentruhen mit den eisernen Beschlägen, die Schränke und die Lanzen an der Wand, die er nicht nehmen durfte, auf keinen Fall. Es war verboten, einfach so Waffen zu nehmen, und doch hatte er es getan. Peire zitterte jetzt am ganzen Körper.

Aber er war nicht allein, in seinen Armen hielt er Khollas Katze. Sie lebte und leckte sein Handgelenk.

Benommen trat Peire ins Treppenhaus. Es war jetzt fast dunkel. An der Wand brannten rußende Pechfackeln.

«Ich habe Euch überall gesucht, Senhor. Soll ich die Katze zu Ziryabs Haus zurückbringen?» Martí hatte einen Korb mit einem Gitterdeckel in der Hand. «Kholla und ihre Dienerin waren ganz außer sich, als sie die Katze auf dem Fenstersims entdeckt haben.»

«Nein! Ich erledige das.» Peire trat einen Schritt zurück. «Wie ist sie überhaupt hierher gekommen durch die ganze Stadt?»

«Ach, das war der Zwerg. Er versteckt sie immer, um sie dann Kholla persönlich überreichen zu können, wenn sie sie sucht.»

«Und warum tut er das?»

«Du weißt doch, wie Isidro ist. Er will immer gelobt werden. Deswegen nimmt er Sachen weg und ‹findet› sie dann wieder. Außerdem ist er in Kholla verliebt.»

Peire schien es völlig einleuchtend, dass Isidro sich in Kholla verliebt hatte. Wahrscheinlich waren auch viele Pagen nach ihr verrückt, so wie er. Wer sie auch nur ein einziges Mal bei einem ihrer Auftritte erblickt und gehört hatte, musste ihrem Liebreiz verfallen, obwohl sie immer ganz verhüllt war, sodass man außer ihren Augen und den zierlichen Händen nur die Umrisse ihres schlanken Körpers unter dem seidenen Gewand erahnen konnte.

Martí warf seinem Herrn einen merkwürdigen Blick zu.

«Schweig», fuhr ihn Peire an.

«Ich habe nichts gesagt, Senhor.» Martí kämpfte gegen ein Lächeln an.

Hati, die alte Dienerin, öffnete die Tür, als Peire am nächsten Morgen mit der Katze im Korb den Türklopfer an Ziryabs Haus betätigte. Die Katze räkelte sich im Korb, und Hati stieß einen kleinen spitzen Freudenschrei aus.

«Tretet nur ein, Sid», sagte sie in gebrochenem Katalanisch.

«Peire! Hast du meine Katze gebracht?»

Kholla kam die Treppe heruntergestürmt.

Die Haare unter dem Schleier waren braun, und ihre Augen hatten ein helles leuchtendes Braun.

Er übergab ihr die Katze. Sie drückte sie an sich.

«Danke, dass du sie gerettet hast. Mir ist fast das Herz stehen geblieben, als ich sah, wie du aus dem Fenster geklettert bist.»

Peire errötete bis an die Haarwurzeln.

«Hati und ich haben sie überall gesucht, bis wir sie dort oben schreien hörten. Allein wäre sie nicht mehr heruntergekommen – Isidro hatte sie wieder fortgelockt, aber sie nicht zurückgebracht. Ich hasse diesen Zwerg. Einmal hat er meine Flöte weggenommen, kurz vor einem Auftritt im Festsaal. Ich war so verzweifelt, dass ich weinen musste. Plötzlich kam Isidro und brachte sie mir. Ich war so froh darüber, dass ich –», sie sah ihn verzweifelt an, «ich wusste ja nicht, dass er sie mir vorher weggenommen hatte. Komm, wir gehen in den Hof.»

Benommen folgte Peire ihr durch den großen Raum in den Innenhof. Der Brunnen plätscherte friedlich. Die Schildkröte schob sich durch die Sonnenzone, wo die Rosen wuchsen, und knabberte an einem Unkraut. Sie nahmen Platz auf einer alten Steinbank im Schatten. Die Katze sprang aus Khollas Armen und wandte sich ihren Fressnäpfen zu, die in der Ecke aufgestellt waren.

Peire dachte, dass jeder andere Page am Hof mit Freuden sein Leben riskiert hätte, um Khollas Katze vom Dach zu holen. Es war Gnade, dass Gott ausgerechnet ihn vorbeigeschickt hatte.

«Ich bin Peire de Vallderonca», stammelte er.

«Das weiß ich längst», sagte sie. «Ich habe dich im Hof unter den Schülern meines Vaters spielen gehört. Mein Vater spricht oft von dir.»

«Tut er das wirklich?»

Mit schlurfenden Schritten kam die Dienerin, warf den beiden einen strengen Blick zu und stellte ein kupfernes Tablett mit geschliffenen grünen Gläsern auf dem Boden ab.

«Gleich wird der Meister kommen, dann müsst Ihr wieder gehen, Sid. Der Zorn des Meisters gleicht dem des Löwen in der Wüste. Am besten wäre es, Ihr würdet jetzt gleich verschwinden.» Hatis Schritte schlappten über den Steinboden davon. In der Tür hielt sie inne und äugte besorgt nach ihrem Schützling.

«Nein, bleib noch.» Kholla legte die Hand auf Peires Arm. «Du weißt, bei uns leben Männer und Frauen streng voneinander getrennt. Die Frauen sprechen und scherzen mit anderen Frauen und Mädchen, und die Männer bleiben unter sich. Es gibt die Frauenräume und die Männerzimmer. Hier bei uns geht es nicht ganz so streng zu. Mein Vater gehört nicht zu den Strenggläubigen, aber das Prinzip bleibt gewahrt. Es ist nicht wie bei den Christen, wo Männer und Frauen miteinander plaudern dürfen, wenn sie sich auf der Straße begegnen.»

Peires Mund war trocken, und doch wagte er nicht, nach dem Glas mit Wasser zu greifen.

«Hast du keinen Durst?», fragte Kholla und nippte an ihrem Getränk.

«Nein, gar nicht. Doch, eigentlich sehr.» Seine Hand zitterte wie die eines alten Mannes, als er nach dem Wasser griff. Klirrend schlug das edle Glas auf dem Steinboden auf, wie durch ein Wunder zerbrach es nicht und rollte vor Khollas Füße. Er hob es auf und starrte auf die emaillierte Verzierung des grünlichen Gefäßes.

«Alfonsin wartet auf mich.»

«Dann lass ihn warten», sagte Kholla. Sie hob ihr Glas an seine Lippen. Durstig trank er. Es war der Saft einer Frucht, die er nicht kannte, schwer, süß und klebrig schmeckte die Flüssigkeit. Er fühlte sich noch durstiger.

«Es ist Dattelwein», erklärte sie. «Hier, nimm das. Man muss Wasser hinterhertrinken.»

So frühmorgens vertrug er keinen Wein, und schon gar nicht einen, der so süß und schwer war.

«Man trinkt nur ganz wenig davon, vor dem Essen.»

Sie reichte ihm ein weiteres Glas. Mit zitternden Händen umfasste er es. Es enthielt klares, eiskaltes Wasser, das er in zwei Zügen hinunterstürzte wie ein Verdurstender.

Er wusste, dass Hati noch immer im Türrahmen lauerte, und doch tat er es. Behutsam näherte er sein Gesicht dem von Kholla. Sie wich nicht zurück, als er sie küsste.

Wenig später war er nicht mehr sicher, ob er nur geträumt hatte. Er hätte nicht einmal beschwören können, dass er wirklich neben Kholla auf der Bank gesessen und mit ihr Dattelwein getrunken hatte.

Am Nachmittag dieses Tages, an dem er Khollas weiße Katze zurückgebracht hatte, ging es hinaus auf den Sandplatz.

Hidalgo, Jordis Falbe, legte die Ohren an und bleckte die Zähne, als Peire an ihm vorbeigehen wollte, um Moreno zu besteigen. Völlig unerwartet trat der Hengst mit der Hinterhand nach ihm.

«Der tut nichts, keine Angst!», rief Jordi, während Peire nur noch Nebel und Sterne sah.

Von irgendwoher war Alfonsins Stimme zu vernehmen. Jemand schrie, und Peire überlegte kurz, dass Fernando nie so schreien würde. Es war gegen alle Gesetze der Selbstbeherrschung, sich so gehen zu lassen. Und dann hatte alles Denken ein Ende.

Da waren nur noch Qual und Druck. Nicht mehr das Gefühl, Peire zu sein. Er spürte seine Schultern und seinen Rücken, außerdem ein Stechen im Kopf. Es war mühsam, die Augen zu öffnen. Etwas Dickes, Geschwollenes war dicht über ihnen, da, wo eigentlich die Stirn hätte sein müssen. Auch Zähne und Lippen schmerzten. Seine Hand. Er stellte fest, dass eine Hand vor ihm lag. Wo, heilige Jungfrau, war nur die andere geblieben? Und wo war er überhaupt? Es roch anders als im Schlafraum der Pagen.

Gestalten in dunklen Kutten tauchten auf. Ganz in der Nähe läutete eine Glocke zum Stundengebet der Mönche.

Peire schloss die Augen. Er war nicht müde, er wollte unbedingt wissen, wo er war. Und er hatte brennenden Durst.

«Trink, Peire.» Die Stimme löste Vertrauen und Glücksgefühle in ihm aus, ohne dass er die Person erkannte, die neben ihm saß.

Er schnappte mit den Lippen nach dem Becher und genoss die Kühle des Wassers.

«Die Al-ud», murmelte er. «Wo ist sie?»

«Später. Jetzt ist es noch zu früh. Fernando wird sie dir bringen.»

Jordis Gaul hatte Peire fast den Schädel zertrümmert, und Musa, der Medicus, der Peires klaffende Wunde versorgte, war erleichtert, als der verletzte Page wieder regelmäßig atmete und die Augen öffnete und blinzelte.

«Hoffen wir, dass er noch bei Verstand ist, wenn er wieder ganz zu sich kommt. Das Gehirn könnte Schaden genommen haben.» Musa leuchtete mit einer brennenden Kerze in Peires aschfahles Gesicht. Er behandelte die besser betuchten Patienten im Hospital der Brüder und war auch einer der Ärzte, die die kranke Prinzessin Petronila betreuten.

«Der Hengst ist zu ungestüm und schlecht erzogen. Jordi soll ihn nach Montcada zurückbringen, bevor er noch mehr Unheil anrichtet.»

Alfonsin war höchst beunruhigt. Auch wenn sich der Unfall nicht bei den eigentlichen Kampfübungen zugetragen hatte, für das Wohl der Pagen war er zuständig. Es hatte lange keine tragischen Verletzungen mehr gegeben. Die Söhne aus den höchsten Häusern Aragons und Kataloniens waren bei ihm in guter Obhut.

«Zu fatal, wenn auch der zweitgeborene Vallderonca zu Schaden gekommen wäre. Ich nehme an, du kennst die Geschichte –»

«Ja, natürlich. Aber vielleicht ist etwas dran an der Sache mit dem Fluch der Zigeunerin –» Uc betrachtete den Pagen, dessen

Gesichtszüge kaum kenntlich waren unter dem Kopfverband, voller Anteilnahme.

«Du meinst damals, vor dem Kampf im Barranco, wo Don Juliáns Männer in den Hinterhalt gerieten?» Alfonsin sprach leise, als fürchte er, der junge Vallderonca könne ihn verstehen.

«Genau. Gesetzt den Fall, er käme ernstlich zu Schaden, so würde die Grafschaft an den König zurückfallen, was gewisse Vorteile hätte.»

«Da ist noch Urban, von dem man nicht genau weiß, ob er nicht der Sohn des alten Vallderonca ist.»

«Keiner weiß es, aber Urban hält sich dafür und benimmt sich schon jetzt wie der künftige Erbe von Vallderonca. Ich habe ihn oft genug gesehen. Er ist ehrgeizig und verschlagen.»

«Allerdings ein halber Moro.» Alfonsin zuckte spöttisch die Achseln. «Das wird ihm immer anhaften. Und das ein oder andere Amt wird so einer, auch wenn er den christlichen Glauben angenommen hat, nie erlangen.»

«Nicht zu unterschätzen ist schließlich Domna Elviras Hass.»

«Als Bastard musst du immer doppelt so viel leisten wie die ehelichen Söhne. Schneller, tapferer, schöner, klüger. Du kannst der tapferste Held, der beste Troubadour sein. Es ist immer zu wenig.» Alfonsin seufzte. Er wusste nur zu gut, wovon er sprach.

«Gut gesprochen, *bort*.» Uc de Mataplana wendete sich der Gestalt zu, die regungslos neben dem Lager des Pagen saß. Er hatte sie erst jetzt bemerkt. Offenbar gehörte sie nicht zu den Pflegerinnen des Hospitals. Bestürzt überlegte er, inwieweit sie der Unterhaltung gefolgt war.

«Ihr sitzt hier so still und schweigsam, dass man Euch übersieht. Verzeiht uns die Unhöflichkeit, aber wir sorgen uns um Peire de Vallderonca. Seid Ihr von der Burg gekommen, Domna? Eine Verwandte des jungen Senhor?»

«Ja, so ist es. Ich bin seine Cousine Nicoletta.»

Die Stimme der Verhüllten war jugendlich. Uc hatte eher an eine ältere Tante gedacht. Er bemühte sich, einen Blick in das

Gesicht der jungen Dame zu erhaschen. Aber außer schönen braunen Augen war nicht viel zu sehen.

«Dann wird man Euch hoffentlich bald auch einmal bei Hofe sehen», sagte Alfonsin galant.

«Ja, wahrscheinlich, sobald mein Cousin wieder gesund ist. Ich bin sicher, er wird sich gut erholen, und alles das, was der Arzt Musa gesagt hat, wird nicht so eintreffen.»

«Wir beten zu Gott, dem Herrn, Domna, und zur heiligen Jungfrau. Wir haben einige Kerzen vor ihrem Bild angezündet, wie Ihr gewiss bemerkt habt.»

«Ich hatte noch keine Zeit, in die Kirche zu gehen.»

Das war der Moment, in dem Peire die Stimme erkannte. Sie gehörte zu Kholla. Er bewegte die Lippen. Mühsam und langsam brachte er die ersten Worte seit seinem Unfall hervor.

«Bleib hier. Lass mich nicht allein.»

Sie entfernte sich gegen Abend. Mit den ersten Strahlen der Sonne am nächsten Morgen kam sie wieder. So benommen er auch noch war, wusste er doch, wie schwer es für sie sein musste, sich bei Hati davonzustehlen.

Außerdem war da noch Martí, der nicht von seiner Seite wich. Aber es war Kholla, die das Leben in ihn zurückzauberte. Sie brachte ihm Dattelbrei mit und fütterte ihn wie ein Kind. Sie rieb ihm die Handgelenke mit Rosenwasser ein und brachte Räucherwerk mit, das sie in einer kupfernen Pfanne entzündete. Der aromatische Duft belebte ihn weit mehr als die Heiltränke, die Musa ihm verabreichte.

Alfonsin war erleichtert über die schnellen Fortschritte seines Schützlings.

«Lasst Euch nicht täuschen», warnte Musa, «er muss sich noch einige Zeit schonen und darf in der nächsten Zeit kein Pferd besteigen.»

«Sorg dich nicht um Moreno. Ich reite ihn aus, damit er nicht aus der Übung kommt», versicherte Fernando.

Trotz heftiger Proteste des Bruders Infirmarius hatte Martí das Gestänge mit dem angeketteten Sperber neben Peires Bettstatt aufgebaut, um für seine Zerstreuung zu sorgen. Eines Tages war es so weit. Peire hatte sich in einem gepolsterten Sessel ausgestreckt und spielte zur Freude der Kranken auf der Al-ud. Kholla, bis zur Unkenntlichkeit verschleiert, saß neben ihm. Ihre schmalen Finger bewegten sich im Takt.

Danach war er wieder sehr müde. Alles, was er tat, bedeutete Anstrengung. Das Licht, das durch die Fenster in den lang gestreckten Raum mit den Krankenbetten einfiel, verursachte ihm Kopfschmerzen.

Auch sprechen konnte er immer nur für kurze Zeit. Es war angenehmer, Kholla zuzuhören. Sie erzählte ihm Märchen aus fernen Ländern, in denen Dschinns und Feen vorkamen. Manchmal berichtete sie ihm mit leiser Stimme von dem Propheten Mohammed, der das Heilige Buch der Sarazenen in einer Berghöhle in Arabien vom Erzengel Gabriel empfangen hatte. Davon hatte Peire noch nie gehört.

«Mach dir eins klar», sagte sie. «Allah, der Christengott und der Judengott sind eins, sie sind immer der Eine, gleich, welchen Namen ihm die Menschen geben. Er hat tausend Namen und mehr.»

Betroffen hörte er ihr zu. Sie war jünger als er und doch so viel klüger und wissender.

«Der Christengott ist dreieinig, er ist der Vater, der Sohn und der Heilige Geist.» Peire hatte das Gefühl, dass er ihr widersprechen musste. Es konnte unmöglich sein, dass die Unterschiede zwischen dem Christengott und Allah gar nicht vorhanden waren. So viele tapfere christliche Krieger waren in Jahrhunderten des Kampfes gegen die Moros gestorben und zu Märtyrern geworden. Am liebsten hätte er sie mit wenigen klaren Sätzen widerlegt. Bestürzt stellte er fest, dass er dazu nicht in der Lage war.

«Ich habe gehört, er besteht aus vier Bestandteilen, der Jungfrau Maria, dem Vater, dem Sohn und dem Geist.»

Wie immer, wenn sie ihm mit solchen Ausführungen kam, wurde ihm unbehaglich zumute. Er konnte nur erwidern, was er bei den Predigten in der Messe aufgeschnappt hatte.

«Diese vier Gestalten in einer widersprechen den Gesetzen der Logik», sagte Kholla sanft. «Im Gegensatz zum Glauben der Christen verlangt das Heilige Buch, das Allah dem Propheten übermittelt hat, nicht von uns, an Wunder, Geister und Jungfrauengeburten zu glauben. Alles, was in ihm gesagt ist, ist klar und deutlich, für jeden Menschen verständlich.»

Sie zog den Schleier fester um sich, lächelte ihn an und verschwand. Peire sah ihr nach. Damals begriff er, dass sie niemals eine Christin werden und mit ihm gemeinsam vor dem Bild der Jungfrau Maria knien würde. Viel wahrscheinlicher war, dass sie ihn von der Wahrheit des Heiligen Buches der Sarazenen überzeugte. Peire versuchte zu beten und fand keine Worte.

«Haltet euch bereit, Pagen», brüllte Alfonsin durch den Schlafraum. «Es geht in zwei Tagen los!»

Es war noch früh am Morgen. Die Jungen hatten sich eben für den Dienst fertig gemacht und ihr Frühstück eingenommen.

«Gegen die Moros!» Jordi hüpfte auf sein Bett und riss die Arme freudig in die Höhe.

«Ihr wisst, was ihr zu tun habt? Fernando, erkläre es noch einmal!»

Fernando trat vor, das verpickelte Gesicht rot vor Aufregung.

«Jeder Page packt seine Waffen und persönliches Gerät und Bekleidung im Lauf des Tages auf sein Lasttier. Morgen wird sofort aufgestanden, wenn die Glocke läutet. Die Reitpferde werden gerüstet. Danach wird wie üblich der König bedient. Wir gehen gemeinsam zur heiligen Messe und empfangen die Eucharistie. Anschließend wird geordnet ausgeritten. Noch Fragen?»

«Was ist passiert?», stammelte Peire, der gerade von der Krankenstation zurückkam.

«Maurische Truppen sind in die Provinz Tarragona eingefallen», sagte Fernando mit angestrengtem Gleichmut. «Mach dir keine Sorgen. Wir Pagen kämpfen nicht richtig mit. Aber bei einer großen Schlacht kann man vorher nie sagen, was alles geschieht und wie sie ausgeht.»

Der Tag verging mit hastigen Vorbereitungen. Jordi musste sich noch eine neue Decke besorgen, andere mussten in Eile Reparaturen am Zaumzeug ihrer Pferde erledigen, und Peire stieß im Treppenhaus mit Fernando zusammen, der seinen jungen Jagdhund hinter sich herzerrte.

«Ich darf ihn für die Zeit der Cavalgada im königlichen Zwinger unterbringen.» Seine Wangen glänzten vor Aufregung. «Am liebsten hätte ich ihn mitgenommen, aber es geht nicht. Alfonsin hat es verboten.» Fernando küsste den Hund auf die Schnauze. «Den ziehe ich mir für die Entenjagd. Seine Schwanzspitze ist weiß, sodass man ihn noch in der Dämmerung sieht –»

«Wo hast du ihn her?»

«Einer der königlichen Jäger hat ihn mir gegeben. Seine Eltern gehören der Meute von Don Pedro an.»

Fernando hatte jetzt alles, was ein junger Edelmann brauchte, einen Habichtnestling, der ihm auf die Hand flatterte und hinter ihm hertaumelte, einen viel versprechenden Hund und ein erfahrenes Pferd. Richtig, auch die reiche Braut wartete schon auf ihn, Leonor de Fouzilhon.

Peires Herz krampfte sich zusammen.

Die reiche Braut. Er konnte sich nur Kholla vorstellen. Kholla, die alles über die Musik wusste, was er gerade mühsam erlernte. Reicher als Kholla konnte kein Mädchen im ganzen Hispanien und auch nicht jenseits der Pyrenäen sein.

«Ich sag dir was –» Fernando sah Peire skeptisch an. «Im Herzen bist du ein Moro. Du willst gar nicht in den Kampf.»

Peire wurde rot bis an die Haarwurzeln.

«Wo warst du letzten Sonntag, als alle Pagen in der Kirche waren?»

Peire beantwortete Fernandos Frage nicht.

Der Königssohn und das Sarazenenmädchen. Liebten sich inniglich, konnten nicht voneinander lassen. Kein Gold, kein Geschmeide, keine Ländereien wogen das Herz seines Mädchens auf.

Peire schrie auf, denn Fernando hatte ihn plötzlich angegriffen.

«Was machst du da, du Idiot? Es tut weh.»

«Soll es auch.» Fernando presste die Lippen zusammen und drehte ihm den Arm schmerzlich um.

«Hör auf!» Es war das erste Mal, dass Fernando ihn körperlich angriff.

«Ich will, dass du ein christlicher Ritter wirst. Dafür habe ich am Sonntag in der Kirche gebetet und der Muttergottes zwei Kerzen für dich angezündet. Du sollst nicht in der Hölle brennen.» Fernandos Stimme nahm einen unangenehmen, scharfen Ton an. «Peire, du tappst in jede Falle. Du bist dumm wie ein junger Bär. Ohne mich wärst du hier am Hof verloren –»

«Lass mich, Cervera!»

Peire riss sich wütend los und stieß ihn zurück. Fernando schlug mit dem Hinterkopf gegen die Wand.

«So einfach kommst du nicht davon», keuchte Fernando hinter ihm her. «Ob du willst oder nicht, ich werde deine Seele retten!»

Am Abend schlich Peire hinüber zu Ziryabs Haus, strich an der Mauer entlang und kletterte schließlich an der Stelle hinüber, an der die Mauer schadhaft war. Kein Laut war von innen zu hören, nur der Brunnen plätscherte eintönig in die abendliche Stille. Über dem Birnbaum war der Mond aufgegangen. Fledermäuse schwankten wie übergroße Schmetterlinge über den Rosenbeeten. Peire hielt den Atem an, dann stellte er sich in den Schatten der Hecke und rief leise Khollas Namen. Nichts rührte sich. Am Ende war sie gar nicht zu Hause. Er überlegte, ob er sich weiter nach vorn wagen sollte, um ein Steinchen an ihr Fenster zu werfen. Es konnte nicht sein, dass er sie nicht mehr sah und sprach, ehe er für Wochen auf seinen ersten Kriegszug ging.

Ganz plötzlich, nach einer endlosen Zeit des Wartens, stand sie vor ihm und tippte ihm sanft auf die Schulter.

«Gut, dass du gewartet hast. Ich habe dich die ganze Zeit über vom Fenster aus sehen können. Aber ich konnte erst fort, nachdem Hati eingeschlafen war. Mein Vater ist drüben mit den Musikanten im Schloss. Du musst morgen auf die Cavalgada, ich weiß», sagte sie leise.

Unfähig, etwas Sinnvolles zu sagen, stand er nur da, den Tränen nahe. Nach einer Weile legte er den Kopf an ihre Schulter. Sie streichelte sein Haar.

«Hast du Angst?»

«Nein», sagte er trotzig. «Wir werden ein paar Dörfer zurückerobern, und ich bin froh, dass Alfonsin mich mitkommen lässt. Du weißt ja, durch die Sache mit Jordis Pferd bin ich aus der Übung gekommen.»

«Bleib doch hier, sag, dass du noch Kopfschmerzen hast. Musa wird dir helfen.»

«Ich bin kein Feigling!» Er schrie fast.

«Du wirst dabei sein, wenn maurische Dörfer abgebrannt und Moscheen zerstört werden», sagte sie traurig. «Viele Menschen werden dabei sterben.»

«Ich bin ja nur als Bedienung des Königs dabei», murmelte er verlegen. Er nestelte das Medaillon mit dem Splitter der Werkbank des heiligen Jakob von seinem Hals und reichte es ihr.

«Wirst du es annehmen?» Seine Stimme war heiser vor Erregung.

«Was ist das? Ein Amulett?» Behutsam legte sie sich das Goldkettchen mit dem Medaillon um den Hals.

«Egal, was es ist. Es wird dich beschützen, wo immer du bist. Du musst es am Hals tragen und jeden Morgen küssen und dabei an mich denken. Wirst du das tun?»

«Ja», sagte sie. «Ich werde Allah bitten, dass er dich gesund zurückkommen lässt.»

Peire zog sie näher an sich und küsste sie vorsichtig und verlegen, um sie nicht zu erschrecken.

«Denk immer daran, Allah ist ein und derselbe Gott, deiner und meiner», flüsterte sie und küsste ihn ebenfalls auf den Mund. Eng aneinander gedrängt standen sie, Peire sog ihren Duft nach Zimt und Narden ein.

«Kholla, wo steckst du?» Hatis Stimme zerriss die Stille.

Sie drückten sich tiefer in die Hecke hinein.

«Kennst du die Romanze von Aucassin und Nicolette?»

«Natürlich. Jeder kennt sie.»

«Ich liebe dich so wie Aucassin Nicolette.»

«Es hat lange gedauert, bis sie wieder zueinander gefunden haben.» Kholla drückte Küsse auf sein Gesicht.

«Was auch immer geschieht, ich werde zu dir zurückkommen.»

«Du wirst immer willkommen sein, Troubadour.»

«Kholla!» Der Ruf war jetzt ganz nah, offensichtlich war Hati in den Garten hinausgetappt.

«Ich komme gleich, Hati!»

Betäubt vor unbändigem Glück, mit klopfendem Herzen blieb er noch ein paar Momente stehen. Am Himmel waren die Sterne aufgegangen. Er kannte sie nicht alle, nur den rötlich leuchtenden Mars unweit der strahlenden Venus und weit entfernt davon fast genauso hell das Gestirn des Jupiter.

Alles war so einfach. Er würde vor seine Eltern treten und ihnen sagen, dass er nur Kholla heiraten konnte. Und wenn sie ihm ihre Zustimmung verweigerten, würde er vor Kummer sterben.

Die Fahnen von Katalonien und Aragon wehten von den Mauern des Stadtschlosses. Glockenrein hallte der Gesang der Chorknaben über den Schlosshof, in dem es nach Weihrauch und Pferdedung roch. Ab und zu wieherte ein Pferd auf. Überall klirrten die metallbesetzten Schutzdecken der Schlachtrösser.

Der Bischof hatte im Hof vor der Aljafería die Messe gelesen und die Fürsprache des heiligen Jaime Matamoros erfleht.

Der König, umgeben von seiner Familie und den Ministern und Würdenträgern, Ritter, Knappen und Pagen, die Infanzones und Peones empfingen die heilige Kommunion und den Segen des Bischofs, der sogar die Schlachtrösser mit Weihwasser besprengte.

Bebend vor Aufregung stand Peire neben seinem Wallach, aufgereiht gleich hinter dem König. Die Messe war vorbei. Jetzt fanden nur noch einzelne Segnungen durch den Bischof und die Hofkapläne statt. Den Pferden des Königs und der Ritter wurden Reliquien in die Mähnen geflochten. Ein Trompetenstoß erscholl, und Peire wollte gerade auf seinem Pferd aufsitzen, hatte den einen Fuß schon im Steigbügel, als einer der königlichen Diener ihn berührte.

«Einen Moment noch, du kannst später hinterherreiten. Jetzt sollst du hoch ins Schloss kommen, ich bringe dich hin.»

Jordi und Fernando warfen ihm irritierte Blicke zu.

«Wartet auf mich», bat Peire, dessen Herz unbändig schlug vor Angst, Alfonsin könnte in letzter Minute entschieden haben, ihn in Zaragoza zurückzulassen, weil er immer noch ein mäßiger Reiter war.

«Beeil dich», rief Fernando ihm zu, während Jordi seinem Pferd die Sporen gab und hinter den Pagen herritt.

Peire folgte dem Diener durch das Portal, das Treppenhaus hoch und dann durch mehrere leere Zimmerfluchten der königlichen Gemächer. Vor einem kleinen Raum blieb der Diener stehen und schob Peire hinein, ehe er behutsam die Tür hinter ihm schloss. Es war Petronilas Zimmer. Das Mädchen saß in einem gepolsterten Stuhl mit Armlehnen, blass mit geröteten Wangen und sah ihn schweigend an.

In gebührendem Abstand kniete Peire höflich nieder und wartete, was die Prinzessin von ihm wollte. Sie hielt ihr schwarzweiß geflecktes Hündchen auf dem Schoß an sich gepresst. Neben ihr saß eine kleine Hofdame mit streng zurückgekämmtem schwarzen Haar und dunklen traurigen Augen, die ein paar Jahre jünger als Peire war. Ihrem ausdruckslosen Gesicht war nicht zu entnehmen, worum es ging.

«Du hattest versprochen, dass du noch einmal kommst und singst, ehe du auf die Cavalgada gehst.»

«Aber du hast es nicht getan», quäkte Isidro. Peire bemerkte ihn erst jetzt. Er hockte wie immer auf dem Boden und starrte ihn vorwurfsvoll an.

«Es tut mir leid, aber ich konnte die Zeit nicht erübrigen. Ihr wisst, Alfonsin ist sehr streng.»

«Alfonsin hat dir keine Befehle zu geben. Ich bin die Tochter des Königs, und er ist nur ein elender Bastard.» Petronila sprach mit angestrengter Stimme.

«Nur ein elender Bastard», wiederholte Isidro.

«Es tut mir leid, Euch bekümmert zu haben. Alfonsin hatte mir verboten, zu Euch zu kommen, und ich nahm an, es sei ein Befehl des Königs.»

«Der König würde nie etwas verbieten, was mir so viel Freude macht.» Petronila begann zu weinen.

Die Hofdame und der Zwerg sprangen hastig auf und versuchten ihre Herrin zu beruhigen. Peire kniete immer noch am Boden, da er keine Erlaubnis erhalten hatte, sich zu erheben.

«Mariela, hol die Al-ud aus dem Nebenzimmer», bat Petronila. Es war ihr offensichtlich gleichgültig, wie er die anderen einholen würde.

Die Kleine stolperte über ihr bodenlanges Gewand, fing sich wieder und verschwand hastig. Peire schoss der Gedanke durch den Kopf, dass es keine leichte Aufgabe war, Petronila zu bedienen und zu unterhalten. Die Prinzessin schien seine Gedanken erraten zu haben.

«Mariela macht alles falsch», sagte sie hochmütig, «sie ist noch zu jung für den Dienst in meinem Zimmer. Sie hilft nur aus, wenn Bellina und Zara nicht da sind.»

Peire schwieg, ratlos, was er antworten sollte.

«Sie hat schon einiges gelernt. Ich habe ihr abgewöhnt zu lachen. Der Dienst am Hof des Königs ist etwas, das man ernst nehmen muss.»

«Ich darf sie jedes Mal verpetzen, wenn sie lacht», erklärte Isidro.

Peire, der Petronila bei den allgemeinen Essen oft genug bedient hatte, hatte sie eigentlich gern, jetzt aber, während er nichts sehnlicher wollte, als zu den anderen Pagen und Alfonsin zurückzukehren, fand er sie zum ersten Mal wenig liebenswert.

«Ich bin krank, wie du sicher weißt. Deswegen ist der Dienst in meinem Zimmer schwerer als bei meinen Schwestern. Du kannst aufstehen, Peire.»

«Danke, Domna.»

Mariela kam mit der Al-ud, und gleichzeitig trat auch der Diener ein und brachte ein Tablett mit Erfrischungen. So schnell würde er nicht von hier fortkommen. Peire verwünschte in Gedanken die tyrannische Prinzessin. Fernando würde kaum auf ihn warten.

Der Diener schob Stühle um den Polstersessel der Prinzessin, und Mariela und Peire setzten sich und griffen ebenso wie Petronila nach den Leckerbissen.

«Hör auf, Mariela!», zischte Petronila wütend.

Vor Schreck ließ die Kleine das Stück Melone, nach dem sie gegriffen hatte, zu Boden fallen.

«Du wirst zu dick! Du darfst nur Sachen essen, die ich dir erlaube.»

Mariela, offensichtlich an derlei gewöhnt, verzog keine Miene, nur ihre Oberlippe zitterte etwas.

«Nimm von dem Stockfisch», befahl Petronila. «Sie mag ihn überhaupt nicht», sagte sie zu Peire gewandt. «Ich will sie daran gewöhnen.» Sie lächelte Peire an, als erwarte sie ein Lob für ihre Erziehungsmaßnahme.

«Sie muss es lernen!», rief Isidro. «Muss sie. Jeden Tag muss sie ein Tellerchen Stockfisch essen. Es passt ihr nicht, aber wir wollen es so!»

Peire wünschte, er wäre so stark wie Alfonsin, um ihn in eine Ecke zu schleudern.

Mariela hatte Tränen in den Augen, während sie das Stück Fisch kaute. Sie würgte hinterher kurz, und wieder wäre Peire am liebsten aufgesprungen und davongelaufen.

Petronila lehnte sich zurück, als sie gegessen hatte. Mariela reichte Peire das Instrument.

«Du kannst jetzt singen», sagte Petronila hochmütig.

«Was möchtet Ihr hören?» Peire überlegte fieberhaft, unter welchem Vorwand er möglichst schnell von hier verschwinden konnte.

«Die Lieder, die du neulich gespielt hast, als du bei Ziryab warst.»

«Woher –» Peire sah sie erschrocken an.

«Ich weiß alles von dir», lachte Petronilla, «auch das mit Kholla.»

«In Zaragoza gibt es kein Geheimnis», ließ sich Isidro vernehmen. «Alles wird bekannt.»

«Nein», stöhnte Peire.

«Du warst gestern bei ihr im Garten.» Petronila sah ihn triumphierend und traurig zugleich an.

«Nein!»

«Und du hast sie geküsst.»

In diesem Moment hasste er sie nur noch.

«Woher willst du das wissen?»

«Mein Zwerg ist dir gefolgt. Hast du ihn nicht gesehen? Er beobachtet dich schon lange. Vor mir kannst du kein Geheimnis haben.»

Isidro lachte meckernd auf.

Die Al-ud in Peires Händen zitterte.

«Ich möchte jetzt nicht spielen. Ich gehe jetzt.»

«Das könnt Ihr nicht tun», sagte Mariela, Panik in den Augen. «Die Domna ist sehr krank, das wisst Ihr doch.» So jung sie auch war, in ihrer Stimme lag etwas, das Peire zwang, stehen zu bleiben.

«Singt bitte, sie wird dann gleich einschlafen», bat die kleine Hofdame nochmals.

Er setzte sich und begann, die Saiten der Al-ud anzureißen. Es beruhigte ihn, während die Töne durch den Raum flossen. Um zu singen, war er zu aufgewühlt und verärgert. Er schloss die Augen und versuchte zu vergessen, wo er war, während er spielte.

Nach einer Ewigkeit, so schien es ihm, berührte ihn jemand am Arm. Es war Mariela.

«Wir können jetzt gehen», flüsterte sie. «Sie ist eingeschlafen, Zara und Bellina sind gekommen.»

Er öffnete die Augen und ließ die Al-ud sanft auf den Teppich unter seinen Füßen gleiten. Die Prinzessin schlief fest und friedlich. Zara und Bellina, ihre Hofdamen, die sie auch die Treppen im Palast hochtrugen, breiteten eine Decke über ihrer Domna aus. Isidro hatte seinen Körper gegen den Rücken des Sessels gelehnt und schnarchte leise.

Peire und Mariela schlichen davon.

«Peire, habt Ihr denn gar keine Angst vor Domna Petronila?», fragte Mariela, als sie im Treppenhaus standen.

«Es gibt viel schlimmere Leute als die Prinzessin.» Peire lächelte die Kleine herablassend an. Der Schrecken saß ihm noch in allen Knochen und verwandelte sich unaufhaltsam in Wut. Kholla und er. Er und Kholla. Es war, als hätte der Zwerg sie mit Schlamm beworfen, nachdem er sie irgendwo im Schutz der Dunkelheit belauscht hatte.

«Ihr wisst nicht, wie schlimm die Domna ist. Könnt Ihr nicht versuchen, dass ich woanders unterkomme, aber in eine genauso ehrenvolle Position? Vielleicht bei Domna Elenor oder Domna Konstanza?»

«Ich versuch's mal», versprach Peire. «Lebt wohl, ich muss jetzt fort.»

Sie rief noch etwas hinter ihm her, als er davonrannte, aber er verstand es nicht.

Er konnte es kaum fassen. Der Hof vor dem Palau war fast menschenleer. Ein paar Diener kehrten die Pferdeäpfel zusammen. Und Fernando stand mit den Pferden und dem Packpferd für sie beide da, wo Peire ihn verlassen hatte.

«Was war los? Du bist ja ganz blass.»

«Wir müssen schnell fort», keuchte Peire.

«Es geht erst nach San Juan de la Penya», erklärte Fernando. «Dort wird noch einmal an den Gräbern der Könige von Aragon gebetet. Vielleicht holen wir die anderen noch ein, wenn wir uns beeilen.»

Peire saß jetzt im Sattel und ritt los, einen besorgten Blick warf er zurück, um zu sehen, ob irgendjemand kam, der sie aufhalten wollte. Am Ende beschloss Petronila noch, ihn für immer als Unterhalter und Sänger für sich zu beanspruchen.

Nachdem sie die Brücke über den Ebro überquert hatten, wurde es Peire leichter ums Herz. Sie ritten in mäßigem Tempo die Straße Richtung Huesca, machten über Mittag eine längere Verschnaufpause und setzten dann ihren Weg durch die Berge fort. Immer wieder kamen sie an Pilgern vorbei, die barfuß, in einer mit einem Strick gegürteten Kutte und einer Jakobsmuschel um den Hals nach Santiago de Compostela wanderten.

«Hast du keinen Hunger? Die Wurst ist gut, und wir sollten uns stärken, denn wir haben morgen noch ein hartes Stück Weg vor uns», sagte Fernando, als sie gegen Abend an einer Lichtung in einem Pinienwald angehalten hatten, und biss in seine Wegzehrung.

«Petronilas Zwerg hat hinter mir herspioniert.» Peire konnte die Sache jetzt nicht mehr für sich behalten.

«Sie hat sich in dich verliebt», stellte Fernando fest.

«Das habe ich auch gemerkt.» Peire war den Tränen nahe. «Sie wird mich zu allem zwingen, was ihr in den Sinn kommt.»

«Jetzt bist du erst einmal weg. Und es wird länger dauern.»

«Dieser Zwerg», fing Peire wieder an.

«Mach dir keine Sorgen. Außerdem gibt es ein gutes Mittel, ihn abzuschütteln.»

«Und das wäre?»

«Du musst ihn bezahlen, dann lässt er dich in Ruhe. Begreif endlich, wie das Spielchen hier am Hof geht.»

Sie brauchten einen weiteren Tag, bis sie die ursprüngliche Königsresidenz Aragons, die Bischofsstadt Jaca, erreicht hatten. Die Dämmerung brach herein, als sie zum Monte Pano kamen. Im Abendlicht leuchteten vor ihnen die nahen Gipfel der Pyrenäen in Rot- und Purpurtönen auf. Durch einen Wald aus Buchen und Steineichen ritten sie jetzt einen breiten Weg entlang, auf dem die Hufspuren der königlichen Reiterei zu sehen waren.

«Wir sind gleich da», rief Fernando und hielt sein Pferd an.

«Du musst beichten, das ist dir ja wohl klar», sagte er und beugte sich zu Peire hinüber, der Moreno gerade neben ihm zum Stehen gebracht hatte. «Auch das mit dem Moro-Mädchen.»

«Ich weiß nicht», stammelte Peire betroffen.

«Morgen in der Messe wirst du etwas zu sehen bekommen, um das dich viele Menschen beneiden würden, wenn sie davon wüssten. Die wunderbarste und heiligste Reliquie, die es auf Erden gibt.»

Peire konnte keine weiteren Fragen stellen, denn Fernando hatte seinem Pferd die Sporen gegeben und Peire beeilte sich, ihm mit dem Packpferd zu folgen.

Stunden später ritten sie um eine Wegbiegung und standen plötzlich vor einer hoch aufragenden Felswand. Der Mond war aufgegangen und leuchtete über ihnen.

«Da ist es», sagte Fernando.

Jetzt erst erkannte Peire das Kloster. Fast erdrückt vom überhängenden Felsen, eng an die Wand geschmiegt und darin eingebettet, lag das Kloster mit der Kirche. Der wuchtige Eingangsbau ragte ein Stück hervor wie der Turm einer Festung. Im runden Bogen des Pfortenfensters waren Talglichter aufgestellt.

«Es ist wie ein Wunder.»

«Es ist eins.»

«Wie ist das Kloster in den Felsen hineingekommen?»

Fernando lehnte sich im Sattel zurück und holte mit seiner Erklärung weit aus.

«Vor langer Zeit, als die Araber fast die ganze Hispania in den Händen hatten, lebten in dieser Höhle des heiligen Johannes einige Einsiedler. Eines Tages kamen dreihundert Ritter zu ihnen, um von ihnen geistlichen Beistand zu erflehen, weil sie einen Angriff auf die Moros planten. Sie beteten zusammen in der Höhle und erwählten schließlich einen Mann gotischer Abstammung namens García Jiménez zum Anführer. In der nächsten Nacht ritten die Kämpfer über gefährliche Ziegenpfade zur östlich gelegenen Stadt Ainsa, wo sich die maurische Garnison befand. Am Morgen kam es zur Schlacht, die für die Christen bald sehr schlecht aussah. In größter Verzweiflung hob García Jiménez die Augen zum Himmel, von wo er sich Beistand erhoffte, und sogleich sah er in der Luft ein rotes Kreuz angelehnt an einen Schild, und es sank auf einen Baum hinab, eine Steineiche. Dieser Anblick spendete ihm einen himmlischen Trost. Denn García wusste jetzt, dass er in diesem Zeichen siegen würde. Er rief den heiligen Johannes den Täufer um Hilfe an und überrannte gemeinsam mit seinen Rittern die arabische Streitmacht. Anschließend krönten ihn seine Männer erneut zum ersten König von Sobrarbe. Alles das hat seinen Anfang in dieser Höhle genommen. Gott wollte, dass hier an der Wohnstätte der frommen Einsiedler ein Kloster gebaut wurde, über ihren Gräbern.

Seit dieser Zeit kamen die Ritter immer zuerst nach San Juan de la Penya, wenn sie zum Kampf gegen die Mauren auszogen, um sich dort vom Abt des Klosters weihen zu lassen. Von da an wurden sie in der heiligen Höhle im Taufquell neben dem Altar von Johannes dem Täufer zu ‹Johannes-Rittern› geweiht.»

«Warst du schon öfter hier?», wollte Peire wissen.

«Seit ich am Hof diene, jedes Mal, wenn der König hierher kam. Es ist eine Ehre, im Kloster sein zu dürfen. Die meisten Ritter und Edlen sind weiter unten im Wald in ihren Zelten und treffen erst morgen zur Messe ein, um sich für den Kampf weihen zu lassen.» Fernando sah seinen Freund siegesgewiss an. «Weißt du auch, warum uns der Sieg gegen die Moros sicher ist?»

Peire schüttelte den Kopf.

«Weil hier im Kloster die Schale aufbewahrt wird, mit der Jesus gemeinsam mit seinen Jüngern das letzte Abendmahl gefeiert hat. Morgen bei der Messe wirst du sie sehen.»

Alfonsin und die Pagen waren im Laienschlafsaal einquartiert. Der König hatte ein Schlafgemach neben dem des Klosterabts eingenommen.

Der Hofmeister runzelte die Stirn, als Fernando und Peire auf ihn zutraten.

«Du hattest wahrscheinlich wieder Probleme mit deinem Pferd», sagte er, als sei Peire immer noch der Junge aus dem Kloster und habe inzwischen keinerlei Fortschritte gemacht.

Doch als Peire ihm mitteilte, dass Petronila ihn zu sich befohlen hatte, schimpfte er wider Erwarten nicht.

«Gut so, es war richtig, dass du zu ihr gegangen bist. Sie hat manchmal die absonderlichsten Einfälle, aber was hilft es, man darf die Kleine nicht aufregen, das verträgt sie nicht. Morgen früh habt ihr beide frei. Die Pagen sind schon eingeteilt für den Dienst beim Aufstehen von Don Alfonso und Don Pedro. Seid aber bitte pünktlich und reinlich zur Heiligen Messe da.» Schon im Gehen wandte er sich noch einmal um.

«Ach, Peire, du hast doch sicher deine Al-ud mitgenommen.»

«Ja, Don Alfonsin.»

«Würdest du sie mir heute Abend bitte ausleihen? Meine musste ich im Palau zurücklassen, da sie reparaturbedürftig war. Und meine Zither ist auch kaputt.

So eindrucksvoll der Klosterbau unter der Kulisse des Felsmassivs wirkte, so schlicht war das Gebäude im Inneren. Der Kreuzgang, das Dormitorium, das Refektorium, die Bibliothek und die Kirche, alles in allem waren sie nur wenig größer als die Einrichtungen im Kloster von Vallderonca. Allerdings wölbte sich hier statt des Himmels der nackte Fels über dem Kreuzgang.

«Ich fühle mich wie in einer anderen Welt», sagte Peire ehrfurchtsvoll, als er mit Fernando früh am Morgen durch das Kloster ging.

«Es ist eine andere Welt. Nirgendwo außer in Jerusalem bist du Jesus so nahe wie hier.»

Uc de Mataplana kam ihnen mit wehendem Mantel entgegen und kniff Peire ins Ohrläppchen. Die feierliche Stimmung war verflogen. Missbilligend betrachtete Fernando den Lebemann aus Katalonien.

«Weit und breit der einzige Troubadour, der kein Geld von mir will», kicherte Uc. «Ich freue mich jedes Mal bei deinem Anblick.»

«Alfonsin braucht sicher auch keins», bemerkte Peire.

Uc lachte auf. «Du ahnungsloser Bengel», grinste er und rauschte auch schon weiter.

«Du musst beichten.» Fernando zerrte Peire weiter durch die Gänge.

«Glaubst du, wir finden einen Bruder, der jetzt noch die Beichte abnimmt?»

«Bruder Beatus sitzt den ganzen Tag im Beichtstuhl in der Unterkirche.»

«Warst du schon bei ihm?»

«Mehrere Male. Es ging um ernste Dinge.»

«Ist er streng?»

«Mittelstreng. Du kannst ihm alles anvertrauen. Das musst du sogar. Erzähl mir nachher, was er zu der Sache mit dem Moro-Mädchen gesagt hat.»

Beim heiligen Jakob, er war nur verpflichtet, Sünden und Verfehlungen zu bekennen. Dass er Kholla liebte und sie geküsst hatte, war keine Sünde, entschied Peire trotzig für sich. Im Gegenteil, Gott hatte ihn und sie gegen alle Widerstände zusammengeführt.

Sie traten in die dreischiffige Oberkirche ein, auch sie ein schlichter Bau mit schönen Decken- und Wandmalereien, durchquerten die Gruft mit den Gräbern der Adligen und stiegen über eine breite Treppe in die kleinere Unterkirche, in der es kühl und feucht roch.

«Die beiden Altäre sind den Märtyrern Julián und Basilissa geweiht», erklärte Fernando.

«Da oben kommt Wasser durch.» Fasziniert sah Peire zur Wölbung über dem linken Altar, aus der Wasser strömte und gleich wieder in der Wand verschwand.

«Es ist eine Quelle im Berg, die das Taufbecken auf der anderen Seite der Wand füllt. Du kannst es von hier nicht sehen. Dort werden die Johannisritter neben dem Altar von Johannes dem Täufer geweiht. Und hier ist Bruder Beatus' Beichtstuhl.»

Peire beichtete an diesem Morgen, dass er sein Pferd vernachlässigt hatte, dem Gottesdienst das ein oder andere Mal ferngeblieben war und dass er Petronila verabscheute, die ihn gezwungen hatte, vor ihr zu singen. Über Kholla verlor er kein Wort.

Bruder Beatus ermahnte ihn zu Geduld und Nächstenliebe und erlegte ihm auf, zehn Vaterunser zu beten.

Vor dem Kloster warteten die Ritter und Infanzones in einer langen Schlange, und als die Messe zu Ende war, pilgerten sie alle am Altar des heiligen Johannes vorbei, vor dem der Abt in den erhobenen Händen die braungolden schimmernde Schale mit den Hostien hielt, die Jesus selbst beim Abendmahl benutzt hatte. Peire war überwältigt vom Anblick des Gefäßes und stellte sich vor, wie Jesus es in den Händen gehalten hatte. Ins Gebet versunken, knieten die Pagen in der ersten Reihe gemeinsam mit König Alfonso und den Infanten Alfonso und Pedro. Hinter ihnen waren die vornehmsten Edlen und einige Burgherren aus Aragon und Katalonien versammelt, die meisten Ritter, das Fußvolk und die einfacheren *Caballeros* hatten sich mit einem Platz draußen vor der Kirche begnügen müssen. Jeder aber, der am Feldzug teilnahm, ließ sich vom Abt segnen, von den Ministranten mit Wasser aus der heiligen Quelle besprengen und warf einen Blick auf die kostbare Reliquie. Das Scharren der Füße nahm kein Ende, und Peire überlegte sich, dass Don Alfonso nach Lage der Dinge den Feldzug gewinnen würde. Gott war auf der Seite der christlichen Kämpfer, der Könige von Aragon und Kastilien, und sie waren Tausende. Jeder Feldzugsteilnehmer, der im Kampf um die christliche Erde fiel, würde sofort als Märtyrer für die Sache des Glaubens ins Paradies eingehen, hatte der Abt in der Predigt verkündet. Peire schloss die Augen, stellte sich wieder Jesus mit der glänzenden, schimmernden braunen Schale vor, und fürchtete sich nicht mehr.

In das eigentliche Kampfgeschehen wurden die königlichen Pagen kaum einbezogen. Sie hielten die Reservepferde der Getreuen des Königs bereit, kümmerten sich um das Gepäck und die Ausrüstung, halfen mit beim Abbau des Zelts und standen eher im Weg, als dass sie nützlich gewesen wären. Auch der König selbst verfolgte das Kampfgeschehen aus einer nachgeordneten Reihe, umgeben von seinen tapfersten Kämpfern, sodass er kaum je ernstlich in Gefahr geriet. Gefangene wurden gemacht. Weinende Frauen, ihre Kinder an der Hand, wurden an den Pagen vorbeigezerrt und auf einem öffentlichen Platz vor der Stadt zum Kauf angeboten.

Peire sah auch schreckliche Verwundungen an christlichen

Kämpfern, die hastig aus der Kampflinie auf Bahren hinüber in den Schutz des Lagers gezogen wurden, wo im Schatten eines großen Zeltes der Medicus mit seinen Gehilfen auf sie wartete, um sie zu versorgen. Er sah Tote, die im Kampf gefallen waren, und Pferdekadaver mit aufgedunsenen Bäuchen. In diesem Sommer gab es eine Fliegenplage, wie Peire sie noch nie erlebt hatte. Überall an den Zeltwänden saßen schwarze dicke Fliegen. Und obwohl die Toten schnell begraben wurden, roch es doch schwer und faulig nach Leichen und Exkrementen, nach verbranntem Fleisch und verkohlten Holzbalken. Nachdem die almohadischen Truppen ein Stück zurückgeschlagen und einige kleinere Ortschaften wieder christlich geworden waren, brach im Lager der Christen eine fiebrige Durchfallerkrankung aus. Abgeordnete der Sarazenen, bei denen die Krankheit ebenfalls wütete, erschienen vor dem Zelt des Königs. Sie wurden huldvoll empfangen und angehört. König Alfonso beriet sich dann mit Jordis Vater, dem Grafen Montcada, Alfonsin und weiteren Granden. Schließlich wurde nach dem Schreiber gerufen und ein Dokument über den Waffenstillstand abgefasst.

Am Abend gab es ein Fest, bei dem ein nordfranzösischer Ritter zusammen mit seinem Joglar das Lied von Aucassin und Nicolette vortrug, die Liebesgeschichte vom Grafensohn, der sich in das gefangene Moro-Mädchen Nicolette verliebte und ihr ewige Treue versprach. Er hatte das Lied als *chantefable* angekündigt, und das war es auch. Gesang und Erzählung wechselten wie bei einem kleinen Schauspiel ab.

Peire hatte bei früheren Festen immer wieder einzelne Stücke der Chantefable gehört, aber noch nie das Ganze im Zusammenhang. Während der Troubadour sang und sprach, wurde Peire rot und blass. Es war ihm, als ginge es nur um ihn und Kholla und, schlimmer noch, als starrten alle Pagen, die Edlen und selbst der König zu ihm hin. In Wirklichkeit war jeder mit sich selbst beschäftigt. Die meisten waren froh, dass die Cavalgada vorbei war, und sprachen eifrig dem Wein zu.

Das Sarazenenmädchen und der Grafensohn. Aucassin, der Grafensohn, wusste, was er zu tun hatte: Er ließ sich nicht von seiner Liebe abbringen, er nahm den Zorn seines Vaters in Kauf. Aber er, Peire, er war schwach. Er liebte sie so, wie man in seinem Alter eben ein Mädchen liebt. Sterbenskrank fühlte er sich, als Fernando ihm sagte, dass er schwören müsse, sie nicht wieder zu sehen.

Fernando hatte beschlossen, dass er für den höchsten, den edelsten Zweck lügen durfte, «Alfonsin hat mich gebeten, dir mitzuteilen, dass es keine Schwertleite für dich geben wird, wenn du sie nicht in Ruhe lässt. Nimm Vernunft an! Du müsstest dann in Schande nach Vallderonca zurückkehren und für immer ein einfacher Infanzón bleiben.»

«Keine Schwertleite?»

«Dafür musst du schwören, ein christlicher Ritter zu sein, der den christlichen Glauben verteidigt», erklärte ihm Fernando. «Willst du etwa kein christlicher Ritter sein?»

«Der König –», Fernando erhob die Stimme, «der König ist sehr verärgert wegen dieser Liebschaft mit Kholla. Er erwägt, dir die Grafschaft abzuerkennen.»

«Weißt du das auch – von Alfonsin?»

«Ich habe ein Gespräch zwischen ihnen belauscht.»

Es war etwas anderes, zu sterben, als in Schande zu leben. Er wäre sofort für Kholla durch jedes Feuer gegangen, aber für sie auf den Ritterschlag des Königs zu verzichten und obendrein die Grafschaft zu verlieren war undenkbar.

«Der König hat gesagt, er wird –»

«Bitte sei still.» Peire schlug die Hände vors Gesicht. «Ich will es nicht hören.»

Unbeirrt sprach Fernando weiter. «Du würdest die Ehre der Ritterschaft von Aragon beschmutzen. Hör auf zu weinen. Es ist doch sehr gütig von ihm, dass er dich nicht vor vollendete Tatsachen hat stellen lassen.»

Fernando schloss kurz die Augen. Seine Worte hatten eine wunderbare Wirkung. Er war stolz auf sich.

«Peire, niemand hier am Hof meint es so gut mit dir wie ich. Bedenk doch, die Moros waren in Santiago de Compostela und haben die Grabkirche verwüstet und die ganze Stadt in Schutt und Asche gelegt. Sie werden es wieder tun, wenn wir sie nicht aus der Hispania treiben.»

Fernando legte ihm die Hand auf die zuckende Schulter. «Irgendwann musst du dich entscheiden, ob du auf der Seite der Moros stehst oder ein christlicher Ritter sein willst. Dazwischen gibt es nichts.»

«Ich will mich nicht entscheiden.»

«Peire, du musst es. Und ich sage dir – du kannst gar kein Moro werden. Mach dir auch das klar. Würdest du Jesus verraten? So wie Judas Ischariot? Das würdest du doch nie tun.»

Nach nächtelangem Grübeln verriet Peire schließlich sein Sarazenenmädchen für den Ritterschlag des Königs. Er schwor seinen Lehnseid, empfing den Schlag auf die Schulter durch den König von Aragon und sang anschließend das Te Deum in der Kathedrale, die früher eine Moschee gewesen war.

Gemeinsam mit seinen adligen Altersgenossen gelobte er im Angesicht Gottes, der heiligen Jungfrau und des heiligen Jakob Matamoros, die Moros vom Boden der Hispania zu vertreiben, keine Gemeinschaft mit ihnen zu bilden und erst zufrieden zu sein, wenn der letzte Heide über das Meer getrieben war.

Don Julián sah auf. Das Fieber, das ihn immer im Hochsommer gequält hatte, war gewichen. Er fühlte nicht nur eine wunderbare Klarheit, sondern auch freudige Erwartung in sich – beides deutliche Vorboten der Genesung. Durch das Bogenfenster der Kammer strich eine Brise von den Bergen her. Jeder Gegenstand im Raum stand klar umrissen im schrägen Licht des Abends. Er griff nach dem Wasserbecher neben dem Bett und hielt inne, als er den Jungen bemerkte, der aufmerksam zu ihm hinübersah und den Blick seiner Augen mit einem Lächeln erwiderte.

Der Conde war nicht eigentlich überrascht. Er hatte die Anwesenheit Alvaros über die Jahre hinweg immer wieder einmal deutlich gespürt, oft so sehr, dass er am liebsten die anderen, Domna Elvira oder Oswaldo angestoßen und gesagt hätte: Da ist er wieder. Seht ihr ihn auch? Aber es waren nur Momente gewesen, Augenblicke, die sich sofort verflüchtigt hatten in der Art, wie die Kämpfer inmitten der Schlacht gelegentlich Erscheinungen der Gottesmutter, des heiligen Matthäus und des heiligen Jakob hatten. Er war selbst einmal dabei gewesen, als seine Infanzones aufschrien, weil die heilige Jungfrau mit wehendem Mantel neben ihnen hergeritten war. Nicht, dass er sie direkt erblickt hätte, gut, den blauen Mantel vielleicht, aber hinterher hatten alle von der wunderbaren Domna gesprochen, eindeutig erkennbar an der Kleidung, wie sie sie auf den Statuen in den Kirchen trug, und auf einem übergroßen Schimmel mehr schwebend als reitend.

«Was machst du hier?», fragte er flüsternd, das Sprechen fiel ihm immer noch sehr schwer.

«Nichts Besonderes», antwortete Alvaro mit dem unvergessenen Klang seiner brüchigen Stimme. «Ich warte auf dich.»

Keuchend setzte der Conde sich auf und starrte ihn an. Das Lockenhaar, die Augen –, mit unfassbarer Deutlichkeit sah er seinen Sohn. Er war gekleidet wie ein Page des Königs, obwohl er den Pagendienst nie angetreten hatte.

«Erzähl mir …» Don Julián versuchte ein Lächeln.

«Was soll ich erzählen, Papa?»

«Erzähl mir vom Himmel, jetzt, wo du alles weißt und alles gesehen hast. Von den Engeln.»

«Papa, wie könnte ich?»

Mit Erstaunen bemerkte der Conde, dass Alvaro ihn so ansah wie früher, wenn er ihn für schmutzige Fingernägel oder ein zerrissenes Wams getadelt hatte.

«Ich weiß nichts vom Himmel.»

«Aber –»

«Nur die Engel sind manchmal bei mir. Im Himmel war ich noch nicht.»

«Wo sonst, Junge?»

«Papa, das hast du doch gemerkt. Ich war die ganze Zeit hier in Vallderonca, bei dir. Mama hat ja nur geweint und wollte mich nicht sehen.»

«Immer hier?»

«Und bei dir auf dem Pferd, wenn du auf der Cavalgada und beim König warst. Das weißt du doch.»

Don Julián verstand plötzlich vieles besser, was ihm unerklärlich geblieben war. Wie schwer es ihm gefallen war zu töten nach Alvaros Tod. Er hatte immer gedacht, es seien das Alter und eine gewisse Ungeschicklichkeit seiner von der Gicht gekrümmten Finger.

Alvaro lächelte verschmitzt.

«Erinnerst du dich noch, wie du die Moro-Frau mit den Kindern in ihrem Versteck verschont und die Kellertür wieder zugeschlagen hast?»

«Ja, ja.» Die Erinnerung daran machte ihn verlegen.

«Du musst Urban und Oswaldo rufen und einige Dinge regeln. Danach können wir gehen.»

Eine unglaubliche Vorfreude, die Lust, aufzubrechen und eine lange Reise anzutreten, ergriff den Conde. Als ganz junger Mann, als Page, hatte er sich so gefühlt, wenn es zur Jagd oder zu einer Cavalgada ging.

«Nach Outremar. Wir beide reisen nach Outremar.»

«Und noch ein bisschen weiter», sagte Alvaro. Solche Scherze hatte er schon vor seinem Tod geliebt.

«Ohne Waffen», sagte Don Julián. «Wir müssen nicht in die Rüstkammer gehen und heimlich Lanzen wegnehmen.»

«Was auch besser ist», bemerkte Alvaro.

Als Urban und Oswaldo eintraten, um nach dem Conde zu sehen, lag er schon leblos da. Der rechte Arm hing schlaff herab.

Der Wasserbecher war zu Boden gefallen und in zwei Stücke gebrochen.

Urban kniete nieder und betete.

«Da gab es Dinge, die Ihr ihn noch fragen wolltet.» Der Zwerg sagte es leise, fast liebevoll. Dann trat er näher heran an den Prior und legte ihm tröstend die Hand auf die Schulter. «Er hat die Antwort selbst nicht gewusst, sonst hätte er sie Euch gegeben.»

Urban berührte die herabhängende Hand Don Juliáns mit den Lippen.

«Ich war der Löwe», murmelte er, «der Löwe von Vallderonca.»

«Vergiss es, Aslan», sagte Oswaldo hastig. «Reiß dich zusammen und sei ein Mann.»

Oswaldo näherte sich dem toten Conde und betrachtete ihn, ohne ihn anzufassen.

«Er sieht so zufrieden aus, wie ich ihn im Leben selten gesehen habe.»

«Dann wird er es auch sein», gab Urban zur Antwort. «Ich habe viele Tote gesehen, die einfach nur schrecklich aussahen, so als hätten sie bis zum letzten Moment gegen den Teufel gekämpft.»

«Wer wird nach Zaragoza reiten, um dem jungen Conde die Nachricht zu überbringen?»

«Ich denke, dass es meine Aufgabe ist. Ich werde mich unverzüglich auf den Weg machen, so wie du jetzt Domna Elvira holen wirst.»

Er war jetzt Ritter des Königs und durfte dem Infanten Don Pedro das Wasser über die Hände gießen, während die Augen der Hofdamen wohlgefällig auf ihm ruhten. Er hatte vier eigene Pferde im königlichen Marstall stehen. Alle hatten ihn beglückwünscht zur Verlobung mit Mariela de Cuenca. Uc de Mataplana pflegte ihn auf die Bühne zu begleiten, wenn er auftrat und eine seiner Cantigas zu Ehren der Infantin Petronila zum Besten gab. Fernando war sein bester, Jordi sein zweitbester Freund.

Mit Ziryab verband ihn respektvolle Freundschaft. Kholla hatte Zaragoza verlassen, um bei einer Verwandten im Süden zu leben. Es wurde von einer bevorstehenden Hochzeit von Ziryabs schöner Tochter mit einem reichen Kaufmann gemunkelt.

Peire war sich sicher, richtig gehandelt zu haben. Er hatte für Kholla mit entschieden, ohne sie zu fragen, doch dafür war schließlich keine Zeit gewesen. Zweifelsohne war der Weg, den er für sie beide gewählt hatte, nicht nur der beste, sondern, so sagte er sich, der einzig auf Erden mögliche.

«Eine Sache musst du dir abgewöhnen.» Fernando legte die Hand auf Peires Schulter. In den Raufen der Pferde waren Bündel von Heu und frischen Ästen eingeklemmt. Die Freunde blieben vor den abgetrennten Stellplätzen der Vallderonca-Pferde stehen. Das Maultier Sinan teilte die Abtrennung mit Moreno. Es war inzwischen recht grau und alt geworden.

«Welche?»

«Du weißt es selbst.»

«Ach, das.» Peire errötete ärgerlich.

«Es ist unmännlich. Kein Ritter tut es.»

«Es geht niemanden etwas an.»

«Das Dumme ist nur, alle wissen davon. Gewöhn es dir ab. Keiner wird dich ernst nehmen, wenn du nicht damit aufhörst.»

Moreno, sein treuer brauner Wallach für die Schlacht, war in die Jahre gekommen. Peire klopfte ihm liebevoll den Hals.

«Ich bin nun einmal mehr Sänger als Kämpfer.»

«Ich will, dass du ein richtiger Ritter wirst.»

«Hör endlich damit auf, aus mir einen zu machen wie aus einem Ritterroman. Ich bin Peire de Vallderonca.»

«Es geht aber nicht, dass du jede Nacht heulst wie ein Weib.»

«Es geschieht im Traum. Was kann ich dafür?»

«Du tust es aber nicht nur im Traum, sondern auch nach der Schlacht. Du heulst und heulst und heulst.» Fernando erhob die Stimme. «Man könnte denken, du bereust, Ritter des Königs zu sein und für die Christenheit zu kämpfen.»

Peire hatte Fernando nie erzählt, dass er jede Nacht von Kholla träumte, die in Ziryabs Innenhof auf der Bank saß und ihn fragte, wo er so lange geblieben sei. In jedem dieser Träume stand er fassungslos vor ihr und konnte keinen Grund nennen. Zugleich überkam ihn eine schmerzliche Trauer, die ihm fast den Atem nahm. Schniefend und nach Luft ringend, wachte er dann völlig außer sich auf. Erst wenn er ganz wach war, wich auch der Schmerz. Tagsüber aber, das war das Seltsame, litt er nicht beim Gedanken an Kholla. Er konnte an sie denken und empfand dabei nichts. Nur im Kampf gegen die Moros überwältigten ihn die Erinnerungen an sie, so sehr er sich auch dagegen wehrte.

«Vergiss nicht, ich war jahrelang im Kloster», murmelte Peire. «Der Geruch von Blut und Verwesung verwirrt mich.»

«Ein Ritter muss sich beherrschen können. Auch das gehört zur Noblessa und zur Courtesia.» Fernando schwieg kurz und fügte hinzu: «Und er kann es auch, wenn er seine Seele von allem befreit und seine Sünden bereut hat. Peire, du weinst, weil du noch voller Sünden bist.»

Das war der Moment, in dem Urban den Marstall betrat, um dem jungen Grafen von Vallderonca die Botschaft vom Tod seines Vaters zu überbringen.

Fernando, der mit Ergriffenheit hörte, dass Don Julián verstorben war, war erstaunt, wie gefasst Peire die Nachricht entgegennahm.

Vallderonca, 1200

Darf ich hier bleiben und dir zuhören?», fragte Nina.

«Nur, wenn du leise bist und mich nicht störst.» Peire gab sich Mühe, sie streng anzusehen. Er hatte sich auf der steinernen Bank unter der Platane niedergelassen.

Der melonenförmige Körper der Al-ud war aus zahlreichen Einzelteilen kunstvoll verleimt. Ziryab hatte damals Peires Instrument gelobt: Es sei ein gutes altes Stück aus einer cordobesischen Werkstatt, hatte er gesagt. Peire wiederum hatte in all den Jahren nie das Bedürfnis gehabt, ein anderes Instrument zu spielen. Lediglich nach besseren Saiten hielt er Ausschau, wenn er in Zaragoza war. Es gab inzwischen mit Silberdraht umwickelte Darmsaiten, haltbarer als die einfachen aus Schweinedarm und voller im Klang.

Im Innenhof der Burg herrschte trotz der Jahreszeit eine erträgliche Temperatur. Der Turm warf Schatten, und zusätzlich schützte die Krone des Platanenbaums vor der Sonne.

Es war immer noch zu warm, auch hier im Schatten. Die Jagdhunde, den Kopf auf die Pfoten gelegt, dösten vor sich. Die Küchenmägde holten Wasser aus dem Brunnen, setzten die Eimer kichernd ab und begannen ein Schwätzchen zu halten. Peire scheuchte sie mit einer herrischen Handbewegung zurück in die Küche.

Entschlossen, sich diesmal von nichts und niemandem ablenken zu lassen, drehte er an den Wirbelknöpfen am Hals des Instruments, bis der Klang der Saiten seinem Ohr genügte.

Nina kauerte lautlos vor ihm und sah gebannt zu, wie ihr Vater in die Saiten griff. Sie war jetzt acht Jahre alt, mit seidigem hellblonden Haar, wachen blauen Augen und der Stupsnase Marielas. Sie hatte ihre Holzpuppe an sich gepresst, Sebela, ein hässliches Ding, das sie über alles liebte. Nina hatte sich schon einige Male selbst an der Al-ud versucht. Für ein Kind in ihrem Alter war es schwierig, sie überhaupt zu halten und den Hals mit den Saiten zu umfassen. Sie hatte jedoch nicht aufgegeben, bis es ihr schließlich gelang, Töne hervorzuzaubern. Sie freute sich über jeden einzelnen und fragte hartnäckig weiter, wie sie vorgehen sollte, wann immer sie Peire mit seiner Al-ud sah.

Peire hielt inne und wischte sich den Schweiß von der Stirn.

«Nein, du bekommst sie nicht. Jetzt spiele ich meine Cansos.»

«Papa, wann kann ich so spielen wie du? Dauert es noch lange?»

«Man ist nie fertig. Man muss sein Leben lang versuchen, besser zu werden. Wenn du jeden Tag übst, dann wirst du –»

«Papa, ich will es ganz schnell lernen.»

Mein Juwel, dachte Peire gerührt. Nein, ich warte gar nicht auf den Erben, den Mariela vielleicht zur Welt bringen wird. Nina Isabel genügt mir völlig. Stolzer kann kein Vater sein.

Tauben flatterten über ihnen durch den Hof. Aber es war nicht ihr Flügelschlagen, das Peire ablenkte. Vielmehr spürte er den Blick des Moro, der am Gitter seines Gefängnisraums stand und zuhörte.

Peire ließ die Al-ud sinken. Der Moro war schon zu lange hier. Vielleicht sollte er doch wegen des restlichen Lösegelds mit seinem Vater oder seinen Brüdern verhandeln und ihn ziehen lassen. Urbans Bekehrungsversuche waren ohne Erfolg geblieben. Nichts sprach dafür, dass Tarik daran dachte, sich in einen Christenmenschen zu verwandeln. Er war ein Dickkopf, der sich nicht davon abhalten ließ, fünfmal am Tag zu beten, und der würgte, sobald er Schweinefleisch roch. Merkwürdig, dass so wenige Moros den christlichen Glauben annahmen. Auch dann, wenn sie aufgeklärt wurden über die Geheimnisse des einzig wahren Glaubens, fingen sie immer wieder an zu argumentieren, Allah sei der Eine und Einzige, gerade so, als ob sie umgekehrt den Christen, der ihnen gut zuredete, zu Allah bekehren wollten.

Peire war stolz auf seinen Gefangenen, den einzigen, den er je gemacht hatte. Etwas abseits vom Schlachtgetümmel bei Alarcos waren sie aufeinander getroffen, der Moro, ohne Pferd, war verletzt und war nur noch unzureichend bewaffnet. Abgekämpft und erschöpft, wie Peire war, empfand er es fast als zu anstrengend, Tarik, der sich ergeben hatte, zu fesseln und über sein Pferd zu werfen. Er hatte ihm den Rest seines Wassers zu trinken gegeben und anschließend festgestellt, dass weit und breit kein Brunnen erreichbar war.

Verlegen dachte Peire, dass er den Fremden zu gut behandelte. Einmal am Tag war ihm erlaubt, von Martí begleitet durch den Garten zu gehen. Er durfte jeden Sonntag ein Bad nehmen. Er wurde nicht gezwungen, Schweinefleisch zu essen, sondern bekam einen Teller von der Kost, die er sich selbst und Mariela vorsetzen ließ, gebratene Tauben, Wildbret, Eiergebäck sogar und süße Milchspeisen. Kurzum, er wurde behandelt wie ein Edler. Sogar von seinem besten Wein hatte er ihm bringen lassen. Den Wein hatte der Moro jedoch dankend abgelehnt.

Zugegeben, das alles geschah nicht uneigennützig. In der ersten Zeit, als der Moro auf dem Stroh des Kellerbodens schlief und nur Brot und Wasser bekommen hatte, hatte Peire Albträume gehabt, in denen ihn hungerte und fror.

«Was starrt Ihr mich an?», fragte er jetzt unwirsch, ohne den Gefangenen anzusehen.

«Sid, gebt mir die Al-ud für eine kurze Zeit. Ich bitte Euch.»

«Der Moro will spielen!», rief Nina. «Don Peire, wir wollen ihn hören.»

Der Moro hatte für Nina Isabel die hölzerne Puppe geschnitzt mit dunklen eingesetzten Glasaugen und schwarzen Pferdehaaren am Kopf, die er ihr eines Tages lächelnd durch das Gitter überreicht hatte. Nina war begeistert von diesem Geschenk. Sie gab der Puppe den seltsamen Namen «Sebela», «weil so niemand auf der Welt heißt», wie sie erklärte, und schleppte die Holzfigur überall mit hin. Sie schlief neben ihr ein und wachte morgens mit ihr auf. Tagsüber wusch und fütterte sie sie und führte Gespräche mit ihr.

Nina war diejenige, die den Moro am besten kannte. Sie plapperte täglich mit ihm durch das Gitter seines Verließes und konnte mittlerweile sogar ein paar arabische Sätze sprechen. Sie lernte mit großer Leichtigkeit, darin war sie ihrem Vater voraus. Außer der Musik hatte er sich in vielen Dingen schwer getan. Mit Lesen, Schreiben und Rechnen und mit der Jagd und mit der Kriegskunst. Wenn er auch als Edler geboren war und die entsprechende Ausbildung genossen hatte, so fiel es ihm doch schwer, an den Vergnügungen seiner Schicht teilzunehmen. Und auch für einen höheren Geistlichen hätte er sich kaum geeignet. Das Einzige, was ihm jeden Tag Freude machte, waren der Gesang und die Musik. Sie niederzuschreiben interessierte ihn nicht. Sein Page Rodrigo tat es für ihn und war ihm dabei unentbehrlich. Er hatte noch einen weiteren, den Italiener Lanfranco. Lanfranco hatte eines Tages am Tor der Burg gestanden. Er war nur deshalb gekommen, um in Peires Dienste einzutreten, weil er seine Cansos gehört hatte. Lanfranco dichtete und sang ebenfalls. Eigentlich wollte Peire keinen weiteren Pagen, aber allein die weite Reise, die der Junge auf sich genommen hatte, sprach dafür, ihn in seinen Dienst zu nehmen. Geschmeichelt durch diesen Gunstbeweis, nahm Peire ihn auf. Er war anders als die Franzosen, Aragonesen und Katalanen, mit denen Peire ansonsten zu tun hatte. Er kam aus Genua, war Sohn eines Händlers und versuchte gar nicht erst, ein guter Page zu sein. Ihn interessierte nichts als die Technik, wie Peire die Al-ud schlug. Er zeigte ihm seine italienischen Cansos und erwartete Verbesserungsvorschläge. Lanfranco nahm jeden Rat an. Bis tief in die Nacht hinein mühte er sich mit den Strophen seiner *Sirventes* ab.

«Du bist viel zu fleißig, Junge», tadelte Peire ihn. «Weißt du, was deinen Cansos fehlt?»

«Sagt es mir, Senhor.»

«Das Herz», sagte Peire trocken. «Die Lebendigkeit. Die besten Cansos entstehen, wenn man verliebt ist.»

Der junge Genuese hatte ein schönes scharf geschnittenes Profil und Augen wie frische Kastanien, mit denen er jedem Mädchen den Kopf hätte verdrehen können. Ansonsten neigte er zur Korpulenz und war zu langsam, wenn es darum ging, die Lanze nach einem Ziel zu werfen oder sich auf sein Pferd zu schwingen. Es gab Männer, die nicht für den Krieg geschaffen waren, die sich eher für das Klosterleben und die Welt der Musik und der Sangeskunst eigneten.

«Gut. Ich werde mich verlieben, wenn es mir zum Ruhm verhilft.»

«Armes Mädchen», grinste Peire.

Jetzt, unmittelbar vor seinem dreißigsten Geburtstag, war Peire etwas zu dick für sein Alter, was ihm allerdings nicht schlecht stand. Er war inzwischen ein leidlich guter Reiter, hatte einige kleinere Schlachten gegen die Moros weiter im Süden an der Seite des Königs von Aragon mehr schlecht als recht durchgestanden und sie überlebt. In der Schlacht von Alarcos vor fünf Jahren war das christliche Heer unter dem kastilischen König Alfonso VIII. vernichtend geschlagen worden. Peire aber war einer der wenigen Edlen, die sogar einen Gefangenen gemacht hatten. Der heilige Jakob hatte ihn auf wunderbare Weise durch die Leichenberge, Trümmer und orientierungslos dahingaloppierenden Pferde geführt, ohne dass ihm auch nur ein Haar gekrümmt worden war. Peire seufzte tief auf. Er hatte es nicht verdient.

Der König, Don Pedro, schätzte ihn wohl mehr in seiner Eigenschaft als lustigen Gesprächspartner und Edlen, der Essen und Trinken liebte und der beste Al-ud-Spieler im Königreich war. In Reiterturnieren pflegte Peire gelegentlich vom Pferd zu fallen. Einmal hatte er sich sogar den Arm und zwei Rippen gebrochen unter den Augen der Domna, für die er angetreten war. Er fühlte sich zu alt für Ritterspiele.

Er hatte höfliche Cansos zu Ehren von Petronila gedichtet, die immer schöner und immer kränker geworden und schließlich verstorben war, was ihn zu einigen *planhs* bewegt hatte, für die Don Pedro und der Hof von Aragon stehend Beifall gespendet hatten, als er sie in Montpellier vortrug. Doch seit dem Tag, an dem er Leonor zum ersten Mal begegnet war, galten seine Lieder nur noch ihr, der Domna, Leonor de Trencavel, Fernandos Frau.

An manchen Tagen hatte er ernsthaft an seinem Verstand gezweifelt. Die Welt war voller adliger Frauen. Die meisten von ihnen waren jung, schön und verführerisch. Es gab, im Grunde genommen, nur ganz wenige Domnas, die er nicht begehren, denen er nicht den Hof machen durfte – Leonor de Trencavel war eine von ihnen. Fernando war immer für ihn dagewesen. Wie ein älterer Bruder hatte er Peires Interessen wahrgenommen. Umgekehrt vertraute Fernando ihm blind. Nie wäre er auf den Gedanken gekommen, Argwohn gegenüber seinem besten Freund zu hegen.

Aus irgendeinem Grund hatte Fernando ihn über Jahre hinweg nicht mit seiner Frau bekannt gemacht. Fast war es schon unhöflich gewesen, dass er sie ihm nicht vorstellte. Aber vor kurzem war es geschehen, und es brachte Peire schier um den Verstand.

Peires Cansos waren nicht voll formelhafter höfischer Sätze, sie brannten vor Leidenschaft. Peire de Vallderonca liebte und begehrte Leonor de Trencavel.

Der Moro spielte immer noch. Ein Könner, stellte Peire fest und versank in mittägliche Träumereien, als Nina ihn plötzlich am Ärmel zupfte. Er schreckte hoch.

«Da ist eine Frau», sagte Nina geheimnisvoll, «sie will dich sprechen.»

Da war sie, Francisca hieß sie. Peire nickte ihr flüchtig einen Willkommensgruß zu. Ein schönes Mädchen mit vollen sinnlichen Lippen und langem widerspenstigen Haar, das die Sonne bei der Feldarbeit brüchig gemacht hatte. Noch war sie jung, aber bald würde man die Spuren der täglichen harten Arbeit auch ihrem

Körper ansehen, und der Liebreiz ihres Gesichts würde sich in Müdigkeit und Härte verwandeln. Da war keine Feinheit, keine Vornehmheit in ihren Zügen, die ihn angezogen hätte. Einen Moment lang fand er, sie sei Urbans nicht würdig.

«Der Prior schickt mich», begann sie. «Er hat unerwartet Besuch bekommen von einem alten Freund aus Kastilien, Guzmán ist sein Name. Ein Augustinermönch, der im Auftrag seiner Oberen die Klöster bereist. Ob Ihr kurz dazukommen wollt, lässt er Euch fragen.»

Er versuchte, sich auf das, was sie ihm mitgeteilt hatte, zu konzentrieren, doch es gelang ihm nicht. Wann immer er sie traf, wühlte es ihn auf, dass Urban diese Geliebte hatte.

Urban war an manchen Tagen ein großmütiger brüderlicher Freund, ohne die erzieherischen Absichten Fernandos. Dann wieder konnte er kalt und abweisend sein.

Peire empfand ein Gefühl von Überlegenheit, seitdem er wusste, dass auch Urban schwach wurde und sündigte, mehr noch, dass er sich dazu bekannte und auch die Mönche des Klosters regelmäßig sündigen ließ. Dennoch war es ihm selbst peinlich, und er war unfähig, den Prior auf diese Dinge anzusprechen.

«Was soll ich dem Prior ausrichten? Werdet Ihr kommen?»

«Nicht für lange, auf ein Stündchen gegen Abend», sagte Peire. «Länger nicht, ich will bei meinen Gästen auf der Burg sein.»

Sie lächelte, zufrieden, dass der Senhor die Dringlichkeit der Bitte verstanden hatte.

Uc de Mataplana traf gerade mit seinen Dienern ein, als Peire den Apfelschimmel bestieg, den Martí eilig gesattelt und aufgezäumt hatte. Er trug einen weiten pelzverbrämten Mantel und eine schwere goldene Kette um den Hals. Sein Bart war nach neuester Mode gestutzt, und ihn umwehten arabische Wohlgerüche trotz der sommerlichen Temperaturen. Er lachte Peire entgegen, ihm fehlten inzwischen zwei Vorderzähne. Das Alter erwischte jeden und machte ihn unaufhaltsam zur lächerlichen Figur. Aber auch mit den Lücken im Mund strahlte Uc die alte Energie und Begeisterung aus.

«Alfonsin lässt dich grüßen. Wenn du gestattest, werde ich morgen sein neues Canso vortragen. Wird dir sehr gefallen. Es ist, Peire, es ist die Hostie!» Uc sah gen Himmel. «Erlesene Formulierungen! Fast wäre er mitgekommen. Aber du weißt ja, er ist immer mit seinen Liebschaften beschäftigt und den Händeln, die er deswegen hat.»

«Was denn, immer noch?»

«Hör zu, eine Überraschung, die ich eigentlich nicht verraten darf – Jordi und seine Frau sind unterwegs nach Vallderonca. Sie werden morgen zum Turnier eintreffen.»

«Wird Jordi eine Lanze brechen?»

«Ich glaube schon.» Uc lächelte sein über allem stehendes Lächeln. «Wusstest du auch, dass er seinen Sohn mit deiner Tochter verloben will?»

Peire musste auflachen.

«Das werde ich mir sehr genau überlegen.»

«Unter uns, der Kleine ist charakterlich wie sein Vater, aggressiv, unverschämt, na ja, ich muss ihn dir nicht beschreiben.»

«Heißt er etwa auch Jordi?»

«Jordi Ramón, heute nennt sich doch fast jeder Edle Raimond oder Ramón, man braucht schon gar nicht mehr zu fragen, auf welchen Namen die Knaben getauft werden.»

Mit einem Seufzer riss Peire sich von der Unterhaltung mit Uc los und bat Martí, den alten Gefährten in die Kemenate zu Mariela und den anderen Gästen zu bringen. «Der Moro soll hochkommen und sie unterhalten. Er hat noch meine Al-ud bei sich.»

Lustlos trabte Peire zum Kloster hinüber, erst den Weg von der Burg zum Tal hinunter, wo alles vorbereitet war für die Tjoste und den Sängerwettbewerb, dann den Berg hoch, vorbei an immergrünen Steineichen bis zu der in Stein gefassten Quelle.

An der Klosterpforte saß heute Frater Hilarius, der normalerweise in der Bibliothek arbeitete.

«Der Prior wartet auf Euch in der Bibliothek mit Frater Dominico», erklärte er, nachdem Peire den Friedenskuss auf das Evangelium gedrückt hatte. «Ihr kennt ja den Weg.»

In der Tat, jeden Stein, jedes Holzstück, alles kannte er hier. Jeden Teller, jeden Krug im Kloster hatte er damals in den Jahren seiner Verbannung in der Hand gehabt. Selbst blind und in völliger Dunkelheit hätte Peire den Weg zur Bibliothek gefunden. Er glitt durch die gepflasterten Gänge, schritt die wenigen Stufen hoch und klopfte demütig an die schwere Eichentür mit dem geschnitzten Lamm in der oberen Kassette.

Urban selbst öffnete ihm und bat ihn hinein. Im dämmerigen Raum erkannte Peire einen hageren Mönch, etwa so alt wie er selbst, der, mit einer einfachen wollenen Kutte bekleidet, am Tisch saß.

«Danke, Peire, dass Ihr gekommen seid. Ich weiß, Ihr habt anderes zu tun, aber Frater Dominico muss morgen schon weiterziehen –»

Dominico Guzmán unterschied sich äußerlich in nichts von den wandernden Häretikerpredigern, stellte Peire mit Erstaunen fest, als er sich niedergesetzt hatte.

«Auch hier im Gebiet von Vallderonca soll Fra Roberto gewesen sein», begann der hagere Mönch, seine Stimme klang freundlich, und doch sprach er mit der Entschiedenheit eines Menschen, der von der Wichtigkeit seines Anliegens überzeugt ist, «und er hat dort Anhänger gefunden wie überall, wo er gepredigt hat, im Roussillon und weiter östlich um Montpellier.»

Ein unangenehmes Thema, und das an seinem Geburtstag. Wenn die Bauern aufsässig wurden und sich gegen die heilige Mutter Kirche wandten, indem sie, wie auch in den Dörfern um Vallderonca schon vorgekommen, auf Kruzifixe und Statuen der Heiligen Jungfrau pinkelten, fiel es am Ende auf den Grundherrn zurück. Peire bemühte sich, die Sache zurechtzurücken.

«Ihr meint die Prediger mit den Lehren der Leute von Albi? Ich bin überzeugt, niemand in meiner Grafschaft wird sich öffentlich zu diesen Irrlehren bekennen –», mit schlechtem Gewissen dachte Peire an seinen Pagen Rodrigo, «der König von Aragon hat klare Edikte gegen die Häretiker erlassen. Hier werden sie eingehalten.»

«Das will ich gerne glauben.» Dominico nahm einen Schluck aus dem Pokal vor ihm, und Peire tat es ebenfalls. Urban hatte schlichten Landwein einschenken lassen, Peire kämpfte mit einem Hustenanfall. «Mein Anliegen ist ein anderes. Meine Oberen haben mich ausgeschickt, um die Häretiker im Land zu bekehren. Schließlich sind sie verirrte Schafe, die zur Herde zurückgeleitet werden müssen. Ich wollte Euch darum bitten, dass ich hier in der Gegend ebenso predigen darf wie Fra Roberto und die Ketzerprediger.»

«Nun, ich wüsste nicht, was dagegen spricht. Die Häretikerprediger fragen mich nie um Erlaubnis, sie kommen und gehen, betteln und beschimpfen die Obrigkeit und die heilige Mutter Kirche. Was meint der Prior dazu?»

«Es wäre unbedingt sinnvoll, dass Frater Dominico in den Dörfern und Landstädten predigt. Es ist seine Absicht, dies mit den gleichen Mitteln wie die Ketzerprediger zu tun, jedoch im Sinne der päpstlichen einzigen katholischen Kirche.»

«Wie soll ich das verstehen, mit den gleichen Mitteln wie die Ketzer?»

«Die Ketzerprediger leben in Armut wie die Apostel. Ohne Geld und Mittel machen sie sich auf die Wanderschaft und betteln sich das Notwendigste zusammen. Es ist diese Armut, die ihnen Glaubwürdigkeit verleiht. Der Bauer, der Tagelöhner fühlen sich von ihnen verstanden. Dem Abt seines Klosters dagegen bringt er tiefes Misstrauen entgegen. Was soll er auch von einem halten, der feist daherkommt, im Winter einen Pelz trägt, den besten Wein trinkt, jeden Tag Fleisch verzehrt und Wildbret –»

«Schon gut, Dominico», wehrte Urban ärgerlich ab. «Wir haben verstanden, was du uns sagen willst.»

«Es geht nicht um dich, Bruder», sagte Dominico unbeirrt, «es geht um den Anschein, den die Repräsentanten der heiligen katholischen Kirche erwecken. Sie leben wie die Adligen. Sie haben sich weit von den Sorgen und Nöten des geplagten Menschen auf dem Dorf und in der Stadt entfernt, der schwitzend seiner täglichen Arbeit nachgeht wie die Apostel damals auch.»

Peire nippte lustlos am Wein, er war entschieden zu sauer.

«Es ist genau diese große schwärende Wunde, in die hinein die Prediger der Albigenser den Finger gelegt haben. Peire de Vallderonca, Ihr wollt es nicht wahrhaben, aber auch in Eurer Grafschaft stehen die Kirchen am heiligen Sonntag leer, weil die Menschen nicht mehr zur heiligen Messe gehen, weil sie nicht mehr beichten und kommunizieren.»

Peire und Urban schwiegen schuldbewusst, der hagere Mönch meinte sie beide mit jedem Satz, den er von sich gab. Peire überlegte, ob es wirklich zutraf. Nun gut, Dominico hatte wohl Recht damit, dass die Leute seltener als in früheren Zeiten zur Messe gingen. Vielleicht lag es aber auch daran, dass sie härter arbeiten mussten und die Zeit nicht erübrigen konnten.

«Senhor, Ihr verschließt die Augen vor dem, was hier geschieht. Die Bewegung wird jeden Tag größer. Ganze Dörfer, ja sogar Städte sind von ihr erfasst, höchste Kreise dulden sie stillschweigend und sind Teil von ihr geworden. Es ist die Stunde der Umkehr, des Umdenkens. Die Kirche selbst, die heilige katholische Kirche, muss Abbitte tun und eine andere werden. Nur das, die Umkehr, die Abkehr von der Sünde, kann der Weg zur Rettung sein.»

Keiner sagte ein Wort.

«Ich werde jetzt schlafen gehen, morgen werde ich weiterwandern und, mit Eurer freundlichen Erlaubnis, in der Umgebung von Vallderonca zu Buße und Umkehr aufrufen.»

«Tut das, Frater Dominico», sagte Peire. «Ich wünsche Euch

viel Erfolg dabei. Wenn ich etwas für Euch tun kann, wenn Ihr etwas benötigt, will ich es Euch gerne gewähren.»

«Alles, was ich benötige, ist Gottes Hilfe. Danke, dass Ihr mich angehört habt. Ich wünsche Euch eine gute Nacht.»

Dominico erhob sich, nickte beiden einen Gruß zu und ging hinaus.

Wie erstarrt saßen sie eine Zeit lang da, bis Dominico Guzmáns Schritte im Gang verhallt waren.

«Wo hast du deinen alten Wein?», fragte Peire wütend, nachdem er gedankenlos erneut von dem sauren Wein getrunken hatte. «Das Gesöff, das du deinem Gast kredenzt hast, kannst du nicht einmal als Essig an Gemüse geben. Seit wann trinkst du das Teufelszeug?»

«Ich konnte Dominico unmöglich den schwarzen Muskatwein vorsetzen», stammelte Urban und griff hastig zur bronzenen Glocke vor ihm, um zu läuten, woraufhin einer der Mönche eintrat.

«Bring uns vom Messwein und Käse und Schinken dazu.»

Der Mönch eilte davon. Wenig später brachte er auf einem Tablett den Krug mit dem besseren Wein, eingelegte Oliven, Käse und Schinken.

«Das alles hat uns Gott, der Schöpfer, gegeben – warum sollten wir darauf verzichten?» Urban schob sich ein Stück Käse in den Mund. «Und außerdem war es nicht mein eigener Entschluss, Gott im Kloster zu dienen und das Leben eines Mönchs zu führen. So, wie ich bin, hätte ich mir ein Leben als Edler mit Frau und Kindern gewünscht.»

Peire lehnte sich zurück und verschränkte die Arme vor der Brust. Auch ihn hatten die Worte Dominico Guzmáns aufgewühlt. Dominico hatte durchaus Recht, fand er: Urban lebte nicht das sündenfreie Leben, wie die Kirche es wenigstens theoretisch von einem Prior, dem Vorbild und Leiter der Klostergemeinschaft, verlangte.

«Verrate mir, warum ausgerechnet du Prior geworden bist und nicht einer von den Frommen, Demütigen wie Frater Hilarius.»

«Das weißt du doch selbst, Conde Julián hat es bestimmt, weil –» Urban brach ab und starrte auf seine gepflegten, kurz geschnittenen Fingernägel. «Peire, du weißt so gut wie ich, nicht die Frommen, Demütigen bringen es zu höheren Stellungen in der Kirche. Die Frage ist, wer dich protegiert oder von wem du abstammst. Die Söhne der Adligen werden Abt oder Bischof, ganz selten einer, der eifrig und fleißig ist, aber von einfachen Eltern abstammt.»

«Du hättest ablehnen können.»

«Hast du etwa abgelehnt, als dein Vater dich aus dem Kloster zurückgeholt hat, um dich an den Hof von Zaragoza zu bringen? Frater Peire, du hättest für den Rest deines Lebens im Kloster bleiben können. Dann wärst du der Prior geworden und irgendwann später Bischof.»

«Das war etwas anderes.»

Urban goss sich Wein nach und warf Peire einen spöttischen Blick zu.

«Nein. Es war die gleiche Situation, in der ich mich befand. Ich hatte keine Wahl. Kurzum, ich wollte Prior dieses Klosters werden, wenn man mich schon gezwungen hatte, als Mönch zu leben. Das Leben des einfachen Mönchs mag gottgefällig sein, aber es ist ein sehr eingeschränktes, er kommt kaum über die Grenzen seines Klosters hinaus. Das war nicht mein Leben.»

«Gut», stimmte Peire zu, «aber eben, weil die Novizen nicht aus eigenem Entschluss in die Klöster eintreten, sondern es meist eine Versorgung für die jüngeren Söhne eines hohen Herrn ist, wird die Moral in Klöstern dieser Art auch nicht besser werden.»

Urban zuckte die Achseln. «Du siehst ja, was geschieht. Die Ketzer predigen den Aufstand gegen die Kirche, wie sie ist, und einer wie Dominico will sie besser machen, indem er – wie sagte er noch? –»

«Mit den Mitteln der Ketzerprediger, mit Armut und apostolischem Leben, will er den Leuten die Glaubensinhalte der einzigen katholischen Kirche wieder in Erinnerung bringen. Sie sollen wieder jeden Sonntag in die Kirche gehen, sie sollen beichten und kommunizieren und ihren Geistlichen das geben, was ihnen zusteht. Geld, den Zehnten, egal, ob sie es können oder nicht.»

Urban lachte kurz auf. «Er hat sich eine Menge vorgenommen.»

Es klopfte zaghaft an der Tür. Francisca steckte den Kopf herein. «Störe ich?», fragte sie.

«Entferne dich», herrschte Peire sie wütend an. Sie verschwand sofort.

«War das nötig, so grob zu ihr zu sein?», fragte Urban vorwurfsvoll.

«Wir sind in einem Kloster, Urban, das unter meiner Aufsicht steht.»

«Spiel dich nicht auf.» Urban legte ihm die Hand auf den Arm. «Die Unterschiede zwischen uns sind nicht so groß, wie du glaubst.»

Peire schloss ärgerlich die Augen. Jetzt kam wieder das, was er schon so oft gehört hatte. *Alle Menschen haben rotes Blut, wir sind aus der gleichen Materie, egal, ob Bauer oder Graf, egal, ob Moro oder Christenmensch. Auch wenn es dir nicht behagt, wir sind alle Brüder und Schwestern. Jeder Mensch ist das Abbild Gottes.* Ausgerechnet Urban mit seiner maurischen Mutter, der irgendwann zu Allah gebetet hatte. Doch diesmal wollte dieser auf etwas anderes hinaus.

«Hör zu, das ganze Leben ist Sünde und Befleckung. Erst im Alter kann der Mensch tun, was die Kirche von ihm verlangt. Ohne Begierde sein. Nicht seines Nächsten Weib begehren.»

Sie starrten sich an, zornig, wie sie es tagsüber in nüchternem Zustand nie waren. Peire ließ den Humpen auf den Eichentisch aufschlagen, dass der Rotwein in Urbans Gesicht spritzte.

«Wenn Dominico Francisca aus deinen Räumen kommen sieht,

wird er sagen, dieses Kloster sei einer der Gründe, weshalb die Leute draußen nicht zur heiligen Messe gehen.»

«Dominico irrt sich. Jesus hat von niemandem verlangt, Dinge zu vollbringen, die nicht seiner menschlichen Natur entsprechen», sagte Urban. «Jesus wurde geboren, weil Gott Mensch werden wollte. Seine Aufgabe war, all das zu tun, was Menschen tun.» Seine Augen blitzten mutwillig auf, als er hinzufügte: «Er ist nicht gekommen, um es den Menschen schwer, sondern um es ihnen so leicht zu machen, dass sie ihm folgen können.»

«Hat er das so gesagt?», fragte Peire irritiert. Urban kam immer wieder mit entlegenen Schriftstellen, die er noch nie gehört hatte. Er dachte schärfer und formulierte klarer als er. Das Wissen aus den geschriebenen Büchern war wie ein großer Wald mit verschiedenen Bäumen, den lateinisch, arabisch, katalanisch und okzitanisch verfassten Werken, in dem Peire sich verirrte und nichts wieder fand, während Urban sich darin aufs beste auskannte.

«Zurück zu Francisca, die offenbar täglich ins Kloster kommt. Ihr Mönche habt die Ehelosigkeit gelobt, freiwillig, und haltet euch nicht daran. Ihr predigt Wasser und trinkt selbst Wein. Sogar auf die Jagd geht ihr wie hohe Herren –»

«Ach, Peire, in allen Klöstern der Umgebung ist es so. Der Abt hat eine Geliebte, manchmal auch zwei oder drei davon, und ab und zu bestellt er Huren für die Mönche. Es ist nicht gut. Jeder weiß, dass es nach den Statuten des Klosters, nach der Regel des heiligen Benedikt nicht sein darf. Aber überall ist es so üblich.»

«Es ist Betrug an den Christenmenschen, denen ihr das Evangelium verkündet», brauste Peire auf.

«Aber was ist schon gut auf dieser Welt? Wer hält sich denn an die Gesetze? Wer gibt freiwillig und gern den Zehnten an die Obrigkeit ab? Jeder versteckt doch ein paar Ziegen und Schweine, die er nicht abliefern will. Wie hältst du es denn mit deinen Verpflichtungen?»

«Die Zisterziensermönche in Poblet verhalten sich anders», sagte Peire grimmig.

«Ich weiß, die neue zisterziensische Mode.» Urban grinste verlegen. «Nichts als Beten und Arbeiten, wie Benedikt von Nursia gefordert hat. Über die Jahre hinweg ist es nicht durchzuhalten. Du kannst nicht nur arbeiten und beten, du bist auch ein Mensch.»

«Du meinst, ein Tier.»

Urban zuckte die Achseln. «Ein Mensch, wie Gott ihn geschaffen hat. Wer hat uns denn unsere Triebe gegeben?»

«Der Teufel.»

«Vorsicht. So reden die Ketzer, Peire. Ich bleibe dabei, Gott hat uns geschaffen, wie wir sind. Glaub mir, ich war in vielen Klöstern der Umgebung zu Besuch und habe gesehen, wie dort gelebt wird. Von der Sündhaftigkeit des Menschengeschlechts sind wir Kleriker nicht ausgenommen.»

«Die Zisterzienser gründen Kloster auf Kloster. Bald wird es gar keine anderen mehr geben, die in Saus und Braus nach der alten Art leben. Die jungen Männer, die ins Kloster wollen oder müssen, wollen ausnahmslos nach der Zisterzienserregel leben.»

«Du weißt ja, wie es mit den neuen Sachen ist. Ein paar Jahre, dann sind sie wie die alten. Sie wollen alles besser machen und die Benediktregel erneuern. Jeder Novize, der neu ins Kloster eintritt, will ein besserer Mönch werden als die Altvorderen, die er dort antrifft. Und während die Jahre vergehen, widerfährt ihm all das, was diese schon hinter sich haben.» Urban lächelte entschuldigend für die Heftigkeit, mit der er sprach.

Es war stockdunkel geworden. Der Mond stand hoch am Himmel über der Burg von Vallderonca.

«Ich darf dir ein Bett im Gästezimmer anbieten», schlug Urban vor, «du willst sicher nicht durch die Dunkelheit zur Burg hinüber.»

Peire lächelte verlegen und nahm dankend an.

Allein in der bescheidenen Mönchszelle, trat er an das geöffnete Fenster und hörte in die Finsternis hinaus. Da waren die Stimmen von Nachtvögeln und das Gequake der Frösche. Kein

Licht brannte mehr oben auf der Burg, deren Turm sich undeutlich gegen den Himmel abhob. Dort oben schlief sie, seine Domna, Leonor de Trencavel. Nur noch wenige Tage waren ihm vergönnt, die sie auf Vallderonca war, dann würde sie unweigerlich mit Fernando wieder fortziehen, vielleicht würde er sie nicht mehr sehen. Vielleicht überhaupt nicht mehr in diesem Leben.

Dem hageren, jungen Mönch mit der gewinnenden Stimme begegnete er nicht wieder. Am nächsten Morgen, als er aufbrach, war Dominico Guzmán bereits weitergezogen.

Peire hatte die Festlichkeiten zu seinem dreißigsten Geburtstag auf drei Tage angelegt. Sie wurden eröffnet mit einer Tjoste im Tal vor der Burg, einem großen Turnier, bei dem zwei Reihen von Rittern und Edlen zu Pferd gegeneinander anritten und versuchten, die Gegner aus dem Sattel zu heben. Es war ein Treffen mit stumpfen Lanzen, bei dem es nur darum ging, den gepanzerten Gegner vom Pferd zu stoßen. Peire war kein Freund solcher Kämpfe, doch gehörten sie zu jedem größeren Fest unumgänglich dazu. Weder Uc noch Jordi wären vermutlich gekommen, hätte es nicht die Gelegenheit gegeben, ihren Kampfesmut bei der Tjoste zu erproben. Und selbst Alfonsin wäre zweifellos in Vallderonca gewesen, sofern Peire auch noch ein richtiges Turnier mit Zweikämpfen veranstaltet hätte.

Mariela und Nina thronten neben Domna Elvira auf erhöhten Sitzen in der Mitte der hölzernen Zuschauertribüne. Die Bevölkerung der umliegenden Dörfer war gekommen und drängte sich um die Schranken, die den Platz umschlossen.

Peire wurde von Jordi aus dem Sattel gehoben und kugelte sich bei der Gelegenheit sein Armgelenk wieder aus. Ansonsten verletzten sich ein paar Pferde, und Uc de Mataplana fiel so unglücklich gegen eine Schranke, dass er für den Rest des Tages mit einem Verband um den Kopf herumlaufen musste. Peire atmete erleichtert auf, glücklicherweise war es zu keinen weiteren gefährlichen Zwischenfällen gekommen. Auch hatte Domna Elvira diesmal keinen hysterischen Weinkrampf bekommen, wie es sonst bei jedem Turnier unweigerlich der Fall war.

«Deine Tochter ist ein reizendes kleines Mädchen», sagte Jordi nachher zu Peire und lächelte Nina charmant zu. «Es tut mir übrigens wirklich leid mit deiner Schulter.»

Nina trug ein blaues Samtkleid und in den Haaren einen Kranz aus gelben und weißen Blumen. Mit ernster Miene ging sie neben ihrem Vater her und ließ sich keins seiner Gespräche entgehen. Sie war ganz auf ihren Vater ausgerichtet, ja, sie imitierte sogar seine Art, sich zu räuspern und zu sprechen. Dagegen sah man Jordis Sohn deutlich an, dass er nur gezwungenermaßen mit seinem Vater unterwegs war, der ihn fest an der Hand hielt, weil der temperamentvolle Junge andernfalls längst irgendwohin verschwunden wäre, wo es ihm interessanter erschien.

«Ich wusste gleich, dass ich gegen dich keine Chance habe.» Peire lächelte gequält.

«Ob du es glaubst oder nicht, wenn ich das Medaillon mit der Lanze des heiligen Georg trage, bin ich immer siegreich. Die zwei Male, in denen ich ohne es ins Turnier oder in den Kampf gezogen bin, wurde ich verletzt von der Kampfstätte getragen. Hattest du nicht auch eine Reliquie vom heiligen Jakob?»

«Schon lange nicht mehr. Sie kam mir abhanden.»

«Ich gebe zu, auch mein Schlachtross bekommt immer Reliquien in die Mähne eingebunden, ehe es in den Kampf geht. Bis jetzt war das sehr hilfreich – versuch es mal.» Jordi schien sich tatsächlich Sorgen um das Kriegsglück des zukünftigen Schwiegervaters seines Sohnes zu machen. «Ich könnte dir eine neue besorgen, sogar eine größere, wundertätige. Es handelt sich um ein Metallstück aus dem Hammer eines Heiligen, das ohne Zweifel echt ist. Überhaupt denke ich, sollten unsere Häuser in Zukunft enger zusammenarbeiten. Das Haus Montcada hat immer gute Beziehungen zur Grafschaft Vallderonca gepflegt. Wirst du eigentlich auch König Pedro bei der Cavalgada in den Süden begleiten?»

«Zweifellos.» Es würde ihm nichts anderes übrig bleiben, obwohl er keine Lust verspürte, schon wieder in den Kampf zu ziehen. Auch Mariela schätzte es nicht, wenn er während ihrer Schwangerschaften abwesend war.

«Gewiss, es ist ein harter Dienst für die Christenheit. Andererseits könnte ein ordentliches Stück Land dabei herausspringen», versuchte Jordi sich Mut zu machen. «Mit zwanzig war ich begeistert dabei, aber je älter man wird, desto müder werden die Knochen.»

«Ich war immer mehr Troubadour als Krieger», sagte Peire ehrlich.

«Ich bin auf alle Fälle Krieger», platzte Jordis Sohn heraus. Er war ein zierlicher Junge mit dem gleichen Haarwirbel an der Stirn wie Jordi, mit der spitzen Nase und den abstehenden Haaren seines Vaters und dem schwer zu bändigenden Temperament.

«Wie gefällt dir Jordi Ramón? Könntest du ihn dir als Pagen auf Vallderonca vorstellen?»

«Warum nicht? Ist er nicht noch etwas jung?»

«Er ist neun, alt genug, um sein Zuhause zu verlassen. Nur die Kranken bleiben bis ins Erwachsenenalter bei den Eltern.» Jordi klopfte dem Kleinen lachend auf die Schulter.

«Aber nur, wenn ich meine Meerkatze mitnehmen darf und den roten Kater.»

«Frag deinen Senhor, ob er es dir gestattet, und vor allem die Domna, auf sie kommt es an», sagte Jordi zärtlich. «Frag sie!» Er deutete auf Nina Isabel, die nur hoheitsvoll lächelte.

«Ist er dein Ältester?» Peire hatte im Kopf, dass Jordi Vater von drei Knaben war.

«Jordi Ramón ist der Zweite.»

Peire begriff, was es mit Jordis Verlobungsplänen für den Zweitgeborenen auf sich hatte. Solange er ohne Sohn blieb, war Nina Isabel die Erbin von Vallderonca. Eine hübsche Versorgung für den zweitgeborenen Montcada-Erben, der es auf diese Weise, sofern das Glück mitspielte, zum Grafen von Vallderonca bringen konnte. Besser als eine Klosterexistenz war das allemal.

«Damals als Pagen in Zaragoza konnten wir uns zunächst nicht ausstehen. Ich habe mich abscheulich benommen», begann Jordi.

«Sehr richtig, Kröte.»

Sie mussten beide lachen.

«Insofern», setzte Jordi an, «besteht wohl keinerlei Hoffnung, dass du meinen Sohn jemals als Schwiegersohn akzeptieren würdest.»

«Ach, ich weiß nicht.» Peire schien es zu früh, seine Tochter zu verloben. «Lass ihn erst einmal zu mir kommen. Meine Pagen Rodrigo und Lanfranco werden mich bald verlassen, sodass ich tatsächlich einen Jungen auf der Burg benötigen werde, mit oder ohne Kater und Meerkatze.»

Auch am nächsten Tag wehte der Duft eines gebratenen Ochsen durch das Tal. Siedewürstchen und heiße Suppe wurden ausgegeben, und zwischendurch sangen die Troubadoure. Als Erster trat der ergraute Uc de Mataplana mit dem neuen Lied Alfonsins auf. Seine Stimme war brüchig, und die Zahnlücken waren für einen Sänger ein echtes Hindernis, doch die Begleitung durch seine Musikanten war vorzüglich, wie man es von Uc erwarten durfte.

Missvergnügt dachte Peire, dass Alfonsins Lied nichts Besonderes war, durch Ucs begeisterten Vortrag aber eine Bedeutung bekam, die es aus sich selbst heraus nicht besaß.

«Dieses Lied geht mir durch und durch», murmelte Jordi Peire zu, «glaub mir, und doch hatte ich nie das Bedürfnis, selbst zu singen, obwohl ja fast alle am Hof entweder gedichtet oder gesungen haben und die meisten beides zusammen.»

In Gedanken versunken saß Peire zwischen Jordi und Mariela und konzentrierte sich auf die Alba, die er gleich vortragen sollte, das Lied eines Mannes, der im Morgengrauen von der Geliebten Abschied nimmt. Als er es aufschrieb, hatte er nur an sie gedacht,

Leonor, die Domna in Fouzilhon, die er nur einige Male im Leben gesehen und die er nie auch nur berührt hatte. Aber jetzt, wo sie eine Reihe hinter ihm saß und das Lied anhören würde, erfüllte ihn eine seltsame Tollkühnheit. Sie würde merken, dass sie angesprochen war, daran hatte er sorgfältig gearbeitet. Sie, und nur sie, würde wissen, dass er sie besang. Kurz fiel ihm Fernando ein. Nein, Fernando würde gar nicht so genau hinhören, was da eigentlich gesungen wurde. Er würde sich unbeholfen im Takt der Musik bewegen und hinterher Beifall klatschen. So war Fernando.

Es ließ keine Domna auf Dauer kalt, so glühend besungen zu werden. Doch Leonor de Trencavel war ein schwieriger Fall. Sie war von früher Jugend an die Schmeicheleien der Sänger gewohnt, die sie und ihre Schwester Beatrice in zahllosen Liedern angebetet hatten. Von Leonor war bekannt, dass Musik ihr Herz nicht bewegte. Fernando und sie hatten die Gemeinsamkeit, dass sie in alle Arten von Tieren vernarrt waren. An all seinen Beizvögeln, Rössern und Jagdhunden hatte Leonor lebhaften Anteil genommen. Auf diesem Gebiet hatte Peire ihr nichts zu bieten. Pferd, Hund oder Falke waren ihm immer nur Mittel zum Zweck gewesen. Das Pferd, um von hier nach dort zu kommen, der Hund, weil man ihn zum Jagen brauchte, und der Falke, Oro, als Statussymbol des Grafen von Vallderonca.

Die zärtliche Besorgtheit, die seine Standesgenossen einem Tier wie Oro entgegengebracht hätten, kannte Peire durchaus. Genau dieses überschwängliche Gefühl brachte er der Al-ud und seinen Liedern entgegen. Wie im Fieber konnte er Nachmittage im Schatten der Platane damit zubringen, Folgen von Tönen und Worten zu erfinden. Wenn er sie niederschrieb und mit dem verglich, was andere Troubadoure in Okzitanien und Katalonien zustande gebracht hatten – Peire nannte zwei Folianten mit Liedsammlungen sein Eigen –, erfüllte ihn Genugtuung.

Es musste doch möglich sein, überlegte er, mit einem besonderen Lied, wie es die Alba war und das sie persönlich ansprach, Leonor de Trencavel für die Musik zu begeistern.

Der Beifall für Alfonsins freches frivoles Lied nahm kein Ende. Im Tempo war es ähnlich rasch und drängend wie die berühmte «Lauzetta» Bernart de Ventadorns, des Vaters aller Troubadoure. Die Begleitung mit arabischer Darabukka und der Schalmei und Flöten hatte die Wirkung von Ucs Gesang noch verstärkt.

Peire warf einen Blick zu seiner Mutter hinüber. Sie fächelte sich Kühlung zu. Sie war die einzige Zuhörerin, auf die Peire lieber verzichtet hätte. Domna Elvira durchschaute ihren Sohn, was immer er unternahm. Selten kritisierte sie ihn offen, sie hatte Ausdrucksmöglichkeiten genug, ihn ihre Missbilligung spüren zu lassen. Domna Elvira hieß vieles nicht gut von dem, was Peire sagte und tat. Er hatte erwartet, sie würde am zweiten Tag des Festes wieder wie sonst immer zum Beten in ihren Turm zurückkehren. Er konnte sich gar nicht erinnern, wann sie zuletzt bei einem Troubadourtreffen dabei gewesen war.

Uc hatte inzwischen unter Verneigungen die Bühne verlassen, und Lanfranco, Martí und Oswaldo hatten sie schon mit den Instrumenten bestiegen. Peire warf sich den Mantel über die Schulter und begab sich mit raschen Schritten zu ihnen. Martí reichte ihm die Al-ud.

Das Lampenfieber, das manch einen Sänger quälte, kannte Peire nicht, oder höchstens für Sekunden. In dem Moment, in dem er den Mund öffnete, tat er das, was sein dringendstes Anliegen auf dieser Welt war. Die Worte kamen klar und akzentuiert aus seiner Kehle. Peire nahm die gespannte Stille über der Zuschauertribüne wahr. Martís rhythmisches Trommeln und Lanfrancos Flöten waren genau so, wie er es mit ihnen eingeübt hatte.

Die Wächter schlafen nie,
Doch meine schöne kühle Domna
Ist ihnen entkommen
So wie ich ihnen davonschlich,
Unbemerkt –

Peire hatte die Augen geschlossen, als er sie öffnete, bemerkte er Urban, der gerade die Zuschauertribüne erklomm.

Ich brachte ihr einen Nestling
Nur er gewann ihr Herz
Meine Musik wollte sie nicht hören
Und ich bestach die Wächter
Immer wieder.

Was um Himmels willen trieb den Prior hierher? Einen Moment lang schnappte Peire nach Luft. Er fing sich wieder, nickte Martí zu und sang weiter.

Im Morgengrauen verlasse ich
Meine Schöne, die Domna meines Herzens
Für immer. Ich vergaß,
Dass die Wächter nie schlafen.
Ich vergaß es ganz.

Peire verbeugte sich. Der Beifall war gerade so lang, dass es nicht unhöflich war. Er sah hoch zu ihr, der Domna, der das Lied gegolten hatte. Lachend unterhielt sie sich mit Fernando. Eine innere Bewegung war ihr nicht anzusehen. Er schluckte.

«Nettes Liedchen, wirklich.» Uc schlug ihm auf die Schulter, als er auf die Tribüne zu seinem Platz zurückging. «Hübscher Einfall. Das habt Ihr sicher schnell und nebenbei erfunden. Wie habt Ihr Alfonsins neues Canso empfunden? Sein Name wird bis in den Norden hinein bekannt werden. Mit diesem Canso, ich lobe selten so überschwänglich, hat er sein Lebenswerk gekrönt. Er hat jetzt die Reife, die ein Troubadour braucht, um sein Spätwerk zu schaffen. Ich trage es überall vor und höre nur Lob. Was sagt Ihr zu Alfonsin?»

Uc zupfte sich den noch dünner gewordenen grauen Bart und schlug den hermelinverbrämten blauen Mantel um sich.

«Ja, schon, es war ergreifend», stammelte Peire.

«Peire, das wird sicher nicht für einen ersten Platz reichen!», rief Jordi mit gellender Stimme, «ich verstehe ja nichts davon, aber du hast schon bessere Lieder gesungen. Heute war nicht dein Tag.»

Verdammt, er würde keine Verlobung zwischen Nina und dem Montcada-Spross zulassen, schwor sich Peire zähneknirschend.

«Jordi, von Musik hast du nie etwas verstanden.»

Peire zuckte zusammen, als Urban seine Schulter berührte.

«Es war so melancholisch wie die Lieder der Moros. Mir gefiel es sehr gut.»

«Danke, Urban. Warum bist du gekommen? Sicher nicht, um meinen Auftritt zu erleben.»

Sie ließen sich auf zwei freien Plätzen am Rand der Tribüne nieder, während eine Gruppe Joglares die Bühne betrat und bunte Seidentücher und Bälle durcheinander wirbelte.

«Einige Leute in den Dörfern sind gestorben», begann Urban sorgenvoll. «Und Ihr feiert.»

Es klang wie ein Vorwurf, doch Peire war nicht bereit, sich heute Vorhaltungen anzuhören. Schlimm genug, dass Dona Elvira nicht in ihren Turm verschwunden war, wie er von ihr erwartet hatte.

«Woran sind sie gestorben?»

«Eine Seuche, wie es scheint, gegen die man nicht viel tun kann. Sie trifft Erwachsene und Kinder gleichermaßen. Nicht alle sterben –» Urban wollte sich noch weiter über die Krankheit in den Dörfern auslassen, Peire unterbrach ihn jedoch mit einer unwilligen Handbewegung.

«Heute wird gesungen und getanzt.»

«Und geschmaust», rief Fernando übermütig. Er hatte seinen Platz neben Leonor verlassen, um Peire zu seinem Lied zu gratulieren.

«Ist es neu? Oder eins von deinen früheren? Ich kann mich nicht erinnern, es schon einmal gehört zu haben. Leonor sagt, es ist neu.»

«Ich habe es in den letzten Tagen erfunden und mit Martí und Lanfranco einstudiert.»

«Die Musik dazu klang sehr arabisch. So wie der alte Ziryab sie komponiert hätte.» Er brachte seinen Kopf näher an Peires und flüsterte: «Ich habe Leonor gesagt, dass es mit dem Moro-Mädchen von damals zu tun hat, Ziryabs Tochter, die du verlassen hast. Deswegen ist es so traurig.»

«Das hättest du ihr nicht sagen müssen.»

«Sie ist sehr verschwiegen. Sie erzählt es höchstens Magalit.»

«Nichts für ungut», sagte Urban, der nicht erfreut über die Unterbrechung war. «Ich wollte es Euch mitteilen. Nicht, dass Ihr mir hinterher Vorwürfe macht, ich hätte Euch nicht rechtzeitig unterrichtet.»

Ein Schatten fiel auf sie. Peire sah auf.

«Warum seid Ihr gekommen, Prior?» Domna Elvira stützte sich auf ihren Stock mit dem geschnitzten Elfenbeinknauf und tat, als sei ihr Sohn nicht anwesend.

«Eine Seuche breitet sich in den Dörfern aus. Die Menschen sterben, darunter vor allem Kinder.»

«Brich die Festlichkeiten ab, Sohn», fuhr die alte Gräfin Peire an, «sie dauern ohnehin schon zu lange. Du feierst, und mein Alvaro musste als hoffnungsvolles Kind –» Sie brach ab. «Jeder Geburtstag in diesem Haus ist eine Verhöhnung.»

«Das Leben geht weiter, Domna.»

«So heißt es allgemein. In Wirklichkeit ist es für immer stehen geblieben. Der Tod wird mit der Entfernung nicht kleiner.»

«Sorgt Euch nicht um Alvaro, Domna», sagte Urban begütigend. «Er feiert mehr als wir. Er ist bei Gott dem Herrn und sieht das Mysterium seiner Herrlichkeit. Dagegen sind menschliche Feste nur ein schwacher Abglanz.»

«Danke, Prior.» Domna Elvira atmete schwer und fächelte sich hektisch Luft zu. «Ihr habt wieder einmal vermocht, mich zu trösten.»

Der Prior winkte noch einmal, verbeugte sich vor den Gästen, kreuzte die Arme vor der Brust und verließ die Tribüne.

Peire nahm es ihm nicht übel. Pater Urban mit seinem breiten gedrungenen Schädel und den flinken braunen Augen besaß sein unbedingtes Vertrauen. Obwohl dem Himmel zugewandt, war er doch auch höchst praktisch begabt. Er hätte ebenso gut Bürgermeister einer Stadt, Richter oder Kaufmann sein können statt Prior eines Klosters. Wenn Peire auch keine übertriebene Ehrfurcht vor dem Geistlichen empfand, so fühlte er sich ihm doch auf unausgesprochene Weise ebenbürtig. Urban sprach kaum einmal über seine Familie mit der Moro-Mutter. Peire aber war sich gewiss, dass er sich ihrer nicht zu schämen brauchte.

«Brich das Fest ab», schnaufte Domna Elvira noch einmal neben ihm.

«Mutter, ich kann die Gäste nicht einfach so fortschicken.» Peire bemühte sich um Festigkeit ihr gegenüber.

«Du kannst es durchaus. Du willst es nur nicht. Dabei würde jeder verstehen, wenn du die Feierlichkeiten beenden würdest. Dass du dich nicht schämst, in Gegenwart des Priors deine frivolen Lieder zu singen. Meine Kopfschmerzen sind wieder gekommen, es geht mir gar nicht gut. Sohn, du bist eigensüchtig und von der Musik wie dir selbst besessen. Dir fehlen christliche Demut und das geringste Mitgefühl für das Leiden anderer. Feiere nur.»

Brüsk wendete sie sich von ihm ab und ging in Richtung Burg. Peire hoffte, dass sie für die nächste Zeit in ihrem Turmzimmer bleiben würde.

Sein Blick wanderte über die Tribüne. Leonor, die Domna mit der rauen Stimme und dem kehligen Lachen. Sie saß nicht mehr an ihrem Platz. Er starrte ihren leeren Sitz an.

«Komm wieder, meine Süße», murmelte er.

«Seid Ihr noch bei Trost, Senhor?» Oswaldo stand plötzlich neben ihm und griff nach seiner Hand.

«Spiel das Lied noch einmal, das von den Wächtern, Joglar», sagte Nina Isabel.

Er war verlegen. Hundertmal hatte er ihr erklärt, dass er kein Joglar war, sondern Cansor oder Troubadour, ein Mann mit höfischer Bildung und Kultur, ein Könner, der die Al-ud besser noch als die Moros schlug und feine Lieder komponiert und gedichtet hatte.

Für Nina war es nichts weiter als Musik, so wie sie die barfüßigen Joglares auf den Plätzen in der Stadt boten. Irgendwann würde sie zu schätzen wissen, was ihr Vater konnte.

«Ich hätte viel lieber dir den Kranz aufgesetzt als Uc, aber Mama hat mich gezwungen», entschuldigte sich Nina.

«Die Preisrichter haben zu Ucs Gunsten entschieden», sagte Peire ernst. «Sein Lied war das beste.»

Er strich ihr durch das weißblonde feine Haar und lachte.

«Hol die Al-ud», sagte er. Während sie davonlief, hatte er sie auch schon vergessen. Das Fest war so gut wie zu Ende. Die meisten Gäste hatten Vallderonca bereits verlassen. Auch Jordi war mit seiner Familie und der Dienerschaft wieder davongezogen.

«Bei der Hochzeit unserer Kinder werden noch mehr Sänger aus Okzitanien und sogar aus der Francia kommen!», hatte er beim Abschied übermütig gerufen.

«Noch habe ich nicht zugestimmt, Kröte», hatte ihn Peire erinnert.

«Jordi Ramón de Montcada und Nina Isabel de Vallderonca! Die Kirche beim Kloster wird zu klein sein für die größte Hochzeit Kataloniens.»

«Wir werden einen Anbau machen, wenn du dich an den Kosten beteiligst!»

«In einem halben Jahr bringe ich den Jungen persönlich vorbei.»

Mit einem Handschlag hatten sie die Abmachung über die Pagenschaft Jordi Ramóns besiegelt.

Peires Herz zitterte beim Gedanken daran, dass Leonor und Fernando in den nächsten Tagen ebenfalls fortziehen würden.

Mit den Augen suchte er sie, die Domna, deren Namen er nicht nennen durfte und den er doch immer wieder leise vor sich hin flüsterte so wie die Mönche den Namen Gottes, wie ein Gebet.

Peire musste an seine letzte Beichte denken, in der er Urban seine Liebe zu einer verheirateten Domna gestanden hatte. Urbans Worte klangen ihm noch im Ohr: *Hör zu, mein Sohn. So sündig diese Liebe grundsätzlich ist, scheint sie mir doch der Weg zu sein, der dich zu Gott führen könnte. Die Domna ist das Geschöpf des allmächtigen Gottes. Danke ihm für die Schaffung deiner Domna, deren Namen ich nicht von dir erfahren möchte.*

Er hatte den praktischen Rat hinzugefügt. Peire solle vermeiden, ihren Namen auszusprechen, ihn zu schreiben, ja sogar ihn zu denken. Zweifellos war der Rat gut, doch für Peire war es unmöglich, ihn zu befolgen.

Einige Male hatte er versucht, Urban zu gestehen, wer die Domna war. Urban aber hatte sich hartnäckig geweigert, Näheres über sie zu erfahren. Schließlich fühlte sich Peire im Dunkel des Beichtstuhls wie ein einfältiger Tölpel. Er vermutete ohnehin, dass Urban ihn bis auf den Grund seiner Seele durchschaute und längst alles wusste.

Das Aussprechen ihres Namens war wie Honig, war lebensnotwendige Nahrung für ihn. Hundertmal am Tag flüsterte er ihn, wenn niemand dabei war.

«Woran denkst du, Peire?», fragte Fernando arglos, der neben ihn getreten war.

«An Gott», sagte Peire.

«Nicht an Gott. Du denkst an eine Domna. Sag mal, ist es am Ende immer noch dieses Mädchen aus Zaragoza, wie hieß sie noch?»

Peire schwieg.

«Ich bin dein Freund. Sag mir doch, um wen es sich handelt.

Ah, gerade fällt es mir wieder ein, Ziryabs Tochter hieß Kholla. Sie hat dir viel bedeutet. Du hast damals auf dem Bett gelegen und Rotz und Wasser geheult, als ich dir sagte, dass du kein christlicher Ritter werden könntest mit ihr. Ich war damals hart zu dir. Mein Gott, Peire, ich musste es sein.»

«Sie ist eine andere. Sie ist unendlich schön», brach es aus Peire.

«Schöner als Mariela?»

«Mariela ist zu einfältig, um schön zu sein. Außerdem ist sie kalt, sie ist eine Betschwester.»

Fernando lachte. «Du bist sehr ungerecht. Ist dir nicht aufgefallen, dass dein Page in sie verliebt ist?»

«Rodrigo? Doch nicht in Mariela?»

«Er dichtet Lieder für sie und hört ihr zu, wenn sie singt.»

«Ich dachte, er hat ein adliges Mädchen, in das er verliebt ist, Laurella. Jedenfalls hat er mir das erzählt.»

«Vielleicht wollte er dich von seiner Liebe zu Mariela ablenken.»

Peire fand die Angelegenheit eher amüsant als Besorgnis erregend.

«Da ist sie, Peire.» Nina war mit der Al-ud zurückgekehrt und hielt ihrem Vater das Instrument entgegen. «Sing das Lied mit den Wächtern, bitte.»

«Ja, tu das», bat Fernando. «Ich habe es beim ersten Mal gar nicht richtig beachtet.»

«Später», sagte Peire und zupfte sich am Ohr, «lass uns lieber hinübergehen, drüben tritt gerade der arabische Sänger auf, der eigentlich schon gestern kommen wollte. Er wurde aufgehalten, deshalb singt er heute für unseren kleineren Kreis im Burghof.»

«Ach, übrigens, Uc de Mataplana will morgen früh aufbrechen. Ich werde ihn ein Stück begleiten und dann noch einmal hierher zurückkommen, wenn es dir recht ist.» Fernando sah ihn fragend an. «Der gute alte Uc, wer weiß, wie lange er noch lebt.»

Riad, der arabische Sänger, war an verschiedenen anderen Höfen gewesen und jetzt auf dem Weg nach Montpellier. Er wurde allgemein gerühmt für sein Spiel auf der Al-ud, das in seiner ganzen Kompliziertheit ohnehin eigentlich nur von den Moros beherrscht wurde, und für die Intensität seines Gesangs. Der Musiker hatte mit seinem Spiel schon begonnen. Er stand auf einem kleinen runden Holzpodest, er allein mit der Al-ud, ohne Musiker zur Begleitung. Peire fiel auf, dass er nicht auf Romans sang, sondern in arabischer Sprache, was der Innigkeit seines Gesangs keinen Abbruch tat.

«Ich kann nur ein paar Sätze Arabisch», sagte Peire fast entschuldigend. «Übersetz mir, was du gesungen hast, Joglar.» Die Al-ud war ein erlesenes altes Stück, stellte er mit Kennerblick fest.

«Die Seele muss leer sein, ganz leer. Leer von Trauer, leer von Begierde. Erst dann kann sie den Weg gehen, auf dem sie Allah begegnen wird. Reiß dein Haus ab, dann wirst du den verborgenen Schatz finden.»

«Und ich hielt deinen Gesang für eine Cantiga de amor.» Peire lachte verlegen auf. «So schlecht ist mein Arabisch.»

«Er soll hier nicht von Allah singen», mischte sich Fernando ein.

«Nimm diesen Maravedi», flüsterte Peire, «und dann bitte ich dich –» Er brach ab, denn die Domna war auf dem Söller erschienen. Schön und rein wie die Jungfrau Maria stand sie dort oben im Halbschatten, und Peire war danach, auf die Knie zu fallen und sie vor aller Augen anzubeten.

«Was verlangst du von mir, Sid?»

«Du kennst meine Cantiga von der Virgen Maria?»

«Überall in Al-Andalus wird sie gesungen, Sid.»

«Tritt vor den Söller und singe sie», bat Peire. «Sing sie, als wäre es dein eigenes Lied.»

Riad lächelte verstehend. Peire klatschte in die Hände und rief nach Lanfranco und Martí, damit sie ihn begleiteten.

«Nein, nein», wehrte Riad ab. «Lass mich allein singen. Die Wirkung ist stärker, wenn die Stimme nur von der Al-ud begleitet wird.»

Peire legte die Hände auf Nina Isabels Schultern und unterdrückte das Zittern, das ihn überkam, als Riad die Cantiga vortrug. Obwohl er sie in okzitanischer Sprache sang, war sein Spiel auf der Al-ud doch sehr fremdländisch.

Er senkte den Blick, als Leonors Augen die seinen suchten, anders hätte er es nicht ertragen. Leonor wandte sich um und trat zurück in ihr Gemach. Vorbei, dachte Peire ernüchtert, für immer vorbei. Er war zu weit gegangen, hatte sie am Ende zu dreist angestarrt. Sie wollte ihm sagen, was schon Oswaldo ausgedrückt hatte: Er solle sie in Frieden lassen und als Fernandos Ehefrau respektieren. Gab es nicht genug Frauen, die er haben konnte?

Riad war ins Innere der Burg verschwunden, wo er in der Kemenate vor Mariela und einigen der Gäste weitersang. Peire fühlte sich erschöpft und müde. Er hatte während der letzten Tage zu viel schweren Wein getrunken und zu fettige Speisen verzehrt, der Schädel brummte ihm. Heute Abend würde er nur etwas Weißbrot zu sich nehmen und Wasser dazu trinken. Nach jedem Fest fühlte er sich so. Niedergeschlagen dachte er an die bevorstehende Cavalgada mit Jordi und Fernando und all den alten Freunden aus der Zeit in Zaragoza. Sie würden Dörfer und Städte erobern, Beute machen, in Zelten schlafen. Einige von ihnen würden den Heldentod sterben, andere später ihren Verwundungen erliegen oder jahrelang dahinsiechen. Das Leben war begrenzt und der Tod immer gegenwärtig. Angesichts des Sterbens auf dem Schlachtfeld erschien Peire die Liebe zu all den Frauen, denen er nahe gekommen war, bedeutungslos. Die Liebe wog den Tod nicht auf.

Die Dunkelheit fiel jetzt Ende September schon schnell ein. Benommen vom Wein und der Musik, stand Peire neben der Zisterne und schöpfte sich einen Trunk Wasser aus dem Eimer, der, bis oben hin gefüllt, auf der Umrandung stand. Ein Geräusch auf dem Söller ließ ihn hochsehen.

Es war sie, Leonor, die Domna, der er ewigen Gehorsam geschworen hatte, für die er alles zu tun bereit war, was sie von ihm verlangte. Noch einmal war sie hinausgetreten. Sollte sie befehlen, dass er morgen gegen die Moros in den Süden ziehen sollte, so würde er es tun. Mit ihrem Namen auf den Lippen würde er sterben.

Peire sank in die Knie und sah dabei unverwandt zu ihr hoch.

Sie hob ihre weiße Hand in seine Richtung und winkte ihm. Dann wendete sie sich um, hob ihr Gewand leicht an, er sah die Bewegung ihrer anderen Hand. Sie stieg über die Schwelle und trat wieder in das Gebäude zurück.

Er war ihr Dienstmann, und sie hatte ihn zu sich befohlen. Es war eindeutig. Taumelnd erhob er sich. Ein plötzlicher Schwindel hatte ihn überkommen. Er hielt sich am Brunnenrand fest.

Sie saß in ihrem seidenen Untergewand unter dem Baldachin zwischen den roten Samtvorhängen auf dem Bett, den Kopf gesenkt, und die Haare hingen lang herab. Es war, als schäme sie sich.

Er kniete vor ihr nieder und küsste die Spitzen ihrer roten Samtschuhe.

«Domna, ich schwöre Euch den Gehorsam bis zum letzten Atemzug», flüsterte er die Formel des Lehnseids, wie er ihn vor Jahrzehnten dem König geleistet hatte.

«Setz dich neben mich, Troubadour», sagte sie.

Es war so einfach, dass er es nicht fassen konnte.

«Fernando betrinkt sich unten in der Kemenate mit Uc de Mataplana. Als ich nach ihm sah, lallte er bereits», sagte sie. «Er wird morgen früh nicht mit Uc wegkönnen, er wird bis in den Abend hinein seinen Rausch ausschlafen.»

Peire schluckte schwer.

«Warum hast du nicht selbst gesungen?», flüsterte Leonor.

«Ich wollte es, aber ich war zu aufgeregt. Deswegen bat ich

Riad, es zu tun. Vor Euch war ich dazu nicht fähig», hauchte er zurück.

«Du hast vor zwei Königen und ihren Damen gesungen. Fernando hat gesagt, du kennst kein Lampenfieber.»

«Vor Euch konnte ich es jedenfalls nicht.»

«Aber obwohl du dich so sehr vor mir fürchtest, bist du hierher gekommen», stellte sie fest.

«Ich musste es tun», sagte er. «Ihr habt mich gerufen.»

«Ich habe dich nicht gerufen.»

«Ich habe es so gedeutet.»

«Weißt du, dass es Verrat ist, den du begehst? Noch dazu an deinem besten Freund.»

«Ich bin dazu bereit.»

«Gott wird Euch dafür strafen.» Ganz plötzlich ging sie zum förmlich höflichen «Ihr» über.

«Davor fürchte ich mich nicht. Ich werde demnächst auf die Cavalgada gehen. Vielleicht sehe ich Euch nie wieder.»

Es entstand eine Pause. Leonor senkte den Kopf. Die langen kastanienbraunen Strähnen verbargen ihr Gesicht.

«Fürchtet Ihr Euch, Domna Leonor?»

«Es ist nicht wirklich. Ich träume es nur. Und wenn ich aufwache – seid Ihr schon fort.»

«Ich werde wiederkommen, wenn Gott es zulässt.»

«Nein, Peire», flüsterte sie erschrocken. «Kommt nicht wieder. Fernando wird Euch töten, wenn er die Wahrheit erfährt. Und er ist im Recht, wenn er seine Ehre verteidigt.»

«Wie haltet Ihr es mit ihm aus? Er besitzt keine Paratge und keine Gentilezza.»

Sie sah ihn betroffen an.

«Macht ihn nicht schlechter, als er ist. Über Euch hat er nie etwas Böses gesagt. Don Fernando würde keinen seiner Freunde je verraten. Er ist zum Betrug unfähig.»

Er legte einen Finger auf ihren Mund, um ihr zu bedeuten, still zu sein.

«Domna, sprecht nicht von Fernando. Es tut mir in der Seele weh. Er ist mein bester Freund.»

«Ihr lügt. Wenn es so wäre, wärt Ihr nicht hier.»

Er hielt sie schon in den Armen, während sie immer noch weitersprach. Jedes Wort aus ihrem Mund war besser als Musik. Ihr Körper war viel leichter und mädchenhafter, als er ihn sich vorgestellt hatte.

«Domna, hört nicht auf zu sprechen», murmelte er.

«Peire», sagte Leonor. «Betet mich nicht an. Bedenkt, eine Frau ist nicht viel. Es sei denn, sie wäre sehr reich oder sehr schön.»

«Domna, das seid Ihr alles. Die Schönste, die Eleganteste –», er wollte noch viel mehr sagen, aber ihm fehlten die Worte. Er brachte nur die üblichen plumpen Komplimente zustande und hätte gerne einmalige Vergleiche gefunden, wie sie ihrer würdig waren.

«Ihr seid betrunken», sagte Leonor. «Ich bin ganz anders. Euer Bild von mir hat nichts mit mir zu tun. Ich hätte Euch nicht hierher bestellen sollen. Und Ihr – seid auch ein ganz anderer, als ich geglaubt habe.»

«Was hattet Ihr denn von mir geglaubt?»

«Dass Ihr niemals hierher kommen würdet. Dass Ihr Fernandos treuer Freund seid.»

Es war dunkel im Zimmer geworden. Kein Öllämpchen, keine Kerze brannte. Nur der Mond stand satt und gelb am Himmel.

Ab uns dous esgartz coraus
que an fach lur via
per mos olhs ses retornar
el còr; en los temb tan car.

Eure süßen, herzlichen Blicke,
Die sich ihren Weg gebahnt haben
Durch meine Augen, ohne Rückkehr,
Bis in mein Herz, in dem ich sie bewahre.

Peire murmelte die Verse Rigauts, die er immer bewundert hatte, und fand sie zugleich schwach gegen das, was er empfand.

«Hört doch auf mit dem Troubadourgesäusel –»

Es war ihre etwas raue, fast männliche Stimme, klar und deutlich. Er konnte ihr Gesicht in der Dunkelheit kaum sehen.

«Es sind Lügen, wie Ihr ganz genau wisst.»

«Aber wunderbar durchdachte in Worten, wie sie der einfache Mensch nicht so schnell finden würde.»

«Ich verabscheue schön gedrechselte Lügereien.»

«Was möchtet Ihr denn lieber hören?»

«Die Wahrheit, Peire. Auch in Eurem Leben gibt es sie.»

«Jetzt sprecht Ihr wie mein Beichtvater.»

«Ohne die Wahrheit wäre das Leben sinnlos.»

Für einen Moment packte Peire die Angst. Diese Frau war anders als alle anderen vor ihr. Oder nein, schlimmer, sie war Mariela ähnlich. Auch Mariela fing immer wieder mit solchen Dingen an. Er wollte jetzt nicht an seine Ehefrau denken.

«Ihr weicht der Wahrheit aus», sagte Leonor.

«Habt Ihr keinen Wein hier?» Peire tastete mit den Händen auf dem kleinen Tisch neben dem Bett. Er war leer.

«Betrinkt Ihr Euch immer, wenn Ihr mit einer neuen Geliebten schlaft?»

«Mein Gott, wie redet Ihr mit mir?», stammelte Peire. «Bedenkt doch, Gott hat Euch Schönheit und Anmut gegeben. Was müsst Ihr da von der Wahrheit sprechen, um die es doch überhaupt nicht geht. Ihr zerstört den kostbaren Moment, den wir gerade genießen.» Peire war jetzt völlig nüchtern. Ein kühler Windzug strich durch das Fenster. Behutsam begann Peire, sie zu entkleiden. Leonor wehrte sich nicht dagegen.

«Es geht immer um die Wahrheit, auch wenn nur wenige sie kennen», murmelte sie. «Es ist grausam, dass sie den Menschen vorenthalten wird und einige wenige sich in ihrem Glanz sonnen.»

«Was meint Ihr damit?»

«Du und ich, wir können Latein und kennen die Lehren der Heiligen Schrift, ja, wir können sie sogar selbst nachlesen –»

Sie überschätzte seine Kenntnisse ganz erheblich.

«Ich – gehöre zu den Guten Leuten», flüsterte Leonor, kaum hörbar. «Könnt Ihr mich noch lieben, nachdem Ihr das wisst? Fernando kann es nicht ertragen.»

Eine Welle von Mitgefühl strömte über Peire hinweg.

«Was auch immer Ihr denkt, Domna, es gehört Euch allein, und ich werde es Euch nicht nehmen. Das steht mir nicht zu, steht keinem Menschen zu, nur Gott.»

«Wollt Ihr damit sagen, dass ich als Frau auch das denken kann, was Ihr nicht denkt? Ihr könntet das ertragen – dass wir nicht ein Herz und eine Seele sind?»

«Domna, was Ihr denkt, ist heilig und unantastbar. Ich liebe Euch. Denkt, was Ihr wollt. Ich werde glücklich sein, wenn Ihr mir davon erzählt.»

Als draußen die Vögel sangen, wurde Peire erst klar, wie schnell die Nacht im Gespräch und unter Liebkosungen vergangen war. Dennoch waren sie beide hellwach.

«Jetzt wage ich erst recht nicht mehr, eines meiner Cansos vor dir zu singen.»

«Das ist auch besser so. Jedes davon ist abgenutzt und verbraucht. Sag mir das, was du noch nie zu einer Frau gesagt hast.»

Peire spürte eine neue Tollkühnheit in sich, so wie in dem Moment vor der Schlacht, wenn es unausweichlich war zu töten.

«Ich habe immer nur Kholla geliebt, das Moro-Mädchen, Ziryabs Tochter, die ich als Page verraten habe. Ich werde sie lieben bis zum letzten Atemzug. Jedes Canso, das ich gedichtet habe, war für sie.»

Heilige Jungfrau, war er wahnsinnig, so zu ihr zu sprechen? Er wischte sich über die Stirn. Er hatte keine andere Wahrheit, und sie wollte sie schließlich wissen.

«Ich weiß.»

«Niemand weiß es. Ich habe es selbst nicht gewusst.»

«Doch, Fernando hat es mir so gesagt, wie du es eben ausgedrückt hast.»

Peire fühlte plötzlich tiefe Scham.

«Fernando ist ein besserer Freund als Ehemann.» Wieder lachte sie ihr kehliges Lachen.

«Ich wollte dich nicht verletzen, als ich das mit Kholla gesagt habe.» Er setzte sich auf und griff nach seiner Kleidung, die am Boden lag. «Kholla werde ich nie wieder sehen. Sie wird ihr Leben in irgendeinem Harem fristen und Mutter zahlreicher Kinder sein. Dich liebe ich in der Wirklichkeit, nicht wie ein Traumbild. Kholla ist ein Traum. Sie ist unerreichbar für immer.»

«Warum tust du nichts, um sie wieder zu sehen?»

«Weil es sinnlos ist und noch dazu lächerlich. Sie würde es gar nicht wollen.»

Ein kleines überlegenes Lächeln erschien auf Leonors Gesicht.

«Wo ist dein Mut, tapferer Ritter und Troubadour? Lieber ziehst du aus und zerstörst maurische Städte, ohne zu wissen, ob du gerade Khollas Haus abgebrannt und ihre Kinder auf den Sklavenmarkt gezerrt hast.»

«Hättest du diesen Mut?»

«Ich bin nur eine Frau, ich kann nicht einfach tun, was ich will. Peire, du bist ein Troubadour. Du kannst an jeden Ort der Welt gehen, wenn es dir gefällt. Wer hindert dich, nach Kholla zu suchen?»

Sie finden. Peire schloss die Augen. Sie wieder finden. Wollte er es wirklich, oder hatte er es nur so gesagt? Sich auf die Suche nach Kholla zu begeben war der Anfang davon, ihr eines Tages zu begegnen. Wenn er ihr begegnete, würde er ihr alles erklären, sich entschuldigen müssen.

«Es steht sehr viel auf dem Spiel. Vielleicht wäre ich unfähig, jemals wieder das Schwert gegen einen feindlichen Moro zu erheben.»

«Du könntest kein Blut mehr vergießen, nachdem du ihr wieder begegnet bist? Was wäre so schlimm daran?»

Gequält sah er sie an. Sie war so völlig anders als die Domnas, denen er früher den Hof gemacht hatte. Sie tat, als sei für ihn, den Grafen von Vallderonca, ein Leben außerhalb der Edlen und ihrer Gewohnheiten denkbar. Doch dieses Leben war für ihn nur in den Liedern und in der Musik möglich, nicht, indem er sich auf die Seite der Gegner des Königs stellte.

«Wer wäre ich denn dann noch, wenn ich mich auf Khollas Seite geschlagen hätte? Ich wäre ein Verräter.»

Sie küsste ihn. «Es ist dein Schicksal, Verräter zu sein, so oder so, hast du das noch nicht begriffen?»

Sie würde er nie verraten, niemals.

Nina Isabel blieb vor ihrem Vater stehen und sah ihn ernsthaft und fragend an. Wie immer hielt sie die Puppe Sebela an sich gedrückt.

Dieses Kind war ihm sehr ähnlich, nicht nur äußerlich. Peire versank für Momente in Tagträumen. Er versuchte sie sich vorzustellen – fünf Jahre älter, zehn Jahre älter, ein junges attraktives Mädchen aus vornehmster Familie. Junge Caballeros von weit her würden auf der Burg vorsprechen, ihretwegen. Gut, dass er sich Jordi gegenüber noch nicht festgelegt hatte.

Ihm als Vater kam es zu, sie bei Hofe einzuführen. Der König würde bei ihrem Anblick gerührt lächeln und ihm sagen, wie ähnlich sie ihm sähe.

«Peire!» Nina stemmte die Ärmchen in die Hüfte bei dem Versuch, sich Gehör zu verschaffen. «Der Moro hat gesagt, er wird in diesem Kerker vor Heimweh sterben.»

«Nein, mein Kind. Er kehrt bald in seine Heimat zurück. Dein Vater wartet auf den Rest des Lösegelds.» Er musste plötzlich gähnen. Die Müdigkeit, die er nach der vorangegangenen Nacht empfand, holte ihn jetzt ein.

«Peire, der Moro hat gesagt, sein Vater kann kein Geld mehr

für ihn zahlen. Al Quti al Madins Leute haben ihn von der Burg vertrieben. Sein alter Vater muss in Lumpen gekleidet durch die Dörfer ziehen und für seinen Lebensunterhalt betteln.»

«Was weißt du von Al Qutis Leuten –»

«Al Quti al Madin ist ein großer Amir, der viele Männer um sich gesammelt hat. Al Quti ist ein Eunuch. Er liebt niemanden. Er hat keine Frauen und keine Kinder. Er hat die Burgen zwischen Bergantes und Guadalupe alle in der Hand. Der Moro wird gegen ihn kämpfen, wenn du ihm die Freiheit schenkst. Er hat gesagt, er wird dir das Lösegeld an dem Tag bringen, an dem er seine Feinde vertrieben hat.»

Möglicherweise waren das Lügen, ebenso gut konnte es wahr sein. Peire zuckte die Achseln. Er hatte durchaus schon von Al Quti gehört, der sich mit dem letzten Almorawiden-Abkömmling Yahya, dem König der Balearen, verbündet hatte. Er war einer der selbständigen Kleinkönige, dessen Gebiet in der Gebirgslandschaft hinter Valencia lag. Al Quti galt als grausam, verschlagen und goldgierig. Er überfiel sowohl Kaufleute wie Gesandtschaften und lag in ständigem Kampf mit den Truppen des Almohaden-Herrschers. Man musste dem heiligen Jakob danken für die Zerstrittenheit der Moros. Ihre Uneinigkeit machte sie schwach und für die christlichen Heere besiegbar. Und im Übrigen, wer kannte sich noch aus in den ständig wechselnden Machtverhältnissen dort unten in Al-Andalus? Wie auch immer, Tarik hatte Freunde und Verwandte an irgendeinem sicheren Ort, die bei gutem Willen das Geld auftreiben konnten.

Im Grunde genommen war es lästig, ihn gefangen zu halten. Er war schon viel zu lange da. Es war auf alle Fälle billiger, ihn zurück in seine Heimat zu schicken, als ihn hier weiter standesgemäß zu kleiden und zu ernähren. Mit Seufzen dachte Peire an die Geschichten von unglaublichen Lösegeldsummen, die manch einer seiner Freunde für einen Moro-Anführer erhalten hatte. Fernando hatte das Schloss von Cervera komplett renoviert aufgrund derartiger Lösegelder. Andere hatten ihre Töchter mit reichen Mitgiften ausstatten können oder Klöster gestiftet und Altartafeln malen lassen. Und was hatte er gewonnen? Alles, was den kriegerischen Bereich betraf, gelang ihm nicht, das war es. Er war eben doch nur ein Troubadour – wenngleich auch ein erfolgreicher, ein bewunderter –, aber weder ein geschickter Ritter noch ein vom Glück begünstigter Kämpfer.

«Lass ihn frei, Peire!», sagte Nina eindringlich. «Willst du wirklich, dass er hier bei uns im Keller stirbt? Bitte, lass ihn frei. Er tut mir so leid.»

«Das war dein Hase, der gestorben ist», erinnerte sie Peire. «Hasen werden nicht alt, man sollte sie rechtzeitig schlachten. Der Moro wird hundert Jahre alt werden, so gut, wie wir ihn behandeln.»

In diesem Moment traten Fernando und Leonor aus dem Hauptportal in den Hof. Man sah Fernando von dem Saufgelage mit Uc de Mataplana nichts mehr an. Tiefe Röte schoss Peire ins Gesicht. Er verneigte sich leicht in Richtung Domna. Sie hob grüßend die Hand, so souverän, als begegne sie ihm zum ersten Mal. Peire lächelte, ohne es zu wollen. Ja, der Moro sollte frei sein und davonziehen. Nina sprach etwas aus, was er selbst schon öfter gedacht hatte. Die endlose Gefangenschaft Tarik Ibn Arrueshs musste ein Ende haben. Außerdem – gab es einen glücklicheren Menschen als ihn? Musste er nicht dankbar sein? Durfte er wirklich zulassen, dass in seiner Umgebung jemand unglücklich war?

«Hier», sagte er und zog den Schlüssel zum Verlies vom Schlüsselbund an seinem Gürtel. «Geh hin und schließ auf. Bring ihm die Botschaft, dass er morgen zurück in seine Heimat ziehen kann.»

«Papa, darf ich das wirklich?» Ungläubig nahm Nina den wuchtigen Schlüssel entgegen.

«Wenn du das Schloss aufbekommst, ist er frei. Es liegt an dir.» Seine Stimme zitterte dabei, nicht wegen des Moro und seiner Freilassung, sondern weil Fernando und Leonor jetzt auf ihn zukamen.

«Ich schaffe es bestimmt!» Nina hüpfte strahlend davon. «Der Moro ist frei! Der Moro ist frei!»

«Das nenne ich Noblessa. Du verzichtest auf mehrere Beutel feinster almohadischer Golddinare. Peire, du bist ein wahrer Troubadour. Weit und breit wirst du keinen finden, der so ritterlich handelt.» Fernando sah seinen Freund zweifelnd, aber auch etwas spöttisch an, und Peire errötete wie ein zehnjähriger Novize.

«Es ist sehr schön, dass Ihr ihn freilasst», sagte Leonor leise. «Das ist Eure beste Tat. Sie gefällt mir weit besser als Eure Cantigas.»

«Ich weiß nicht, ob ich mich über dieses Lob freuen soll», versuchte Peire zu scherzen. «Ohnehin müssen wir erst abwarten, ob es Nina gelingt, das Schloss zu öffnen.»

Mit energischen Schritten war die Kleine vor das Gitter getreten und ruckte mit dem Schlüssel einige Male im Schloss hin und her. Peire hörte das Klicken und spürte Erleichterung. Lächelnd ging er hinüber, um zu sehen, wie seine Tochter dem Gefangenen die Botschaft überbrachte.

Oswaldo und Mariela kamen eilig herbei, als hätten sie die Nachricht bereits erhalten. Mariela trug ein schlichtes Gewand aus blauer Seide und keinen Schmuck. Peire runzelte missbilligend die Stirn. Sie hatte sich noch immer nicht an die Rolle der Burgherrin gewöhnt, noch immer benahm sie sich wie die unterdrückte kleine Hofdame der launischen Petronila. Am Ende hielt Leonor de Trencavel mit ihrem schweren Goldschmuck und den Edelsteinringen an jedem Finger ihn noch für einen Geizhals, der seiner Ehefrau keinen Schmuck schenkte.

Wie immer sah es aus, als rollte Oswaldo über den Hof – mit seinem kugeligen Bauch und dem eigenartigen Gang. Mariela, die neben ihm ging, blieb vor Peire stehen und sah ihn erwartungsvoll an. Er spürte Fernandos Blick auf sich und küsste seine Ehefrau flüchtig.

«Die Stockfischzeiten sind vorbei», sagte er übermütig, «jetzt, Domna Mariela, seid Ihr die Prinzessin. Wo habt Ihr eigentlich

Euren Schmuck gelassen?» Peire sprach laut in der Hoffnung, von Leonor gehört zu werden.

«Seid mir nicht böse, ich habe ein paar Stücke davon verkauft.»

«Verkauft?»

«Einige Leute aus Euren Dörfern brauchten Medizin und ärztliche Behandlung, viel nötiger als ich die goldenen Armreifen und Ketten. Seid Ihr sehr erzürnt?»

«Nein, nein.» Er war verlegen. «Macht mit Eurem Schmuck, was Euch nötig erscheint. Er gehört Euch. Wahrscheinlich sollte ich Euch eine neue Kette besorgen und sie Euch nur ausleihen für die Tage, an denen Besucher nach Vallderonca kommen.» Peire lachte dröhnend.

Sie sah ihn an, als sei sie bedrückt.

«Was macht Euch Sorge?» Ganz kurz überkam ihn die Idee, er müsste sie glücklich machen.

«Die kranken Kinder im Dorf», sagte sie leise. «Julián geht es gar nicht gut.»

«Wer, bei der Heiligen Jungfrau, ist Julián?»

«Franciscas Ältester», sagte sie in einem Ton, als sei der Bauernbengel wichtig.

«Ja und? Dann lass den Arzt für ihn kommen, obwohl es herausgeschmissenes Geld ist. Die Bälger aus den Hütten sind zäh wie die Tiere.»

«Wenn Ihr ab und zu im Dorf wärt, wüsstet Ihr, dass dem nicht so ist. Juliáns Vater hat bereits einen Arzt kommen lassen. Aber er ist immer noch sehr schwach. Es ist die Seuche – wir müssen beten, dass sie bald aufhört.» Es klang wie ein Vorwurf.

«Richtig», sagte er irritiert, «Julián, das ist doch Urbans Bastard.»

Martí war losgerannt, um den Prior zu holen, der unbedingt vonnöten war, weil nur er genügend Arabisch sprach, um sich mit Tarik Ibn Arruesh zu verständigen und alle Einzelheiten mit ihm zu besprechen.

Es war später Abend, als Urban endlich kam. Die Sterne leuchteten über der Festrunde im Burghof, die sich im Schein von Fackeln die Reste des gebratenen Ochsen munden ließ. Auch Tarik saß, mit einem Festgewand Peires bekleidet, auf einem erhöhten Sitz neben Peire und Mariela bei den Ehrengästen. Er hatte aus Höflichkeit seinen Pokal mit dem Wein auf Peire erhoben und ihm gedankt, dann aber durchblicken lassen, dass er als Muslim jetzt lieber Wasser als Wein trinken wolle. Als die süßen Eierspeisen zum Nachtisch herbeigebracht wurden, bat er um Peires Al-ud und ging zu der kleinen Holztribüne, auf der zu Beginn des Schmauses gemietete Joglares ihre Possen gerissen hatten.

Er schlug die Saiten des Instruments mit dem Plektrum an, und Peire lief eine Gänsehaut über den Rücken, wie jedes Mal, wenn der Moro spielte. Nina Isabel saß auf Marielas Schoß, übermüdet und hellwach zugleich von den Ereignissen des Tages, und entschlossen, sich nicht die kleinste Einzelheit des Festtags entgehen zu lassen.

«Er singt jetzt ein Lied für mich», murmelte sie, «schade, dass ich es nicht richtig verstehe.»

Schon am Morgen des nächsten Tages ritt Tarik Ibn Arruesh in Richtung Süden. Peire hatte ihm eins seiner besseren Pferde zur Verfügung gestellt, ihn mit Kleidung, Reisegeld und Wegzehrung ausgestattet sowie einem gesiegelten Schreiben, mit dem er sich offiziellen Stellen gegenüber ausweisen und sicher durch das Gebiet der christlichen Könige Spaniens reisen konnte.

Zuvor hatten sie sich brüderlich umarmt. Tarik hatte Peire seiner tiefen Dankbarkeit versichert und gelobt, ihm eines Tages das Lösegeld zu übergeben. Die Zeiten seien schwer, hatte er hinzugefügt. Zuerst müsse er gegen Al Quti Al Madin, den Feind seiner Familie, kämpfen und den Stammsitz der Seinen aus Al Qutis Hand retten. Er hatte davon erfahren, weil einige Botschaften seines Vaters in den letzten Jahren über fahrende Händler und reisende Boten bis nach Vallderonca gelangt waren.

Fernando und Leonor, Mariela und Nina, die Pagen, die Infanzones und alle Diener und Mägde hatten vor dem Brunnen Aufstellung genommen, um dabei zu sein, als der Moro in seine Heimat aufbrach.

«Jedes Jahr werde ich dir an deinem Geburtstag eine Nachricht zukommen lassen, wie auch immer ich das bewerkstelligen werde», hatte Urban die Abschiedsworte des Moro übersetzt. «Als Feinde sind wir uns im Kampf auf Leben und Tod begegnet. Allah aber in seiner Weisheit und Barmherzigkeit hat beschlossen, dass wir Freunde sein sollen. Niemals werde ich die Hand mit dem Schwert gegen dich oder einen deiner Leute erheben. Allah segne dich und die Deinen.»

Die Seuche, die sich in den umliegenden Dörfern ausgebreitet hatte und von der Peire de Vallderonca nichts hatte wissen wollen, zog auch auf der Burg ein. Zunächst traf sie einen der Stallknechte, der tagelang hustete und würgte, nach ihm den zweiten Pferdeknecht, der sich bereits am ersten Tag der Erkrankung mit hohem Fieber niederlegen musste und tagelang mit dem Tod rang, dann zwei ältere Wäscherinnen. Eine der beiden starb, was angesichts ihres Alters nichts Überraschendes oder Tragisches hatte.

Dann aber legte sich Oswaldo in seine Kammer und verlangte nach Jakub, dem Arzt. Jakub kam mit seinem Gehilfen herbeigeritten, einem hoch gewachsenen jungen Mann mit dunklem Haar und Bart, und bestand darauf, auch die anderen Kranken persönlich zu untersuchen. Danach wollte er Peire sprechen.

Die Beklemmung wich von Peire, als er den alten Jakub sah. Gegen die meisten Übel hatte der jüdische Arzt wirksame Heilmittel, seltsam riechende Pillen und bittere Tränke. Jakub hatte ihn selbst in früheren Jahren von einem hartnäckigen nässenden Hautausschlag geheilt, bei Marielas Schwangerschaftsbeschwerden guten Rat gewusst und Nina Isabels Kinderkrankheiten alle gelindert.

Aber heute war Jakub ernst und in sich gekehrt.

«Lass die Räume ausräuchern», sagte er.

«Ist es so ernst?»

«Die Krankheit hat in den Dörfern viele junge und alte Menschen dahingerafft. Sie hat den Höhepunkt noch nicht erreicht. Täglich höre ich von neuen Fällen.»

«Was ist mit Oswaldo? Kannst du etwas für ihn tun? Ich möchte ihn nicht verlieren. Du weißt doch, ich brauche ihn bei meinen Auftritten. Für Oswaldo haben mir andere Troubadoure schon fünfzig Maravedis geboten.»

«Oswaldo ist sehr krank. Lass eine Messe für seine Genesung lesen.» Jakubs Gesicht war abweisend.

Einen Moment lang empfand Peire Dankbarkeit, dass Fernando und Leonor schon abgereist waren. Die Domna jedenfalls war in Sicherheit.

«Setz dich zu mir auf ein Glas Wein und erkläre mir dabei, was es mit der Krankheit auf sich hat. Können wir etwas dagegen tun? Du sprachst vom Ausräuchern der Räume.»

Jakub und sein Gehilfe folgten ihm über die Treppe zur Kemenate. Hastig wischte Martí den schweren Eichentisch sauber, während die Magd in den Keller lief, um Wein aus dem Fass zu holen. Jakub war noch mehr in sich zusammengesunken und kleiner geworden, aber seine Bewegungen waren die eines jüngeren Mannes. Sein Assistent wirkte unbeholfen und schüchtern.

«Kennst du schon meinen Neffen Eleazar? Er war einige Jahre in Montpellier, wo er die Artes Liberales studiert hat. Er wird ein besserer Arzt sein als ich. Nach meinem Tod, wenn ich ihn nicht mehr bei der Ausübung seiner Kunst behindere.» Jakub kicherte kurz auf.

«Es dürfte ihm schwer fallen, besser zu sein als du», warf Peire schnell ein. «Was soll es helfen, die Räume auszuräuchern?»

«Weihrauch hilft gegen die Miasmen», begann Jakub. Er räusperte sich. «Die Miasmen sind winzige unsichtbare Tierchen in den Ausdünstungen der Erde und der Luft. Der Römer Terentius Varro meinte, dass sie mit der Luft durch Mund und Nase in den Körper gelangen und dort schwere Infekte erzeugen.»

«Wirklich, eine beunruhigende Vorstellung», sagte Peire.

«Die keineswegs erwiesen ist. Wir wissen nicht mit Sicherheit, wodurch Seuchen dieser Art ausgelöst werden. Sie kommen plötzlich und verschwinden auch wieder. Die meisten Gelehrten glauben, eine unglückliche Sternenkonstellation rufe sie hervor, andere schreiben von gefährlichen Boden- oder Luftausdünstungen. Galen erklärt alles mit der Mischung der verschiedenen Körpersäfte. Nun gut, ich bin kein Gelehrter, sondern ein einfacher Arzt, aber die Jahrzehnte meiner Arbeit haben mich dazu gebracht, in Fällen wie diesen auf Weihrauch zu setzen –»

«Wir haben den Kranken auch Weihrauchpflaster auf die Brust geheftet und ihnen Pillen verabreicht.» Eleazars Stimme war sachlich kühl und bestimmt, jetzt, wo es um die Seuche ging. Peire begriff plötzlich, dass er nicht schüchtern, sondern arrogant war.

«Und, habt Ihr Heilungen damit erzielt?»

Jakub seufzte und zwirbelte seinen Bart. «Jeder dritte unserer Patienten ist gestorben, und die Zahl könnte sich noch erhöhen. Am gefährdetsten sind die kleinen Kinder in den Dörfern. Wenn ich zu Rate gezogen werde, ist es meist schon zu spät. Die Krankheit ist gefährlich und todbringend. Immerhin, einige sind wieder vollständig gesund geworden. Der Junge hier», Jakub wies auf seinen Neffen, der gedankenverloren am Wein nippte, «hat eine Menge Bücher und Schriften mitgebracht. In Toledo haben sie den Kanon des Avicenna übersetzt und das Werk des Abulkasim, du hast den Namen sicher schon gehört. Er war Leibarzt am Hof von Córdoba. Im Gegensatz zu mir will Eleazar all das arabische Zeug anwenden, Pillen und Essenzen. Schau dir seine Augen an, er wird noch blind werden, so viel liest er nachts beim Schein einer Kerze.»

Das Gute sei, führte er weiter aus, dass nicht allzu viele Menschen erkrankten, sondern nur einzelne. Sie alle würden von

Fieber und Gliederschmerzen befallen, der Kehlkopf schwelle an und ein bellender Husten quäle die Unglücklichen. Darauf setze eine allgemeine Schwächung des Körpers ein, an der zahlreiche Kranke schon nach kurzer Zeit verstürben.

Jakub kam in den nächsten Tagen noch einmal, um die Ausräucherung mit Weihrauch in den Räumen der Burg zu überwachen. Beide Stallknechte befanden sich schon wieder auf dem Weg der Genesung. Auch Oswaldo ging es etwas besser. Nina Isabel war jeden Tag bei ihm gewesen, um ihn aufzumuntern.

«Ich werde wieder Purzelbäume schlagen und Euch verhöhnen, Herr.» Er war grau im Gesicht, und ein eigenartiger unangenehm süßlicher Geruch entströmte seinem Mund.

Peire hatte jeden Tag für ihn gebetet und der Heiligen Jungfrau für den Fall seiner Genesung eine Wallfahrt nach Montserrat gelobt.

«Wird er gesund werden?», fragte er Eleazar, der dem Kranken einen stärkenden heißen Trunk verabreichte.

«Er ist es bereits», antwortete der junge Mann gleichmütig. «Die Krankheit ist schon gegangen. Jetzt muss er aromatische und kräftige Nahrung haben, die ihn wieder zu Kräften bringt.»

Und dann wurde Nina Isabel krank, die Seuche traf sie schlagartig. Mit hochrotem Gesicht und verschwitztem Haar lag sie fiebernd auf ihren seidenen Kissen, umklammerte Sebela und rang nach Atem.

«Hol Jakub, nimm mein Pferd, beeil dich», schrie Peire Martí an, der verängstigt neben ihm stand. Auch Mariela war bettlägerig, doch schien die Krankheit bei ihr in einer leichteren Form vorzuliegen. Peire hielt sich nur kurz in ihrer Kammer auf, wo sie, umgeben von ihren Mägden und Unterhalterinnen, halb aufgerichtet im Bett lag. Oswaldo erzählte ihr mit gedämpfter Stimme erbauliche Geschichten. Er war noch zittrig, aber er hatte die Seuche überstanden.

«Sie wird doch wieder gesund werden, Jakub?», stammelte Peire und wusste selbst nicht, warum er den Alten an beiden Ärmeln gepackt hielt. Jakub war wieder mit Eleazar gekommen. Mit ernsten Minen nahmen sie die erforderlichen Untersuchungen vor.

Ninas Blick war glasig, sie murmelte unzusammenhängende Sätze und erkannte ihren Vater nicht. Bei jedem Hustenstoß, der ihren Körper erschütterte, lief ihr Gesicht dunkelrot an.

«Peire, wir müssen abwarten», sagte Jakub leise. «Es ist sehr ernst.»

«Sie ist ein kräftiges Kind. Sie hat alle Kinderkrankheiten überstanden. Sie ist so wie ich. Es gibt nichts, was sie umbringt. Sie ist zäh, verstehst du? Eine richtige Vallderonca, nicht so wie ihre Mutter.»

«Gewiss, Don Peire.»

«Es heißt doch immer, Mädchen sind widerstandsfähiger als Knaben. Mädchen überleben selbst die Blattern. Diese Seuche ist nicht so schlimm wie die Blattern, hast du gesagt.»

«Ich werde einen Aderlass vornehmen», erklärte Jakub, «um das Fieber zu senken. Geht bitte hinaus, bis ich fertig bin.»

«Senhor, macht Euch mit dem Gedanken vertraut, dass Eure Tochter die Seuche vielleicht nicht überlebt», sagte Eleazar leise, als sie draußen im Gang standen. Peire starrte ihn an und hätte ihn am liebsten erschlagen. Der junge Arzt war dumm und ungeschlacht, eine Gefahr für seine Patienten.

«Warum bist du gekommen?», stammelte er dann überrascht, als Urban plötzlich vor ihm stand.

«Ich will mit euch beten», sagte Urban.

«Du kannst wieder gehen. Nina ist stark und kräftig. Die Krankheit wird sie nicht töten.» Peire versuchte Festigkeit in seine Stimme zu legen, aber sie klang zittrig und kläglich.

«Es gibt keine Kraft und Stärke», murmelte Urban, «außer bei Gott. Wie geht es übrigens Mariela?»

«Ich weiß nicht, ich war nur kurz bei ihr. Die Magd sagt, sie fiebert.» Peire fand die Frage übertrieben. Mariela war nicht ernstlich krank. Die Seuche hatte sie nur in einer leichten Form gestreift, wie Jakub ihm versichert hatte.

«Wie geht es Julián?»

«Danke, er ist wieder vollständig genesen. Aber er war sehr krank.»

Peire spürte Erleichterung. So würde sich auch Ninas Krankheit entwickeln. Sie würde sich wieder ganz erholen.

Alles ging zu schnell. Hätte Ninas Krankheit sich länger hingezogen, hätte sie nur ein, zwei Tage länger ausgehalten, da wären Mittel gewesen, ihr zu helfen, wäre der Arzt aus Tarragona vielleicht noch rechtzeitig eingetroffen.

Es war nicht einmal Zeit, Messen lesen zu lassen, Gelübde zu tun und zu beten. Gott half, wenn man ihn anflehte. Er war durch heiße Bitten durchaus zu bewegen.

Eine dicke, schillernde Fliege summte durch den Raum. Im Rundbogen des Fensters tanzte eine übergroße Wespe. Jakub war noch nicht gekommen, bleischwere Mittagsstille hatte sich über die Burg gelegt. Die Magd kam herein mit einer Schale Brei für die kleine Kranke. Peire winkte ab. Es ging Nina zu schlecht, um Essen zu sich zu nehmen. Ab und zu gelang es ihm, ihr einen Schluck Wasser einzuflößen. Ihr Körper glühte, und ihre Atmung war jetzt rasselnd.

Nina bäumte sich auf und verkrampfte die Händchen. Ihr Brustkorb bebte unter einem Hustenanfall. Die Puppe rutschte auf den Boden. Und dann war alles vorbei.

Fernando hatte sich von Leonor auf halbem Weg hinter Gerona verabschiedet. Er musste zurück zu den Truppen des Grafkönigs.

«Warum willst du nicht zurück nach Cervera? Es wäre Zeit, dass die Domna dort nach dem Rechten sieht», versuchte er zu scherzen.

«Ich muss nach Fouzilhon.» Sie sah ihn hilflos an.

«Schon wieder Heimweh nach Okzitanien?»

«Nenn es, wie du willst. Es ist der einzige Ort, an dem ich glücklich bin, wenn du unterwegs bist.»

«Mach dir keine Sorgen. Ich werde bei ihr bleiben.» Magalit lächelte.

«Danke, Magalit. Es ist mir lieber, wenn meine Frau nicht allein ist. Du wirst darauf achten, dass sie nicht zu viel fastet und sich kasteit. Diese Bußübungen sind in Mode gekommen. Aber es wäre mir lieber, wenn du es nicht damit übertreiben würdest, Leonor. Du neigst dazu, alles zu übertreiben.»

Fernando versuchte ein Lachen. Es gab Momente, in denen ihm Leonor nicht geheuer war, wenn ihre Augen zu flackern begannen und ihre Lider zuckten. Sie sprach dann so hastig, dass sie sich verhaspelte. Dann erschien sie ihm nicht mehr begehrenswert weiblich. Sie war zu unruhig. Sie wollte zu viel, sie stellte Fragen, die Frauen nicht stellen sollten. Sie mischte sich in Dinge ein, die sie nichts angingen. Sie machte unangemessene Witze über den König von Aragon. Vielleicht wäre es besser gewesen, Gott hätte Leonor als Mann geschaffen.

Manchmal freute er sich, wenn der Grafkönig ihm die Nachricht zukommen ließ, er müsse zum Heer stoßen. Gewiss, er liebte seine Domna und wünschte sich nichts mehr als wenigstens einen gemeinsamen Nachkommen, mochte dieses Kind weiblich oder männlich sein, es kümmerte ihn nicht. Aber es gab Zeiten, in denen er sich damit abfand, dass es nie einen künftigen Grafen von Cervera geben würde, kein Kind von ihm und Leonor, nur die Bastarde, die er mit Adegunt in Zaragoza hatte, Jaume und Elena. Gott gab jedem alles, so war es, leider aber nicht immer das, was man in heißen Gebeten erflehte. So hatte Gott ihm die beiden illegitimen Kinder geschenkt und die Geliebte Adegunt, die Tochter eines Bäckers, die nichts weiter von ihm verlangte, als dass er zärtlich zu ihr war, wenn er nach Zaragoza kam und sich über den Jungen und das Mädchen und die Fortschritte, die sie machten, freute. Es beunruhigte ihn, wie oft er in den Nächten von Adegunt träumte. Erschreckend war auch, wie wenig Freude es ihm bereitete, mit Leonor zu schlafen. Die anderen Ritter neckten ihn manchmal damit, dass er keine anderen Geliebten außer Adegunt hatte. Fernando el casto, Fernando lebt wie ein Mönch, sagten sie. Worauf andere einwendeten, dass die meisten Mönche ein aufregenderes Leben führten als der Graf von Cervera.

«Ich muss fort, Leonor», sagte er und fühlte sich schuldig.

«Bleib noch», bat sie.

Pflichtschuldig hielt er sein Pferd an und wartete, was sie ihm mitteilen wollte.

«Fernando», murmelte sie, «Euer Leben ist nichts als Kampf und Dienst für den Grafkönig.»

«Es ist viel mehr, es ist ein Dienst für die Christenheit.» Er verfiel wieder in den sachlichen Ton, in dem er abends stundenlang mit ihr redete. «Wir werden die Moros aus der Hispania vertreiben. Wir werden christliche Kirchen über ihren Moscheen errichten und die Minarette niederreißen. Da, wo sie noch wohnen, lebten früher Christen. Es ist unsere heilige Pflicht, dafür zu sorgen, dass der Boden der Hispania wieder christlich wird.»

«Ihr seid mein Gatte. Überall besingen die Troubadoure ihre angebeteten Domnas. Seid ehrlich, gibt es auch in Eurem Leben eine solche Dame, an die Ihr Tag und Nacht denkt?»

«Es gibt keine Domna außer Euch in meinem Leben, ich schwöre es bei Gott», sagte er. Schließlich war die Tochter des Bäckers keine Domna, und er hatte niemals Lieder auf sie gedichtet. Schweigend sah er seine Ehefrau an. Als er jung war, hatten ihn ihre Eleganz und ihre höfische Anmut überwältigt. Jetzt, als reife Frau, war Leonor zu mager und zu nervös, fast das Gegenteil von Adegunt. Fernandos Gesicht wurde finster. Warum spürte er keine Leidenschaft mehr für Leonor? Keinen heißen Abschiedsschmerz, nicht die Lust, ihren Mund zu küssen und sie zu umarmen? Er ärgerte sich über sich selbst und seine Gleichgültigkeit. So hatte er nie sein wollen.

«Ich werde Euch einen Armreif mitbringen, den schönsten, den ich finde.»

«Gott möge Euch beschützen. Kommt lieber gesund zurück, das bedeutet mir mehr als Ringe und Armreifen. Ihr könntet mich zum Abschied küssen.» Ihre Stimme zitterte. Sie war rot im Gesicht geworden. Erwartungsvoll sah sie ihn an.

Er hatte sie nicht geküsst. Kurz gewinkt hatte er und war dann davongeritten. Vielleicht hatte Peire, dieser Idiot, ihm alles gestanden. Leonor biss sich auf die Unterlippe und empfand etwas zwischen Wut und Scham.

«Warum bist du traurig?»

«Ich bin nicht traurig, Magalit.»

«Ich sehe genau, dass du weinst.»

«Ich weine nicht.»

«Fernandos Seele verhärtet sich immer mehr, je mehr Feinde er im Kampf tötet. So sind die meisten Ritter und die Geistlichen auch. Die Männer sind es nicht wert, dass man ihretwegen weint. Sieh mich an, ich lebe ganz gut ohne sie. Du hast gehört, was Fra Roberto über die Ehe und die Erzeugung von Kindern gesagt hat.»

«Ich hätte nichts dagegen, Kinder zu haben.» Leonor trieb ihr Pferd an. Der Wagen hinter ihnen mit den Dienstmägden und dem Gepäck setzte sich ebenfalls wieder in Bewegung.

«Aber du hast keine. Vielleicht will Gott dir damit etwas sagen.»

«Und was sollte das sein?»

«Womöglich gehörst du zu denen, die vollkommen werden sollen.»

«Magalit», fing Leonor an. «Ich habe Angst, dass Fernando eines Tages eine andere Ehe eingeht, viele Männer tun das, wenn sie kinderlos bleiben.»

«Mach dir keine Sorgen, Fernando ist nicht so wie die anderen. Er nimmt alles sehr ernst, er ist ein treuer Diener der Kirche des

Papstes. Er wird dich nicht verlassen.» Magalit glaubte Fernando de Cervera genau zu kennen. «Er ist kein Leichtfuß wie Peire de Vallderonca.»

«Peire de Vallderonca ist von Gott verdammt, alle wissen es.» Leonor nahm das Stichwort sofort auf, sie verspürte einen starken Drang, über Peire zu sprechen.

«Ja, es ist eine bekannte Tatsache.»

Magalit wusste nichts von dem, was in Vallderonca zwischen ihr und Peire vorgefallen war. Leonor beschloss in diesem Moment, Peire nie wieder zu sehen. Auf alle Fälle war Fouzilhon weit entfernt von Vallderonca. Sie sah auf die Berge mit den schneebedeckten Gipfeln. Die Pyrenäen würden bald zwischen ihr und Peire liegen, und sie bedeuteten eine körperliche und geistige Trennung. Außerdem war er zweifellos unterwegs nach Zaragoza.

Sie spürte einen kleinen leichten Schwindel und sah irritiert zu ihrer Schwägerin hinüber, die ruhig neben ihr ritt. Plötzlich hielt Magalit ihren Braunen an, sprang leichtfüßig ab und bückte sich nach einem Gegenstand auf der Straße vor ihnen, der in der Sonne silbern aufblinkte.

«Was hast du da?», fragte Leonor.

Magalit drückte den Gegenstand inbrünstig an die Lippen und ließ ihn dann in der Tasche ihres Reitkleides verschwinden.

«Es ist der Beweis!» Lange hatte Leonor sie nicht mehr so überschwänglich erlebt. «Das Hufeisen, von dem ich heute Nacht geträumt habe.»

«Was soll damit sein?»

Magalit legte lächelnd die Hand auf die Lippen.

«Heute Abend», sagte sie beschwörend, «heute Abend sollst du erfahren, was es damit auf sich hat.»

Sie hatten die Passstraße über die Pyrenäen bei La Junquera genommen, da, wo die Berge am niedrigsten sind und Durchlass gewähren, und kehrten in einem kleinen Gasthaus an der Straße ein, von dem aus man das Meer sehen konnte. Einige Jakobspilger saßen in der verräucherten Gaststube, in der es durchdringend nach Fischsuppe und verschmorten Fischen roch.

Leonor fröstelte, kleine Schauer jagten über ihren Rücken. Immer noch konnte sie nicht fassen, was geschehen war. Wütend darüber, dass Fernando sich wieder sinnlos betrunken hatte, war sie auf Peires plumpe Werbung eingegangen. Ohne jede Scham hatte sie ihn in ihr Schlafzimmer gewinkt. Ohne jede Scham hatte sie – Leonor war den Tränen nahe. Das Spiel zwischen Troubadour und angebeteter Domna verlief normalerweise anders, in kleinen Schritten, wenn es denn überhaupt je zustande kam. Die Domna grüßte den Troubadour, der sie lange umworben hatte, irgendwann mit einem unmerklichen Nicken. Tage später berührte sie ihn vielleicht flüchtig. Noch später sprach sie freundlich mit ihm. Sehr oft wies sie ihn ab. Leonor war fassungslos über sich selbst. Hatte sie es wirklich gewollt? Was mochte Peire de Vallderonca von ihr denken? Am Ende verachtete er sie jetzt. Keine Domna, die auf sich hielt, winkte den Troubadour zu sich herein und fiel ihm um den Hals.

Der Wein, den sie vorgesetzt bekamen, war säuerlich, begann aber langsam, sie zu durchwärmen. Magalit löffelte eine Gemüsesuppe und tunkte ihr Brot hinein.

Leonor dachte zurück an Peires ungestüme Liebkosungen, wehrte sich gegen die Bilder und gab sich gleich wieder der Erinnerung hin, rief sich jede Einzelheit ins Gedächtnis zurück. Angst ergriff sie, Fernando durfte es nie erfahren.

«Woran denkst du?», fragte Magalit.

Leonor schreckte auf. Die Spielregeln dieser Welt waren nichtig und absurd, die Welt war funkelndes Blendwerk, geschaffen von Satan. Als Mensch allerdings war sie ihr ausgeliefert, wohin sie sich auch wendete, ein Spielball teuflischer Mächte.

Es war vorbei, für Monate, für Jahre, für immer. Wie wunderbar es auch gewesen war, es war für lange Zeit vorbei. Sie zuckte zusammen. Ja, es war wunderbar gewesen, so hatte sie es empfunden. Und doch war es eindeutig Sünde und Verrat, gleich, ob sie es nach den Regeln der katholischen Kirche oder denen der albigensischen Christen betrachtete. Peire de Vallderonca hatte sie, die Schwester des Vizegrafen von Béziers und Carcassonne, in Versuchung geführt. Eigenartige Augen hatte er, Falkenaugen. Kein Mensch, den sie kannte, hatte solche Augen. All das, was sie früher in ihm gesehen und an ihm gefürchtet hatte, war er nicht. Er war ganz anders, er war voll Freundlichkeit und guter Absichten, kein Ritter und Kämpfer in der Art, wie die meisten Edlen es waren, und nicht so ernst und streng wie Fernando. Vielleicht konnte sie Peire eines Tages dahin bringen, zu erkennen, dass er sich im Irrtum befand. Dass das Kreuz nichts als zwei Balken war und die Sakramente nichts bedeuteten – dass diese Welt ein verabscheuenswürdiger Ort voller Leiden, Krankheiten und Ungeziefer war, Mord und Totschlag, wohin das Auge sah, Habgier, Neid, Böswilligkeit und Geilheit. Jeder musste doch sehen, wie ungerecht sich die einen ihr Leben lang plagten und die anderen hoch zu Ross in Samt und Seide einherritten. Peire war der Mann, der solche Dinge verstehen würde. Der Wein hatte ihr wieder Kraft und Zuversicht gegeben. Sie war sich wieder sicher: Peire war ein Mann des Wortes und der Gedanken, einer, der zuhörte. Er würde sie mit ihrem neuen Glauben auch weiterhin lieben und nicht verachten. Warum hatte sie ihm nicht mehr von ihrem neuen Leben, von dem, was die Guten Christen wollten, erzählt?

Sie würde fortan den Weg nicht mehr verlassen, den Fra Roberto ihr aufgezeigt hatte. Den Weg der Besserung, der Reinigung, der allein zurück zu Gott führte. Irgendwann wollte sie eine Vollkommene sein.

«Du hörst mir gar nicht zu.»

Leonor sah irritiert zu Magalit hinüber.

«Du benimmst dich, als ob du verliebt seiest. Aber das bist du doch wohl nicht?»

«Warum hast du das Hufeisen aufgelesen?», fragte Leonor schnell, um sie von dem Thema abzubringen.

Magalit sah um sich, ob jemand sie belauschte, dann beugte sie sich vor.

«Es ist kein gewöhnliches Hufeisen», sagte sie feierlich. «Es gehört mir, ich sollte es finden, so hat es mein Traum verkündet. Begreifst du, was ich damit sagen will?»

«Eigentlich nicht.» Wieder war da der leichte Schwindel.

«Viele von uns waren schon früher in einen Körper eingekerkert, in eine elendere, unwissendere Existenz. Ich weiß, dass ich ein Pferd war, der Wallach eines armen Ritters.» Magalit holte das Hufeisen hervor und legte es auf den Tisch. Mit glänzenden Augen sah sie darauf nieder.

«An all seinen Kämpfen nahm ich teil. Ich wurde von den Pfeilen der Moros getroffen und litt schwer an meinen Verletzungen. Ich hatte schwärende Wunden, um die der Ritter sich nicht kümmerte. Hier auf der Straße stolperte ich und verlor dabei dieses Eisen. Ein wenig weiter brach ich zusammen und starb. Mein Reitersmann fluchte nur über den Verlust, ich bedeutete ihm nichts. Auch sein Leben war elend und ohne Hoffnung auf Erlösung. Ich habe ihn wiedergetroffen, mehrere Male, und meine Seele war von Mitleid für ihn erfüllt.»

«Kenne ich ihn etwa auch?»

«O ja, es ist Folquet, der Troubadour.»

«Folquet von Marseille?»

«Ja, er. Auch wenn er nicht ahnt, wer ich bin, fühle ich mich ihm noch immer verbunden.»

«Willst du etwa zu ihm gehen und sagen: Da bin ich, dein ehemaliges Pferd?»

Leonor schwankte zwischen Mitleid und Anteilnahme. Die arme Magalit war verliebt, ohne Hoffnung, von ihrem Angebeteten erhört zu werden. Sie hingegen hatte sich über die irdische Liebe zu Peire erhoben. Sie hatte sie überwunden, sie würde nicht mehr an seinen nackten Körper denken, und wenn seine strahlenden Falkenaugen sie nicht mehr losließen, so war es der göttliche Glanz in ihnen, der sie für immer anzog. Das Licht in seinen Augen zeigte ihr deutlich an, dass er ein gefallener Engel war und nicht zu den Teufeln dieser Welt gehörte.

«Ich fühle mich auch jetzt noch für ihn verantwortlich. Wie oft habe ich ihn damals aus der Gefahr hinweggetragen. Einmal bin ich aus der Schlacht ausgebrochen und in einen Wald geflüchtet. Er prügelte mich halb tot vor Wut, weil seine Gefährten ihn auslachten, aber ich bin sicher, ich habe ihn damals aus großer Gefahr gerettet.» Magalit ließ das Hufeisen wieder in ihrem Kleid verschwinden. «Jetzt bin ich eine Frau von hoher Geburt auf dem Weg, das Consolamentum zu erhalten, und wenn es gelingt, werde ich nach dem Tod als Engel in den Himmel der guten Schöpfung zurückkehren. Ach, Leonor, es wäre so schön, wenn wir zu dritt dort hingelangen könnten, du, ich und Fernando.»

«Fernando würde toben vor Zorn, wenn er unser Gespräch hören könnte. Zwei Häretikerinnen im Hause des Grafen von Cervera, würde er schreien.»

Magalit war fertig mit Essen und schenkte sich Wein nach. Der Page kam mit dem kupfernen Waschbecken und wusch ihr die Hände ab.

«Leg dich schlafen, Junge. Die Augen fallen dir vor Müdigkeit zu.» Magalit wartete, bis er gegangen war.

«Was heißt schon Häresie? Häretiker nennen uns die Angehörigen der Kirche Satans, die für alles und jedes, was sie für die Menschen tun, erst Geld sehen wollen. Das hat Gott nicht gewollt.

Dein verblendeter Ehemann ist so gefangen in seinen Ideen von Kampf und Zerstörung, dass ich manchmal die Hoffnung aufgebe, ihn zu retten. Er vergießt zu viel Blut. Er erreicht diese Einsicht womöglich nicht mehr in seinem jetzigen Leben und muss dazu noch einmal in einem anderen Körper wiederkehren. Als Frau ist es leichter, die Rettung zu finden. Und doch höre ich nicht auf, mir vorzustellen, dass wir zusammen in den Himmel zurückkehren.»

Mit Fra Roberto, dachte Leonor. Ohne, dass sie es wollte,

huschte ein Lächeln über ihr Gesicht. Wir wären nicht mehr Männer und Frauen, sondern nur noch wir selbst. Irgendwie missfiel ihr allerdings der Gedanke, dass der Fra dann kein Mann mehr wäre.

«Wo ist Fra Roberto?», fragte sie.

«Er wollte nach Montpellier. Vielleicht begegnen wir ihm unterwegs.»

Leonor schoss das Blut in die Wangen. Sie würde Fra Roberto berichten, was mit Peire und ihr geschehen war. Gleich, was er von ihr dachte, sie wollte seinen Rat hören. Nicht den eines Beichtvaters der päpstlichen Kirche, diesen Männern konnte man nicht vertrauen, schuldbeladen und sündig, wie sie waren. All diese höheren und niederen Kleriker gingen höchst weltlichen Vergnügungen nach. Sie waren geldgierig, hinter den Frauen her und verfressen. Es gab fanatische Jäger unter ihnen, ebenso wie solche, die versessen auf Knaben waren. Leonor hatte genug Bischöfe, Äbte und Priore erlebt. Einige trugen sogar ihre Beizvögel mit sich, wenn sie zur Messe gingen.

Fra Roberto aber lebte keusch und in Armut, wandelte auf den Spuren des Evangeliums, bemüht darum, die Seelen der Gläubigen zu retten. Kein Wunder, dass die einfachen Menschen hinter ihm herliefen und ihm blind vertrauten.

«Hoffentlich treffen wir ihn und haben Gelegenheit, mit ihm zu sprechen», sagte sie voller Sehnsucht.

Marrakesch, 1200

Die Nacht war die schlimmste seit langem gewesen. Kholla wusste, dass sie ruhig bleiben musste. Von ihr hing alles ab. Nur sie, die Mutter, konnte ihren Sohn retten, der seit dem frühen Tod ihres Mannes an diesen Hustenanfällen litt und ein paar Mal fast an ihnen erstickt wäre. Die Nacht hatte er, Allah war dafür unendlich zu danken, wieder einmal überstanden. Die Medizin, die der Hakim dem kleinen Patienten mühsam verabreicht hatte, wirkte endlich.

Keuchend saß Sofian auf dem Diwan, das Gesicht von Schweißperlen besetzt, den Oberkörper auf Kissen gestützt, ein zehnjähriger Junge, so fettleibig, dass er kaum laufen konnte. Die verängstigten dunklen Augen waren auf Kholla gerichtet.

«Täubchen», murmelte Hati begütigend, «das Schicksal hat die Farbe des Chamäleons. Es ist ihm lange Zeit besser gegangen, und er wird sich wieder erholen.»

Es war nicht wahr. Die Anfälle hatten sich den Sommer über gesteigert.

«Mein Chamäleon ist immer schwarz», sagte Kholla traurig.

«Geht nur zu den Mädchen, *Saida*, ich warte hier bei Sofian.»

Die Mädchen im großen Raum nebenan wurden hörbar immer unruhiger, je länger ihre Lehrerin sie warten ließ.

Karabey, der syrische Hakim, war mit der Untersuchung fertig. Er lächelte, als er sich der Mutter seines Patienten zuwandte, und Kholla empfand dieses Lächeln nicht als Trost, sondern als Anmaßung.

«Was ratet Ihr mir?»

«Erschreckt nicht, Saida, aber ich muss die Kur mit ihm machen, von der wir gesprochen haben. Es ist der einzige Weg, ihn gesund zu machen. Gestattet Ihr es?»

«Ich muss es gestatten, alles, wozu Ihr ratet.»

«Vertraut Ihr mir?»

«Ihr habt ihn jedes Mal gerettet.» Khollas Stimme zitterte.

«Ich werde Sofian für einige Zeit ans Meer bringen. Er soll dort im Sand herumlaufen und seine Lungen mit der feuchten reinen Luft anfüllen.»

«Aber er wird den Weg dorthin nicht überstehen. Und – Ihr wisst doch, wie schwer ihm das Laufen fällt.»

«Ich werde dabei sein», beruhigte sie der Hakim.

«Und ich? Ich muss mitkommen.»

«Nein, Saida. Es ist nicht gut, wenn Ihr dabei seid.»

«Aber ohne mich würde er doch nur neue Anfälle bekommen.»

«Saida, vertraut auf Euren Sohn. Er ist viel stärker, als Ihr denkt.»

«Seine Sachen sind alle gepackt», versicherte Hati.

«O nein», murmelte Kholla.

«Die Diener und die Packtiere werden gleich kommen», sagte Karabey sanft. «Saida, Ihr wollt doch das Beste für ihn. Wenn er hier bleibt, wird er sterben. Es muss sein.»

Wieder sagte sich Kholla, dass von ihr alles abhing und sie jetzt keinesfalls in Tränen ausbrechen durfte.

Sie trat an den Diwan und strich Sofian über die Stirn. Dann nahm sie die Kette mit dem Medaillon vom Hals und zog sie ihm über den Kopf.

«Es wird dich schützen, wo immer du auch bist.»

«Allah wird dich schützen, Kind.» Liebevoll umarmte Hati den Jungen, der angstvoll die Vorbereitungen für seinen Aufbruch beobachtete.

Kholla zog den Schleier vor ihr Gesicht, als die kleine Karawane vor der Tür des Hauses sich in Richtung auf das *Bab* Agnaou bewegte. In verkrampfter Haltung saß Sofian auf einem mageren grauen Esel und blickte starr geradeaus.

«Saida, rennt nicht hinterher. Lasst ihn ziehen. Es muss sein.» Hati war einerseits froh, andererseits aber auch erstaunt, dass der

Junge so klaglos seine Mutter verlassen hatte. Er wusste nicht, wie lang sie getrennt sein würden. Karabey hatte ihm gegenüber nur von einem kürzeren Ausflug ans Meer gesprochen. Dort sei ein kleiner Hund, den Sofian persönlich abholen sollte, um ihn mit nach Hause zu nehmen.

«Wenigstens bis zum Stadttor –»

Hati hielt Kholla am Arm. «Nein, bleibt hier. Es ist gleich vorbei.»

«Wenn er auf dem Weg stirbt –»

«Der Hakim ist bei ihm. Sofian ist jung. Er wird die Reise überstehen –»

Mit hängenden Armen trat Kholla zurück. «Sag den Mädchen, sie sollen nach Hause gehen. Morgen werde ich sie wieder unterrichten.»

Es war grausam und ungerecht. Kholla kniete auf dem Plattenboden des Innenhofs und schlug die Trommel trotz der mittäglichen Stunde. Zum dritten Mal hatte Allah ihr den liebsten und wichtigsten Menschen genommen. Das erste Mal hatte sie diesen Schmerz empfunden, als Peire, der junge Godo, grußlos an ihr vorbeigegangen war. Es war so verletzend, so erniedrigend gewesen. Sie hatte niemals verstanden, warum er von einem Tag auf den anderen nichts mehr von ihr wissen wollte.

Ziryab, ihr Vater, war so weise gewesen, sie bald darauf mit dem verwitweten Kaufmann Abu Dawud zu verheiraten, dessen Stammhaus sich in Marrakesch befand, unweit der Residenz des Kalifen. Sie war erleichtert, so weit fort von Zaragoza zu sein. Das war ihr am wichtigsten gewesen, sie wollte Peire de Valldaronca nie wieder in ihrem Leben begegnen. Doch schon bald nach ihrer Hochzeit erkannte sie, dass Abu Dawud ein Mann von großer Güte und Sanftmut war, der die Bücher liebte und einen ganzen Raum in seinem Haus mit ihnen gefüllt hatte. Wenn er auch völlig anders war als Peire, so begann sie ihn doch zu lieben. Er ermunterte seine junge Frau, zu singen und zu tanzen, und schlug ihr vor, eine Schule für junge Mädchen zu eröffnen, wo sie ihre Kenntnisse weitergeben konnte.

Die Zeit mit Abu Dawud war kurz und glücklich gewesen. Der einzige Streit, den sie miteinander gehabt hatten, war nach der Geburt des Sohnes um die Namengebung gegangen. Abu Dawud bestand darauf, den Neugeborenen «Sofian» zu nennen, während Kholla ihn heimlich «Ziryab» rief und sich ausmalte, er werde ein berühmter Sänger wie sein Großvater.

«Er kann gerne singen. Aber seine Aufgabe wird es sein, meine Geschäfte weiterzuführen und die Karawanen zu organisieren», erklärte der stolze Vater. Aus seiner vorangegangenen Ehe hatte er zwei Töchter, die beide kinderlos verheiratet waren, sodass seine Hoffnungen sich auf Sofian richteten.

Der Kleine war gesund und fröhlich gewesen, ein Säugling, der gut gedieh und selten unruhig war. Sofian hatte gerade die ersten Schritte getan, als Allah, dessen Gedanken die Menschen nicht immer begreifen können, Abu Dawud in die Gemeinschaft der Gläubigen heimrief. Er war nicht krank gewesen, sondern brach auf dem Rückweg von der Moschee auf der Straße zusammen und war sofort tot. Als die Nachbarn ihn in sein Haus zu Kholla brachten, die sich weinend über den Leichnam warf, kam ihr der Gedanke, dass sein plötzlicher unerwarteter Tod der erste wirkliche Schmerz war, den ihr Mann ihr zugefügt hatte.

So glücklich sie in der Residenzstadt im Schatten der schneebedeckten Atlasberge mit ihren neu errichteten prächtigen Gebäuden und Moscheen, den blühenden Gärten und dem quirligen Völkergemisch aus Arabern, Berbern, Juden und Franken bisher gewesen war, mit Abu Dawuds Dahinscheiden legte sich lähmende Stille über das herrschaftliche Riad unweit der Kasbah des Kalifen. Kholla konnte nicht weinen, so groß war ihr Entsetzen über seine Abwesenheit. Sofian, der ständig hinter ihr herlief, war in dieser Zeit kein Trost. Sie sprach nicht mit ihm, sie spielte nicht mit ihm, sie schrie ihn an, wenn er ständig nach ihr griff, und überließ ihn der Fürsorge Hatis. Der Schmerz war ganz ähnlich wie der um Peire, genau so ohnmächtig, genau so ausgeliefert fühlte sie sich auch diesmal. Wenn sie zu singen versuchte, war ihre Stimme seltsam gepresst und schwach.

Bald darauf setzten die nächtlichen Erstickungsanfälle Sofians ein. Zunächst hielt sie die Husterei des Kindes für eine vorübergehende Erkältung, bald aber schon wurde sie immer bedrohlicher. Sofian hustete nächtelang. Kein Arzt in der Stadt konnte das Leiden lindern, erst der Syrer Karabey hatte Medizin und Diätvorschläge, die das Leben Sofians spürbar erleichterten.

Sie hatte sich nach seiner Erkrankung sehr um Sofian gesorgt. Vor allem ging es darum, ihn vor Erkältungen zu schützen. Sie verbot ihm, draußen auf den Straßen mit den ungezogenen Jungen der Nachbarn zu spielen. Er nämlich war ein empfindsames Kind, unfähig, bei diesen wilden Knabenkämpfen und Schlägereien mitzuhalten. Sofian schlug nie zurück, wenn andere ihn angriffen, sondern rannte weinend zu seiner Mutter ins Haus zurück. Er wollte gar nicht mit anderen Kindern zusammen sein. Er suchte die Gespräche mit Erwachsenen.

Es kam hinzu, dass die Kinder ihn hänselten, weil er korpulent war.

Ja, sie hatte ihn beschützt wie eine Löwin ihr Junges. Und jetzt – Kholla nahm die Hände von der Trommel – hatte Sofians Leiden dazu geführt, dass sie beide, die Mutter, die nichts auf der Welt hatte als ihn, und ihr einziger Sohn, für lange Zeit voneinander getrennt waren.

Kholla horchte in die mittägliche Stille des Hauses. Nur der Brunnen im Innenhof plätscherte leise vor sich hin. Sonst hatte da immer Sofian gehustet oder nach ihr gerufen.

Wer war sie eigentlich noch, ohne Peire, ohne Abu Dawud, ohne Sofian?

Über dem Bergwald hinter Vallderonca hatten sich spätsommerliche Gewitterwolken zusammengeballt. Es war drückend schwül. Ab und zu zuckte ein Blitz über den Himmel. In der Ferne rollte der Donner.

«Hör endlich auf, dumme Sprüche zu reißen!» Hasserfüllt stieß Domna Elvira mit der Spitze ihres Stocks nach Oswaldo. «Such dir einen neuen Herrn. Hier hast du keine Zukunft vor dir.»

Der Hofnarr saß auf der Fensterbank des Zimmers, in dem Domna Elvira lebte, und wischte sich die Augen unter den buschigen schwarzen Brauen. Der runde Raum im obersten Teil des Burgturms war kaum größer als eine Mönchszelle, besaß aber den Luxus eines orientalischen Teppichs sowie lederner Vorhänge vor dem schmalen hohen Fenster. Ansonsten enthielt er außer dem Bett nur noch einen Betschemel, einen Kruzifixus an der ungetünchten Wand aus rohem Bruchstein und ein Säulenkapitell mit der Heiligen Jungfrau und dem Jesuskind, die die Anbetung der Heiligen Drei Könige entgegennahmen. Eine Nische in der Wand, durch einen Vorhang abgetrennt, enthielt Kleidung und persönliche Gegenstände der einstigen Herrin von Vallderonca.

«Es ist vorbei mit dem Geschlecht derer von Vallderonca», sagte Domna Elvira. Es hörte sich an, als sei sie erleichtert.

Oswaldo sah auf. «Noch lebt Euer Sohn, und er ist jung.»

«Er ist von Gott verflucht. Jeder sieht es jetzt. Peire selbst wird es auch begreifen müssen. Er hätte nie nach Vallderonca zurückkehren dürfen!»

«Ihr selbst wolltet es so.»

«Es war kein anderer da.»

«Don Julián hatte einen anderen erwählt.»

«Den Bastard! Hör auf damit. Peire schien mir besser als der elende Mönch. Aber ich habe mich geirrt. Gott hat ihn verflucht.»

«Domna», Oswaldo erhob sich, um zu gehen, «Ihr habt ihn verflucht, Ihr allein. Was Gott über ihn denkt, weiß nur Gott.»

«Scher dich fort, Krüppel», schrie Domna Elvira. Der Stock mit dem Elfenbeinknauf flog haarscharf an Oswaldos Kopf vorbei und polterte durch die geöffnete Tür die Wendeltreppe hinab.

Oswaldo blieb einen Moment lang im Türrahmen stehen. Domna Elvira war in ihren jungen Jahren schön und lustig gewesen. Sie hatte sich stets mit einer Gruppe von Narren und Joglars umgeben, darunter er. Nie war sie eine witzige Antwort schuldig geblieben, wenn ein Senhor ihr gegenüber einen Scherz gemacht hatte. Schöne adlige Frauen gab es damals wie heute viele. In gewisser Weise war es der Reichtum, der schön machte. Aber nur wenige Frauen hatten so scherzen können wie Domna Elvira in ihrer Jugend. Oswaldo erinnerte sich, wie sie, damals gerade mit dem Conde Julián verheiratet, König Alfonso so zum Lachen gebracht hatte, dass er ein Stück Hähnchen quer über die Festtafel in das verblüffte Gesicht des Erzbischofs von Zaragoza gespuckt hatte.

«So etwas erwarte ich eigentlich von dir», hatte Don Julián bei dieser Gelegenheit zu ihm gesagt. «Schließlich bist du der Narr.»

Nach dem Tod ihres älteren Sohnes hatte sie nie mehr gelacht. Tagelang hatte sie in der Klosterkapelle bei seinem Sarkophag ausgeharrt, danach bezog sie das Turmzimmer, wo sie nur noch betete und weinte. Später nach Peires Hochzeit mit Mariela de Cuenca hatte sie sich so weit gefasst, dass sie sich wieder um die Verwaltungsarbeiten der Grafschaft kümmerte. Mit ihrer Enkelin Nina Isabel war sie nicht unfreundlich, aber doch in eigenartiger Distanz umgegangen, während sie ihrer Schwiegertochter sogar menschliche Anteilnahme und Wärme entgegengebracht hatte.

Es war nicht so, dass sie mit Peire gar nicht mehr sprach, im Gegenteil, sie suchte sogar das Gespräch mit ihm. Vom Hof in Zaragoza war er damals als geschätzter Troubadour zurück nach Vallderonca gekommen. Aber er hatte sich nicht so entwickelt, wie sie es sich gewünscht hätte.

«Niemand hat das Recht, einen anderen Menschen zu verfluchen.»

«Doch, ich habe es», sagte Dona Elvira wieder ruhig, «ich bin seine Mutter.»

«Meint Ihr nicht, er hätte Euer Mitleid verdient? Jetzt, wo er an einem Tag Frau und Kind verloren hat?»

«Hat er denn Mitleid mit mir?»

«Dann werde ich für ihn beten», murmelte Oswaldo und stieg bedächtig die Treppe hinunter. Auf halber Höhe fand er den Stock der Domna.

Krüppel. Oswaldos Brust hob und senkte sich zornig. Sie war ganz anders gewesen, damals, als sie um die zwanzig war. Manch ein Sänger hatte Lieder für sie gesungen – Lieder über die erbarmungslose Domna mit den grünen Augen. Sie hatte keinen von ihnen erhört, kaum einem zugelächelt. Ihn aber und die Herrin hatte immer mehr verbunden. Er war ihr Vertrauter gewesen, dem sie ihre Sorgen und Kümmernisse mitteilte. Ihm hatte sie sich anvertraut, damals in der schweren Zeit, als Conde Julián nicht von der Cavalgada gegen die Moros zurückkam. Er hatte ihr Mut zugesprochen, als der Senhor mit der fremden Frau und dem kleinen Aslan zurückgekommen war. Oswaldo kannte fast alle Schmerzen der alten Domna. Die Schmerzen waren größer gewesen als ihre Freuden.

Einmal, ein einziges Mal, im Übermut nach einem rauschenden Fest, hatte sie ihn an sich gedrückt und geküsst. Er hatte es nie vergessen.

Oswaldo hob den Stock auf und schleuderte ihn nach oben zurück.

Rodrigo schluchzte krampfartig und unbeherrscht wie ein Kind, dabei sollte er eigentlich seinen Herrn stützen, der aber gerade jetzt keine Hilfe brauchte. Peire fühlte sich zwar wie im Fieber, war aber bemüht, sich so zu verhalten, wie es Mariela und Nina Isabel erwartet hätten. Neben ihm saßen Marielas alte Eltern, vom Weinen geschüttelt.

Urban las die Totenmesse in der Klosterkapelle und hielt eine

Gedenkrede, bei der er von Mariela allerlei Anekdoten erzählte, die Peire völlig unbekannt waren. Er erfuhr, dass seine Ehefrau dem Kloster mehrere Altardecken gestiftet hatte, einen goldenen Leuchter und eine Figur des heiligen Josef. Es waren auch einige verwaiste Dorfmädchen anwesend, um die Mariela sich persönlich gekümmert, die sie mit Kleidung und Nahrung versorgt und denen sie etwas Lesen und Schreiben beigebracht hatte. Die Mädchen waren oft bei ihr auf der Burg gewesen, hatten sie unterhalten und mit ihr Stick- und Webarbeiten gefertigt. Im Anschluss an Urbans Ansprache erhoben sie sich und trugen mit fester Stimme ein geistliches Lied an die Jungfrau Maria vor, das Mariela gedichtet und in Musik gesetzt und oftmals mit ihnen gesungen hatte.

Es war als Musikstück gar nicht so übel, und Peire musste schluchzen vor Betrübnis darüber, wie oft er Mariela angefahren hatte, wenn er sie singend oder flötend in der Kemenate antraf. Er hatte ihr nichts zugetraut, weder besondere Gedanken noch besondere Gefühle, und am wenigsten, dass sie von einem auf den anderen Tag sterben könnte.

Genau das aber hatte sie getan, eigentlich ohne Grund, wie Eleazar, der junge Idiot von Arzt, betroffen diagnostiziert hatte. Die Seuche sei in ihrem Fall nicht sonderlich stark ausgeprägt gewesen. Und es konnte auch nicht der Schmerz über Ninas Tod gewesen sein, der sie getötet hatte, denn Peire hatte allen verboten, ihr davon zu berichten.

Domna Elvira saß in einigem Abstand von Peire zwischen Oswaldo und ihrer alten Hofdame. Sie hatten miteinander kurz über die Einzelheiten der Begräbnisfeierlichkeiten gesprochen und den Steinmetz aus Tarragona herbeirufen lassen, der aber noch nicht gekommen war. Sie hatten sich bei diesen Gesprächen nicht berührt und versucht, Fassung zu bewahren. Keiner hatte ein Wort des Trostes an sein Gegenüber gerichtet.

Die Holzsärge waren in die eingelassenen Nischen geschoben und verschlossen worden. Aufschluchzend drückte Peire die

Stirn gegen die Wand. Er nahm nicht wahr, wie die Trauergäste den Raum verließen. Nur Urban kniete noch neben ihm auf dem Boden und betete leise.

Als Peire ein aufdringliches Rasseln und Klappern hörte, drehte er sich um. Zwei in Lumpen gekleidete Gestalten betraten hinkend, eine hölzerne Rassel schwenkend, die Gruft.

Fragend sah Peire zu Urban hin.

«Verzeiht, eine Delegation der Aussätzigen. Ich habe ihnen gestattet zu kommen. Auch um sie hat sich Mariela gekümmert. Sie war einige Male bei ihnen, um ihnen Trost zuzusprechen. Du weißt ja, wie sie war.»

Peire wusste es nicht.

«Sie war völlig furchtlos.»

Die beiden Aussätzigen blieben in gehörigem Abstand vor den beiden stehen, verneigten sich und knieten dann nieder, um ein Gebet zu sprechen.

Mit einem kurzen Blick sah Peire, dass ihre Hände verstümmelt waren und ihren Gesichtern die Nasen fehlten. Er zwang sich, auf sie zuzugehen. Sie wichen zurück, und er blieb ratlos stehen.

«War Domna Mariela bei Euch im Dorf der Aussätzigen?», fragte er.

«Ja, sie hat Brot und Früchte zu uns gebracht und neue Kleidung. Am ersten Sonntag eines jeden Monats hat sie uns aufgesucht. Wir mussten sie bitten, nicht zu nahe an uns heranzutreten. Sie war voller Mitleid. Gnädiger Herr, Ihr dürft gewiss sein, sie und Eure Tochter sind bei Gott im Himmel, wo es leichter und schöner ist als auf dieser Erde.»

Unter Verbeugungen entfernten sie sich. Ein muffig widerlicher Geruch blieb in der Gruft zurück.

Peire stand wie erstarrt. Er hatte sich Ninas wegen nichts vorzuwerfen. Sie war sein Glück und sein Stolz gewesen, und er hatte ihr das gezeigt. Mariela aber hatte in der letzten Zeit, selbst in den Tagen ihrer Krankheit, kaum ein gutes Wort von ihm zu hören bekommen.

«Wenn ich von diesen Besuchen in der Schlucht bei den Aussätzigen gewusst hätte, hätte ich es ihr verboten», sagte er und lehnte sich an Urbans Schulter. «Sie war anders, als ich dachte. Ich wollte gar nicht wissen, was sie tut und denkt. Und jetzt ist sie tot.»

Sie war ihm gleichgültig gewesen, an manchen Tagen sogar lästig. Nicht dass er plötzlich leidenschaftliche Gefühle ihr gegenüber empfunden hätte, er wünschte nur, sie gerecht und freundlich, so, wie es ihr zugekommen wäre, behandelt zu haben. Vorbei.

Urban legte die Arme um ihn und stützte ihn.

Allerlei Freunde und Verwandte waren hastig eingetroffen, keine geladenen Gäste, dazu reichte die Zeit nicht aus, sondern ein bunt zusammengewürfelter Haufen, den der Zufall zusammengeführt hatte. Völlig unerwartet war Jordi de Montcada gekommen, er hatte die traurige Nachricht unterwegs auf dem Weg nach Zaragoza erhalten und war eilig zurück nach Vallderonca geritten, um Peire beizustehen.

«Sie wäre meine Schwiegertochter geworden», flüsterte er liebevoll und legte Blumen in der Gruft vor den beiden Grabstätten nieder.

Peire, der ihm niemals so viel Zartgefühl zugetraut hätte, stand schluchzend neben ihm.

«Danke, dass du gekommen bist, Kröte.»

«Krötenfresser, versprich mir, wenn du nochmal eine Tochter –»

«Red nicht solche Scheiße.»

«Entschuldigung, Krötenfresser. Kommst du mit auf die Cavalgada?»

«Ich kann nicht.»

«Glaub mir, es bringt dich auf andere Gedanken.»

«Ich kann jetzt niemandem mit dem Schwert über den Schädel schlagen. Ich möchte mich verkriechen oder sterben oder schreien –»

«Ebendeshalb, komm mit. Es ist deine Christenpflicht. Und – du wirst Land als Beute zugeteilt erhalten. Wenn du nicht dabei bist, gehst du leer aus.»

Peire wollte keine Dörfer erobern, ihn interessierte keine Landzuteilung. Land – für wen? Warum, wozu?

«Ich kann nicht.»

Peire war in aufgewühlter Stimmung gewesen, solange die Feierlichkeiten und Totengebete anhielten. Erst als die Trauergäste die Burg verlassen hatten, fiel ihn etwas Unbekanntes an wie ein bösartiger Luchs, krallte sich fest auf seiner Brust und nahm ihm den Atem. Überwältigt von etwas, das stärker war als der Feind in der Schlacht, begriff Peire, dass er kämpfen musste, wenn er nicht untergehen wollte. Es ging nicht um die Art von Kampf, die Jordi meinte. Dazu war er vorerst nicht willens und fähig. Er fühlte sich wie eine aus ihrem Panzer gezerrte Schildkröte, ungeschützt ausgesetzt. Nachdem er ihn verloren hatte, konnte er ihn nie wiedergewinnen.

Rodrigo und Lanfranco dichteten Planhs und erwarteten, dass Peire sie mit Rührung anhörte. Stattdessen teilte er ihnen mit, dass ihre Dienstzeit bei ihm zu Ende sei.

«Was werdet Ihr tun, Senhor?», fragte Rodrigo, sichtlich erschreckt.

«Ich weiß es nicht. Aber nichts mehr wird sein, wie es vorher war. Ich werde mich in ein Kloster zurückziehen oder –» Ja, das wollte er, wieder einen schützenden Panzer über seine wunde Haut legen und sich in ihm verkriechen.

Plötzlich wusste er es. Er würde sich als Eremit in die Berge zurückziehen, barfuß, nur ein härenes Gewand aus Ziegenwolle am Körper, mit nichts in der Hand, ohne Geld. Fortan würde er nicht mehr der Graf von Vallderonca sein, sondern Bruder Peire. Er würde von ausgegrabenen Wurzeln und Gräsern leben. Von morgens bis abends würde er beten und um Vergebung seiner Sünden bitten. Und vor allem, er würde von morgens bis abends an Nina Isabel und Mariela denken. Alles, was er versäumt hatte, würde er nachholen in liebevollem Gedenken bis ans Ende seines Lebens.

Rodrigo und Lanfranco waren draußen vor der Burg mit ihren Pferden unterwegs, warfen Speere und übten für zukünftige Kämpfe. Unaufhaltsam ging das Leben weiter, die Pferde mussten in Bewegung gehalten werden, Ritter und Knappen mussten täglich gewisse körperliche Übungen verrichten für den Tag der Schlacht, der irgendwann unweigerlich kam. Peire blickte umher. Auf der Eckbank am Kamin, in dem das Feuer erloschen war, hockte Oswaldo und sah zu ihm hinüber.

«Ich wollte, ich wäre ein Jahr weiter», murmelte Peire. «In einem Jahr ist es besser, was meinst du?»

«Mach dir nichts vor, du brauchst sieben Jahre.»

«Woher willst du das wissen?»

«Ich hatte auch einmal Frau und Kinder.»

Dunkel erinnerte sich Peire, dass Oswaldo verheiratet gewesen war mit einer Frau, die er immer als zu hübsch für den Hofnarren empfunden hatte. Von Kindern wusste er nichts. Oswaldo war für ihn Narr und Zwerg gewesen, alles Weitere hatte ihn nicht interessiert.

«Die Blattern», erklärte der Bucklige. «Eigentlich sollte man sich über sein Kind erst freuen, wenn es die Blattern überstanden hat – jedes zweite stirbt ja daran. Jeder weiß, dass es so ist. Und trotzdem fängt man an, den Himmel zu verfluchen, wenn es die eigene Familie trifft. Sie starben kurz hintereinander, der Junge und das Mädchen. In gewisser Hinsicht war ich sogar froh, dass keins von ihnen allein blieb. Verstehst du, was ich meine? Sie gehörten zusammen.»

Oswaldo starrte vor sich hin, und ihm war anzusehen, dass er über die Vergangenheit keine weiteren Worte verlieren würde. Dann zog er die buschigen schwarzen Brauen zusammen und fügte doch noch etwas hinzu. «Jedes Jahr wird es besser», versuchte er zu erklären. «So wie nach dem Regen auf einem gepflasterten Platz. Die trockenen Stellen werden immer größer, und in den Ritzen wächst das Gras.»

Jeder Schritt war Schmerz in einer Welt ohne Nina Isabel und Mariela. Ein Schwarm Tauben flog über Peire hinweg, drehte eine Runde über den Steineichen und ließ sich dann flügelflatternd und gurrend in den Zweigen nieder. Die gescheckten Schweine scharrten nach Eicheln, und im Kloster gingen sie ihren Arbeiten und Stundengebeten nach, der Lauf des Lebens war nur kurz unterbrochen worden, vielleicht noch nicht einmal das. Eine Burgherrin und das Kind des Grafen waren gestorben, was Anlass zu einer ergreifenden Feier gegeben hatte, aber schließlich ging das Leben weiter. Immer wieder waren Herrschaften zu Grabe getragen worden, und es würden weitere folgen – so war es nun mal.

Peire begrüßte Francisca höflich, die ihm aus Urbans Gemächern entgegenkam, und ließ sich auf der Sitzbank nieder, die für Gesprächspartner des Priors bereitstand.

Über seinen Entschluss hatte er inzwischen ein paar Nächte geschlafen, genauer gesagt, gewacht. Wenn er endlich Schlaf fand, schlief er friedlich und befreit, im Aufwachen begriff er langsam wieder, dass er Peire de Vallderonca war, dem Nina Isabel und Mariela innerhalb von zwei Tagen verstorben waren. Lanfranco und Rodrigo, obwohl von ihm entlassen, harrten immer noch in der Burg aus, so, als wollten sie warten, bis Peire wieder der Alte war. Sie hofften vergeblich. Peire wusste, dass er alles daransetzen musste, das neue Leben als Bruder Peire zu beginnen, das alte war so schmerzbehaftet.

Wie ein Gespenst fühlte er sich, einer, der in dieser Welt seinen Platz verloren hatte und nichts mehr in ihr zu suchen hatte.

So knapp und sachlich, wie es ihm möglich war, teilte er Urban seine Pläne mit. Die ihm persönlich gehörenden Ländereien würde er dem Kloster schenken, das Lehen an den Grafkönig zurückgeben mit der Bitte, dass seine Mutter bis auf Weiteres dort ihren Wohnsitz behalten dürfte mitsamt Oswaldo und ihrer Hofdame. Er selbst wollte als Eremit auf die Berghöhe hinter dem Kloster ziehen. Soviel er wusste, hatte es dort in früheren Zeiten einen solchen gegeben, der in der Höhle unter dem Sandsteinfelsen jahrzehntelang bis zu seinem Tod gelebt hatte.

«Ich möchte sieben Jahre dort bleiben, vielleicht auch länger.»

Urban lehnte sich zurück und sah ihn zweifelnd an.

«Drei wären schon viel.»

«Sieben.»

«Hör zu, mein Sohn, der Felsen steht dir zur Verfügung, wenn du das möchtest», sagte Urban. «Aber was deine Schenkungsabsichten angeht, so werden wir dein Angebot nicht annehmen. Nicht jetzt.»

«Warum nicht?», fuhr Peire auf.

«Beruhige dich. Es ist alter Grundsatz, kein großes Geschenk anzunehmen, das ein Mensch im ersten Schmerz machen will. Du brauchst Zeit. Warte ein Jahr. Oder besser zwei.»

«Da gibt es nichts zu überlegen. Auch in einem Jahr wird mein Kind tot sein. Und in zwei Jahren auch.» Peire schluchzte auf, und es war ihm nicht peinlich.

«Deine Tochter ist bei Gott, wo sie lebendiger ist als du hier auf Erden. Tot im irdischen Sinn werden wir früher oder später alle sein. Und außerdem, wenn Gott will, wirst du andere Kinder haben», sagte der Prior sanft.

«Nein, niemals.»

«So, wie du eine andere Frau haben wirst.»

«Auch das nicht.»

Urban lächelte.

«Ich werde die Al-ud nie wieder anrühren. Ich werde Leonor nie wieder sehen. Du weißt, die Domna, von der ich dir in der Beichte erzählt habe.»

«Ich wusste immer, dass Leonor gemeint war, Sohn.»

«Mein Entschluss steht fest», sagte Peire. «Aber ich möchte nicht ohne Euren Segen auf den Felsen gehen.»

«Ich werde ihn dir nicht verweigern», sagte der Prior nach kurzem Nachdenken. Wie immer bei ihren Gesprächen wechselten sie zwischen förmlichem «Ihr» und herzlichem «du».

«Allerdings möchte ich vorschlagen, dass Ihr nicht untätig sein sollt.»

«Ich werde die Stundengebete vollziehen wie ein Mönch.»

«Ich dachte an mehr. Ihr könntet eine Kapelle für die Muttergottes errichten.»

Urbans Vorschlag erschreckte ihn.

«Dort oben auf der Höhe? Wie soll ich das tun? Ich bin kein Architekt.» Er wollte zu nichts verpflichtet werden. Verstand Urban denn nicht, dass er in seinem Schmerz unfähig war, auch nur an ein solches Bauwerk zu denken, geschweige denn mit eigener Hand – ja was eigentlich? Bäume fällen, Steine herantragen und aufschichten, er hatte keine Ahnung, wie so etwas ging.

«Ihr versteht genug davon, um ein einfaches Gebäude mit Eurer Hände Arbeit zu errichten. Dazu braucht Ihr nicht viel Werkzeug.»

«Vielleicht später. Jetzt ist es völlig unmöglich.»

Urban nickte.

«Habt Ihr vielleicht eine Büßerkutte im Kloster für mich?»

«Ja, sicher.» Urban rief wieder nach Francisca. «Aber doch nicht jetzt schon?»

«Doch», sagte Peire und begann, sich die Stiefel von den Füßen zu zerren. «Ich will ab sofort Bruder Peire sein, und ich werde Euch als meinem Prior gehorchen.»

Rodrigo begrüßte Peire nur knapp, ohne ihn zu erkennen, als er mit gesenktem Blick den Burghof betrat. Niemand im Burghof nahm von der Erscheinung eines einfachen Mönchs Notiz. Sofern so einer Hunger hatte, musste er zur Küche gehen und um Nahrung bitten.

Zwei Mägde standen gestikulierend am Brunnen unter der Platane, eine von ihnen lachte schrill auf, und Peire zögerte, ärgerlich über ihre Fröhlichkeit. Der Tod der Burgherrin und von Nina Isabel bedrückte die beiden nicht mehr, obwohl noch die Trauerfahnen überall von den Mauern und dem Turm herabwehten. Er schluchzte leise auf und versuchte zugleich seine Fassung wiederzugewinnen.

«Martí!», rief Peire über den Hof. Es dauerte nicht lange, bis der Diener erschien. Beunruhigt betrachtete er den barfüßigen Grafen von Vallderonca in der Mönchskutte aus Ziegenhaar.

«Geht es dir gut?», fragte Peire.

«Nein, Senhor, nicht mehr, wenn ich nicht Euer Joglar bin.»

«Ich will nichts mehr davon hören», sagte Peire. «Und nenn mich nicht Senhor. Nie mehr.»

«Ja, Senhor.»

«Von jetzt an bin ich Bruder Peire.» Hastig stiegen sie die Treppe hoch und blieben dann vor der Tür zur Rüstkammer neben der Kemenate stehen. Umständlich schloss Peire den Raum auf. Hier bewahrte er Waffen und Wertgegenstände in mehreren eisenbeschlagenen Truhen auf. Die verschiedenen Teile des Kettenpanzers, eingefettet und blinkend, zum plötzlichen Einsatz bereit, hingen an der Wand. Zwei Helme lagen auf einem Regalbrett, und die hölzernen Lanzen steckten in einem Behälter. Wappen und Wimpel waren in einem dunklen Schrank eingeschlossen, ebenso die Decken für die Pferde. Lederriemen und Zaumzeug für die Schlacht waren repariert und ergänzt. Peire wusste, dass es an nichts fehlte. Da gab es eine Truhe voller Bronze- und Eisenzeug, Sporne für das Pferd, die er unmöglich alle brauchen würde. Seitlich neben dem Schrank lehnten seine Schilde mit dem Adlerwappen der Vallderonca auf gelb-rotem Grund, der wunderbar leichte große für die Schlacht, einer für das Turnier und weitere zum Üben auf dem Platz vor der Burg. Alles war bereit für die nächste Cavalgada an der Seite des Königs.

Peire legte den Schlüssel auf den runden Eichentisch, an dem er seine schriftlichen Angelegenheiten erledigte. Neben dem Rundbogenfenster mit der zierlichen Säule stand das Holzgestell für den Falken. Mit ausgebreiteten Flügeln wartete Oro auf eine Begrüßung und stieß zärtlich gurrende Laute aus. Peire versuchte, das Tier nicht zu beachten.

«Die Schlüssel überlasse ich jetzt dir.»

Martí warf ihm einen verstörten Blick zu.

«Zieht doch wenigstens Schuhe an, Herr», bat er. «Ihr seid es nicht gewöhnt, mit nackten Sohlen über die Straße und die Wege zu gehen. Ich habe Angst um Euch.»

Martí hatte nicht Unrecht, Peires Füße waren schon jetzt nach dem kurzen Weg vom Kloster in einem erbärmlichen Zustand und brannten wie Feuer.

Doch Peire klappte den Deckel einer Truhe auf und kniete nieder. Hastig warf er Stiefel und Schuhe auf die Bodenplatten und sagte: «Bring sie den Armen im Dorf.»

«Aber Eure Stiefel? Kein Mensch würde wagen, sie zu tragen.»

«Dann nimm du sie.»

«Senhor, es wird Euch bald leidtun», stammelte Martí und wurde rot wie ein Junge, «die schönen Stiefel.» Er nahm die kalbsledernen spitzen Schuhe in die Hand, die sein Herr immer bei den Troubadourauftritten getragen hatte und die jetzt ebenfalls aussortiert werden sollten.

«Sie passen dir doch. Nimm die auch.»

Martís Freude war so offensichtlich, dass Peire für einen Augenblick fast davon angesteckt wurde. Es ging ihm alles zu langsam. Warum musste er noch so viele Dinge regeln, ehe er sich auf seinen Felsen zurückziehen konnte?

Sein Blick fiel auf Oro, der unruhig auf dem Gestänge hin- und herrückte. Plötzlich flatterte der Falke auf Peires Hand. Peire hob ihn auf Gesichtshöhe, und Oro lehnte den Kopf an die Stirn seines Herrn. Einen Moment lang spürte Peire die Wärme seines Körpers und den Trost, den Oro ihm spendete. Doch dann setzte er ihn unsanft auf die Stange zurück.

«Bring den Falken fort!», herrschte er den Diener an.

Martí sah erschreckt zu ihm auf.

«Oro, Herr?»

«Wen sonst?»

«Und wohin – wohin soll ich ihn bringen? Hinüber zum Prior ins Kloster?»

«Was soll der Prior denn mit ihm anfangen?» Einen Moment zögerte Peire. Durchaus möglich, dass es Urban nach dem Falken gelüstete. «Kirchenmännern ist ein Falke nicht erlaubt. Sie dürfen nur niedere Raubvögel halten, Sperber, Merlins und Krähen.»

Und selbst, wenn es anders gewesen wäre, fand er, Urban sollte Oro keinesfalls haben.

«Herr, lasst ihn doch hier. Ich werde so lange mit ihm jagen, bis Ihr zurück seid», schlug Martí vor. «Ihr werdet nicht für immer –»

Er hatte nicht verstanden, was Peire vorhatte. Dass dieser sich von allem trennen wollte, was ihn von Nina Isabel und Mariela entfernte. Die Welt mit ihren Verlockungen war nur Schein – er wollte sich vorbereiten, in ein anderes Dasein einzutreten. All diese Dinge, viel zu viele, hier in den Gemächern und in der Schatzkammer, trennten ihn von seiner Zukunft. Jetzt, wo er klar erkannt hatte, was er wollte, musste er so entschieden vorgehen wie in den gefährlichsten Momenten der Schlacht. Er durfte nicht zögern.

Es gab nur einen, der seines Falken wert war.

«Schaff den Falken zum Moro nach Al-Andalus.»

«Nach Beni Arruesh?»

«Er wird inzwischen angekommen sein. Er hatte ein gutes Pferd.»

«Senhor, erinnert Euch, die Burg seines Vaters war doch in die Hände der Leute von Al Quti geraten. Es wird schwer sein, Tarik überhaupt zu finden.»

«Dann versuch es», sagte Peire, unwillig, sich noch länger mit weltlichen Dingen zu befassen.

Martí blieb unschlüssig stehen, und Peire suchte in der Truhe nach Geldstücken für ihn, mit denen er die Reise bestreiten konnte.

«Darf ich den Maulesel nehmen?»

«Nimm mein Pferd, ja, und nimm einen Knecht mit, der dich bedient.»

Martí wurde dunkelrot. Es war zu viel, er ein Senhor mit dem Auftrag, den Falken nach Al-Andalus zu bringen.

«Das geht nicht, Herr. Man wird glauben, ich hätte das Pferd gestohlen.»

«Nimm es, Dummkopf. Ich werde ein Schreiben für dich aufsetzen und siegeln. Rodrigo weiß, was man da schreiben muss, ich setze dann meinen Namen darunter. Ich möchte dir außerdem folgende Dinge schenken: meine Rüstung, mein brokatenes Wams und –»

Peire zog einen Lederbeutel mit goldenen Maravedis hervor. Sie waren noch frisch und neu. «Hier, du wirst sie brauchen.»

Martí wehrte verschämt ab.

«Das blausamtene Wams auch. Und die leinenen Hemden. Du kannst sie haben.»

«Gebt die Kleidung lieber Rodrigo», schlug Martí vor. «Ich bin ein Dienstmann, kein Senhor. Die Stiefel und die Troubadourschuhe sind mehr als genug.»

«Du nimmst die Stiefel und das Pferd und den Mantel auch, er gehört dazu.» Peire war nicht gewillt, mit Martí darüber zu streiten, wem die Sachen zukommen sollten.

Der Rotschopf wog den Beutel mit den Maravedis in der Hand. Er sah nicht beglückt aus, eher bestürzt und fassungslos.

«Du wirst dich dran gewöhnen, Don Martí zu sein.» Es sollte ein freundlicher Scherz sein und klang doch spöttisch. Martí fehlte das Noble, fand Peire, das Höfische. Martí würde immer der Peón sein.

«Herr, wenn Ihr zurückkommt, werde ich Euer Diener sein»,

stammelte Martí. «Ruft nach mir, und ich werde da sein. Und vergesst nie, dass ich Euer Schutzengel bin.»

«Dann nimm das Pferd, ich befehle es dir. Umso schneller kannst du bei mir sein, wenn ich dich brauche.»

Er würde ihn nicht brauchen, und er würde ihn nicht rufen, das wusste er genau. In seinem zukünftigen Leben auf dem Felsen in der Höhle des Eremiten, das er bereits deutlich vor sich sah, würde es keinen Platz für Martí geben.

«Herr –» Martí warf einen fragenden Blick auf Peire, der immer noch in der Truhe wühlte. «Gestattet mir doch bitte, Euch zur Höhle zu bringen. Ich trage Euch Eure Sachen.»

«Martí, lass mich in Frieden. Ich werde allein zum Kloster gehen, dort die Messe hören und von Padre Urban eingesegnet werden. Ich bin nicht mehr der Herr, der Diener und Knappen hat, begreif es endlich. Erledige du den Auftrag, den ich dir gegeben habe.»

Martí sah ihn unglücklich an.

«Dann gestattet wenigstens, dass ich Euch alles Gute und Gottes Segen wünsche.»

Peire trommelte ungeduldig mit der Hand auf das Fenstersims.

«Noch etwas, wenn ich auf dem Felsen bin, möchte ich nicht, dass du dauernd kommst und mir Sachen bringst und nach mir schaust.» Er musste dies sagen, denn sonst würde sein selbst gewähltes Exil keinen Sinn ergeben, gleichzeitig wünschte er sich, Martí würde sich nicht an seine Worte halten und ab und zu mit Wein und Brot auf die Höhe kommen. So wie damals, als er ihn in der Einsamkeit seiner Klausur aufgesucht hatte.

«O Senhor, das ist sehr schwer.» Martí war dabei, Oro in den Tragekäfig für längere Reisen hineinzulocken. Widerstrebend schlüpfte der Vogel hinein.

«Ich verbiete dir, mich dort zu besuchen, hörst du? Ich will nichts gebracht bekommen. Weder Kleidung noch Decken oder Wein.»

Er wandte sich ab, als Martí umständlich begann, sich zu verabschieden, und war erleichtert, als er endlich ging. Martí schritt mit erhobenem Kopf davon, den Käfig mit dem Falken in der Hand.

Es war Peire nicht gleichgültig gewesen, als Martí das schwarze Tuch über den Käfig des Falken legte und ihn aus dem Zimmer trug. Er hatte sogar kurz weinen müssen. Nie wieder würde er ein Tier wie ihn sein Eigen nennen, so wenig, wie er je wieder eine Frau haben würde oder ein Kind. Als ihm das klar wurde, fühlte er sich plötzlich ruhig und gelassen. Es war gut, nichts mehr zu haben, ohne jeden Besitz zu sein. Ohne Stiefel, ohne samtenes herrschaftliches Gewand, ohne gestickten *collar* war es möglich, dorthin aufzubrechen, wo er Nina Isabel auf dieser Erde am nächsten sein würde.

Später tauchten Lanfranco und Rodrigo auf und erklärten ihm, sie würden ihn zur Klosterkirche begleiten. Diesmal war er zu matt, um sie abzuwehren. So kam es, dass nicht nur Domna Elvira, sondern auch die beiden Knappen der Zeremonie beiwohnten, als Peire in der braunen Eremitenkutte aus kratzigem Ziegenhaar von Padre Urban gesegnet wurde.

Er hörte kaum hin, während sie beteten und sangen. Der kahle rote Felsen war alles, woran er denken konnte.

Vor der Kirche stand wartend ein Esel mit gesenktem Kopf, auf dessen Rücken ein Bündel mit Decken befestigt war, verschiedene Gerätschaften wie Teller, Messer, ein Krug und ein großer Hammer, außerdem zu Peires Erstaunen ein hölzerner Käfig, in dem sich einige braun gefiederte Hennen drängten, zuoberst lag ein prall gefüllter Sack.

«Was ist da drin?», fragte Peire misstrauisch. Alles, was er selbst trug, waren die Al-ud und ein paar Ersatzsaiten für sie. Die für ihn gedachten Habseligkeiten auf dem Esel schienen ihm zu üppig für das, was er vorhatte. Er ärgerte sich, dass er zu schwach war, dieses überflüssige Gepäck für seine neue Existenz abzulehnen.

«Es sind ungemahlene Weizenkörner. Unter den eingepackten Sachen befindet sich eine Reibschale mit einem Mörser. Du kannst dir damit so viel Korn mahlen, wie du brauchst, um entweder Brot zu backen oder dir einen Brei zuzubereiten.» Urban lächelte ihn an.

«Ich hatte nicht vor, von Weizenbrot zu leben.»

«Tu es ruhig, wenigstens am Anfang. Später kannst du zu einfacherer Nahrung übergehen. Aber es ist nicht ratsam, zu schnell mit dem Hungern und dem Wurzelessen zu beginnen. Dein Magen muss sich erst an die ungewohnte Kost gewöhnen. Bruder Paulus und Bruder Waso werden dir die neue Wohnung zeigen und erklären, wo die nötigen Dinge sind. Auch ich werde mir erlauben, dich ab und an zu besuchen.»

Die beiden Mönche geleiteten ihn mitsamt dem Esel auf die Höhe zu dem Felsvorsprung, unter dem Godofrido, der alte Eremit, seinerzeit gehaust hatte. Es gab eine Feuerstelle in der Felswand mit einem winzigen Rauchabzug darüber und sogar einen rostigen Haken, der von der Wand herabhing mit dem dazugehörigen verbeulten metallenen Topf. Am Ende der Aushöhlung war eine Einbuchtung in den Felsen geschlagen.

«Dort hatte Godofrido sein Lager», berichtete Waso, der Ältere der beiden. «Ich habe ihn noch angetroffen, als er schon dem Tode nahe war.»

In einer Ecke auf dem Boden lagen schimmelige Lumpen, wahrscheinlich Kleidungsstücke des Vorgängers.

«Könntet ihr sie fortbringen?» Peire bückte sich nach den Gewandresten.

Waso zerrte ihn am Arm. «Rührt die Reliquien nicht an. Sie bringen Euch Glück. Seid froh, dass sie noch hier sind. Manchmal stehlen sich Pilger einen Fetzen davon. Blinde wurden sehend, Lahme konnten wieder gehen, nachdem sie sich Stoffreste aus den Kleidern des frommen Mannes aufgelegt hatten.»

Der jüngere Mönch, Paulus, breitete zwei der mitgebrachten Wolldecken in der Schlafecke aus.

«Danke, aber ich werde sie nicht brauchen», wehrte Peire ab. «Ich werde auf dem nackten Boden schlafen.»

«Tut das nicht, Bruder Peire», riet der alte Mönch. «Ihr zieht Euch davon nur Gliederreißen und Krankheiten zu. Ihr müsst Euch ganz langsam daran gewöhnen, in der Höhle zu leben. Sie ist auch im Sommer feucht und zugig.» Er lächelte. «Einmal im Winter haben wir den frommen Godofrido auf einer Bahre für einige Tage ins Kloster heruntergeholt, als er todkrank daniederlag. Sowie er zu sich kam und etwas bei Kräften war, ist er zurück zur Höhle gewankt.»

«Die Kinder aus dem Dorf werden ab und zu nach Euch sehen und Euch mit Wein, Brot und Käse versorgen», erklärte Bruder Paulus. Er lispelte stark. Dann setzte er den Käfig mit den Hühnern ab, streute ein paar Körner auf den Boden und ließ die Tiere frei.

«Gebt Acht, dass sie Euch nicht davonlaufen. Ihr werdet noch dankbar sein, dass sie bei Euch sind. Nicht nur wegen der Eier, die sie legen, sondern Ihr könnt Euch auch mit ihnen unterhalten.»

Inzwischen schlug Bruder Paulus einen Nagel an der Wand nicht weit vom Eingang ein und befestigte den Kruzifixus.

Prüfend begutachtete er die Behausung. «Ihr könntet noch einen Vorhang gebrauchen. Godofrido hatte auch einen, seht Ihr die Stange oben über dem Eingang? Er brauchte ihn nicht nur wegen des Wetters im Winter, sondern auch, um sich vor der Neugier der Pilger zu schützen, die ihn ständig aufsuchten. Sagt nicht voreilig nein.»

«Ich benötige keinen Vorhang», sagte Peire mit schneidender Stimme.

Waso zog die Augenbrauen hoch. «Pah, es werden sogar Frauen hochkommen und Euch bitten, für sie zu beten. Versteht Ihr? Bruder Paulus wird Euch den Vorhang morgen bringen.

Die Nächte hier oben werden sehr kalt und sind oft windig.» Er beugte sich näher zu Peire. «In manchen davon wird Euch der Teufel erscheinen, ein schwarzroter Geselle mit Bockshörnern auf der Stirn und Zotteln am nackten Körper. Dann müsst Ihr den seligen Godofrido um Fürsprache bitten.»

Schon im Gehen drehte Bruder Waso sich noch einmal um und grinste anzüglich. «Die Frauen lieben fromme Männer, Bruder Peire.»

Endlich waren sie davongezogen, Bruder Paulus und Waso mit dem Esel. Als er allein war, sprang ihn der Schmerz wieder an.

Peire ließ sich zu Boden sinken, krallte die Fingernägel in den mürben roten Sandstein und schlug den Kopf auf. Er sah nicht die Eidechsen, die erschreckt weghuschten. Er würde nichts essen, nichts trinken, keinen Schutz vor der Nachmittagssonne suchen, sollte sie ihm nur die Haut verbrennen.

Später setzte er sich aufrecht hin und starrte hinaus auf die Ebene und das Meer. Unten ritt ein Bauer auf einem Maultier den Weg zum Dorf. Peire sah die abgegrenzten Felder mit den alten Olivenbäumen und den Weinstöcken.

Das Leben dort in der Ebene, es hatte nichts mehr mit ihm zu tun. Es gab keine Menschen mehr, mit denen er sprechen, niemand mehr, vor dem er singen wollte. Gewiss, da war noch die Al-ud, das einzige Stück aus seiner Vergangenheit, von dem er sich nicht hatte trennen können. Heilige Jungfrau, was wollte er eigentlich noch damit? Nun gut, mit ihr würde er christliche Lieder begleiten. Er wollte von diesem Tag an keinen Eindruck mehr auf die Menschen machen, keine wohlgesetzten Worte finden, um die ihn andere Edle beneideten. Insgeheim verachtete er sich für die Eitelkeiten von früher. Diese waren für immer vorbei. Es war gut, dass er sein Leben so radikal geändert hatte. Der Schmerz ließ für Momente nach, und ihm war so leicht und schwerelos zumute, wie er sich manchmal in seiner Kindheit gefühlt hatte, als er dünn und zart gewesen war. Von seinem alten Leben war er sehr weit entfernt. Näher bei Nina Isabel und Mariela, als er ihnen zu ihren Lebzeiten gewesen war.

Der Wind zerrte an seinem Gewand. Er verschränkte die Arme vor der Brust und atmete befreit auf.

Mit einem abgebrochenen Ast stocherte Peire in der Glut des heruntergebrannten Feuers, als er ein Geräusch hinter sich hörte. Urban hatte ihm angekündigt, dass ihn die Leute aus dem Dorf unterhalb des Felsens mit dem Nötigsten versorgen würden, vermutlich kamen nun die ersten.

Peire war jetzt bereits ein paar Tage hier draußen und hatte in dieser Zeit von den mitgebrachten Vorräten nicht schlecht gelebt. Ein Tag war wie der andere, er hätte nicht sagen können, welcher Wochentag es war. Er versuchte sich an die Klosterregel zu halten: acht Stunden Schlaf, acht Stunden Beten, acht Stunden Arbeit. Bisher konnte er diesen strengen Rhythmus nicht einhalten. Mitten im Gebet übermannte ihn immer wieder der Schmerz. Auch die Arbeit konnte er nicht am Stück vollbringen. Das viele Weinen war anstrengend, immer wieder schlief er auch tagsüber ein, in der Nacht wiederum wälzte er sich hellwach auf der unbequemen Ruhestätte und fand erst im Morgengrauen den ersehnten Schlaf.

Jeden Morgen hatte er Körner in der Reibschale gerieben, sie mit Wasser vermischt und den Brei zu sich genommen. Die Hühner hatten zu seiner Überraschung einige Eier gelegt, die er abends verzehrt hatte. Zwischendurch hatte er Beeren in den Hecken gesammelt. Viel Zeit verbrachte er auch damit, Feuerholz aufzulesen. Gegen Abend machte er sich ein Feuer, das die Höhle erwärmte. Die Einsamkeit tat ihm gut. Er musste sich nicht dafür rechtfertigen, dass er stundenlang an einer Stelle saß und vor sich hin starrte.

Es waren zwei Dorfkinder, die Essen für ihn brachten. Einen Moment überlegte Peire, ob er sie fortjagen sollte. Doch dann nahm er den Duft des frisch gebackenen Brotes wahr und sah das

Stück blassgelben Kuhkäse, und schon hatte er nicht mehr die Kraft, sie abzuweisen.

Sie kicherten verlegen, als sie das Brot, den Käse und den Krug abstellten. Neugierig musterten sie ihn. Peire versuchte, sie zu ignorieren. Ihre schmutzige barfüßige Lebendigkeit schmerzte ihn. Sie waren etwas älter als Nina Isabel. Narben an den nackten Armen und in ihren Gesichtern zeigten, dass sie die Blattern schon überstanden hatten. Sie lebten, und seine Nina Isabel hatte diese Erde für immer verlassen. Wie ein bösartiges Insekt stach der Schmerz wieder zu.

Gott hatte diese Kinder die Seuche überleben lassen. Nach seinem unerforschlichen Willen sollten sie ihr armseliges Leben in Dreck und Unwissenheit fortsetzen. Vielleicht waren sie ihren Eltern eher eine Last als eine Freude. Neugierig starrten die beiden in die Höhle. Der Junge sagte etwas, das Mädchen lachte auf.

«Jetzt geht endlich, ihr hässlichen kleinen Tiere», rief Peire schließlich wütend, als sie sich immer noch am Eingang herumdrückten. Er konnte ihre Anwesenheit nicht ertragen.

«Herr», der Junge trat näher heran, «nennt uns nicht Tiere. Wir sind arm, das ist alles.»

«Ich bin nicht Euer Herr. Ich bin Bruder Peire», schrie Peire wütend. Er war nahe daran, mit dem Stock nach dem Jungen zu schlagen.

«Ich bin Miguel.» Die Stimme des Kleinen war unkindlich rau und tief. Er war so hässlich, dass er das Zeug zum Hofnarren hatte.

«Danach habe ich nicht gefragt.»

«Wenn ich aber Miguel bin –»

Die Ernsthaftigkeit, mit der er darauf bestand, «Miguel» zu sein, nahm Peire für ihn ein.

«Kannst du lesen?», fragte er, nur um etwas halbwegs Freundliches zu ihm zu sagen.

«Nein, Herr.»

«Kannst du deinen Namen schreiben?»

«Nein, Herr.»

«Dann bist du nicht besser als ein Tier», tobte Peire. Eine Welle von Wut und Schmerz hatte ihn erfasst. Er wollte sich dagegen wehren, aber sie war stärker als er.

«Geht endlich, so geht doch!», schrie er den Tränen nahe.

«Niemand im Dorf kann lesen und seinen Namen schreiben», sagte das Kind unerschrocken.

Peire rang immer noch nach Fassung. «Ich bin als Eremit hierher gekommen, um der Heiligen Jungfrau eine Kapelle zu errichten. Lasst mich in Frieden.»

Miguel nahm das Mädchen an der Hand, das mit offenem Mund nur dagestanden hatte, ohne sich zu rühren, und hastete mit ihm davon. Sie mussten ihn für einen Irren halten. Vielleicht spürten sie auch, dass er Ruhe brauchte.

Peire nahm den Krug an sich und ärgerte sich zugleich über seine Gier. Er hatte noch nicht allem entsagt, was ihm vor kurzem Freude bereitet hatte. Das Gefäß enthielt Rotwein, von dem er sofort einen Schluck nahm. Er konnte nicht widerstehen. Ein warmes, wohliges Gefühl durchströmte ihn. Er setzte sich neben das Feuer und kaute langsam Brot und Käse. Sein Zorn war verflogen. Heilige Jungfrau, warum hatte er die Kinder so angeschrien? Jetzt war er nur noch dankbar.

Es war nicht mehr weit nach Beni Arruesh. Der Falke unter seiner schwarzen Haube saß ruhig auf Martís Faust. Martí, der lange Ritte nicht gewöhnt war und sie auch nicht schätzte, fluchte leise vor sich hin. Das Band der Straße vor ihm dehnte sich endlos. Bis zuletzt hatte Martí gehofft und gebetet, Peire de Vallderonca möge wieder zu Verstand kommen. Nachdem der Senhor tatsächlich auf den roten Felsen entschwunden war, hatte er sich wohl oder übel auf seinen Auftrag besonnen, die nötigen Sachen zusammengepackt und sich mit Oro auf den Weg gemacht. Maiorina hatte ihn unter Tränen verabschiedet.

«Don Peire ist ein Idiot», hatte sie gemurmelt, «der denkt doch immer nur an sich selbst. Als ob einer wie du kein Leben hätte, das etwas wert ist. Man hätte Oro verkaufen können. Komm bald wieder, Martí.» Sie hatte ihn heftiger an sich gezogen. «Lass ihn einfach fliegen, sobald du unten auf der Straße bist, und komm zurück. Niemand wird dich fragen, wo du gewesen bist. Am besten, du drehst ihm den Hals um und wirfst ihn ins Gebüsch.»

«Das verstehst du nicht, Maiorina. Der Auftrag des Senhor ist mir als seinem Diener heilig.»

«Und wer hilft mir, meine Kinder großzuziehen, wenn du weg bist?», fragte Maiorina hysterisch.

Martí fühlte sich überfordert. Da waren zu viele Väter, zu viele Möglichkeiten.

«Die Kleinen sind von dir, ich schwör's bei der Jungfrau Maria. Nur Jacobina und Roberta haben rote Haare. Ich habe nie mit Rothaarigen geschlafen, außer mit dir.»

Das sagte sie immer, wenn sie etwas bei ihm erreichen wollte. Wahrscheinlich zu allen anderen Männern ebenfalls, er machte sich nichts vor. Martí fühlte sich jedenfalls auch den jüngsten Kindern Maiorinas nicht verpflichtet.

«Ach, hör auf. Halte dich an Oswaldo. Und an Paco. Außerdem gibt es genug Männer, die sich für dich und deine Bankerte zerreißen würden. In deinem Alter sollte man heiraten.»

Maiorinas ältester Sohn Paco, inzwischen erwachsen, hatte es sich nicht nehmen lassen, ihn bis zur Straße zu begleiten und ihm zum Abschied die Hand zu küssen, gerade, als ob er, Martí, sein Vater wäre. Paco, der Stallmeister, hatte den Bastard oft erbarmungslos verprügelt, die einzige väterliche Maßnahme dem armen Teufel gegenüber, der ihm so ähnlich sah.

«Bleib nicht zu lange weg», rief Paco hinter ihm her, und als Martí nicht antwortete: «Ich werde nach dir suchen, wenn du nicht zurückkommst!» Paco hing an ihm, viel mehr als an Paco, dem Stallmeister, den er fürchtete. Und Martí gestand sich ein, dass er sich doch etwas Sorgen darum machte, was aus dem langen Kerl in seiner Abwesenheit werden sollte. Ohne Vater aufzuwachsen war schwer, niemand fühlte sich für Paco zuständig. Aufgezogen hatten ihn nur Fortunata und Maiorina, und was war das schon für eine Erziehung. Einmal, als er vielleicht sechs Jahre alt war, war Paco mit der ein wenig jüngeren Adelina weggelaufen, die Straße nach Tarragona entlang, und hatte dort jeden Mann, der ihnen entgegenkam, ernsthaft gefragt, ob er sein Vater sei. Hinterher, als man ihn wieder nach Vallderonca geschafft und zur Rede gestellt hatte und er von Paco, dem Stallmeister, entsprechend verbläut worden war, hatte der kleine Paco geheult und geschrien, eines Tages werde er seinen und Adelinas wahren Vater finden, und der werde ihm helfen.

Auf der alten Handelsstraße hinunter nach Valencia war zunächst reger Verkehr. Ochsen zogen schwere Lastkarren. Einzelne Reiter und bewachte Trupps waren nach Norden wie nach Süden unterwegs. Die Straße wurde merklich ruhiger, seit Martí Al-Andalus erreicht hatte.

Links und rechts befanden sich ausgedehnte Plantagen von Obstbäumen, ab und zu unterbrochen von Baumwoll- oder Gemüsefeldern. Im Unterschied zu den Ländern der Christen gab es hier keinen Weinanbau. Riesige Wasserräder schaufelten aus den Bewässerungsgräben das kostbare Nass über smaragdgrüne Felder. Die Moros verstanden mehr vom Ackerbau als die Christen im Norden. Man sah es auf Schritt und Tritt. Auch in den Handwerken, den Künsten und Wissenschaften waren sie besser. Sie hatten Erfindungen gemacht wie das Papier, stellten die besten Lederwaren Hispaniens her, die schärfsten Klingen und die luxuriösesten Glaswaren. Dafür, sagte sich Martí nicht ohne Stolz, waren die Christen die besseren Krieger, und diese Tatsache war es auch, die ihnen längerfristig betrachtet den Sieg garantierte.

An jeder Brücke war eine Wache von Moros postiert, die ihn misstrauisch aushorchten, wohin er wollte und wer er sei und ob er ein *amman* vorweisen könne, eine Handelslizenz, wie sie ein christlicher Kaufmann im Maurenland benötigte. Dann erklärte

Martí jedes Mal, er sei der Diener des Grafen von Vallderonca, unterwegs zu Tarik Ibn Arruesh, und entrichtete einige Dinar Wegegeld. Meistens sprachen sie ein paar Brocken Kastilisch oder Katalanisch, so wie er bald die nötigen Sätze in Arabisch kannte, genug jedenfalls, um sich verständlich zu machen und am Abend ein Nachtquartier zu suchen.

Der größte Unterschied zum Land der christlichen Könige waren die Gebetsrufe, die beim ersten Morgengrauen und dann vier weitere Male über den Tag verteilt aus den Dörfern und Ansiedlungen über die Täler erschallten.

Die ersten Tage seines Rittes waren ungestört und ruhig verlaufen. Die Brückenwächter waren für Martí der beste Beweis, dass er durch ein wohl organisiertes Gebiet reiste. Urbans Spruch fiel ihm ein, dass eine schwer mit Silber behangene Frau sich zu Zeiten des Kalifen Al-Hakam tagelang unbehelligt über die Straßen um Córdoba bewegen konnte. Vom dritten Tag an, er war jetzt nicht mehr weit von Sagunto entfernt, bemerkte er beißenden Rauch, den der Wind vom Landesinneren immer wieder herübertrieb. Die Zeiten des Kalifen Al-Hakam waren längst vorbei, wie Martí schlagartig bewusst wurde. Er versuchte sich damit zu beruhigen, dass es womöglich nur ein Waldbrand war, doch dann fiel ihm auf, dass auf den Feldern zu beiden Seiten der Straße keine Menschen mehr zu sehen waren. Zum ersten Mal bereute er, nicht doch einen Diener mitgenommen zu haben.

Ein Stück landeinwärts lag ein kleines, von Palmen umwachsenes Gehöft. Martí hielt gespannt Ausschau, ob irgendwelche Bewohner in der Nähe waren. Kein Mensch ließ sich sehen, und wieder war dieser unangenehm beißende Geruch in der Luft. Es roch nach verbranntem Fleisch und Verwesung, nach Verwüstung und Tod. Raubvögel kreisten am Himmel hoch über ihm. Der Falke auf seiner Faust wurde unruhig, trotz der Haube über Kopf und Augen, die ihn normalerweise von den Reizen der Außenwelt abschirmte.

Der Wallach schnaubte. Auch das war kein gutes Zeichen.

«Ruhig, Pretz», murmelte Martí. Ohne dass er dem Tier dies signalisiert hatte, blieb es stehen und wieherte leise.

«Hilf, Urruaca!», stieß Martí hervor.

Drei Männer baumelten an daumendicken Hanfseilen von drei nebeneinander stehenden Pinien zu seiner Rechten. Sanft schaukelten sie im Wind hin und her. Ihre losen weißen Gewänder waren blutverschmiert, die bärtigen Gesichter von Raubvögeln angefressen. Scharen von Fliegen saßen auf den Gesichtern und den Gliedmaßen. Martís Mageninhalt schwappte nach oben. Er würgte und hustete.

Pretz setzte sich ganz plötzlich wieder in Bewegung, fast zu schnell für seinen Reiter. Martí hörte nun statt der Stille Schreie und Geräusche in seinem Rücken und drehte trotz des rasanten Tempos, für das sich der Wallach entschieden hatte, den Kopf. Ein kleiner Trupp von bewaffneten Reitern sprengte auf ihn zu und hatte die Bögen bereits im Ritt angelegt.

Maurische Pfeile waren schneller als das schnellste Pferd. Jeder Versuch zu fliehen wäre tödlich gewesen. Martí hielt das Pferd an, entschlossen, sich auf keinen sinnlosen Kampf einzulassen. Vielleicht konnte er die Verfolger mit einigen Maravedis besänftigen.

Es waren etwa zehn Männer, einige von ihnen trugen Kettenhemden, die Helme hatten sie an den Schulterknöpfen hängen. Martís Mut sank, als er in die verwegenen Gesichter über den Bärten sah. Auch der Anführer des Trupps war barhäuptig, lockenköpfig mit einem kurz geschorenen Bart. Über dem Rock trug er eine gesteppte Panzerweste. Trotz der leichten Bekleidung ging etwas Bedrohliches, Kämpferisches von ihm aus.

«Was tust du hier?», herrschte er Martí an, der den Wallach nur mühsam ruhig halten konnte, während Oro an seiner Leine auf dem Handschuh zerrte. Pretz fühlte die Bedrohung und spielte unruhig mit den Ohren. Martí spürte die spöttischen Blicke der Mauren auf sich, denen nicht entging, dass er mit dem Pferd nur schwer fertig wurde.

«Ich reise im Auftrag meines Herrn, des Grafen von Vallderonca, zu Tarik Ibn Arruesh, um ihm den Falken als Geschenk zu überbringen.» Diese Auskunft hatte im Allgemeinen genügt, um das Misstrauen der Wächter zu zerstreuen, Tariks Name hatte überall für Eindruck gesorgt. Diesmal folgte eisiges Schweigen. Sie sahen ihn abschätzend an.

«Wer seid ihr?», fragte Martí mit gepresster Stimme.

«Wir sind Abdullah al Madins Leute», sagte der Anführer, «und wir werden dich vor ihn bringen. Deine Kleidung, dein Pferd, die Art, wie du den Falken hältst – du siehst nicht wie ein Diener aus. Du bist ein fränkischer Sid.» Er sprach ein gebrochenes Kastilisch. «Ich bin Hamid.» Er nannte noch einige andere Namenszusätze, die Martí sofort wieder vergaß.

Al Quti al Madin. Heißer Schrecken durchfuhr Martí. Diesen Namen hatte er immer wieder gehört, und jedes Mal im Zusammenhang mit Angst und Schrecken. Al Quti al Madin war der Anführer in den Bergen, der sich selbständig gemacht hatte und gegen den almohadischen Herrscher kämpfte. Er war bekannt dafür, dass er sich nicht an die Regeln des Kampfes hielt. Und er war es, der die Familie des Moro von ihrer angestammten Burg vertrieben hatte. Martí hoffte, dass er Respekt vor dem Namen Vallderonca haben würde. Vielleicht würden ihn die Männer auch gegen ein Lösegeld eintauschen wollen. Martí beschloss, sich seine Furcht nicht anmerken zu lassen.

«Zweifellos wird er sich über den Falken freuen», sagte er ironisch.

«Ganz gewiss, Hidalgo. Ich würde dir raten, ihn ihm zum Geschenk zu machen. Abdullah al Madin liebt die Jagd, so wie andere Männer die Frauen.» Der Mann schlug mit der flachen Klinge seines Säbels auf die Kruppe von Martís Pferd. Es bäumte sich erschreckt auf und hätte seinen Reiter fast abgeworfen. Rot vor Zorn im Gesicht, keuchte Martí: «Was will Euer Herr von mir?»

«Er wird dich fragen, was dein Auftrag ist und wen du ausforschen willst.»

«Ich führe nur den Befehl meines Herrn aus, des Grafen von Vallderonca. Ich soll den Falken zu Tarik Ibn Arruesh bringen.»

«Umso besser. Du wirst bald schon Gelegenheit haben, Tarik zu sprechen.»

Martí atmete auf. Also kannten sie ihn doch. Tarik würde alles aufklären.

Hamid grinste tückisch. «Auch er ist ein Gefangener auf Almenara und sitzt im Burgturm ein.»

Sie ritten jetzt schneller. Der Weg führte leicht bergauf durch einen Pinienwald. Die Männer waren von den schweißbedeckten Pferden abgestiegen und setzten sich nieder. Martí, den sie zu Boden gezogen hatten, war inzwischen so erschöpft von der unbequemen Haltung mit den zu straff gefesselten Händen, dass er in dumpfe Gleichgültigkeit versank. Immerhin musste er Oro nicht mehr halten. Der Falke saß auf der Faust des jungen Anführers wie eine Trophäe, spreizte die Flügel leicht und schien sich wohl zu fühlen.

«He, Fremder, wir sind gleich da.»

Hamid schlug ihm leicht auf die Wangen und hielt ihm eine *bota* an den Mund. Sie enthielt klares kaltes Wasser. Martí trank gierig.

«Iss etwas Brot. Ich füttere dich.» Es war ein stark gesalzenes Fladenbrot. Martí biss hungrig zu und empfand Dankbarkeit.

«Wo sind wir?», fragte er.

«Sieh hoch.»

Martís Blick folgte Hamids ausgestreckter Hand. Auf der Berghöhe ragte zwischen den Bäumen eine Burg auf.

«Das ist Almenara. Dort residiert Al Madin.»

Sein Gesichtsausdruck wurde wieder grimmig. Auf seine Kopfbewegung hin ergriffen zwei der Krieger Martí, dann begann der Aufstieg. Die Pferde schnaubten unruhig, schritten jedoch mit bewundernswürdiger Sicherheit über den engen steinigen Pfad, der zur Burg hochführte.

Hamid drehte sich zu seinem Gefangenen um.

«Bete zu Allah, Hidalgo. Hier oben wartet der Tod auf dich oder etwas weit Schlimmeres, je nachdem, was Al Madin beschließt.»

Das Eingangstor der Festung bewachten schwer bewaffnete Männer, die sie auf einen kurzen Begrüßungsruf Hamids in das Innere ließen. Martí spürte das Misstrauen in den Gesichtern, als er an ihnen vorbeigezerrt wurde. Der Innenhof erwies sich als größer, als von außen erkennbar gewesen war. Ein paar edle Pferde fraßen Heu aus einer Raufe unter einem an der Innenmauer befestigten Dach. Mehrere geländerlose Steinstufentreppen führten an der Mauer zu einem Wehrgang hoch, auf dem Bogenschützen Ausschau hielten. An jeder der vier Ecken der erstaunlich weiträumigen Festung ragte ein hoher Turm mit quadratischem Grundriss auf, dessen Bogenfenster auf den Innenhof ausgerichtet waren. Martí nahm dies alles nur flüchtig wahr. Die Angst hielt ihn gepackt. Hamids finstere Entschlossenheit verhieß nichts Gutes. Offenbar befanden sich die Herren der Burg im Kriegszustand – mit wem auch immer.

Unvermutet blieb Hamid stehen und bückte sich zu seinem Gefangenen. Mit schnellem Griff nahm er ihm die Handfesseln ganz ab und lockerte die Ketten an den Füßen.

«Wohin bringst du mich?»

«In die *Madjlis* des Amir.»

«Madjlis?»

«Das Empfangszimmer unseres Herrn, Schweinefresser. Fast zu viel Ehre für einen wie dich.»

«Nicht für einen mit einem solchen Falken.»

Martí taumelte hinter Hamid auf einen der mächtigen Ecktürme zu und dann durch eine Tür mit prächtig verziertem Eingangsbogen. Hamid reichte ihm die Hand und half ihm eine Treppe hoch. Dicht hinter ihnen folgten die anderen Moros, einer davon hielt Oro.

Martís Atem ging schnell und flach. Der Amir war es, der den Tod der drei Gehenkten an der Straße nach Sagunto verfügt hatte. Er hatte auch die Dörfer und Höfe niederbrennen lassen. Ein würgendes Gefühl von Angst schnürte Martí die Kehle zu.

Sie betraten die Madjlis, einen überkuppelten Raum, dessen Wölbung mit gemalten Pflanzen und Fabeltieren ausgemalt war. Drei rundbogige Fenster boten Ausblicke in die verschiedenen Richtungen. Es war ein angenehm luftdurchwehter Aufenthaltsort, und das Angstgefühl in Martí ließ unwillkürlich nach.

Der Amir saß auf einem erhöhten Diwan, in ein helles Gewand gehüllt, vor einem niedrigen Schachtisch. Ihm gegenüber mit dem Rücken zu den Eintretenden hockte auf einem Sitzkissen ein Weißhaariger. Seitlich von ihnen kauerte ein Mann mit zerzaustem grauen Haar in einem blauseidenen Gewand mit aufgestickten goldenen Sternen. Wie ein Schiedsrichter beobachtete er das Spiel der beiden. Ein abessinischer Sklavenjunge huschte geräuschlos hin und her.

Hamid war nach der Begrüßung niedergesunken, und Martí warf sich ebenfalls zu Boden.

Hamid sprach schnell, ohne zu stocken, und Martí verstand kein Wort von dem, was er erzählte. Der Amir, ein Mann um die fünfzig mit breitem Gesicht und einem verschlagenen Ausdruck in den grauen Augen, musterte ihn kalt und abschätzend. Sein eisgraues Haar war kurz geschnitten wie bei den meisten Moros, und doch sah er nicht wie einer von ihnen aus. Martí überlegte, wo er herkommen mochte. Unter den Moros gab es Leute der verschiedensten Herkunft, viele Kämpfer und Heerführer waren slawischen Ursprungs, andere kamen aus Nordafrika, es gab Juden und Christen, die sich zum Islam bekannten, viele waren zum Islam übergetreten, um Steuern zu sparen, ebenso gab es die, die noch ihrem ursprünglichen Glauben anhingen, und schließlich lebten noch Syrer und Araber, Ägypter und Schwarze aus dem tiefen Afrika in Al-Andalus.

Hamid hatte seinen Bericht beendet. Der Amir sah zu Martí

hinüber. Auch der Weißhaarige ihm gegenüber hatte sich umgedreht, ein alter Mann mit einem kurz gestutzten Bart, vielleicht ein Gelehrter, der nichts Furchteinflößendes an sich hatte.

Zu Martís Verblüffung begann der Amir auf Katalanisch zu sprechen.

«Eine nette Geschichte, die du da erzählt hast, Schweinefresser. Ich glaube sie dir nicht.»

«Sie ist wahr.» Martís Hals kratzte. Er hustete trocken auf.

«Du bist ein Spion des Königs von Aragon.» Der Blick der grauen Augen war unnachsichtig.

Die Annehmlichkeit des Madjlis-Raums hatte ihn eingelullt. Hoffnungslosigkeit packte Martí aufs Neue. Es hatte keinen Sinn, was auch immer er sagte, niemand glaubte ihm.

Der Amir begann wieder mit Hamid Arabisch zu sprechen. Auch der Weißhaarige mischte sich in das Gespräch. Dann plötzlich erhob sich Hamid und verließ den Raum, während Martí weiter auf dem Boden kniete.

Jetzt ergriff der Mann mit dem zerzausten Haar und dem kostbaren Mantel das Wort. Während er mit dem Amir sprach, schnell und auf Arabisch, in selbstbewusstem Ton, kam er Martí wie ein Herrscher oder ein Zauberer vor. Ab und zu blickte er zu ihm hinüber und musterte ihn aus seltsam flackernden Augen.

Martí spürte auch den Blick Al Quti Al Madins auf sich, nahm wahr, wie der Amir ihn die ganze Zeit über abschätzend betrachtete, wagte aber nicht, zu ihm aufzusehen, um nicht seinen Zorn zu erregen. Selten in seinem Leben war er so eingehend, so durchdringend beobachtet worden. Martí versuchte ruhig zu atmen, während seine Herzschläge sich überschlugen. Schließlich hob er den Blick auf halbe Höhe. Der Amir saß immer noch aufgerichtet, eine Schachfigur in der Hand, vertieft in den Anblick des fremden Gefangenen.

«Habt Erbarmen mit mir, Senhor», sagte Martí leise, «ich bin nichts als der Diener meines Herrn.»

«Du bist mir ein Rätsel», antwortete der Amir, «und ich versuche gerade, es zu verstehen.»

Martí überlegte. Noch war Gelegenheit, alles zu sagen und aufzuklären. Noch war nichts entschieden. Welch ein Glücksfall, dass der Amir so gut Katalanisch sprach.

In diesem Moment kam Hamid zurück. An einer langen eisernen Kette, die von einem eisernen Halsband herabhing, führte er den stolpernden Tarik Ibn Arruesh, dessen Füße und Hände lose gefesselt waren, sodass er sich mit Mühe gerade eben so bewegen konnte. Der Bart des Moro war ungepflegt, und seine Augen sahen ins Leere. Er war sichtlich abgemagert und ein Bild des Jammers in seinem beschmutzten Gewand und den zerschlissenen Sandalen. Eins seiner Augen war blutunterlaufen. Offensichtlich war Tarik noch vor kurzem geschlagen worden.

Der Amir reckte sich ihm über den Schachtisch entgegen und brüllte ihm etwas Arabisches zu. Hamid trat zu Martí, ohne die Hand von der Eisenkette zu lassen, mit der er Tarik wie einen Hund führte. Für Augenblicke machte sich wieder Hoffnung in Martí breit.

Der Moro warf einen kurzen Blick auf Martí. Sein Gesicht blieb ausdruckslos, als er antwortete.

«Was sagt er?», fragte Martí, irritiert über die Gleichgültigkeit des Gefangenen.

«Ich kenne den Mann nicht, ich habe ihn nie gesehen», antwortete Hamid.

«Führt ihn ab», schrie Abdullah al Madin, kirschrot im Gesicht, und schlug dabei mit den Fäusten auf den Schachtisch. «Der Mann lügt. Er ist nichts als ein Lügner und Spion. Er gehört zu den Verrätern. Er ist um kein Haar besser als Tarik Ibn Arruesh.» Er schrie auf Arabisch, und doch verstand Martí diesmal jedes Wort. Zum ersten Mal bedauerte er, nicht auf Maiorinas Worte gehört zu haben.

Die Gelegenheit war vorbei. Es gab keine Rettung mehr. Niemand wollte anhören, was Martí aus Bicalaú zu sagen hatte. Sein Tod war besiegelt.

Hamid stieß ihn zu Boden und zog ihn fort wie einen Ballen Stoff oder ein geschlachtetes Schwein. Er sprach kein Wort zu ihm, auch nicht, als sie draußen im Hof waren. Hamid schleifte ihn weiter über den Steinboden, und Martí, dessen Gesicht blutig aufschrammte, verstand, er war kein Mensch mehr, er galt schon als tote Sache, als einer, der beseitigt war. In ihm kam kein Widerstand mehr auf, dazu ging alles zu schnell. Dann sah er den Henker vor sich, der auf einem erhöhten gepflasterten Platz in der Ecke des Hofs auf ihn wartete.

Hamid zog ihn hoch, sodass Martí auf die Knie fiel, und ihm schoss durch den Kopf, dass er jetzt beten musste. Ihm fielen keine Worte ein und schon gar kein Gebet, nur Bilder stiegen in ihm auf und Töne, Lieder, die er früher gehört hatte. Angelina auf dem Seil, wie sie einen Fuß vor den anderen setzte –

Hamid trat zurück, verschränkte die Arme auf dem Rücken und nickte dem Mann mit dem Säbel zu.

Der Henker trat einen Schritt vor und hob die blitzende Klinge.

«Hilf mir, Urruaca!», schrie Martí auf.

Da war es, das Dorf, Bicalaú, der Bach mit den Forellen. Er roch den Duft der Pinien und Steineichen. Er hörte die gescheckten Schweine grunzen. Da waren sie endlich, Malena, die Großmutter. Mit unfassbarer Deutlichkeit, genauer, als er sie je gesehen hatte, standen sie vor ihm. Urruaca drückte ihn an sich. Sie hatte einen weiten Mantel an, den er noch nie an ihr gesehen hatte. Der Mantel schützte ihn. Wie stark sie war. Er spürte ihre Liebe. Er war glücklich.

«Bleibt da! Wo wollt ihr hin?» Gackernd trippelten die Hühner davon, und Peire kam wieder zu sich. Es war ganz normal, dass sie ihm nicht zuhörten, wenn er mit ihnen redete.

Tagelang war niemand auf der Anhöhe gewesen, nicht einmal

die Kinder, und Peire begann sich danach zu sehnen, mit einem menschlichen Wesen zu sprechen. Er ertappte sich dabei, wie er Selbstgespräche führte und Ansprachen an die Hühner hielt. In Gedanken redete er mit Lanfranco und Rodrigo. Die Nächte wurden jetzt bereits länger und die Tage kürzer.

An diesem Morgen, als er sich nach dem ersten Gebet eben die klammen Finger über dem Feuer wärmte, hörte er Schritte vor dem Eingang der Höhle. Er sprang auf und zog den Vorhang zurück.

«Danke, dass Ihr gekommen seid, Prior.» Peire schossen vor Rührung die Tränen in die Augen. Es war neuerdings so, dass ihn die kleinen Ereignisse des Lebens hier oben sehr aufregten. Wenn die Kinder längere Zeit ausblieben, begann er sich Sorgen um sie zu machen. Neulich, als eins der Hühner verschwunden war, hatte er vor Kummer weinen müssen, und als er dahinter gekommen war, dass ein Fuchs das Tier gerissen hatte, war er völlig außer sich geraten über die Härte des Lebens und die Grausamkeit der Natur.

«Ich sehe, du hast dich hier gut eingerichtet. Wenn ich dir einen Rat geben darf, du solltest eine Wolldecke von mir annehmen. Niemandem ist damit gedient, wenn du krank wirst und stirbst.» Urban runzelte ärgerlich die Stirn. «Widersprich mir nicht, ich bin dein Prior. Die Askese darf nicht zu eitel und selbstgefällig ausfallen. Vor Gott dem Herrn sind wir alle nur Staub.»

Peire murmelte etwas.

«Bruder Peire, es ist nicht genug, zu beten und zu klagen.» Urban inspizierte die Feuerstelle mit dem einen Topf, die Lagerstatt und den Tisch. Auch den Kruzifixus in der Wandnische betrachtete er wohlgefällig.

«Wie meint Ihr das?» Peire war fast erschrocken über den Ton, in dem Urban mit ihm sprach. Er stammelte, dass er zu verzweifelt sei, etwas zu planen oder auszuführen.

«Was ist mit der Al-ud, Bruder?»

«Mit der Al-ud?»

«Ich meine, spielst du noch auf ihr?»

Peire gestand verlegen, dass er das hin und wieder noch tue. «Zum Lobe Gottes und der Jungfrau Maria», fügte er hinzu. Dies traf auch zu. Kein lustiges weltliches Lied wäre ihm mehr über die Lippen gegangen.

«Hör zu, Bruder. Du warst ein Troubadour. Die Menschen kannten dich in Okzitanien, in Provenca, bis nach Francia, jetzt stotterst du und findest kaum noch Worte. Ich glaube nicht, dass Gott Wohlgefallen daran hat, wenn du das Sprechen und Singen verlernt hast», ermahnte ihn der Prior. Nach kurzem Schweigen fügte er hinzu: «Übrigens, die Trauerfahnen sind abgehängt worden.»

«Das Leben geht weiter, und keiner denkt mehr an Mariela und Nina Isabel», sagte Peire bitter.

«Sie sind bei Gott im Himmel, bei dem keine Seele in Vergessenheit gerät, und das Kloster gedenkt ihrer täglich in den Totengebeten. Erinnerst du dich noch an den Plan, eine Kapelle hier auf der Anhöhe zu errichten?»

Peire folgte Urban hinaus, der aus seinen flinken Augen um sich schaute auf der Suche nach einem Platz für die Kapelle.

«Vielleicht solltest du sie auf das Meer ausrichten. Ich denke an die Fischer, denen die Jungfrau bei Stürmen beistehen möge.»

Peire errötete vor Verlegenheit. Es war nicht nur Scham darüber, dass er sein Versprechen völlig vergessen hatte, er fühlte sich inzwischen ganz und gar unfähig, ein solches Bauvorhaben auszuführen. Er war nicht mehr bereit, sich darauf einzulassen.

Urban setzte sich neben der Höhle auf den herausragenden Felsen. Peire senkte die Augen unter seinem eindringlichen Blick.

«Die Arbeit ist nicht geringer einzuschätzen als das Gebet», sagte der Prior. «Es ist wichtig, sie auszuführen. Jeden Morgen solltest du etwas tun, so wie die Brüder im Kloster. Sie pflegen die Bäume, ernten das Gemüse und betreiben die beiden Wassermühlen. Sie schlagen auch Bäume und richten das Holz zu für die Anbauten des Klosters. Im Skriptorium werden kostbare

Schriften angefertigt. Es wird sogar geplant, eine Papiermühle zu errichten.»

Peire wollte erwidern, dass es schon mühsam genug war, sein Essen für den Tag zu kochen und das Feuer anzuzünden, doch vor Urbans strengem Blick verstummte er. Er hatte sich freiwillig dem Prior untergeordnet, aber etwas in ihm wehrte sich dagegen, von Urban zu körperlicher Arbeit angehalten zu werden. Es war nicht leicht, auf Dauer demütig wie ein beliebiger Mönch zu sein und Anordnungen ohne Widerspruch auszuführen.

«Bedenk, du bist hier nur für eine begrenzte Zeit. Nach sieben Jahren bist du von deinem Gelübde befreit.» Jetzt lächelte Urban sogar.

«Ich kann es aushalten», beeilte sich Peire zu versichern. Er wollte keineswegs zurück nach Vallderonca. Seine Zeit des Singens, des Kämpfens und des höfischen Lebens war für immer vorbei.

«Bald kommt der Winter mit den Stürmen und tagelangem Regen. Die Zeit bis dahin lässt sich gut nützen. Im nächsten Frühjahr werden die Tage wieder länger und wärmer sein, so lang, dass sie mit Beten allein nicht mehr auszufüllen sind, und du wirst von selbst überlegen, wie du dich nützlich machen kannst.»

«Ich werde zum Kloster hinuntergehen und mir die nötigen Geräte für den Bau holen», murmelte Peire. «Morgen oder übermorgen.»

«Jetzt gleich», befahl Urban. «Du wirst mit mir den Berg hinunterkommen und dir holen, was du brauchst. Bruder Hilarius wird dich beraten, wie du vorgehen sollst.»

Peire fühlte sich wie eine Assel, die im Dunkeln unter einem Stein gelebt hat und gegen die Helligkeit ankämpfen muss, weil jemand den Stein hochgehoben hat, als er an Urbans Seite aus dem Schutz des Felsens aufbrach.

Niemand war über seinen Anblick erstaunt, als Peire das Kloster betrat. Man begrüßte ihn freundlich und wusch ihm ebenso wie

Urban am Eingang Hände und Füße. Danach erhielten sie eine Holzschale mit Linsensuppe, deren Geschmack Peire überirdisch und erhaben erschien, obwohl sie weder Fleisch noch Speck enthielt, sondern lediglich gekochtes Gemüse, Öl, Zwiebeln und die Linsen. Sie nahmen die Mahlzeit im Eingangsbereich ein an dem Tisch, an dem die vorbeireisenden Bettler gespeist wurden.

Wortlos erschien nach einer Weile der Bruder Küchenmeister und stellte eine zweite Holzschale mit duftender heißer Suppe vor Peire auf den Eichentisch.

Verlegen und fragend sah Peire den Prior an.

«Iss nur», sagte Urban schmunzelnd.

Bruder Hilarius trafen sie im Refektorium an. Er säuberte den langen Tisch, an dem die Mönche gerade ihr Mittagessen eingenommen hatten. Die Weinkrüge, mit Tellerchen zugedeckt, standen für den Rest des Tages auf den Plätzen. Neben jedem Becher lag ein kleiner, in Leim getauchter Zweig, der die Fliegen fern halten sollte. Hilarius, noch gebückter und schmächtiger als früher, war alt geworden. Die Mönche erreichten im Allgemeinen ein hohes Lebensalter.

«Wie kommst du mit dem Eremitendasein zurecht, Bruder?», wollte er wissen.

«Bis jetzt gut», sagte Peire knapp.

«Wir brauchen deinen Rat und deine Erfahrung für die Kapelle, die Peire der Heiligen Jungfrau errichten wird. Es wäre gut, wenn du ihm den Plan zeichnen würdest», leitete Urban das Gespräch ein.

«Oben auf der Höhe über der Behausung des Eremiten?» Hilarius' Augen blitzten interessiert auf. Er setzte sich, Urban und Peire nahmen neben ihm Platz.

«Die Stelle war in alten Zeiten schon einmal bebaut.»

«Davon habe ich nichts bemerkt», entgegnete Peire. Er glaubte jetzt jeden Fußbodenbreit des Felsens zu kennen.

«Ich war vor Jahren dort oben und habe den Untergrund überprüft. Es gibt nur eine Möglichkeit für ein größeres Bauwerk, nämlich die Plattform in Richtung Meer, hinter deiner Höhle», erklärte Hilarius. Der alte Plan von der Kapelle auf der Höhe versetzte ihn in freudige Aufregung, vergnügt hämmerte er mit einem Leimästchen auf die Tischplatte ein.

«So denke ich es mir.» Hilarius schlug Peire vor, zunächst eine kleine Kapelle aus Holzbalken und Bruchsteinen zu errichten. Gemeinsam gingen sie in den Schuppen, in dem das Werkzeug verwahrt wurde, und suchten die Stücke aus, die Peire am dringendsten benötigte.

«Jetzt ist die beste Zeit für einen solchen Bau. Der Boden bekommt wieder Feuchtigkeit, andererseits dauert es noch etwas bis zur Zeit der Sturzregen.» Hilarius reichte Peire ein Beil und eine Hacke, wie sie die Bauern auf dem Feld benutzten. «Später», erklärte er, «kann man das Holz wieder abreißen und sie in Stein ausbauen.»

Peire brach der Schweiß aus angesichts all dessen, was Hilarius und Urban von ihm in kürzester Zeit erwarteten. Da war erst nur von Planungen die Rede gewesen, und schon gaben sie ihm Hacke und Beil. Peire schwankte zwischen Unmut und Geschmeicheltsein darüber, dass Hilarius und Urban ihm so viel zutrauten.

«Das Schwierigste wird sein, die Mauern gerade auszurichten. Und es grenzt an ein Wunder, wenn du die Fundamentmauern gerade ausgehoben hast.»

Hilarius dachte eine Weile nach, bückte sich dann und reichte Peire einen Kasten mit Eisennägeln in verschiedenen Größen.

Als Peire sich verabschiedete, brachte ihm der Bruder Küchenmeister noch ein frisch gebackenes Weizenbrot. Peire nahm es erfreut an, für ihn war es ein kostbarer Schatz.

Hilarius hatte zugesagt, selbst auf den Felsen zu kommen, um Maß zu nehmen und das Gelände zu prüfen. Erst danach könne er eine zuverlässige Zeichnung anfertigen.

Er hielt Wort. Schon am nächsten Tag stand er nach Luft ringend vor Peires Höhle. Er hatte einen großen hölzernen Winkel mitgeschleppt, außerdem arabisches Zeichenpapier und einen Rötelstift. Über der Schulter trug er die Messseile. Das übliche Schreibzeug hatte er am Gürtel befestigt. Nachdem er sich mit einem Trunk Quellwasser gestärkt und Peire einen Beutel Linsen überreicht hatte, ging er murmelnd auf und ab, sprach von Ellen und Fußmaßen, ließ sich schließlich vor der Höhle nieder und begann zu zeichnen. Er nahm sich Zeit. Stunden vergingen. Vor Peires Augen entstand ein Wunderwerk, die Kapelle der Jungfrau Maria, Retterin der Fischer und Seeleute. Hilarius hatte sie von der Seite, im Aufriss und sogar von oben dargestellt.

«Und du glaubst wirklich, ich allein könnte diesen Bau ausführen?»

«Nicht du allein. Mit Gottes Hilfe wird es dir gelingen. Flehe im Gebet zu ihm, dass er dir helfen möge, und bitte auch die Heilige Jungfrau.»

Bruder Hilarius reichte Peire den Bogen Papier mit seiner Zeichnung.

«Sieh zu, dass der Plan nicht nass wird, Papier ist empfindlicher als das gute alte Pergament.»

«Ich werde ihn in Sackleinen einwickeln», versprach Peire.

Als der kleine gebrechliche Mönch, auf einen Stock gestützt, vorsichtig einen Fuß vor den anderen setzend den steilen Pfad hinuntersteigen wollte, rannte Peire hinter ihm her, nahm ihm den schweren Winkel und die Messtaue ab und trug das Gerät bis zum Kloster. Vor dem Eingang verabschiedete er sich hastig.

Der Winter mit Sturzregen und Stürmen kam in diesem Jahr schneller als erwartet. Peire hatte lediglich einige Bäume abgehackt und ihre Stämme für den Bau zurechtgeschlagen. Jetzt, als er gezwungen war, sich länger und öfter in seine Eremitenbehausung zurückzuziehen, zimmerte er sich einen Tisch und zwei Stühle. Nicht als Luxus für sich selbst, so versuchte er sich zu beschwichtigen, sondern als Vorbereitung für die handwerkliche Tätigkeit am Bau der Kapelle. Er war sogar stolz auf seine Arbeit.

«Na, wie gefallen euch die Stühle?», fragte er die Kinder, die wieder einmal mit Wein, Brot und Käse aufgetaucht waren.

«Es fehlt noch ein Stuhl für mich», sagte das Mädchen, das Joana hieß.

Er war noch schläfrig, als die Hunde unten im Burghof aufbellten. Er hörte den Gebetsruf über sich, lang gezogen erschallte er durch das Morgengrauen, aus der Ferne waren andere Rufer zu hören und weitere Hunde. Etwas zwang ihn, sein Bett zu verlassen und sich niederzuwerfen. Martí überlegte, ob er wirklich der Junge aus Bicalaú, späterer Diener des jungen Grafen von Vallderonca, oder ob er ein Moro war. Letzteres schien ihm das Wahrscheinlichere. Er wusste nicht, welche Worte zu beten waren, und machte es so, wie er es oft genug gesehen hatte, er beugte den Oberkörper langsam nach vorn und berührte mit der Stirn den Boden. Es war wie einer dieser Träume, in denen man irgendwo angekommen ist und sich behaupten muss, ohne die Spielregeln zu kennen.

Seine Hände zitterten dabei. Nicht einen Moment kam ihm in den Sinn, dass er ein Christ war und sich verhielt wie ein Moro. Vielmehr war es ganz natürlich und folgerichtig für ihn, sich im Gebet niederzuwerfen. Er war von Dankbarkeit erfüllt, dass draußen der Morgen dämmerte, zärtlich registrierte er die Kühle der frühen Stunde auf der Haut. Von allen Seiten erschallten die lang gezogenen Rufe und das Hundegebell. Es mussten zu beiden Seiten der Burg menschliche Siedlungen mit Moscheen existieren. Er inmitten so vieler Menschen, die sich alle jetzt niederwarfen und beteten. Auch das beglückte ihn. Er war auf geheimnisvolle Weise mit ihnen verbunden und zugleich mit Gott, der ihm das Leben aufs Neue geschenkt hatte.

Noch nie war er so wunschlos gewesen. Es war genug, hier zu sein, auch wenn er keine Ahnung hatte, was kommen würde.

Er sah auf und musste tief durchatmen. Vor ihm stand eine

hoch gewachsene weißhäutige Sklavin in einem fließenden blauseidenen Gewand, die so lautlos eingetreten war, dass er ihr Kommen nicht bemerkt hatte. Wie ein Traumbild stand sie vor ihm und sah ihn unverwandt an. Ihr glänzendes blondes Haar war mit einem durchsichtigen Schleier kaum verhüllt.

Das Paradies, schoss es ihm durch den Kopf. Er befand sich im Paradies, das so war, wie die Moros erzählten. Schöne Jungfrauen kamen auf einen zu und führten die Verstorbenen zu schattigen Plätzen auf Diwane, wo geschmaust, getrunken und gesungen wurde – für immer.

«Seid Ihr fertig mit Beten?», fragte das Mädchen in flüssigem Katalanisch, das dennoch fremdartig klang. Ihre Stimme war angenehm und doch zu dunkel für ein weibliches Wesen. Die Stimme ließ sie älter erscheinen, als sie war.

«Was wollt Ihr von mir?»

«Ich bin Zubh. Der Amir schickt mich zu Euch. Ich soll Eure Sklavin sein.» Sie sagte es mit einem winzigen spöttischen Unterton, den er kaum wahrnahm.

Martí schämte sich sofort, dass sie ihn bei seinem Gebet nach Moro-Art beobachtet hatte. Am Ende hielt sie ihn jetzt für einen, der dem Christengott abgeschworen hatte.

Er versuchte, etwas zu erklären, seine Lippen bewegten sich hilflos, und er brachte kein vernünftiges Wort hervor. Sie war eine Sklavin, verhielt sich aber nicht wie eine solche. Sie war groß und selbstbewusst und hatte etwas an sich, das ihn unsicher machte.

«Bei uns in Katalonien würde man Euch mit Domna ansprechen», sagte er.

«Wisst Ihr, was Ihr falsch gemacht habt?» Sie lächelte ihn an und sprach weiter, ohne eine Antwort zu erwarten. «Vor dem Beten muss man sich waschen und reinigen. Kommt mit.»

Wie betäubt erhob er sich und folgte ihr. Sie schritt eilig die Wendeltreppe des Turms vor ihm hinunter. Wieder musste er die Augen geblendet schließen, als er im Sonnenlicht auf dem gepflasterten Innenhof der Burg stand. Es war ihm unklar, was sie mit ihm vorhatte, als sie ihn zu einem Gebäude gegenüber führte. Sklaven in kurzen Kitteln fegten den Hof. Andere führten Pferde aus dem offenen Stallgebäude an der Mauer zum Tor hinunter.

Martís Denken geriet wieder in Bewegung. Hier draußen begann er sich nach dem zu sehnen, was hinter den Mauern der Festung lag – die Freiheit. Er senkte den Blick und beschloss, auf jede Einzelheit zu achten, die ihm bei seiner Flucht von Nutzen sein konnte. Noch war es dazu zu früh, war alles ungewiss, außer, dass die strenge Bewachung, unter der er gestanden hatte, aus einem ihm unbegreiflichen Grund gelockert worden war.

Sie betraten einen großen Kuppelsaal mit gekachelten Wänden. Auf Bänken lagen einige ruhende Männer, nur mit einem Tuch bedeckt. Andere hockten um kleine Tische mit Erfrischungen und waren in Brettspiele vertieft. In der Mitte des Raums war ein rundes Becken mit einem Springbrunnen. Die Sklavin führte ihn durch eine Tür in einen kleineren Raum zu einer marmornen Wanne, aus der Dampf aufstieg, und bedeutete ihm, seine Kleider abzulegen. Der Boden unter den Füßen strahlte angenehme Wärme aus.

Martí stieg in die Wanne, die Moros und die Juden badeten dauernd, das war ihm bekannt, und jetzt war er selbst zum Moro geworden. Langsam senkte er seinen Körper in das wohlig warme Wasser und atmete betörende Düfte ein.

Ein hühnenhafter Maure mit bronzefarbenem muskulösem Körper näherte sich Martí und seifte ihn mit einem Waschhandschuh ein, später geleitete er ihn zu einer Steinbank. Martí brach der Schweiß aus allen Poren. Angenehme Hitze durchdrang den Raum. Die Wärme kam, so schien es Martí jedenfalls, aus den Ziegeln der Wand hinter der Bank, auf der er saß.

Dann hatte er sich wieder angekleidet. Zubh übernahm wieder die Führung durch die Räumlichkeiten des Badetraktes. Behutsam zupfte Martí sie am Arm. Zubh wischte hastig über die Stelle ihres Oberarms, wo er sie berührt hatte.

«Es tut mir leid, ich wollte nicht grob sein, nur – darf ich etwas fragen?»

«Ich bin Eure Sklavin, Sid. Ihr dürft alles fragen.»

«Dass Ihr meine Sklavin seid – bedeutet das, dass Ihr meine Kleider waschen werdet und mir Essen bereitet?»

Zubh lächelte überlegen. «Es bedeutet, dass ich Euch unterhalten werde. Für die Säuberung der Kleider und der Räume sind meine beiden Dienerinnen zuständig.»

Martí bemühte sich, nicht auf ihre Brüste zu starren. Was, um Himmels willen, meinte sie mit «Unterhaltung»? Sollte es ein höflicher Hinweis sein, dass er mit ihr schlafen konnte?

Als sie vom Bad zurück zum Eckturm kamen, wuchteten zwei schwarze Sklaven gerade Truhen und Möbelstücke die Wendeltreppe hoch.

«Das sind meine Sachen», sagte Zubh. «Ihr habt wohl nichts dagegen, dass sie in Eure Räume kommen?»

«In meine Wohnung?»

«Ihr wohnt jetzt dort oben, Sid. Der Amir hat es so bestimmt.»

«Und Ihr auch?»

«Ja, ich auch.»

«Macht es Euch bequem, Sid.» Zubh wies auf den Diwan im Raum, über den eine bestickte Seidendecke gespannt war. Davor befand sich ein zierliches Tischchen aus schwarzem Holz, auf dem alle möglichen Speisen hübsch arrangiert waren, kaltes Fleisch, Gebäckstücke, Melonenscheiben und Brot.

Neugierig trat Martí näher und hob den kupfernen Krug hoch. Er enthielt nur Wasser.

Zubh strich sich die langen Haare hinter die Ohren und griff nach einer an die Wand gelehnten Zither. Er wehrte ab.

«Esst erst mit mir, danach könnt Ihr Musik machen.» Mit einer ungestümen Bewegung zog er sie zu sich auf den Diwan. Sie rückte etwas von ihm ab, dann aber steckte sie ihm die einzelnen Bissen in den Mund und erklärte ihm geduldig, wie jedes Lebensmittel auf Arabisch hieß. Wohlige Wärme durchströmte Martí – alles war scharf gewürzt und gut gesalzen, ein Essen wie für einen Senhor, nur der Wein fehlte ärgerlicherweise.

Erst die bildschöne Sklavin, dann das Bad mit den aromatischen Düften, jetzt das Essen – für Martí verschwammen Traum und Wirklichkeit.

Zubh erhob sich und ergriff ihr Instrument. Als ihre Finger über die Saiten flogen und sie dazu sang, wusste er mit Sicherheit, dass er sich im Paradies befand. Ihr schlanker Körper, ihre kostbare Kleidung, das leichte Klirren der Fußkettchen und dazu ihre Stimme ließen Martí vergessen, dass er der Gefangene Al Qutis war.

Sie sollte nie wieder aufhören zu singen. Er wollte für immer hier sitzen bleiben und ihr zuhören. Es war so erhebend wie sein erstes Musikerlebnis mit Angelina und Don Raimón, obwohl sie anders als Don Raimón oder Peire sang – klagend, anklagend, in einer Sprache, die er nicht verstand.

Martí erhob sich, glücklich wie kaum je zuvor, sicher, dass sie das Gleiche empfand wie er, entschlossen, ihr zu sagen, dass er sie noch mehr liebte als Maiorina. Das Gute war, sie war seine Sklavin. Er musste ihr nichts erklären. Was auch immer er tat, sie würde beglückt sein, was man bei Maiorina nie so genau vorhersagen konnte.

Er taumelte auf sie zu, benommen vom Essen und ihrem Gesang, er umarmte sie, seine Sklavin, und wusste, sie würde willenlos sein. Es war wie ein Fanfarenruf in ihm, als er über sie herfiel.

Es war nicht das Paradies. Der Schmerz traf ihn völlig unerwartet. Zubhs Fingernägel waren unfassbar scharf. Wie kleine Messer zerfetzten sie seine Gesichtshaut. Zubh schrie schrill und verzweifelt. Martí starrte auf seine blutende Hand, in die sie gebissen hatte, ohne Rücksicht darauf, dass es die Hand ihres Herrn war.

«Ich wollte Euch nichts Böses tun», stammelte Martí. «Ich wollte nicht, ich wollte –»

«Tu das nie wieder, Schweinefresser. Beim nächsten Mal werde ich dich töten», stieß sie hervor.

Zubh stand aufrecht, arrangierte ihre Kleidung und trat in die äußerste Ecke des Raums, so weit weg wie möglich von ihm. Ihr Blick richtete sich zur Tür, als ob von dort überirdische Rettung käme.

Martís Blick fiel auf Hamid, der die Tür aufgerissen hatte und mit gezogenem Säbel im Türrahmen stand.

«Bist du verrückt geworden?»

«Ich dachte – sie hat gesagt, sie sei meine Sklavin –»

«Hör zu, sie ist eine *qaiyna*. Du musst sie ehrenhaft behandeln.» Hamid war außer sich vor Zorn. «Du kannst nicht wie ein Tier über sie herfallen. Was glaubst du, wer du bist?»

Hamid blieb in der Türöffnung stehen, erst, als Martí ihm zugenickt hatte, betrat er den Raum.

«Du bist ein Gefangener», sagte er, und Martí verstand nicht, was ihn so zornig machte. «Vergiss nicht, wie es noch vor kurzem um dich stand. Der Amir hat dich begnadigt. Ihm verdankst du alles. Die Qaiyna ist sein Geschenk.»

Immer noch war Martí nicht völlig sicher, ob er träumte, ob er tot oder lebendig war. Zugleich fühlte er eine bleierne Müdigkeit im ganzen Körper.

«Sie gehört dir, aber du hast sie anständig zu behandeln. Vergiss, dass du ein Christenmensch bist.»

Zubh war verschwunden. Martí suchte sie mit den Augen.

«Sie wird wiederkommen, was bleibt ihr auch anderes übrig.» Hamid sah immer noch wütend aus, schien sich aber langsam zu beruhigen. Er ließ sich auf den Diwan fallen und goss sich Wasser in einen Becher. Martí kauerte auf dem Boden nieder.

«Sag mir, warum der Amir mich begnadigt hat.»

«Das wissen nur Allah und der Amir.» Hamids Gesicht war unbewegt.

«Begnadigt er seine Gegner öfter in letzter Minute?»

«Selten. Der Letzte, den er vom Tod errettet hat, war Tarik Ibn Arruesh. Aber außer dem nackten Leben hat dieser Hundesohn nichts gewonnen. Der Amir ist gerecht, er weiß, was er tut, und lässt sich davon nicht abhalten. Auch in deinem Fall wird es gerecht sein. Al Quti ist ein kluger und frommer Mann.»

«Warum hat Tarik Ibn Arruesh den Tod verdient?»

«Frag nicht, du wirst es bald erfahren. Es sind uralte Geschichten.»

«Und jetzt? Was wird mit mir geschehen?»

Hamid antwortete in der Sprache der Moros. «Allah ist mit den Geduldigen», übersetzte er dann und lächelte zum ersten Mal, seit Martí ihn kannte. «Ich bringe dich wieder vor den Amir und seine *nudama*. Er hat schon entschieden. Von ihm hörst du alles Weitere.»

«Nudama?»

«Seine Freunde und Berater, seine Tafelrunde, die Männer, die mit ihm Schach spielen und ihn beraten. Bei allem, was er tut, zieht der Amir sie zu Rate.»

Hamid führte Martí wieder in das Gebäude, in dem sich die Madjlis befand. Der Amir saß auch diesmal auf dem erhöhten Diwan. Aber heute war der Blick aus den grauen Augen freundlich. Martí warf sich vor ihm auf dem Boden nieder und küsste seine Füße.

«Ich danke Euch für meine Errettung, Senhor», sagte er.

Die Männer, die Martí schon beim letzten Mal neben dem Amir aufgefallen waren, saßen im Raum herum und musterten den Ankömmling.

«Du hast zur heiligen Urruaca gebetet», begann der Amir unvermittelt das Gespräch. Er sprach wieder sein fremd klingendes Katalanisch.

«Nein, nein», wehrte Martí ab, «ich weiß gar nicht, ob es eine Heilige dieses Namens gibt. Es ist der Name meiner Großmutter. Der Ruf hat mir jedes Mal Glück gebracht.»

«Viele Frauen heißen so bei euch», stellte Al Madin fest.

«Ich kenne keine andere Frau dieses Namens», sagte Martí, unsicher, worauf die Unterredung hinauslaufen sollte.

Der Amir kniff die Augen zusammen, als überlege er angestrengt.

«Du bist kräftig, du könntest ein guter Kämpfer werden», sagte er nach einer Weile.

Martí antwortete nicht.

Der Amir lachte und flüsterte dem Weißbärtigen zu seiner Rechten etwas zu, worauf dieser ebenfalls schmunzelte.

«So, wie du bist, Schweinefresser, können wir nichts mit dir anfangen. Der Kampf ist ernst zu nehmen und ist strengen Regeln und Gesetzen unterworfen.» Al Madin lehnte sich zurück und schwieg. Plötzlich beugte er sich vor: «Bist du bereit, in meine Dienste zu treten, nachdem Hamid dich ausgebildet hat?»

Hilflos sah Martí zu Hamid hin, der jedoch keine Miene verzog.

«Du bist ein Mann, der uns von Nutzen sein kann. Du sprichst deine Sprache und kennst dich etwas aus in der unsrigen. Du kannst mit Falken umgehen und besitzt den Mut eines Mannes, der ein erfolgreicher Krieger werden könnte. Und du bist gesund und kräftig.» Der Amir hob die Augen zum Himmel. «Sieh mich an. Zweitausend Soldaten stehen in meinen Soldbüchern, und doch geht es keinem von ihnen so elend wie mir.»

Martí schrak zusammen, als der Amir die Zahl von zweitausend Soldaten genannt hatte.

Dann schloss er die Augen. In Wirklichkeit war alles schon entschieden. Er sah wieder die Träger vor sich, die die Möbelstücke und die Kleidertruhen der schönen Zubh hinaufschleppten in Räumlichkeiten, die er bewohnen sollte.

«Bedeutet das, dass ich mich zu Eurem Glauben bekennen muss?»

Im Raum breitete sich Schweigen aus. Martí überlegte, ob seine Frage ein Fehler gewesen war, der den Amir wieder gegen ihn einnehmen konnte. Ohnehin verstand er den Sinneswandel des Eunuchen nicht recht und traute ihm nicht. Vielleicht war es nur ein neuer Versuch, ihn zu einem Geständnis zu bringen, um ihn dann wieder vor den Henker zu führen.

Es war unglaublich still in der Madjlis. Nur das Tropfen der Wasseruhr war zu vernehmen. So leise das Geräusch auch war, es durchdrang Martís Körper bis in die Zehenspitzen.

Die alten Männer betrachteten Martí aufmerksam und eindringlich. Martí sagte sich, dass ihr Interesse an ihm übertrieben war. Wer war er schließlich schon.

«Ja», sagte Al Madin. «Das bedeutet es. Aber, keine Angst, Schweinefresser, du hast Zeit, du wirst erfahren, was Allah den Gläubigen verheißt. Du wirst das Buch kennen lernen.»

«Welches Buch?», stammelte Martí.

Der Alte neben Al Madin erhob sich und begann in Arabisch etwas zu sprechen, das sich wie ein Gebet anhörte.

Leise übersetzte Hamid für Martí: «Wir haben dir das Buch hinabgesandt mit der Wahrheit, als Erfüllung dessen, was schon in dem Buch war, und als Wächter darüber. Richte darum zwischen ihnen nach dem, was Allah hinabgesandt hat, und folge nicht ihren bösen Neigungen gegen die Wahrheit, die zu dir gekommen ist. Einem jeden von euch haben wir eine klare Satzung und einen deutlichen Weg vorgeschrieben.

Und hätte Allah gewollt, Er hätte euch alle zu einer einzigen Gemeinde gemacht, doch Er wünscht euch auf die Probe zu stellen durch das, was Er euch gab. Wetteifert darum untereinander in guten Werken. Zu Allah ist euer aller Heimkehr; dann wird Er euch aufklären über das, worüber ihr uneinig wart.»

«Abu Bakr wird dich im Koran unterrichten, Fremder, damit du nicht so unwissend bleibst, wie du gekommen bist.»

Abu Bakr war offenbar der Name des weißhaarigen Alten zur Seite Al Madins. Wieder begann der alte Ratgeber des Amirs zu sprechen, und Hamid übersetzte: «Wissen ermöglicht, das Erlaubte vom Verbotenen zu unterscheiden. Es erhellt den Weg zum Paradies. Es ist unser Freund in der Wüste, unsere Gesellschaft in der Einsamkeit, unser Gefährte, wenn wir allein sind, unser Freund in der Ferne. Es führt uns zum Glück und hilft uns im Elend. Es ist unser Schmuck unter Freunden und unsere Waffe gegen Feinde.»

«Setz dich zu uns.» Mit einer ungeduldigen Handbewegung winkte der Amir Martí näher heran, «und sag, ob du mit meinem Vorschlag einverstanden bist. Bist du bereit, einer meiner Kämpfer zu werden?»

Blitzschnell schossen Gedanken durch Martís Kopf. Er überlegte, ob es eine andere Entscheidung überhaupt gab. Ob sein Leben davon abhing, dass er ja sagte. Ob er jemals nach Aragon zurückkehren würde, nachdem er in die Dienste der Mauren getreten war. Und was dann aus Maiorina mit ihren Bankerten und den ewig besoffenen Kerlen werden würde. Es war vorbei, er konnte ihr nicht mehr helfen. Martí kämpfte mit sich. All die Heiligen, die christlichen Märtyrer, die standhaft gewesen waren und sich auf glühenden Feuerrosten unter schlimmster Folter zu Christus und der Jungfrau Maria bekannt hatten. Martí seufzte laut und vernehmlich. Fünfunddreißig Jahre war er jetzt alt, das Leben hatte zahlreiche Reize, es war ein wahrer Genuss, zu essen, ein Bad zu nehmen, es war das Höchste, Musik zu hören oder selbst zu musizieren, und dann Zubh. Zubh und die Aussicht zu leben. Er war weder ein Heiliger noch ein christlicher Märtyrer.

«Lass uns wissen, wie du dich entschieden hast, Enkel der Urruaca.» Der Amir lächelte ihn an. Es war ein sonderbares, verquältes Lächeln.

Martí spürte, dass es seine letzte Chance war. Es gab nur die eine Antwort. Er warf sich nieder und berührte die Füße seines neuen Herrn mit den Lippen.

«Ich schwöre bei Gott dem Herrn, dass ich Euch dienen werde unter Einsatz meines Lebens, so, wie ich dem Grafen von Vallderonca zu Diensten war.»

«Bei euch Christen ist das der Treueeid, bei uns nennt man es Baia. Behalte im Kopf, dass Allah und der Christengott ein und derselbe, der Eine, der Einzige, sind.»

Der Amir zog ihn zu sich hoch und sah ihm eindringlich, prüfend in die Augen. Es war Martí so unangenehm, wie in seiner Kindheit, wenn sein Vater Antoni ihn aus einem Versteck hervorgezerrt hatte, um ihn zu prügeln. Ihm kam der seltsame Gedanke, dass er vor Al Madin, mochten auch zweitausend Soldaten in seinen Soldbüchern eingeschrieben sein, weniger Angst hatte als vor seinem Vater.

«Halte diesen Eid ein. Als Gegenleistung werde ich dir im Namen Allahs Schutz und Sicherheit gewähren und für deinen Lebensunterhalt aufkommen.»

Martí hielt dem Blick stand und beschloss, den Schwur zu halten, obwohl er in der Not und nicht freiwillig ausgesprochen war.

«Gut, Mann aus Bicalaú, von jetzt an wirst du für mich kämpfen. Es war die richtige Entscheidung, du wirst sie nicht bereuen. Allah liebt die Tapferen.»

Hamid führte Martí zurück in das Turmzimmer, in dem noch die Essensreste vor dem Diwan standen. Ein weißer Kaftan lag über einen Schemel gebreitet, und auf dem Wandbord entdeckte Martí mit Staunen die Gegenstände, die er auf die Reise mitgenommen hatte: den Beutel mit den Maravedis, seine Flöte und Kleidungsstücke, sogar Peires Stiefel.

«Wo ist mein Schwert?»

Hamid lächelte verlegen. «Du wirst es wiederbekommen, wenn du dich bewährt hast. Wir werden dich ohnehin mit unseren Waffen ausbilden. Hier, nimm noch dies. Der Amir lässt es dir zukommen.»

Er übergab ihm einen ledernen Beutel, den Martí neugierig öffnete. Er war randvoll mit quadratischen Silbermünzen.

«Es sind Dirhems. Die Endzeit hat begonnen», erklärte

Hamid, während Martí die silbernen Stücke in seiner Hand anstarrte. «Zum äußeren Zeichen des Anbruchs der neuen Zeit ließ der Kalif Abu Yusuf Yaqub al-Mansur anstelle der runden Geldstücke quadratische prägen. Sie sollten das Ende des geschichtlichen Kreislaufs anzeigen.»

Schon am nächsten Morgen stand Hamid wieder in der Tür. Er trug über dem leinenen Rock die gesteppte leuchtend grüne Panzerweste, die er bei Martís Gefangennahme angehabt hatte.

Er werde ihn auf Befehl des Amirs in der Waffenkunst ausbilden, erklärte er nach der Begrüßung.

«Wir benutzen andere Waffen als die Christenkämpfer. Auch mit den Pferden gehen wir anders um. Ich werde es dir erklären, und du musst versuchen, es zu lernen.»

«Ich werde mich bemühen, obwohl ich kein junger Schüler mehr bin.»

«Es geht auch um deinen eigenen Schutz. Die Truppen Al Quti Al Madins befinden sich im Krieg mit denen des Kalifen von Al-Andalus. Täglich müssen wir hier auf Almenara mit feindlichen Angriffen rechnen. Dann kommt es auf jeden Mann an.»

«Ich war kein Krieger», versuchte Martí zu erklären, «ich war immer nur der Diener meines Herrn.»

«Vergiss die Zeit, als du Diener warst. Du wirst ein Krieger sein, so wie alle Männer auf Almenara.»

Vor dem Unterstand an der Mauer warteten bereits Hamids Fuchshengst Antar und Pretz. Aufgezäumt und mit den Decken und den leichten Flechtsätteln der Moros ausgestattet, ließen sie die Ohren spielen. Weder das morgendliche Bad noch die Salben, von Zubh einmassiert, hatten Martís Druckstellen und Schrammen weggezaubert. Er rieb sich die schmerzenden Handgelenke, dann schwang er sich ächzend auf den Rücken des Wallachs. Immerhin war Zubh zurückgekehrt und hatte sich um seine Gesichtsverletzungen gekümmert.

«Solltest du zu fliehen versuchen, werde ich dich mit dem Pfeil vom Pferd herunterholen. Ist dir das klar?»

«Ich habe die Baia geleistet und werde mich daran halten.»

«Sehr vernünftig. Überdies befindest du dich mitten in unserem Gebiet, überall patrouillieren die Männer Al Quti Al Madins. Du würdest nicht weit kommen.»

Sie verließen die Burg durch das Portal mit dem Hufeisenbogen und ritten gemächlich den schattigen Pfad hinab zu einem Tal, wo sich zwischen Gebüsch und Pinien ein Bach entlangschlängelte.

Die Hufspuren im vertrockneten niedergetrampelten Gras verrieten, dass sich hier der Übungsplatz der Männer befand.

«Knie nieder», befahl Hamid.

Martí kletterte vom Pferd, jeder Knochen schmerzte ihn dabei, und kniete sich ins Gras, unsicher, was der Maure diesmal von ihm wollte.

«Schwöre beim Leben deiner Mutter, dass du mir, deinem Kampfmeister, niemals mit Schwert oder Lanze oder sonst einer Waffe entgegentreten wirst. Schwöre, dass du niemals die Kenntnisse, die ich dich lehre, gegen mich wendest. Schwöre es bei Allah und beim Leben deiner Mutter.»

Martí murmelte den Schwur, wobei er freiwillig noch den Namen seiner Großmutter hinzufügte.

«Du musst sicherer auf dem Pferd werden», sagte Hamid ein wenig später, «du musst eins mit dem Pferd und der Lanze und dem Schwert sein. Das ist das erste Geheimnis des Kampfes. Bis dahin hast du einen langen Weg vor dir. Aber zuerst musst du das Pferd richtig reiten, verstehst du, was ich meine, Martí?»

Martí rutschte unruhig auf der Satteldecke hin und her. Die Mauren sattelten ihre Pferde nicht so wie die Christen, und er wusste nicht, was die bessere Art war.

«Es gibt ein zweites Geheimnis. Jeder Krieger hat Angst vor dem Kampf, auch der mutigste und der älteste. Jeder Kampf kann den Tod bedeuten. Vor dem Tod zu zittern ist keine

Schande. Alle zittern vor dem Kampf, auch ich, auch Al Quti Al Madin.»

Martí sah nach oben. Schwindel erregend hoch über ihnen ragte die Bergfestung Almenara auf ihrem Felsvorsprung aus den Bäumen. Hamids feingliedriger arabischer Fuchs tänzelte hin und her, während der Wallach Pretz, der früher Peire gehört hatte, alles langsamer anging.

«Hör zu, versuch zuerst, ohne Sattel auf dem Pferd zu sitzen. Wenn du dich darin übst, wirst du viel sicherer sein.»

«Aber – wie soll ich mich festhalten?»

«Sieh zu, wie ich es mache.» Hamid sattelte sein Pferd mit wenigen Griffen ab, legte den Sattel aus Flechtwerk und die Decke im Gras ab und schwang sich leichtfüßig auf sein Tier. «Hinter mir her!», rief er.

Zögernd tat Martí es ihm nach. Der Pferderücken war erstaunlich glatt, Martí klammerte die Beine um den Bauch des Wallachs und setzte hinter Hamid her. Es war ganz anders als auf dem Holzsattel. Es war eine neue Art, sich auf Pretz zu bewegen, der den Körperkontakt mit Beinen und Schenkeln seines Reiters erstaunt zur Kenntnis nahm.

«Merkst du, dass das Pferd dich besser versteht, wenn du es ohne Sattel reitest?»

«Ja.»

«Im Kampf muss dein Pferd jeden Moment wissen, was du von ihm willst, und das gelingt dir umso besser, je näher du an seinem Körper bist.»

«Sag mal, die zweitausend Soldaten, die Al Quti Al Madin sich hält, wo sind die eigentlich?», wollte Martí wissen, als sie das Mittagsgebet verrichtet hatten.

«Sie sind verteilt auf die verschiedenen Burgen im Herrschaftsgebiet des Amirs.»

«Bedeutet die große Zahl vielleicht, dass er einen Feldzug vorbereitet?»

«Kluger Junge», lachte Hamid beifällig, «ich rate dir dringend, nicht so viel zu fragen. Manche Tatsachen erklären sich durch sich selbst.»

«Und was ist mit dem Gefangenen, der mich nicht kennt: Tarik Ibn Arruesh? Warum liegt er im Turm und wird nicht getötet?»

Hamid sah sich um, ob noch einer der Männer von der Burg in der Nähe war, bevor er antwortete.

«Er wird so schwer bestraft, weil Al Quti seit langem in einer Fehde mit den Beni Arruesh liegt. Die Beni Arruesh haben immer treu zu Nasir gehalten. Nasir war ein guter Herrscher, der aber schon zu lange in Kämpfe drüben in Ifriqiya verwickelt ist. In der Zeit seiner Abwesenheit sind einige Provinzen von ihm abgefallen. Unser Amir hat sich mit dem König von Mallorca verbündet, mit Yahya, einem Nachkommen der Almorawiden, der sich mit Nasir im Krieg befindet. Yahya hat auch in Ifriqiya große Städte erobert, Tunis, Annaba und Kairouan. Er untersteht dem Kalifat von Bagdad.»

Hamid erzählte dann, dass der Amir an der Gicht litt und immer wieder von schweren Anfällen geplagt wurde.

«Jeder Anführer auf den einzelnen Burgen hält sich bereit für den Tag, an dem der Amir stirbt, um sein Nachfolger zu werden», flüsterte Hamid geheimnisvoll. «Al Quti ist ein verschnittener ehemaliger Sklave. Er kommt aus dem Nichts, verstehst du, keine Angehörigen, keine Familie, kein Sohn. In seiner Jugend war er unbesiegbar. Jetzt aber in der Zeit seiner Krankheit muss er Aufwiegler und Unruhestifter unter den eigenen Leuten strenger bestrafen denn je.»

«Und du? Wie bist du zu seinen Leuten gekommen?»

«Es ergab sich so», erwiderte Hamid ausweichend.

«Was hast du da?»

«Das werde ich dir gleich zeigen.» Hamid warf das knüppelähnliche Ding aus Leder über sich in die Luft und fing es wieder auf. «Das ist die Saut, die Kampfpeitsche, eine tödliche Waffe, wenn du sie vom Pferd aus gegen den Feind schwingst.»

Als sie von den Pferden abstiegen und sie am Bach grasen

ließen, um mit hölzernen Säbeln den Nahkampf Mann gegen Mann zu üben, wurde Martí plötzlich klar, wie misslich seine Lage war. Der Amir war todkrank. Starb er, wurden er und die Männer auf der Burg von einem Tag auf den anderen von Jägern zu Gejagten.

«Lass uns üben», sagte Hamid, «im Winter ist die beste Zeit dafür. Du darfst dich nie auf die faule Haut legen und ausruhen. Genieße die Liebe zu Zubh, aber vergiss nie: Ein Krieger muss jeden Moment bereit sein. Und was das nächste Jahr bringt, weiß Allah allein.» Er lachte kurz auf.

Martí blieb stehen und verzog das Gesicht. Nein, er würde nicht weiter auf die Sache mit Zubh eingehen – nur kurz.

Hamid schwang sich auf seinen Hengst und warf die Saut von einer Hand in die andere.

«Was ist mit Zubh?», fragte Martí, während er schwerfälliger als der Maure auf Pretz kletterte.

«Sei glücklich, dass sie dir gehört.» Hamid verstummte einen Moment, ehe er leise hinzufügte: «Sie stammt aus dem Harem des Amir.»

Er beugte sich zu Martí. «Lass uns weiterarbeiten. Schau dir die Waffe an! Hast du sie jemals selbst geworfen?» Er spielte mit seiner ledernen Wurfpeitsche.

Martí verneinte.

«As-Saut! Sie ist aus Bullenleder.» Der kurze Stiel, erklärte Hamid, war durch Abkochen gehärtet und am unteren Ende mit einer Schlaufe versehen, die am Sattelknopf eingehängt wurde. Das Peitschenende war über zwölf Ellen lang, kunstvoll aus dünnen einstückigen Riemen geflochten. In die Spitze war eine Bleikugel von der Größe eines Taubeneis eingefügt.

«Sieh genau hin!» Hamid legte jetzt den geflochtenen Riemen in Schleifen und schwang die Peitsche über dem Kopf.

«Der Gegner reitet auf mich zu, seine Lanze kann mich nicht erreichen, jetzt hat er das Peitschenende um den Hals, und ich ziehe ihn im Weiterreiten rücklings aus dem Sattel. Verstanden?»

Es war nicht schwer zu verstehen. Doch als Hamid seinem Schüler die Saut hinüberwarf und Martí zum Schwung ausholte, wurde ihm klar, dass es für das sichere Zielen im Kampf langer Übung bedurfte und erheblicher Kraft in Arm und Schulter.

Anschließend übten sie noch mit hölzernen Schwertern sowohl vom Pferd aus wie am Boden. Hamid erklärte ihm, wie er zwischen Hieb und Stich abwechseln sollte und wie wichtig es war, bei dem Gegner über den Unterarm hinweg unter die Achsel zu gelangen, da, wo die Panzerung am schwächsten zu sein pflegt.

«Und nie die Klinge zu früh ziehen wie die Anfänger! Ein alter Kämpfer zieht erst dicht am Feind!», schrie Hamid warnend, als ob sie schon mitten in der Schlacht wären.

Gegen Mittag legten sie sich in den Schatten der Bäume, um sich auszuruhen. Hamid hatte Brot und Trockenfisch dabei. Es war der Jahreszeit entsprechend nur mäßig warm. Der Maure berichtete, dass in der nächsten Zeit Yahya den Amir besuchen werde. Die Qaiyna werde dann vor dem fremden König singen und tanzen.

«Wozu braucht der Amir einen Harem, wenn er verschnitten ist?», konnte Martí sich nicht enthalten zu fragen.

«Zur Hofhaltung eines Herrschers gehört nun einmal der Harem. In ihm landen die schönsten Frauen, die erbeutet werden oder als Ehrengeschenke an den Hof gelangen. Al Quti verschenkt sie in der Regel weiter an seine Getreuen.»

«Und Zubh? Was hat der Amir mit ihr gemacht?»

«Frag sie selbst, Schweinefresser. Auf alle Fälle war sie eine der höchsten Damen des Harems. Der Amir ist oft zu ihr gegangen, um sich mit ihr zu beschäftigen. Sie wird vor ihm getanzt und gesungen haben und wer weiß was sonst noch. Der Amir ist ein kluger Mann, der genau überlegt, was er tut. Warum er aber ausgerechnet dir die Sängerin Zubh, eine ausgebildete Qaiyna, geschenkt hat, an der sein Herz hing – das weiß nur Allah.»

«W-was ist eine Qaiyna?»

Hamids Gesicht verzerrte sich. «Die Qaiyna sind allesamt treulos. Sie sind ausgebildet in der Kunst, den Männern Netze zu legen und Fallen zu stellen. Eine Qaiyna darf der Mann nicht ernst nehmen. Verstehst du, sie spielt immer nur ein Spiel. Sie tut so, als sei sie in dich verliebt, aber sie ist eine Falschspielerin, die die Männer betört, alles aus ihnen herausholt und sie dann verlässt. Merk dir das, Schweinefresser. Sie haben keine Gefühle wie eine Ehefrau oder einfache Sklavinnen, was auch immer sie einem erzählen.»

Die Wintermonate, hart und schwer zu ertragen mit ihrer nassen Kälte und den Stürmen, die um den Felsen heulten, verstrichen ohne nennenswerte Ereignisse. An manchen Tagen fühlte Peire sich wie unsichtbar. In der Kälte fiel es sogar schwer zu denken. Er schlief viel oder saß vor dem Feuer, zu matt, um zu beten oder nachzudenken, zu apathisch für jede Art von Planungen oder Vorsätzen. An solchen Tagen spürte er seine Trauer kaum. Er sah den Hühnern zu, die dicht beieinander gluckten, und hörte auf den Wind draußen. Peire schaffte es irgendwie, das Weihnachtsfest mit all den Erinnerungen an Nina und Mariela zu ertragen; er erhielt aus diesem Anlass Besuch von Urban, der ihm einen seiner besseren Weine, Hasenbraten und Rosinenbrot brachte. Dem Prior haftete der Duft des weihnachtlichen Klosters an, eine Mischung aus Gebratenem, Suppen, Weihrauch, Kerzen und fremdländischen Gewürzen.

Anerkennend schob Urban den Stuhl hin und her, ehe er sich auf ihm niedersetzte.

«Du bist besser, als ich dachte. Fast könnte man von einer gewissen Begabung für das Handwerk sprechen.»

Peire schwieg, verlegen über das Lob, musste sich aber eingestehen, dass die ungewohnte Arbeit ihm Freude gemacht hatte. Der zweite Stuhl war ihm besser geraten als der erste, und er hatte ihm ein paar Verzierungen gegeben.

«Sieh zu, dass du gesund bleibst. Die Erkältungen des Winters sind nicht zu unterschätzen. Bald kannst du dann das Fundament ausheben und mit dem Bau beginnen. Komm ins Kloster, wenn dir etwas fehlt, Handwerksgerät oder Nägel.»

Es war kurz vor Ostern. Die Sonne erhob sich immer früher am Horizont über dem Meer, stieg steil auf und erwärmte den roten Felsen. Nach den regenreichen und bitterkalten Monaten in der klammen Höhle genoss Peire die alles durchdringende Wärme. Sein Husten verlor sich allmählich wieder, und die Knochen hörten auf zu schmerzen. Schwarze Eidechsen huschten aus den Felsvorsprüngen hervor und sonnten sich auf den Steinen. Der Klatschmohn blühte, Bienen und Hummeln summten über den Kräutern und Pflanzen am Hang.

Peire, von der Fastenzeit etwas matt, hatte in Abständen Holzpflöcke in den Boden gesteckt, mit Schnur die Abmessungen für seine Kapelle gezogen und begonnen, mit der Spitzhacke den Untergrund zu entfernen, dort, wo das Fundament stehen sollte. Immer wieder hielt er inne, um sich den Schweiß vom Gesicht zu wischen. Unter einer dünnen Erdschicht traf er, wie erwartet, bald auf den Widerstand des Sandsteinfelsens, doch zu seinem Erstaunen war innerhalb seiner Fundamentgrenzen auch eine ausgedehnte, mit Steinen, Geröll und Erde gefüllte Grube. Hilarius, der alte Fuchs, lag richtig mit der Annahme, dass hier schon einmal ein größeres Bauwerk gestanden hatte.

Plötzlich schlug er mit der Hacke auf ein Metallstück, das er sorgfältig von der Erde befreite und in seine Höhle brachte. Ein solches Stück ließ sich verkaufen, an den Schmied im Dorf oder einen wandernden Händler, und dann würde er den Erlös für einen Schmuck der Kapelle verwenden. Peire geriet in Aufregung und begann, sich das Innere seines Holzbaus vorzustellen. Vielleicht konnte einer der Brüder im Kloster ein Bild der Jungfrau mit dem Jesusknaben schnitzen. Der Bau allein, selbst, wenn er die richtigen Maße hatte, war ja noch nichts. Peire setzte sich nieder. Er hatte sich noch nicht an die harte körperliche Arbeit gewöhnt, aber sie war nicht ohne Reiz. Am Abend sah man vor sich, was man am Tag erreicht hatte, selbst, wenn er langsam vorankam. Und man freute sich über Zufälle wie diese – dass da schon eine Grube aus früherer Zeit war sowie das Stück Bronze, das er unvermutet entdeckt hatte. Peire stellte sich vor, Mariela und Nina könnten ihn von irgendwoher beobachteten und nickten zufrieden, während die Fundamente der Kapelle und ihr Keller unter Peires Händen auf der Felsenhöhe entstanden.

Seltsame und beunruhigende Dinge hatte Peire bei seinen Arbeiten aus dem Staub gezogen. Kostbarkeiten und Gebrauchsgegenstände aus einer Welt, von der er nichts wusste. Peire wog sie in der Hand, befühlte und beroch sie und versuchte sich die früheren Menschen vorzustellen, die vor langer Zeit hier gewesen waren und die Reste und Bruchstücke zurückgelassen hatten.

Glänzende Scherben aus lasiertem Ton, ein zierliches Fläschchen aus blauem Glas, eine zerbrochene Steinplatte mit vertieften Buchstaben, eiserne Haken, bronzene Blechstücke und rostige Kupfermünzen aus den Zeiten der Söhne des Romulus mit Götzenbildern auf der einen und bärtigen Männerköpfen auf der anderen Seite und mit Buchstaben dazwischen. Peire hob die Fundstücke sorgfältig auf, säuberte sie und brachte sie in die Höhle. Über jedes neue Stückchen freute er sich. Das Metall war wertvoll und ließ sich zu Geld machen. Mit den Münzen konnte man nichts anfangen, sie waren sogar bedenklich wegen der nackten Gestalten auf ihnen. Am besten würde er sie Urban aushändigen. Oder lieber doch nicht. Am Ende würde Urban ihm Vorwürfe machen, dass er nach alten Kupfermünzen mit nackten Götzen suchte, statt die Fundamente des Bauwerks für die Heilige Jungfrau auszugraben.

Eines Nachts, wenige Tage vor Ostern, träumte er von einem unglaublichen Fund, den er bei den Arbeiten in der Grube gemacht hatte. Peire blinzelte und atmete schwer. Es war ein beglückender, großartiger Traum gewesen. Der Himmel über ihm war so blau und weit, wie er in Wirklichkeit nie war. Und er hatte etwas Lebendes unter den Trümmern hervorgeholt, etwas, das sich bewegte, als er es von Staub und Lehm befreite. Etwas, das ihm sehr wichtig war. War es Nina gewesen? Er versuchte sich zu erinnern, aber seine Erinnerungen waren wie Fetzen, die der Wind davontrieb. Er konnte die Bestandteile des Traums nicht mehr zusammenbekommen. Nur das starke Gefühl war da und füllte ihn ganz aus. Er sprang auf, trank hastig ein paar Schlucke Wasser aus dem Krug und kaute ein Stück altes Brot. Dann griff er auch schon nach der Spitzhacke und dem Holzbottich. Zuerst füllte er Wasser in den Eimer. Ungeduldig stellte er sich vor, wie er weitere Fundobjekte darin zum Erglänzen bringen würde. Er versuchte zu beten, während er zur Baustelle ging. Ein paar Wolken ballten sich über dem Meer zusammen und trieben langsam näher.

Peire räumte aus der Grube in der Mitte zunächst einige quadratische Steine beiseite, die man später für die Kapelle verwenden konnte. Er stellte überrascht fest, dass er auf Stufen stand, die in ein schon vorhandenes, jedoch verschüttetes Gewölbe hinabführten. Er griff nach der Hacke und begann, Lehm und Schutt zu lockern. Mit der Schaufel schob er den Abraum fort. Plötzlich stieß er auf einen länglichen Gegenstand, und sofort war es wieder da, das Gefühl aus dem Traum der vergangenen Nacht. Er war wie im Fieber. Etwas Unerhörtes, nie Gesehenes war dort unten im Staub verborgen, und er würde es enthüllen.

Peire bückte sich und hob den Gegenstand auf. Die Hände zitterten ihm, und er wusste wieder, genau so war es in seinem Traum gewesen. Vielleicht war es ja auch eine alte Axt, die ihm nützlich sein konnte. Ganz kurz hoffte er, es wäre nur das. Er schlug das lehmverkrustete Ding sachte gegen die Kante der Steinstufe, auf der er stand, um den Schmutz abzulösen. Dann rieb er das Objekt an seinem Kittel. Erstaunt stellte er fest, dass er eine menschliche Statue in den Händen hielt. Er tauchte sie in den Wassereimer und entfernte mit den Fingern die letzte

Schlammschicht. Die Figur war aus einem sehr harten Holz, aus Ebenholz, geschnitzt.

Das Gesicht, ein weibliches Gesicht, war das einer Königin. Es besaß Zartheit und Anmut. Der auf einem Thron sitzende Körper war von einem langen Gewand bedeckt, und doch war es, als sei der Oberkörper mit den Brüsten nahezu nackt. In den Händen hielt die Figur einen Granatapfel. Die Augen blickten den Betrachter freundlich an, den Mund umspielte ein feines Lächeln. Die zierlichen Füße steckten in spitzen Schuhen. In den vertieften Gewandfalten glitzerten Reste von Blattgold. Kein Zweifel, ursprünglich war die gesamte Figur vergoldet gewesen.

Peire starrte seinen Fund an. Der Blick, die Nase, wie konnte es sein? Wie war das möglich?

Es waren die Gesichtszüge Leonors, unverkennbar. Es waren ihr langes Haar, ihre Nase, ihre Augen. Sogar der leichte Spott, mit dem sie ihn immer angesehen hatte, war darin erkennbar.

Peire drückte die Statuette an seine nackte Brust und schrie auf. Das Eremitendasein war ein Irrtum. Es war zu nichts gut. Es hatte ihn ausgelaugt und müde gemacht, zu einem Gespenst seiner selbst. Nicht einmal zum Trauern war er gekommen. Das Leben hier oben hatte all seine Kraft aufgebraucht. An manchen Tagen war das nackte Dasein so mühsam gewesen, dass er die Trauer um Nina und Mariela vergessen hatte. An Leonor hatte er kaum einmal zurückgedacht.

Die Domna. Er hatte seine Seele von allem geleert, was in ihr war. Von der Begierde ebenso wie vom Schmerz um sein Kind. Aber nicht Gott war ihm begegnet, sondern wieder sie, Leonor. Die Monate, die er auf dem Felsen zugebracht hatte, lösten sich in nichts auf. Ein Wunder war geschehen. Zwischen Felsstücken, Geröll und roter Erde hatte er sie ausgegraben. Ein Bild, vor Alter schwarz, das entfernt an die Jungfrau Maria erinnerte. Doch Peire wusste es besser. Die Domna war ihm erschienen. Sie lebte, sie atmete. Er war vor ihr geflohen. Doch nun war sie bei ihm. Es gab nur noch ihn und sie.

Peire umklammerte das Bildnis und wiegte sich hin und her. Was hatte er in den Monaten hier getan außer Beten und Trauern? Du lieber Gott, seine Eremitenzeit hatte gerade erst begonnen. Über sechs Jahre lagen noch vor ihm, in denen er sie weder sehen noch sprechen konnte. Hatte er sein Gelübde nicht zu leichtfertig im ersten Schmerz gegeben? Plötzlich überkamen ihn Zweifel. Ob er sich bei Urban vielleicht einmal nach ihr erkundigen konnte? Ob Urban vielleicht sogar eine Nachricht an sie weiterleiten würde? Es war doch so klar, dass sie ihm zugetan war. Wie hatte er sie nur für immer verlassen können?

Nur an sich und seinen Schmerz hatte er gedacht. Nicht einen Gedanken hatte er daran verschwendet, wie es ihr an der Seite Fernandos ergehen mochte.

Peire begriff, dass er sich an ihr, der Domna, versündigt hatte. Er hatte ihre Liebe zurückgewiesen. Er hatte ihr tiefen Schmerz zugefügt.

Er kauerte sich auf den Boden und umklammerte die Statue. Tränenlos starrte er hinüber zu der näher rückenden Wolkenfront. Die Luft roch nach Regen und feuchter Erde. Der Fund war ein Wunder. Die Freude über die Figur war so überwältigend, dass ihn dieses Gefühl fast zerriss.

Es war ein sonnig kühler Tag im Februar des Jahres 1201. Glühende Kohlen auf einem Rost wärmten den weiß getünchten Raum im Eckturm der Festung Almenara, in dem Martí und Zubh sich gegenübersaßen. Martí tat, was er immer tat, wenn er nicht mit Hamid unterwegs war. Er verzehrte Süßigkeiten. Plötzlich hielt er inne und starrte das Nusstörtchen an, von dem der Sirup auf den kleinen bronzenen Teller tropfte.

«Was hast du, Sid?» Zubh, in ein Gewand aus blauer Seide gehüllt, war nicht geschminkt und trug außer ihren Fußkettchen keinen Schmuck. Ohne die Augenschminke sah sie müde und gleichgültig aus. Sie lächelte ihm aufmunternd zu, ohne wirkliche Anteilnahme. Martí hasste sie, wenn sie so mit ihm sprach, scheinbar besorgt um ihn, aber in Gedanken ganz woanders. So nah sie ihm war, so weit fort war sie. Sie ließ ihn nicht an ihren Gedanken teilnehmen, sie wollte nicht, dass er Näheres von ihr erfuhr. Manchmal kam er sich vor wie ihr Untergebener.

«Ich bin dir zu dick, das ist es.» Er warf das Törtchen wütend zu Boden. «Immer diese Fresserei, auf Vallderonca gab es so etwas nie.»

Das Tellerchen rollte in eine Zimmerecke und ließ eine braune klebrige Sirupspur hinter sich, das Kuchenstück lag zerbröselt auf den Bodenplatten.

«Im Winter setzen alle Männer Speck an. Etwas Speck», sagte Zubh.

«Aber ich mehr als die anderen. Sieh dir Hamid an, da unten geht er –»

Zubh machte keinen Versuch, am Fenster nach Hamid zu sehen.

«Hamid isst dreimal so viel wie ich und bleibt dünn!», schrie Martí auf.

Zubh erhob sich, zog ihr Gewand über die Knöchel und stieg behutsam über die Sirup- und Törtchenreste hinweg. Sie ließ sich nicht neben Martí nieder, wie er einen kurzen Moment gehofft hatte, sondern griff nach der Zither, die neben dem Diwan an der Wand lehnte. Er roch den Duft ihres Körpers und der Parfüms, die sie benutzte.

«Ihr Godos neigt dazu, Fett anzusetzen, wenn ihr älter werdet.»

Die Fußkettchen klirrten leise, während Zubh sich bewegte. Sie seufzte auf, nahm das Instrument und begann zu spielen. Martís Zorn schmolz sofort. Manchmal kam es ihm so vor, als ob all diese Moros durch ein unsichtbares Band verbunden wären, sogar seine Zubh und Hamid, die doch nichts miteinander zu tun hatten.

«Ich bin nichts als der Godo für euch.»

Zubh nahm die Finger von den Saiten.

«Und wie alle Godos bist du ungeduldig. Von uns kannst du lernen, wie man die Zeit auf angenehme Weise vergehen lässt, mit Spielen, Baden, Beten und Musik. Du hast keinen Grund, dich zu beklagen.»

In den Wintermonaten hatte sie ihn jeden Tag *zarf* und *adab* gelehrt, Eleganz und feine Bildung, wie sie die Moro-Ritter besaßen. Martí war vorher nicht klar gewesen, dass auch die Moros ritterliche Tugenden übten und viel davon hielten. Unendlich viel gehörte zu dieser Adab, aber Zubh machte ihn mit allen zehn Fertigkeiten bekannt, dem Lautenspiel, worauf er sich ja vorher schon verstanden hatte, dem Schachspiel, der Rechenkunst, der Poesie, der Heilkunde, der Kenntnis der Geschichte und dem Erzählen von hübschen Anekdoten, mit denen sich die Menschen abends bei ihren Gesellschaften unterhielten. Für Reitkunst und das Spiel mit Wurfspießen, auch das musste ein Edler in Al-Andalus beherrschen, war Hamid zuständig.

Die Truppen Al Qutis hatten sich den Winter über nur vereinzelte Gefechte mit den almohadischen Reitern geliefert. Während der Regen über den vier Türmen der wehrhaften Trutzburg niederging und die Zisternen füllte, vertrieben sich die Krieger die Zeit mit ihren Sklavinnen, spielten Brettspiele und warfen um die Wette Lanzen auf Scheiben. Sie beteten und spielten Schach. Martí stellte mit Betroffenheit beim Baden fest, dass sich zum ersten Mal in seinem Leben Fettröllchen auf seinem Bauch breit machten. Das Wohlleben mit Zuckergebäck in triefendem Sirup zum Nachtisch, die Suppen als Vorspeise, das alles war besser als das Paradies, war höchster Genuss, bekam ihm aber nicht. So wenig wie das Haschisch, das Al Qutis Männer gegen Abend nach dem Bad zu kauen pflegten und das die meisten in einen Zustand wohliger Glückseligkeit und Gleichgültigkeit versinken ließ. Martí hätte Wein vorgezogen, aber hier auf Almenara gab es keinen. Die muslimischen Krieger verabscheuten Alkohol. In den Nächten quälten ihn Sodbrennen und unangenehme Träume, in denen ihm sein Vater und Urruaca, seine Großmutter, erschienen. Der Genuss des Haschisch machte ihn nicht glücklich wie die anderen, die daran gewöhnt waren, sondern unruhig. Es weckte Erinnerungen und Wünsche in ihm. Manchmal weinte er, nachdem er ein Stück von dem braunen harten Zeug gekaut hatte. Dann waren die Bilder aus der Vergangenheit wieder einmal zu schnell und zu intensiv über ihn hereingebrochen.

Zubh hätte ihn trösten können. Aber sie wich ihm aus, vermied zärtliche Berührungen und war manchmal wie eine Fremde. Sie waren sich nahe, solange sie ihn belehrte und er ihr zuhörte. Dann kam es zu freundschaftlichen Gesprächen. Mehr aber als diese Freundschaft bekam er von Zubh nur mit Widerwillen und zur Schau gestellter Gleichgültigkeit ihm, dem Godo, gegenüber. Zubh liebte Martí nicht und ließ es ihn merken. Unterwerfen konnte sie sich nicht, Zubh war ein stolzes, unbeugsames Wesen.

Die Männer auf Almenara beneideten ihn um Zubh, die Qaiyna. Doch sie wussten nicht, dass Martí mit diesem Gunstbeweis des Amirs nicht glücklich war. Sie gab sich große Mühe, ihm die arabische Sprache beizubringen, sie lehrte ihn auch alles über maurische Musik und Lebensgewohnheiten, doch manchmal ließ sie durchblicken, dass Martí wohl schon zu alt sei, um das zu lernen, was Al Quti von ihm erwartete. Solche Bemerkungen betrübten ihn und fachten seinen Ehrgeiz an. Dann verblüffte er sie mit einer arabischen Formulierung, die er sich bei Hamid oder Abu Bakr abgehört hatte.

«Ich habe viel von dir gelernt. Aber dann wieder sprichst du mit mir wie mit einem Feind», sagte Martí, als sie die Zither beiseite legte. «So, als wolltest du mich am liebsten loswerden.»

«Ich bin deine Sklavin, Sid. Widerspreche ich dir etwa?»

«Es wäre mir lieber, du würdest sagen, was du denkst.»

«Sagst du etwa, was du denkst?»

Er schwieg verdrossen. Unmöglich, Zubh anzuvertrauen, was er dachte, wenn er nachts neben ihr wach lag. Tausendmal hatte er die Möglichkeiten einer Flucht erwogen. Da waren der doppelte Mauerring um Almenara, die Wachtposten und die anderen

Burgen, die Krieger Al Qutis und vor allem Hamid, der kein Auge von Martí ließ, wenn sie zu zweit zu ihrem Übungsplatz unterwegs waren.

Martí musste sich eingestehen, dass es weder Hamid noch die Mauerringe von Almenara waren, die ihn an der Flucht hinderten. Es war etwas anderes: Zum ersten Mal in seinem Leben hatte ein Mann wie der Amir ihm gesagt, dass er große Erwartungen in ihn, den Fremden, setzte. Zum ersten Mal bemühten sich mehrere Lehrer um Martí – Abu Bakr unterrichtete ihn in den Lehren des Koran, Zubh in maurischer Lebensart und der arabischen Sprache, der Mann mit dem blauseidenen Mantel, Al Ustadh, der Meister, zeigte ihm, wie man rechnete, und Hamid wies ihn in die Kampfkunst ein. Er war im Begriff, ein *zarif* zu werden, und er war stolz darauf. Hatte er am Anfang noch täglich über die Flucht nachgedacht, so waren diese Überlegungen jetzt am Ende des Winters sehr viel schwächer geworden. Er wurde hier so ehrenvoll behandelt wie noch nie zuvor.

«Verdammte Hexe», murmelte Martí und zog Zubh näher zu sich.

Heiße Sehnsucht nach Maiorina stieg in ihm auf, als er sie küsste. Hätte er doch Oro damals den Hals umgedreht und ihn ins Gebüsch geworfen, wie sie ihm geraten hatte!

Eines Abends fühlte er sich so sicher, dass er sich zum Gitter vor dem Verlies des Moro wagte. Apathisch hockte Tarik Ibn Arruesh auf dem schmutzigen Stroh seines Kellergewölbes.

«Steh auf, komm her.» Martí winkte mit dem Laib Brot, den er für den Gefangenen mitgebracht hatte.

Tarik erhob sich hastig und starrte gierig auf das frische Brot.

«Gelobt sei Allah, der dich schickt. Ich kann kaum stehen vor Hunger.»

«Dann iss langsam, Tarik. Dein Magen ist nur noch kleine Mengen an Essen gewöhnt.»

Tarik umklammerte die Eisenstäbe, und Martí sah, wie geschwächt und heruntergekommen er war. Der Moro schlug die Zähne in das Weißbrot und begann langsam zu kauen. Dann lächelte er.

«Ich habe gehofft, dass du hierher kommst. Jeden Tag habe ich auf dich gewartet.»

«Warum hast du mich vor dem Amir verleugnet, damals am Tag meiner Ankunft? Es hat mich fast das Leben gekostet.»

«Martí», Tarik legte die ausgezehrte blasse Hand auf seinen Arm, als wollte er sich an ihm wärmen, «der Amir hasst mich abgrundtief. Ich wollte dich nicht in mein Verderben mit hineinreißen.»

«Ich habe gemerkt, dass er dich nicht eben schätzt.»

«Glaub mir, er hat mich nur am Leben gelassen, um mich täglich zu quälen und mein Leiden zu sehen.»

«Das glaube ich nicht», sagte Martí, «ich habe ihn ganz anders erlebt.»

Tarik riss einen weiteren Brocken Brot ab und stopfte ihn in den Mund.

«Kannst du mir ein Stück Fleisch bringen, irgendwann? Es muss nicht morgen sein. Es wäre schon genug, wenn ich darauf hoffen könnte, dass du irgendwann wiederkommst und mir ein kleines Stück Fleisch bringst.»

«Ich will es versuchen», flüsterte Martí. «Aber jetzt sag mir endlich, was der Grund für den Zorn des Amirs ist.»

«Es gibt zwei Gründe», hauchte Tarik.

«Der eine ist, dass deine Familie für den Almohaden-Herrscher kämpft. Das hat Hamid mir bereits gesagt.»

«Der zweite –», furchtsam sah Tarik an Martí vorbei, ob sie auch wirklich allein waren. Doch sie hörten nur die entfernten Schritte der Wachen und die leise murmelnde Unterhaltung zweier Soldaten, die über ihnen an der Tür saßen. Vom Badehaus her war das Rauschen von Wasser zu vernehmen.

«Ich warne dich. Es ist nicht gut für dich, wenn du es weißt. Der Amir verzeiht eine Beleidigung nicht.»

«Womit hast du ihn beleidigt?»

«Damals vor der Schlacht von Alarcos, als sie noch ganz jung war, gehörte die Qaiyna mir. Sie war Christin, frische Beute, von einem Hofgut im Norden. Sie war so verstört und außer sich, dass ich fürchtete, sie würde sterben. Sie aß nicht, sie trank nicht und kümmerte vor sich hin. Sie war ein stolzes kleines Mädchen. Jedem, der ihr Nahrung brachte, schlug sie den Becher, den Teller aus der Hand.»

Tarik verstummte und dachte zurück.

«Ich vertraute sie meiner eigenen Amme an, einer alten Frau, die viele Kinder großgezogen hat. Sie kam auf den Gedanken, der Kleinen ein von seiner Mutter verlassenes Lamm zu schenken. Sie sagte ihr, es werde zugrunde gehen, wenn Zubh sich nicht darum kümmerte. Zubh und das Lamm, du hättest die beiden sehen sollen. Es lief immer hinter ihr her. Ganz langsam ging es daraufhin mit ihr aufwärts. Später ließ ich sie zur Sängerin und Tänzerin ausbilden. Ihre Stimme, ihre Grazie und ihre außergewöhnliche Schönheit sollten auch andere genießen.»

«Und du und sie? Wart ihr –», Martí wusste nicht, wie er die Frage formulieren sollte.

«Ich war in sie verliebt und wachte eifersüchtig über sie. Aber Zubh war sonderbar und unnahbar. Meine alte Amme flehte mich an, sie nicht zu berühren.»

«Hast du dich an ihren Rat gehalten?»

«Es ist mir schwer genug gefallen. Der Lohn dafür war Zubhs schwesterliche Liebe. Sie umarmte mich und nannte mich ihren Bruder. Glaub mir, das ist die Wahrheit, auch wenn keiner sie glaubt. Der Amir sah sie bei mir auf einer Gesellschaft tanzen. Er war damals noch ein guter Freund und bat mich, sie ihm zum Geschenk zu machen.» Tarik seufzte auf. «Ich hätte es getan, bei Allah und dem Propheten, Friede sei auf ihm, wenn er ein normaler Mann gewesen wäre. Aber ich wusste ja, dass er verschnitten war, und wollte Zubh das Schicksal ersparen, im Harem eines Eunuchen zu verkümmern. Als ich ihm das sagte, geriet er außer sich vor Zorn. ‹Du wirst diesen Tag nie vergessen, Tarik Ibn Arruesh›, rief er mir zu, als er schon auf dem Pferd saß, um davonzureiten.»

«Das ist doch lächerlich», entfuhr es Martí.

«Für dich und mich. Al Quti Al Madin aber war im Innersten getroffen.»

«Irgendwann aber ist Zubh in seinen Besitz übergegangen.»

«Er hat die Burg meiner Väter nur deshalb erobert, um sie in die Hand zu bekommen. Ich weiß genau, dass Zubh der Grund war. Aber nun vergiss das alles und denk daran, mir etwas mitzubringen, wenn du wiederkommst. Komm nicht zu oft, der Alte ist misstrauisch und wachsam. Und – kein Wort zu Zubh. Sei vorsichtig, Martí. Der Boden, auf dem du hier stehst, ist dünn und trägt nicht.»

Verwirrt ging Martí davon. Al Quti Al Madin, der ihn so großmütig behandelte, wurde ihm immer rätselhafter.

Vornübergebeugt, mit schmerzverzerrtem Gesicht und leicht geöffnetem Mund stakte Al Quti auf seinen Stöcken die Treppen der Türme hinab und hinauf und über den Innenhof, um die Männer, ihre Ausrüstung und die Pferde zu inspizieren. Er verteilte Lob und Tadel und richtete einige arabische Sätze an Martí, auf die dieser, ohne zu stocken, antwortete. Ein Lächeln erschien auf dem faltigen, breiten Gesicht des Eunuchen. Die grauen Augen blickten belustigt, und doch fehlte ihnen etwas. Martí hätte nicht sagen können, was es war.

«Du hast dich gut eingelebt, Godo», sagte er. «Hamid hat mir berichtet, dass du ein brauchbarer Kämpfer geworden bist.»

Martí schwieg abwartend. Die Laune des Amir konnte von einer Sekunde auf die andere jäh umschlagen. So unerwartet freundlich er jetzt war, so plötzlich brachte ihn eine Kleinigkeit in Zorn.

«Vom ersten Tag an wusste ich, dass du das Zeug zum Krieger hast.» Der Amir schloss einen Moment die Augen und runzelte die Stirn. «Hast du dich bei Al Ustadh umgesehen?»

«Ich war einige Male bei ihm.»

«Al Ustadh erfindet und untersucht viel überflüssiges Zeug.» Der Amir seufzte. «Was mich eine Menge Geld kostet. Er wird langsam alt. Geh regelmäßig zu ihm und kümmere dich darum, dass er mehr an den Belagerungsmaschinen und dem Pulver für das lebendige Feuer arbeitet. Frag ihn danach, er wird dir alles erklären.»

Martí war fast erschrocken. Wie sollte er dem Meister sagen, was er zu tun hatte? Unwahrscheinlich, dass Al Ustadh ausgerechnet ihn, den Fremden, anhören würde.

«Keiner auf Almenara versteht, warum der Amir einen solchen Narren an dir gefressen hat», sagte Hamid, nachdem Al Quti sich entfernt hatte. «Nebenbei bemerkt, es gibt einige, die sich darüber ärgern.»

«Aber zu denen gehörst du hoffentlich nicht.»

«Ich bemühe mich.» Hamid versuchte ein schiefes Lächeln. «Soll ich ehrlich sein? So ganz gefällt es mir auch nicht.»

«Keine Angst, ich will nicht der Nachfolger von Al Quti werden.»

Zu seinem Erstaunen nahm Hamid den Witz ernst. «Vorsicht, Martí, sprich leise. Du willst es heute nicht und er auch nicht. Aber so wie bei dir fängt es an, wenn es anfängt.»

«Was willst du? Heilige Jungfrau, ich bin ein einfältiger Godo von weit her. Du hast mich gefangen genommen und weißt es am besten. Ich will nichts als am Leben bleiben.»

Sie hatten sich auf einer der obersten Stufen im Treppenhaus unter der Werkstatt Al Ustadhs hingesetzt. Der Meister war noch mit Al Quti zusammen.

Hamid warf Martí einen eigenartigen Blick zu. «Hast du dir jemals klargemacht, was der Name Al Quti bedeutet, Dummkopf?»

«Ich weiß es nicht.»

«Al Quti bedeutet Godo.»

Martí fiel dazu nichts ein.

«Hör zu, der Alte geriet als Kind in maurische Gefangenschaft bei Kämpfen gegen sein Dorf. Er wurde verschnitten und als Sklave aufgezogen, und jetzt ist er der Amir, ohne Familie, ohne Leute, die wirklich zu ihm gehören. Wir alle sind Söldner, keine Leute aus seinem Stamm, wie es bei den Berberfürsten üblich ist, die in den Bergen einige Burgen halten.»

«Vergiss nicht, er hat mich so gehasst, dass ich vor dem Henker stand und fast hingerichtet wurde.»

«Der Amir hat dich auf eine Weise begnadigt, wie er es noch bei keinem Menschen getan hat. Allah ist barmherzig, der Amir ist es normalerweise nicht. Der Henker hatte die Hand bereits zum Schlag erhoben, als er die Anweisung gab, dich zu verschonen. Jeder wusste, dass du ein besonderes Schicksal zu erwarten hattest, nachdem das geschehen war. Und –»

«Was?»

«Dann hat er dir Zubh geschenkt, an der sein Herz hängt.»

Für Momente schwiegen sie beide. Jeder von ihnen versuchte sich vorzustellen, was der Amir für die Qaiyna empfinden mochte, wie viel Schmerz der Anblick ihrer Schönheit in ihm auslösen musste. Martí überlegte, ob Zubh je überhaupt irgendein Gefühl der Zuneigung gegenüber Al Quti verspürt hatte. Aber obwohl er ihr Besitzer war, hätte er nie gewagt, sie derlei zu fragen.

«Ich bin dankbar dafür. Aber sie ist nicht das Wunderwesen, für das du sie hältst.» Bitterkeit stieg in Martí auf.

Diesmal schwieg Hamid mit versteinertem Gesicht.

«Bei uns Christen wurde immer erzählt, dass die maurischen Sklavinnen alles tun, was ihre Besitzer von ihnen verlangen. Zubh ist eigenwillig. Sie zieht sich tagelang zurück und schläft nur mit mir, wenn ich es befehle.» Martí verdrehte die Augen und erinnerte sich an die Zeiten mit Maiorina.

«Behandelst du sie auch gut? Sie ist nicht irgendeine Sklavin. Der Amir, vermute ich mal, hat sie deshalb für dich erwählt, damit sie dir etwas von unserer Art zu leben beibringt. Sie hat eine Musikausbildung erhalten und spricht mehrere Sprachen. Es ist eine große Ehre für dich, sie zu haben, ganz zu schweigen von ihrer Schönheit.»

«Mein Eindruck ist, sie macht sich extra hässlich», murmelte Martí. «Sie schmückt sich nicht, sie schminkt sich nicht. Und von ihren Verführungskünsten habe ich auch nichts bemerkt.»

Hamid schwieg mit gesenktem Kopf.

«Ich will den Amir nicht beleidigen, außerdem kann ich keine direkten Vorwürfe gegen Zubh erheben, aber ich würde sie ihm am liebsten zurückgeben.»

Der eigentliche Grund, dass er sie nicht zurückschickte, war die Befürchtung, der Amir könnte sie für ihr Verhalten bestrafen. Es gab noch mehr. Martí hoffte insgeheim, irgendwann, irgendwie Zubhs Achtung und Liebe zu gewinnen. Gerade die Tatsache, dass sie ihn so abweisend behandelte, brachte ihn dazu, ständig an sie zu denken.

«Tu das keinesfalls», warnte Hamid. «Er wäre für immer beleidigt, du kennst ihn ja mittlerweile. Lass lieber bei Gelegenheit durchblicken, wie glücklich du mit ihr bist. Ich muss jetzt gehen.»

«Ich bin nicht glücklich mit ihr.»

«Das solltest du aber sein.»

«Und sie ist auch nur ungern bei mir. Vielleicht will sie zurück in den Harem des Amirs», sagte Martí. «Was mache ich falsch?»

«Nichts.»

«Was erwartet eine Frau wie Zubh von mir? Will sie vielleicht, dass ich sie heirate?»

«Sicher nicht. Sie ist eine Qaiyna. Sie wäre nicht glücklich als deine Ehefrau. Frag sie doch, was sie will.»

Martí antwortete nicht. Er hatte nicht die Kraft, Zubh Fragen zu stellen. Am Ende würde sie klar und deutlich antworten: Ich will dich nicht. Du bist mir unangenehm. Lass mich frei. Und wenn sie das erst gesagt hatte, musste er sie gehen lassen.

«Hamid, ich bin gewöhnt, Wein zu trinken.»

«Das ist mir bekannt», sagte Hamid kühl.

«Auch wenn ich jetzt ein Muslim bin wie du, zum Einschlafen brauche ich meinen Becher Wein.»

«Es gibt keinen Wein auf Almenara.»

«Zubh schläft nicht mit mir, oder so gut wie nie. Irgendeinen Trost braucht der Mensch. Erzähl mir nicht, dass es in den Magazinen unter der Burg keine Fässer mit Wein gibt.»

«Verfluchter Godo, woher weißt du das?» Hamid grinste.

«Ich denke es mir. Schließlich liegt dort eure Beute.»

Hamid machte plötzlich einen gut gelaunten Eindruck. «Wenn du willst, kannst du nachher mit mir kommen. Ich kenne mich mit Wein allerdings nicht aus. Aber in den Regalen unten habe ich versiegelte Tonkrüge und Eichenfässer gesehen. Niemand wird etwas dagegen haben, wenn du dir einen von den Krügen mitnimmst. Nur, mach dir klar, Zubh wird erschrecken, wenn du dich vor ihr betrinkst. Die Christen werden zu Tieren, wenn sie betrunken sind.» Hamid betrachtete ihn zögernd. «Ich habe unsere Katalanen erlebt, als sie im Vollrausch waren. Ich hatte Angst um sie, sie wussten nicht einmal mehr, wer sie waren, und soffen immer weiter.»

«So viel werde ich nicht trinken. Mach dir keine Sorgen.»

«Fürs Erste wirst du nur einen kleinen Krug mitnehmen. Wenn er dir bekommt, darfst du dir weitere holen.»

Sie lachten verschwörerisch.

«Du bist herzlich eingeladen, mit mir zu trinken.»

«Danke, aber der Christenwein bekommt mir so wenig wie dir unser Haschisch.»

Das Labor des Meisters befand sich im Eckturm, der dem von Al Qutis Madjlis gegenüberlag, auf gleicher Höhe wie die Madjlis. Doch während der Empfangsraum des Amirs ein luftiger, freundlicher Raum war, wirkte der des Alchimisten düster. Die ledernen Vorhänge vor den Fenstern waren zugezogen, um die Zugluft abzuhalten.

«Gauner, Diebe, Mörderpack!», kreischte eine heisere Stimme

von hoch oben. Martí konnte den Schreihals nicht entdecken, nur ein hölzerner Käfig mit einem hin und her hüpfenden Raben schwankte an einem Haken an der Decke des Raums.

«Halt den Schnabel», rief Al Ustadh dem Vogel zu.

«Mörder!»

«Er spricht vornehmstes Kastilisch», stellte Martí verblüfft fest.

«Kein Wunder. Er gehörte einem kastilischen Infanzon. Er ist keine Kriegsbeute, sondern ein ehrlicher Kauf. Ich wollte die Sprache der Vögel studieren. Leider ist das Leben eines Menschen zu kurz, um alles Unerforschte auszukundschaften.»

Al Ustadh stand über einen großen eichenen Tisch gelehnt und starrte auf eine Zeichnung, nachdem er den Vogel beruhigt hatte. Der Meister vertiefte sich wieder in seine Forschungen.

In seitlichen Holzregalen lagerten übereinander gestapelte wertvolle Bücher, sowohl christliche aus schwerem Pergament wie arabische aus Papier. Holzmodelle von Burgen und seltsamen Bauwerken füllten die Borde eines hohen Seitenschranks aus. In einem weiteren drängten sich kugelige Töpfe und Flaschen. Ein seltsamer Geruch lag in der Luft, die hier trotz der vier Fenster stickig und schwer war.

«Salam aleikum.» Unter Verbeugungen versuchte Martí den Alchimisten wieder aus seiner Vertiefung zu reißen.

Der Meister drehte sich um und starrte ihn an wie ein Gespenst, ehe er seinen Gruß erwiderte.

«Ich weiß schon, Al Quti hat dich geschickt, damit du meine Arbeit beaufsichtigst, ist es so?»

Martí konnte nicht widersprechen.

«Setz dich zu mir.» Al Ustadh deutete auf einen Schemel, und Martí ließ sich nieder, verlegen, dass Al Ustadh ihn so schnell durchschaut hatte.

«Al Quti sollte sich mehr um seine jungen Männer kümmern als um einen alten Gelehrten wie mich», brummte der Meister missmutig. «Ich trachte ihm weder nach dem Leben, noch sehne ich den Tag seines Todes herbei wie einige der Krieger, denen er am meisten vertraut. Sei leise und stör mich so wenig wie möglich. Ich bin dabei, ein Problem zu lösen.»

Martí wagte nicht zu fragen, um was es dabei ging. Er konnte gerade etwas lesen und schreiben, die Christenschrift, so viel, wie man brauchte, um Botschaften zu schreiben und zu verstehen, wenn man Diener des Grafen von Vallderonca war. Abu Bakr hatte ihm mit staunenswerter Geduld arabische Schriftzeichen und Zahlen beigebracht, was recht nützlich war, weil er auf diese Weise auch manches arabische Wort besser verstand, als wenn er es nur hörte. Martí hatte keineswegs vor, zu einem Mann der Schrift zu werden, obwohl Abu Bakr die Fortschritte sehr lobte, die sein Schüler in den Wintermonaten bei ihm gemacht hatte. Manchmal dachte Martí, dass er in seinem ganzen Leben noch nie so viel und so schnell erlernt hatte wie in den Monaten auf Almenara. Die kurze Zeit hier hatte ihn in einen anderen Mann verwandelt, hatte ihn zu einem Edlen gemacht, viel mehr als die Schuhe und Stiefel, die Peire ihm seinerzeit geschenkt hatte.

Abrupt drehte sich der Meister zu Martí hin.

«Gut, dass du wieder einmal gekommen bist, junger Mann, gut für dich, gut für mich. Bleib hier, solange du willst, und frage mich, was immer du wissen möchtest.» Er lachte kurz auf. «Auch das, was Al Quti dir aufgetragen hat, wenn du unbedingt willst. Das Wissen kennt keine Schranken. Es steht denen, die sich darum bemühen, unabhängig von ihrer Herkunft zur Verfügung. Die Könige bedienen sich der Technik nicht mehr als die Kaufleute.»

Er bückte sich und zog ein metallenes Astrolabium unter dem Tisch hervor.

«Weißt du, was es damit auf sich hat?»

Martí gestand, dass er ein solches Instrument noch nie gesehen hatte.

«Fass es nur an.»

Das Gerät war eine tellergroße Scheibe aus verschiedenfarbenen Metallen, Bronze und Messing, mit Markierungen und Beschriftungen am Rand, einem in der Mitte eingelassenen Zeiger und einem metallenen Ring, der wie die Umrandung vom Gelb eines Spiegeleis asymmetrisch innerhalb der Scheibe aufsaß, am Mittelpunkt durch eine Strebe befestigt.

«Hiermit kann ich den Lauf der Gestirne am Himmel verfolgen und messen.»

«Verstehst du dich auch auf Vorhersagen?»

«Damit halte ich mich zurück. Nein, ich erstelle keine Horoskope und dergleichen, wenn du das meinst.»

«Das ist sehr weise in diesen Tagen.»

Jeder von beiden wusste, worum es ging.

«Wissen ist das Höchste, was der Mensch auf Erden erreichen kann.» Al Ustadh sprach jetzt wie ein Verschwörer. «Im Wissen sind viele Dinge aufbewahrt, welche Könige mit all ihren Schätzen nicht kaufen können, über die ihr Befehl nicht gebietet, von denen ihre Kundschafter und Zuträger keine Nachricht bringen, zu deren Ursprungsländern ihre Seefahrer und Entdecker nicht segeln können.» Ein feines Lächeln strich über Al Ustadhs Züge. «Auf seine Art ist der Wissende König.»

«Und was ist das da auf der Zeichnung, an der du gearbeitet hast, als ich kam?»

«Es ist der Entwurf zu einem Labyrinth.»

«Einem Laby – was, bitte? Meinst du eine Kriegsmaschine?»

«Ein Labyrinth ist ein Irrgarten mit vielen Gängen, in denen du dich verläufst. Es ist viel interessanter, ein Labyrinth zu konstruieren als eine Kriegsmaschine. Das hier ist ein unterirdischer Bau, in dem ein Amir seine Schätze verstecken könnte.»

Neugierig stand Martí auf und schaute auf die Zeichnung. Da waren Gänge, die einfach so endeten, und irgendwo inmitten des Wirrwarrs von Kreuzungen und Gängen befand sich ein roter Kreis. Er war mit Hamid inzwischen mehrmals in den unterirdischen Gewölben von Almenara gewesen, um ein Ausrüstungsstück oder einen Krug Wein zu holen. Aber ihm war nicht klar gewesen, wie ausgedehnt diese Gänge wirklich waren und wie viel Lagerungskapazität sie besaßen.

«Was bedeutet der Kreis?»

«Ich darf es keinem Menschen verraten.»

«Also die Schatzkammer.»

«Ich nutze bei dem Bau der Anlage die schon vorhandenen unterirdischen Höhlen unter Almenara», erklärte Al Ustadh. «Jeder Baumeister würde das tun, ich konstruiere einige neue, das ist alles.»

«Und das, was bedeutet dieses runde Zeichen, das zweimal vorkommt? Es ist blau. Gibt es dort an zwei verschiedenen Stellen Wasser?»

«Es existieren zwei Quellen unter der Burg im Felsen. Diese Brunnen mit ihrem unerschöpflichen Wasserreichtum und die Gänge, in denen man Pferde und Bewaffnete wochenlang, monatelang versteckt halten kann, machen Almenara uneinnehmbar. Einige dieser Wege sind trocken und haben Tageslicht, sodass man Lebensmittel gut in ihnen lagern kann. Almenara ist die Festung, die niemand zu erobern vermag.»

«Und jetzt willst du die Schatzkammer durch Irrgänge vor jedem Feind absichern.»

Al Ustadh verzog den Mund zu einem respektvollen Lächeln, bei dem seine schwarzen Vorderzähne sichtbar wurden.

«Du bist einer, der schnell begreift, worauf es ankommt. Al Quti hatte Recht, dich so zu bevorzugen, wie er es getan hat. Er setzt große Hoffnungen auf dich, obwohl du noch vor kurzem ein Christ warst.»

«Es gibt nur den Einen, den Einzigen», murmelte Martí. Und außer dem Einen die Jungfrau Maria, auch wenn die Moros nicht an sie glaubten. Auch als Muslim konnte Martí nicht von ihrer Verehrung lassen.

«Bete zu ihm, dass er dich schützt, Mann aus Godalunia. Jeden Tag wächst die Zahl deiner Feinde. Du siehst sie nicht, aber ich versichere dir, sie existieren. Manchmal ist der Gegner näher, als du denkst. Man erwartet ihn in der Ferne, doch am gefährlichsten wird dir ein Widersacher werden, der unerkannt neben dir steht.»

Al Ustadh lächelte, seine Vorderzähne waren schief und dunkel, was ihm etwas Finsteres gab. «Merk dir, der Hofstaat ist die eigentliche Giftküche, nicht mein Labor hier oben. Nicht nur der des Amir, ich habe viele davon gesehen, und glaub mir, sie sind sich alle ähnlich.»

«Aber du hast hier Gifte und verstehst mit ihnen umzugehen.»

«Das Gift im Tiegel ist unschuldig. Nicht die Gifte töten. Die Menschen benutzen sie dazu, so, wie sie ein Schwert oder eine Axt nehmen würden, um einen anderen zu vernichten. Ich bin ein alter Mann.» Er sah hoch zum Käfig mit dem sprechenden Vogel und lächelte. «Mein Herz hängt an diesem Vogel und den Büchern, die du in den Regalen siehst. Die Frauen, die ich liebte, sind mir davongelaufen. Meine Tochter ist gestorben, und mein Sohn ist Waffenmeister am Hof von Murcia.»

«Es gibt keine Kraft und Stärke außer bei Allah», sagte Martí.

«Al Quti ist der seltsamste Amir, unter dem ich gedient habe.» Al Ustadh schlug mit der Faust auf den Tisch. «Er schätzt dich, er hält viel von dir. Sonst hätte er dich nicht hierher geschickt, um mich zu belauern. Sag ihm, der Tag wird kommen, an dem in meinen Tiegeln flüssiges Gold brodelt. Ich bin dicht davor. Seit Jahren bin ich dabei, Gold herzustellen. Dann, wenn es so weit ist, kann Al Quti noch mehr Söldner einstellen und noch mehr Kriegsmaschinen herstellen. Dann gehört ihm die ganze Hispania. Er soll Geduld haben mit seinem Diener, Geduld, das musst du ihm ausrichten.» Er warf Martí einen finsteren Blick zu. «Welch ein Tag, an dem das Gold in hundert Töpfen brodelt, flüssiges Gold, das erkalten wird. Und dann wird die Luft erbeben unter dem Hämmern der Münzsklaven. Säcke von Gold werden im Hof stehen. Sag das Al Quti. Er ist ungerecht und ungeduldig. Die größte Zierde eines weisen und guten Herrschers ist jedoch die Geduld –»

«Wie geht es eigentlich der schönen Zubh?» Unvermittelt wechselte der Alte das Thema. «Zubh ist doch viel besser als Gold. Selbst ein Eunuch sollte das begreifen.»

«O danke», stammelte Martí, verwundert über die Frage. Nicht einmal Hamid fragte ihn schließlich nach Zubh. «Ich glaube nicht, dass es ihr an etwas fehlt.»

«Aber natürlich fehlt ihr etwas!» Al Ustadh lachte meckernd. «Hast du das noch nicht gemerkt? Zubh und dein Freund Hamid lieben sich schon seit Jahren. Hamid dient dem Amir nur deshalb so ergeben, weil er immer noch auf die Gelegenheit lauert, Zubh als Geschenk zu erhalten.»

Geradeso gut hätte der Meister Martí einen seiner Töpfe über den Kopf schlagen können.

«Nein», sagte Martí, «nie und nimmer.» Dieser stickige Geruch von all dem Gebräu, das in den Töpfen vor sich hin brodelte, plötzlich war er unerträglich geworden.

«Renn nicht davon», rief Al Ustadh hinter ihm her, «es gibt kein Entkommen vor der Wahrheit.»

Wie ein Messerstich in der Brust war der Schmerz. Martí hielt inne und klammerte sich am Geländer der Wendeltreppe fest. Er war ein Krieger, nichts als ein Krieger. All das, was der Meister über das Wissen gesagt hatte, bedeutete ihm nichts. Er musste nicht mehr wissen, als wie die Saut, das Pferd, die Lanze und das Schwert zu handhaben waren. Frauen interessierten ihn nicht. Nur der Feind konnte ihn verletzen. Eine Frau, was war das schon.

Trotz des Befehls, den Al Quti ihm gegeben hatte, vermied Martí nach dieser Begegnung, Al Ustadhs Labor aufzusuchen. Mochten dort auch inzwischen die ersten Töpfe mit flüssigem Gold brodeln, es interessierte ihn nicht. Wie ein Wespenstich war das gewesen, was der Alte so leichthin ausgesprochen hatte. Das Gift der Sätze des Meisters wirkte nicht sofort. Die Freundschaft mit

Hamid war vorerst zu stark und die Liebe zu Zubh zu groß. Und doch schrie er die Qaiyna von nun an immer öfter ungerecht und heftig an und begann Hamid aus dem Weg zu gehen.

Über den Moro im Kellergewölbe verlor er gegenüber Zubh nicht ein Wort. Alle zwei bis drei Tage gegen Abend aber sah er nach Tarik Ibn Arruesh und brachte ihm Brot und Früchte, Rebhuhnbrüstchen und süße Datteln mit. Er richtete es ein, dass Zubh sah, wie er Leckerbissen im Ärmel seines Ruhegewands versteckte und sich so entfernte. Wenn sie fragte, wohin er wollte, antwortete er ausweichend.

Er ließ es auch geschehen, dass Tarik ihn mit seinen kalten Händen berührte und nach dem Leben oben auf der Burg fragte. Gespräche über Zubh allerdings brach er sofort ab und machte dem Moro klar, dass er kein zweites Mal etwas von ihr hören wollte. Und dann hoffte er doch wieder inständig, Zubh würde erraten, wie viel Gutes er dem Mann tat, den sie wie einen Bruder verehrte und liebte.

Es ging auf Ostern zu. Martí hatte den christlichen Kalender noch gut genug im Kopf, manchmal schämte er sich beim Essen, wenn er eifrig zulangte, während doch Fastenzeit war. Hier in den Bergen regnete es ab und zu. Weiter oben in der Sierra war sogar Schnee gefallen.

Eines Nachts rüttelte Zubh Martí wach. Mühsam kam er zu sich.

«Mach dich fertig, schnell!»

«Was ist passiert?»

«Al Quatara steht in Flammen.»

Jetzt erst hörte er das Läuten der Sturmglocke von draußen.

«Woher weißt du es?»

Al Quatara war die Grenzbefestigung Al Qutis, knapp eine Tagesreise zu Pferd entfernt in den Bergen. Er war ein- oder zweimal mit Hamid da gewesen, um etwas zu überbringen und abzuholen.

«Eine Brieftaube ist mit einer Botschaft der eingeschlossenen Mannschaft gelandet. Sie bitten um Hilfe.»

Martí war schon aufgesprungen.

«Ihr müsst sofort los.» Sie umarmte ihn. «Pass gut auf dich auf.»

«Ja, mach dir keine Sorgen.» Er griff nach seiner wattierten Panzerweste.

«Und bring Hamid lebend zurück nach Almenara.» Ganz leise hatte sie es gesagt.

«Hamid? Der wird schon für sich sorgen.»

«Versprich mir, dass du ein Auge auf ihn hast –»

Er riss sich los, plötzlich hellwach, und stieß im Treppenhaus mit anderen Kämpfern zusammen, die ebenfalls unterwegs zur Waffenkammer und den Gäulen waren.

Die Glocke im Hof hörte nicht auf, Alarm zu läuten. Hamid stand auf einem Holzpodest und schrie Befehle.

Ein Teil der Besatzung der Burg sollte hier bleiben, um die Festung zu verteidigen, falls ein Trupp der Feinde versuchen sollte, auch Almenara anzugreifen. Aufgeregt redete er auf den Alchimisten ein, der noch im verknitterten Schlafhemd aus seinem Turmzimmer heruntergelaufen war.

«Sieh zu, dass du genug vom lebenden Feuer bereit machst für die Verteidigung.»

Wenig später saß der Trupp von kaum hundert Männern auf den Pferden und ritt den Steilpfad von Almenara hinab zum Weg durch den Wald aus Pinien und Steineichen.

«Sind wir nicht zu wenige?» Halb vornübergeneigt lag Martí auf Pretz und dachte nicht an den Kampf, sondern an Zubh, deren Herz an Hamid hing. Deswegen hatte sie seine Liebe nicht gewollt, seine Zärtlichkeiten verschmäht, obwohl sie seine Sklavin war. Der Amir hatte sie ihm, nicht Hamid zugedacht. Heilige Jungfrau, sie war eine Dienerin ohne Recht auf sich selbst, die ihm zu seinem Vergnügen geschenkt worden war. Jeden Tag hätte er sie zurückschicken können, doch er hatte es nicht getan, aus Sorge um ihr weiteres Schicksal, Idiot, der er war, und jetzt würde er vielleicht sterben, und sie, wenn sie es hörte, würde erleichtert sein und sonst nichts.

«Sei still, Dummkopf», keuchte Hamid. «Wir haben nichts zu verlieren, aber alles zu gewinnen. Wenn sie erst Al Quatara eingenommen haben, werden die anderen Burgen fallen. Du und ich, wir werden es nicht überleben. Also – du weißt, wie du kämpfen musst. Alles, was ich kann, habe ich an dich weitergegeben. Allah ist mit den Standhaften.»

Sie ritten an der Spitze der Männer. Die Belagerungsmaschinen folgten ihnen in weitem Abstand. Von Maultieren und Ochsen gezogen, würden sie mindestens einen Tag länger brauchen, den entscheidenden Tag, wie Martí und Hamid nur zu gut wussten, und bis dahin war der Kampf um die Festung womöglich entschieden.

Während sie durch die Nacht ritten, brannte Al Quatara bereits, waren die Verteidiger wahrscheinlich schon niedergemacht und in Ketten gelegt.

«Wir müssen so lange aushalten, bis die Maschinen eingetroffen sind, mehr nicht, Männer. Allahu akbar!»

«Allahu akbar!», schrien die Männer hinter ihnen.

Zubh, ihre offenen Tränen, ihre heimlichen Verwünschungen, ihr beständiger Hass. Angesichts des Todes erschien Martí das alles ernster denn je. Es war ein Fehler gewesen, sie bei sich zu behalten. Die Nacht war beängstigend still, während sie durch den Bergwald dahinritten. Ein nicht ganz vollständiger Mond stand hoch über ihnen.

Das, was Martí über Monate nicht hatte wahrhaben wollen, wurde ihm, während er schweigend hinter Hamid ritt, klar wie eine Offenbarung.

Zubh. Natürlich liebte sie Hamid. Am Anfang waren es nur Blicke gewesen, wenn Zubh bei festlichen Abenden vor den Männern in der Burg gesungen und getanzt hatte. Vielleicht war es sogar mit Wissen und Willen Al Qutis geschehen, dass die beiden sich ineinander verliebt hatten. Wie auch immer, es war ihnen gelungen, sich zu begegnen, und sie hatten sich Liebe und Treue für den Rest ihres Lebens geschworen. Da war nichts leicht gewesen in dieser Liebe. Jede Begegnung war ein Spiel auf Leben und Tod, schnell erzürnt und hochverletzlich, wie der Eunuch war.

Die Christen hatten ihre Gesetze, die der Muslime aber waren, was Liebe und die Beziehungen von Mann und Frau anging, um ein Vielfaches strenger.

So klar die Regeln aber auch waren und so eindeutig die schöne Zubh seine Sklavin war, er konnte sie nicht zwingen, ihn zu lieben, ihm zugetan zu sein.

Eulen schrien durch die Nacht, und dann war wieder undurchdringliche Stille. Keiner der Männer sprach ein Wort, auch Hamid schwieg. Am Ende dachte Hamid an Zubh, das war sogar wahrscheinlich.

«Woran denkst du?», fragte Martí selbstquälerisch.

«Daran, dass sie uns nicht in der Nacht erwarten werden», gab Hamid zurück. «Sie werden schlafen, wenn wir eintreffen.»

«Sind wir schnell genug?»

«Schneller jedenfalls, als wir an einem heißen Tag wären. Es ist trocken, und der Mond leuchtet. Allah ist mit uns. Unser Zorn gibt uns Flügel.»

Der beste Moment für den Angriff, so lehrten es die Handbücher der Kriegskunst, war die Stunde vor dem Morgengrauen, wenn die Feinde am tiefsten schliefen. Sie trieben die Pferde an. Alles kam darauf an, vor dem Gebetsruf am Ziel zu sein.

Pretz zeigte kein Anzeichen von Ermüdung, und auch Martí wurde mit jedem Hufschlag, den sie Al Quatara näher kamen, wacher und kampfbereiter. Die Saut ruhte in der Halterung neben dem Flechtsattel. Kurz dachte Martí an seine Großmutter, Urruaca, sie, die ihn auf wunderbare Weise errettet hatte, und fühlte ganz plötzlich eine große Ruhe in sich. Was spielte es schon für eine Rolle, ob sie heute siegen oder verlieren würden. Irgendwann würde er sterben und dahin gehen, wo alle tapferen und feigen Kämpfer eingekehrt waren, an den Ort, den kein Sterblicher kannte. Keiner war immer nur tapfer, keiner nur feige, jeder tat, was er konnte.

Ein kühler Wind wehte, als sie aus dem Wald auf eine gepflasterte Straße ritten.

«Gleich sind wir da», rief Hamid halblaut nach hinten den Männern zu.

Dann kroch die Sonne am Horizont über die Hügel, und gleichzeitig rochen sie auch schon den beißenden Rauch von Tod und Zerstörung. Kein Muezzinruf war zu hören, obwohl es Zeit war. Sie stiegen ab, ließen die Pferde ausruhen und beteten. Martí erinnerte sich nicht, jemals inniger gebetet zu haben zu dem Einen, dem Einzigen, den er nicht verstand und nicht verstanden hatte so wenig wie seinen Vater und seine Großmutter, den er aber liebte und dem er sich nähern wollte, nicht weniger als Zubh oder Maiorina.

Die Angreifer hatten ihr Lager unterhalb der Burg errichtet. Nichts rührte sich bei den gestreiften Zelten der Almohaden. Nicht einmal ein Hund schlug an. Vom Kampf erschöpft, schliefen die Männer noch, als die Hundert aus Almenara auf ihren dampfenden Pferden vor den Mauern von Al Quatara standen.

«Siehst du die Zelte?» Hamids Stimme war rau.

«Warum bellen die Hunde nicht?», fragte Martí.

«Weil der Wind in die andere Richtung weht. Alles kommt darauf an, dass wir schneller sind, als sie wach werden.»

Martí sah die stolzen Zelte mit den Wimpeln, in denen die Eroberer, ihres Sieges sicher, schliefen. Ihre Pferde standen schlafend dahinter. Die Wächter waren vom Haschisch benebelt.

«Wie der Sturmwind», schrie Hamid den Angriffsbefehl. Ohne die üblichen Kampfesschreie ritten die Männer los, über die gespitzten Holzpfähle und Eisenketten, die die Zelte umgaben, hinweg und machten alles nieder, was unter ihnen zuckte und schrie, sie drehten die Pferde auf der Stelle und ließen sie auf den Körpern trampeln, bis sich nichts mehr regte. Eigentlich war es gar kein Kampf, sondern ein Glücksfall. Martí spürte ungeheure Erleichterung, dass da keine Pfeile, keine Wurfpeitschen waren, denen er ausweichen musste. Er trieb Pretz seitwärts zu der Wiese, auf der die feindlichen Pferde und Packtiere standen. Die beiden Wächter hatte einer der Männer von Almenara niedergemacht. Mit verrenkten Gliedern lagen sie dicht nebeneinander. Martís Blick fiel auf Hamids Hengst, der zitternd neben ihm stand, dann erst auf Hamid, der die Zügel umklammert hielt, aber halb zusammengesunken verkrampft zur Seite hing.

«Bist du verletzt?»

Von Hamid kam keine Antwort. Jetzt erst bemerkte er den Pfeil, der senkrecht zwischen Hamids Schultern steckte und sich im Rhythmus der Atmung des Verletzten bewegte.

«Said, komm schnell! Wo steckst du denn, wir sind hier!» Martís Stimme überschlug sich.

Sie hatten gar keinen richtigen Hakim dabei, nur einen seiner Gehilfen, da der Arzt nicht von Al Qutis Seite wich. Martí sprang von Pretz ab und hob Hamids Körper behutsam ins Gras zu seinen Füßen. Der Maure atmete schwer und keuchend. Wenn seine Lunge getroffen war, würde er nur noch wenige Minuten leben. Oft genug hatte Martí Männer auf diese Weise im Gefecht sterben sehen.

Von einer Sekunde auf die andere war Hamid aus der Bahn des Kämpfers und Anführers herausgeschleudert und zu einem hilflosen menschlichen Wesen geworden. Eben noch damit beschäftigt, den Gang der Geschichte von Al-Andalus zu verändern, war er jetzt nicht einmal mehr in der Lage, sich selbst zu helfen.

«Stirb nicht, Hamid», murmelte Martí, während er ihn behutsam lagerte und abstützte. «Said kommt gleich. Er wird den Pfeil entfernen. Es sieht gar nicht schlimm aus. Said wird das wieder hinbekommen –»

Die Sonne war jetzt vollends aufgegangen. In der kalten Helligkeit des frühen Morgens war Hamids Gesicht bläulich weiß und durchsichtig. Said kramte verschiedene Gerätschaften aus seiner ledernen Tasche und beugte sich dann über den Verwundeten.

«Wirst du den Pfeil herausziehen?» Martí hockte sich Said gegenüber nieder. In unendlicher Langsamkeit schnitt Said mit einer Schere Stücke des Kettenpanzers und der Weste darunter fort, mit einem in Wein getauchten Stofffetzen berührte er die Einschussstelle. Dann suchte er Martís Blick. Martí sah das Entsetzen in seinen Augen.

«Das ist nicht möglich», sagte der Gehilfe des Hakim. «Wenn ich ihn entferne, wird er sofort tot sein.»

Lange hatte Peire überlegt, an welchen besonderen Platz er die Statue mit den Gesichtszügen seiner Domna stellen sollte. Schließlich hob er sie in eine dreieckige Lücke der Felswand gleich neben dem Eingang der Eremitenklause. Kurz hatte er erwogen, einen Vorhang vor das Bild zu ziehen, doch ihm fehlte das nötige Stück Stoff, und so ließ er es.

Eines Morgens, er hatte die zweite Steinreihe des Fundaments der Kapelle gesetzt und war kurz zur Höhle zurückgekehrt, um den Wetzstein für das schon wieder stumpfe Beil zu holen, entdeckte er die Kinder in seiner Behausung. Sie knieten vor dem Bild Leonors. Das hatte er nicht gewollt. Niemand außer ihm sollte sich an der Statue erfreuen. Und außerdem war es kein Heiligenbild.

Halblaut beteten sie das Ave Maria. Unmutig sah Peire ihnen dabei zu. Ein Gefühl eifersüchtiger Zärtlichkeit gegenüber seiner Statue erfüllte ihn. Es war kein gutes reines Gefühl, nicht das eines Eremiten, der sich von der Welt verabschiedet hat. Das Bildnis war sein Besitz geworden, um den er fürchtete und bangte. Morgens im Aufwachen ging sein erster Blick zu ihr hinüber, der himmlischen irdischen Domna mit dem Gesicht Leonors. Am liebsten hätte er sie versteckt und den beiden gesagt, sie sei wieder verschwunden.

Sie fanden kein Ende. Wenn sie nicht schleunigst aufstanden und gingen, würde er sie davonjagen. Sie waren sonst nicht in die Höhle gegangen, außer, wenn er es ihnen erlaubt hatte. Jetzt taten sie, als sei es ihr gutes Recht, vor dem Bild zu beten.

«Wir haben dir Brot und Käse gebracht, Bruder Peire», sagte Joana, als sie Peire bemerkte. Sie kam gar nicht auf den Gedanken, dass er wütend sein könnte.

«Die Heilige Jungfrau ist sehr schön. Wo hast du sie her?», fragte Miguel.

«Ich habe sie gefunden. Sie lag in der Erde.» Peire wahrte mit Mühe die Beherrschung.

«Dann ist es ein Wunder. Die Jungfrau ist hierher auf den Berg gekommen. Mit deinen Gebeten hast du sie hergelockt.»

«Dürfen wir sie anfassen?» Ohne seine Antwort abzuwarten, erhob sich Joana und streichelte die Füße der Statue.

«Lass das. Man darf ein Heiligenbild nicht einfach so mit schmutzigen Händen berühren. Geht jetzt. Ihr habt genug gebetet.»

Miguel drückte einen zaghaften Kuss auf die Spitzen der Schuhe, und Peire musste sich beherrschen, um ihm nicht ins Gesicht zu schlagen.

«Fort mit euch! Nach Hause! Ihr wart lange genug da!»

Sie fassten sich an den Händen und rannten davon.

Peire war außer sich darüber, dass sie das Bildnis entdeckt hatten. Vermutlich würden sie die Nachricht vom Fund der Statue im Dorf verbreiten. Warum hatte er sie nicht besser versteckt? *Er* hatte sie gefunden. Es war *seine* Statue.

Die Wahrheit war, dass es hier oben kein Versteck gab. Das Bild der Domna hatte in der Verborgenheit gelegen, und er hatte es hervorgeholt. Er hatte es von Staub und Erdresten befreit und abgewaschen, sogar noch glänzend poliert und in die Nische gestellt. Und nun war es da. Nicht nur er, jeder andere konnte es sehen.

Angezogen von der kleinen Statue, standen die Kinder neuerdings jeden Morgen vor dem Eingang der Höhle und bettelten darum, zur Heiligen Jungfrau beten zu dürfen. Das hatte er nicht gewollt. Peire überlegte, wie er sie fern halten könnte, doch ihm fiel nichts ein. Es war nicht nur das Bildnis der Domna, allein die Tatsache, dass die Kapelle entstand, reizte die Neugier der beiden. Einmal brachten sie zwei weitere barfüßige Spielgefährten mit. Da war es mit Peires Geduld vorbei, er schrie sie an, und sie rannten erschrocken weg.

«Nie wieder!» Er schleuderte ein Aststück hinter ihnen her, um seinen Worten Nachdruck zu verleihen.

Einen Tag blieben sie fort. Unbeeinträchtigt konnte Peire sich seinen Bauarbeiten zuwenden. Drei der Eckpfosten hatte er schon eingesetzt. Jetzt schlug er mit dem Beil den letzten Eckpfeiler in den Boden.

«Bruder Peire!»

Er sah auf. Sein Zornausbruch hatte wenig geholfen. Joana stand am Rand der Baugrube.

«Stell dir vor, die Jungfrau hat uns heute angelächelt!»

«Ja, vielleicht», murmelte er schlecht gelaunt.

«Bruder Peire! Sie war ganz ernst, als wir kamen, und dann, plötzlich, hat sie den Mund verzogen. So –» Sie versuchte ein dezentes knappes Lächeln.

Peire sah kurz zu ihr hin. Das Mädchen war etwa so alt wie Nina, aber im Gegensatz zu ihr unglaublich mager und knochig. Die Blatternnarben hatten ihr Gesicht nicht so stark verunstaltet wie bei ihrem Bruder. Joana war sanfter als Miguel. Ihr kräftiges dunkelblondes Haar war halblang, und Peire schoss der Gedanke durch den Kopf, dass sie in ein paar Jahren ein hübsches Mädchen sein würde. Sie hatte schöne Augen mit langen Wimpern. Eigentlich sollte er sie mit Noblessa und Ritterlichkeit behandeln. Vielleicht kam sie ja auch deshalb so oft, um der Arbeit auf dem Feld und im Stall aus dem Weg zu gehen.

Jetzt lächelte auch Peire.

«Bist du noch böse auf mich?»

«Auf dich war ich nie böse.»

«Ich bin so froh, dass du das Bild von der Jungfrau Maria gefunden hast.»

Joana hüpfte davon, sicher warteten ihre Eltern schon auf sie und hatten irgendeine Arbeit für sie. Vielleicht würden sie die Kinder prügeln, weil sie sich zu lange auf dem Felsen aufgehalten hatten. Peire überkam wieder einer der plötzlichen Stimmungswechsel, die ihn neuerdings plagten. Die armen Kinder. Man sah ihnen die harte körperliche Arbeit an. Wahrscheinlich waren die Besuche auf der Höhe die einzige Abwechslung, die es in ihrem kargen und mühevollen Leben gab.

Ein paar Tage darauf, es war Sonntag, brach er in Zittern aus, als er vor die Höhle trat. Draußen warteten mehrere Dörfler. Mit hängenden Schultern standen sie in demütiger Haltung vor ihm.

«Wir sind gekommen, um zur Heiligen Jungfrau zu beten», sagte schließlich ein älterer Mann.

Natürlich hatten die Kinder von der Statue erzählt.

«Dürfen wir hineingehen, Bruder Peire?»

Am liebsten hätte er Nein gesagt. Aber es war unmöglich. Er nickte und fühlte sich ihnen ausgeliefert.

Der alte Mann ergriff seine Hand. «Wir danken dir, Bruder, dass du es uns gestattest. Wir tun es aus wichtigem Grund. Jaime, der Fischer, ist mit seinem Boot seit drei Tagen nicht zurückgekommen. Wir wollen für ihn beten und bitten dich, dass auch du ihn in deine Fürbitten aufnimmst.»

Peire war zusammengezuckt. Wieder so ein armer Hund, der bei dem Sturm in den letzten Tagen sein Leben riskiert hatte, um ein paar Fische heimzubringen.

Seit drei Tagen überfällig. Jaime war sicher ertrunken und das Boot gekentert. Einer nach dem anderen betraten die Dörfler die Höhle, warfen sich nieder vor dem Bild der Domna und bekreuzigten sich. Er hörte ihr murmelndes Beten und wusste, sie erwarteten von ihm, dass er sich an ihrem Gebet beteiligte. Er hätte es auch gerne getan, aber es erschien ihm vollkommen sinnlos. Es gab keine Wunder. Gott erhörte die Gebete der Gläubigen nicht. Niemand wusste es besser als er.

Die Tage schlichen davon, einer nach dem anderen. Nur langsam wuchs die Kapelle weiter. Jeder Ast, jeder Baumstamm mussten erst langwierig zugerichtet und geglättet werden. Je weiter der Bau fortschritt, desto mehr bemühte sich Peire um ein gleichmäßiges Aussehen der Bauteile. Es kam sogar vor, dass er Holzstücke wieder herausriss und sie bearbeitete, bevor er sie aufs Neue einsetzte. Axt und Beil wurden stumpf, und er musste zum Kloster hinuntersteigen und sich einen neuen Wetzstein holen, der alte war inzwischen nicht mehr zu gebrauchen. Es kam ihm vor wie ein verlorener Tag. Er sprach kurz mit Bruder Hilarius, der ihm Ratschläge für den Bau der Eingangstür gab und ihm eiserne Dübel für die Aufhängung in die Hand drückte.

In den nächsten Tagen wurde es heiß und drückend. Die Tür hing schief in den Angeln, und der angefangene Bau erschien Peire als ein wahres Jammerding. Da war zu viel Missratenes. Er hatte sein Bestes getan und zu wenig erreicht. Kopfschüttelnd betrachtete er die rohen Holzplanken, an denen nichts Feierliches oder Erhabenes war. Je mehr die Kapelle wuchs, desto unwürdiger und unglaubwürdiger erschien sie ihm. An allen Stellen war zu sehen, dass hier jemand eine solche Arbeit zum ersten Mal getan hatte. Die Steine in den unteren Reihen saßen schief. Die Wände waren erkennbar ungerade und wackelig. Trotz all seiner Mühen musste er sich, den Holzschleifer in den Fingern, den Sonnenbrand im Gesicht, eingestehen, dass nur ein bescheidener Bau entstanden war, obwohl er wieder und wieder Holzstücke ausgerissen und neu eingefügt hatte. Es war eher eine Art Viehstall, nichts, was an eine Kapelle erinnerte.

«Ich sehe, du machst Fortschritte.»

Der Prior stand hinter Peire und lachte über Peires Erstaunen.

«Die Kinder haben mir von der alten Madonna erzählt», sagte Urban. «Bitte zeig sie mir. Stell dir vor, der Fischer Jaime ist nach zehn Tagen zurückgekehrt. Die Kinder haben bei deinem Bildnis für ihn gebetet, und jetzt behaupten sie, ein Wunder sei geschehen.»

«Jaime?»

«Eine Strömung hatte sein Boot abgetrieben. Er ist tagelang auf dem Meer gewesen und schließlich von Fischern ganz oben im Norden an der Küste entdeckt worden. Lass mich zu der Statue, die du gefunden hast.»

Peire zögerte. Aber er war nicht mehr der, der darüber bestimmen konnte, wer ihn besuchte. Der Prior ging an ihm vorbei in die Wohnhöhle, sah suchend um sich, bis er vor der Nische stehen blieb. Lange betrachtete er die Statue, nicht mit ehrfürchtigem Staunen wie die Kinder oder die Leute aus dem Dorf, sondern kühl prüfend, wie ein Kaufmann.

«Nein», sagte er, «was ich da sehe, gefällt mir gar nicht.»

«Lass sie», schrie Peire am ganzen Leib zitternd. «Fass sie nicht an!»

Urban hielt sie schon gegen das Licht und drehte sie hin und her. Peire schmerzte es körperlich, wie er sie in seinen breiten Händen hielt.

«Ohne Zweifel uralt.» Unsanft stellte Urban die Domna zurück.

«Es ist ein Wunder», sagte Peire.

«Nein, nein.» Urban ging mit auf dem Rücken verschränkten Armen hin und her. «Drüben an der Baustelle, wo du sie gefunden hast, existierte vor langer Zeit ein heidnischer Tempel. Es ist ein Göttinnenbild. Die Heiden haben es angebetet. Du weißt, die Söhne des Romulus.»

«Nein», sagte Peire, außer sich vor Zorn. Die Statue, von ihm zu Tage gefördert, war von Gott an ihn geschickt, und Urban leugnete das offensichtliche Wunder.

«Ich weiß sogar, welche Göttin es ist.»

«Nichts weißt du.» Wieder überkam Peire einer dieser unerwarteten Gefühlsausbrüche. Zugleich zitterten ihm die Hände. Er hatte Gehorsam gelobt, aber am liebsten hätte er Urban unter Beschimpfungen davongejagt.

«Es ist die Göttin Isis.»

«Woher willst du das wissen?»

«Damals im Süden wurde in Córdoba beim Bau eines Hauses eine größere Statue von ihr gefunden mit einer Inschrift, auf der ihr Name genannt war, Dea Isis. Sie sah dieser hier sehr ähnlich. Man rief mich zu Hilfe, weil ich Latein konnte, und bat mich, die Schrift zu lesen und zu deuten.»

«Isis?»

«Ja, Isis, eine ägyptische Göttin, die die Menschen verzaubern konnte und Wunder wirkte. Sie rettete angeblich Seeleute aus Schiffbrüchen und Stürmen.»

«Hör auf damit.»

Urban sah ihn erstaunt an und begriff nicht, was in Peire gefahren war. «Hör zu, wir müssen das Götzenbild verbrennen, ehe die Leute in den andern Dörfern davon erfahren – es ist eine der zahllosen heidnischen Götzenfrauen. Und du wie ich, wir glauben an den einen und einzigen Gott, der die Wahrheit und das Leben ist. Diese Statue beleidigt ihn. Wir müssen verhindern, dass noch mehr Menschen kommen und vor ihr beten.»

«Sag mir, wie», stammelte Peire. «Sie waren doch schon hier und haben es verehrt und um Hilfe angefleht. Urban, was kann ich dafür, dass ich das Bildnis gefunden habe? Es sieht aus wie eine Frau, und vielleicht ist es ja die Jungfrau Maria. Ich weiß nicht, warum es ein Götzenbild ist. Die Kinder haben keine fremde Göttin angebetet, sondern die Jungfrau Maria um ihren Schutz gebeten.»

Vielleicht war es ja so, dass verschiedene Menschen verschiedene Wesen in dieser Statue erkannten.

Peire schluchzte auf. Er hatte von Anfang an gewusst, dass diese Figur nicht die Heilige Jungfrau war, es war Leonor, und

Urban, der sie kannte, hätte es erkennen müssen, stattdessen erinnerte sie ihn an eine ganz andere Statue in Córdoba, die er vor Jahrzehnten kurz gesehen hatte.

«Es hat sich sehr schnell herumgesprochen. Warst du im Dorf? Hast du von deinem Fund erzählt?»

«Kein einziges Mal, seit ich hierher gekommen bin. Aber die Kinder beobachten alles, was ich tue.»

«Welche Kinder?»

«Miguelito und Joana, du weißt, die mir das Essen bringen.»

Sie sahen sich lange an.

«Ich muss darüber nachdenken und beten.» Urban schien Abstand von seinem ursprünglichen Plan zu nehmen. Langsam trat er wieder an die Wand und betrachtete das Bildnis in der Nische.

«Peire, du weißt, ich war nie einer von denen, die es mit dem Kirchengesetz allzu genau genommen haben. Wir haben Wein miteinander getrunken und gegessen wie die Schlemmer.» In Gedanken versunken stand Urban da und nestelte am Gürtel seiner Mönchskutte. «Ich habe beschlossen, strenger zu den Brüdern im Kloster zu sein. Das Land wird beherrscht von den Lehren der Ketzer. Überall werden die Sakramente verlacht und das Kreuz verhöhnt. Du in deiner Einöde bekommst nichts davon mit.»

Urban nahm die Holzfigur noch einmal an sich und schien zu überlegen.

«Sie ist ein heidnisches Überbleibsel, das ist gewiss. Wie anders wäre sie in die Erde gekommen? Aber jetzt, nachdem Jaime gerettet wurde, wird sich die Nachricht von ihrer wundertätigen Wirkung überall verbreiten, ganz gleich, was wir vom Kloster sagen.»

«Müsst ihr denn unbedingt etwas dazu sagen? Ihr könntet auch schweigen.»

«Ja, wir müssen sagen, was von der Statue zu halten ist. Ich lüge nicht gern, wenn ich es besser weiß. Auch einer wie Bruder Hilarius kennt die Wahrheit. Er weiß seit langem von dem Heidentempel hier oben.» Urban lächelte. «So, wie sie aufgetaucht ist, könnte die Statue aber auch wieder in aller Heimlichkeit verschwinden. Ich könnte sie ins Meer werfen. Wirklich, Peire, es wäre besser.»

«Nein.» Peire schnaubte durch die Nase und kämpfte gegen die Wut an, die in ihm aufstieg und ihm die Röte in die Wangen trieb. Er musste das Bildnis retten. Notfalls würde er mit der kleinen Statue von hier flüchten. Nie und nimmer würde er zulassen, dass Urban sie zerstörte. Urban wusste zu viel. Er verstand sich auf Dinge, die außer ihm weit und breit keiner kannte. Das kam von diesen Jahren in Córdoba, als er unter den Moros gelebt und ihre Schriften studiert hatte. In manchen Momenten ertappte sich Peire bei der Überlegung, ob Urban damals vielleicht gar zu Allah gebetet hatte.

«Hör zu.» Peire sprach leise und schneidend. «Ich widersetze mich dir. Auch wenn du der Prior bist.»

«Du hast mir Gehorsam gelobt.»

«Ich kann ihn jetzt nicht leisten.»

«Jetzt ist die erste Gelegenheit, gehorsam und demütig zu sein. Ich werde die Statue mitnehmen, und du solltest es ertragen.»

«Nein», schrie Peire auf.

«Du hast kein Recht, Nein zu sagen. Du unterstehst meinen Befehlen, Bruder Peire.»

«Sie ist so schön. Hast du kein Auge dafür?»

«Ich habe alles dazu gesagt, und du weißt, dass es die Wahrheit ist.»

«Es gibt nicht nur deine Wahrheit. Die Statue, mag sie auch aus den Zeiten der Söhne des Romulus stammen, für die Menschen hier hat sie eine neue Bedeutung angenommen. Sie ist ein himmlisches Zeichen –»

«Und für dich ist sie mehr als das.» Feiner Spott zeichnete sich auf Urbans Gesicht ab.

«Was ist denn schlecht daran, wenn die Menschen zur Jungfrau Maria beten, gerade jetzt in den Zeiten der Häresie?», wendete

Peire ein. «Was, wenn der Himmel die Statue eben doch als göttliches Zeichen gesendet hätte?»

«Mein Verstand wehrt sich dagegen. Der Himmel sendet keine heidnischen Statuen und lässt sie Wunder wirken.»

Urban stand jetzt vor der Nische. Peire überlegte, ob es einen Kampf wert war. Mit einer raschen Bewegung nahm der Prior die Figur an sich.

«Lass sie hier. Ich bitte dich darum. Ich flehe dich an. Sie ist mein einziger Trost in der Einsamkeit.» Wie erbärmlich Urban doch war, wie schwach seine Oberarme waren. Warum sah er nicht ein, wer hier der Stärkere war?

«Es gibt nur den Einen, den Einzigen. Er hat uns wissen lassen, dass wir die Götzenbilder zerstören müssen.»

Der Prior trat einen Schritt zurück. Peire spürte seine Angst und dasselbe Gefühl, das ihn vor der Schlacht befiel, wenn die Pferde vor Ungeduld mit den Hufen aufstampfen. Urban verstand nichts vom Kampf. Peire war selbst erstaunt darüber, als er zuschlug. Die Statue fiel sofort zu Boden und rollte über den Boden aus der Höhle hinaus.

So mager er war, da lag noch erstaunliche Kraft in seinen Handgelenken, in seinen Händen. Mehr als das, es war die reine Lust, mit einem Mann zu kämpfen wie im Krieg oder beim Turnier. Sie rangen miteinander. Ungeschickt und kurzatmig schnaufend wehrte Urban den Gegner ab. Ohne dass Peire sich bewusst war, dass er erneut zugeschlagen hatte, blutete Urban aus der Nase.

«Hör auf damit.» Es war ein schwaches Stöhnen.

«Nein.»

«Du bist wahnsinnig.»

Schließlich saß Peire rittlings auf Urbans Brustkorb, reckte die Faust in den Himmel und schrie wie im Kampf gegen die Moros seinen Triumph hinaus.

«Hör auf, du Idiot.»

Peire erhob sich langsam und bückte sich nach dem Bildnis der Domna. «Ich habe dich besiegt.»

Urban setzte sich mit Mühe auf und blinzelte. «Du hast mich, deinen Prior, geschlagen. Der Teufel ist in dich gefahren. Der Teufel der Heiden.»

«Ich habe sie mir in ehrlichem Kampf zurückgewonnen.» Peire drückte die Statue an seine Brust.

«Gar nichts hast du. Du hast dein Gelübde verletzt. Ich könnte dich mit Schimpf und Schande davonjagen. Bei Gott, ich bin sogar verpflichtet, das zu tun. Ich könnte die Angelegenheit weitermelden und dafür sorgen, dass du exkommuniziert wirst.»

Urban strich sich die zerzausten Haare um die Tonsur wieder zurecht. «Peire, ich verstehe nicht, welcher Teufel dich geritten hat. Es ist das zweite Mal im Leben, dass du dich um Kopf und Kragen gebracht hast. Nein, ich habe kein Mitleid. Ich werde dich bestrafen. Peire de Vallderonca, auch für dich gelten die Regeln, die vor langer Zeit für alle Menschen aufgestellt wurden.»

«Seit ich hier oben bin, bin ich aus zwei Teilen zusammengesetzt. Die eine Hälfte will Eremit sein, die andere –»

«Die andere ist fest in der Hand des Teufels.»

Peire versuchte zu begreifen, was abgelaufen war. Er hatte Urban körperlich angegriffen. Er, der Eremit, hatte seinen Vorgesetzten geschlagen und zu Boden gerungen.

«Ich habe Angst. Nicht vor dir, sondern um dich und deine unsterbliche Seele. Ich fürchte, sie ist unrettbar verloren.» Urban trat auf ihn zu und nahm ihm die Figur aus den Händen.

«Solche wie dich wird ewige Verdammnis treffen. Etwas, was schlimmer ist als dein Schmerz um Mariela und Nina, weil es Tausende von Jahren anhalten wird. Gott bestraft die Hochmütigen.»

«Ich bin nicht hochmütig.»

«Jedes Wort aus deinem Mund ist eins zu viel.» Urban ging mit der Domna davon, entschlossen, die Statue für immer zu zerstören.

Peire stand da, fassungslos über das, was er getan hatte, seine Hände zitterten wie Blätter im Sturm. Urban, der so lange Jahre sein Freund gewesen war, hatte nichts verstanden. Eine Welle von Selbstmitleid überrollte ihn. Er war jetzt ein Ausgestoßener, dem auch das Letzte genommen war, was ihn mit der Menschheit verbunden hatte.

«Bruder Peire!»

Joana stand vor dem Eingang. Tränenüberströmt hielt sie ihm ein Stück Holz entgegen.

«Was hast du da?»

«Siehst du nicht? Es ist von der Heiligen Jungfrau abgebrochen.»

Peire riss ihr das schwarze Holzstückchen aus der Hand.

«Es ist ihr Fuß, er lag da drüben», sagte Joana weinend. «Ich habe alles gesehen. Der Prior hat sie fortgetragen. Wird er –»

«Sei still», herrschte Peire sie an und streichelte den kleinen Fuß in dem spitz zulaufenden Schuh.

Die Morgensonne schien durch das hohe Fenster auf die abgetretenen Bodenplatten und den wollenen Teppich des Gemachs der Burgherrin von Fouzilhon. Sie spielte über Leonors Gesicht und ihr blauseidenes Gewand. Leonors Mund war leicht geöffnet. Ihre langen dunkelbraunen Haare hingen ihr über die Schultern.

Magalit saß Leonor gegenüber, sanft glitten ihre Hände mit den kurz geschnittenen Fingernägeln über die Saiten der Leier. Plötzlich hörte sie auf.

«Einige sagen, das Wort Troubadour kommt von *trabar.*»

«Und was bedeutet *trabar*?»

«Es ist ein arabisches Wort und heißt Freude. Die Troubadoure verbreiten sie mit ihrer Musik. Musik ist der Ausdruck ihrer Freude.»

«Ich möchte noch einmal das Lied von Folquet hören.»

«Gern.»

Leonor lehnte sich zurück gegen die Kissen auf ihrem Bett. Eine angenehme Mattigkeit erfüllte sie. Es war eine ganz neue

Lust, abzuwarten und zuzuhören. Früher war sie zu ungeduldig dazu gewesen. Einer schwangeren Frau blieb nichts anderes übrig, als die Monate dahingehen zu lassen. Ohne selbst das Geringste zu tun, wuchs das Kind heran. Je näher der Geburtstermin rückte, desto ruhiger wurde sie.

«Folquet ist jetzt Abt in Thoronet», sagte Magalit. «Er bereut sein früheres Leben. Wenn er irgendwo auf einem Marktplatz eins seiner Lieder hört, das ein Sänger gerade vorträgt, hält er sich die Hände an die Ohren und bricht in Tränen aus.»

«So wie Peire», sagte Leonor leise.

«Nicht nur Peire de Vallderonca. Viele andere Adelige und Nichtadlige treten in Klöster ein und tun Buße. Aber es ist der falsche Weg.»

«Ich weiß.»

«Sie spüren die Falschheit dieser Welt und suchen nach einer Antwort. Doch das Kloster, das Kreuz und die Sakramente werden sie nicht befreien –»

«Glaubst du, Peire de Vallderonca wird den Weg finden, ein guter Christ zu werden?»

«Ich weiß es nicht. Ich hoffe es. Noch mehr als für ihn hoffe ich für Folquet, dem ich für immer verbunden bin.» Für Momente trafen sich ihre Augen.

«Es ist nicht der Tod seiner Tochter, den Peire betrauern sollte, sondern die Tatsache, dass er neues Leben gezeugt hat.»

«Er weiß nichts davon.»

«Dennoch hat es ihn noch fester mit dieser Welt der falschen Spiegelungen verbunden. Und eines Tages wird er erfahren, was zwischen euch geschehen ist.»

«Hoffentlich kommt Fernando nie dahinter.» Leonor seufzte leise. Fernandos Freude war in den letzten Monaten ihr einziger Kummer gewesen. Sie log ungern, war aber zu feige für Geständnisse.

Der Arzt hatte ihr verboten zu reiten, und sie hatte es eingesehen. Jeden Tag ging Leonor in den Stall und redete mit ihren beiden Pferden. Der neue Jagdhund war kleiner als Arria, eigentlich nur ein Hündchen mit Schlappohren, weiß mit wenigen braunen Flecken, einem davon genau zwischen den Ohren. Juna hatte sie das kleine Tier genannt.

Das Leben war unerklärlich anders geworden. Von einem Tag auf den andern hatte sie Appetit auf fette Soßen und Hammelfleisch bekommen. Es hatte sie nach frischem Löwenzahn und Aprikosen gelüstet. Und das Unglaublichste – sie hatte Magalit gebeten, ihr ihre neuesten Lieder vorzuspielen. Magalit mit ihrem Buckel hatte sich in ein Zauberwesen verwandelt, das genau das sang, was Leonor schon so lange hatte hören wollen.

Und damit nicht genug – eines Morgens, als sie zum Fenster hinaussah, fiel ihr Blick auf den verlorenen Ring mit dem grünen Stein, Fernandos Geschenk. Er lag in einer Mauerritze des Fenstersimses festgeklemmt, so, als hätte er nur auf den Moment gewartet, in dem Leonor nach ihm Ausschau hielt.

Entzückt wollte sie sich den Ring an den Finger stecken, doch er passte nicht mehr, der Finger war dicker als früher. Sie hing ihn stattdessen an ihre Halskette und trat auf den Söller. Im Burghof stand einer von den fahrenden Joglars und sang eine Cantiga, deren Worte und Melodie sie schon einmal gehört hatte.

Ich brachte ihr einen Nestling
und er gewann ihr Herz
Meine Musik wollte sie nicht hören.
Und ich bestach die Wächter
immer wieder.

Peires Lied, das er im letzten Jahr in Vallderonca beim Wettstreit der Troubadoure gesungen hatte.

Nach jeder Strophe klatschten die Zuhörer, die sich um den Joglar versammelt hatten. Er war kein Katalane wie Peire und sang das Lied auf Okzitanisch mit kleinen Ausschmückungen und Veränderungen. Leonor runzelte die Stirn. Sie nahm Juna auf den Arm, streichelte sie nervös und drückte den Daumen auf den braunen Fleck zwischen ihren Ohren. Gut, dass Fernando wieder in Zaragoza am Hofe war, gut, dass er nicht täglich fragte, wie es ihr ging. Er hatte versichert, zur Zeit der Geburt in Fouzilhon zu sein. Leonor betete jeden Abend zu Gott, er möge diese Absicht Fernandos verhindern.

Hamids Augen richteten sich auf Said. Mühsam formte er die Worte: «Zieh ihn heraus, auf meine Verantwortung hin. Ich werde noch so lange leben, bis ihr mich zu Zubh gebracht habt.»

«Du musst ihn festhalten, Martí. Es wird sehr schmerzhaft sein.» Man sah Said an, dass er sich überfordert fühlte und vor den Schwierigkeiten zurückschreckte.

Hamids Augen schlossen sich. Einige der Männer standen um sie herum. Einer reichte einen Becher mit Mohnwein, der die Schmerzen betäuben sollte. Hamid stöhnte und schloss die Lippen, als Martí versuchte, ihm das Getränk einzuflößen.

«Said wird den Pfeil entfernen», flüsterte Martí, «und ich werde dich zu Zubh nach Almenara bringen. Ich mache sie dir zum Geschenk. Sie hat jeden Tag nur an dich gedacht und von dir gesprochen –»

Ein Lächeln ging über Hamids Züge, als Said den Pfeil endlich herauszog. Ein Schwall von hellrotem Blut quoll stoßartig aus der Wunde, Said presste ein Tuch dagegen. Dann legte er einen notdürftigen Verband unter Hamids Armen über den Rücken.

«Er wird den Transport nicht überleben», flüsterte er Martí zu. Hamid schüttelte sich jetzt und zitterte am ganzen Körper wie nach einer übergroßen Anstrengung. Die Männer kamen mit einer Tragbahre, betteten Hamid darauf und legten eine Decke über ihn.

«Was ist mit der Burg?», fragte Martí. «Was ist aus der Besatzung geworden?»

«Ich war oben», berichtete Said. «Da war keiner mehr, dem ich helfen konnte. Die meisten sind im Kampf gefallen und liegen in den Trümmern oder davor. Die Überlebenden haben sie alle gekreuzigt. Sieh lieber nicht hoch. Neben dem Pfad zur Burg hängen sie. Es sind ein paar meiner Freunde darunter.»

«Und die Frauen und Kinder?»

«Ich habe viele von ihnen tot in der Burg gesehen. Möglicherweise konnten einige in die Wälder flüchten. Ich hoffe es, Allah ist groß.»

«Berichte dem Amir, dass wir die Burg wieder befestigen und halten werden, nachdem wir die Toten beerdigt haben, und nimm zur Sicherheit zehn Männer mit.» Der Sahib begleitete Martí und Hamid, der auf einer Tragbahre an ein Maultier gehängt war, noch ein kurzes Stück mit der Bedeckung von zehn Kriegern.

«Seid vorsichtig. Die Almohaden-Kämpfer werden einen weiteren Vorstoß machen. Wenn ihr auf die Verstärkung trefft, sagt ihnen, sie sollen sich beeilen.»

«Ich verstehe nicht, woher der Pfeil kam, der Hamid getroffen hat.»

«Da ist nichts zu verstehen.»

«Wie meinst du das?»

«Es war kein almohadischer Pfeil», sagte der Sahib, ohne sich eine innere Regung anmerken zu lassen. «Einer von unseren Leuten muss ihn abgeschossen haben. Vielleicht war es auch ein Versehen, eins, wie es in jedem Kampf vorkommt. Manch einer stirbt durch die Pfeile der eigenen Gefährten.»

Gegen Mittag ließ Martí den kleinen Trupp anhalten, damit die Pferde ein wenig ruhen konnten. Nach dem Gebet aßen sie etwas und versorgten Hamids Wunde aufs Neue, so wie Said es ihnen erklärt hatte. Immerhin lebte er entgegen dessen Prognose noch. Martí fühlte nach seinem Puls, der flach und schnell war. Auch die Atmung war unruhig und schwer. Hamid war so schwach, dass er die Augen geschlossen hatte. Diesmal gelang es Martí, ihm etwas Wasser einzuflößen, nachdem er ihm das verschwitzte Gesicht und die Hände mit einem nassen Lappen benetzt hatte.

Von weitem waren schnelle Hufschläge zu hören. Alle sprangen sofort auf und griffen nach ihren Waffen. Ein einsamer Reiter mit einem Gesichtsschleier kam herangesprengt, zweifellos ein Bote Al Qutis.

Als er näher kam, stellte Martí mit Erstaunen fest, dass der Bote auf seinem eigenen Packpferd saß, das für den schnellen Ritt eigentlich nicht geeignet war. Er erhob sich, ohne den Blick von Hamid zu lassen, um den Boten zu begrüßen.

«O mein Sid, verzeiht mir», sagte Zubh und schlug den Schleier vom Gesicht zurück. Es war gerötet von der Anstrengung des ungewohnten Rittes. Mit einem kurzen Blick überzeugte sich Martí davon, dass sie keine Waffen am Körper trug. Wie immer, wenn sie plötzlich vor ihm stand, rang er nach Worten und fand nur die falschen.

«Du weißt doch, wie wir Frauen sind», versuchte Zubh zu witzeln.

«Ja, schon, aber nicht, dass du auch ein Pferd lenken kannst. Schade, dass du nicht meinetwegen gekommen bist.»

Mit einem Aufschrei erkannte Zubh Hamid auf der Bahre. Hamids Hände begannen zu zucken, und er öffnete langsam und mühsam die Augen. Lautlos formten seine Lippen ihren Namen.

Behutsam legte Martí die Hand auf Zubhs Schulter. «Für den Fall, dass er seine Verwundung überlebt, habe ich ihm dich zum Geschenk gemacht. Oder wenn es dir lieber ist, lasse ich dich frei –»

Er war nicht sicher, ob sie seine Worte überhaupt gehört hatte. Irgendwie kam es darauf auch nicht mehr an. Martí dachte, dass es kein Edelmut seinerseits war, Zubh zu Hamid gehen zu lassen, sondern seine Pflicht vor Allah, vor Gott, anzuerkennen, dass die beiden sich liebten.

Kein Blitz war vom Himmel niedergefahren, um ihn zu erschlagen. In den Tagen nach dem Kampf mit dem Prior war es heiß und staubig auf der Höhe. Die Kinder waren nicht mit ihren üblichen Gaben gekommen. Wie betäubt kauerte Peire vor dem Eingang der Höhle, hungrig, unfähig, weiter an der Kapelle zu arbeiten. Vermutlich erwartete Urban, dass er wortlos von hier verschwand und sich nie wieder sehen ließ. Vielleicht war nur deshalb keiner von den Mönchen hochgekommen, um ihn fortzuschicken, weil so klar war, dass er von hier zu verschwinden hatte.

Dabei hatte er sich an den Felsen, die Arbeit, sein Federvieh und die Beeren in den Büschen rundum gewöhnt. Das Scharren der Hühner, das Anfachen des Feuers, das Ausgraben von Wurzeln, jede dieser anspruchslosen Verrichtungen gab ihm ein Gefühl der Geborgenheit, war jetzt das, was er brauchte und wollte. Hier zu sein war gut für ihn gewesen. Beim Gedanken, an einen anderen vergleichbaren Ort aufzubrechen, kamen ihm die Tränen. Peire kaute an den Fingernägeln und wartete, dass etwas geschah, dass jemand kam und ihm Vorwürfe machte.

Doch ein Tag reihte sich an den anderen, die Sonne wärmte ihn, die Nächte waren noch lau und warm, aber niemand erschien. Fieberhaft überlegte er, was er tun sollte, sobald er offiziell von hier verjagt wurde. Nur langsam wurde er ruhiger. Es gab schließlich genug einsame Felsen in der Gegend. Er würde sich eine neue Behausung weit weg von hier in der Wildnis suchen und sein Eremitendasein fortführen – dann eben ohne Aufsicht und Segen eines Klosters.

Er verzehrte die Eier, die die Hühner legten, zusammen mit frischen Löwenzahnblättern waren sie ein sättigender Leckerbissen.

Ein paar Mal versuchte er es wieder mit der gewohnten täglichen Arbeit. Aber was er auch anfing, es misslang. Beim Zurechthauen der Äste verletzte er sich mit der Axt, und am nächsten Tag, als er Felsbrocken zu Bausteinen viereckig meißelte, flog ihm ein Splitter ins Auge.

Peire war nahe daran, den Weg zum Kloster einzuschlagen, um

dort Hilfe für sein schmerzendes und tränendes Auge zu holen, doch dann blieb er stehen und starrte den steinigen Pfad hinab. Auch das hatte er verwirkt, er, der gegen den Prior gekämpft hatte. Sie würden ihn nicht einmal einlassen.

Das Auge schwoll in den nächsten Tagen bedrohlich an. Apathisch saß Peire vor der Höhle.

Er wusste nicht, welcher Wochentag war, und nicht, welcher Heilige an diesem verehrt wurde, als eine unförmige Gestalt den Pfad hochkam. Er blinzelte, das verletzte Auge war nur noch Schmerz. Beunruhigt versuchte er die Person zu erkennen, zweifellos handelte es sich um einen Mönch, der ihn von dem Felsen verweisen würde. Hier in der Behausung des frommen Godofrido hatte einer wie er nichts mehr zu schaffen. Peire fehlte der Mut, dem Mann entgegenzugehen.

«Was ist mit Euch los? Habt Ihr Euch verletzt?»

Peire fixierte den vor ihm Stehenden mit dem unversehrten rechten Auge.

«Oswaldo? Du?»

Sein Herz schlug schnell und stolpernd. Womöglich hatte Urban den Hofnarren geschickt, um ihm die Nachricht zu bringen.

Oswaldo ließ sich neben seinem einstigen Herrn nieder und betrachtete ihn besorgt.

«Ich hatte dir verboten zu kommen.»

«Ihr seht ja, dass ich mich nicht daran halte. Ich wollte den neuen Eremiten und die Kapelle besuchen.»

Wusste er wirklich nicht, was vorgefallen war?

Oswaldo begann den Sack auszuräumen, den er mitgeschleppt hatte. Brot, eine Bota voller Wein, Würste, zwei scharfe Messer, Ziegenkäse, ein Stück Schinken, ein sauberes weißes Leinentuch. Die Aussicht auf eine derart köstliche Mahlzeit brachte Peire aus der Fassung. Zugleich wusste er inzwischen, dass ihm üppige Mahlzeiten nach längerem Fasten nicht gut bekamen. Besonders an Wurst musste er sich langsam gewöhnen.

«Ich mag nicht.»

«Senhor, seid Ihr krank?»

«Oswaldo, sag die Wahrheit. Du weißt, was sich hier abgespielt hat.»

Oswaldo lehnte sich lächelnd zurück.

«Ich habe die Statue gesehen.»

Peire schoss das Blut ins Gesicht.

«Was – was ist mit ihr? Der Prior wollte sie verbrennen.»

«Ja, das hatte er vor. Er hat sie ins Feuer des Küchenkamins geworfen vor den Augen der Mönche, die gerade dort waren. Aber dann geschah ein himmlisches Zeichen. Das Bild der Jungfrau Maria fing kein Feuer. Nur am abgebrochenen Fuß ist es etwas angekohlt.» Oswaldo lachte. «Es ist uraltes Olivenholz, sehr dicht und fest und vielleicht mit Salzen behandelt. Urban hat alles versucht, die Statue in Brand zu setzen, umsonst. Immer mehr Mönche kamen in die Küche gelaufen. Sogar draußen auf dem Feld ließen die frommen Brüder die Sicheln und Harken fallen und rannten in die Küche, um die unzerstörbare Jungfrau zu sehen.»

Oswaldo grinste vergnügt.

«Und dann?» Peire hielt die Spannung nicht mehr aus.

«Bruder Hilarius zog das Bild der Jungfrau mit bloßen Händen aus den Flammen und ermahnte Urban zu Demut vor dem Urteil Gottes. Die Brüder schrien und drohten, als er versuchte zu widersprechen. Sie bestanden darauf, die Statue müsse erhalten und wieder auf die Berghöhe gebracht werden. Senhor, es war der offene Aufstand gegen Urban. Sie begannen, zu beten und zu singen, und niemand kann ihnen mehr ausreden, dass der Himmel selbst eingegriffen hat, um das Bildnis zu retten.»

«Und Urban?»

«Er musste sich beugen – und war klug genug, es zu tun, du kennst ihn. Alle aus dem Kloster werden morgen in einem Prozessionszug die Statue hierher bringen.» Oswaldo erhob sich und ging hinüber zur Baustelle.

«Seht zu, dass Ihr bis dahin eine Überdachung für das Bildnis der Gottesmutter zustande gebracht habt.»

«Hat Urban dir nicht gesagt, was ich getan habe?»

«Er ist bei weitem nicht so erstaunt darüber wie Ihr. Und außerdem hat er andere Sorgen. Es geht um die Disziplin der Brüder, die sich gegen ihn aufgelehnt haben. Wie ich ihn kenne, wird er Euch alles verzeihen. Außer ihm, Euch und mir weiß ohnehin niemand davon.»

Joana hatte alles mit angesehen, aber sie war ein Kind.

Wie ein Lauffeuer, berichtete Oswaldo, hatte sich die Nachricht von der unzerstörbaren Statue der Heiligen Jungfrau überall in der Gegend von Vallderonca herumgesprochen. Aus allen Dörfern der Umgebung waren Menschen zum Kloster geeilt und hatten versucht, das geheimnisvolle Bildnis mit den Lippen oder der Hand zu berühren.

«Rechnet damit, dass morgen viele zu Euch kommen werden.»

«Zu mir?»

«Auch zu Euch. Für das Volk seid Ihr von nun an nicht mehr der Conde de Vallderonca, sondern der Eremit, der das Bild der Heiligen Jungfrau aufgefunden hat, Senhor.»

Es kam, wie Oswaldo angekündigt hatte. Betend und singend zog die Schar der Mönche in lang gezogener Reihe den engen Bergpfad herauf. Die Statue der Jungfrau schwankte unter einem von vier Mönchen gehaltenen vergoldeten Baldachin, Urban trug sie vor der Brust wie den Kronschatz des Königs von Aragon. Schweißperlen liefen ihm über das Gesicht. Der alte Hilarius und Bruder Waso schleppten schwere Wachskerzen, deren Gewicht sie taumeln ließ. Bruder Paulus schwenkte den Weihrauchkessel vor der Jungfrau.

Auf der Höhe angekommen, schritten sie, ohne zu zögern, auf die Fundamente der Kapelle zu und betraten den von den Grundmauern umrahmten Raum, den Peire am Vorabend hastig von Werkzeug und herumliegenden Hölzern gesäubert hatte. Sie stellten die Jungfrau auf einen Holzblock unter der vorläufigen Kuppel. Peire hatte sie gleich nach dem Aufstehen zusammen mit Oswaldo, der in der Höhle übernachtet hatte, hastig aus rohen Brettern und Ästen errichtet, eine äußerst wacklige Konstruktion, die den Tag nicht überstehen würde.

Obwohl er Mühe hatte, sie zu sehen, begriff Peire, dass die Statue überirdisch schön war. Man hatte sie mit einer goldenen Halskette aus den Schätzen des Klosters und einem brokatenen Mantel geschmückt, den eine fromme Witwe für sie angefertigt hatte. Um den feinen Kopf mit dem herabfallenden Haar war eine Krone aus Perlen gewunden.

«Die Krone», flüsterte Oswaldo, «seht Ihr sie?»

Peire kämpfte mit den Tränen. Die Domna, von allen verehrt und beschenkt, genau so kam es ihr zu. Es schien ihm, sie sehe zu ihm hinüber und ihre Lippen bewegten sich in seine Richtung.

«Domna Elvira hat sie ihr aufgesetzt.»

Am liebsten wäre er nach vorne gestürmt, vorbei an Urban, Hilarius und Waso, an Bruder Paulus und den anderen Mönchen, und hätte sie an sich gedrückt. Einen Augenblick lang schloss Peire das unverletzte Auge. Der Schmerz im anderen war mittlerweile stechend und am Rande des Erträglichen.

«Ist Euch nicht gut, Senhor?»

«Ich werde für sie singen», murmelte Peire und klammerte sich an Oswaldo fest. «Ab morgen werde ich jeden Tag für sie singen, jetzt, wo sie wieder bei mir ist.»

Kinder tobten um den Felsen herum und jagten die Hühner. Gegen Mittag entfachten die Pilger an verschiedenen Stellen Feuer, um ihr Essen zu erwärmen oder zu braten, Peire sah mit einem Blick, dass sie dazu seine mühsam zurechtgeschnittenen Bauhölzer missbrauchten, während die Mönche auf dem kleinen Sandplatz vor der Höhle Godofridos lagerten und Brot und Käse verzehrten, wozu Urban Peire und Oswaldo freundlich einlud. Sie hatten den Tisch und die beiden Stühle herausgestellt. Bruder Hilarius und noch einer der alten Mönche durften dort Platz nehmen. Peire wurde abwechselnd rot und blass, wenn Urban sich an ihn wandte. Doch der Prior hatte offenbar nicht vor, ihn zu tadeln oder zu bestrafen. Er tat, als sei nichts geschehen.

Die Feierlichkeiten waren vorbei, die Prozession der Mönche hatte die Höhe verlassen, und auch die letzten Pilger brachen am späten Nachmittag zu ihren Dörfern auf. Jeder von ihnen blieb noch einmal vor der Statue stehen und berührte sie scheu an den Füßen, alte Frauen küssten die Bruchstelle am Schuh der Figur.

Auch Oswaldo verabschiedete sich.

Peire, inzwischen fast betäubt vom pochenden Schmerz im linken Auge, nahm die Statue wieder an sich und trug sie zurück an ihren Platz in der Höhle. Dort war sie geschützt vor möglichen Unwettern und Stürmen und der Zudringlichkeit der Pilger. Aufatmend zog er den Vorhang zu.

Er war kaum eingetreten, als jemand den Vorhang wieder aufzog. Beschämt senkte Peire den Kopf. Es war der Prior, und eigentlich hatte er ihn erwartet.

«Du hast gesiegt», sagte Urban. «Der Himmel hat sich auf deine Seite geschlagen.»

Peire hielt die Spannung nicht mehr aus.

«Muss ich den Felsen verlassen? Wenn du es verlangst, werde ich es tun.»

«Lass uns vergessen, was zwischen uns geschehen ist. Es hat keine Bedeutung. Der Himmel hat ein deutliches Zeichen gesendet, als er die Zerstörung der Statue verhindert hat. Hast du all die einfachen Menschen aus den Dörfern gesehen? Die Fischer und Bauern, die Kinder?»

«Es waren zu viele. Hoffentlich kommen sie so bald nicht wieder.»

«Für sie ist ein Wunder geschehen. Denk daran, wie viel dir die

Statue bedeutet. Du hast sogar für sie gekämpft. Für diese Leute aber ist die Figur noch bedeutsamer als für dich.»

Natürlich, sie hatten sie jetzt gesehen, die Statue der Domna, und das Wunder ihrer Schönheit erschien ihnen überirdisch.

«Deine Aufgabe ist es, hier auszuharren und den Bau der Kapelle für die Heilige Jungfrau zu vollenden.»

«Urban», das Auge schmerzte höllisch, «du warst dir so sicher, dass es ein Bild der Heidengöttin sei. Glaubst du jetzt wirklich, ein Bild der Heiligen Jungfrau vor dir zu haben?»

«Ich muss hinnehmen, dass das ursprünglich heidnische Götzenbild dazu geworden ist. Gott, der alles vermag, hat es in ein solches verwandelt. Dein Auge sieht schlimm aus. Hast du Schmerzen? Ich werde einen der Brüder hochschicken, die sich um die Kranken kümmern.»

Sie ließen sich auf den Stühlen nieder. Urban griff nach dem Krug auf dem Tisch und goss den letzten Rotwein in zwei Becher.

«Teilen wir ihn brüderlich?»

«Natürlich.» Peire gelang ein Lächeln.

Der Schatten des Felsens wurde immer länger und hüllte sie ganz ein.

«Es tut mir leid. Ich wollte nur verhindern, dass du die Statue zerstörst –»

«Und für die Rettung des Muttergottesbildes hättest du mich sogar umgebracht oder dich umbringen lassen. Ähnliches passiert heutzutage ja überall. Gute Christen kämpfen für ein Stück Holz aus ihrer Heilsgeschichte, mögen dabei auch Tausende verrecken. Das Leben der Ungläubigen zählt wenig, sobald christliche Werte verteidigt werden.»

«Jetzt sprichst du wieder wie ein Moro, als ob du auf der anderen Seite stündest, gegen uns Christen.»

«Ich kenne beide Seiten, weil ich auf ihnen gelebt habe. Aber ich bin ein christlicher Prior.»

Die Strenge war aus Urbans Zügen verschwunden, während

er dem Wein zusprach. Einen winzigen Augenblick sehnte Peire sich nach den alten Zeiten zurück, als sie zusammen vor dem großen Kamin der Burg von Vallderonca seinen besten Wein getrunken und miteinander diskutiert hatten, während Lanfranco und Rodrigo die Al-ud spielten.

«Wunder geschehen in den Herzen der Menschen», sagte Peire.

«Das Wunder ist da, Peire», murmelte Urban. «Niemand kann gegen ein offenkundiges Mirakel an. Am wenigsten unser kritischer Verstand.»

Sie schwiegen beide. Der Wind vom Meer her brachte Kühlung.

«Sie werden die Heilige Jungfrau hier oben verehren. Rechne mit vielen Pilgern, jeden Tag werden weitere kommen und von neuen Wundern berichten. Sie werden dir und dem Bildnis der Jungfrau Geschenke bringen. Bald wirst du nicht mehr allein und unbeobachtet sein.»

«Das habe ich nicht gewollt», sagte Peire.

Zubh sang vor sich hin und bewegte sich geschmeidig im Takt des Liedes, als sie ihre Sachen in die Truhen einordnete, mit denen sie damals gekommen war. Als sie sie zuklappte, packten die beiden schwarzen Träger zu und schleppten Zubhs Habe aus Martís Räumen hinaus, die Wendeltreppe hinunter in die Wohnung Hamids im ersten Stock des Turms.

Es tat weh, sie herzugeben. Zubh, das waren Musik, Zarf und höhere Bildung. Martí überlegte, ob er ihr danken sollte, brachte die Worte aber nicht hervor. Sie würde mit Hamid glücklich sein und er mit ihr.

Die Qaiyna, schon im Gehen, blieb kurz vor Martí stehen. «Hamid wird dir ein neues Mädchen schicken.» Es klang hochmütig, wie vieles, was Zubh zu ihm gesagt hatte.

«Danke, das braucht er nicht. Ich werde selbst Ausschau halten.»

«Er wird dir trotzdem eins schicken, ein besseres als mich.»

«Er soll gesund werden, das sollte seine einzige Sorge sein.»

Hamids Wunde war immer noch entzündet. Er befand sich nicht mehr in Lebensgefahr, hatte der Hakim versichert, aber immer noch in einem schlechten Zustand.

Sowohl dem Hakim wie auch dem Amir hatte Martí berichtet, dass Hamid von einem Pfeil der eigenen Leute getroffen worden war. Der Amir hatte sich wortlos abgewendet und war gegangen, der Hakim hatte darauf hingewiesen, dass er nur ein Arzt sei. Für alles Weitere sei Allah zuständig.

Yahya, der Herrscher der Balearen, stattete Al Quti einen seiner unangekündigten Besuche ab. Er übergab dem Amir einige Musiker aus seinem Hoforchester und witzelte, Al Quti sei kein großer Kunstkenner, er würde sie bestimmt zu schätzen wissen. Er war mit großem Gefolge und zweihundert Söldnern gekommen, die vor der Burg in Zelten lagerten und die er Al Quti zur Verstärkung überließ. Das eigentliche Gefolge des arabischen Königs, seine geschniegelten *kuttab*, und die Freunde der Nudama wichen nicht von der Seite des Herrn. Martí fand es anstrengend, sich zwischen den vielen Fremden zu bewegen und mit ihnen zu sprechen. Er ärgerte sich auch über die Gleichgültigkeit seines Amirs Hamid gegenüber. In der angespannten Zeit der Kämpfe waren die Moros von den Balearen eine Belastung für Almenara, doch dem Amir war es eine Ehre, die Gäste aufwendig zu bewirten und zu unterhalten. Es mussten etliche starke Bäume im Wald vor der Burg gefällt werden, um den gesteigerten Bedarf an Feuerholz für die Backöfen, Bäder und Kaminfeuer zu decken. Auch Martí stellte seinen Wohnraum für zwei Kuttab zur Verfügung. Staunend beobachtete er die Sekretäre, wie sie abends fingerfertig in zierlichster Handschrift Befehle ihres Herrn kopierten.

Martí, diesmal wieder mit Oro auf der Faust, begleitete den fremden Herrscher in die Wälder, wo dieser unbedingt Hirsche erlegen wollte. Die Gegend war jedoch seit langem so leer gejagt von Al Qutis Leuten, dass der Jagdtrupp mit Mühe ein paar Kaninchen, Rebhühner und einen Luchs zurückbrachte.

Der breitschultrige, bärenstarke Yahya ließ sich alles zeigen, blieb mit Al Quti und Al Ustadh lange Zeit unten in den Gewölben und verließ schließlich die Burg mit reichen Geschenken.

«Heute ist der Amir mit ihm verbündet, morgen schon sind sie vielleicht Gegner», brummelte Al Ustadh vieldeutig, als er mit Martí allein war. «Was für eine Welt, in der Verträge nur noch Papier sind und Versprechen jeden Tag gebrochen werden.»

In diesen Tagen der allgemeinen Aufregung und Festfreude entkam der Moro aus seinem Verlies. Die Wächter waren, betäubt von zu viel Haschisch, tief eingeschlafen. Tarik Ibn Arruesh hatte in der letzten Zeit einen so geschwächten Eindruck gemacht, dass ihm niemand die Flucht zugetraut hatte. Martí wusste wohl, dass er mittlerweile einigermaßen zu Kräften gekommen war. In aller Abgeschiedenheit hatte er versucht, das Laufen zu üben und seine Muskeln zu stärken. Offenbar war es ihm gelungen, eins der Pferde zu stehlen. Woher er das Geld gehabt hatte, die Wächter am Tor zu bestechen, blieb für immer unklar. Die Männer, die ihn hatten entkommen lassen, schworen, sie seien unschuldig. Der Amir aber schäumte vor Wut. Er ließ die Wächter auspeitschen und einen davon unter der Folter befragen – Maßnahmen, die zu keinem Ergebnis führten. Der Gefolterte erzählte wirres Zeug von einem Dschinn, der durch die Luft geflogen sei, konnte aber nicht sagen, wann genau Tarik verschwunden war, nicht einmal, ob er allein geflohen war oder mit anderen von außerhalb, die ihm möglicherweise geholfen hatten.

Al Ustadh murmelte vor sich hin, als Martí ihm auf dem Burghof über den Weg lief, und sah ihn bedeutsam an.

«Es wird gemunkelt, dass Tarik Ibn Arruesh höchste Helfer hier auf Almenara hatte.»

«Welche – sollten das gewesen sein?»

«Es gibt Verbindungen zwischen der schönen Zubh und den

Beni Arruesh. Hamid wiederum in seiner blinden Verliebtheit –»

«Sei still, ich will nichts davon hören. Du weißt, er ist mein Freund.»

«Der Amir hat Zubh nicht einmal gefragt. Gefoltert werden immer die Kleinen, die Großen kommen davon –»

«Al Ustadh, bitte schweigt. Hamid ist immer noch krank.»

Martí hastete davon, bedrückt über Al Ustadhs Andeutungen. Andererseits war er froh, dass niemand seinen Namen genannt hatte.

In den folgenden Wochen musste Martí erneut nach Al Quatara reiten, das inzwischen wieder fest in der Hand des Amirs war. Die Toten waren beerdigt, sogar einen Teil der in Gefangenschaft Geratenen hatten Al Qutis Leute mit Unterstützung von Yahyas Söldnern wieder befreien können. Wie er versprochen hatte, ließ Hamid Martí ein Mädchen zukommen. Sie war eine junge Schwarze mit vollen Lippen, schlank und gesprächig. Anders als Zubh besaß sie ein anschmiegsames, liebenswürdiges Wesen. Sie hieß Dihya und stammte aus Ifriqiya. Sie sprach nur Arabisch, aber mittlerweile beherrschte Martí diese Sprache. Mit einem kleinen Stich im Herzen erkannte er, dass sie in keiner Weise und auf keinem Gebiet an Zubh heranreichte. Doch sie würde nie wagen, sein Packpferd zu besteigen und allein und ohne Waffen hinter ihm herzureiten.

Schon nach ein paar Tagen ihrer Anwesenheit mochte er die Art, wie sie ihm zuhörte. Dihya gab ihm das Gefühl, alles, was er sagte, sei interessant. Von ihrer Vergangenheit wollte sie nicht sprechen, und Martí fand es seltsam, so nahe mit einer Frau zusammenzuleben, die sozusagen aus dem Nichts kam. Martí schenkte ihr einen goldenen Armreif und ein silbernes Wassergefäß in Form eines Löwen. Ansonsten hütete er sich in den ersten Tagen davor, sie anzufassen, sondern warb um sie mit höflichen Worten wie um eine Domna. Dieses Spiel erfreute sie. Sie ging darauf ein und überreichte ihm ihrerseits einen silbernen Ring mit einer Abbildung, die er nicht deuten konnte: Eine Frau stand an einem Brunnen unter einer Palme, darüber sah man die Mondsichel.

Der Amir hatte ihm einen Gehilfen für die Arbeit bei den Falken zur Seite gestellt, einen der jungen Männer, die ursprünglich für seine persönliche Bedienung zuständig gewesen waren. Martí wusste anfangs nicht, was er von ihm halten sollte. Sinan war lang, dünn und nervös und brannte vor Ehrgeiz.

So konnte Martí guten Gewissens Almenara verlassen und eine Weile in Al Quatara bei den Aufbauarbeiten die Hundertschaft Hamids kommandieren. Überflüssigerweise drückte der Amir ihm beim Abschied einen gewaltigen Schlüsselbund in die Hand.

«Was für Schlüssel sind das?»

«Es sind die Schlüssel für Almenara, die Hamid hatte. Mit ihnen hast du Zugang zu allen Gefängnissen und zu den Magazinen. Trag sie immer bei dir und bewahre sie, wenn du schläfst, unter deinem Kopfkissen.»

Martí sah den Amir ungläubig an. Dessen Gesicht war undurchdringlich.

«Bedeutet das, dass Hamid diese Schlüssel derzeit nicht mehr bei sich trägt?»

«Er ist sehr krank. Niemand weiß, ob er noch lebt, wenn du zurückkommst.»

Es war Winter, und immer noch waren die Bäder und Wohntürme von Al Quatara unvollständig. Martí hatte sich behelfsmäßig im oberen Teil des Hauptturms eingerichtet. Dihya, die mit dem Tross nachgereist kam, war es gelungen, die zwei Räume behaglich mit Teppichen und Sitzkissen auszustatten. Ab und zu kam eine Brieftaube von Almenara mit einer am Bein befestigten Nachricht auf Papier, meist vom Amir persönlich in christlichen Buchstaben an Martí geschrieben. Ein- oder zweimal schrieb auch Hamid, dem es zusehends besser ging. Doch immer noch war es ihm nicht möglich, sein Pferd zu besteigen und selbst in Al Quatara nach dem Rechten zu sehen.

Für Martí war es wie ein Wunder, dass die Männer auf seine Befehle reagierten und sie widerspruchslos ausführten. Es kam ihm so vor, als seien sie diensteifriger, als sie unter Hamid je gewesen waren. Bis zu seiner Gefangennahme durch Hamid war er der Diener des Grafen von Vallderonca gewesen, dann von einem Tag auf den anderen ein völlig rechtloser Gefangener, und ein Jahr nach dem denkwürdigen Tag dieser Gefangennahme hatte er es zum Kommandanten über eine maurische Hundertschaft gebracht, der seine Befehle auf Arabisch schrie und die Gebete und Waschungen so wie die anderen Moros verrichtete.

Für eins war er dankbar: Noch war er nicht auf christliche Truppen gestoßen. Kein einziges Mal bisher hatte es sich ergeben, gegen Christen zu kämpfen. Doch unweigerlich rückte er näher, der Tag, an dem sie gegen katalanische, aragonesische oder kastilische Kämpfer würden antreten müssen. Martí wusste nicht, wie er sich behaupten sollte, wenn mit Reliquien ausgestattete Truppen unter dem Schutz der Jungfrau Maria auf ihn zustürmten, Männer womöglich, die früher auf Vallderonca gewesen waren, Freunde und Verbündete seines Grafen. Dann, das wusste er, brach die Stunde der wirklichen Bewährung an. Dann, wenn er den ersten Christen, der ihm das Kreuz entgegenhielt, niedergeschlagen hatte, war er endgültig zum Moro geworden, ein Sarazene, gegen den die Männer mit dem Kreuz auf der Brust kämpfen mussten. Dann, murmelte eine Stimme in seinem Innern, war ihm die ewige Verdammnis gewiss.

Dihya interessierte sich nicht für die Vergangenheit ihres Herrn und Gebieters, und auch die Moros behandelten ihn wie einen der Ihren. Martí kaute kein Haschisch mehr an den Abenden, stattdessen liebte er Dihya. Hinterher lag er lange schlaflos und hörte auf ihren ruhigen Atem und die Geräusche der Nacht, die schreienden Käuzchen und Eulen. Manchmal brüllte ein Rind auf, oder ein Hund bellte. Er selbst lag wie schwerelos auf dem Lager, zufrieden mit dem vergangenen Tag und voller Hoffnung auf den neuen. In solchen Momenten kam ihm sein Leben vor wie eine Abfolge von wunderbaren Begebenheiten, wie sie die Märchenerzähler auf den Marktplätzen von sich gaben.

Draußen tobte der Sturm. Immer wieder peitschten Regenschauer über die Bergfestung. Kurz darauf trieben die Wolken auseinander und brach die Wintersonne hervor.

Misstrauisch las Martí die zwei Sätze. Er war unsicher, was sie bedeuteten. Wollte der Amir einen anderen mit dem Kommando über Al Quatara betrauen? Hatte er, Martí, in seiner Unerfahrenheit Fehler gemacht? Wahrscheinlich war der Bau der Moschee zu teuer geworden. Und auch die Abrechnung über die Baukosten lag dem Amir noch nicht vor. Er konnte sie noch nicht einmal mitnehmen, da der Katib, ein umständlicher, pedantischer Korinthenkacker, sie immer noch nicht fertig gestellt hatte. Der Amir war im Allgemeinen großzügig, bekam aber immer wieder Anfälle von kleinlichem Geiz. Auch von Misstrauen gegenüber seinen Leuten war er nicht frei. Die Botschaft ließ weder Zorn noch Sympathie erkennen.

Lass alles liegen und stehen, Martí, und sattle dein Pferd. Du wirst auf Almenara dringend erwartet. Der Amir.

So war es nun einmal. Wer fällt, steht wieder auf. Wenn man aufstieg, fiel man umso tiefer. Martí überlegte, wie er sich rechtfertigen sollte, und dachte plötzlich daran, dass er keine Lust hatte, Dihya zu verlassen und in Almenara zu sterben. Aber es blieb ihm keine Wahl. Er schrie nach Sinan, er solle ihm Nuri satteln. Nuri war ein junger arabischer Hengst aus der almohadischen Herde, die sie damals vor Al Quatara erbeutet hatten, schneller und wendiger als der Wallach. Martí hatte viel Zeit mit Nuri zugebracht. Der Hengst hatte ihm sofort gefallen, obwohl er anfangs die Ohren anlegte und wütend schnaubte, sobald sein neuer Herr auf ihn zukam. Zweimal hatte Nuri nach ihm getreten, worauf Martí ihn angeschrien hatte, ohne zurückzuweichen. Von da an waren die Fronten klar. Nuris Abneigung wandelte sich von Tag zu Tag zu größerem Vertrauen. Die Moros ritten keine Wallache, sondern bevorzugten Hengste. Die Hengste mit den arabischen Vorfahren waren sanfter und fügsamer als die, mit denen Martí in Vallderonca zu tun gehabt hatte.

Auf Almenara hatte sich wenig verändert. Die Männer am Tor grüßten Martí so respektvoll wie immer. Er ließ Nuri absatteln und versorgen. Dann nahm er ein hastiges Bad in der gekachelten Anlage, verzichtete auf die Massage und warf sich ein sauberes Gewand über.

In der Madjlis auf dem Turm fand er den Amir und Abu Bakr vor. Sie spielten Schach. Bei Martís Anblick rötete sich das Gesicht des Amirs vor Freude. Er stützte sich auf seine Stöcke und wankte ihm entgegen.

Ein Sklavenjunge, den Martí noch nicht kannte, schob das Schachspiel vorsichtig beiseite und brachte Erfrischungen. Trotz der beiden Kohlebecken, die eine gewisse Wärme verbreiteten, fror Martí.

Der Amir erkundigte sich, wie es auf Al Quatara voranging, ob die Männer kampfbereit seien. Dann seufzte er und lehnte sich zurück, nachdem Martí ausführlich von den Bauarbeiten berichtet hatte.

«Nein, deswegen habe ich dich nicht kommen lassen. Ich zweifle nicht daran, dass du die Burg gut verwaltest.»

«Warum dann?»

«Nun, du hast Hamid mit Zubh beschenkt, als er so gut wie tot war.»

«Ich hoffe, es war Euch recht.»

«Es ist dir also nicht gelungen, sie zu zähmen, dir, der jeden Raubvogel sanftmütig macht?»

«Zubh ist wilder als jeder Falke.» Martí spürte wieder ihre Fingernägel im Gesicht.

«Du hättest nicht so schnell aufgeben sollen.» Al Quti erhob sich mühsam. Einen Moment fuchtelte er hilflos mit den Stöcken, dann stand er aufrecht da. «Auch Eunuchen können Frauen lieben. Die größte Liebe ist die, die nicht sein kann.» Der Amir lachte kurz und trocken auf. Er schwieg einen Moment. «Du musst mich nicht verstehen. Es ist mir schwer gefallen, sie aus meinem Harem zu entlassen. Erinnerst du dich an den Pfeil in Hamids Rücken?»

«Natürlich, nur zu gut. Es wird gemunkelt, dass einer aus unseren Reihen auf Hamid geschossen hat.»

Ruhelos ging Al Quti auf und ab, während Abu Bakr in sich versunken auf dem Sitzkissen kauerte.

«Ich hatte sie dir geschenkt, aus gutem Grund.» Missmutig stapfte Al Quti zum Fenster und starrte hinaus auf den Bergwald. «Es war eine Auszeichnung für dich. Niemand geht so gut mit den Falken um wie du. Sie war für dich, die kostbarste Sklavin meines Harems.»

Draußen wehte der Wind und blähte die Vorhänge der restlichen drei Fenster.

«Hast du jemals darüber nachgedacht, warum einer unserer Kämpfer versucht hat, Hamid zu töten?»

Nächtelang hatte Martí wegen dieser Frage wach gelegen. Sie hatte ihn tief beunruhigt. Keiner der Männer besaß aus seiner Sicht einen Grund, Hamid nach dem Leben zu trachten. Er schwieg, wusste nicht, ob es ratsam war, zu antworten.

«Dann will ich es dir sagen, Godo. Der Schuss wurde abgegeben, weil ich es befohlen habe.»

Abu Bakrs Gesicht blieb unbewegt.

«Du denkst, er sei gerettet. Aber ich sage dir, sein Schicksal ist beschlossen. Er muss sterben, Mann aus Bicalaú. Lieber morgen als übermorgen. Er ist wieder so gesund wie vor der Verletzung. Er reitet sein Pferd und wirft die Saut. Die Krieger hören auf seine Befehle. Das alles, während meine Kräfte jeden Tag weniger werden. Manche sehen in ihm die Sonne, die aufgeht.»

«Nein», stieß Martí hervor.

«Und er wird sterben. Diesmal wird der Schütze treffen.»

«Nein», sagte Martí.

«Er wird sterben, denn du wirst derjenige sein, der den Pfeil abschießt.»

Das Klackern der Stöcke kam näher. Der Amir beugte sich über Martí. Sein Atem war heiß und heftig, als er flüsterte: «Nach seinem Tod wirst du die schöne Zubh trösten und sie lieben. Ich befehle es dir, so, wie ich dir befohlen habe, Hamid zu töten.»

«Warum?», fragte Martí. Da war etwas, was ihn völlig furchtlos machte. Es war wieder, als stehe Urruaca lächelnd neben ihm.

«Ich will es dir sagen, auch wenn es schwer zu begreifen ist –» Der Amir hielt inne und stieß einen Laut aus, der wie ein Aufschluchzen klang. «Weil du der neue Amir sein wirst an dem Tag, an dem ich heimkehre an den Ort, wo die Gläubigen versammelt sind.»

«Warum ich?» Martí würgte und hustete. Er griff nach der Tischkante, um Halt zu haben.

«Weil du Martí bist, Urruacas Enkel. Allah hat dich zu mir geschickt, als ich dich am meisten brauchte.»

Martí überlegte, ob Al Quti noch bei Verstand war.

«Urruaca ist meine Mutter», sagte der Amir, «dein Vater Antoni ist mein Bruder. Ich – ich habe einen Späher nach Bicalaú ausgeschickt. Er brachte mir die Gewissheit.»

«Einen Späher nach Bicalaú?»

«Urruaca lebt. Er hat sie mir beschrieben wie ein Bild, die alte Frau, die meine Mutter ist. Könnte ich noch laufen und mich bewegen wie in meinen besseren Jahren, ich würde mich verkleiden und zu ihr schleichen. Ich würde mich vor ihr niederwerfen und ihr die Füße küssen.»

«Weiß sie, dass du Amir bist?»

«Wie soll ich ihr erklären, dass ihr ältester Sohn ein großer Amir der Moros ist? In diesem Dorf wird von nichts anderem gesprochen als davon, wie man das Land für die Christen zurückerobern kann.»

«Ich weiß.»

«Sie singen nicht, sie tanzen nicht.» Die Stimme des Amirs zitterte. «Die Hirtenjungen dürfen nicht das kleinste Lied vor sich hin singen bis zu dem Tag, an dem der alte Heimatort zurückerobert ist. Sie sind voller Hass.»

Die Wasseruhr tropfte.

«Allah ist verzeihend und voll Erbarmen, die Christen in Bicalaú aber sind es nicht.»

«Ich habe immer noch nicht verstanden, warum Ihr glaubt, der Sohn Urruacas zu sein.»

«Damals, als unser Vater in Stücke geschlagen wurde, versteckte ich mich unter einem umgestülpten Mehltrog, dort fanden mich wenig später die Feinde, als meine Mutter mit den jüngeren Brüdern bereits geflohen war. Der Weg, den sie mich mit sich schleppten, war zu beiden Seiten von Kreuzen gesäumt, an die sie die Christen geschlagen hatten, die Männer und die alten Frauen. Kinder und junge Frauen nahmen sie zu Sklaven.»

«Warum?», stammelte Martí. Es war unmöglich.

«Damals zerriss es mir das Herz. Aber es war gerecht. Es war so, wie es im Krieg üblich ist, nicht mehr und nicht weniger.»

«Aber dass wir aufeinander getroffen sind –»

«Allah hat uns durch eine wunderbare Fügung zusammengeführt. Allah leitet, wen er will. Seine Wege sind unerforschlich.»

Martí klammerte sich immer noch an der Tischkante fest und überlegte, ob das Ganze nur ein Traum nach einem langen Haschischabend war.

Der Amir hatte wieder auf dem Diwan Platz genommen.

«Jeder Gedanke, den du jetzt hast, ist mir vertraut. Bilde dir nicht ein, du könntest etwas denken, was ich nicht erahne. So wie du war ich in meiner Jugend, verträumt und großmütig. Ich war unschuldig wie ein Kalb, das man von der Mutter fortgetrieben hat. Ich glaubte nicht an das Böse unter der Sonne, obwohl ich es immer wieder erleben musste. Ich war wie du.» Er hielt kurz inne.

«Und doch bin ich der Amir geworden, der vor dir sitzt. Du weißt, wer ich bin und was ich täglich befehle. Martí, meine Liebe zu dir ist unendlich. Ich werde dich zu meinem Nachfolger machen. Bald wirst du über all das befehlen, über das ein Amir herrscht. Du wirst es einüben. Du musst Männer bestrafen, die du gut kennst. Du musst so hart werden wie ich.»

«Das wird mir nicht gelingen.»

«O doch, Martí. Du denkst, du könntest niemals gebieten, Augen auszustechen, Hände abzuschlagen, Männer und Frauen zu töten. Doch bald wird es so weit sein. Denn uns unterscheidet nichts. Ich bin Urruacas Sohn, du ihr Enkel. Noch schreckst du davor zurück. Du musst dich erst daran gewöhnen, aber ich versichere dir, die Macht über so viel Land, Befestigungen und Söldner zu haben, ist so süß wie die Liebe. Schnell wirst du sie nicht mehr missen wollen. Es wird Frauen geben, die dich allein dafür lieben, dass du die Macht über Leben und Tod innehast. Du wirst ihre Liebe genießen, ohne dir die geringste Mühe geben zu müssen. Du wirst nicht eine, sondern unzählige besitzen. Du wirst ihre Namen nicht mehr auseinander halten können und dich auf die Regierung deiner Provinz konzentrieren.»

«Ich muss darüber nachdenken. Ich muss –»

«Du wirst erkennen, dass du mit dem Gold, das Al Ustadh jeden Tag neu schafft, alles auf Erden kaufen kannst, Söldner, Waffen, Sklaven. Neue Freunde, Friedensverträge mit den Christen, alles, was dir in den Sinn kommt.» Der Amir keuchte und hustete. «Du weißt, sie haben mich verschnitten, um mich gefügig zu machen. Ich muss ihnen noch heute dankbar sein, dass es ein guter Arzt vollzogen hat und nicht irgendein Barbier auf dem Markt, bei dem die Jungen noch auf dem Tisch sterben. Meine

Herren glaubten, sie hätten einen duldsamen demütigen Sklaven in mir. Ich war ein dünner, zarter Junge, ganz mager, nur ein Strich, ich war ihnen zu Willen, ich tat alles, was von mir verlangt wurde. Ich rasierte mich unter den Achseln, wie sie es wollten. Du glaubst nicht, was sie alles mit mir gemacht haben.»

«Al Quti übertreibt nicht», mischte sich jetzt Abu Bakr ein. «Ich war dabei, als sein Herr ihn mit gierigen Fingern betastete.»

Martí war zu aufgewühlt, um alles zu begreifen, was gesagt und erklärt worden war. Aber so verwirrt er auch war, niemals würde er den Befehl des Amirs ausführen. Es war unmöglich, Hamid zu töten. So unmöglich, wie hinterher über die weinende Zubh herzufallen. Er hatte Al Quti bewundert, ebenso, wie er ihn immer gefürchtet hatte.

Noch einmal sah Martí hinüber zu ihm. Der Amir war gewaltbesessen und mordlustig, ein Mann auf der Höhe seines Ruhmes, der das Richtige im richtigen Moment getan hatte. Ja, er war der Bruder seines Vaters, der ebenfalls zur Gewalt neigte und in kriegerischen Zeiten geraubt und niedergebrannt hatte, ohne zu zögern, immer eingedenk dessen, dass auch er geraubt und geschändet worden war. Da war Verwandtschaft, aber keine Gemeinsamkeit zwischen ihnen.

«Ich weiß, dass du dich geehrt fühlst, Martí Al Quti Al Bicalaui», sagte Al Quti und lächelte liebenswürdig. «Antworte nicht jetzt, es ist zu früh. Du musst mir nicht einmal dankbar sein. Ich liebe dich allein dafür, dass es dich gibt, und preise den Tag, an dem Allah dich auf die Straße nach Sagunto geführt hat, auf der du meinen Männern begegnet bist. Du, mein Nachfolger, mein Sohn.»

Peire wusste nicht, ob er stolz auf sein Werk sein sollte. Die Kapelle war fertig. Die Vorderfront mit der wuchtigen Tür bestand aus sorgfältig bearbeiteten Sandsteinquadern, an denen noch der Schweiß von Peires Händen haftete. Der Bau besaß sogar ein Dach aus Ziegeln, die Peire mit eigener Kraft nach oben geschleppt hatte, nicht etwa in einem Karren, sondern auf dem Rücken als zusammengebundene Bündel. Peire empfand Freude und Zärtlichkeit. So bescheiden der Bau auch für einen Außenstehenden sein mochte, so großartig war er für seinen Erbauer, der genau wusste, wie viel Mühe in ihm steckte. Der größere Block über dem Türbalken war ihm beispielsweise aus den Händen gerutscht und auf dem Boden aufgeschlagen, aber glücklicherweise nicht auseinander gebrochen.

Die einzige Zierde des kargen Innenraums war die Jungfrau an der Wand über dem Altar, einem riesigen Steinblock, den Peire unter Aufbietung aller Kräfte mit untergeschobenen Holzbohlen in die Kapelle gewuchtet hatte. Die Tür quietschte in den Angeln und war unleugbar etwas schief.

Peires Rücken schmerzte immer noch von den Arbeiten der letzten Wochen, seine Nase tropfte. Die Nächte waren mittlerweile empfindlich kalt geworden. Es ging auf den Winter zu.

Urban war im weißen Messgewand mit zwei Novizen erschienen, die ihm ministrierten, und auch Bruder Hilarius hatte es sich nicht nehmen lassen, zur Einweihung des Bauwerks zu kommen. Er kniete neben Peire auf dem gestampften Lehmboden, während Urban das Weihrauchgefäß hin- und herschwang.

Die Novizen sangen gerade das Kyrie Eleison, als sich die Tür öffnete. Mit einem Blick nach hinten stellte Peire fest, dass die Leute aus dem Dorf eingetreten waren, der Alte, der damals wegen des Fischers Jaime gekommen war, einige Frauen und Kinder, darunter auch Joana und Miguel, und die Männer, von denen Peire einige auf dem Weg vom und zum Kloster schon gesehen hatte.

Urban hatte Peires Beichte gehört, und als Peire jetzt die Hostie entgegennahm, fühlte er sich von den Lasten seines Lebens befreit, wie neugeboren. Ja, er würde für immer hier bleiben, in seiner Wohnhöhle auf diesem Felsen, fern von den Umtriebigkeiten und Streitigkeiten der Welt, nicht mehr der strahlende Lehnsmann des Königs von Aragon, sondern Bruder Peire.

Es war im Sommer des dritten Jahres, das Peire auf der Höhe zubrachte, als er ein Pferd schnauben hörte. Erschreckt stürzte er aus dem Inneren seiner Behausung, wo er seinen Gedanken nachgehangen hatte.

Das Licht blendete ihn. Gerade schwang sich ein Reiter von einem edlen dunklen Gaul. Beunruhigt trat Peire näher.

«Ich bin's, Krötenfresser.» Jordi umarmte ihn.

«Setz dich zu mir, Kröte», stammelte Peire überwältigt.

«Lass mich erst das Pferd absatteln. Es ist ganz nass geschwitzt.»

Jordi tätschelte den heftig atmenden Hengst, nahm ihm Zaumzeug und Sattel ab und führte ihn hinüber zur Quelle, als er ruhiger geworden war.

«Sieht so aus, als ob du einen langen Ritt hinter dir hättest.»

Jordi warf sich ins Gras und starrte zum Himmel hoch.

Peire war in die Höhle gegangen, um Brot und Wein zu holen. Als er zurückkam, lag Jordi noch immer auf dem Rücken.

«Komm, lass uns essen», schlug Peire vor.

Jordi richtete sich langsam auf.

«Ich hätte Lust, in ein Kloster zu gehen, glaub mir. Andererseits, die Einsamkeit, die du hier hast, wäre mir wieder zu viel. Ich brauche Menschen um mich.»

Jetzt erst bemerkte Peire die frische Narbe, die über seine rechte Gesichtshälfte verlief. Sie war schlecht zusammengenäht.

«Wie war die Cavalgada?»

«Zu blutig, zu grausam. Selbst wenn es nur Heiden sind, die man erschlägt, je älter einer wird, desto mühsamer ist es. Aber ich sag dir, die Gegner haben auch ausgeteilt. Wirklich, wenn ich könnte, würde ich mich in einem Kloster verkriechen und von morgens bis abends singen und beten. Es gibt Tage, da wache ich morgens auf und weiß, dass ich jahrelang büßen muss für das, was ich getan habe. Mein Gott, unzählige habe ich erschlagen, wir haben Dörfer und Städte erobert, und jeder von uns hat Kisten voll mit Gold und Reichtümern auf seine Burg schleppen können. Dazu hat es Land und Menschen gegeben. Ich lasse mich von drei jungen Moro-Sklaven bedienen, wenn ich tafele.» Er schloss die Augen. «Ich werde der Kirche große Stiftungen machen und ins Kloster gehen.»

«Und deine Familie? Sie wäre dagegen.»

«Natürlich. Deshalb werde ich es erst später tun, wenn die Jungen verheiratet sind.»

«Wie geht es Jordi Ramón?»

Schon den Namen auszusprechen fiel Peire schwer. Jordi Ramón zu sagen bedeutete, Nina Isabel zu denken.

«Er ist Page im Hofdienst, so wie wir damals. Nicht so brav wie du und ich, versteht sich. Die Jugend heute ist anders als wir.»

«Und die beiden anderen?»

«Der Große, du weißt Jordi Jaume, mein Nachfolger, hat einen Arm im Kampf gegen die Moros verloren.»

«Dann muss er nicht mehr in die Schlacht ziehen und kann, wenn Gott will, uralt werden.»

«Du, er ist vierzehn und völlig verzweifelt.»

«Es gibt geschickte Ärzte, die Holzarme und Eisenhände verkaufen, denen man es fast nicht ansieht, dass sie aus Holz und Metall sind.»

«Jordi Jaume liegt in Montcada auf seinem Bett, schließt sich ein und heult. Alles, was er will, sind Turniere und Schlachtengetümmel. Du weißt ja, wie sie in dem Alter sind.»

Peire dachte daran, dass er selbst ganz unfähig war, an Kämpfen teilzunehmen. Mochten sie noch so gottgefällig und wünschenswert für den Grafkönig und Aragon sein – er hatte noch nie großes Interesse dafür aufbringen können.

«Weißt du, was meine schlimmste Sünde ist?»

Peire dachte einen Moment lang, dass er Jordis größte Sünde nicht erfahren wollte, aber sein Besucher war in Beichtstimmung.

«Ich habe von der letzten Cavalgada ein wunderschönes Moro-Mädchen mitgebracht.»

«Und – lebt sie in Montcada?»

«Unmöglich, Peire. Ich habe ihr ein kleines Schloss in maurischem Stil bauen lassen, eine halbe Tagesreise von Montcada entfernt. Dort residiert sie wie die zweite Gräfin von Montcada, und ich – bin viel zu oft bei ihr. Jahrelang habe ich die Moros bekämpft und zurückgetrieben, und jetzt bin ich selbst die Beute einer von ihnen geworden. Sie singt, sie tanzt, sie spricht Katalanisch. Tausendmal habe ich mir geschworen, sie zu verlassen. Tausendmal bin ich wieder zu ihr geritten.»

Peire schwieg. Er musste an Kholla denken, die er verraten hatte, und an den Lehnseid, in dem sie sich alle verpflichtet hatten, christliche Ritter zu sein. Auch Jordi sagte nun nichts mehr.

Sie tranken abwechselnd Wein aus dem Krug und teilten sich das Brot.

«Was gibt es sonst Neues in der Welt draußen?»

«Fernando de Cervera hat endlich einen Erben.» Jordi musste lachen.

«Jaume?»

«Nicht, dass er Jaume aus Zaragoza legitimiert hat. Das ist jetzt nicht mehr nötig. Leonor hat ihm einen geboren, Peire Federico heißt er, und du bist Patenonkel in Abwesenheit.»

Peire musste schlucken. Er konnte sich Leonor nicht als Mutter vorstellen. Er war so betroffen, dass ihm Tränen in die Augen schossen, was Jordi nicht bemerkte.

«Der Grafkönig wird demnächst Maria von Montpellier heiraten. Die Konsuln von Montpellier haben ihm ihre Hand angetragen. Sie ist die Erbtochter, und damit gehört zu Don Pedros Ländern auch noch Montpellier. Dass seine Schwestern im letzten Jahr mit dem alten Raymond von Toulouse und dem jungen verbunden wurden, hast du sicher schon gehört.»

«Welche?»

«Die schöne Eleonor hat den Alten geheiratet und Sancha mit den Zahnlücken – erinnerst du dich an sie?»

«Die Jüngste? Sie wurde damals erst geboren, als ich kam.»

«Sancha ist mit dem Sohn verlobt. Alles Politik, verstehst du? Es geht um die Grafschaft von Toulouse. Don Pedro weiß genau, was er wann tut. Der Süden muss jetzt zusammenhalten. Der König von Frankreich ist begierig danach, sich Okzitanien einzuverleiben, so wird gemunkelt. Du lieber Gott, was will er eigentlich damit? Eine andere Sprache, andere Menschen – sie denken anders als die im Norden –»

«Ich weiß», sagte Peire, obwohl es ihn nicht interessierte.

Der Rappenhengst war näher gekommen und fraß jetzt vom Gras im Umkreis der Höhle.

«Ich beneide dich um den Frieden, den du hier gefunden hast.»

«Frieden? Damit ist es vorbei. Sieh dich um und geh in die Kapelle der Heiligen Jungfrau, dann merkst du, dass du an einem Wallfahrtsort angekommen bist.»

«Wenigstens verehrt man hier die Heilige Jungfrau, Peire. Überall im Land strömen die Menschen ja sonst zu den Ketzertreffen. Diese Bewegung, die in Albi ihren Anfang genommen hat, breitet sich immer mehr aus und wird zur Bedrohung für die Christenheit. Da kämpfen unsere Ritter im Süden gegen die Moros, und derweil gerät Aragon immer mehr in die Hände der Häretiker.» Jordi redete sich immer mehr in Rage. «Im Land des Grafen Raymond von Toulouse stehen die Kirchen sonntags leer, überall werden Kruzifixe niedergerissen und geschändet.»

«Und hier in Aragon? Hat Don Pedro die Lage nicht mehr im Griff?»

«Er versucht es, er ist härter als Graf Raymond und die okzitanischen Adligen. Deshalb ist es bei uns noch nicht so weit gekommen wie drüben in Okzitanien. Aber du weißt ja, wie eng unser König mit Graf Raymond verbunden ist. Viele hohe Herren nehmen die Ketzergefahr nicht ernst. Am schlimmsten sind die Trencavels von Carcassone und Béziers, sie sind selbst *croyants.*»

«Das glaube ich nicht.» Peire griff mit zittrigen Händen zum Krug und trank die letzten Schlucke.

«Es ist die bittere Wahrheit.»

«Woher willst du das wissen?»

«Dass der junge Vizegraf so denkt, ist allgemein bekannt. Er hat die Albigenser-Prediger bei sich am Hof. Und was Leonor angeht, so hat es mir Fernando gestanden. Er ist außer sich und denkt ernsthaft darüber nach, die Ehe auflösen zu lassen, trotz seines kleinen Erbgrafen.»

Schweigend saßen sie beieinander. Peire fehlten die Worte, etwas zu sagen. Schon Leonors Namen zu hören war zu viel gewesen.

Es war einfach gewesen, der Welt zu entsagen, aber es war schwer und schmerzlich, sie wieder an sich heranzulassen.

Jordi sah sein Gegenüber erwartungsvoll an. Offenbar wollte er seine Meinung zu dem Gesagten hören. Doch Peire war das alles zu viel.

«Geh wieder, Kröte», sagte er leise. «Ich brauche die Einsamkeit. Es ist besser, nichts von der Welt draußen zu wissen. Ich werde für dich beten.»

Peire hatte das Geräusch gehört, das an Kampf und Schlacht erinnerte. Irritiert sprang er zur Seite, als der gefiederte Pfeil sich neben ihm in den Boden bohrte. Er begriff nicht gleich, was geschehen war. Dann erst sah er, dass ein arabisches Papier um den Schaft gewunden war. Peire wickelte es behutsam ab. Es war die erste Botschaft Tariks, die ihn später erreichte, als der Moro beim Abschied versprochen hatte.

Tarik schrieb in lateinischen Buchstaben und gebrochenem Katalanisch. Neugierig und aufgewühlt las Peire die wacklig zittrigen Buchstaben, die Tarik selbst geschrieben hatte.

«Im Namen Allahs, des Allerbarmers, des Barmherzigen, grüße ich dich, den Freund, der Barmherzigkeit an mir geübt hat. Mit Schmerz habe ich die Nachricht über das Unglück deines Hauses erhalten, und wenn es einen Trost auf dieser Erde gäbe, so möchte ich ihn dir spenden. Denn ich habe ja besonderen

Grund, Nina dankbar zu sein, die dich um meine Freilassung gebeten hat.

Lieber Freund, auf wunderbare Weise haben sich unsere Wege noch einmal gekreuzt. Zwar habe ich deinen Falken, den du in deiner Großmut mir senden wolltest, nicht erhalten, dafür bin ich deinem Diener Martí begegnet, der es zu hohen Ehren am Hof von Al Quti Al Madin gebracht hat. Auch er hat Barmherzigkeit an mir geübt. Jetzt bin ich wieder ein freier Mann, wenn auch einer ohne Haus und Hof.

Es gibt keine Macht und Stärke, außer bei Allah, und zu ihm ist die Heimkehr, aber die meisten Menschen wissen es nicht. Bedenke es, und lebe wohl, mein Freund. Du wirst von mir hören.»

Martí am Hof von Al Quti. Heilige Jungfrau. Und noch dazu in hohen Ehren. Peire ging auf und ab. Da war niemand, mit dem er über den unfassbaren Brief aus der Ferne hätte sprechen können. Gut, es gehörte nicht viel dazu, sich zusammenzureimen, dass Martí nicht freiwillig zu Al Quti gekommen, sondern ihm auf dem Weg nach Beni Arruesh in die Hände gefallen war.

Wie ohnmächtig er hier oben auf dem Felsen war. Er konnte nur beten. Peire ging eilig hinüber zur Kapelle, wo sich glücklicherweise niemand aufhielt. Er kniete vor dem Bild der Domna nieder, die die Jungfrau und die heidnische Göttin Isis war, senkte den Kopf und versuchte zu beten.

«Leonor», murmelte er, «bring mich zurück zu Kholla. Und beende die schrecklichen Kriege, das Menschenschlachten, die Leichenberge, große Göttin der Liebe, Mutter des Gottessohnes, beende das Morden, setze dem Hass ein Ende, bitte Gott, dass er ein Einsehen hat. Tarik und ich, Kholla und du, was trennt uns denn, die wir alle aus dem gleichen Stoff geschaffen wurden? Nichts. Wir alle glauben an den Einen, den Einzigen, den Allerbarmer, der barmherzig ist und Barmherzigkeit von uns fordert. Wo ist der Gegensatz, der uns zu Feinden macht? Ich verstehe es nicht. Heilige Jungfrau, Helferin in allen Nöten, verstehst du es?»

Der Abend war noch kühler als der Tag. Es war dunkel im Burghof von Almenara. Martí war noch einmal zum Unterstand gegangen, um zu sehen, ob Nuri gut versorgt war. Der Hengst wieherte erfreut auf, als sein Herr sich näherte.

Eine dunkle Gestalt kam aus der Tiefe des Stalls auf ihn zu. Es war Al Ustadh.

«Ihr? Bei den Pferden? Was haben die Gäule mit Alchimie zu tun?»

«Sehr viel. Im Ernst, Martí, ich bin dabei, die Sprache der Pferde zu erforschen. Ich will ein Buch darüber schreiben.»

Sie setzten sich auf einen Strohballen in einen leeren Platz neben Nuris Stand, und Martí wusste instinktiv, dass Al Ustadh log. Er war ihm gefolgt, um ungestört mit ihm reden zu können.

«Ihr wisst, mit welch großen Ehren Al Quti mich bedacht hat?»

«Alle wissen es.»

«Wie geht es Hamid?»

«Noch gut.» Der Alchimist hüstelte. «Ich sollte ihm vergiftete Nahrung reichen, was ihm nicht gut bekommen ist.»

«Habt Ihr das wirklich getan?»

«In schwacher Dosierung. Du weißt, auf die Dosis kommt es an, sagte schon der alte Galenus.»

Sie schwiegen. Von irgendwo bellte ein Hund.

«Ich hasse es, der Freund des Amir zu sein. Er wartet auf das Gold, das ich ihm versprochen habe. Jeden Tag steigert sich seine Ungeduld.»

«Wann wird es so weit sein?»

«Martí, es ist unmöglich, Gold zu machen.» Al Ustadh sagte es ohne eine Spur des Bedauerns, dennoch erschrak Martí. Was dann, wenn der Alchimist kein Gold herstellen konnte? Woher sollte der Amir das Material nehmen, um frische Münzen prägen zu lassen? Ohne Goldmünzen konnte er nicht immer neue Truppen von Söldnern anwerben. Gold war für einen Kriegsherrn so wichtig wie frisches Wasser und Getreide.

«Das ist alles, was meine Forschungen ergeben haben. Der Amir will die Wahrheit nicht hören.»

«Warum hast du ihn belogen? Er verdankt dir so viel, all die Belagerungsmaschinen. Warum hast du ihm nicht gesagt, dass kein Mensch Gold machen kann?»

«Gut, auch ich bin eitel. Er bezahlt mich gut. Ich konnte die seltensten Bücher kaufen. Für einige davon hätte ich meine Seele hergegeben. Also musste ich ihn glauben machen, ich könnte Gold erzeugen. Er hoffte auf mich, er vertraute mir und meinen Künsten. Ich war sein Freund und Berater. Was wollte ich mehr? Und jetzt –», Al Ustadh beugte sich zu Martí hinüber und flüsterte: «Jetzt muss ich sie doch alle hier zurücklassen. Die Bücher und meinen Raben.»

Martí verzog keine Miene.

«Ich werde ein paar Tage in Almenara bleiben, der Amir hat mich darum gebeten. Dann, wenn alles geregelt ist, werde ich nach Al Quatara zurückkehren», sagte er.

«Hast du dich denn entschlossen?»

«Zu was?»

«Der nächste Amir zu sein», flüsterte Al Ustadh.

Martí überlegte, ob er ihm trauen konnte. Es war sehr unwahrscheinlich.

«Wisst Ihr noch, wie ich zu Euch gekommen bin, um Euch auszuspionieren? Ihr habt mich damals sofort durchschaut.»

Der Alte antwortete nicht, im Dunkeln hörte Martí ihn schnaufen.

«Es ist nicht einfach», sagte Martí.

«Aber du bist sein nächster Verwandter.»

«Das ist nicht wahr. Wenn es so ist, wie Al Quti gesagt hat, dann hat er noch zwei Brüder. Mein Vater Antoni wäre bei weitem geeigneter als ich, ein Amir zu sein.»

«Er ist ein christlicher Kämpfer des Königs von Aragon. Aber du – du bist jung und ein Muslim. Du bist die Zukunft. Du weißt nicht, wie viel es bedeutet, Herr über das Land des Amirs zu sein.

Seine Reichtümer sind unerschöpflich. Du kennst das Geheimnis des Labyrinths und seiner Schätze und Vorräte.»

«Ich soll Hamid töten.»

«Na und? Sieh dich um. Der Krieg verdirbt die guten Sitten. Wo sind die Männer, die Verträge einhalten? Ein Herrscher muss listig und entschlossen sein. Er muss seinen Vorteil erkennen und blitzschnell handeln.»

«So möchte ich nicht werden.»

«Aber Allah hat dich hierher geführt, an den Hof deines Onkels. Als Amir wirst du immer wieder Feinde unterwerfen. Ohne langes Nachdenken musst du über Leben und Tod entscheiden. Dazu brauchst du Stärke und die Fähigkeit, Gegner zu täuschen und zu überlisten. Der Amir hat Recht, wenn er deine Zuverlässigkeit erprobt. Denk nicht lange über den Befehl Al Qutis nach, handle.»

«Das werde ich, Meister. Ich werde handeln, wenn der Tag gekommen ist.»

Martí tätschelte Nuris Hals. «Sieh dieses Pferd an, es ist arglos und unfähig, den zu betrügen oder zu täuschen, der es reitet und füttert.»

«Wir sind keine Pferde. Allah hat uns einen scharfen Verstand gegeben, jedenfalls mir.» Al Ustadh kicherte verlegen. «Was immer du tun wirst, Martí, ich würde mich freuen, an deiner Seite zu sein.»

Zwischen den Wolken erschien jetzt der Vollmond. Sie sahen beide zu ihm hoch. Martí überlegte, ob Al Ustadh auch das gedacht hatte, was ihm durch den Kopf gegangen war.

«Ein guter Hengst.» Anerkennend blieb Hamid vor Nuri stehen. «Aus der Beute vor Al Quatara?»

Nach dem Morgengebet waren sie gleich zu den Pferden gegangen.

«Ist die Wunde ganz ausgeheilt?», erkundigte sich Martí.

«Nicht völlig. Bei jedem Wetterumschwung habe ich Schmerzen. Aber du weißt ja, ich verdanke dieser Verwundung sehr viel.» Hamid schwang sich auf Antar, seinen Fuchs, und lachte ein freundliches, offenes Lachen.

«Du kennst den Weg besser.» So war es mit Al Quti verabredet, Hamid sollte vorausreiten. Es hatte schon in den letzten Tagen ein kleines Geplänkel mit den Reitern des Königs von Aragon gegeben, die unten am Fluss ihre Zelte aufgeschlagen hatten. Sie mussten vorsichtig sein.

Die Nachrichten der Kundschafter waren widersprüchlich. Es war auf alle Fälle sinnvoll, die christlichen Feinde mit einem größeren Trupp anzugreifen und über den Fluss zu treiben. Al Quti hatte befohlen, aus dem Hinterhalt einen Regen von Geschossen auf die Aragonesen abzugeben und dann ihre Zelte zu überreiten. Zurzeit herrschte eigentlich ein Waffenstillstand zwischen ihm und Don Pedro von Aragon, an den sich aber keine der beiden Seiten wirklich hielt. Auch die christlichen Ritter, die so unbekümmert über den Fluss gekommen waren, hatten den Vertrag verletzt. Es galt festzustellen, ob sie nur ein Vortrupp waren, um womöglich einer größeren Truppenabteilung des Königs den Weg zu bereiten. Auch für diesen Fall war Al Quti gerüstet. Er hatte weitere Söldner unter Vertrag genommen, Kerle aus Ifriqiya, die erst unter Nasir gedient, dann gegen den Almohaden für den Almorawiden Yahya gekämpft hatten und denen es gleichgültig war, von welchem Herrn das Gold kam.

Hamid und Martí hatten diesmal zwei Hundertschaften hinter sich, ritten aber weit voraus, weil sie erst allein die Lage erkunden wollten. Ebenfalls ein Stück vor der Truppe ritt Al Ustadh, der für das lebendige Feuer und die beiden Kriegsmaschinen zuständig war, die sicherheitshalber mitgeführt wurden.

Beim Anblick der gestreiften Zelte der Aragonesen und der Wimpel in den Farben von Aragon und Katalonien schlug Martís Herz bis zum Hals. Die Fahne mit dem roten Schwertkreuz der Ritter vom Sankt Jakobsorden. Das Heer der christlichen Ritter.

Dort unten sprachen sie Katalanisch und Kastilisch, und abends brieten sie junge Wildschweine an Spießen. Vor jedem Zelt erhoben sich Standarten mit dem Bild der Jungfrau Maria und des heiligen Jakob. Er musste nicht allzu lange überlegen, wie er vorgehen würde. Es gab auch nur wenige Möglichkeiten, vielleicht nur die, für die er sich entschieden hatte.

«Machen wir es so, wie wir es besprochen haben», sagte er. Hamid sollte im Schutz der Büsche von der einen Seite möglichst nahe an das Lager heranreiten, um zu sehen, wie viele Männer sich dort befanden, wie viele Pferde hinter den Zelten standen, und dann, um in die Ebene am anderen Ufer des Flusses zu schauen, ob dort weitere Truppen lagerten. Martí wollte sich von der anderen Seite heranpirschen.

«Bis nachher, Allahu akbar.»

«Bis nachher, mein Freund, Allahu akbar.»

Hamid ritt los. Jetzt musste er es tun. Martí spannte den Bogen und legte den Pfeil an. Sirrend flog das Geschoss durch die Luft des frühen Morgens. Dann gab er Nuri die Sporen und sprengte geradewegs auf die Zelte der Aragonesen los, ohne Deckung, ohne Vorsicht, und schrie dazu.

«Männer, wacht auf! Die Moros! Die Moros kommen!»

Die Ritter und ihre Knappen taumelten aus den Zelten und brüllten durcheinander. Einer hatte Martí gepackt, während ein anderer Nuri abführte.

«Sie sind drüben hinter dem Berg.» Martí spürte jetzt doch eine gewisse Angst. Trotz der katalanischen Wimpel waren da fast nur Kastilier, arrogante Hunde, am Ende hingen sie ihn noch auf, und das war dann der Dank.

«Bist du allein?»

«Ja.»

Sie standen um ihn und wunderten sich über den Mauren in seiner Ausrüstung, der so gut Katalanisch sprach.

«Ich bin Martí aus Bicalaú, der Diener des Conde de Vallderonca. Ich geriet in Gefangenschaft bei Al Quti –» Hamid war hoffentlich längst davon. Martí hatte den Gaul gut getroffen, da hatte er keinen Zweifel, und hoffte, dass der Moro sich beim Sturz nicht verletzt hatte. Vielleicht hätte er ihn noch vor Al Quti warnen sollen. Aber die Zeit war zu kurz gewesen, zu viel hatte geregelt werden müssen. Martí seufzte auf. Wenn sie nur Dihya gut behandelten. Er hätte sie nicht zurücklassen dürfen. Er hätte ihr wenigstens mitteilen müssen, dass er an Flucht dachte – aber, wenn er es ausgesprochen hätte, wäre es nicht mehr möglich gewesen. Und dann wäre er für den Rest seines Lebens ein Moro geblieben.

«Wir überprüfen, was du gesagt hast.»

Martí kannte keinen der Ritter und auch keinen von den Infanzones und Schildknappen. Er hatte auf bekannte Gesichter gehofft, aber jetzt waren da nur Fremde, und plötzlich hatte er Schwierigkeiten, die richtigen Worte zu finden, obwohl er wieder unter hispanisch sprechenden Menschen war, nachdem er so lange fast nur Arabisch gehört hatte. Und wie die Kerle hier alle stanken. Natürlich, die Christen badeten nicht gern. Martís Hände schwitzten. Es war nicht so leicht, wie er es sich vorgestellt hatte.

Und dann die Unbekümmertheit der christlichen Kämpfer. Einer der Ritter saß da vor dem Zelt, hatte die Beinschienen schon angelegt und klimperte selbstvergessen auf der Laute, als sei er zu Hause inmitten fester Burgmauern.

«Ich bin kein Spion. Es war die erste Gelegenheit zu fliehen. Al Quti lässt nicht mit sich spaßen. Unzählige Söldner bewachen seine Festungen.»

Der kastilische Ritter, der den Trupp anführte, stellte sich als Don Esteban vor. Er war älter, fast weißhaarig, mittelgroß und drahtig. Ohne Martí auch nur eine Sekunde aus den Augen zu lassen, gab er kurze Kommandos an seine Leute, dann bat er Martí in das Kommandeurszelt, das größte am Platz. Ein Habicht mit gelben Augen saß auf dem Gestänge neben dem Feldbett und breitete die Flügel aus. Sie ließen sich auf Klappstühlen nieder.

«Senhor, wir sollten nicht hier sitzen, sondern auf der Stelle das Lager räumen», begann Martí. Die Kastilier konnten unmöglich wissen, wie viele maurische Kämpfer gegen sie anrückten.

Der Ritter draußen klimperte und sang noch immer.

«Wir werden bleiben.» Don Esteban lächelte dünn. «Wir sind nur der Vortrupp. Das Heer steht drüben auf der anderen Seite des Flusses. Don Alfonsin wird sehr schnell hier sein. Erzählt jetzt, wie viele seid ihr –»

Martí übertrieb etwas bei den Zahlenangaben, und auch, was Almenara anging, betonte er die Stärke der Mauern und die Wachsamkeit der Männer. Ein Ritter riss die Stofftür auf und schrie: «Es ist noch einer gekommen, ein alter Mann, der Waffenmeister Al Qutis!»

«Al Ustadh», sagte Martí und war erleichtert, dass auch dem Meister die Flucht vom Hof des jähzornigen Eunuchen geglückt war. Nicht auszudenken, was der Amir mit ihm gemacht hätte, wenn man den alten Forscher beim Überlaufen ergriffen hätte.

«Ihr werdet gestatten, dass ich Euch nach Waffen durchsuche.» Don Esteban rief nach seinem Knappen und blieb dabei stehen, als der Junge Martí abtastete. Er fand nichts Überraschendes, nur den Dolch und den Säbel, die er beide vom Gürtel abnahm und auf den Feldtisch legte.

«Du hast etwas übersehen, Junge.» Mit zwei raschen Griffen hob Don Esteban die Kette mit dem Schlüsselbund von Martís Hals.

«Was tragt Ihr da bei Euch?»

«Das», sagte Martí, «sind die Schlüssel von Almenara.»

1204

Die weltlichen Herren des Languedoc arrangierten sich weitgehend mit der katharischen Kirche. Einer der mächtigsten von ihnen war der junge Vizegraf von Carcassonne und Béziers, Raymond-Roger Trencavel. Er war selbst kein Katharer, duldete aber einen katharischen Bischof in der Stadt. Die Kirche hielt Carcassonne für ein Häretikernest. Der französische König witterte hier einen Ort der Rebellion. Doch der Arm der beiden Mächte reichte vorerst nicht bis in den Süden hinein. Südfrankreich wurde vom König von Aragon und den Grafen von Toulouse und Carcassonne beherrscht, die jetzt durch die Eheschließungen mit den Schwestern des Königs verwandtschaftlich miteinander verbunden waren. Zwar führten sie gelegentlich Kriege gegeneinander, waren sich aber einig, den französischen König und den Papst aus ihren Streitigkeiten herauszuhalten. An Trencavels Hof sangen die Troubadoure, es ging dort tolerant und höfisch lebensfroh zu. Höchster Beamter des Vizegrafen war ein Jude. Ein ähnlicher Geist herrschte am Hof des Grafen von Toulouse und dem des Königs von Aragon.

Im Jahre 1204 fand in Carcassonne ein Disput zwischen Katharern und Katholiken statt. Erneut wurden die Katharer der Häresie schuldig gesprochen, jedoch nicht bestraft.

Es gab Tage, an denen Peire aus der Kapelle in seine Höhle flüchten wollte. Beim Anblick der wartenden Pilger, die, ihre Gaben im Arm, vor dem Felsvorsprung nach ihm Ausschau hielten, hastete er den Abhang hinunter und verkroch sich hinter den Steineichen und Brombeeren, wo sie ihn nicht vermuteten.

Es war unangenehm. An den hohen Festtagen, Ostern und Pfingsten, glich die Anhöhe einem öffentlichen Markt. Kinder schrien und suchten nach ihren Eltern. Überall saßen Menschen und verzehrten mitgebrachtes Essen.

Das Pfingstfest des Jahres versetzte Peire in einen merkwürdigen Zustand von Wut und Panik. Am liebsten wäre er noch vor Beginn der Feierlichkeiten für immer von hier verschwunden.

Nicht weit hinter der Kapelle roch es übel nach Exkrementen, und erst gegen Abend konnte er sich wieder in seine Höhle zurückziehen. Urban war mit zwei Mönchen gekommen, sie hatten Weihrauch geschwenkt. Dann las der Prior dankenswerterweise eine Messe und reichte Peire ebenso wie den anderen Gläubigen die Kommunion. Mit Schmerz stellte Peire fest, dass mindestens zwei seiner Hühner gestohlen worden waren. So viel er auch rief und lockte, sie blieben verschwunden. Nur die anderen drei rannten gackernd um ihn herum und schnappten nach dem frischen Löwenzahn, den er ihnen mitgebracht hatte.

«Mörder», murmelte er wütend vor sich hin, «gottverdammte Diebe, Ketzer.»

Die Al-ud! Heißer Schrecken durchfuhr ihn. Sie war nicht mehr an ihrem alten Platz neben seinem Bett. Sie hatten sein kostbarstes Stück geraubt! Schluchzend legte er sich auf seine Bettstatt und schlug vor Trauer den Kopf auf.

Da kamen die Menschen in immer größeren Mengen zur Jungfrau Maria gepilgert, um ihren Beistand zu erflehen und das Pfingstfest zu feiern, und anschließend setzten sie sich ins Gras, verzehrten gestohlene Hühner, verrichteten ihre Notdurft neben der Gnadenkapelle und übergaben sich vor der Höhle des Eremiten, den sie verehrten.

Das Feuer in der Herdstelle glomm nur noch schwach, es war fast dunkel. Peire erhob sich, um ein paar Äste in die Glut zu legen, damit sie nicht verlosch. Sein Kopf dröhnte wie früher nach einer durchzechten Nacht. Ganz aus der Nähe hörte er leise Musik.

Irritiert trat er hinaus. Der Himmel war sternklar. Ein leichter Wind strich vom Meer her erfrischend über die Höhe.

Auf einem Baumstumpf am Rand des Pfads, der zum Dorf hinunterführte, saß Urban und spielte leise auf der Al-ud.

«Ich dachte schon, jemand hätte sie gestohlen», murmelte Peire beschämt. Er hockte sich neben den Prior und stellte fest, dass Urban ein arabisches Lied sang.

«Das war kein Canso für die Jungfrau Maria», sagte Peire, als Urban ihm das Instrument zurückgab.

«Es war ein arabisches Liebeslied.»

«Die Melodie hat mir gefallen, ich konnte die Worte nicht verstehen.»

«Übersetzt heißt es: Um sie zu vergessen, zerstreute ich mich in der Liebesqual mit einer anderen, und ich sagte zu meinem Herzen: Diese ist Zainab.

Und ich küsste ihren Mund zur Kühlung meiner Leidenschaft; aber ich zündete ein loderndes Feuer in meiner Brust an, und ich war wie einer, der auf hoher See Schiffbruch erleidet und sich an die rollende Woge klammert.»

«Hast du – es gedichtet?»

«Nein, ein arabischer Sänger, der Name würde dir nichts sagen.»

Einen Augenblick lang empfand Peire Eifersucht auf Urbans Vertrautheit mit der arabischen Kultur, die er nur kurz am Hof von Zaragoza kennen gelernt hatte. Ihm schien, als verfüge Urban, der sowohl Latein wie Arabisch beherrschte, über alles Wissen dieser Welt und er, Peire, nur über Bruchteile davon.

«Hast du wieder die Mädchen ins Kloster kommen lassen?»

«Sicher.»

«Und Francisca wird auf dich warten.»

«Ich glaube nicht, dass sie im Kloster ist. Francisca wartet nicht auf die Festtage. Sie lässt sich nicht vorschreiben, wann sie kommen soll.»

«Ich dachte schon, sie wohnt ganz im Kloster», sagte Peire bissig.

«Mach dir keine Gedanken darüber, wo sie wohnt.»

«Ich glaube, du würdest lieber als Troubadour von Hof zu Hof ziehen als Prior unten im Kloster sein.»

«Peire, niemand hat je danach gefragt, was ich wollte. Mein Vater hat bestimmt, dass ich in diesem Kloster leben sollte, und ich war ein gehorsamer Sohn.»

«Du bist mindestens zehn Jahre älter als ich. Du könntest ihm den Gehorsam aufkündigen, wenn er überhaupt noch am Leben ist.»

«Auch wenn du es nicht glaubst, ich habe mich an das bequeme Leben gewöhnt. Es ist nicht unangenehm, Prior zu sein. Vielleicht möchte ich es ja noch zum Bischof bringen.»

Peire durchzuckte der Gedanke, dass Urban der Bastard eines sehr hohen Herrn sein musste, am Ende war er tatsächlich einer der Söhne des seligen Königs Alfonso, wie manche munkelten.

«Es ist zu spät, um zurück ins Kloster zu gehen. Bleib die Nacht über hier. Du darfst mein Bett benutzen», schlug Peire vor. «Keine Angst, hier oben gibt es keine Wanzen.»

«Danke, ich werde meine Fackel anzünden und den Weg schon finden», wehrte Urban ab.

Er gehörte jetzt schon einige Monate zu den Truppen des Königs von Aragon. Don Alfonsin hatte aus Don Estebans Hand die Schlüssel von Almenara entgegengenommen und Martí nach einer kurzen Unterredung zum *infanzón* ernannt. Wie wichtig die beiden Überläufer aus dem Lager Al Qutis waren, stand außer Frage. Im Fall Martís verstanden die Jakobsritter, die ihn lange und ernsthaft nach allen Einzelheiten befragt hatten, dass der christliche Diener des Grafen von Vallderonca es nicht länger ertragen hatte, im Dienst eines heidnischen Amirs zu stehen. Dankbar nahm Martí die Gelegenheit wahr, umfassend zu beichten und zum ersten Mal nach langer Zeit wieder an einer heiligen Messe teilzunehmen.

Al Ustadh war bei Alfonsin geblieben, wo er in einem eigenen Zelt seine Modelle baute. Es wurde gemunkelt, es sei ihm jetzt gelungen, Gold herzustellen, wenn auch vorerst nur in kleinen Mengen. Al Ustadh konnte die Aufschneiderei nicht lassen. Händereibend ging er zwischen den aufgebockten Tischen umher, wo er an den Modellen für Burgen und Belagerungsmaschinen baute, ohne Gewissensbisse darüber, dass er seine Kunst nun der Gegenseite zur Verfügung stellte.

«Martí», murmelte er sorgenvoll, als Martí ihn eines Tages besuchte. «Hoffentlich bekomme ich meinen Raben zurück.»

«Vergiss ihn.»

«Wenn du wüsstest, wie viel ich einigen von den Spähern gezahlt habe, die hin und her wechseln, du weißt –»

«Ich weiß nichts.»

«Sie sollen ihn mir zurückbringen.» Al Ustadh bückte sich nieder und streichelte einen bräunlichen Hund mit verfilztem Fell.

«Wer ist das?»

«Niko, er ist mir draußen zugelaufen.» Die schiefen schwarzen Zähne kamen beim Lächeln des Meisters zum Vorschein. «Auch er hat eine Sprache, aber er ist viel dümmer als mein Rabe. Ich habe eine Summe angezahlt für den Versuch, ihn mir zu bringen, und das Doppelte ausgesetzt für den, der ihn mir wohlbehalten hierher schafft.»

«Warte doch, bis wir Almenara erobert haben.»

«Im Kampf um Almenara wird der Vogel verbrennen oder ersticken. Nur gut, dass ich meine griechischen Silbermünzen gleich mitgenommen habe. Soll ich sie dir zeigen?»

Al Ustadh holte eine hölzerne Schatulle hervor und zog die mit Samt bezogenen Laden auf, wo die Silbermünzen mit den griechischen Schriftzeichen lagerten.

«Hier an den Küsten Hispaniens und Okzitaniens wohnten Griechen», erklärte der Alte, «und in ihren Städten gab es Münzen, was für einen lebhaften Handel spricht.»

«Und ich dachte früher immer, es gibt nur die Schrift, die die Mönche lehren.» So unwissend war er einmal gewesen, dabei gab es noch die griechische, die auch jetzt noch im Reich des Kaisers von Konstantinopel benutzt wurde, die jüdische und die arabische und vermutlich noch mehr, von denen er nur nichts wusste.

Die Waffengefährten staunten nicht schlecht über die Reitkünste des neuen Kämpfers. Martí ritt seinen Hengst wie ein maurischer Bogenschütze, verstand es, im Ritt den Bogen anzulegen und zu zielen, und konnte mit der Wurfpeitsche einen Gegner vom Pferd ziehen. Der neue Mann war wortkarg und verschlossen.

Der Herrscher über die Balearen, Yahya, war inzwischen von Al Nasirs Truppen nach Ifriqiya getrieben worden, wo die Kämpfe zwischen dem letzten Almorawiden und dem Almohaden-König sich fortsetzten.

König Pedro von Aragon wiederum hatte eine Großoffensive gegen das Kleinkönigreich Al Qutis gerichtet. Es gab das einstweilen unbestätigte Gerücht, Al Quti sei nicht mehr am Leben und in Almenara wüteten Nachfolgekämpfe. Martí wusste zu genau, wie stark die Kräfte der Mauren und wie unerschöpflich der Reichtum war, insofern wunderte er sich nicht über die Heftigkeit, mit der die maurischen Söldner gegen die christlichen Eindringlinge vorgingen.

Alfonsins Truppen kämpften ganz in der Nähe der Leibwache des Königs, was Martí sehr recht war. Nirgendwo war die Verpflegung besser als im Umkreis von Don Pedro und seinen Granden.

Wenn er kämpfte, dachte er an nichts als an den Kampf, versuchte er das Schwert und die Lanze und das Pferd zu sein und nichts zu wollen, als lebend das Feld zu verlassen. Martí schlug mit dem Schwert um sich, während es über ihm zischte, schickte Stoßgebete zur Heiligen Jungfrau und murmelte: «Hilf mir, Urruaca», so unsinnig es war. Und das Wunder geschah auch diesmal. Zwei Reiter entkamen, drei der Feinde hatte er niedergeschlagen. Eines der Pferde lag verletzt und zuckend am Boden, die beiden anderen rannten panisch über den Acker davon.

Martí wandte sich der Kutsche zu. Alles in ihm war ruhig und kalt. Zwei verhüllte Frauen waren ausgestiegen, Herrin und Dienerin, wie Martí auf einen Blick erkannte. Die Domna war in feinste Schleier aus golddurchwirkten arabischen Stoffen gehüllt.

Aus höchstem Haus, dachte Martí fast erschrocken. Wie war sie nur hierher geraten?

«Habt Dank, Infanzón», sagte die Domna mit leiser melodischer Stimme. Der Ton ihrer Stimme berührte sein Innerstes. Vielleicht war es auch die Anspannung des Kampfes, die sich gelöst hatte. «Seid Ihr verletzt?»

«Ich habe nicht darauf geachtet», knurrte Martí ruppig, immer noch gegen seine Gefühlsanwandlungen ankämpfend. «Es war keine Zeit dazu.»

«Ihr habt uns vor Gefangenschaft und Entehrung gerettet. Dafür danken wir Gott und der Heiligen Jungfrau, aber vor allem Euch und Euren Männern.»

Martí nahm die zarte Hand entgegen und drückte sie, wahrscheinlich zu kräftig.

«Wie heißt Ihr?» Sie war so vornehm, dass Interesse an seiner Person bereits zu viel war.

«Ich bin Martí aus Bicalaú, der Dienstmann des Grafen von Vallderonca. Habt Ihr alles gut überstanden, Domna?»

«Sagtet Ihr Martí?»

«Es ist mein Name.»

Eine Pause entstand. Offenbar war die Aufregung doch nicht spurlos an der adligen Dame vorbeigegangen. Sie griff nach der Hand ihrer Dienerin.

«Darf ich fragen, wer Ihr seid?», erkundigte sich Martí.

«Ich bin die Tochter von Raimón de Miraval, Angelina.»

«Heilige Jungfrau», stieß Martí hervor.

«Flohlump», flüsterte Angelina, «du bist es wirklich.»

«W-wie kommst du hierher?»

«Ich gehöre zur Begleitung des Königs. Du hast sicher schon von mir gehört –»

«Ihr seid die Neue?», stammelte Martí.

Sie zog den Schleier vom Gesicht. Er starrte sie an und hatte Mühe, Angelina zu erkennen. Sie war reifer, fraulicher geworden, und ihre grünen Augen strahlten ihn an wie damals.

«Gott hat dich geschickt», sagte sie feierlich.

«Bist du wirklich die Tochter von Raimón de Miraval? Ich erinnere mich –»

«Es hört sich besser an. Keiner konnte es nachprüfen.» Sie lächelte verschmitzt. «Hätte ich sagen sollen, ich bin die Sklavin, die von einem Herrn zum nächsten verkauft wurde? Martí, endlich haben wir uns wieder gefunden. Und du hast mein Leben gerettet –»

«Einmal Schutzengel, immer Schutzengel», murmelte er verlegen.

Äußerlich hatte sich der kleine Ort Bicalaú in all den Jahren kaum verändert. Aus dem Erlös der Beute von den Cavalgadas hatte Antoni sein Haus vergrößert und eine überdachte Veranda angebaut. Er ritt jetzt nicht mehr mit, wenn die jungen Männer ihre Pferde sattelten, um dem Ruf des Königs Folge zu leisten. Auf seine alten Tage plagten ihn Rheumatismus und Kopfschmerzen. Malena wohnte ein paar Häuser von ihren Eltern entfernt. Sie war verheiratet mit einem kahlköpfigen Witwer, der erheblich älter war als sie, und so wohlhabend, dass er eine Herde Kühe sein Eigen nannte.

Urruaca war jetzt unbestritten die älteste Frau im Dorf. Schon seit Jahren konnte sie nur noch zu Brei zerquetschte Nahrung und Suppen zu sich nehmen.

Längst war sie nicht mehr imstande, auf den Feldern zu arbeiten. Sie kümmerte sich um die Hühner, die um das Haus liefen, und hütete Malenas blinde und schwerhörige Tochter Alicia, ein hübsches rotlockiges Mädchen. In letzter Zeit hatte sich der Geist der Alten verwirrt. Immer wieder ging sie vor die Tür und starrte auf den Weg, der aus dem Dorf führte, und wenn man sie fragte, nach wem sie Ausschau hielt, begann sie von «Martí» zu reden, aber nicht von ihrem Enkel, von dem alle wussten, dass er unten im Hinterland von Valencia bei den Moros zu hohen Ehren gekommen war, sondern von einem Sohn mit dem gleichen

Namen, den sie doch gar nicht hatte. Ein paar Mal war sie fortgelaufen, und man hatte sie suchen müssen.

«Ich muss zu meinem Martí», hatte sie zur Entschuldigung gesagt, als die Männer aus dem Dorf die barfüßige alte Frau im Wald schließlich gefunden hatten. «Sie wollen ihn umbringen. Und er ist so schwach und alt –»

«Ja, ja», versuchte Malena sie zu beruhigen, «leg dich ins Bett und schlaf dich aus.»

Aber noch in der Nacht hatte sie sich heimlich wieder davongemacht. Natürlich kam sie nicht weit. Auch diesmal fand man sie wieder am Fuß des Bergwalds und brachte sie nach Hause. Malena entschied, die Großmutter müsse an ihr Bett festgebunden werden, und jetzt war es die blinde Alicia, die auf die Alte aufpasste.

Urruaca wimmerte kläglich vor sich hin. «Keiner hilft ihm», jammerte sie, «er ist so allein, und da ist einer, der hat ein Beil, der wartet darauf, ihn zu erschlagen.»

«Es ist wegen Martí. Sie hat so sehr an deinem Bruder gehangen, und dann hat sie ihn nie wieder gesehen», erklärte Maria ihrer Tochter. «Soll ich sie lieber zu uns ins Haus holen?»

«Lass sie nur bei uns», sagte Malena. Aber dann brachte sie Urruaca doch hinüber zum Haus ihrer Eltern mitsamt Alicia. Urruaca steigerte sich in einen unglaublichen Erregungszustand. Sie heulte und schrie drei Tage lang. Am vierten Tag war sie so ruhig, dass Maria sie fragte, wie es ihr ginge.

Urruaca sah ihre Schwiegertochter aus großen verweinten Augen an.

«Er ist jetzt tot, mein Martí. Ich muss für ihn beten», sagte sie, «der andere, der so lange gewartet hat, hat ihn erschlagen.»

«Da kommt jemand», sagte der Capitán, «jemand von den Moros. Ein Bote oder ein Überläufer. Heilige Jungfrau, man darf keinem von denen trauen, die lügen, wenn sie nur den Mund aufmachen –»

Er spannte die Armbrust. Der Papst hatte allen christlichen Kriegern per Dekret verboten, dieses Geschoss untereinander zu benutzen, aber gegen die Heiden war es erlaubt. Gegen die Heiden war jedes Mittel zulässig, sogar der Papst sah das ein.

«Lass das!»

«Ich schieß ihn gerade so herunter. Meine Spezialität.»

«Verdammt, das ist mein Pferd.» Martí schlug den Arm des Capitáns zur Seite. «Mein alter Gaul, den ich zurücklassen musste.» Martí lief auf den Reiter zu.

«Vorsicht!», schrie der Capitán. «Nimm dich in Acht! Es ist eine Falle.»

«Schieß nicht, mein Sid!», schrie der Reiter auf Arabisch. «Ich bin es!»

Martí hatte jetzt die Zügel seines guten treuen Pretz ergriffen, der mit zitternden Flanken vor ihm stand.

«Die sind alle falsch», murrte der Capitán.

«Welcher Teufel schickt dich hierher?», fragte Martí entgeistert, als der Reiter seine Hände drückte.

Der Mann hatte den Gesichtsschleier entfernt und ließ sich langsam zu Boden gleiten.

«Dihya – ich war sicher, du kannst nicht reiten», stammelte Martí.

«Sid, mein Sid, ich wäre auch zu Fuß gekommen, aber Zubh gab mir das Pferd und brachte mich an unseren Kriegern vorbei. Du weißt, wie sie ist, voller Güte und Sanftmut, Allah wird es ihr lohnen. Ihr Herz besteht nur aus Milde, o Sid, und jetzt bin ich wieder bei Euch.»

Als sie bei Martí im Zelt saß, erzählte Dihya, Hamid sei außer sich vor Zorn über Martís Seitenwechsel und den Verrat, der zum Verlust von Almenara geführt hatte, der wichtigsten Festung weit und breit, und habe bei Allah geschworen, nicht zu ruhen, bis er ihn mit eigener Hand getötet habe. Er war mit Fäusten auf Dihya losgegangen und hatte ihr gedroht, er werde sie foltern lassen. Nur Zubhs Eingreifen verdankte Dihya, dass sie unbehelligt geblieben war.

«O mein Sid, ich wusste ja wirklich nichts von Euren Plänen, und es war gut so.»

Zubh hatte länger warten müssen, bis es ihr unauffällig gelang, Dihya fortzuschaffen.

«Sie lässt dir ausrichten, dass sie dir nie vergessen wird, was du für sie getan hast. Sie hat geflucht, dass du das Unglück über Hamid und Almenara gebracht hast, aber sie war gütig und mild zu mir. Vor Hamids Rache aber sollst du dich in Acht nehmen. Es gibt keinen mächtigeren Sid als ihn weit und breit. Er hat das lebende Feuer und auch die Belagerungsmaschinen, und jeder weiß, dass er zehntausend Söldner zusammengezogen hat.»

«Und Al Quti?»

«Al Quti lebt nicht mehr. Es heißt, Hamid habe ihn mit eigener Hand erschlagen. In Al Quatara. Aber vielleicht auch nicht. Ich habe ihn nicht mehr im Burghof gesehen, er war ja sehr krank und konnte sich kaum noch bewegen. Jedenfalls, Hamid ist der neue Amir.»

Dihya war so zärtlich, wie sie es von Anfang an gewesen war, und überglücklich über ihre gelungene Flucht. Sie hatte große Angst gehabt und sich die Strapazen gar nicht zugetraut.

«Aber ich musste es tun», sagte sie leise, «Hamid wusste noch nicht, dass ich schwanger bin. Hätte er davon erfahren, wäre dem Kind etwas Schreckliches geschehen. Glaub mir, sogar zu Fuß und ohne jede Hilfe hätte ich Almenara heimlich verlassen.»

Nicht einmal Zubh hatte sie ihr Geheimnis verraten, und Martí wurde klar, dass er Dihya unterschätzt hatte. Sie hatte ihre Flucht genauso kaltblütig geplant wie er seinerzeit.

«Du hast einen Pfeil auf Hamid abgeschossen.» Dihya sah ihn zweifelnd an. «Wolltest du ihn wirklich töten, mein Sid?»

«Ach, Dihya, ich habe nur auf sein Pferd gezielt. Die Welt ist voller Missverständnisse und Hass», murmelte Martí. Beglückt wühlte er in der Tasche, die Dihya mit seinen Habseligkeiten für ihn gepackt hatte. «Ich bin geflohen, weil ich nicht der Mörder Hamids sein wollte. Ich hatte nur nicht die Gelegenheit, ihm das zu sagen. Was ist das?»

«Es lag bei deinen Sachen. Ich dachte, vielleicht ist es wichtig.»

Martí packte Dihya an den Schultern und drehte ihr Gesicht zu sich.

«Willst du damit sagen, du weißt wirklich nicht, was das ist?»

«Mein Sid, nein, ich bin ganz unwissend.» In ihren dunklen Augen blitzte ein verstecktes Lachen auf.

Es war eine Karte, die Al Ustadh gezeichnet hatte, auf der nicht nur die Grenzbefestigungen von Al Qutis Reich verzeichnet waren, sondern auch die dort befindlichen Waffenmagazine, die Zisternen und die Söldnerlager rundum.

«Dihya», sagte er, «das Gewicht dieser Karte wird der König von Aragon in Gold aufwiegen. Schade, dass das Ding nicht schwerer ist.»

Der Wind trieb dunkle Wolkenfronten vom Meer ins Landesinnere. Die kalten Regenschauer zwangen Peire, zurück in seine Höhle zu gehen und am Feuer Zuflucht zu suchen. Wie Schoßhündchen folgten ihm die drei verbliebenen Hühner, pickten nach herumliegenden Brotkrumen und gluckten schließlich zusammen gegen die klamme Feuchtigkeit, die sich wie immer um diese Jahreszeit in der Eremitenklause ausbreitete.

Jedes Jahr verlief auf ähnliche Weise, stellte Peire fest. Selbst in der Ereignislosigkeit seines Daseins folgten die kleinen Aufregungen dem Schema des letzten Jahres.

Auch diesmal kam Urban wieder hoch, als die Stürme die Steineichen am roten Felsen zerzausten und Peire den Tag über im geschlossenen Kapellenraum zubrachte, nicht, um zu beten, sondern, um von der Trockenheit des Innenraums zu profitieren. Die Wachskerzen vor der schwarzen Statue der Domna verbreiteten eine gewisse Wärme und gaben Trost. Mit Urban zusammen war ein Kind mit zerzaustem Lockenkopf hochgekommen, und man sah ihm nicht einmal an, ob es ein Junge oder ein Mädchen war.

Peire überlegte, was das Kind hier oben wollte. Immer wieder ertappte er sich dabei, dass er keine Sympathien für Kinder hegte. Jedes davon erinnerte auf schmerzliche Weise an Ninas Tod. Er war ganz unfähig, Freude über die Anwesenheit des kleinen Wesens zu empfinden. Stattdessen hatte er mit Adlerblick den Krug unter dem Arm des Priors erspäht.

«Du hast richtig gesehen.» Urban lachte. Das Kind hielt Peire einen Beutel mit mehreren frischen Broten entgegen. Er nahm sie, ohne zu danken.

«Setz dich in die Ecke, Julián, und stör uns nicht», befahl Urban mit freundlicher Strenge. Peire überlegte kurz, ob es einer der Pueri Oblati war, allerdings hatte der Kleine noch nicht ganz das Alter für einen Oblatus.

«Seine Mutter wollte, dass er vor dem Bild der Heiligen Jungfrau betet. Du weißt ja, wie die Frauen sind.»

«Dein Ältester, der damals die Seuche gerade so überstanden hat, bevor Nina starb.» Es war Peire wieder eingefallen. Mit widerstrebenden Gefühlen starrte er Urbans Jungen an wie einen, der in einem Wettkampf gegen seine Tochter gesiegt hatte.

«Peire», Urban verstand, was in ihm vorging, «bedenke, auf dieser Erde gibt es keine Überlebenden.»

«Es kommen zu viele», murmelte er missmutig. «Jeder, der heute kommt, taucht morgen oder übermorgen erneut auf und bringt zwei weitere Pilger mit, und aus irgendeinem Grund scheißen sie alle neben meine Höhle.»

Julián lachte schallend.

Die Kinder waren am schlimmsten. Sie hielten sich an keine Regeln, verscheuchten die Hühner, und man musste ernstlich fürchten, dass sie das Bild der Heiligen Jungfrau beschädigten, wenn sie mit klebrigen Fingern danach griffen.

«Komm, lass uns zusammen trinken», schlug Urban vor und goss Wein in die Tonbecher. «Komisch, dass Godofrido nicht auf den Gedanken kam, die Klause zu möblieren.» Er rückte an dem standfesten Tisch. «Gute Arbeit für den Grafen von Vallderonca. Und die Stühle sind geradezu luxuriös für einen Eremiten.»

«Ich habe mir nur zwei geleistet.»

«Aber doch zwei. Scheint so, dass du Sehnsucht nach Besuchern hattest.»

«Mehr als einen verkrafte ich nicht. Der Junge da ist schon zu viel.»

Ein verschmitztes Lächeln huschte über das Gesicht des Priors, als er einen Korb auf den Tisch stellte.

«Was hast du noch mitgebracht?» Neugierig trat Peire näher.

«Einen Kapaun, er ist schon geschlachtet. Du musst ihn nur noch am Feuer rösten. Ein paar Kräuter hat der Bruder Küchenmeister dazugelegt.»

Peire lief das Wasser im Mund zusammen.

«Morgen ist das Fest der Geburt des Herrn.»

Beschämt dachte Peire, dass ihm hier oben das Gefühl für Zeit abhanden kam. Er hatte es so gewollt, und doch war es bedenklich.

Während Peire die ersten Schlucke Wein trank – es war ein guter alter mit einem milden Geschmack nach Frucht und Beeren und einem unvergleichlichen Duft – und ihn Wärme und Wohlwollen durchströmten, freute er sich, dass Urban zu ihm gekommen war. Urbans Besuche waren in jedem Jahr das Beste.

«Wie geht es dir?», wollte Urban wissen.

«Der Schmerz verschwindet nicht. Er wird nicht einmal weniger. Er liegt über allem, wie –», er suchte nach Worten, «wie Schimmel über altem Brot.»

«Andere, die Ähnliches wie du erlebt haben, haben mir erzählt, dass der Schmerz über den Verlust eines Tages schmilzt wie Schnee unter der Sonne.»

«Und was ist dann, wenn er nicht mehr ist? Vergessen?»

«Nicht vergessen, sondern Liebe zu den Menschen, von denen jeder so wichtig und liebenswert ist wie deine Frau und dein Kind.»

Peire sah hinüber zu Julián.

«Der kleine Schmutzige sollte so wichtig und liebenswert sein wie Nina Isabel? Willst du sie beleidigen?»

«Glaubst du, Gott macht einen Unterschied zwischen Nina und Julián? Oder zwischen Nina und Joana?»

Daran glaubte Peire allerdings. Nina mit ihrer Liebenswürdigkeit, ihrer Zartheit und Schönheit war nicht zu vergleichen mit Franciscas Sohn mit dem zerzausten Lockenhaar, hatte nichts gemein mit dem unwissenden Bauernmädchen.

«Du hast merkwürdige Ansichten, Urban», murmelte er.

«Peire, denk an den Satz, den Jesus gesagt hat: Die Ersten werden die Letzten sein.»

Er hatte gar kein Exemplar der Bibel hier oben bei sich. In der Höhle konnte man keine kostbaren Bücher aufbewahren, sie wären unweigerlich verschimmelt.

«Wenn du es gestattest», schlug Peire vor, «komme ich demnächst einmal herunter zu euch ins Kloster, um wieder in der Heiligen Schrift zu lesen. Hier in der Einsamkeit vergesse ich sie immer mehr.»

«Du bist jederzeit willkommen. Bruder Hilarius wird dir behilflich sein.»

Das Weihnachtsfest war vorbeigegangen. Wie in jedem Jahr wurde die Kälte danach schlimmer. Die Spitzen der Bergketten im Norden des Landes waren von Schnee bedeckt. Ein frostiger Wind blies tagein, tagaus über den Felsen, und Peire zog den Vorhang der Höhle so fest zu, wie es ging, und wärmte sich am Feuer. Die Kälte, zu der nach tagelangen Regenfällen durchdringende Feuchtigkeit kam, machte ihn müde, träge und gleichgültig. Einen lästigen Husten wurde er gar nicht mehr los, seine

Nase lief, und die Brust schmerzte. Die Hühner scharrten auf dem Boden der Höhle und gluckten eng zusammen, legten aber kaum noch Eier.

An dem fetten Kapaun, einem Prachtexemplar aus dem Hühnerstall des Klosters, hatte er über drei Tage gegessen. Als nur noch die Knochen übrig waren, kochte er sie noch einmal zu einer kräftigen Suppe auf.

Peire ertappte sich dabei, dass er auf die Kinder und ihre Gaben lauerte. Anders als im Sommer, wenn er überall auf der Anhöhe süße Beeren und Früchte ernten konnte, machte ihm jetzt der Hunger zu schaffen. An kalten Tagen zitterten ihm die Hände vor Schwäche, und er verkroch sich auf seiner Liege und zog die dünne Wolldecke um seinen Körper, die er vor einiger Zeit als Geschenk des Klosters mitgenommen hatte. Ein paar Mal erwog er, Jagd auf Kaninchen oder Rebhühner zu machen. Es wäre ein Leichtes gewesen, Schlingen auszulegen, aber dann schämte er sich seiner Gier nach dem Genuss von Fleisch und ließ es. Andererseits überlegte er, ob es nicht im Sinne Gottes war, seinen Körper so weit zu kräftigen, dass er weiterhin im Gebet ausharren konnte. Es erschreckte ihn, wie viel Kraft er im Vergleich zum letzten Winter eingebüßt hatte, aber vielleicht war auch nur die Kälte bitterer. Ohne die Decke hätte er es diesmal nicht ausgehalten. Morgens, als er zur Kapelle hinüberging, um vor dem Bild der Jungfrau zu beten, sah er zwei Eichhörnchen in den Baumwipfeln umherspringen und beneidete sie um ihren Pelz.

Immer wieder verlor er sich in wohligen Vorstellungen, die eines Eremiten nicht würdig waren. Es bereitete ihm eine eigenartige Lust, an wollene Decken und pelzverbrämte herrschaftliche Mäntel zu denken. Dieser gewebte Teppich, der in der Kemenate der Burg von Vallderonca zur Zierde an der Wand hing, wie idiotisch, dass er einfach nur dort hing, dicht und kräftig, aus feiner Wolle gewebt. Sicher konnte man sich vortrefflich in ihm wärmen. Warum hatte er ihn eigentlich nie heruntergenommen und sich in ihn eingehüllt? Auch das Kaminfeuer von damals beschwor er immer wieder. Welch wohlige Wärme ihn doch in diesem fest gemauerten Raum umgeben hatte. Auf den Bänken und Stühlen hatten kleine gestickte Polster gelegen. Jedes einzelne davon sah er mit großer Deutlichkeit vor sich. Im Einschlafen mit geschlossenen Augen gelang das Wunder, er türmte Kissen und Decken aus Vallderonca um sich, ließ sich in ihnen versinken und schlief schließlich ein.

Peire stellte fest, dass Joana und Miguelito schon seit Tagen nicht mehr gekommen waren. Er hatte weder Käse noch Rotwein und kaute an einem Stück ausgegrabener Wurzel. Das Kauen sättigte nicht, beruhigte ihn aber. Leise betend ging er im Freien vor der Höhle auf und ab. Die Sonne hatte sich seit langer Zeit einmal wieder hervorgewagt, und er kostete ihre mittäglichen Strahlen aus. Immer wieder sah er auf den Hirtenpfad, der zum Dorf hinunterführte. Endlich tauchte Joanas magere Kindergestalt auf, die sich eilig näherte.

«Was ist? Warum bist du allein gekommen?», wollte Peire wissen, als das Mädchen ihm das Essen hingestellt hatte. Ein großes Brot aus grob gemahlenem Mehl, ein runder Käse, der Krug mit dem Rotwein. Das alles würde für Tage ausreichen. Peire nahm sich fest vor, die Portionen strenger als bisher aufzuteilen.

Er freute sich auf den Wein, und zugleich war es ihm peinlich, so abhängig von den Gaben zu sein, die die Dörfler ihm brachten, die ja selbst nur das Nötigste zum Leben hatten. Er wusste außerdem, dass andere heilige Männer, alte Eremiten, in der Umgebung lebten, die sich nur von Wasser, Wurzeln und Baumrindenbrot ernährten, und deshalb auch nicht der armen Landbevölkerung zur Last fielen, da sie jegliche Almosen und milde Gaben abwiesen. So stark war er noch nicht und würde es vielleicht nie sein. Urban hatte ihn ermahnt, demütig zu sein und sich nicht zu schämen, die Geschenke der Dörfler anzunehmen. Trotzdem, noch nie hatte Peire so intensiv wie heute den Wunsch verspürt, den Dörflern mit mehr als seinen Gebeten für sie zu danken.

Joanas Gesicht war verweint. Sie zog die Nase hoch. «Miguelito ist krank», murmelte sie.

«Er wird wieder gesund werden», sagte Peire unsicher.

«Ich will zur Virgen, für ihn beten», sagte das Mädchen. Peire öffnete ihr die Tür der Kapelle. Feuchte Kühle schlug ihnen entgegen. Joana kniete vor der Ebenholzfigur nieder.

«Es geht ihm sehr schlecht. Er kann kaum noch atmen.» Sie erhob sich langsam und küsste die Füße der Virgen. Peire erschrak. Es ging um Miguelitos Leben, und die Wunderstatue war in Wirklichkeit eine heidnische Göttin. Am Ende brachte es Miguelito noch Unglück, dass seine Schwester hier betete.

Peire sprang auf sie zu und riss sie weg. «Lass das.»

Erschrocken sah sie ihn an.

«Es hilft nicht. Es ist nicht die Virgen. Es ist –»

«Er ist sehr krank», sagte sie und riss sich los.

«Du sollst hier nicht beten. Es ist meine Kapelle», schrie er sie an. «Ich will nicht, dass Leute hierher kommen und das Bild anbeten. Don Urban wollte es sogar verbieten.»

Sie sah ihn erstaunt an, ohne überhaupt zu begreifen, was daran unrecht sein sollte.

«Aber du betest, Bruder Peire. Ich habe dich beobachtet», sagte sie mit dem Mut der Verzweiflung.

«Es geht dich nichts an, was ich tue.»

«Ich muss es tun –» Sie weinte lautlos in sich hinein. «Viele Leute kommen doch und beten zur Heiligen Jungfrau. Kühe und Ziegen sind sogar gesund geworden, nachdem man eine Kerze vor dem Bild angesteckt hat.»

Das alles hatte er auch gehört, aber es waren Zufälle gewesen, es war die einfältige Gläubigkeit der Dörfler, nichts sonst.

Sie drehte sich noch einmal um, als sie ging, und sah ihn vorwurfsvoll an.

«Du hast das Bild sogar geküsst und mit ihm gesprochen.»

Peire rang mit sich.

«Die Statue wird Miguelito nicht helfen», sagte er schließlich.

«Du kannst etwas Besseres tun. Geh nach Montpuig zu Jakub, dem Arzt, und grüß ihn von mir. Er soll nach deinem Bruder sehen.»

«Das wird er nie tun», stammelte Joana.

«Tu, was ich dir sage. Bringt Miguelito nach Montpuig zu ihm und bestellt Jakub Grüße. Er kümmert sich auch um die Armen.»

«Aber, wir können ihm nichts zahlen.»

«Er wird Miguelito behandeln.» Peire wandte sich ab.

«Schreibt etwas für Jakub auf, einen Gruß.» Joana zupfte ihn am Arm.

«Du sollst mich nicht anfassen», herrschte er sie an.

«Schreibt Ihr etwas für mich? Ich weiß, Ihr habt arabisches Papier und Tinte und eine Feder wie die Richter.»

Er musste fast lachen über all das, was sie wusste. Widerwillig ging er in die Höhle und schrieb eine kurze Mitteilung für Jakub.

Das Strahlen in Joanas Kindergesicht war eine üppige Belohnung. Als sie gegangen war, versank Peire in Grübeln. Womöglich konnte auch Jakub Miguelito nicht mehr helfen.

Zehn Tage ließ Joana sich nicht auf der Felsenspitze sehen. Unruhig starrte Peire den Abhang hinab auf das Dorf. Sein Magen knurrte. Das Brot aus Baumrinde, das er sich am Feuer gebacken hatte, hatte ihn nur noch hungriger gemacht, die Hühner hatten schon seit Wochen kein Ei mehr gelegt. Trotzdem, es war nicht die Besorgnis um seine tägliche Ration, die ihn antrieb. Er fürchtete um die Gesundheit der beiden Bauernkinder. Heilige Jungfrau, am Ende war auch Joana erkrankt. Und natürlich würde sie sterben, mager und schlecht ernährt, wie sie war, ausgemergelt von harter körperlicher Arbeit. So war es nun einmal, die Kinder der Wohlhabenden starben immer zuletzt, und viele überlebten durch die Kunst von geschickten Ärzten wie Jakub.

Er versuchte, für Joana den Beistand der Jungfrau Maria zu

erflehen, doch die Worte erstarben ihm auf den Lippen. Sie hatte Nina Isabel nicht geholfen, würde sie es für jemand anderen tun?

Marrakesch, 1205

Nicht, dass der junge Mann dünn gewesen wäre. Er war breitschultrig und kräftig, sein Gesicht mit dem noch spärlichen Backenbart war breit und freundlich. Nur an den Augen erkannte Kholla ihren Sohn. Und dann war da noch das goldene Medaillon an der Kette um seinen Hals. Er trug einen sauberen weißen Kaftan und duftete nach Parfüms.

«Wo ist Hati?», fragte Sofian nach der Begrüßung, als er sich im Innenhof auf seinem alten Lieblingsplatz vor dem Brunnen niedergelassen hatte. Die beiden Kater schnürten behutsam um seine Füße.

«Sie ist vor einem Jahr gestorben. Ich wollte es dir nicht schreiben, um dich nicht aufzuregen.»

Er lachte. «Ich bekomme keine Anfälle mehr. Nur ganz selten noch. Ich bin geheilt.»

Die Dienerin brachte Getränke und frisches Brot auf einem Holztischchen, das sie vor den beiden abstellte.

«Morgen kommt mein Freund Tomás hierher. Wir müssen ja irgendwie anfangen.»

«Womit müsst ihr anfangen?»

«Mit dem Geschäft meines Vaters. Karabey meinte, ich sollte mich darum kümmern.»

«Wir haben einen Katib, und den Rest erledige ich am Nachmittag.» Kholla hatte sich das Wiedersehen mit Sofian nach all den Jahren anders vorgestellt. Fast erschien er ihr wie ein Fremder, vor dem sie auf der Hut sein musste.

«Wer ist Tomás? Ein Christ?»

«Ja. Ich habe ihn dort unten am Meer kennen gelernt. Wir haben zusammen bei den Rennen auf Pferde gewettet.»

«Dein Vater hätte nicht gewollt, dass ein Christ in unserem Geschäft mitwirkt.» Kholla behauptete es, ohne darüber nachzudenken, wie Abu Dawud Christen eingeschätzt hatte. Zu seinen Lebzeiten hatten sie nicht über dieses Thema gesprochen. Ihr Mann hatte jüdische und syrische Handelskontakte, und vermutlich hatte er auch mit Christen zu tun gehabt.

«Er ist mein Freund.» Sofian lächelte selbstbewusst.

«Hast du – noch mehr christliche Freunde?»

«Karabey kennt viele Christen. Wir haben zusammen Wein getrunken. Es war immer lustig mit ihnen.»

Von Weintrinken war in den Briefen des Hakims an Kholla nie die Rede gewesen, auch nicht von Pferdewetten. All die Jahre hatte Kholla aus den regelmäßigen Berichten, die sie erreichten, geschlossen, dass ihr Sohn sich viel bewegte, manchmal zur Kräftigung seines Körpers ausritt, seine Medizin nahm und langsame, vorsichtige Fortschritte erzielte. Sie war unendlich dankbar und erleichtert, zu lesen, dass die Hustenanfälle inzwischen kaum noch auftraten und Sofian sich gut entwickle. Die kleinste Aufregung, so betonte Karabey immer wieder, brächte Sofians sensiblen Gesundheitszustand in Gefahr. Auch deshalb sei es nicht ratsam, ihn in der neuen Umgebung aufzusuchen.

«Es war eine lustige Zeit, dort am Meer, Mutter –», Sofian sah sie vorwurfsvoll an, «du hast mich hier in Marrakesch eingesperrt wie einen Vogel im Käfig, ist dir das klar? Hätte Karabey mich nicht befreit, wäre ich elend zugrunde gegangen.»

Die Kinder hatten diesmal ein längliches Paket hochgeschleppt, das sie Peire an die Schwelle der Höhle legten. Peire saß am Feuer und schämte sich zutiefst über das Kaninchen, das an einem Spieß vor sich hin briet.

Als er sie sah, fröhlich und munter, die Füße in ledernen Schuhen und mit wollenen Strümpfen, hätte er sie am liebsten in die Arme genommen und geküsst.

Joana setzte den Krug neben dem Feuer auf und hielt ihm zwei riesige Brote hin sowie einen Ziegenkäse.

«Wir danken dir, dass du dem Arzt Jakub den Brief geschrieben hast», sagte Miguelito.

«Wart ihr bei ihm?»

«Ja, mein Vater hat mich auf dem Maultierwagen zu ihm gebracht, weil ich nicht mehr laufen konnte. Jakub war sehr freundlich zu uns. Er hat mich einige Tage bei sich behalten. Ich bekam Medizin und Kräutereinreibungen und bin wieder ganz gesund geworden.»

Peire betrachtete den Jungen lächelnd. Er war ein ganzes Stück gewachsen, seit er ihn zuletzt gesehen hatte.

«Es war schön bei Jakub und so sauber», berichtete Miguel. «Seine Dienerin hat mir jeden Tag die Läuse aus dem Haar gekämmt.»

«Ich lade euch ein, mit mir das Kaninchen zu verzehren. Was habt ihr da noch mitgebracht?»

«Meine Mutter und ich haben sie für dich gewebt», sagte Joana stolz und wickelte das Prachtstück aus, eine weiche blaue Wolldecke mit eingewebten weißen Tauben.

Peire fühlte sich ertappt. Sie hatten seine geheimsten Wünsche erraten, nicht nur, dass das Webstück wohligste Wärme versprach, es war auch schön, es brachte einen gewissen Glanz, ja fast höfischen Luxus in seine Höhle. Er hätte so stark sein müssen, das Geschenk abzulehnen oder es wenigstens in die Kapelle zu legen, ohne es selbst zu benutzen.

«Sie ist zu schön für mich», sagte er verlegen und gerührt. «Sie passt viel eher nach Vallderonca als in meine Höhle.» Zugleich dachte er, dass er nichts dringender brauchte als ebendiese wärmende Decke.

«Gefällt sie dir?», fragte Joana.

«Ja, sehr. Und ich werde nicht mehr so frieren wie in den letzten Nächten.»

«Hast du das Kaninchen gefangen oder mit Pfeil und Bogen geschossen?», erkundigte sich Miguelito.

«Ich habe es in einer Schlinge gefangen», gestand Peire. «Drüben hängt noch eins für die nächsten Tage.»

Die Kinder kauerten sich neben ihm nieder, Peire nahm den

Spieß vom Feuer und schnitt mit dem halb stumpfen Messer Stücke für sie alle ab. Sie aßen Brot dazu und tranken von dem Wein.

Am Ende der Mahlzeit sah Joana Peire an, ihr Gesicht glühte von dem Essen und dem Wein.

«Ich will auch ein paar Buchstaben lernen wie die Mönche im Kloster», sagte sie. «Und ich möchte einmal auf weißes Papier schreiben.»

Peire musste über ihre ungewöhnliche Bitte laut lachen.

«Vielleicht könntest du uns zeigen, wie man Wörter liest», schlug Miguelito vor.

«Wollt ihr Gelehrte werden, Clerici?»

Wieder sah ihn Miguelito ernst an, so, als habe er die Möglichkeit schon vorher genau erwogen.

«Dazu müssten wir noch Latein lernen», sagte er. «Wir möchten nur die Buchstaben von dir haben.» Er machte eine kleine Pause, überwältigt von der Aussicht, sein Ziel zu erreichen. «Die Buchstaben sind doch viel. Wir wären dann in der Lage, Verträge zu lesen und unseren Namen zu schreiben.»

«Was willst du?», fragte Peire entgeistert.

«Mein Vater macht manchmal ein Zeichen unter ein Rechtsgeschäft, das einer auf Papier geschrieben hat. Und ich denke, es wäre gut, wenn ich etwas von den Buchstaben verstehen würde.»

«Bruder Peire», sagte Joana. «Wenn du sie uns nicht alle verraten willst, weil wir sie nicht haben dürfen, dann gib uns wenigstens zwei oder drei.»

«Wer Buchstaben kennt, wird nicht mehr so leicht übers Ohr gehauen», sagte Miguel träumerisch.

Peire überlegte, wie alt sie sein mochten. Er schätzte, dass sie beide jetzt vielleicht zwölfjährig waren. Gewiss, ihr Leben würde aus nichts als Arbeit auf den Feldern und im Stall bestehen. Aber es konnte nicht schaden, wenn sie etwas mehr wussten als die anderen Leute im Dorf. Seltsam, dass auch Joana sich für die Buchstaben interessierte. Vielleicht war es gefährlich für sie, am

Ende lernte sie noch Lesen. Peire war sehr wohl bekannt, dass Mädchen sich mit Buchstaben und Lesen leichter als ihre männlichen Altersgenossen taten.

«Dann fangen wir doch einfach einmal damit an», schlug er vor und kniete auf dem Boden nieder. Mit dem Messer ritzte er die Namen Joana und Miguel in den Felsgrund. Staunend betrachteten sie die Schriftzüge. Schließlich nahm Joana die Klinge in die Hand und kratzte behutsam, Buchstaben für Buchstaben, ihren Namen noch einmal darunter. Das Mädchen schnaufte, während sie die Lettern ihres Namens mühsam nachzog. Peire fürchtete um sein einziges Messer. Als sie es geschafft hatte, sah sie strahlend zu ihm auf.

Er musste an die Zeit im Skriptorium des Klosters zurückdenken. Je älter ein Junge war, umso schwerer tat er sich gewöhnlich mit der Niederschrift und dem Verstehen der Buchstaben. Manche hatten nur eben gelernt, ihren Namen zu schreiben, was zwar nicht für einen Clericus oder einen, der die Güter des Königs verwalten wollte, doch für einen Ritter durchaus genügte.

Miguel tat es ihr nach und hatte Mühe mit dem M seines Namens und der Reihenfolge der Buchstaben.

Als die Kinder gingen, hatten sie beide einige Buchstaben gelernt, Joana mehr als ihr Bruder, und Peire hatte fest versprochen, den Unterricht beim nächsten Mal fortzusetzen.

Noch wehte der Wind kühl und unfreundlich, und Regenschauer gingen nieder. Die Truppen des Königs von Aragon standen im Landesinneren nicht weit von Al Quatara. Nach der Einnahme von Almenara hatten sich die maurischen Krieger unter Führung ihres Amirs Hamid in Al Quatara verschanzt.

Der Wind pfiff durch die Ritzen der Mauern von Almenara. Jedes Gebäude war durch die Belagerung beschädigt worden. Und die Wiederherstellung war mühsam und zeitaufwendig. Es schmerzte Martí, dass ausgerechnet die Badeanlage in eine Kapelle umgewandelt wurde. Aber der Kaplan, der sie begleitete, besaß das Ohr des Königs. Don Pedro war im Jahr 1203 mitsamt seiner *Mesnada* nach Rom gereist, um sich dort vom Papst krönen zu lassen, dessen persönlicher Schützling er war und dem er für sein Königreich Aragon den Lehnseid geleistet hatte.

«Keine gute Zeit, um geboren zu werden», sagte Al Ustadh, ohne Martí anzusehen. Er werkelte an einer seiner Maschinen, genauer gesagt, am kleinen Holzmodell einer solchen.

«Dauern Geburten immer so lange?»

«Wenn es die erste ist, durchaus.»

«Ich gehe jetzt lieber hinunter zu Dihya.»

«Tu das. Du brauchst nicht wieder hochzukommen, wenn es passiert ist. An deinem Freudengeschrei werde ich hören, wie es steht.»

Als Martí das Zimmer betrat, in dem zwei Hebammen sich um Dihya bemühten, begriff er nicht gleich, was vor sich ging. Eine Dienerin hielt ein quäkendes Bündel in den Armen, während Dihya schrie und sich aufbäumte.

Unfähig, einen Blick auf das Neugeborene zu werfen, setzte Martí sich neben Dihya, die sich an ihn klammerte und immer noch unmenschliche Schmerzen aushielt.

«Warum geht es nicht vorbei?», fragte Martí mit kaum hörbarer Stimme.

Die Hebamme stand zwischen Dihyas hochgestemmten Beinen und gab keine Antwort.

Schweiß lief in schweren Tropfen über Dihyas Stirn. Ihr Mund war zu einem nicht enden wollenden Schrei verzerrt, und Martí überkam unsägliche Angst. Da ereignete sich etwas, was er nicht verstand. Es geschah vor seinen Augen, ohne dass er im Mindesten helfen konnte. Alle standen unter der äußersten Anspannung. Es konnte den Tod bedeuten oder etwas anderes Wunderbares. Gerne hätte er angeboten, man solle lieber ihn auf der Stelle kreuzigen, als dass Dihya so litt. Aber es kam überhaupt nicht auf ihn an. Er war hilflos und unfähig, irgendetwas zu tun.

Dihya hatte aufgehört zu schreien, stattdessen zitterte ihr gesamter Körper. Ungeschickt streichelte Martí sie. Sie sah an ihm vorbei. Er folgte ihrem Blick.

Die Hebamme hielt ein zweites winziges nacktes Wesen in die Luft und massierte seinen Rücken. Das Menschlein bläkte, und Martí kamen die Tränen.

«Es sind Zwillinge, Sid», verkündete die ältere der beiden Hebammen, «ein Junge und ein Mädchen. Beide sind gesund und kräftig, was nicht oft der Fall ist bei solchen Geburten. Ich gebe Euch das Mädchen in den Arm. Haltet es gut fest.»

Wie betäubt saß er neben Dihya. Unendlich vorsichtig strich er mit dem Finger über das dunkle Kraushaar seiner Tochter. Inzwischen war auch der Junge gewaschen und in Tücher gewickelt und zu seiner Mutter aufs Bett geschoben worden. Sein Haar war glatt und schwarz, seine Haut rosig und runzlig. Dihya lächelte ein zittriges Lächeln, wie er es noch nie an ihr gesehen hatte.

«Hör zu», sagte sie, «das Mädchen heißt Zubh, ob es dir gefällt oder nicht. Den da kannst du nennen, wie du willst.»

Als die beiden Säuglinge zwei Tage später in der kleinen Kapelle von Almenara getauft wurden, erhielten sie die Namen «Maria Zubh» und «Jaime Martí». Kein Geringerer als Alfonsin, der Bastardbruder von König Pedro, hielt die beiden über das steinerne Taufbecken, das noch vor kurzem im Bad der maurischen Besatzung gestanden hatte.

Martí starrte in das flackernde Licht der beiden Kerzen, überwältigt von ihm vorher unbekannten Gefühlen. Die beiden Winzlinge schienen ihm das Kostbarste und Erstaunlichste, was ihm in seinem Leben je zu Gesicht gekommen war. Fast hätte er aufgeschrien, als der Kaplan jetzt aus der Taufschale das Wasser über die Kinderstirnen fließen ließ. Jaime Martí hatte sich an dem Salz auf seinem Mund verschluckt und würgte, während Maria Zubh nur kurz aufweinte.

Dann war auch das überstanden.

«Verdammt schade, dass Senhor Peire sie nicht sehen kann», murmelte der stolze Vater. «Wenn sie älter sind, werde ich sie zu ihm auf den Felsen bringen, damit er sie segnet. Und Maiorina erst, was wird sie Augen machen, wenn ich mit den beiden vor sie trete.»

«Komm, auf zum Besäufnis», schlug Alfonsin vor, «lass uns das Leben genießen, bevor die Moros wieder zuschlagen.»

«Heute werden sie es nicht tun», knurrte Martí.

«Die sollen sich nur hertrauen», ließ sich Paco vernehmen. Die vorlaute Art hatte er von seinem Vater, dem Stallmeister.

«Sie werden wiederkommen, wenn wir uns ganz sicher fühlen. Wer Almenara eingenommen hat, ist Herr über die gesamte Bergregion bis hinunter nach Valencia. Sie werden alles daransetzen, die Festung zurückzuerobern.»

«Senhor, vergesst nicht – wir haben alle ihre Schätze. Hamid und seine Männer konnten gerade ihr Leben und ihre Gäule retten. Wir haben Al Ustadh bei uns. Almenara ist der Anfang vom Ende der Moro-Herrschaft.» Alfonsin räusperte sich. «Ich darf dir bei dieser Gelegenheit verraten, dass der König dir einen Stadtpalast in Zaragoza und einen in Barcelona zum Geschenk machen wird, damit du immer in seiner Nähe sein kannst.»

«Heilige Jungfrau.» Er musste unbedingt Don Peire auf dem Felsen aufsuchen, um sich mit ihm zu beraten. Schließlich war er immer noch der Diener des Grafen von Vallderonca. «Heilige Jungfrau, das ist viel zu viel.»

«Es ist nicht viel, gemessen an den Schätzen in den Gewölben von Almenara. Der König belohnt seine tapfersten Ritter.»

Richtig, er war jetzt ein Ritter. Und wohl auch ein Senhor. Der König hatte etwas von Lehen gesagt und ihm ein Schriftstück ausgehändigt. Er schluckte. Er war erleichtert, wieder ein Christenmensch zu sein, und froh darüber, dass der Kaplan nicht wusste, mit welcher Selbstverständlichkeit Martí sich jahrelang fünfmal am Tag vor Allah niedergeworfen hatte.

«Senhor Peire wird mir niemals erlauben, zwei Paläste anzunehmen. Noch dazu solche, die die anderen Senhores jeden Tag sehen, wenn sie zum König gehen.»

«Vergiss endlich Peire. Dein ehemaliger Herr hat keinen vergleichbaren militärischen Dienst für den König vorzuweisen.» Alfonsin schnaubte durch die Nase. «Peire de Vallderonca ist ein berühmter Troubadour. Du aber, Martí, du bist eine der Stützen des Königs im Kampf der Christenheit gegen die Moros. Weißt du was?»

Martí hielt Maria Zubh im Arm und schaukelte sie sanft hin und her, während Alfonsin das Gleiche mit Jaime Martí tat.

«Wenn du so weitermachst, wird dich der Papst empfangen und dich segnen. Der König ist sein Schützling, wie dir ja bekannt sein dürfte.»

Martí schaute auf die Kleine mit dem Moro-Namen nieder. Er würde sie und ihren Bruder nach Rom mitnehmen. Der Segen des Papstes. Kein Vater durfte ihn seinen Kindern vorenthalten.

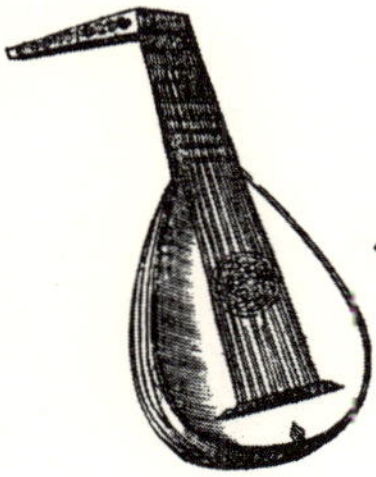

3. Buch

1207

Endlich war der Frühling gekommen. Bienen summten über den aufgeblühten Wiesenblumen an den Felsenhängen. Peire dachte darüber nach, ihren Bau aufzuspüren und sich eine Wabe voll Honig abzubrechen. Die Strahlen der Sonne wärmten ihn ganz auf, und im Inneren der Höhle wurde es allmählich trockener. Am Horizont glänzte das Meer. In der Ebene blühten die Obstbäume und reifte das Gemüse.

Von einem Tag auf den anderen legten die Hühner wieder Eier. Peire geriet in einen übermütigen Zustand der Freude, griff zur Al-ud, die hoffnungslos verstimmt war, und spielte, nachdem er die Saiten mühsam gestimmt hatte, ein einfaches Lied. Die Finger schmerzten ihm sofort. Peire hielt inne, dann setzte er erneut an, um zu sehen, welche Fähigkeiten er noch hatte. Seine Fingerkuppen glitten immer schneller über die Saiten hinweg. Die Griffe saßen alle noch, er hatte so gut wie nichts verlernt, nur die Fingergelenke waren über den Winter unbeweglicher und steifer geworden.

Nun erwachte er nicht mehr in der Nacht vor Kälte und üblen Träumen, sondern schlief tief und ruhig, bis ihn die ersten Sonnenstrahlen weckten. Der Winter war besonders hart und kalt gewesen. Monatelang hatte der Schnee die Gipfel der Pyrenäen bedeckt. An manchen Tagen hatte Peire gefürchtet, dass er vor

Kälte sterben würde. Zitternd und in seine blau-weiß gewebte Decke eingehüllt, hatte er gegen die Versuchung angekämpft, sich zu erheben und ins Kloster zu flüchten, wo der Essraum im Winter immer gut geheizt war. Das alles war jetzt vorbei. Er hatte es überstanden. Zu Beginn der Fastenzeit hatte er sich zweimal ein Kaninchen gegönnt. Nun gut, er würde diese Sünde beichten, sobald Urban sich wieder auf der Höhe sehen ließ. Der Hunger hatte ihn in den letzten Monaten mehr gequält als in den Anfangsjahren. Selbst wenn er in der Kapelle vor dem Bild der Domna betete, plagten ihn Phantasien von fetter Suppe mit saftigen Fleischstücken, Hirschbraten auf einer silbernen Platte angerichtet und duftenden Pasteten. Er stellte sich alle Arten von Backwerk vor, die er je zu sich genommen hatte. Und da war wieder Kholla, wie sie ihm lächelnd in Zuckersirup getauchte kleine Kuchenstücke in den Mund steckte. Hatte sie das wirklich getan, oder malte er es sich nur aus?

Heilige Jungfrau, sicher war sie längst verheiratet, hatte einige Kinder und erinnerte sich nicht einmal mehr an seinen Namen. Peire rief sich ihr Gesicht zurück, die neugierigen hellbraunen Augen mit den gelben Flecken. Manchmal war es ihm vorgekommen, als machte sie sich über ihn lustig. Auch wenn ihr Gesicht ganz ernst blieb, verstand sie es, mit den Augen zu lachen. Irgendwo, er spürte es deutlich, war sie, hier in der Nähe des Meeres. Der Tag war nicht mehr weit, an dem er ihr begegnen würde.

Die sieben Jahre waren vorbei, noch nicht ganz, aber das Ende seiner Zeit als Eremit näherte sich.

Draußen sangen die Vögel. Peire trat aus der Höhle in das Morgenlicht hinaus. Er tat es nicht wie früher, weil es sein musste und zum Tagesablauf gehörte. Diesmal war es freudige Neugier auf den Tag und das, was er bringen würde. Eine neue Unruhe erfüllte ihn so sehr, dass er nicht einmal den normalen Hunger spürte. Trockenheit und wohlige Wärme zogen heran. Er fühlte den Frühling in jeder Pore seiner Haut. Kleine rote Klatschmohnblüten waren am Rand des Abhangs über Nacht aufgeblüht und die gelben Wildlilien. Er bückte sich nieder, um ein paar Blumen für die Madonna zu pflücken. Das Rot und das Gelb, es waren die Wappenfarben von Vallderonca. Zum ersten Mal, seit er hier war, dachte er an das Wappen und die seidenen Fahnen, die an Festen aufgezogen worden waren. Peire krauste die Stirn, als er die Blumen in die Tonschale mit Wasser legte und in die Kapelle trug. Er würde ein oder zwei Schlingen auslegen. Fasten hin, Fasten her.

Mit einem zischenden Geräusch kam der gefiederte Pfeil neben ihm auf und bohrte sich in den Boden. Peire suchte mit den Augen das Gelände am Fuß des Felsens ab, auch diesmal konnte er den Boten nirgends entdecken.

Wie jedes Mal in den vergangenen Jahren griff er gierig nach dem Papier, der Nachricht aus der Welt dort unten, und wickelte es behutsam ab. Doch es war keine Botschaft von Tarik, sondern die Pagen Lanfranco und Rodrigo hatten unterschrieben:

Lieber Herr,

in Montpellier werden die Sänger vor dem Hof einen Wettbewerb austragen. Joglares und Troubadoure werden von überall her kommen. Sieben Jahre sind noch nicht ganz vergangen, aber sie werden bald vorüber sein. Kommt herunter von Eurem Felsen und reitet mit uns nach Montpellier. Ihr werdet es nicht bereuen.

Gebt uns ein Zeichen, dann kommen wir hoch und holen Euch ab.

Rodrigo, Lanfranco

«Ich komme», schrie Peire über den Felsen und erschrak über sich selbst. «Nina Isabel ist tot», flüsterte er sich selbst zu und versuchte sich ihr Bild zurückzurufen. Doch er sah nicht Isabel.

Peire schloss die Augen und murmelte ihren Namen. Die Beschwörung half nicht. Das Bild vor ihm wurde klarer, war wie ein großer Schmerz, trieb ihm Tränen in die Augen. Es war die Domna, die er vor sich hatte, Leonor, wie sie ihm zulächelte. Peire ging an zwei Pilgern vorbei, die vor der Kapelle standen und ihn neugierig musterten, und betrat den Innenraum. Er starrte die Statue über dem Altarstein an, die Heidengöttin, die Virgen, die Jungfrau. Bewegten sich nicht ihre Lippen und formten sich zu einem «Komm»? Noch einmal versuchte er, Nina Isabels Gesicht, ihre liebreizende Kindergestalt zurückzurufen. Auch diesmal gelang es nicht.

Wie bei allem, was aus der Welt von unten zu ihm drang, war er auch diesmal wieder beunruhigt und aufgewühlt. Früher hätte er sich jedes Mal am liebsten verkrochen, wenn Urban, Jordi oder Nachrichten zu ihm gekommen waren, diesmal war es ganz anders. Peire verließ die Statue in der Kapelle und schlug die Tür hinter sich zu. Wie ein Tier, das nach Beute ausschaut, starrte er hinunter in die Ebene. Dort unten im Dunst war alles, war die Welt, waren die Menschen, nicht nur fromme Pilger und Mönche, sondern Männer und Frauen, die ihrer Arbeit nachgingen, Sehnsüchte und Träume hatten, sich schmückten und auf ein kommendes Fest freuten.

Dort unten waren Dinge geschehen, von denen nichts zu ihm gedrungen war. Menschen waren gestorben, Kinder geboren und Hochzeiten begangen worden. Feldzüge hatten stattgefunden, Fehden waren ausgetragen worden, die Wanderprediger hatten ihre Lehren verbreitet und die Moros weitere Dörfer und Städte an die christlichen Könige der Hispania abgeben müssen.

Tarik hatte ihm beunruhigende Nachrichten geschickt, die ihn gleichgültig gelassen hatten. Mit einem Mal sehnte sich Peire nach der Gesellschaft seiner alten Freunde, nach den Gesprächen unter Männern und nach seinem Falken auf der Faust. Ob Domna Elvira noch lebte? Und was war aus Martí geworden, der sich niemals hier oben hatten sehen lassen?

Warum war er überhaupt noch hier? Jahre waren vergangen, in denen er seine höfischen Manieren verloren hatte. Konnte er noch sprechen wie ein Senhor? Scham stieg in ihm auf. Er dachte wie ein armer Eremit. Die Domnas in ihren seidenen Gewändern – Peire hörte das Rascheln der Seide, das Klimpern goldener Armringe und wusste nicht, wie er vor ihrem Blick bestehen sollte.

Im warmen Schein der Morgensonne spürte Peire jeden Muskel seines Körpers. Er hatte lange genug gebüßt. Für das, was er Alvaro angetan hatte und für seine Gleichgültigkeit Mariela gegenüber. Es war zu früh, endgültig in ein Kloster einzutreten. Ach was, er hatte es nie ernstlich vorgehabt, in ihm steckte zu viel Leben. Das Kloster war für die Alten, die mit dem Leben auf dieser Welt abgeschlossen hatten. Es war gut für diejenigen, die dort ihren Frieden fanden oder aus der Welt flüchten wollten. Für Männer, die sich vor der Schlacht und dem Moment des Tötens fürchteten. Noch nie hatte Peire sich so sehr als Ritter gefühlt wie an diesem Tag. Er wollte zurück.

Das Kloster. Er schüttelte den Kopf. Es war der rechte Ort für einen wie Urban, der das klösterliche Leben mit dem weltlichen zu vereinbaren wusste. Für all die zweiten und dritten Söhne reicher Herren, die dort versorgt werden mussten.

Er hatte sein Gelübde eingelöst und die Kapelle errichtet. Mit der Einsamkeit auf dem Felsen und dem kargen Leben dort war es ohnehin für immer vorbei. Pilger und Fromme von nah und fern kamen fast jeden Tag auf die Anhöhe, steckten Kerzen für die Heilige Jungfrau an und ließen Wein, Brot und Kuchen für ihn da, denen er in letzter Zeit eifrig zugesprochen hatte. Einige Pilgerinnen hatten sich ihm sogar in schamloser Weise genähert und versucht, den Eremiten zu verführen.

Es war genug. Es hatte keinen Sinn, hier länger zu bleiben. Peire lockte die Welt mit ihren Versuchungen und Herausforderungen. Er war neugierig auf die Menschen unten in der Ebene, an den Höfen, in den Städten. Plötzlich sehnte er sich danach, kostbare Stoffe auf der Haut zu spüren, ein Bad zu nehmen, sich zu parfümieren wie die Moros, Wildbret zu essen und unter verschiedenen Weinsorten auszuwählen. O ja, er würde schlemmen. Und er wollte endlich wieder höfische Frauen sehen. Peire überlegte, wie sein Anblick auf die Edlen und ihre Damen wirken mochte. Er war sieben Jahre älter geworden. Seine Haut war von Sonne und Wetter gegerbt wie die eines Peón. Zweifellos war er abgemagert. Plötzlich überkam ihn Stolz. Sein Spiel auf der Al-ud war ohne Zweifel besser geworden. Von nichts abgelenkt, hatte er an manchem Tag stundenlang auf dem Instrument gespielt. Fort von hier. Lieber heute als morgen.

Er war sich jetzt so sicher wie nie zuvor. Die Al-ud war Teil seiner selbst geworden. Er ließ sich auf der Bank nieder, nahm sie in die Arme und spielte und sang die Cantiga für die Jungfrau Maria, die zugleich die Domna war, Leonor, in deren Armen er ein einziges Mal gelegen hatte. Leonor, zu der er zurückkehren musste, wo auch immer sie war. Denn auch sie war zu ihm zurückgekommen in Gestalt des alten Ebenholzbildes, das – je nachdem, woran man glaubte – die Jungfrau war oder die Heidengöttin Isis.

Er brach ab und legte die Al-ud neben sich. Das Spiel hatte ihn erschöpft, seine Fingerkuppen brannten.

Als er aufblickte, sah er Joana. In respektvollem Abstand war sie vor ihm stehen geblieben. Sie hielt den Weinkrug und den Käse.

«Hast du zugehört?», wollte er wissen.

«Oh ja, Don Peire.»

«Hat es dir gefallen?»

«Es war noch schöner als sonst», sagte sie.

«Ich werde auf einem Apfelschimmel nach Béziers reiten», sagte er und hatte plötzlich das Bedürfnis, sich vor ihr wichtig zu tun. In diesem Moment sah er die beiden Reiter, die zu ihm hochblickten.

«Da unten, siehst du die beiden?»

Sie folgte seiner ausgestreckten Hand mit den Augen.

«Die Reiter?»

«Sie sind meine ehemaligen Pagen.» Peire schluckte vor Rührung. «Sie sind gekommen, um mich abzuholen. Rodrigo und Lanfranco heißen sie. Sag ihnen, sie sollen mir Gewänder bringen, wie die Troubadoure sie jetzt tragen. Und sie sollen hochkommen. Ich werde –»

«Heißt das, Ihr werdet nicht mehr unser Eremit sein?»

«Joana, ich bin nicht euer Eremit.» Er wusste selbst nicht, was ihn plötzlich so aufregte. «Ich bin frei, zu gehen. Meine Zeit ist um.»

Pferdegetrappel war zu hören, dann sah Peire schon die beiden Reiter, die ein weiteres Ross mit sich führten, einen zartgliedrigen Araberhengst mit dunklen Flecken auf dem hellen Fell, ein Tier, wie man es sich schöner nicht träumen lassen konnte.

Sie umarmten ihn, verbeugten sich vor ihm und küssten ihm die nackten Füße.

«Senhor», sagte Lanfranco. «Es ist uns eine Ehre, Euch wie in alten Zeiten zu dienen, auch wenn wir inzwischen Ritter sind.»

«Das sehe ich.»

Peire war fassungslos über den Anblick seiner einstigen Pagen. Sie hatten sich zu kräftigen Männern mit kantigen Gesichtszügen entwickelt. Beide trugen einen halblangen gepflegten Bart. Gewiss, Rodrigo war schon als halbwüchsiger Knabe knochig und großwüchsig gewesen. Jetzt aber sah man ihm den täglichen Umgang mit Pferd und Waffen an. Lanfranco war zierlicher, aber auch er war nicht mehr der verzärtelte junge Mann von damals, der nichts als seine Dichtereien im Kopf hatte.

Peire rieb das Gesicht am Hals seines Apfelschimmels, der ihn wieder erkannt hatte. Damals, als er Vallderonca verlassen hatte, war Nasir ein übermütiger Zweijähriger gewesen, den er spielerisch auf seine Aufgaben vorbereitet hatte.

Urban sprengte geweihtes Wasser über Peires Körper und murmelte Gebete.

«Ich kann nicht länger hier bleiben.» Peire dauerte die Zeremonie zu lang.

Urban trat einen Schritt zurück und lächelte. «Entschuldige dich nicht. Ich fand immer, dass du nicht als Eremit leben solltest.»

«Warum nicht?»

«Das Eremitenleben ist voller Widersprüche. Der Mensch ist nicht dafür geschaffen, ganz auf sich allein gestellt zu leben. Die menschliche Natur verlangt nach anderer Nahrung als nach Wurzeln und Gräsern.»

Peire wurde rot wie ein Kind.

«Solange wir leben, können wir die Welt nicht verlassen. Auch wenn wir sie hassen, werden wir doch hungrig, wir frieren und sehnen uns nach Gemeinschaft mit anderen. Komm noch einmal im Kloster vorbei, bevor du nach Vallderonca gehst.»

«Nein, lieber nicht. Ich will keine Zeit versäumen. Ich muss fort.»

Für Augenblicke erfüllte Peire Beklommenheit, Angst davor, unten in der Welt alle Dinge verändert anzutreffen.

«Ich möchte meine Freunde wieder sehen und will hoffen, dass ich sie durch die sieben Jahre hier oben nicht verloren habe.»

Urban lächelte sein welterfahrenes Lächeln, er, der immer der Ältere, Wissendere gewesen war.

«Unter dem wachsamen Auge Gottes geht kein Staubkorn verloren und fällt der Spatz nicht vom Dach, ohne dass Er es will. So geht erst recht kein Mensch verloren. Du wirst suchen müssen, um zu finden.»

Peire blinzelte, überwältigt von dem, was auf ihn wartete. Er selbst war verloren gegangen für die da unten. Zweifellos hatten ihn viele vergessen. Und doch zog es ihn mit aller Macht zurück, dahin, wo es Städte und Burgen gab, wo gesungen und gelacht, gekämpft und erobert wurde.

«In dieser Welt sind jedes Ding, jedes Tier und jeder Mensch anderen Wesen zugeordnet. Wo du auch hinsiehst, Bezüge, Zusammengehörigkeiten. Vielleicht besteht die Hölle nicht nur aus Qual und Feuer, sondern daraus, dass einer allein ist und keiner nach ihm fragt.» Urban schlug das Kreuzzeichen. «Geh hin in Frieden.»

Peire murmelte Dankesworte. Inzwischen waren außer Joana und Miguelito auch einige von den Dörflern hergekommen. Sie saßen im Schatten der Kapelle und unter den Bäumen und beobachteten, was sich abspielte. Die Nachricht vom Aufbruch des Eremiten musste sich in Windeseile herumgesprochen haben.

So klar, wie es damals gewesen war, als Eremit auf den Felsen zu ziehen, war es für Peire plötzlich, das Gewand aus fein gewirktem blauem Tuch überzuziehen und den Apfelschimmel zu besteigen.

Zum Abschied tat er etwas, was er als Eremit nie getan hätte. Er trat an Joana heran, berührte ihren Arm und sagte freundlich: «Du bist ein hübsches Mädchen geworden.»

Sie sah ihn groß an. Schöne Augen hatte sie, stellte er überrascht fest, und einen selbstbewussten Blick, der zu einem Landmädchen gar nicht passte.

«Danke, dass du mir die Buchstaben gezeigt hast und die Wörter auf Papier», sagte sie leise.

Vielleicht war es ein Fehler gewesen, vielleicht hätte er sie besser abgewiesen. Jetzt war sie eine der wenigen Frauen weit und breit, die ihren Namen schreiben und ganze Sätze lesen konnte. Zu viel für ein Bauernmädchen.

«Nicht hochmütig werden, Joana», ermahnte er sie.

«Nimm mich mit, Bruder Peire.» Miguelitos Stimme war flehend.

«Wohin, Miguelito? Doch nicht nach Montpellier? Du bist ein Peón, der noch nie sein Dorf verlassen hat. Du wirst vor Heimweh sterben.»

«Das werde ich nicht, Bruder Peire. Ich war schon einmal weg, damals, als ich beim Arzt war. Ich will nicht hier bleiben. Das Leben im Dorf ist jeden Tag das gleiche.»

«Sag Senhor zu mir, wie es sich gehört.»

«Senhor, ich will dein Joglar sein.»

«Du? So schmutzig, wie du bist?»

«Herr, so wie Ihr, genau so, will auch ich nach Montpellier. Ich will die Senhores singen hören.»

Einen Moment empfand Peire Scham angesichts von Miguelitos Armseligkeit. Wie konnte er sich mit einem solchen Joglar sehen lassen. Doch dann fiel sein Blick auf die Narben in Miguelitos Gesicht, und plötzlich empfand er Freude darüber, dass der Junge die Blattern überlebt hatte. Miguelito sollte die Städte und Höfe Okzitaniens und Aragons kennen lernen. Er würde ihm die Mauern von Béziers zeigen und Carcassonne, Montpellier, alles, was er kannte.

«Von mir aus, komm mit, und sei mein Joglar. Wir müssen noch mit deinen Eltern sprechen, ob sie es erlauben.»

Miguelito konnte sein Glück kaum fassen.

Peire sah ihn skeptisch an. Das ein oder andere würde man ihm beibringen können. Schließlich hatte der Junge ja aus eigenem Antrieb sogar Lesen und Schreiben gelernt.

«Wundert Euch nur nicht über den neuen Herrn von Vallderonca», begann Lanfranco.

«Kenne ich ihn?»

«Ja und nein. Es ist nämlich Martí. Euer Diener ist vom König geadelt worden. Er hat den Ritterschlag erhalten und ist mit Land und Lehen beschenkt worden.»

«Doch nicht von Don Pedro von Aragon?», fragte Peire empört.

«Ich stand dabei, als Don Martí den Fuß des Königs küsste.»

Der Apfelschimmel unter Peire bäumte sich auf, Peire lockerte den Zügelgriff.

«Willst du damit sagen, dass Martí auf Vallderonca residiert wie ein Senhor? Warum hat mir das keiner gesagt?»

«Er verwaltet die Burg, bis Ihr wieder zurückkommt. Martí hat eigenes Land bei Tortosa bekommen und andere Gebiete, die von den Mauren zurückerobert wurden. Ihr wolltet von diesen Dingen nichts mehr wissen und erfahren, so war es ausgemacht», beschwichtigte ihn Lanfranco. «Ihr dürft ihm nicht böse sein. Er hat die Zustimmung Eurer Mutter. Die Geschichte ist lang, und Ihr selbst habt sie mit verursacht, als Ihr ihn zu Tarik ins Land der Moros geschickt habt.»

«Ohnedies wird Don Martí Euch alles selbst erzählen», fügte Rodrigo hinzu. «Er ist ein guter Senhor, leutselig. Außerdem einer der besten Troubadoure im Lande. Es wird Euch gefallen, mit ihm zusammen zu sein.»

«Martí spielt die Al-ud?», fragte Peire zweifelnd.

«Herr, er war lange Zeit bei den Moros. Sie haben ihn zum Kämpfer ausgebildet und ihn das Spiel auf der Al-ud gelehrt. Er ist nach Aragon zurückgekommen. Aber Martí ist nicht wie die hispanischen Edlen. Er benutzt Parfüms wie die Sarazenen, und wenn er kämpft, dann mit einer maurischen Panzerweste und der Saut.» Voll Bewunderung erzählte Lanfranco munter weiter von Martís Waffenkünsten. Dass er nur einen leichten Sattel verwende und ein Meister im Umgang mit der Wurfpeitsche sei. Sein Redefluss versetzte Peire in üble Laune.

Rodrigo und Lanfranco, beide inzwischen kampferfahrene Ritter, hatten nichts mehr mit den Pagen von damals gemeinsam. Sie waren selbstbewusst und strahlten eine lässige Noblesse aus, wegen der Peire sie bewunderte. Lanfranco erzählte Peire lustige Geschichten, die er am Hof von Zaragoza erlebt hatte, während Rodrigo schweigsam neben ihnen trabte. Miguelito ritt ein Maultier und beteiligte sich nicht an der Unterhaltung. Er hatte einen neuen Kittel bekommen und sich vorher im Bach gebadet. Lanfranco hatte ihm sein störrisches dunkles Haar gestutzt, sodass er alles in allem recht manierlich aussah.

«Bist du inzwischen verheiratet mit deiner Laurella?» Peire ritt jetzt neben Rodrigo.

Rodrigo warf ihm einen traurigen Blick zu.

«Was ist passiert? Hat ihr Vater sie einem anderen gegeben?»

«Sie ist ins Kloster gegangen», sagte Rodrigo mit brüchiger Stimme.

«Sie gehörte zu den Guten Leuten. Seit wann gehen solche ins Kloster?»

«Dominico Guzmán, der Mönch, der im Auftrag des Papstes als Wanderprediger umherzieht, versucht, die Guten Christen vom Weg der Wahrheit und der Rettung abzubringen. Er hat ein Kloster für ehemalige Ketzerinnen gegründet. Natürlich hat er nicht viele vom Glauben der Guten Christen abbringen können. Aber zu den fünf Mädchen, die bereut haben, gehörte ausgerechnet meine Laurella.»

«Lass nicht nach», riet Peire, «wenn du sie wirklich liebst, musst du eben vor den Klostermauern um sie werben und für sie singen. Eines Tages verlässt sie diesen Ort vielleicht wieder.»

Rodrigo seufzte schwer auf. «Sie ist verloren, jetzt, wo sie sich der Kirche Satans angeschlossen hat.»

«Rodrigo, Ihr mögt Euch meinetwegen für einen Guten Menschen und Guten Christen halten. Aber bitte schweigt über Euren verderblichen Irrglauben, wenn Ihr nicht in Streit mit mir geraten wollt.» Peire war nicht gewillt, sich Rodrigos gotteslästerliche Reden anzuhören. «Ihr seid ein christlicher Ritter im Dienst des Königs. Seid dankbar, dass Laurella für Euch betet. Vielleicht rettet das Eure Seele für das Himmelreich.»

«Herr, glaubt mir, es gibt Tage, da würde ich alles tun, um Laurella zurückzugewinnen, Ihr wisst nicht, wie weit ich gekommen bin –» Rodrigo schlug die Hände vors Gesicht. «Wenn sie zurückkäme, ich würde sogar die Gemeinschaft der Guten Christen verlassen. Aber wahrscheinlich wird sie für den Rest ihrer irdischen Existenz dort bleiben und Buße dafür tun, dass sie mich einmal geliebt hat.»

Peire ritt an seine Seite und legte die Hand auf seinen Arm.

«Die Musik und die Poesie sind ein Rauschmittel wie starker Wein. Setzt sie ein und kämpft um sie. Jeder, der einer Domna zu Diensten ist, muss um sie werben. Bedenkt doch, Ihr seid ihr zum Gehorsam verpflichtet. Habt Ihr das nicht gelobt? Vielleicht betet sie im Kloster Tag und Nacht für Eure Bekehrung.»

Je näher sie dem Hügel von Vallderonca kamen, desto beklommener wurde Peire ums Herz. Er spürte keine Freude beim Anblick der Mauern und des Turms. Unwillkürlich wurde er langsamer und blieb hinter den beiden anderen zurück. Blitzartig stieg der Gedanke in ihm auf, umzudrehen und davonzugaloppieren. Du lieber Gott, wohin eigentlich? Er wollte schließlich wieder dahin, von wo er vor sieben Jahren aufgebrochen war.

Heilige Jungfrau, es war ein Fehler gewesen, hierher zurückzukommen. Der Apfelschimmel verharrte auf der Stelle, und Peire kämpfte gegen einen Würgereiz im Hals an.

Martí kam eilig die Treppe herunter. Nicht so schnell, wie er ihm als Diener entgegengestürmt wäre. Der Mann, der schließlich vor Peire stehen blieb, strahlte Selbstzufriedenheit aus. Er war ein Senhor, keine Frage, und eigenartigerweise durchzuckte Peire der Gedanke, er, der Ankömmling, müsse sich tief vor ihm verbeugen.

«Seid gegrüßt, höchster Herr. Kommt mit mir in die Kemenate. Das Essen ist vorbereitet.»

Peire hatte eine andere Begrüßung erwartet, nicht aber, dass Martí mit dieser Selbstverständlichkeit der Hausherr war und ihn wie einen beliebigen Besucher empfing. Er starrte ihn an. Martí war immer noch rothaarig. Allerdings trug er die Haare elegant geschnitten. Die Hakennase gab ihm jetzt im gereiften Alter ein verwegenes Aussehen. Verdrossen musterte Peire seinen einstigen Diener. Alles an dessen Kleidung schien ihm maßlos übertrieben. Eine gestickte seidene Borte. Die Art, wie er den Bart gestutzt hatte. Don Martí war ein wirklicher Senhor geworden, so wie er, der einstige Herr von Vallderonca, sich in einen Peón verwandelt hatte.

Peire suchte nach Worten, seine alte Beredsamkeit gab es nicht mehr. Die Stimme blieb ihm im Hals stecken.

«Der Herr ist gekommen!», kreischte eine heisere Stimme von oben. Oswaldos Kahlkopf erschien über der Brüstung der Treppe. «Der Herr wird alles zurückfordern. Sei vorsichtig, Martí! Er ist geizig und geldgierig, wir kennen ihn doch alle!»

Wie eine große bunte Katze kam der Hofnarr in langen Sätzen heruntergehüpft und umarmte Peire überschwänglich.

«Komm mit uns hoch und unterhalte uns, Oswaldo», bat Martí den Alten, aber Oswaldo wehrte ab.

«Die Herren müssen allein sein, sonst richtet sich Euer Zorn noch auf den armen Narren. Nur deshalb, weil er die Wahrheit sagt.» Kichernd entfernte er sich.

«Verglichen mit Euch, bin ich ein Bauer», stellte Peire fest, während sie hoch zur Kemenate gingen. Der vertraute Raum hatte sich verändert. An den Wänden hingen jetzt maurische Säbel und silberne Teller mit arabischen Schriftzeichen, vermutlich Beutestücke aus Martís glorreicher Kampfzeit. Den Boden bedeckte ein orientalischer Teppich.

Der höfisch scherzende Ton wollte Peire nicht gelingen, er sah es an der Bestürzung in Martís Gesicht. Irritiert ging er im Saal auf und ab, während gleichzeitig Erinnerungen an Nina und Mariela über ihn hereinbrachen.

«Euer Bad wird gerichtet», beeilte Martí sich zu erklären. «Seht Euch um. Hier ist alles, wie es war, und besser. Domna Elvira lebt im Anbau des Klosters. Sie kontrolliert die Rechnungen. Und Pater Urban kommt einen Abend die Woche, um Wein mit mir zu trinken und Schach zu spielen –»

Peire versuchte einen Schrei zu unterdrücken. Am Boden lag eine Holzpuppe mit zerfetztem schwarzem Haar. Er bückte sich. Es war Sebela, Ninas Lieblingsspielzeug.

«Verzeiht, Herr. Zubh lässt ihr Spielzeug überall liegen», entschuldigte sich Martí. «Wie Kinder so sind –»

Peire war zu fassungslos, um etwas zu sagen.

«Zubh Maria ist meine Tochter, der Junge heißt Jaime. Ihr werdet die Kinder gleich sehen, natürlich nur, wenn Ihr möchtet.»

Die Puppe fiel aus Peires zitternden Händen. Wie war das möglich? Der Diener Martí hatte den Platz seines einstigen Herrn vollständig eingenommen. Peire musste sich eingestehen, dass der Bauernjunge von einst die neue Rolle nicht schlecht spielte. Sicher hatte er gehofft, Peire werde niemals zurückkommen.

«Schlaft Ihr auch in meinem Bett?»

«Herr, ich bin Martí, Euer Diener. Sprecht nicht mit mir wie zu einem Edlen.»

«Der König hat Euch geadelt, habe ich gehört.» Peires Stimme schwankte.

«Es ist nicht wichtig.»

Martí hatte endlich erreicht, dass sein einstiger Herr sich auf seinem alten Stuhl niederließ. Peire starrte immer noch auf die Puppe mit der spärlichen schwarzen Haarpracht.

«In den sieben Jahren ist viel geschehen. Nicht nur am Hof von Aragon.» Peire meinte die Hochzeiten der Schwestern des Königs und die Kämpfe im Süden, die Martí zurück nach Vallderonca gebracht hatten.

«Vergesst nicht, ich bleibe Euer Dienstmann und werde Euch in der Kirche den Eid schwören, so wie ich es jetzt schon vor Euch und vor Gott tun will.»

Martí kniete demutsvoll nieder und küsste Peires rechten Fuß. Er stand nicht gleich wieder auf, und Peire schämte sich seiner eigenen Missgunst und seiner zornigen Gedanken.

«Lasst nur alles, wie es ist.» Peire rang nach Worten. «Es ist gut, dass Ihr hier auf Vallderonca seid und alles so wohl geordnet ist. Ich bin nicht gekommen, um Euch zu vertreiben.»

«Herr», begann Martí, «es gibt auch wieder einen Falken. Was sage ich, zwei sogar. Einer davon ist für Euch. Wir können morgen in der Frühe auf die Jagd gehen.»

Dass Martí mit einem eigenen Falken jagte, verschlug Peire die Sprache.

Die Dienerin trat mit dem Weinkrug und den Glasschalen ein und stellte alles auf den Tisch zwischen die beiden, wobei sie Peire einen vorwurfsvollen Blick zuwarf.

«Die maurische Lebensart scheint dir zu gefallen», bemerkte Peire und betrachtete die zierlichen Gläser auf dem Tisch.

«Alle Edlen haben ein bisschen die Art der Moros übernommen, Herr. Es ist Mode geworden, jeden Tag im Badezuber zu baden. Es ist nicht nur Krieg zwischen den Hispaniern und den Moros. Da gibt es sogar Freundschaften und manchen Austausch. Aber das ist ja seit Jahrhunderten so gewesen.»

«Ich weiß. Deine Tochter – warum heißt sie eigentlich Zubh?»

«Domna Dihya ist meine Frau», erklärte Martí. «Allerdings hat sie sich taufen lassen.»

Peire hörte kaum zu. Alles in der Kemenate erinnerte ihn an Alvaro, an Mariela und an Nina Isabel. Peire verstand nur zu gut, warum Domna Elvira sich ins Kloster zurückgezogen hatte.

«Ich will nicht lange bleiben. Ich muss weiter zum Sängertreffen nach Montpellier.»

«Ich muss leider schon morgen in aller Frühe nach Montpellier aufbrechen. Der König erwartet mich. Es ist mir unangenehm, Domna Dihya steht kurz vor ihrer Niederkunft, und eigentlich wollte ich hier die Geburt abwarten. Aber ich bin mit dem Schutz der Domna Angelina betraut. Was bleibt mir übrig, als mich auf mein Pferd zu werfen.» Martí seufzte. «Stört Euch nicht daran, und fühlt Euch wie zu Hause. Ruht Euch erst ein paar Tage aus. Schmaust mit mir heute Abend. Das Bad müsste jetzt gerichtet sein.» So sehr Martí sich auch bemühte, die Herzlichkeit von früher stellte sich nicht ein. Liebend gern hätte er von seinen Erlebnissen bei den Moros und im Heer des Königs berichtet, aber Peire wollte offenbar nichts davon hören. Weder nach Tarik noch nach seinem Falken fragte er. In Gedanken vertieft, blieb er sitzen, bis die Diener den Badezuber hereinschleppten. Martí hatte ihnen befohlen, die edelste arabische Seife ins Wasser zu reiben. Diskret verließ er die Kemenate, als Peire seine Kleider ablegte.

Im hölzernen Badezuber empfand Peire Scham über seinen ausgemergelten nackten Körper. Vor allem seine Hände sahen bedenklich aus, gezeichnet von körperlicher Arbeit. Er hatte schlecht verheilte Narben und Schwielen. Würde er je wieder wie Peire, der Troubadour von einst, aussehen?

Er schloss die Augen und kämpfte gegen eine plötzlich einsetzende Müdigkeit an.

Jemand klopfte an die Tür und trat, ohne die Antwort abzuwarten, herein. Es war Oswaldo. Vergnügt lächelte er, verdrehte die Augen und schlich um den Badezuber herum, ehe er sich auf einem Hocker niederließ.

«Herr, Ihr seht jünger aus als damals bei Eurem Abschied. Ihr seid ein Jüngling geworden, die Frauen werden sich nach Euch verzehren, wo immer Ihr hinkommt. Die Zeit auf dem Felsen war gut für Euch.» Oswaldo griff nach der langstieligen Bürste und rieb Peires Rücken ab.

«Igitt, seid Ihr schmutzig, Herr! Hört mir zu und glaubt einem alten Narren, der viel sieht und hört. Bald werdet Ihr mit den Truppen des Königs im Felde stehen. Ihr werdet gar keine Zeit mehr finden, die Al-ud zu spielen und Eure hübschen Fingernägel zu feilen. Genießt Euer Bad, Ihr werdet bei dem, was auf Euch wartet, lange keins mehr bekommen.»

«Seit wann kannst du in die Zukunft sehen?»

«Ach, Herr, das kann ich nicht. Auf Eurem Berg habt Ihr nichts mehr sehen und hören wollen. Die Länder diesseits und jenseits der Pyrenäen zittern unter den Hufen der Pferde, die gerüstet werden –»

«Du übertreibst immer alles.»

«Euer guter Freund Folquet von Marseille ist seit zwei Jahren Bischof von Toulouse. Lieder singt er keine mehr, auch wenn die Joglares seine alten Cansos noch an allen Höfen vortragen. Er macht Jagd auf Häretiker und lässt sie verbrennen. Vor allem Graf Raymond von Toulouse will er zugrunde richten. Dem Papst ist es ernst mit seinem Kampf gegen alle Heiden. Es gibt da eine gewisse Domna Leonor, der Verbindungen in häretische Kreise nachgesagt werden. Ihr eigener Ehemann ahnt nicht einmal die Hälfte von dem, was sein angetrautes Weib heimlich treibt. Aber Folquet weiß es längst. Überall hat er seine bezahlten Späher. Ihr wisst ja, was von den Wächtern zu halten ist.»

«Nimmst du auch Geld von ihm?»

«Oh, der Herr ist so klug, so wissend! Ja, wann immer seine Leute kommen, nehme ich alles, was sie mir freiwillig geben, und erzähle ihnen, was sie hören wollen.»

«Und – was wollen sie von dir wissen?»

«Alles über Martí», flüsterte Oswaldo. «Ob er wirklich einen Harem hat. Und mit wem von den Moros er geheime Botschaften wechselt. Ja, Folquet neidet Martí sein Lehen und die Stadtpaläste in Zaragoza und Barcelona. Wollt Ihr auch, dass er sie verliert?»

«Oswaldo, ich bin nicht hierher gekommen, um wieder der Graf von Vallderonca zu sein.»

«Warum lügt Ihr mich an?»

«Du weißt genau, Martí würde sofort seinen Platz räumen, wenn ich Anspruch auf die Burg erhöbe. Er würde woanders hingehen. Es ist Platz genug in der Grafschaft.»

«Martí wird von vielen Edlen beneidet. Und es lässt sich manches gegen ihn vorbringen. Sein Ziehsohn Paco ist auf seine Fürsprache in die Dienste des Grafen von Toulouse eingetreten, des Oberketzers. Raymond von Toulouse hat viele Söldner in seinen Diensten. Und Martí war so verrückt, für Paco zwei Pferde und Waffen und Rüstung zu kaufen. Maiorina wollte immer, dass er zu Pferd in den Krieg zieht. Es war ihr letzter Wunsch.»

«Paco, der Bastard des Stallmeisters?»

«Martí kümmert sich um alle Bastarde Maiorinas.»

«Was ist mit Maiorina?»

«Sie ist an der Wassersucht gestorben, zwei Jahre ist das her.»

«Und die alte Fortunata?»

«Ist längst tot.»

«Wer besorgt jetzt die Küche?»

«Adelina, Maiorinas Älteste, die Zwergwüchsige.»

«Deine Tochter, wenn ich mich recht erinnere?»

«Maiorinas Kinder haben so viele Väter, dass keiner davon verantwortlich ist. Tochter oder nicht. Es gibt Ritter, die nach Vallderonca kommen, nur, um Adelinas Eierspeisen zu probieren. Ein Adliger aus Okzitanien hat Don Martí viel Geld geboten, damit Adelina auf seiner Burg kocht, aber Don Martí wollte sie nicht hergeben.»

Das Wasser war kalt geworden, schwer und fettig legte es sich auf Peires Brust. Mit einem Ruck erhob er sich und griff nach dem Badetuch. Diensteifrig holte Oswaldo seine Kleidung herbei und half ihm, sich anzuziehen. Dann schenkte er ihm Wein in einen einfachen Becher ein.

«Seit wann gibt es auf Vallderonca solche Becher?», wunderte sich Peire und wog den Tonkrug in der Hand.

«Martí trinkt daraus, wenn er allein ist. Du kennst ihn doch. Er ist ein Geizhals, er findet nichts dabei, irdenes Geschirr gerade wie ein Peón zu benutzen und jeden Tag Kichererbsensuppe zu essen. Er schläft auch nicht auf seidenen Kissen, sondern auf seinem alten Strohsack. Ich sagte dir doch, er lässt sein Geld lieber all den Bankerten von Maiorina zukommen. Für Jacobina und Roberta hat er Kleider aus Samt und Seide besorgen lassen. Adelina hat einen neuen Mantel bekommen, obwohl sie doch nur die Köchin ist. Kein Wunder, dass er noch keine Frau aus Adelskreisen für sich gewinnen konnte.» Es klang nicht gehässig, sondern so, als sorge sich Oswaldo um Martís Zukunft.

«Hat er wirklich einen Harem?»

«Nein», flüsterte Oswaldo. «Aber die Edlen in Zaragoza und Barcelona erzählen es sich. Es hört sich gut an.»

«Ich bin gespannt, ob er mir seine Domna vorstellen wird», murmelte Peire. Es war so, wie seine Mutter ihm damals gesagt hatte, alle, die eine Zeit lang mit den Moros zusammengelebt hatten, veränderten sich, nahmen sarazenische Sitten an, aßen gezuckertes Backwerk, badeten in Wannen und kachelten ihre Kemenate.

«Was ist mit Ziryab? Lebt er noch?»

«Er ist vor einigen Jahren hoch betagt in Zaragoza gestorben. Aber stellt Euch vor, sein Enkel ist jetzt der neue Stern am Sängerhimmel von Zaragoza.»

«Sein Enkel?»

«Oder ein naher Verwandter. Ziryab hatte außer der Tochter einige ältere Söhne. Genau weiß ich nicht, wie die Verwandtschaftslage ist. Er heißt Sofian und hat die Stimme eines Engels. Allerdings hat er sich taufen lassen, auf den Namen Pablo. Du wirst ihn sicher bald kennen lernen. Don Pedro nimmt ihn überall mit hin, so stolz ist er auf den jungen Kerl und seine Moro-Sangeskunst. Es heißt, er spielt die Al-ud des alten Ziryab.»

«Ich bin gespannt», murmelte Peire.

«Martí hat in der Schatzkammer einige Säcke mit goldenen Maravedis», fuhr Oswaldo fort. «Er ist so reich, wie Ihr nie wart. Er besitzt die Gunst von Don Pedro und Domna Angelina. Es wird davon gesprochen, dass Don Pedro Martí zu seinem Stallmeister machen und ihn ganz an den Hof ziehen will.»

«Und wie geht es Don Pedro?»

«Er lässt seine Ehe mit Maria von Montpellier gerade durch den Papst annullieren. Er hasst diese arme Frau und will sie los sein.»

Peire hielt noch immer den schlichten Tonkrug in der Hand.

«Woran denkt Ihr, Senhor?»

«Ich komme mir vor wie damals als Page vor meiner Schwertleite. Ich werde bei allen ehemaligen Nachbarn, bei meinen

Freunden und bei Hofe wieder vorsprechen müssen und ihnen zeigen, dass ich in die Welt zurückgekommen bin.»

«So schwierig ist es gar nicht.» Oswaldo lächelte verschmitzt. «Wenn Ihr in Montpellier Eure alten Lieder singt, werden alle wissen, dass Ihr wieder da seid.»

Über einen staubigen Feldweg ritt der kleine Trupp an sanft geschwungenen Hügeln vorbei. Auf den Rebenäckern knieten die Landleute und jäteten das Unkraut, das jetzt im Frühjahr üppig wucherte. Die alte Freude stieg in Peire auf, die Freude von damals, als er am Fuß der Burg von Fouzilhon für Leonor gesungen hatte. Rodrigo, Lanfranco und Oswaldo waren ein ganzes Stück hinter ihm zurückgeblieben. Nur Miguelito ritt dicht hinter ihm auf seinem Maultier. Eine Lerche flog neben ihm hoch in den Himmel und tirilierte dabei. Peires Ungeduld steigerte sich mit jeder Meile. In Servian stiegen sie ab, banden die Pferde vor einem Gasthof fest und stärkten sich mit Brot und Wein. Peire bat um ein Stück Huhn, doch der Gastwirt lehnte ab. Sie könnten Nüsse haben und Früchte, wenn sie noch hungrig seien.

«Lieber ein Stück Käse.»

«O nein, Senhor. In diesem Haus wird kein Käse angeboten.»

«Dann reiten wir weiter», befahl Peire.

Gegen Abend nahm der Himmel ein müdes Hellblau an, und Peire sah den Hügel mit dem bräunlich erscheinenden Dorf und dem Burgturm und der Kirche hoch oben.

Es war wie nach Hause kommen. Ihm schlug das Herz bis zum Hals, als er sein erschöpftes Pferd das letzte Stück Weg durch die Haarnadeln des Burgwegs hochtrieb.

Fernando empfing sie am Tor der Burg und ließ sie ein. Die schweren Holzflügel knarrten so wie damals in ihren verrosteten Verankerungen. Der alte Diener nahm die Zügel der Pferde und führte sie in den Stall.

Fast verlegen stellte Peire fest, dass Fernandos Hände zittrig geworden waren. Er selbst fühlte sich jugendlicher als in den sieben Jahren seines Eremitentums. Der tagelange Ritt bis hierher hatte ihn nicht geschwächt, sondern – mit jedem Tag war es ihm deutlicher geworden – gestärkt.

«W-wo ist Leonor?», stammelte Peire und sah sich in der Kemenate um.

Fernando stocherte mit dem Schüreisen in der Glut des Kaminfeuers herum und legte noch ein Holzscheit nach. Peire ließ sich auf dem bereitgestellten Sessel nieder. Lanfranco spielte leise auf den Saiten der Al-ud. Rodrigo war blass vor Müdigkeit. Miguelito kauerte vor dem Kamin und fürchtete sich sichtlich davor, sein Herr könnte ihn hinausschicken, um draußen im Stall zu schlafen. Er fühlte sich immer nur sicher in der Nähe seines neuen Senhors. Auf unbekanntem Terrain war er schreckhaft und hilflos.

«Sie hat sich schon zurückgezogen. Ich wollte sie nicht wecken. Sie wird euch morgen begrüßen.» Fernando wies auf den gedeckten Tisch in der Mitte des kleinen Raums. «Es ist alles für hungrige Gäste vorbereitet. Lasst euch Wein und Wildbret schmecken wie in den alten Zeiten.» Fast verlegen fügte er hinzu, auch der Erbgraf sei bereits eingeschlafen, obwohl er eigentlich die Ankunft seines Paten habe abwarten wollen. Peire begriff nicht gleich, von wem die Rede war.

«Peire Federico, der Sohn, den Leonor geboren hat, Périco. Ich wusste vorher nicht, wie viel Freude man an seinem Kind haben kann – oh, ich wollte dir nicht wehtun –»

Peire lächelte. «Es tut nicht mehr weh. Die sieben Jahre sind vorbei.»

Er beugte sich über seinen Teller und ließ es sich schmecken. Es war etwas völlig anderes, in irgendeinem Wirtshaus an der Straße einzukehren oder hier in Fouzilhon eine Mahlzeit einzunehmen.

Ohne dass Fernando es aussprach, wusste Peire, dass Leonor selbst die Tauben vorbereitet und gebraten hatte, dass sie die

Soße dazu selbst abgeschmeckt und das Brot selbst gebacken hatte. Für ein paar Momente gab er sich ganz dem Vergnügen des Essens und Trinkens hin, während Rodrigo sich mit Brot, Gemüse und Nüssen begnügte, für die die Herrin des Hauses ebenfalls gesorgt hatte.

«Greif nur zu», sagte Fernando, «ich tue es auch, ist es doch die Ausnahme, dass es hier Tauben und Karnickel am Spieß gibt.»

Peire sah erstaunt auf.

«Die so genannten Guten Christen, mit denen sie sich immer trifft, dürfen kein Viehzeug essen. Nicht einmal Käse und Eier. Leonor sagt, dass es eine Frage der Gewohnheit ist. Sie hat es sich abgewöhnt.» Fernando seufzte. «Die Trencavels sind alle verrückt. Ihr Bruder geht nicht einmal mehr zur Jagd. Sein Vater ist zu früh gestorben.»

Ja, es war ein Unglück. Die Barone und Adligen im Lande gehörten alle der neuen Glaubensrichtung an. Nach dem Tod des gläubigen alten Grafen war der erst neunjährige Raymond-Roger von Bertrand de Saissac, einem, der sich offen zur Häresie bekannte, betreut worden.

Diese seltsamen Fanatiker wollten zurück zu den Wurzeln, zu den Anfängen des Christentums, so, wie es ursprünglich einmal war. Aber wer wusste im Grunde genommen schon, wie Jesus es wirklich gemeint hatte? Wer, wenn nicht die Kirchengelehrten und die Theologen? Die Guten Menschen bestanden darauf, die Texte des Evangeliums gemeinsam zu lesen, nachdem sie sie notdürftig ins Romans und Okzitanische übersetzt hatten. Aber das war nicht das Schlimmste an der Bewegung.

«Was ist denn das Schlimmste?», wollte Peire wissen.

«Sie verbieten alle Eide, und damit wird alles in den Staaten hinfällig. Sie glauben nicht an die Lehnseide. Wo soll das hinführen? Alle menschliche Herrschaft in den Ländern rundum gründet sich auf das Vasallentum. Jeder außer dem König hat einen Lehnsherrn über sich und ist an seine Eide gebunden. Wenn niemand mehr eingeschworen wird – Peire, dann gilt nichts mehr.

Dann existiert unser Königreich nicht mehr. Deswegen muss eingeschritten werden.» Er jedenfalls könne nicht verstehen, wie vernünftige Menschen sich dieser Bewegung anschließen könnten. Und doch verbreiteten sich die aufrührerischen Gedanken gegen den Papst, gegen die Lehnsherren, die Kirche und ihre Sakramente wie ein Lauffeuer im Lande. Sie hätten eigene Bischöfe überall im Land, in Servian, gleich neben Fouzilhon, lebe einer. Und einer wie Guilhabert de Castres, der Ketzerbischof von Toulouse, wandere unbehelligt durch Okzitanien und predige den offenen Aufstand. Er werde überall von den Burgherren mit größtem Respekt empfangen, viele von ihnen erwiesen ihm das Melioramentum.

«Es gibt fast keine päpstlichen getreuen Christen im Languedoc und im Roussillon. Insgeheim stehen sie auf der Seite der Häretiker, auch wenn sie so tun, als hielten sie die römische Kirche in Ehren.» Eigentlich sei nur noch das Haus der Senhoria Montpellier ein Stützpunkt der Päpstlichen. Der verstorbene Vater der Königin Domna Maria sei ein Schutzschild des Glaubens gewesen.

«Und der Vizegraf von Carcassonne und Béziers?»

«Leonors Bruder ist jung und gutgläubig. Statt seinen Baronen zu sagen, was sie zu tun haben, fühlt er sich als ihr Freund und lässt sie tun, was sie wollen.» Fernando schüttelte missbilligend den Kopf. «Glaub mir, er wird mit der Kirche Schwierigkeiten bekommen, wenn er es so weitertreibt. Papst Innozenz wird es nicht mehr lange hinnehmen. Überall hat er seine Späher und Prediger. Er will den Süden zurückgewinnen.»

«Welchen Süden?»

«All die Städte am Meer und die Dörfer landeinwärts bis hinauf nach Albi und Toulouse, in denen die Kirchen leer stehen. Der Papst hat Recht. Er will mit Härte gegen die Ketzer vorgehen, aber, wenn du mich fragst, kommt er damit zu spät. Es wird ein Kampf um Leben und Tod werden, nicht weniger hart als der gegen die Sarazenen. Die Häretiker werden jeden Tag frecher. Du kannst dir nicht vorstellen, was in meinem eigenen

Haus stattfindet. Jahrelang habe ich versucht, Magalit und Leonor davon abzubringen. Ich habe wenig erreicht.»

Fernando war sichtlich gealtert. Die Kerzen auf dem Tisch flackerten unruhig. Das Feuer im Kamin brannte jetzt kräftig und gleichmäßig.

«Dabei ist es so einfach: Außerhalb der heiligen Kirche ist kein Heil zu finden. Ich selbst bin mir sicher, ich habe keinen Zweifel. Und doch, Peire – nicht einmal den Fra kann ich fern halten.»

«Von wem sprichst du?»

«Fra Roberto geht hier ein und aus.»

«Dann verbiete ihm zu kommen.»

«Es ist mir immer noch lieber, er kommt hierher, als dass sie zu ihm geht. Sie ist meine Frau, die Mutter meines Kindes – und ich kann sie nicht beschützen.» Fernandos Hände zitterten noch stärker. «Du weißt, was Burgherren und Adligen droht, wenn sie in einem Häresieprozess schuldig gesprochen werden?»

«Ist es nicht so, dass in diesem Fall ihre Güter beschlagnahmt werden?»

«Du sagst es. In Aragon werden sie überdies verbrannt. Nun, jeder weiß, dass ich ein katholischer Christ im Dienst der Kirche bin. Für mich muss ich nichts fürchten. Und doch, immer, wenn ich in das Feuer sehe, habe ich Angst um Leonor und ihren Bruder.» Seine Stimme war leise und gequält. «Es sind bereits Ketzer verbrannt worden. Nachts habe ich Albträume und sehe Leonor und den Vizegrafen im Feuer eines Scheiterhaufens stehen –»

Peire verschluckte sich. Warum redete Fernando solchen Unsinn? Nie würde irgendein Gericht in Okzitanien wagen, die Schwester des Vizegrafen von Béziers und Carcassonne auf den Scheiterhaufen zu schicken. Sie war eine Trencavel, unangreifbar auch für die römische Kirche, eine der vornehmsten Domnas im Lande.

«Fernando, aber sind denn nicht viele der Burgherren in Okzitanien nachweislich Ketzer oder gewähren Ketzern Aufenthalt bei sich?»

«Ja, so war es seit Jahrzehnten, und deshalb hat sich diese Landplage immer weiter ausgebreitet. Es ist längst zu spät, um sie einzudämmen. Der Papst ist ein mutiger Mann, er versucht es. Vielleicht wird er unterliegen. Vielleicht jagen ihn die Ketzer eines Tages vom Heiligen Stuhl in die Verbannung.» Fernando legte die Hand auf Peires Arm. «Du möchtest, dass ich mit nach Montpellier komme. Peire, es tut mir leid, aber mir ist nicht danach zumute, den Troubadouren zuzuhören. Sie sind mit schuld am Unglauben überall. Sie machen sich über das Sakrament der Ehe lustig und wollen ehrbare Frauen verführen. Ich weiß, du bist anders.» Vertrauensvoll sah Fernando ihm ins Gesicht. «Verstehst du, was ich meine, wenn ich sage, sie sollten andere, ernsthaftere Lieder singen? Cansos, die die Menschen zur Einsicht bringen.»

Peire lachte verlegen auf.

«Großer Gott, wie hast du dich verändert. Warum ist dir das, was im Lande vorgeht, so gleichgültig? Wir sind doch alle betroffen. Auch du. Die Moros im Süden zittern vor uns, aber die Seuche des Unglaubens verbreitet sich inmitten der Christenheit.»

Fernando war der Wein zu Kopf gestiegen. Er schlug mit der Faust auf den Tisch. «Bedeutet Leonor dir denn gar nichts? Soll ich dir die Wahrheit sagen?»

Heftig sprang er auf, der Pokal bebte in seiner Hand. «Ich habe meine eigene Frau an die Ketzer verloren!»

Peire verschluckte sich ein weiteres Mal, hustete und würgte und wusste plötzlich, dass Leonor in Gefahr war.

«Die Welt hier draußen besteht längst nicht mehr nur aus Gesang und Festen. Die Zeiten sind zu ernst. Es hat sich so viel verändert. Ich war oft nahe daran, zu dir auf den Felsen zu kommen und dich zurück in unsere Reihen zu holen. Sieben Jahre Trauer kann sich heutzutage kein christlicher Ritter leisten, jeder von uns wird dringend gebraucht. Ich mache mir Sorgen um die Zukunft.» Fernando ließ sich wieder auf seinen Stuhl fallen. «Peire, gut, dass du endlich wieder da bist. Ich erwarte, dass du dich uns anschließt und den Kampf aufnimmst. Den Kampf für die reine päpstliche Kirche. Peire, ich weiß, du wirst mir helfen. Sie hält viel von dir.»

«Wer?»

«Leonor. Du bist klug und verständig, immer wieder sagt sie es, mit dir würde sie reden. Du könntest sie vielleicht überzeugen.»

«Ich? Auf keinen Fall, ich bin kein Pfaffe, der sich in den richtigen Lehren auskennt. Weißt du noch, du hast immer versucht, mich zu erziehen. Erinnerst du dich an das Moro-Mädchen damals in Zaragoza, in das ich mich verliebt hatte? Ich wollte sie entführen, ich hätte den Mut dazu gehabt, aber du – du hast mich davon abgehalten. Ohne dich wäre ich heute ein anderer Mensch.»

Peire artikulierte nicht mehr klar. Er wollte jetzt weder über den Papst noch über den Vizegrafen Raymond-Roger sprechen und auch nicht über Leonor. Es war wunderbar, wieder in Okzitanien zu sein. Er war es nicht mehr gewöhnt, so viel schweren Wein zu trinken. Rom und der Papst mit ihren strengen Predigten, sie waren so weit weg.

«Was ist eigentlich mit Folquet, dem Troubadour?»

«Er tut Buße für seine Sünden. Er ist vor Jahren ins Kloster gegangen. Seine Söhne haben sich ihm angeschlossen, und seine Frau hat sich in einem Frauenkloster aufnehmen lassen. Folquet singt schon lange nicht mehr.»

«Und warum? Wie konnte das geschehen?»

«Ich weiß es nicht. Keiner weiß es. Es gibt nur Vermutungen. Er bereut sein früheres leichtfertiges Leben. Manche sagen, er fühlt sich schuldig am Tod der Domna Eudokia. Du weißt, Marias Mutter, die vom Herrscher von Montpellier verstoßen wurde wegen einer Liebschaft. Sie hat sich vor Kummer aufgehängt. Wenn Folquet sie verführt hat, war es ein Unrecht, für das er jetzt Buße tut.»

Peire erhob sich und griff nach der Al-ud. Sie war verstimmt, und er war zu müde, sich jetzt mit ihr zu beschäftigen. Er schwankte.

«Sei mir dankbar», sagte Fernando. «Das Moro-Mädchen hätte

dich von allen deinen ritterlichen Freunden, vom Hof und vom Leben eines Edlen entfernt.»

Peire starrte ihn an. Er hätte Kholla niemals entführt, er war zu feige gewesen, das war das eine, und er war Fernando nicht dankbar. Er hatte Leonor verführt, und er würde es wieder tun, morgen oder übermorgen, ohne den geringsten Skrupel.

Frauen, dachte er sehnsüchtig, edle Frauen. Ach, egal, irgendeine Frau mit ihrem besonderen Duft, mit Achselhaar und Brüsten.

«Ich habe euch Troubadoure immer bewundert, so, wie man die Leute bestaunt, die etwas können, was einem selbst versagt ist.» Fernando seufzte auf. «Aber dich besonders, weil du einer bist, wie soll ich es ausdrücken, ich bin ja nur ein Krieger –», er suchte nach Worten. Sein Gesicht sah so vertrauensvoll aus wie damals in Zaragoza. «Peire, Gott liebt dich.»

«Wie kommst du denn darauf?»

«Er hat dir die Gabe des Gesangs und die Macht über die Worte gegeben. In Montpellier werden dir alle zujubeln.»

«Es wird schwer sein nach den sieben einsamen Jahren auf dem Felsen.»

«Mach dir keine Sorgen. Es wird dir gelingen. Du wirst sie wieder alle bezaubern. Sie werden sich genauso freuen, dass du zurückgekommen bist, wie ich. Aber du musst etwas singen, was gut ist, was den Menschen hilft.»

Die Kerzen waren niedergebrannt.

«Wenn ich Troubadour wäre, würde ich das Geheimnis der Freundschaft besingen», sagte Fernando. «Sie macht das Leben erst lebenswert. Die Freundschaft ist zuverlässiger als die Liebe mit ihren Höhen und Tiefen und der Unruhe, die sie bringt – die Liebe macht nicht glücklich.»

Er erhob sich wieder und ging durch den Raum.

Peires Blick fiel auf Miguelito. Der Junge lag zusammengekrümmt auf dem Teppich in der Nähe des Kamins und schnarchte leise.

«Nimm Jesus mit den zwölf Jüngern. Auch ihm ging die

Freundschaft über alles und nicht die Liebe zu einer Frau.» Fernandos Augen leuchteten.

«Vergiss nicht, unter den zwölf befand sich Judas Ischariot», sagte Peire. Bei Gott, gleich morgen in aller Frühe musste er aufbrechen, am besten, ohne die Burgherrin zu begrüßen. Er wollte nicht Judas Ischariot sein.

«Du würdest mich doch nie verraten. So wenig wie ich dich.» Fernandos Gesicht war trotz des Bartes wieder das des einstigen Pagen. Sogar ein paar Pickel hatte er, die ihm etwas Knabenhaftes gaben.

Peire wurde über und über rot.

«Weißt du, der Verrat wird nur dadurch zum Verrat, dass ihn keiner vorher vermutet. So stelle ich es mir jedenfalls bei Judas vor. Denk an all die Verräter an Königshöfen und vor wichtigen Schlachten –»

Sie saßen noch lange da. Peire wagte nicht, aufzustehen und zu Bett zu gehen, dabei fielen ihm immer häufiger die Augen zu.

Schließlich legte Fernando die Arme um ihn und lallte: «Schwöre, dass du mich nie verraten wirst, mein Freund.»

«Ich werde dich nicht verraten, bei Gott dem Herrn, weder dich noch unsere Freundschaft.» Das sagte er wirklich, er, Peire.

Er hatte zu lange geschlafen. Es war ein Schlaf voller Albträume von Schlangen und Feuer speienden Ungeheuern gewesen. Er hatte zu viel gegessen und zu schweren Wein getrunken, sein altes Laster. Peire blinzelte. Fernando erwartete so viel von ihm. Er hatte mit ihm gesprochen, als sei er, Peire, der einzige Mensch auf Gottes Erdboden, der Fernando dabei helfen konnte, gegen die Ketzerflut anzugehen. Er reckte und dehnte sich wie ein Hund, um wach zu werden. Dabei hatte er sich auf das Sängerfest in Montpellier eingestellt und auf unbeschwerte Tage mit den alten Gefährten gehofft. Lanfranco spielte leise und verhalten auf seiner Al-ud. Rodrigo hatte Brot auf den Tisch am Fenster gestellt und eine Schale mit warmer Milch.

Peire sprang auf und sah zum Fenster hinaus. Eine Hummel summte auf den Ziegeln des Dachvorsprungs unter dem Anbau, die Luft war so sanft wie sarazenische Seide.

Leonor eine Häretikerin? Natürlich übertrieb Fernando. Sie eine Aufrührerin, die die Grundfesten des Staates in Frage stellte, unmöglich. Leonor de Trencavel war schließlich selbst Bestandteil all dessen, woran jeder vernünftige Mensch glauben musste. Er versuchte, sie sich vorzustellen, und sah das Bild der Heidengöttin vor sich, ihr anmutiges Gesicht mit dem seitlich herabfallenden Haar.

Einen Moment lang durchzuckte Peire der Gedanke, dass er ein wildes Tier war, ein Panther, ein Löwe, der die friedliche Stille hier in Fouzilhon für immer zerstören würde. Leonor, inzwischen Mutter eines Kindes, würde nur erschrecken, wenn sie ihn sah. Sie würde ihn fortschicken, ihm vielleicht Vorwürfe machen.

Mit gesenktem Kopf ging Peire zum Abtritt in der Ecke, um sein Wasser abzuschlagen und sich zu erleichtern, danach senkte er den Kopf in die Waschschüssel, die Lanfranco ihm hingestellt hatte. Er wollte nicht der sein, der er war, nicht das gierige Raubtier von einst, nie wieder. So deutlich wie nie spürte er jedoch, dass er genau das war. Die sieben Jahre auf dem Felsen, der mühselige Bau der Kapelle hatten ihn nicht verwandelt. Er, Peire de Vallderonca, war der alte Peire von früher. Er versuchte sich zu schämen, es gelang ihm nicht. Er schloss die Augen, fuhr sich mit den Fingern durch das nasse Haar und dachte, dass Gott ihn dazu gemacht hatte und dass er nicht anders konnte, als Peire, der Troubadour, zu sein. Er war nicht besser als früher. Es gab nur eine Möglichkeit, die Freundschaft zu Fernando zu retten. Er musste von hier fliehen, bevor er die Domna gesehen hatte. Die ewige Verdammnis lag noch in weiter Ferne. Fernandos Zuneigung aber war das Kostbarste, was er hatte. Er wollte ihn nicht verlieren, und schon gar nicht jetzt, wo er seinen Zuspruch, seine Ratschläge, dringender brauchte als je zuvor.

«Geht Ihr mit hinüber zur Kirche?», fragte Lanfranco.

«Nein, heute nicht.»

Fernando war vollkommen anders als früher, fast kränklich erschien er einem. Er nahm alles zu schwer. Das gottlose Treiben der Häretiker im Land rundum, das die meisten hohen Herrn gleichgültig ließ, soweit sie nicht selbst daran teilhatten, bereitete ihm Kummer, als sei er selbst ein Pfaffe, dem die Kirche Sonntag für Sonntag leer blieb.

«Dann werde ich wohl alleine die Messe hören.» Lanfranco kämmte sich durchs Haar und stutzte den Bart. «Seid Ihr denn auch unter die Häretiker gegangen?»

Peire starrte ihn nur an, in Gedanken bei Leonor und dann wieder entschlossen, zum Stall zu eilen, den Schimmel am Zügel hinauszuzerren, nach Miguelito zu rufen und –

«Eines Tages seid ihr alle arme Faidits», murmelte Lanfranco im Gehen. «Geächtete.»

Peire nahm den kupfernen Spiegel zur Hand und starrte auf sein Bild. Wenn er ein Mann von Ehre war, weiterhin der Freund Federicos bleiben wollte und den Lehnsseid von damals ernst nahm, musste er der Versuchung aus dem Weg gehen. Der Spiegel in seiner Hand zitterte.

«Herr, Ihr seid alt geworden», krähte Oswaldo in der Tür. «Habt Ihr endlich ausgeschlafen? Die Herrin erwartet Euch. Sie will mit Euch sprechen.»

Scheppernd schlug der Spiegel auf dem Boden auf.

«Hat sie das gesagt?»

Oswaldo brach in meckerndes Gelächter aus. Er schlug einen Purzelbaum, den kein Mensch dem Alten mehr zugetraut hätte, und blieb im Schneidersitz vor Peire sitzen.

«Geht nur, Senhor, geht nur, Senhor, sie wartet auf Euch.»

«Still», herrschte Peire ihn an. «Ich werde dich davonjagen, wenn du keine Ruhe gibst.»

Oswaldo zog eine Grimasse und streckte ihm die Zunge heraus. Wie eine bösartige Wasserspeierfigur auf einem Kirchendach saß er da, als Peire davontaumelte.

Im Gang, der zum Frauentrakt hinüberführte, blieb Peire stehen und fasste sich an den Kopf. Was wollte er überhaupt von ihr? Sie war Fernandos Frau, unantastbar wie eine Heilige.

Montpellier, Mai 1207

Den Tag über war der Trupp des Edlen von Bicalaú und Vallderonca an den melancholischen Salzlagunen vorbeigezogen. Das tote Wasser der weiten Seen vor dem eigentlichen Meer erweckte in Martí jedes Mal ein Gefühl von Wehmut und Trauer. Reiher und Flamingos standen wie in Stein gehauen am Ufersaum. Kein Windhauch wehte über das Gewässer und die sumpfigen Niederungen davor, nur ein paar Fischerboote lagen weit draußen. Martí war müde vom langen Ritt, als sie endlich die Türme und Mauern der Stadt vor sich sahen, die auf zwei Hügeln lag und die Ebene überragte, und zugleich sehnte sich sein Herz nach der Leichtigkeit und Freude, die es bedeutete, auf dem Holzpodest zu stehen und seine Cantigas zu singen. Er hatte nicht die strahlende Stimme eines Peire oder Alfonsin, aber die Melodien seiner Lieder wurden auch von anderen gerne gesungen. Er konnte die Al-ud nicht so kunstvoll schlagen wie Peire, und doch maß er sich an dessen Kunst.

Auf einem weiten Platz vor der Stadt inmitten schattiger Bäume hatten die Ritter und Edlen ihre Zelte aufgeschlagen. Hunde rannten bellend heran.

«Wo ist der König?», krähte der dunkelhaarige Knirps, der vor Martí auf dem Pferd saß.

«Da drüben, da, wo das größte Zelt steht, werden wir ihn finden. Oder im Haus der Tornamira in der Stadt», erklärte Martí geduldig.

«Ich will den König sehen!», schrie Jaime Martí.

«Das wirst du und außerdem viele tapfere Ritter, Grafen und Vizegrafen.»

«Auch den von Toulouse, bei dem Paco ist?»

«Den auch! Und Domna Angelina wird dir einen Kuss geben, wenn du sie begrüßt. Unser Zelt wird neben dem ihren sein, die ganze Zeit über.»

«Aber dann reiten wir wieder heim zu Mama und Zubh.»

«Und zu dem neuen Kind», sagte Martí.

«Das schenken wir armen Leuten, die keins haben. Wir brauchen kein neues Kind.»

Die Männer rammten die Pflöcke für das Lager in den harten Boden, und Martí half selbst mit, die Pferde zu versorgen. Plötzlich trat Paco, der Bastard, auf ihn zu. Seine Augen glänzten wie im Fieber. Maiorinas Ältester hatte sich sehr zu seinen Gunsten verändert.

«Wo kommst du her?»

«Von da drüben», Paco deutete auf die einfachen Zelte am Rand des Lagers, «wo die Söldner Graf Raymonds kampieren.»

«Bist du zufrieden mit dem Senhor?»

«O ja, sehr.» Paco machte in der Tat einen guten Eindruck. Das leuchtend rote Waffenhemd mit dem goldenen Schwertkreuz stand ihm vorzüglich. Er war wohlgenährt, Haar und Bart hatte er wie ein Edelmann korrekt gestutzt, das Kettenhemd war geputzt und blitzte in der Sonne auf. Maiorina hatte ihn immer dazu angehalten, auf sich zu achten. War immer der Meinung, ihrem Sohn stünden ein Pferd und eine Rüstung zu. Aber dennoch, nie hatte er Paco, dem Stallmeister, ähnlicher gesehen als in diesem Moment. Nur die unregelmäßigen Vorderzähne erinnerten an seine Mutter und gaben Paco etwas Liebenswürdiges. Paco, der Stallmeister, sein abscheulicher Erzeuger, war dagegen ein brutaler Widerling, der unangenehmste Mensch auf Vallderonca.

«Zahlt er pünktlich?»

«Aber ja, ich kann mich nicht beklagen. Ich habe eine Bitte.» Jetzt war Paco wieder so verlegen wie als kleiner Junge. «Könntet Ihr Euch dafür verwenden, dass ich den Wachdienst vor dem Zelt des Grafen versehe?»

«Ziemlich dummer Einfall. Was willst du denn da? Die armen Teufel dort dürfen nicht einmal zum Sängerfest. Und wenn das kleinste Teil im Zelt fehlt, ein silberner Becher oder ein Dolch, ist es mit der Courtesia des hohen Herrn vorbei.»

«Egal, ich will wachen. Ihr wisst, dass ich nicht stehle.»

Martí seufzte. Die jungen Ehrgeizlinge. Wahrscheinlich versprach sich Paco einen Vorteil von der Nähe zu Graf Raymond. Vielleicht wollte er zum Anführer eines größeren Kontingents ernannt werden. Paco vergötterte seinen neuen Herrn, zu dem er damals unbedingt wollte. Martí hatte ihn in den letzten Jahren so oft in Zaragoza gesehen, dass er die Stärken und Schwächen des Grafen von Toulouse kannte. Er war ein gut aussehender leichtlebiger Weiberheld, so wie Don Pedro auch. Domna Leonor von Aragon, die Schwester des Königs, war seine vierte Ehefrau. Und Don Pedro hatte sie hauptsächlich deshalb mit Raymond verheiratet, weil er damals einen riesigen Kredit brauchte, um die Krönung in Rom zu finanzieren. Raymond hatte dem königlichen Schwager die Säcke voller Maravedis großmütig vorgestreckt.

«Müde, wie ich bin, werde ich, nur, weil du es bist, mit einem von Raymonds Männern reden. Hoffentlich ist einer da, den ich kenne. Pass auf den Kleinen auf, bis ich zurück bin. Dass er mir nicht unter die Pferde kommt.»

«Danke, Don Martí.» Paco küsste die Hände des Mannes, der ihm immer beigestanden und ihn hundertmal vor den Prügeln Pacos, des Stallmeisters, bewahrt hatte.

Sie freute sich auf das Sängerfest, darauf, all die bekannten Lieder wieder zu hören, auf die Troubadoure und ihre Joglares, auf die Kunststücke, die Tänze und die Schlangenbändiger. Die Musik war ihr Leben, seit sie denken konnte. Manchmal, wenn sie im Morgengrauen wach wurde und mit ihrem Gebetsteppich in die Ecke kroch, wo niemand sie sah, um zu beten, wie sie es schon als kleines Mädchen getan hatte, hatte sie ihren Namen vergessen. Sie hatte zu viele gehabt, «Angelina» war der vorläufig letzte einer langen Reihe, und vielleicht würde noch einmal einer kommen, ein Name, den sie noch nie gehört hatte.

Andere Frauen hatten Kinder geboren, ein Glück, das ihr versagt geblieben war, dafür hatte Gott ihr die Welt der Töne, der Musikinstrumente, des Tanzes und der Schönheit auf Erden geschenkt.

«Domna – warum weint Ihr?», fragte Roberta leise.

«Es ist mir gar nicht aufgefallen, ich wollte nicht weinen.» Angelina hielt einen Moment inne und sah in den blank polierten silbernen Spiegel, den die Hofdame ihr entgegenhielt.

«Wenn du neben mir stehst, sollte ich besser nicht mein Gesicht ansehen», versuchte sie zu scherzen. Roberta war eine außergewöhnliche Schönheit. Der Liebreiz ihrer Mutter Maiorina war eine gelungene Vereinigung mit Martís rotem Haar und seinem Godoäußeren eingegangen. Mochte Martí erzählen, was er wollte, für Angelina jedenfalls waren die Mädchen aus Vallderonca, Jacobina und Roberta, die er ihr als Hofdamen empfohlen hatte, Martís Töchter.

Trotz aller Freude kamen Angelina beim Gedanken an das Sängerfest auch die Tränen. Es war bitter zu wissen, dass sie nicht mehr dabei singen und tanzen würde. Don Pedro hatte sie gleich zu Anfang ihrer Beziehung gebeten, nicht mehr die Bühne zu betreten. Damals schien es ihr leicht, ihm dieses Versprechen zu geben. Über die Jahre hinweg aber war es immer schmerzlicher, sich daran zu halten. Einsam drehte sie sich im Inneren ihres Zelts zur Musik des Joglars. Angelina wischte sich erneut Tränen aus den Augen. Es war eine Dummheit gewesen, Don Pedro etwas zuzusagen, worauf er gar nicht angewiesen war. Denn die Zeit verging, sie wurde älter und schwerfälliger. Angelina schloss die Augen und malte sich aus, wie sie wieder auf einer Bühne stand, vor der Hunderte sich drängten und auf sie gewartet hatten.

Eines Tages, plötzlich wusste sie es, würde Don Pedro seine Gunst einer anderen, jüngeren Frau schenken, und dann kannte keiner mehr die Sängerin Angelina.

«Da ist jemand für Euch gekommen, Domna», meldete Jacobina atemlos.

«Wer denn, Kind?»

«Ein Mönch», flüsterte Jacobina. Maiorinas jüngste Tochter fürchtete sich vor allen Respektspersonen, ganz besonders vor Geistlichen. Die Kleine war eigentlich noch zu jung und zu verspielt für den Hofdienst, sie hatte Heimweh nach Vallderonca und schmuste am liebsten mit Angelinas Schoßhunden.

Obwohl sie nur die Mätresse des Königs war, wusste jeder, welchen Einfluss Domna Angelina auf Don Pedro ausübte und wie viel man über sie bei ihm erreichen konnte. Nur eine der Montcadatöchter diente bei Domna Maria in Montpellier, was dazu führte, dass Don Pedro ärgerlich wurde, wenn Jordi de Montcada diesen Umstand erwähnte, schlimmer, dass er dem Gespräch mit Don Jordi aus dem Weg ging. Dabei war Domna Maria in ihrem Verhalten untadelig und fromm. Mit Papst Innozenz stand sie in ständiger Verbindung und hatte ihn durch ihren Gesandten um Hilfe im Scheidungsprozess gegen ihren königlichen Gemahl angefleht. Domna Maria, Tochter der unglücklichen Domna Eudokia und des Grafen Guilhelme, die Erbin der Grafschaft Montpellier, war entschlossen, sich nicht von der Seite des Königs von Aragon vertreiben zu lassen. Immerhin hatte sie eine Tochter geboren und stammte über ihre Mutter aus dem byzantinischen Kaiserhaus von Konstantinopel.

Der Mönch war eingetreten, stieg über die Hündchen, unbeeindruckt von ihrem wütenden Bläffen, und Angelina begrüßte ihn mit christlicher Demut, wie es dem Mann der Kirche zukam.

Sein Anliegen war kurz und machte Angelina schreckensbleich.

«Ihr werdet doch kommen, Domna?», fragte er im Hinausgehen.

«O ja», stammelte sie und hielt sich am Eingangspfosten des Zeltes. Es war sehr heiß draußen, wie sie plötzlich bemerkte.

«Hat er etwas Böses gesagt, Domna?», fragte Jacobina verängstigt.

«Jacobina, bitte geh zu Don Martí. Er soll sofort kommen. Ich muss ihn dringend sprechen.»

Der Joglar, ein unscheinbarer junger Mann aus Okzitanien mit einem Gesicht, das man sofort wieder vergaß, war beim Eintreten des Mönchs nach draußen verschwunden, wo er ein Stück Wassermelone verzehrte. Trotz seines unbedeutenden Äußeren verfügte er über eine schöne Stimme, die sich dem Gedächtnis einprägte und die man wieder hören wollte. Jetzt erhob er sich schmatzend und wollte gerade seine Maultrommel wieder ins Zelt zurückbringen. Angelina winkte unwirsch ab, warf ihm ein Geldstück zu und ließ ihn gehen.

Die Schlacht war für die Männer das, was für die Frauen der Moment der Geburt war, die Grenzlinie inmitten des Lebens. Es galt beide zu überstehen. Nicht zu siegen, hatte ihr Sid immer gesagt, es zu überstehen, darauf kam es in der Schlacht an.

Dihya ging voller Unruhe umher, unfähig, sich auf irgendwelche kommenden Ereignisse zu freuen. Alles war möglich und auch wieder unmöglich. Sie versuchte zu erledigen, was sie konnte. Da war eine Stickerei, die sie noch vor dem Tag, an dem das Kind zur Welt kommen würde, fertig stellte, bis in die Nächte hinein. Einmal blieb sie vor Francisca stehen, die nicht wusste, wie ihr geschah, gab ihr die Hand in der Art, wie es die Christen taten, und entschuldigte sich bei ihr. Sie sei manchmal unfreundlich zu ihr gewesen und erbitte ihre Verzeihung. Francisca behauptete, davon gar nichts bemerkt zu haben.

«Es war aber so. Ich war eifersüchtig, weil deine Kinder doch die Enkel des Conde sind.»

«Das ist nicht sicher», hatte Francisca verlegen abgewehrt. «Urban weiß nicht, wer sein eigener Vater ist. Er sagt immer, es seien möglicherweise sogar zwei, Don Julián und der Söldnerführer Ar-Rubatair.»

Domna Dihya stand morgens in aller Frühe auf, wusch sich und betete auf ihrem kleinen Teppich in der Nische neben der Kemenate, die sie für diesen Zweck hergerichtet hatte. Ihr Sid war ohnehin nicht da, und selbst, wenn er sie hätte beobachten können, hätte er es ihr gewiss gestattet. Der Sid war großmütig, ein Mann, der vieles verstand, viel Wissen erworben, die Eigenschaften eines maurischen Adligen angenommen hatte. Dihya betete auch für ihn, den vom rechten Glauben Abgefallenen, dass Allah ihn in seiner Güte doch wieder auf den richtigen Weg leiten mochte.

Je näher die Geburt rückte, desto schlechter schlief sie. Seit längerer Zeit überkam sie zum ersten Mal Schmerz darüber, dass sie sich hatte taufen lassen. Sie hatte es geschehen lassen und die erforderlichen Gebete gemurmelt, um Martí eine Freude zu machen, nicht aus wirklicher Überzeugung. Jetzt, während sie auf das Kind wartete, fiel ihr ein, mit welchen Strafen im heiligen Koran den Gläubigen gedroht wurde, die abtrünnig wurden.

Die Wehen setzten mitten in der Nacht ein, und Dihya rief nach Francisca, der Frau des Priors, der sie am meisten vertraute. Francisca hatte selbst sechs Kinder geboren, von denen nur Julián und Eulalia überlebt hatten. Bis zum Eintreffen der Hebamme, die weiter unten im Dorf lebte, kümmerte sie sich um die Gebärende.

«Es wird alles gut werden. Denk daran, du hast gesunde Zwillingskinder geboren. Diesmal ist es nur eins.»

«Bist du sicher?»

«Man kann es vorher nicht bestimmt wissen. Aber es fühlt sich an wie ein einzelnes Kind. Es ist leichter, wenn man nur eins zur Welt bringt.»

Francisca sollte Recht behalten. Die Wehen überstiegen nicht das übliche Maß, erst in der letzten Phase schienen sie Dihya unerträglich. Die Hebamme kam, als der Kopf des Kindes bereits sichtbar war und die Mutter flach atmete.

«Gleich, gleich ist alles vorbei. Dein Kind hat dunkle Haare.»

Mit geschickten Handgriffen zogen die beiden Kopf und Schultern hervor. Danach folgte leicht und mühelos der Körper des neuen Menschleins mit der Nabelschnur, wenig später, so wie es sein sollte, auch die Nachgeburt. Da war nichts, was die Gefahr ankündigte.

Francisca und die Hebamme bemühten sich um das Neugeborene, einen Jungen. Sie durchtrennten die Nabelschnur mit einem schnellen Schnitt und klopften ihm den Rücken, er schrie leise und kläglich. Das also war Peire Martí, dessen Pate der Senhor sein sollte – ein Moro, der in zwei Jahrzehnten die Moros bekämpfen würde. Er war dunkelhäutig wie Zubh, das nahm Dihya noch deutlich wahr. Auch, wie ihr Sohn in weiße Tücher eingehüllt wurde und Adelina, die inzwischen herbeigeeilt war, ihn leise singend auf und ab trug.

Der Blutstrom, der aus ihr floss, nahm diesmal kein Ende. Beunruhigt drückte die Hebamme auf den Bauch der Domna.

«Eleazar hat sicher einen Kräutertrunk gegen die Blutung», sagte Francisca halblaut.

Dihya spürte, dass irgendetwas anders war als beim letzten Mal. Da war nicht der Triumph, den sie beim Anblick von Zubh und Jaime Martí verspürt hatte. Sie hatte erst gezittert, dann wurde sie ruhiger und verspürte eine große Müdigkeit. Dihya stellte die Schwere ihres Körpers fest, ohne zu erschrecken. Alles verlangsamte sich. Die Zeit blieb über ihr stehen und sie in ihr.

Unmöglich, Martí noch weiter zu folgen oder ihn zu erreichen. Er war schon so entfernt. Er war an Orten, an denen sie nie mehr sein würde. Sie sah ihn deutlich vor sich wie ein Bild. Langsam ritt er am Schilfsaum eines weiten Sees entlang. Die Luft über ihm war von keinem Windhauch bewegt.

Es war wie Einschlafen. Dihya ging über in den Schilfsaum, wurde zur Oberfläche des Sees, war plötzlich der Schwarm Vögel, der wie erstarrt im Himmel stand, und wusste, dass sie genau an diesem Punkt verharren würde, während Martí weiterritt, ohne zurückzublicken, fort zu anderen Plätzen, in Städte, zu Schlachten, hoch hinauf auf Burgen, auf einem Schiff über das Meer, sie sah ihn knien vor dem alten Mann, dem Papst, Zubh und Jaime Martí neben ihm.

«Das Blut», stammelte die Hebamme. «Es hört nicht auf. Hol den Prior, schnell. Oh, mein Gott, nein. Warum ist Eleazar noch nicht da?»

Francisca beugte sich über Dihyas Gesicht. «Sie atmet nicht mehr», flüsterte sie.

Domna Angelina war so blass, wie Martí sie noch nie gesehen hatte. Über dem leichten Sommergewand aus feinem silberfarbenen Gewebe von Outremar trug sie einen Mantel aus grüner Seide, der am Hals von einer goldenen Spange zusammengehalten wurde. Sie war ungeschminkt, und man sah jetzt, dass sie etliche Jahre älter war als der König, was tagsüber nicht auffiel. Das krause Haar war immer noch tiefschwarz und glänzend, und die wachen grünen Augen ließen sie jünger erscheinen. Am liebsten hätte Martí sie tröstend in die Arme genommen, was sich natürlich von selbst verbot. Im Zelt lag noch die drückende Wärme des Tages. Angelina saß auf einem orientalischen Diwan und bewegte ein Tamburin lautlos hin und her. Die Schoßhündchen bläfften dem Ankömmling entgegen und leckten ihm kurz darauf die Hände, als er sich niederbeugte, um sie zu streicheln.

«Ihr habt mich zu Euch rufen lassen», begann er verlegen.

«Ich brauche Euren Rat – und vielleicht Eure Hilfe. Ich weiß nicht, was ich tun soll», begann sie. «Domna Maria hat mich für den Abend zu sich befohlen.»

Er begriff nicht gleich, um wen es ging.

«Die Königin? Sie will Euch sprechen?»

Angelina ließ das Tamburin sinken. «Don Martí, wisst, ich habe noch nie mit ihr gesprochen. Wir sind uns immer aus dem Weg gegangen. Was kann sie jetzt von mir wollen? Es war ihr eilig. Sie muss mich hassen, was meint Ihr?»

Martí schnipste verächtlich mit den Fingern.

«Soll sie Euch doch hassen. Sie kann Euch nicht schaden. Sie hat keinen Einfluss. Niemand im Gefolge des Königs hört auf sie, das wisst Ihr doch am besten. Man verspottet sie. Nicht einmal aus Höflichkeit wenden sich die Edlen an sie. Keiner will den König verärgern, indem er Umgang mit ihr pflegt. Don Pedro hat seit Monaten nicht mehr mit ihr gesprochen, er will sie nicht einmal mehr sehen. Die Ehe ist annulliert. Sicher wird auch der Papst bald zustimmen.»

«Noch ist sie die Königin. Und ich – wer bin denn ich?»

«Das wisst Ihr doch am besten. Niemand steht Don Pedro näher als Ihr, Domna. Ihr besitzt sein Herz.»

«Ich habe Angst, zu Domna Maria zu gehen. Kann sie erreichen, dass Don Pedro mich aus der Stadt fortschickt? Immerhin ist zuerst sie die Herrin von Montpellier. Was, wenn sie mich verhaftet und in den Kerker bringt?»

«Domna, es gibt keinen Grund, diese Frau zu fürchten. Es ist eher umgekehrt. Vielleicht will sie durch Euch ja Don Pedro eine Nachricht übermitteln.»

Angelina winkte ihm, sich zu setzen. Er ließ sich auf einem Klappsessel nieder und knetete die Hände. So unbedenklich, wie er vor Angelina tat, war die Lage nicht. Die Königin Domna Maria galt als äußerst klug und diplomatisch versiert, was angesichts ihrer Mutter, die aus dem byzantinischen Kaiserhaus stammte, auch nicht verwunderlich war.

«Don Martí, es ist eine Falle. Vielleicht denkt sie, wenn ich aus dem Weg geräumt bin, kehrt Don Pedro zu ihr zurück.»

«Nein.» Martí war sich sicher, dass Maria keinen solchen Plan hegte. Er hatte ein paar Mal mit ihr gesprochen, und sie hatte ihm gedankt für das, was er für das Königreich Aragon getan hatte. Sie war nicht unsympathisch. Viele Höflinge glaubten, sie links liegen lassen zu dürfen, jetzt, wo sie nicht mehr die Gunst des Königs besaß. Martí war immer der Meinung gewesen, dass sich immer noch etwas für sie ändern konnte. Domna Maria hatte sich nichts zu schulden kommen lassen. Sie war auf ihre Art eine starke Frau, aber keine, die zu den Mitteln der Gewalt griff. Die Erbin der Grafschaft Montpellier und der zur Stadt gehörigen

Gebiete vertraute auf die Macht des Gebets, auf ihre Reliquien, auf fromme Gaben an die Klöster und Kirchen der Stadt und die Macht der Überzeugung. Jahrelange Auseinandersetzungen mit den Kindern aus der zweiten Ehe ihres Vaters hatte sie geduldig durchgestanden. Sie hatte selbst mehrere Kinder in der Ehe mit dem alten Grafen von Comminges geboren, den zu heiraten man sie gezwungen hatte. Sie hatte schließlich versucht, sich gegen ihren zweiten Ehemann Don Pedro zu behaupten, der sie nötigte, gleich zu Beginn der Ehe alle möglichen Dokumente zu unterzeichen. Domna Maria hatte bei allem, was ihr zugemutet worden war, nie geweint, sondern auf höhere Mächte gebaut. Es gab Leute, die sie schon jetzt als eine Heilige bezeichneten.

«Die Domna macht sich nichts vor. Don Pedro ist für sie verloren. Sie ist nicht bösartig oder gewalttätig. Wenn Ihr wollt, werde ich Euch begleiten.»

«Sie ist jung und leidenschaftlich und noch immer in Don Pedro verliebt, berichten die Hofleute, die mit ihr Umgang haben.»

«Dann hören wir uns doch an, was die Heilige zu sagen hat.»

Zwei Pagen Don Pedros geleiteten Angelina und Martí durch die engen Sträßchen der Altstadt zum palastähnlichen Haus der Tornamira, wo sie von den Wachen anstandslos durch das Tor gelassen wurden. Martí hatte sicherheitshalber sein Kettenhemd übergezogen und war mit dem Schwert gegürtet, woran aber keiner der Wächter Anstoß nahm. Eine große Zahl von Mönchen stand mit Kerzen in den Händen wartend im Hof.

Sie durchquerten die Eingangshalle und stiegen dann eine bequeme Steintreppe hoch zum ersten Stock des Gebäudes. In einem weiten Empfangsraum, dessen Bodenplatten mit einem weichen Teppich belegt waren, erwartete sie Domna Maria auf einem Polstersessel sitzend mit einem matten Lächeln.

Marias Augenlider flatterten vor Aufregung. Die Herrin von Montpellier und Königin von Aragon war von höfischer Schönheit. Nur ihre Nase war kräftig wie die eines Mannes und gab dem zarten Gesicht etwas Herrscherinnenhaftes. Ohne weiteres hätte man ihr eine mutige Tat zugetraut. Ihre seidene Kleidung war elegant, aber nicht übertrieben prunkvoll. Das Blau ihres Umhangs betonte die Farbe ihrer Augen. Im herabhängenden dunklen Haar trug sie ein schmales Perlendiadem, an den Fingern Ringe mit eingearbeiteten Reliquien. Zu ihren Seiten saßen rechts der Bischof von Maguelonne, der offizielle Lehnsherr der Stadt Montpellier, und links ihr Kaplan. Neben dem Bischof stand ein städtischer Würdenträger, der ihnen mit starrem Gesicht entgegensah.

Angelina und Martí verbeugten sich tief vor Maria und küssten den Ring des greisen Bischofs, der ihnen huldvoll zunickte. Sein Gesicht unter dem gescheitelten weißen Haar war rosig und feist wie das eines zufriedenen Säuglings.

«Nehmt Platz», befahl Maria.

Lautlos rückten die Pagen zwei gepolsterte Schemel herbei. Dann sprangen sie auch schon davon und schlossen die schwere Eichentür.

Der städtische Würdenträger und nicht etwa Maria eröffnete das Gespräch.

«Wir haben Euch kommen lassen, Domna Angelina, aus großer Not heraus. Wir danken Euch, dass Ihr zu uns gekommen seid. Ihr habt sicher die Mönche im Hof gesehen?» Er schwieg einen Augenblick.

Der Bischof beugte sich vor und ergriff Angelinas Hände. «Sie beten bereits für unser Anliegen. In allen Klöstern der Stadt liegen die Mönche und Nonnen auf den Knien und flehen zum Himmel.»

«Was, bitte, wenn die Frage erlaubt ist, erflehen sie denn?», fragte Angelina mit einer Stimme, die leicht zitterte.

«Ich spreche zu Euch als der Vertreter des Rates der Stadt Montpellier. Es war, wie Ihr vielleicht wisst, der Rat der Stadt, der dem König von Aragon die Hand der Domna Maria angetragen hat.»

«Es ist mir wohl bekannt», sagte Angelina leise.

«Und Ihr wisst auch, dass der König immer noch keinen Infanten gezeugt hat. Es gab die früh verstorbene Tochter Sancha –»

Angelina kannte die ganze Geschichte nur zu gut, hatte sie schließlich aus erster Hand gehört, sozusagen selbst miterlebt. Die kleine Sancha hatte nur ein paar Wochen gelebt, während deren der stolze Vater Heiratspläne für seine Tochter geschmiedet hatte. Als das kleine Mädchen plötzlich und unerwartet starb, hatte sich in ihm die Überzeugung festgesetzt, Maria sei unfähig, gesunde Kinder zu gebären. Und danach war zwischen Don Pedro und Domna Maria alles vorbei gewesen. Montpellier war für das Königreich Aragon auch ohne sie sicher, denn die zweite Frau von Marias Vater war die Cousine Don Pedros. Der König von Aragon trug sich mit dem Gedanken, Domna Maria zu verpflichten, für den Rest ihres Lebens in ein Kloster zu gehen. Ihr Anblick ließ ihn unweigerlich an Tod und Trauer, an die Gruft, denken, in der Sancha ruhte. Es grauste ihn vor Domna Maria. Es war ungerecht und grausam, aber nicht Angelinas Schuld.

Angelina überlegte kurz, ob Domna Maria willenlos genug war, in das Kloster einzutreten, mit dem Don Pedro bereits in Verhandlungen stand. Einen winzigen Moment lang kam Mitleid mit der machtlosen Königin in ihr auf. Es war kein Glück, als Frau in einem hohen Haus geboren zu sein. Mochte sie noch so schön, noch so klug sein, es ging nie darum, was sie selbst plante und beabsichtigte. Die Männer der Familie, der Vater, ihre Brüder, ihre Onkel, würden über ihre Zukunft bestimmen. Und sie selbst, Spielball verschiedenster Interessen, konnte sie selbst jemals etwas verwirklichen, außer vielleicht unter Gefahr für Leib und Leben eine Liebesaffäre mit einem zu beginnen, den niemand für sie vorgesehen hatte?

Der Bischof begann wieder zu sprechen, und Angelina überlegte, ob sie träumte, so absurd erschienen ihr seine Worte.

«Heute Nacht soll der Infant gezeugt werden. Es ist das Interesse der Stadt Montpellier und des Königreichs Aragon. Der Himmel erhört die, die aus reinem Herzen bitten.»

Martí kämpfte gegen einen starken Lachreiz an. Don Pedro hatte mehrere Bastardkinder mit den verschiedensten Damen, Domna Maria aber hatte er seit über einem Jahr nicht mehr angerührt, und nichts sprach dafür, dass er auch nur ein paar Worte an sie richten würde.

«Die Ehe des Königs mit Domna Maria ist annulliert», sagte Angelina, als wollte sie sich rechtfertigen.

«Hier ist genau das Problem, bei dem außer Gott nur Ihr, Domna, uns helfen könnt», sagte der Bischof. Ein kindliches Lächeln erschien auf seinem rosigen Gesicht.

Gott konnte viel, aber manches wollte er nicht. Martí brach jetzt der Schweiß aus. Es gab Dinge, die Menschen nicht erzwingen sollten.

«Beim Gelage heute Abend wird Don Pedro wieder betrunken sein. Wenn Ihr ihn aus dem Festsaal hierher ins Schlafzimmer geleitet, Domna Angelina, wird er Euch zweifellos folgen. Inzwischen aber, so unser Plan, wird Domna Maria in Euren Kleidern im Bett liegen und den König erwarten.»

«Meine Herren», sagte Martí, «dieser Plan ist zweifellos zu verwirklichen. Es wird vermutlich gelingen, den König dieses eine Mal irrezuführen. Nur, fürchte ich –»

«Macht Euch keine Sorgen», sagte der Bischof, der jetzt strahlte, «für den Rest sorgt Gott. Er wird die Gebete seiner Diener nicht unerhört lassen.»

Martí sah jetzt zu Maria hinüber, die während des gesamten Gesprächs kein Wort gesagt hatte. Ihre Wangen glühten.

«Domna», wandte sie sich jetzt an Angelina. «Habt Ihr vielleicht ein bestimmtes Parfüm?»

Angelina nickte und überlegte. Auch Martí überdachte das Ganze. Er war sich sicher, dass sogar Don Pedro, wenn ein Infant geboren wäre, Grund zur Dankbarkeit hatte. Und wenn nicht – Martí überlegte, ob Angelina das Risiko eingehen durfte.

«Lasst uns kurze Zeit miteinander beratschlagen», bat er dann. «Wir riskieren immerhin den Zorn unseres Königs.»

«Ihr könnt in den Nebenraum gehen und euch beratschlagen», schlug Maria vor. «Bitte bedenkt aber, wie viel auf dem Spiel steht und wie viel gewonnen wäre, wenn es gelingen würde. Wäre es nicht sogar den kurzfristigen Zorn Don Pedros wert? Der König ist dreißig Jahre alt. Die Geburt eines Infanten würde seine Regierung stabilisieren. Es ist an der Zeit dafür.»

«Die Stadt wird Euch reich belohnen für Euren Mut, bedenkt auch das», sagte der Mann vom Stadtrat.

Beklemmung legte sich auf Peires Brust, als seine Schritte durch den modrig riechenden gemauerten Gang hallten. Ein Mann kam ihm entgegen, ein riesiger breitschultriger Mönch in einem bodenlangen schwarzen Gewand. Peire blieb stehen und begrüßte ihn mit einem Kopfnicken. Er hatte ihn früher schon gesehen und war sich ziemlich sicher, Fra Roberto, den Wanderprediger, vor sich zu haben. Der Fra kam aus Leonors Gemächern.

Der Mönch versperrte ihm den Weg. «Geht nicht weiter», sagte er mit kehliger Stimme.

«Ich will mich nur verabschieden. Die Höflichkeit gebietet, sie aufzusuchen.» Peire schob den Mann unwillig beiseite und ärgerte sich zugleich, dass er sich vor dem Häretiker gerechtfertigt hatte.

Aus der Kühle des Gangs ging er die beiden Treppenstufen nach oben. In diesem Moment wollte er vieles zugleich, Fernandos Freund bleiben, Domna Leonor ein letztes Mal sehen, sie seiner Liebe versichern, ohne sie auch nur zu berühren, andererseits aber auch ihre Liebe aufs Neue gewinnen. Ihre Stimme und ihr beglückendes Lachen wollte er noch einmal hören, und außerdem sollte sie erfahren, dass er im Begriff war, ein neues Leben zu beginnen, ein besseres als das vor seiner Eremitenzeit. Er wollte wieder in die höfische Welt eintreten, seine Lieder vortragen und dem König von Aragon dienen.

Sie saß auf ihrem Bett unter dem Baldachin. Die Tür zum Söller stand weit offen. Die Sonne schien auf die Steinplatten des Gemachs, auf den abgetretenen Teppich und wärmte den Raum.

Peire kniete nieder, überwältigt vom Anblick Leonors, die ihm kleiner und zarter geworden zu sein schien. Sie trug ein knöchellanges seidenes Gewand. Der mattblaue Farbton harmonierte mit der Farbe ihrer Augen. Ihr Gesicht war das der Jungfrau Maria, die er in der Kapelle auf dem Felsen zurückgelassen hatte.

Er berührte die Spitzen ihrer roten Samtschuhe mit den Lippen. Langsam erhob er sich. Es war ihm nicht möglich, die üblichen höflichen Worte der Begrüßung hervorzubringen.

«Es ist gut, dass Ihr wieder hier seid, Dienstmann», sagte Leonor. «Oder seid Ihr das jetzt nicht mehr? Nach allem, was Euch widerfahren ist?»

«Ich habe Euch für immer *oboedientia* geschworen», sagte er leise. «Was Ihr verlangt, werde ich tun.»

«Geht es Euch besser?», fragte sie.

«Ja und nein.» Es war der Versuch, sie nicht zu belügen.

Es ging ihm besser als an dem Tag, an dem er sein Quartier unter dem Felsvorsprung bezogen hatte. Er war jetzt geheilt. Die Schmerzen von damals hatten sich verflüchtigt. Andererseits gab es neue Schmerzen. Er war entschlossen, nur vor ihr zu knien.

«Mir geht es besser als vor sieben Jahren», sagte sie. «Sehr viel besser.»

Sie hatte sich verändert, ohne dass sie älter geworden wäre. Ihr graziler Körper erschien ihm so jugendlich wie damals. Und doch war etwas verändert, das er nicht benennen konnte.

«Kaum ein Tag ist vergangen, an dem nicht eins Eurer Lieder zu hören war. Sogar in den Dörfern werden die Cantigas gesungen.»

Er lächelte. Die Cantigas. Er hatte auf dem Felsen ausgeharrt im Schmerz um Mariela und Nina Isabel, und die Cantigas, wie Kinder, hatten begonnen, ein eigenes Leben zu führen, waren in die Welt ausgeschwirrt.

«An manchen Tagen», sagte Leonor, «waren Eure Lieder die einzige Freude, die ich hatte.»

Sie berührte ihn nicht. Und er wagte nicht, die Hand nach ihr auszustrecken.

«Alles ist anders geworden», fing er an. Es fiel ihm schwerer als in den alten Zeiten, Worte zu finden. Sogar im Gespräch mit Lanfranco und Rodrigo geriet er immer wieder ins Stocken.

«Was betrübt Euch, Domna?»

«Versucht, mich zu vergessen», sagte sie förmlich. «Wählt eine andere Domna aus. Und nicht nur das. Ihr könntet Euch wieder verheiraten.»

«Niemals werde ich das tun.»

«Ihr seid gerade in die Welt zurückgekehrt», sagte sie. «Es ist schwer, wenn man allein ist.» Sie sah ihn betrübt an. «Überall im Lande wird nach den Boni homines Ausschau gehalten. Man versucht, ihnen den Prozess zu machen und sie von ihren Gütern zu vertreiben. Man zwingt sie, sich zu verstecken und zu verstellen. Die Männer fliehen in andere Länder, und Frauen und Kinder ziehen als Flüchtlinge umher auf der Suche nach einem Stück Brot und einem Dach für die Nacht. Die Legaten des Papstes sind im ganzen Land unterwegs und kennen keine Nachsicht. Nicht den sündigen Geistlichen predigen sie Buße, nein, sie spüren den guten Christen nach – das ist die Welt, in die Ihr zurückgekommen seid.»

Er wartete darauf, dass sie ihn berührte. Mit gesenktem Kopf wartete er auf die Berührung ihrer Hand. Sie kam nicht.

«Ach, Peire», sagte sie leise, «ich bete für Euch, dass auch Ihr eines Tages das Consolamentum erlangen möchtet.»

Das Consolamentum? Er? Mit Schrecken begriff er, wie weit sie sich von ihm entfernt hatte. Fernando hatte nicht übertrieben. Leonor war ganz in den Händen der Häretiker und ihrer Lehren. Er sah sie an. War sie denn nicht mehr aus Fleisch und Blut? Nur noch ein vergeistigtes Wesen, das einer anderen Welt zustrebte?

Gequält sah er zu ihr auf. Dieses Gesicht hatte er einmal liebkost, diesen Körper in den Armen gehalten. Wusste sie es überhaupt noch?

«Leonor», murmelte er und erhob sich von den Knien, überwältigt von dem Wunsch, sie an sich zu reißen, seine Lippen auf ihre zu drücken, mit ihr zu verschmelzen, eins zu werden mit ihr für immer und ewig, das zu tun, was bereits war, was Gott längst beschlossen hatte für sie beide. «Hab keine Angst. Ich bin nicht mehr der Peire von damals.»

Ihre zierlichen Hände stemmten sich gegen seine Schultern und schoben ihn mit erstaunlicher Kraft ein Stück zurück, als wollte sie ihn in seine Grenzen verweisen.

«Fass mich nicht an. Ich will es nicht», sagte sie halblaut. «Ich bin eine Vollkommene, eine Perfecta. Ich darf das Consolamentum spenden und das Vaterunser sprechen. Dazu muss ich meine Reinheit bewahren. Ich bin Satans Gewalt entkommen. Auch du kannst diesen Weg gehen. Tu es, Peire. Die Welt ist Satans Werk.»

«Das ist nicht wahr», brach es aus ihm heraus. «Es ist Gottes Welt, eingerichtet mit nützlichen schönen Dingen, mit Hühnern, die Eier legen, mit saftigen Beeren an den Büschen, mit Holz, das dich wärmt, wenn du es ins Feuer legst. Mit Sonne und Regen, Wind und Wärme. Ich weiß, wovon ich spreche.»

«All das ist Blendwerk, leere Besitztümer, die dich mit dieser Welt aus Leid und Elend verbinden wollen. Durchschau endlich das Spiel, das Satan mit dir treibt. Dein Kind ist gestorben, damit bist du frei, den richtigen Weg einzuschlagen. Sogar ich gehe ihn, obwohl ich ein Kind geboren habe.»

Fassungslos sah er sie an. Sie sprach wie eine Predigerin. Geläufig und routiniert, gewohnt, Menschen zu überzeugen. Leonor war nicht mehr die Frau voller Selbstzweifel, die ihm vor sieben Jahren begegnet war. Während er auf dem Felsen gelebt hatte, hatte sie sich verändert, war eine andere geworden, hatte unsichtbare Grenzen überschritten. Für immer, so, wie es aussah.

Für Momente schüttelte ihn unbändiger Zorn. Es war alles Fra Robertos Schuld. Dieser Mann hatte Leonor in ihr Verderben gerissen. Sie war eine Ketzerin, halsstarrig, besessen von seinen Worten. Mit dem Fra hatte alles angefangen. Instinktiv begriff Peire, was geschehen war. Die beiden waren sich nahe, der hagere knochige Mönch und Leonor. Sie hatte Roberto immer mehr geliebt als ihn und Fernando. Und jetzt hatte sie beschlossen, Fra Roberto bis in den Tod gehorsam zu sein. Es kam ihm so sinnlos vor. Fra Roberto hatte die Welt zum Ort des Teufels erklärt und sie auf den Himmel vertröstet. Warum hatte sie sich darauf eingelassen? Das, was er, Peire, ihr versprach, war diese Welt mit Musik, Genüssen und Festen, war das pralle Leben. Es war nicht so unbedeutend und keineswegs zu verachten, wie sowohl die Ketzer wie auch einige der Bußprediger des Papstes behaupteten.

«Leonor!» Der Schmerz, sie verloren zu haben, zerriss ihn. «Es ist nicht wahr!»

Sie strahlte ihn an.

«Es war hart und schwer, doch ich habe es erreicht.»

Er sah sie an. Sie war auch noch stolz darauf, dass sie allem entsagte.

«Deswegen seid Ihr so blass und mager», stieß er hervor.

«Peire, auch Ihr wart lange Zeit so weit wie ich und habt Euren Körper kasteit und nichts als Wasser und Brot zu Euch genommen.»

So zart und sanft sagte sie es, dass sein Zorn dahinschmolz. Er wollte weinen und konnte es nicht.

«Das musste ich», sagte er knapp. «Es war Buße für die Schuld, die ich als Kind auf mich geladen habe.»

«Es gibt keine einzelne Verfehlung auf Erden für den, der noch sein Erdenleben führt. Alles, was er tut, ist Irrtum. Peire, werde wie ich, wenn du mich liebst. Werde ein Engel.»

«Domna, ich bin ein Mensch, und ich bete zu Gott, dass auch Ihr wieder auf den Weg der Menschen zurückfindet und dass Ihr Gefallen findet an allem, was menschlich ist. Versucht es doch für

Fernando, Euren Gemahl, der Euch liebt, und Euer Kind, wenn Ihr es schon nicht für mich tun wollt.»

Dann tat er, was er nicht vorgehabt hatte. Er zog sie an sich und küsste sie brüderlich auf beide Wangen. Sie stieß ihn verärgert zurück und griff nach ihrem silbernen Wasserpferd, um sich die Hände zu waschen.

Als Peire wenig später nach einem hastigen Frühstück mit seinen Begleitern Fouzilhon verließ, fiel ihm ein, dass er den Erbgrafen, auf den Fernando so stolz war, gar nicht begrüßt hatte.

«Und, Senhor?» Oswaldo trieb sein Pferd neben das seines Herrn. «Ist Euch leichter ums Herz, nachdem Ihr sie gesprochen habt?»

«Ja und nein. Aber Ihr hattet Recht. Es war wichtig, sie zu sehen.»

«Liebt Ihr sie noch?», fragte Oswaldo.

«Ich weiß es nicht», murmelte Peire, «ich weiß nicht, ob es Liebe ist.» Konnte man einen Menschen noch lieben, der sich so weit von einem entfernt hatte? Eine Frau, die beschlossen hatte, keinen Mann mehr körperlich zu lieben, die sogar ihr eigenes Kind verabscheute?

«Ich bin in Sorge um sie und ihre Seele. Oswaldo, diese Häretiker überall im Land sind schlimmer als jede Seuche.»

«Senhor, das ist wahr. Nebenbei bemerkt, im Languedoc gab es immer schon Ketzer. Nicht erst, seit die Leute von Albi ihre Lehren verbreiten.»

«Warum, Oswaldo?»

Oswaldo lachte kurz und meckernd auf. «Ihr kennt doch den Satz, den Urban immer wieder sagt. Die katholische Lehre ist nichts als ein Kompromiss zwischen zwei sich ausschließenden Ketzereien, dem Glauben an den einen einzigen Gott, an den die Sarazenen und die Juden glauben, und dem an viele Götter, wie ihn die Söhne des Romulus und die alten Griechen hatten.»

«Solche Dinge sagt Urban?»

«Senhor, es ist ein ewiger Kampf zwischen den Leuten des rechten Glaubens und den Abweichlern. Und vergesst bitte nicht, jeder der heutigen Ketzer hat sich zuvor enttäuscht von der heiligen Mutter Kirche abgewendet. Die päpstliche Kirche ist durch und durch verrottet. Allerdings ermahnt Papst Innozenz seine Bischöfe, sich zu mäßigen, und droht ihnen mit der Absetzung. Auch den Äbten der Klöster schreibt er, sie sollten ihre Geliebten fortschicken, wenn ihnen ihr Amt lieb sei. Ich versichere Euch, er wird die katholische Kirche nicht retten. Alles geht weiter, wie es seit jeher war. Die päpstliche Kirche ist ein einziger Sumpf!»

«Du glaubst doch nicht, die Ketzer werden über sie siegen?»

«Der Tag wird kommen, an dem die Kirchen Pferdeställe sind. Sie werden den Papst davonjagen und die Grafen und die Könige. Und es wird keine Kriege mehr geben, sie lehnen es ja ab, mit dem Schwert in der Hand Blut zu vergießen.»

«Du sprichst als Hofnarr.»

«Wartet ab, Senhor, wer von uns beiden der Narr ist. Die Zeit wird den Beweis bringen.»

Am Ende gehörte Oswaldo auch noch zu den Ketzern. Hilfloser Zorn stieg in Peire hoch. Er musste sich um diese Dinge kümmern und dem Ketzertum wenigstens bei seinen eigenen Leuten Einhalt gebieten.

«Hör auf. Ich will nichts mehr davon hören.» Er warf einen zornigen Blick auf Rodrigo, der voranritt, und beschloss, strenger mit ihm zu sein.

Seit Tagen schon war Magalit verschwunden. Leonor drehte sich um, sie hatte etwas gehört. Doch es war nicht Magalit, sondern Fra Roberto.

«Wo – ist Magalit? Ich habe nach ihr gerufen. Die Diener sagen, sie sei nicht mehr hier. Jemand soll sie auf der Straße nach Montpellier gesehen haben. Sie ritt in Männerkleidung auf einem Pferd, das kann nicht sein. Wird sie zurückkommen?»

«Frag nicht nach ihr.»

«Du weißt, wo sie ist, Bruder?»

«Ja.»

«Dann musst du es mir sagen.»

«Es ist ihr Geheimnis.»

«Wir haben keinerlei Geheimnisse voreinander.»

«Sie ist nicht so weit, wie sie manchmal glaubt. Sie haftet noch an Satans Welt, so wie du.» Er trat näher. «Du zitterst, Schwester.»

«Sag mir, was du weißt.»

«Ich wollte mich von dir verabschieden.»

«Was hast du, Bruder?»

«Nenn mich nicht mehr Bruder. Du bist beschmutzt.»

«Was bin ich?»

«Du hast dich anfassen und küssen lassen von – diesem Troubadour, der dich damals verführt hat.»

Er benahm sich wie einer, der eifersüchtig war. Verwundert sah sie ihn an. Ein solches Gefühl war zwischen ihnen nicht möglich. Solche Niederungen hatten sie längst überschritten. Eifersucht, sie war so abwegig, wie es gewesen wäre, ein Ei oder ein Stück Fleisch zu verzehren.

«Nein! Bruder, du weißt doch selbst, dass es nicht so war.»

«Ich habe alles gesehen. Du stehst nicht am Abgrund, Schwester, du bist hinabgestürzt.»

«Und deswegen willst du Fouzilhon verlassen?» Leonors Stimme wurde schrill.

«Du musst neu anfangen. Du darfst das Vaterunser nicht mehr sprechen. Du bist unwürdig. Das weißt du doch alles selbst. Warum bist du nicht selbst zu mir gekommen und hast mich um Rat gefragt?»

«Weil es nicht so war, wie du sagst. Ich – ich war stark. Peire de Vallderonca in seinem Wahn hat mich umarmt.»

«Du hast ihn gerufen, Schwester. Wir hatten vorher darüber gesprochen. Du hattest mir in die Hand gelobt, dass du ihn nicht treffen würdest.» Fra Roberto hielt einen deutlichen Abstand zu Leonor, die sich an einen Stuhl klammerte. «Du wolltest ihn wieder sehen, so wie irgendeine Domna ihren Troubador. Warum hast du mich, deinen Engelsbruder, belogen? Ich will es dir sagen –»

Leonor fühlte sich plötzlich wie befreit. Sie musste sich vor niemand rechtfertigen, auch nicht vor dem Fra. «Ich wollte Peire helfen, das war der Grund.»

«Warum hast du ihn heimlich gerufen, ohne mein Wissen?»

«Es geht dich nichts an. Es gibt Angelegenheiten, die ich selbst regeln kann. Und jetzt verlass mich.»

«Nein. Ich werde so schnell nicht gehen. Ich muss dir helfen. Ich muss dafür sorgen, dass du vor unseren Brüdern und Schwestern gestehst, was du heimlich tust.»

«Da ist nichts zu gestehen.»

Beide waren sie laut geworden, doch es fiel ihnen nicht auf.

«Du liebst ihn immer noch. Deine menschliche Natur hat dich geheißen, Peire de Vallderonca rufen zu lassen. Du wolltest, dass er dich anfasst und küsst. Nur deshalb hast du es geschehen lassen. Aber ich werde dich retten für den Himmel der Engel, zu dem ich dich über Jahre hingeführt habe, so schwer der Weg auch war –»

«Fass mich nicht an!»

«Ich bin der Einzige, der es darf. Ich bin ein Engel ohne Geschlecht. Ich darf dich sogar küssen, und ich werde es tun.»

«Roberto, du machst dich unglücklich!»

«Ich werde Peires Küsse auslöschen. Ich werde –»

Der Fra streckte die knochigen Arme aus und zog Leonor an sich. Sie schrie auf, so schrill, dass man den Schrei bis unten im Burghof hören konnte.

Sie schrie immer noch, lang gezogen und außer sich, als der Arm Robertos längst auf dem abgeschabten Teppich lag. Das Schwert Fernandos war so scharf, wie das Schwert eines Ritters sein muss, der im Kampf gegen die Feinde der einzigen Kirche Christi steht.

«Lass sie los, Ketzer. Nur ihretwegen darfst du dein elendes Leben behalten», sagte der Graf von Cervera y Cerdanya. Fra Roberto hatte einen dumpfen Ausruf des Schmerzes von sich gegeben. Frisches hellrotes Blut schoss aus seiner Achsel, bildete eine größer werdende dunkle Pfütze auf dem Muster des Teppichs, dann sank der schwere Körper des Predigers lautlos zusammen.

Leonor wollte ihn anfassen, ihm beistehen, aber eine eigenartige Kraftlosigkeit, die Unfähigkeit, sich vor Fernando zu ihm zu bekennen, hielt sie davon ab. Wieder war da die alte Feigheit, die sie jedes Mal überkam, wenn es darum ging, wie ein Mann zu handeln.

«Warum ist Magalit nicht da?», stieß sie hervor, als sei der ganze Zwischenfall nur dadurch verursacht, dass ihre Cousine verschwunden war.

«Domna Leonor», sagte Fernando und zitterte dabei mehr als sie, «entschuldigt Euch nicht. Ich weiß, dass Ihr Euch nicht von diesem Abschaum hättet anfassen lassen. Ich weiß es.»

Festlich gekleidet strömten die Ritter und Troubadoure, die Domnas, die Spielleute und Tänzerinnen, Söldner und Trossbuben, Händler, Kaufleute, vornehme und einfache Frauen hinüber zum Festplatz, von dem schon Trommeln und Fanfaren ertönten. Nur ein paar Wächter und die Hunde waren auf dem Lagerplatz zurückgeblieben.

Guillhem und Paco hatten es sich vor dem Eingang des herrschaftlichen Zelts ihres Grafen bequem gemacht, der sich im Inneren auf seinen Auftritt vorbereitete und mit Hilfe der Pagen ankleidete.

«Graf Raymond kommt immer zu spät», erklärte Guillhem, der schon länger für den Wachdienst eingeteilt war. «Kannst du Schach spielen?»

«Nicht jetzt», brummte Paco. Eigentlich war er ein guter Spieler, er hatte sich eine Menge Tricks bei Oswaldo und Martí abgeschaut und oft mit Oswaldo gespielt.

Die Stofftür wurde aufgerissen, der Herold trat heraus und hinter ihm, von den Pagen geleitet, Graf Raymond. Paco warf sich nieder.

Der Graf nickte den beiden Söldnern kaum merklich zu. «Die Hunde brauchen Knochen und frisches Wasser, vergesst es nicht», sagte er und schritt mit federnden Schritten weiter, im Gewand eines Troubadours.

Bewundernd sah Paco hinter ihm her. Hätte er die Gabe besessen zu singen, er hätte ein Lied darüber erfunden, wie wunderbar es war, seinem Vater so nahe zu sein. Still und beglückt lag er ausgestreckt vor dem gestreiften Zelt. Eigentlich hatte er nie weiter geträumt als bis zu diesem Punkt. Ihm ganz nahe zu sein, vielleicht kurz mit ihm zu sprechen, ihm womöglich zu sagen, dass er, der Senhor, sich ganz auf ihn verlassen konnte. Mehr war gar nicht nötig. Alles andere war jetzt unwesentlich. Er durfte ihm dienen, davon hatte er genau genommen von dem Tag an geträumt, als er mit Adelina zusammen ausgerissen war, um seinen Vater zu suchen.

Es machte einen Unterschied, ob man einer von tausend Söldnern war, die in der Ferne irgendwo weit von Toulouse Dienst taten, oder ob man als Wächter für das Zelt des Herrn ausersehen war.

Was für ein prächtiges und aufwendiges Zelt, wie erlesen die grauen Jagdhunde, die im Schatten dösten.

Paco überkam Herzklopfen beim Gedanken daran, dass er in den nächsten Tagen die Gelegenheit nutzen musste, die ihm die Nähe bot. Er würde den Senhor kurz ansprechen und ihm die Grüße von Maiorina überbringen. Und dann –, wenn sein Vater ihn erkennen würde … Nicht vorstellbar, was dann alles geschehen könnte. Wie sein Vater ihn an die Brust ziehen und vor aller Augen umarmen würde, allein das sich auszumalen erfüllte Paco mit tiefem Glück.

«Komm, würfeln wir.» Ungeduldig klackerte Guillhem mit den Würfeln im Lederbecher.

Zwei Zisterziensermönche in ihrem grauen Habit schritten über den verlassenen Platz zwischen den Zelten.

«Siehst du die beiden da? Das sind die Legaten von Innonzenz, die auf unseren Senhor angesetzt sind. Die Päpstlichen sind hinter ihm her», sagte Guillhem, «sie lassen nicht ab von ihm.»

«Was wollen sie denn? Die Pfaffen, die frommen Tröpfe?»

«Leise, vorsichtig. Kein falsches Wort, Compadre.» Guillhem war Kastilier, und die Tatsache, dass sie beide jenseits der Pyrenäen geboren waren, verband sie.

Die Mönche verschwanden um die Ecke.

«Du hast Schiss vor ihnen. Ich nicht.»

«Nicht Schiss.» Guillhem wehrte ab. «Du denkst, Männer ohne Waffen am Leib können einem wie dem Grafen von Toulouse nichts anhaben. Ich sage dir, Compadre, die beiden sind schlimmer als jeder Feind mit Lanze und Schwert. Sie haben es darauf abgesehen, Graf Raymond zu vernichten.»

«Aber warum?»

«Wegen der Ketzer im Land. Er soll sie bekämpfen, Tausende, Zehntausende im ganzen Toulousain, jeder, der hier einmal gelebt hat, weiß, dass es unmöglich ist. Es sind zu viele, die das Kreuz verachten, die Sakramente verlachen und all das. Nirgendwo ist es so schlimm wie hier. Aber es ist nicht die Schuld des Grafen. Es ist wie eine Krankheit, die sich ausbreitet. Compadre, ich bin aus Kastilien, ich verstehe auch nicht, wie man auf die Hostie treten und über die Heilige Jungfrau lachen kann. Hier in Okzitanien tun sie das in jedem zweiten Haus.»

«Graf Raymond zertrampelt Hostien? Hör zu, das glaube ich dir nicht.»

«Ruhig, Compadre, er nicht, sonst säße ich nicht vor seinem Zelt. Ich würde keinem Senhor dienen, der die Jungfrau verlacht und auf Hostien herumtrampelt. Ich sagte ja, es ist eine Seuche, die im ganzen Land hier grassiert. Er ist unschuldig. Aber der Papst macht ihn verantwortlich für den Irrglauben der Leute.»

«Und deswegen sind die Mönche hier?»

«Die beiden sind die persönlichen Gesandten des Papstes. Sie haben alle Vollmachten. Sie gehen herum, horchen die Leute aus und schreiben abends bei Kerzenschein lange Berichte an den Papst. Sie predigen auch auf den Marktplätzen und in den Städten und auf dem Land. Aber eigentlich sind sie die Spione des Papstes.»

Guillhem rückte näher: «Der alte Dicke, den du gesehen hast, mit der salbungsvollen Stimme ist Pierre de Castelnau und der andere mit der knubbeligen roten Nase Raoul de Fontfroide, aus der großen Zisterzienserabtei hinter Narbonne. Auf die beiden müssen wir ein Auge haben. Gestern, als ich nur kurz pinkeln wollte, ist doch Raoul einfach so ins Zelt des Senhor gegangen und hat in seinen Papieren gewühlt. Ich musste ihn noch vor dem Hund retten, der ihm den Ärmel seiner Kutte zerbissen hat.» Guillhem grinste verschwörerisch. «Die beiden wollen etwas finden, damit unser Graf wieder exkommuniziert wird und unter den Kirchenbann fällt.»

«Was hat es auf sich mit dem Kirchenbann?»

«Der Kirchenbann», jetzt flüsterte Guillhem, «bedeutet, im gesamten Land Raymonds dürfen keine Messen gelesen und keine Sakramente mehr gespendet werden. Wenn einer stirbt, darf kein Priester ihm die letzte Ölung spenden. Du kannst die Hostie nicht mehr empfangen, und die Bilder und Statuen der Heiligen in den Kirchen werden im ganzen Land mit Tüchern verhängt, damit man ihre Hilfe nicht mehr erflehen kann.»

«Sie verhängen die Bilder der Heiligen Jungfrau?»

«Genau das bedeutet es.»

Guillhem warf die Würfel auf den Sand.

«Raoul, der mit der Knubbelnase, betrinkt sich manchmal, aber Pater Pierre lässt nicht locker. Vor dem müssen wir uns in Acht nehmen. Er kennt kein Erbarmen.»

Die Wachablösung riss Paco aus seinen Träumen.

«Was machen wir?» Paco hatte keine Lust, jetzt zu den Unterständen der Söldner zurückzugehen und sich schlafen zu legen. Die Hochstimmung des Festes und die Gefahr, in der sich sein Senhor befand, versetzten ihn in einen Zustand von hellwacher Erregung.

«Wir begleiten unseren Grafen», schlug Guillhem vor. «Er ist der zehnte Sänger heute Abend. Nein, bleib hier. Dort sitzen nur saubere Herrschaften, Ritter, Grafen und der König von Aragon, mit ihren Damen. Wir müssen uns erst waschen. Wir dürfen unserem Senhor keine Schande machen, indem wir verdreckt hinter ihm hergehen.»

«Es sind immer dreizehn Auftritte an einem Abend, jedenfalls in Aragon. Machen sie das hier auch so?»

«Hier auch, Compadre.»

Vom Festplatz her wehte die Musik der Troubadoure und ihrer Joglare. Hastig reinigten sich die beiden am Brunnen Gesicht und Hände und rieben die Waffenhemden blank.

Paco ging hinter dem Grafen her, der sein purpurfarbenes Gewand mit dem goldenen Schwertkreuz trug, vor ihm schritt der Herold mit der Fahne der Grafschaft Toulouse. Obwohl Raymond so viel älter als er selbst war, empfand Paco ein Gefühl wie ein Vater für sein neugeborenes Kind, eine wilde Zärtlichkeit, die äußerste Entschlossenheit, ihn zu schützen und jeden Feind abzuwehren, der ihm schaden wollte. Nie hatte Paco sich wacher, nie so lebendig gefühlt wie jetzt in diesen Momenten, als sie sich den Weg durch die wartende Menge vor der Tribüne bahnten. Er wusste jetzt, wie gefährdet sein Senhor war, wie es um ihn stand, dass die Pfaffen, deren Seele Gott verdammen sollte, hinter ihm her waren. Paco gelobte an diesem späten Nachmittag in Montpellier etwas, das mehr war als der feierlichste Schwur, kostbarer und ernster als das Gelübde eines Priesters. Wenn auch übermächtige Kirchenherren längst über das Schicksal seines Herrn und Gebieters entschieden hatten, so würde er, Paco, der Bastard, doch bis zum letzten Atemzug für ihn kämpfen. Wenn es eine Rettung gab, er würde sie herbeiführen. Wenn er mit seinem Herrn hinab in die Hölle musste, so würde er ihn auch dahin begleiten. Nichts Geringeres erwartete seine Mutter Maiorina in ihren himmlischen Höhen von ihm.

«Bleib zurück.» Graf Raymond hob abwehrend die Hand. Paco wich zurück hinter die Bühne und stützte sich auf die Lanze. Einen neugierigen Blick warf er auf die mit Blumengirlanden reich geschmückte Ehrentribüne. Zwei Ritter des Königs von Aragon standen in Schwert und Kettenhelm hinter ihrem Herrn, der ungeniert seine Mätresse Domna Angelina neben sich platziert hatte, eine Dame von großer Schönheit, wie Paco feststellte. So beliebt Don Pedro in Okzitanien und der Provenza auch war, hier in der Stadt, seinem eigenen Herrschaftsgebiet, gab es viele, die ihn hassten. Der großzügige Herrscher mit den leeren Kassen hatte den Untertanen in Montpellier so strenge Steuern auferlegt, dass man vor einem Jahr seinen Palast bei einem Aufstand zerstört und niedergebrannt hatte.

Leichtfüßig bestieg Raymond die Bühne. Der Page reichte ihm die Al-ud, und der Graf verneigte sich vor der Menge, die ihm zujubelte.

Stille trat ein. Raymond begann sein Lied von der Königin der Troubadoure, der sein Herz gehörte, der schönsten Domna, die arm und einfach lebe, doch ein großes Herz habe.

Obwohl er ein Krieger war, einer, der sich vor keinem Gegner fürchtete, traten Paco zu seiner eigenen Bestürzung Tränen in die Augen. Er hatte viele Sänger gehört, seit er denken konnte. Noch nie aber hatte ihn ein Lied so bewegt wie das des Grafen Raymond.

Auch wenn ihr Name im Lied nicht fiel, Graf Raymond sang von der größten Liebe seines Lebens zu Maiorina, der Königin seines Herzens, der Königin der Troubadoure. Die Lanze rutschte Paco aus den Händen. Ob sie das Lied hörte, dort oben, wo sie war? Es würde ihr gefallen. Schade, dass Paco, der Stallmeister, nicht hier war. Auch er würde sofort begreifen, dass das Lied von Maiorina handelte. Und bestätigte es nicht Maiorinas Worte: «Du bist der Sohn des Grafen von Toulouse, Paco. Dir braucht hier in Vallderonca keiner Befehle zu geben. Eines Tages rufst du dem Grafen von Vallderonca die Kommandos zu.»

«Das gibt es nicht», murmelte Guillhem, «sieh dir die da an.» Er wies mit der Hand hinüber auf die Ehrenplätze am Fuß der Tribüne.

Neben der Königin Domna Maria von Montpellier und dem Bischof saßen die beiden päpstlichen Legaten, der mit der roten Knollennase und der andere, Pierre de Castelnau.

«Glaub nur nicht, sie genießen die Musik. Sie spionieren.» Guillhem spuckte aus. «Sie sind Blutsauger, sie wollen sein Leben, seinen Besitz, sie wollen ihn vernichten.»

Der Beifall für den Grafen von Toulouse wollte kein Ende nehmen. Für keinen der bisher aufgetretenen Troubadoure war so gejubelt und geklatscht worden wie für den fast fünfzigjährigen Raymond.

Der Herr des Toulousain verneigte sich vor den Zuhörern, trat zurück und musste erneut nach vorne. Schließlich erbarmte er sich, hob die Al-ud und sang eine Zugabe.

Es war nicht die Aufregung vor dem ersten Auftritt seit Jahren, die Peire empfand. Noch auf dem Weg nach Fouzilhon war er wie im Fieber gewesen bei dem Gedanken daran, wieder vor all den alten Freunden, sogar vor dem König, zu singen. Jetzt war er erfüllt von einer Gleichgültigkeit, die ihn erschreckte. Was sollte er hier? Sie, die Domna, die einzige Domna, die ihm etwas bedeutete, würde nicht zuhören. Und Kholla war für immer verloren. Regungslos saß er zwischen Oswaldo und Lanfranco und verfolgte das Geschehen auf der Bühne.

Er registrierte, dass sehr viel mehr Geistliche als früher auf der Tribüne saßen, Mönche, höhere Würdenträger, all die Angehörigen der christlichen Ritterorden, sogar ein oder zwei Bischöfe hatten sich unter die Zuhörer gemischt. Die Vertreter der Kirche lachten nicht über anzügliche Witze der Troubadoure und Joglare, das war neu. Früher, da erinnerte Peire sich deutlich, hatten selbst Bischöfe applaudiert und geschmunzelt, solange die Scherze sich halbwegs im Rahmen von Courtesia und *Mesura* bewegten.

Peire versuchte zuzuhören, doch seine Gedanken gingen immer wieder zurück zu Domna Leonor, die so sicher war, auf dem richtigen Weg zu sein. So viel hatte er ihr unbedingt sagen wollen. Unglücklicherweise war ihm alles erst später eingefallen, nachdem er sie verlassen hatte. Sie war im Irrtum, nicht weil die katholische Kirche das sagte. Nein, das Leben selbst war gegen die Häresie der Menschen im schwarzen Gewand, die sich als «Vollkommene» bezeichneten, weil sie nur noch Gemüse, Brot und Wasser zu sich nahmen. Sie verschmähten die Zeugung und alle gezeugten Produkte: Eier, Käse, Milch, Fleisch. Es war das Leben selbst, das sie ablehnten. Leonor lehrte nun auch diese neue Botschaft der Lebensfeindlichkeit. All die Unwissenden und Ungebildeten auf dem Land und in den Städten, die sich den Predigern anschlossen, taten es zunächst aus kindlicher Bewunderung für die barfüßigen Asketen. Dass Frauen predigen durften, war ein weiterer Anziehungspunkt. Peire war sich gewiss, die schlichten Anhänger des Irrglaubens durchschauten gar nicht, worauf sie sich einließen, kannten nur Bruchstücke der Ketzerlehren, ohne das ganze Gebäude von Irrtümern und unsinnigen Annahmen zu durchschauen.

«Ihr braucht gar nicht mehr anzutreten, Senhor. Die Zuhörer haben sich schon für Raymond von Toulouse entschieden. Wie findet Ihr ihn?»

«Er ist besser geworden», knurrte Peire, «und er war vorher schon gut, damals vor sieben Jahren, als ich ihn zuletzt gehört habe. Er war manchmal auf Vallderonca und hat bei uns in der Kemenate gesungen.»

«Aufgeregt?»

«Irgendwie schon.»

«Dann ist es ja gut, dass Martí vor Euch auftritt. Martí ist keiner der Besten, wenn auch sein Al-ud-Spiel erstaunlich gut geworden ist.»

Als Martí, begleitet von seinen Joglares, die Bühne betrat, wurde es still auf dem Rund der Tribünen. Alle kannten die Geschichte seines märchenhaften Aufstiegs bis an die Seite des Königs.

Martí trug keine eigene Erfindung vor, sondern begnügte sich damit, eins der bekannten Lieder Raimón de Miravals zu singen. Der Beifall war respektvoll, aber mäßig und galt mehr seinem Al-ud-Spiel als dem Gesang. Auf die anwesenden Damen machte der Edle von Bicalaú keinen großen Eindruck, der einzige Blumenkranz, der auf die Bühne flog, wurde von Domna Angelina geworfen. Mit einem gewissen Erstaunen stellte Peire fest, dass auch Domna Maria Gefallen an Martís Vortrag gefunden hatte. Sie hatte sich erhoben und klatschte begeistert. Don Pedro, der neben Domna Angelina auf einem erhöhten Sitz zwischen Don Fernando, Alfonsin und Jordi de Montcada saß, weit entfernt von der offiziellen Gemahlin, schleuderte einen Beutel in die Richtung seines Lehnsmannes, den dieser dankend aufhob.

Mit festen Schritten trat Peire die Holzstufen hinab, Miguelito mit der Maultrommel, Oswaldo mit den Schellen und Lanfranco und Rodrigo mit Zither und Flöte folgten ihm. Ein leichter Schwindel überkam ihn, als er auf der Bühne stand. Er fuhr mit den Fingern über die Seiten der Al-ud. Dann schloss er die Augen, weil ihn die Anwesenheit der Menge auf den Rängen doch irritierte, und sang das Lied, das er mit seinen Begleitern eingeübt hatte, das Lied von der unbekannten Geliebten in der Ferne, die er nicht kannte, nach der er sich aber sehnte.

Lanquan li jorn son lonc e may
M'es belhs dous chans d'anzelhs de lonh,
E quan mi suy partitz de lay,

Remembra'm d'un amor de lonh.
Vau de talan embroncx e clis
Si que chans ni flors d'albespis
No – m valon plus que l'yverns gelatz.

Iratz e dolens m'en partray,
S'ieu no vey sest'amor de lonh.
No'm sai quora mais la veyrai,
que tan son nostras terras lonh.
Assatz hi a pas e camis,
e per aisso no'n suy devis.

Im Mai, wenn die Tage lang sind,
Bewundere ich die Lieder der Vögel aus der Ferne
Und wenn ich davongehe
Denke ich zurück an die Liebste in der Ferne.
Ich gehe betrübt, den Kopf gesenkt,
Und Lieder und die Weißdornblüten
Bedeuten mir nicht mehr als der eisige Winter.

Traurig und in Schmerz werde ich gehen,
Wenn ich die ferne Liebste nicht sehe.
Ich weiß nicht, wann ich sie je erblicken werde,
So entfernt voneinander sind unsere Länder.
So viele Pfade und Straßen,
Dass ich keinen Rat weiß.

Das Lied war von Jaufre Rudel gedichtet und komponiert, aber Peire fand, es sei das einzig mögliche, das er hier bei seinem ersten Auftritt nach langer Zeit singen konnte.

Beifall brandete nach jeder Strophe auf. Peire dachte nicht über seinen Gesang oder die Begleitung seiner Gefährten nach. Trommel, Flöte, Zither und Schellen verwoben sich zu einem dichten Teppich, und seine Stimme schwebte darüber, ab und zu schnitten die scharfen Akkorde der Al-ud durch die Luft. Ohne weitere Huldigungen abzuwarten, verließ Peire die Bühne. Lanfranco bückte sich nach zwei Kränzen.

Danach betrat der dreizehnte und für diesen Tag letzte Troubadour die Tribüne. Es war Maga, der bucklige Sänger mit der Fistelstimme. Er kam wie immer ohne Joglar, verbeugte sich mit verschmitztem Lächeln und begann zu singen, während er die Arme bewegte, an denen Schellen befestigt waren.

Über Maga kursierten viele Gerüchte. Bei den meisten Sängerfesten war er dabei gewesen, aber nach seinen Auftritten immer so plötzlich verschwunden, als hätte ihn der Erdboden verschluckt. Schon vor Jahren hatte man versucht, ihm aufzulauern, um herauszubekommen, wer er war und woher er stammte, doch alle Bemühungen waren vergeblich geblieben. Maga pflegte keine Freundschaft mit den anderen Troubadouren. Jeder kannte ihn, ohne Genaueres von ihm und seinem Leben zu wissen. Es wurde gemunkelt, er sei ein Zwitter, weder Mann noch Frau. Andere hielten ihn für einen Spion, von den Moros geschickt, und einige waren überzeugt, Maga sei ein Sendbote des Teufels.

Peire war so erschöpft von seinem eigenen Vortrag, dass er zunächst nicht auf Magas Gesang achtete, sondern nur die Melodie zur Kenntnis nahm.

Plötzlich aber kam Bewegung auf der anderen Tribüne ihm gegenüber auf, wo die hohen Geistlichen um die Herrin von Montpellier versammelt saßen. Der Bischof von Maguelonne und mehrere Mönche hatten sich erhoben, bekreuzigten sich und stimmten das *Te deum laudamus* an.

Maga sang in hohem Falsett weiter, ohne die Unruhe auf den Zuschauerbänken zu bemerken. Zwei Bewaffnete der Stadt Montpellier eilten die Holzstufen hoch und ergriffen den überraschten Troubadour. Jäh brach der Gesang ab. Jetzt war nur noch das Lied der Mönche zu hören, dem sich andere Zuschauer anschlossen. Immer lauter dröhnte das *Te deum laudamus* über das Rund der Tribünen.

«Maga hat sich erfrecht, die Kirche zu verhöhnen. Der erste Troubadour, der sich öffentlich unter der Aufsicht der päpstlichen Kirche erkühnt, ein Ketzerlied zu singen», sagte Oswaldo.

Maga schrie auf. Offenbar hatte er nicht damit gerechnet, auf diese Weise unterbrochen zu werden. Die schmächtige Gestalt des Buckligen wand sich in den groben Händen der Söldner. Unter den Griffen der Bewaffneten zerriss das seidene Troubadourgewand.

Ein Aufschrei ging über die Ränge. Alle hatten die Brüste Magas gesehen. Und in diesem Moment wusste Peire plötzlich, wer Maga war. Auch Lanfranco hatte Magalit de Trencavel erkannt.

«Arme Magalit», flüsterte er.

Peire war aufgesprungen, Oswaldo hielt ihn zurück und drückte ihn wieder auf die Bank nieder. «Seid vernünftig, Senhor. Ihr könnt ihr jetzt nicht helfen.»

Fassungslos sah Peire zu, wie Magalit in ihrem zerrissenen Gewand abgeführt wurde.

«Sie ist eine Domna, man kann sie nicht so behandeln.»

«Sie hat Gott verhöhnt», sagte Oswaldo streng, «vor den Würdenträgern des Papstes und in Anwesenheit des Königs von Aragon und Dominus Montpellusanus.»

«Was – werden sie mit ihr tun?»

«Gar nicht viel. Man wird verlangen, dass sie auf das Evangelium schwört und Buße tut.»

Peire wusste, dass sie nicht so einfach davonkommen würde. Das Herz zog sich ihm zusammen vor Sorge um Leonor. Vielleicht war das ja die Aufgabe, die in seinem neuen Leben hier in der höfischen Welt auf ihn wartete, sie, Leonor, mit freundlichen Worten wieder zum rechten Glauben zurückzuführen. Der rechte Glaube bedeutete Leben, die Lehre der Ketzer war der gerade Weg in den Tod. Für Magalit konnte er womöglich nichts mehr tun. Er musste zurück nach Fouzilhon, Domna Leonor warnen, sie retten.

«Was habt Ihr gesagt, Senhor?»

«Ich möchte, dass Domna Leonor wieder ein Mensch wird, eine Frau, so, wie sie damals war, als sie auf Vallderonca zu Gast war.»

«Wir haben Don Martí die Erlaubnis gegeben, sich nach Vallderonca zurückzuziehen», sagte Don Pedro trocken. Wie zu erwarten, war er einsilbig und missgelaunt, seit dem Morgen, an dem er den Betrug entdeckt hatte, den Angelina und Martí an ihm begangen hatten. Voller Wut hatte er den Stadtpalast der Tornamira verlassen und sich in das königliche Zelt zu seinen Edlen vor der Stadt begeben.

Angelina fand es verwunderlich, dass Martí sich nicht von ihr verabschiedet hatte, aber möglicherweise war der Zorn des Königs so groß gewesen, dass er ihn mehr oder weniger davongejagt hatte. Sie versuchte in Don Pedros Gesicht zu lesen, was in ihm vorging.

«Nichts als Ärger», sagte er, «wie immer, wenn wir uns in Montpellier aufhalten.»

«Was wird mit Magalit de Trencavel geschehen?», fragte Angelina.

«Wir haben im Februar des Jahres des Herrn 1198 ein Gesetz gegen die Häretiker erlassen, das in einem solchen Fall die Tötung durch Verbrennung vorsieht. Dieses unser *Edictum contra haereticos* wurde im März ein zweites Mal verkündet.»

«Kam es denn überhaupt jemals dazu? Ist in Aragon oder Katalonien ein einziger Ketzer verbrannt worden?»

«Ein oder zwei.» Don Pedro knirschte mit den Zähnen. «Arme Leute aus Dörfern. Sie sind längst vergessen. Diesmal handelt es sich leider um jemand aus unserer eigenen Verwandtschaft, um Magalit de Trencavel. Sie wird nicht ihrem Irrglauben abschwören wie jemand mit Verstand. Sie ist imstande und zwingt unseren weltlichen Arm, sie auf den Scheiterhaufen zu stellen. Don Fernando wird bei uns vorstellig werden und klagen und jammern und auf seine Verdienste hinweisen –»

Don Pedro ließ sich auf einem Klappsessel nieder, der unter seinem Gewicht fast einstürzte. «Diese Verrückte, warum muss sie öffentliche Bekenntnisse ablegen, vor unseren Ohren? Hier in Okzitanien übertreiben sie alles.» Angelina hatte ihn selten so außer sich erlebt.

«Sing uns etwas vor, irgendetwas, was uns erheitert.»

Angelina griff nach dem Tambourin und begann zu tanzen.

Don Pedro sah nicht zu ihr hin, wie sie mit Missfallen bemerkte.

«Es ist nicht leicht, der geliebte Schützling des Heiligen Vaters zu sein», murmelte er. Der Kopf sank ihm auf die Brust, und dann war er auch schon eingeschlafen. Angelina kannte diese Müdigkeitsanfälle nur zu gut. Pedro verbrachte ganze Nächte in Beratungen und Zechgelagen mit seinen Edlen und neigte dazu, tagsüber schlagartig einzuschlafen, sobald er sich irgendwo niedergesetzt hatte. Wurde er dann durch irgendein unvorhergesehenes Ereignis geweckt, geriet er in Wut.

Roberta zog den Vorhang auf. Ihr Gesicht war verweint.

«Leise, der König schläft.»

«Domna Angelina, etwas Furchtbares ist geschehen», flüsterte Roberta. «Domna Dihya ist gestorben, und Don Martí ist mit Jaime Martí zurückgeritten nach Vallderonca.»

Ein Bewaffneter hatte Magalit am Morgen aus dem kühlen feuchten Kellerverlies mehrere Treppen emporgeführt. Der Mann war mürrisch und nicht bereit, die geringste Auskunft zu geben. Magalit aber fühlte sich wunderbar erfrischt, als sie die Stufen hochtrat. Mit jedem Schritt umfing sie die Wärme des frühsommerlichen Tages. Sie war sich sicher, sie hatte keinen Zweifel und, merkwürdigerweise, keine Angst.

Es war die Jahrzehnte hindurch ein gutes Gefühl gewesen, als Mann auf der Bühne zu singen, ein Troubadour zu sein, der von einer Geliebten sang. Jetzt war ihr Geheimnis aufgedeckt worden, und doch war Magalit so überzeugt wie nie zuvor, dass sie eine Zukunft als Troubadour Maga auf den Bühnen Okzitaniens vor sich hatte. Maga, der Zwitter, oder Maga, die Trobairitz, das war gleichgültig. Entscheidend waren das gefüllte Rund vor ihr, die Rufe, das Klatschen ihrer Zuhörer. Und gestern Abend war Folquet unter der Menge gewesen, der Bischof von Toulouse. Ihr Herz hatte sich erhoben bei seinem Anblick, und das Lied, das sie sang, hatte nur ihm gegolten, Folquet, dem Falken ihres Herzens.

«Kniet nieder vor den Senhores und bittet um Gnade.» Es war der erste vollständige Satz, den der Bewaffnete an sie richtete, und einen Moment sah es aus, als wolle er nach ihr treten, nach ihr, Magalit de Trencavel.

Sie standen im Saal eines der Stadtpaläste. Einige höhere Geistliche saßen mit ernsten Mienen auf gepolsterten Stühlen, in ihrer Mitte, Magalits Herz tat einen freudigen Sprung, er, der Bischof von Toulouse. Sonnenstrahlen fielen durch die hohen Rundbogenfenster in den Raum und spielten auf seinem Gesicht. Beides lag darin, die männliche Schönheit des einstigen Frauenlieblings und Troubadours und die herbe Entsagung der Jahre des Klosterlebens. Alles in allem war Folquet immer noch ein gut aussehender Mann. Sein krauses Lockenhaar war ergraut und mönchisch kurz geschnitten, der Bart gestutzt. Doch in seinen honiggelben Augen flackerte noch das Feuer der alten Zeiten.

Magalit kniete nieder und senkte den Kopf. Es war nicht demütigend, vor Folquet zu knien. Als sie den Kopf wieder hob, bemerkte sie den Schreiber, der seitlich von der Untersuchungskommission an einem Pult saß, die Ärmel aufgestützt, mit gespitzter Feder.

Ein niederer Geistlicher mit ausdruckslosem Gesicht, den sie nicht kannte, richtete das Wort an sie.

«Magalit de Trencavel, Ihr werdet beschuldigt, öffentlich, in Anwesenheit des Königs und der Königin von Aragon sowie zahlreicher Geistlicher, Euch zur Häresie der Leute von Albi bekannt zu haben. Ist das richtig?»

«Ich habe ein Lied gesungen. Darin habe ich auf die Falschheit dieser Welt verwiesen, deren Herr der Satan ist.»

«Gehört Ihr zu den Eingeweihten, denen die Hand aufgelegt wurde?»

«Niemand hat mir die Hand aufgelegt. Niemand hat mich eingeweiht.»

«Habt Ihr selbst gepredigt und anderen die Hand aufgelegt?»

«Ich habe niemals und vor niemandem gepredigt. Vielmehr habe ich die heilige Messe regelmäßig sonntags besucht.»

«Lehnt Ihr die heiligen Sakramente und den Fleischgenuss ab?»

«Ich empfange die heilige Eucharistie und gehe Ostern zur Beichte, wie andere Christen es tun.»

«Domna Magalit, Ihr seid, so wird berichtet, wiederholt mit Fra Roberto zusammengetroffen. Fra Roberto ist ein Perfectus, ein Eingeweihter, der sich zur Ketzerei bekennt.»

«Ich habe seine Predigten angehört, so wie Tausende andere Menschen in Okzitanien und anderswo. Ist das Anhören von Predigten bereits verwerflich?»

«Es ist auf alle Fälle gefährlich, Domna Magalit», schaltete sich der Bischof von Toulouse ein. «Nachdem einmal bekannt war, welche Lehren dieser Mann verbreitet, war es unbedingt nötig, ihm aus dem Weg zu gehen. Domna, ich möchte auf das Lied zurückkommen, das Ihr gestern vorgetragen habt. Habt Ihr es das erste Mal öffentlich vorgetragen, oder habt Ihr es schon bei anderen Gelegenheiten gesungen?»

«Ich habe es gestern zum ersten Mal öffentlich gesungen.»

«Habt Ihr es selbst erfunden?»

«Ja, so ist es.»

«Habt Ihr den Text schriftlich niedergelegt und an andere weitergegeben?»

«Der Text und die Musik existieren nur in meinem Kopf. Das nächste Mal werde ich ein anderes, ein verändertes Lied singen.»

«Viele Zuhörer wurden unruhig über das, was sie hören mussten. Sie erkannten, dass das Lied ketzerisch war und die Kirche verhöhnte.»

«Ich wollte nicht die Kirche verhöhnen, ich wollte lediglich auf Missstände aufmerksam machen.» Magalits geschulter Geist begriff, dass es den Herren nicht so leicht fallen würde, zu einem Urteil über ihr Vergehen zu kommen. Das, was man ihr vorwerfen wollte, lag nicht schriftlich vor. Es gab keine Beweise für die ihr nachgesagten Verbindungen zu Häretikern. Sie selbst gehörte nicht zu den Eingeweihten und hatte nie gepredigt. Die Lieder des Troubadours Maga waren immer bissig, aber selten angreifbar gewesen.

«Habt Ihr Hostien ausgespuckt und fortgeworfen?»

«Niemals.» Es war keine Lüge. Magalit hatte die Hostie jeweils geschluckt, ohne an ihre tiefere Bedeutung zu glauben. Sie war nicht der Mensch, der das, woran er nicht glaubte, in den Dreck werfen oder beleidigen musste. Sie war zur Beichte gegangen, ohne sie ernst zu nehmen, und hatte den Gottesdienst besucht in der inneren Gewissheit, dass er keinen Sinn hatte. Viele, die an die Lehren der *boni homines* glaubten, handelten genauso und fielen damit kaum auf. Magalit sah keinen Sinn darin, sich vor dem Untersuchungsgremium als Ketzerin zu bekennen.

«Könnt Ihr das beschwören?»

«Jesus sagt, dass der Mensch nicht schwören soll. Aber ich könnte es auch beschwören, weil ich es nie getan habe.»

Die Hand des Schreibers flog über das Papier.

«Domna, wir müssen Euch weiterhin in Haft halten, bis die Angelegenheit von allen Seiten geklärt und beurteilt ist.» Es war wieder Folquet, der sprach. Magalit lächelte ihn jetzt an. Ernst blickte er zurück. Einen Moment wünschte sie sich, ihn zu küssen. Es war möglich, sie spürte es. Noch nie war sie ihm so nah gewesen wie jetzt bei diesem Verhör.

«Wir kannten uns früher», begann der Bischof erneut. «Damals hielt ich Euch für einen Mann namens Maga. Ich ermahnte Euch, mehr Ehrfurcht vor den hohen Herren zu haben. Erinnert Ihr Euch noch?»

«Ich erinnere mich an vieles.»

«Ich werde Euch eine warme Decke bringen lassen, damit Ihr nicht erkrankt, Domna Magalit. Der Keller ist feucht und modrig, aber weiter kann ich Euch die Haft nicht erleichtern. Betet zu Gott dem Herrn, dass er Euch Demut geben möge, und bedenkt, Er allein kann Euch wirklich helfen. Wenn Ihr unschuldig seid, so wird Er Eure Unschuld zu Tage bringen.»

Magalits Augen ruhten zärtlich auf dem Bischof von Toulouse.

«Ich bin unschuldig», sagte sie mit einem Lächeln, das ihr faltiges Gesicht schön machte. «Gott weiß es am besten.»

Vor dem Rathaus der Stadt, in dem die Konsuln und der Rat der Stadt residierten, hatten sich Menschenmassen zusammengerottet. Es waren Weber und Tuchmacher und andere Handwerker und Tagelöhner, die lange hölzerne Stöcke mit sich führten und drohend schrien: «Freiheit für Maga! Freiheit für den Troubadour!»

«Es sind die gleichen Leute, die damals den Palast des Königs hier in Schutt und Asche gelegt haben. Sie sind gefährlich», erklärte Lanfranco mit gedämpfter Stimme. Eigentlich hatten Peire und er an der Sitzung im Ratssaal teilnehmen wollen, doch es war unmöglich, zum Eingang vorzudringen.

Als Lanfranco versuchte, sich mit Gewalt den Weg durch die Menschen zu bahnen und dazu rief: «Platz gemacht für den Conde de Vallderonca», wurde die Stimmung bedenklich. Peire bekam einen Schlag mit einem Holzknüppel über den Schädel, für Momente sah er nur noch Schwärze vor den Augen, und Lanfranco wurde geknufft und angespuckt.

«Lasst Maga frei! Lasst Maga frei!» Das Gebrüll und Gejohle schwoll immer bedrohlicher an.

«Werden die Konsuln und der Rat sich davon beeindrucken lassen?»

«Man weiß es nicht. Vielleicht werden sie Härte beweisen. Denn auch die Bischöfe von Maguelonne und von Toulouse sind oben und beraten über Magas Schicksal. Sie könnten zu dem Ergebnis kommen, dass man Maga schnell und unverzüglich verurteilt. Und dann –»

«Man wird doch nicht wagen, eine Trencavel zu verbrennen.»

Lanfranco zog Peire energisch zurück. Es hatte keinen Sinn, sich weiter durchzukämpfen.

«Senhor, in den letzten Jahren wurden einige Ketzer verbrannt. Nicht hier, weiter oben im Norden. Der Bischof von Reims, wenn ich mich recht erinnere, hatte einige Ketzer zum Tod auf dem Scheiterhaufen verurteilt. Er war ein päpstlicher Legat, der die Angelegenheit vorher korrekt untersucht hatte. Und in Nevers haben sie sogar einen Ritter verbrannt, nachdem sich herausgestellt hatte, dass er ein Ketzer war, der Neffe eines hohen Herrn, eines Burgherrn. Es ist nicht mehr wie vor zehn Jahren.»

«Ihr meint, seit Papst Innozenz in Rom sitzt, wird etwas gegen die Ketzer unternommen.»

«Genau so ist es. Der Heilige Vater legt Wert darauf, dass nichts Ungesetzliches geschieht, dass man Akten anlegt und die juristischen Formen gewahrt bleiben. Er ist gerecht, aber streng. Wer sich zur Häresie bekennt, muss ins irdische Feuer. Innozenz ist anders als seine Vorgänger, die die Dinge treiben ließen.»

Lanfranco berichtete, dass bei Bischöfen und Äbten Okzitaniens wöchentlich Schreiben des Papstes einträfen, wie sie sich zu verhalten hätten. Einige hätten um ihre Amtsenthebung gebeten, weil ihnen derartige, ihr Privatleben betreffende Vorschriften zu weit gingen. Der Papst bestand darauf, dass vor allem höhere Geistliche das Zölibat beachteten.

«Das ist doch lächerlich.»

«Nein, Senhor, genau das erträgt das Volk nicht mehr. Die einfachen Menschen haben sich von der Kirche abgewendet wegen des Luxuslebens der höheren Würdenträger. Gerade Bischöfe und Äbte sind keine Vorbilder.»

«Das war doch immer so», sagte Peire achselzuckend und zugleich beunruhigt über den Papst, der Okzitanien verändern wollte und, wenn man es genau bedachte, die ganze christliche Welt.

Miguelito hatte sich erstaunlich gut gehalten. Nicht nur beim Auftritt vor dem großen Publikum, auch sonst bemühte er sich, stets mit gewaschenen Füßen und Händen vor seinem Herrn zu erscheinen. Er sprach nur, wenn er gefragt wurde, und antwortete jedes Mal höflich und verständig. Er versuchte, sich bei Peire unentbehrlich zu machen, und ließ Lanfranco und Rodrigo sichtlich ungern die Hände Don Peires waschen.

«Junge, gewöhn dich dran, es ist der Ranghöchste, der mir, dem Grafen von Vallderonca, in den Steigbügel hilft. Wenn Höhere da sind, darfst du solche Dinge nicht tun.»

«Ich habe es verstanden, Senhor.»

«Sieh dich um auf dem Zeltplatz. Jeder kennt hier seinen Platz wie beim Schachspiel. Die Welt ist geordnet in Höhere und Niedrigere. Die Höheren erledigen höhere Dinge und die Niedrigeren die niedrigen. Es war auf der Felsenhöhe anders, aber hier in der Welt wird überall das gleiche Spiel gespielt. Die Kunst besteht darin, die Regeln möglichst genau zu kennen, dann kannst du eines Tages einen höheren Platz erreichen.»

Miguelito nickte mit geröteten Ohren.

«Tapfere Männer wie mein Diener Martí, der jetzt einer der Größten im Königreich ist, können es bis in die Nähe des Königs bringen – wenn Gott es will.»

«Ich will nur ein guter Joglar werden, Senhor.»

«Nicht das Schlechteste, ein Joglar, der viele Lieder kennt, kommt weit herum und erhält überall Geld und Essen. Und wenn er Glück hat, fliegen ihm die Herzen der Frauen zu.»

Einen Moment lang dachte Peire an Joana zurück. Im Dorf am Fuß des roten Felsens floss das Leben mit hoher Wahrscheinlichkeit friedlich und gleichförmig dahin. Es würde Joana an nichts fehlen, weder an Arbeit noch an den kleinen Freuden des Menschseins.

«Senhor – das Sängerfest ist vorbei.» Oswaldo baute sich breitbeinig vor Peire auf. «Jetzt stellt sich die Frage nach der nächsten Station in Eurem neuen Dasein. Habt Ihr schon darüber nachgedacht?»

«Ich muss zurück nach Fouzilhon. Wenn es einen gibt, der Domna Leonor retten kann, dann bin ich es.»

«Das traut Ihr Euch zu?»

«Gott wird mir helfen.»

«Ihr gestattet, dass ich an Eurer Seite bleibe?»

«Wenn es sein muss.»

«Don Lanfranco und Don Rodrigo werden Euch verlassen und ihre eigenen Wege gehen, damit bleiben Euch nur Miguelito und meine Wenigkeit.»

«Ihr dürftet für den Dienst bei mir genügen.» Peire lächelte. Er wollte sich nicht länger in Montpellier aufhalten. Es war höchste Zeit, zu ihr, der Domna, zurückzukehren. Auch wenn sie sich nicht darüber im Klaren war, sie brauchte ihn jetzt.

Die Kirschen auf dem niedrig gewachsenen Baum waren früh reif geworden. Saftig dunkelrot und prall hingen sie in Paaren von den Zweigen. Übermütig steckte Leonor sich je eins davon über jedes Ohr. Die Reihe der Kirschbäume in dem kleinen Obstgarten, den ein Mäuerchen vom Burghof abtrennte, war der Stolz der Burgherrin. Sie hatte mit eigener Hand auch Apfel- und Aprikosenbäume gepflanzt und beschnitt sie regelmäßig im Herbst. Er lebte. Fra Roberto, so hatten ihr Leute aus Servian berichtet, sei auf dem Weg der Besserung.

Leonor hielt einen geflochtenen Weidenkorb in der Hand, in den sie die Kirschen füllte. Ab und zu steckte sie sich eine davon in den Mund. Die kleine Holztür, die zur Wiese hinaus auf den Steilhang führte, knarrte. Sie sah auf. Thierry und Aude waren gekommen, *croyants*, die sie selbst angeleitet hatte, beide jünger als sie. Thierry war ein hübscher Bursche mit scharf geschnittenem Gesicht und blitzenden dunklen Augen, der für einen Kaufmann unten in Servian Schreib- und Rechenarbeiten erledigte. Aude, zart und blond, ein Mädchen, in das er verliebt war, arbeitete als Wäscherin. Die beiden beugten das Knie vor ihr.

«Sagt mir, wie geht es Fra Roberto?»

Thierry und Aude warfen Leonor einen Blick zu, als sei sie eine Fremde und ihre Neugier unziemlich.

«Er ist sehr schwach. Er hat viel Blut verloren. Aber er wird leben. Er predigt vom Bett aus. Viele kommen und erweisen ihm das Melioramentum. Auf die Nachricht von seiner Verletzung hin sind weitere Menschen zu uns gekommen und zu Croyants geworden.»

«Das ist gut.»

«Eines Tages wird auch Don Fernando ein Croyant sein. Bleibt bei ihm, Domna Leonor. Es ist Eure Aufgabe, ihn auf den Weg der Wahrheit zu führen.»

«Ich werde nicht hier bleiben. Nicht, nachdem Magalit verhaftet wurde und Don Fernando nichts unternimmt, um sie zu retten. Ich werde Fouzilhon verlassen.»

Über Thierrys Gesicht huschte ein Ausdruck, der nach Anerkennung aussah.

«Überlegt es Euch, Domna», sagte Aude. «Aber wenn Ihr geht, was wird aus dem Jungen?»

«Ich werde ihn nicht hier allein bei seinem Vater lassen.»

«Hört zu», jetzt flüsterte Thierry, «wenn es Euch ernst ist, dann kommt doch beide gegen Abend, wenn es anfängt, dunkel zu werden, hierher in den Obstgarten. Es wird besser sein, Euer Gemahl erfährt nicht, wo Ihr Euch aufhaltet.»

«Gut.» Leonor sprach ohne jedes Anzeichen von Bewegtheit.

«Nach Einbruch der Dämmerung werde ich mit Périco hier am Tor sein.»

«Es ist für Périco besser», sagte Aude eindringlich. «In dem Haus, zu dem wir Euch bringen werden, sind viele Kinder und Frauen. Eine bessere Erziehung könnte er nicht erhalten.»

«Don Fernando würde ihn ohnehin bald als Pagen an den Hof nach Barcelona oder Zaragoza schicken, damit er ein christlicher Kämpfer wird.»

«Es kann vorkommen, dass Jungen dann doch zu überzeugten Kämpfern werden, die Blut vergießen und auf die Jagd gehen. Das Teuflische in ihnen ist zu stark. Besser, sie werden bei unseren Leuten sanft zur Freundlichkeit angeleitet.» Audes Worte trafen auf Leonors eigene Befürchtungen. Wie oft hatte sie ihrem Sohn selbst gebastelte kleine Holzschwerter aus der Hand genommen, mit denen er auf andere Kinder spielerisch losgestürmt war. Trotz seiner Zartheit zog es ihn zu allen Arten von Kampfspielen und Prügeleien.

«Eigentlich sind wir gekommen, um Euch zu sagen, dass wir Nachrichten von Magalit haben. Sie ist in Montpellier verhaftet worden und befindet sich noch im Kerker. Jeden Tag wird sie verhört.»

«Ich weiß davon. Don Martí zog gestern auf der Rückreise nach Katalonien hier vorbei und hat uns die schlimme Botschaft überbracht.»

«Unsere Leute sind dabei, einen Aufstand gegen den Rat der Stadt zu organisieren. Auch dort sind viele, obwohl Montpellier fest in der Hand der Päpstlichen ist.» Thierry beugte sich vor und flüsterte: «Es sind nicht nur die Handwerker der Stadt, die drohen und schreien. Auch einige reiche Kaufleute machen ihren Einfluss geltend. Sie haben Stadträte bestochen und dem Bischof von Maguelonne eine hohe Summe für Domna Magalits Rettung geboten. Es ist sehr schwer, weil der König sich in der Stadt aufhält, aber sie versuchen, was sie können.»

Bitterkeit stieg in Leonor auf. Don Fernando hatte sich geweigert, auch nur das Mindeste für Magalits Freilassung zu unternehmen.

«Wir gehen jetzt lieber, Domna. Es ist nicht gut, wenn wir zusammen gesehen werden», entschuldigte sich Thierry.

Am schwersten war es, Périco zu erklären, dass sie verreisen würden. Er hatte den ganzen Nachmittag über draußen gespielt und war mit Don Fernando angeln gewesen. Jetzt war er nur noch müde.

«Wohin reisen wir, Mama?»

«Zu einer Tante, Kind.»

«Zu welcher Tante?»

«Zu einer sehr lieben Tante.»

«Sag mir, wer es ist.» Péricos Augen verrieten Zweifel und Misstrauen.

«Tante Magalit», log Leonor.

Périco griff nach seinem Ball und dem Holzhund, mit dem er am liebsten spielte. «Ich will nicht. Es ist dunkel. Im Dunkeln soll man nicht mehr weggehen.»

«Schluss jetzt, du kommst mit. Nimm die Tasche.»

Widerwillig hing er sich die Leinentasche über die Schulter.

«Ich will noch zu Papa –»

«Papa wartet unten auf uns.»

«Das ist nicht wahr. Er ist in der Rüstkammer.»

Périco traute seiner Mutter auch diesmal nicht. Sie war ungeduldig mit ihm und schrie ihn manchmal ungerecht an. Seine Rettung war dann, wenn er zu Hause war, sein Vater, der ihm gegen Domna Leonor beistand. Den neuen, mit Federn gestopften Lederball an sich gepresst, blieb der Junge vor dem Portal stehen, sah ängstlich die Treppe hoch und öffnete den Mund. Leonor legte ihm die Hand auf die Lippen, um zu verhindern, dass er nach Fernando rief.

Energisch stemmte er sich gegen ihren Griff, als sie ihn hinauszerren wollte.

«Ich gehe lieber mit Papa.»
«Du kommst mit.»
«Ich will nicht.»
«Du tust, was deine Mutter sagt.» Kurz davor, aufzugeben, packte sie wütend seine Hand und ging los.

Périco brach in Tränen aus, und Leonor hätte ihn am liebsten geohrfeigt, was sie sonst so gut wie nie tat. Die *boni homines* bemühten sich um Sanftmut und Nachsicht den Kindern gegenüber. Sie hatte das Consolamentum empfangen und war eine Perfecta. Einen Moment tat es ihr leid, dass sie keine bessere Mutter war.

Thierry wartete schon auf sie. Périco stieß einen leisen Schrei aus, als er ihn sah. Doch als der junge Schreiber über die Wiese des Obstgartens voranging, folgte er ihm, ohne zu zögern. Sie verließen den Garten durch das Holztor und rutschten behutsam den grasbewachsenen Steilhang hinunter. Unten stand ein Maultier mit gefüllten Satteltaschen.

«Domna!» Thierry drückte Leonor ein Stück Leder in die Hand.

«Was ist das?»

«Eine Karte mit den Namen und Häusern derer, die Euch Herberge gewähren werden. Denkt daran, nach jedem Abschnitt das Stück Leder abzuschneiden und ins Feuer zu werfen, damit niemand, der Euch möglicherweise aufhält, Euren Weg zurückverfolgen kann.»

«Ich habe verstanden.»

«Ich begleite Euch die Nacht über. Dann werdet Ihr in einem Haus der Guten Leute ausruhen. Abends übernimmt es wieder ein anderer Führer, für Euren Schutz zu sorgen.»

«Danke, Thierry. Aber wohin werdet Ihr mich bringen?»

«Nach Puylaurens, zum Haus der Romenge.»

«Romenge de Roquefort?» Leonor kannte Romenge, die Schwester des katholischen Bischofs von Carcassonne. Die

Roqueforts waren so gut wie alle auf der Seite der Guten Menschen, und in gewisser Weise war es auch der päpstliche Bischof. Seine Mutter war eine Perfecta, und drei seiner Brüder waren ebenfalls Perfecti. Leonor war erschrocken über die große Entfernung, die sie zurücklegen würden, bis in die Pyrenäen hinein. Doch Fernando würde sie überall suchen. An jedem Ort in der näheren Umgebung von Fouzilhon oder Béziers würde er sie unweigerlich ausfindig machen. Es war nicht leicht, ihm zu entkommen. Fürs Erste lag er schlafend in der Rüstkammer. Sie hatte ihm und seinem Bastard Jaume einen schweren Schlaftrunk gereicht, um sicher zu sein, dass sie sich mit Périco unbehelligt entfernen konnte.

Sie nahm auf dem Rücken des Maultiers Platz und drückte Périco an sich. Da war kein Abschiedsschmerz, als das Tier sich in Bewegung setzte. Sie hatte ihre Ringe und Halsketten so ordentlich in ihrem Söllerzimmer ausgebreitet, dass ihr ordnungsliebender Ehemann sie sofort finden würde. Er sollte sich nicht von ihr betrogen oder hintergangen fühlen. In Wirklichkeit hatte sie Fernando schon vor langer Zeit verlassen. Zu ihrem Erstaunen registrierte Leonor ein deutliches Gefühl von Erleichterung in sich, das mit jeder Meile zunahm, die sich zwischen sie und Fernando legte. Aus den Bächen quakten die Frösche, und manchmal schrie eine Eule über ihnen. Périco war endlich eingeschlafen.

Zum ersten Mal in ihrem Leben war sie frei. Frei wie ein Mann.

Im Kloster Cassan, in dessen weiträumigen Hof sie einritten, rannten braune Hühner mit gestutzten Flügeln zwischen die Beine des Apfelschimmels, und plötzlich begriff Peire, was es war. Die ganze Zeit über, seit er die Pyrenäen überschritten hatte, um nach Montpellier zu kommen, hatte er es gespürt, ohne benennen zu können, was eigentlich fehlte. Im Gegensatz zu den Dörfern jenseits der Gebirgskette sah man hier im Rousillon und Languedoc kaum noch einmal eine Kuh auf der Wiese stehen, keine Ziegenherden und selten Hühner und Gänse. Überall dehnten sich Rebenfelder, Obstbaumanpflanzungen und Gemüseäcker. Es fehlten Ziegen, Schweine und Geflügel. Sogar die Schafe schienen ihm weniger geworden zu sein als vor seiner Eremitenzeit. Die Guten Menschen mochten bestreiten, dass sie Anhänger der Häresie waren, der Blick über das Land bewies, dass man hier in weiten Räumen vom Verzehr von Milcherzeugnissen, Eiern und Fleisch abgekommen war. Stattdessen sah man an den kleinen Flüssen überall die Angler sitzen. Fische waren erlaubte Nahrung für die Ketzer.

Das Kloster war ein schmaler einstöckiger lang gestreckter Bau neben der Kirche aus gelbem Kalkstein. Alte, schattige Esskastanienbäume erhoben sich auf dem durch eine Mauer eingefriedeten Vorplatz.

«Sieht sehr danach aus, dass man uns hier ein Stück Huhn braten wird.» Peire leckte sich die Lippen und schnalzte mit der Zunge. Von Cassan aus war es zu Pferd nur noch ein halber Tag hinüber nach Fouzilhon. Gleich nach dem Frühstück würden sie losreiten. Mit freundlichen Worten würde er versuchen, Leonor zu überzeugen, dass sie eine Häretikerin war, deren Irrglaube sie selbst und ihre Familie nur ins Unglück stürzen konnte. Niemand war in der Lage, ihr das so entschieden und zugleich liebevoll klarzumachen wie er, der sie liebte. Und er würde sich nicht von ihr vertreiben lassen. Mochte es auch noch so mühsam sein, sollte sie ihn beschimpfen und fortjagen, die Aufgabe war es wert. Demütig und ritterlich wollte Peire versuchen, die Domna zu retten.

«Senhor, Ihr denkt immer zuerst ans Essen. Dies ist ein Kloster. Wir müssen mit dem vorlieb nehmen, was die Mönche uns geben», ermahnte Oswaldo ihn und schlug den bronzenen Klöppel gegen das Holz der Eingangstür.

Die Mönche begrüßten die Ankömmlinge freundlich, versorgten die Pferde und ließen die Gäste erst am Abendgottesdienst teilnehmen. Danach gab es im Speisesaal für alle einen Teller Linsensuppe mit Brot und dazu den Wein, den das Kloster selbst anbaute.

Während der Mahlzeit las ein Mönch in leierndem Tonfall aus dem Werk des Papstes «De contemptu vitae», «Über die Verachtung des hiesigen Lebens».

Hinterher setzte sich der Abt zu den Gästen. Er ließ für sie alle mit Wasser verdünnten Wein ausschenken und fragte sie, wohin sie wollten.

«Gut, dass Ihr Don Fernando aufsucht», sagte der Abt, ein behäbiger Mann in mittlerem Alter. «Er ist des Trostes und der Zusprache jetzt sehr bedürftig.»

«Warum das?»

«Seine Frau ist vor wenigen Tagen mit dem kleinen Sohn verschwunden. Niemand weiß, wohin sie sich gewandt hat. Einige sagen, sie sei in die Lombardei gegangen, andere vermuten sie in der Hispania. Wieder andere glauben, sie sei nach England geflüchtet. Don Fernando ist außer sich. Er hat alle Wege absperren und überall nach ihr suchen lassen. Doch niemand hat sie gesehen, niemand weiß etwas von ihrem Aufenthaltsort. Manche sprechen von einem Verbrechen in der Nacht.»

Schlaff hingen die Fahnen der Cervera und der Trencavel vom Burgturm in Fouzilhon herab. Miguel gab dem Maultier die Sporen und trabte eilig hoch, um seinen Herrn anzukündigen.

Diesmal wartete nicht Fernando selbst am Tor, sondern ein schlaksiger junger Ritter, in dem Peire überrascht Jaume, Adegunts Sohn, erkannte.

«Danke, dass Ihr gekommen seid, Onkel Peire», sagte er höflich und führte selbst den Apfelschimmel zum Stall. «Es geht meinem Vater nicht gut. Der Erbgraf und seine Mutter sind verschwunden, und wir machen uns Sorgen um sie.»

Miguelito übernahm es, die Tiere zu versorgen, und Oswaldo und Peire folgten Jaume schweigend in die Kemenate.

«Entschuldigt bitte seinen Zustand. Jetzt, wo Ihr da seid, wird er sich wieder fangen», flüsterte Jaume, sichtlich verlegen über seinen Vater, der angetrunken im Sessel lag und den Gästen mit glasigem Blick entgegenstierte.

«Fernando.» Peire beugte sich über den Freund. «Wir werden sie finden, wir beide.»

«Es ist nicht wegen ihr», murrte Fernando, «ich trauere ihr nicht nach. Aber dass sie den Jungen mitgenommen hat, kann ich nicht verzeihen.»

«Meine Mutter ist unterwegs», sagte Jaume, und Peire wunderte sich über das Selbstbewusstsein des jungen Mannes, den er zuletzt als schüchternen mageren Jungen in Zaragoza gesehen hatte. Peire hatte immer darauf geachtet, bei seinen Besuchen Lebensmittel, Stoffe und Spielsachen mitzubringen und Adegunt einen Beutel mit Geld auszuhändigen. Er wusste, wie knapp Fernando die kleine Familie hielt.

«Ich habe nach ihr schicken lassen. Ich glaube, sie ist die Einzige, die Vater wieder zu Verstand bringen kann. Elena kommt auch mit.»

«Deine Schwester? Wie geht es ihr? Ist sie verheiratet?»

«Noch nicht. Sie wollte es nicht.»

«Eine von denen, die es ins Kloster zieht?»

«Nein, so ist sie nicht.»

«Und Ihr seid sicher, dass Euer Vater einverstanden ist, wenn Eure Mutter hierher nach Fouzilhon kommt?»

«Domna Leonor wird so schnell nicht zurückkommen. Sie hat meinen Vater in den letzten Jahren nicht gut behandelt. Sie war wie eine Fremde zu ihm, sie hat ihn gequält. Ich bin alt genug, um das beurteilen zu können. Domna Adegunt weiß mit ihm umzugehen und sorgt sich um ihn. Ich hoffe, sie ist bald hier.»

Peire lächelte unwillkürlich. Als sei er selbst der Burgherr, erteilte Jaume den Dienern Anweisungen, goss ihm das Wasser über die Hände und schnitt ihm ehrerbietig das Fleisch zu, nachdem das Essen aufgetragen war. Es gab wieder gebratene Täubchen in würziger Weinsoße, danach Kaninchen am Spieß, dazu frisches Brot, einen guten Landwein und süßes Eiergebäck. Fernandos Bastard war zweifellos immer noch nicht legitimiert, doch er hatte höfische Manieren erworben, ganz so, als wäre er am Hof eines höheren Herrn als Page gewesen.

«Ihr seid jetzt Ritter, Don Jaume?», fragte Oswaldo.

«Der König hat mich in Zaragoza zum Ritter geschlagen», antwortete Jaume stolz. «Vorher war ich Page am Hof.»

«Kümmert sich immer noch Alfonsin um die Pagen?»

«Nein, er ist zu alt dafür. Don Fernando, der jüngste Bruder des Königs, ist dafür zuständig.»

Ganz langsam kamen wieder Leben und Neugier in Fernando. Jaume hatte sich neben ihm niedergelassen und fütterte ihn behutsam mit den besten Stücken. Fernando trank jetzt Wasser und gewann seine Fassung wieder zurück.

«Adegunt ist schon unterwegs. Sobald sie hier ist, geht es mir besser», versuchte er zu scherzen.

«Lass deine Ehe annullieren und heirate sie», witzelte Peire.

«Genau das werde ich tun.» Plötzlich war Fernando ernst. Er richtete sich auf. «Ich werde jeden Tag mit ihr zusammenleben. Die Jahre mit Domna Leonor waren nichts als Furcht und Schrecken.»

Peire war bei den Eierplätzchen angekommen, süßen runden Teigstückchen mit eingebackenen Lavendelblüten.

«Und du? Du wirst auch wieder Ehemann sein.»

«Es ist zu früh.»

«Peire, willst du wie ein einsamer Wolf werden, der um die Ehefrauen der anderen Edlen herumschleicht und sie zu verführen sucht?» Fernando verfiel wieder in seine liebste Rolle, die des Beraters und Helfers Peire gegenüber.

«Schenk uns von dem schwarzen Wein ein aus dem irdenen Krug, Jaume. Danke. So, jetzt wirst du erfahren, wer deine künftige Ehefrau sein wird.»

Fernando nahm einen tiefen Schluck, er war wieder formvollendet der Graf von Cervera, als er Peire anstrahlte.

Peire war vor allem verblüfft. Dass Fernando im tiefsten Schmerz Pläne für seine, Peires Zukunft, machte, hatte er nicht erwartet. Miguelito, der bis jetzt auf dem Teppich vor dem Kamin geschlafen hatte, hob neugierig den Kopf und lauschte. Oswaldo ließ ein Stück Brot zu Boden fallen.

«Es wird Domna Elena de Cervera sein, sechzehn Jahre alt, tugendhaft und schön, ausgestattet mit einer Mitgift, die sich sehen lassen kann. Was sagst du dazu, mein Freund?»

Domna Elena, Fernando konnte nur seine und Adegunts Tochter meinen, ein Mädchen, wenig älter als Nina Isabel damals. Peire war verwirrt. Mit dem Gedanken, sich zu verheiraten, seine Burg neu einzurichten und wieder Peire de Vallderonca zu sein, ein treuer Diener seines Königs, hatte er sich bisher nicht beschäftigt. Es war immer nur um die nächsten Stationen gegangen. Vom Felsen hinunter in die Welt zu treten. Wieder als Troubadour gefeiert zu werden. Seine Freunde wieder zu sehen. Fernando aber dachte inmitten der eigenen Sorgen an das Ganze, sozusagen an den Rest vom Leben seines Freundes. Fehlte nur, dass er sagte: «Wir werden einen Weinhändler aufsuchen, es wird Zeit, dass du ein paar Fässer Wein für deinen Keller kaufst, und ein zweites Paar Stiefel brauchst du auch.»

Und dann Elena, ein Mädchen voller Träume und Hoffnungen. Als Vater hätte Fernando die Verantwortung gehabt, einen attraktiveren, jüngeren Mann für seine Tochter auszusuchen.

«Was sagt Domna Elena dazu? Mit ihren sechzehn Jahren träumt sie von einem siebzehnjährigen, jungen, schönen Ritter. Ganz ehrlich, Fernando, ich habe nicht vor, ein junges Mädchen aus bestem Hause unglücklich zu machen. Verheirate sie mit einem der jungen Montcadas. Das ist auch sehr ehrenvoll und für sie viel besser.»

«Der älteste von Jordis Söhnen ist schon vergeben. Rate, an wen!»

Peire zuckte die Achseln.

«Er ist verlobt mit Konstanza, Don Pedros Bastardtochter.»

«Die Montcadas werden zu Königlichen. Sehr schön.» Peire musste lachen.

«Hör zu, die jungen Kerle denken nur an sich selbst. Sie machen ihre Frauen nicht glücklich. Elena verehrt dich. Sie hat in all den Jahren immer gefragt, wann Onkel Peire wiederkommt. Und Adegunt hat die Sache längst mit ihr besprochen. Elena ist einverstanden.»

Peire ließ ein angebissenes Plätzchen zurückfallen. So weit war die Sache also gediehen. Während er auf dem Felsen trauerte und betete, hatten Adegunt und Fernando über seine Zukunft beschlossen.

Er war keineswegs frei zu sagen: Ich will nicht, Fernando. Elenas Hand abzulehnen war eine Beleidigung. Sie waren schließlich alte Freunde. Du lieber Gott, wie sollte er Nein sagen? Sollte er sagen: Es ist zu früh, würde Fernando ruhig darum bitten, ihm einen anderen Zeitpunkt zu nennen. Wenn nicht in diesem Jahr, dann eben zu Beginn des nächsten.

Dass Elena zu jung war, selbst das war kein Argument, schließlich hatte das Mädchen selbst den Wunsch geäußert, «Onkel Peires» Ehefrau zu werden. Und als Ausweg ins Kloster zu gehen, danach stand Peire nicht der Sinn.

Die Domna, Leonor, in diesem Augenblick sah er sie so deutlich vor sich wie nie. Peire, du Dummkopf, jetzt bist du wieder in der Falle, du hast dich erneut hineinwirbeln lassen in den Kreislauf von Geburt und Tod. Wie willst du ein Engel werden, wenn du hierbei mitspielst?

Domna, was erwartet Ihr von mir? Solange einer lebt, muss er das Spiel mitspielen. Ihr habt Euch feige aus dem Leben davongeschlichen. Um den Himmel zu gewinnen, habt Ihr Eure irdischen Pflichten schmählich vernachlässigt.

«Warten wir ab, bis Domna Elena kommt und mich sieht», hörte Peire sich sagen und war über sich selbst erstaunt. «Sie ist so jung, sie kann sich nicht verstellen. Und sie sollte den alten Onkel Peire doch noch einmal in seinem jetzigen Zustand in Augenschein nehmen, bevor eine so wichtige Angelegenheit entschieden wird.»

«Und vergesst nicht über all den Hochzeitsplanungen Domna Magalit im Kerker von Montpellier», rief Oswaldo über den Tisch. «Eigentlich sollte erst geheiratet werden, wenn man sie befreit hat.»

«Wer soll sie denn befreien, Hofnarr?», fragte Fernando. «Etwa du, fettleibig und unbeweglich, wie du bist, Oswaldo?»

«Euer Geld, Don Fernando, ganz einfach, Euer Geld.»

Eine schräge rötliche Wintersonne erhob sich langsam im Osten und tauchte den diesigen Himmel über der Rhone in schmutzigblutiges Rot. Es war der 18. Januar des Jahres des Herrn 1208. Die beiden Söldner des Grafen Raymond ritten ohne Eile von Beaucaire aus auf die Anhöhe über dem Fluss, wo sie anhielten, ohne abzusteigen. Nebelschwaden stiegen über dem Wasser auf.

Die päpstlichen Legaten waren gestern vom Kloster St. Gilles aufgebrochen und hatten ihr Nachtlager neben dem Fluss aufgeschlagen.

Die beiden Männer blickten hinunter auf die Zelte am Ufer vor der Brücke, wo man sich gerade vorbereitete, die Messe zu lesen. Pierre de Castelnau war aus seinem Zelt getreten.

«Wohin will er?», fragte Paco mit angehaltenem Atem. «Weiß man es?»

«Nach Norden, Compadre.»

«Möchte wissen, was er im Sinn hat. Sein Hauptziel hat er ja erreicht. Unser Senhor ist exkommuniziert. Und über das ganze Toulousain ist das Interdikt verhängt.» Paco knirschte mit den Zähnen. «Der da unten ist schuld an allem. Ist das noch christlich, was er tut?»

«Der Papst hat eine Abfuhr vom französischen König bekommen. Philipp will keinen Kreuzzug gegen seinen Vetter unternehmen, und nichts auf der Welt, nicht einmal die Macht des Papstes, kann ihn dazu bringen.»

«Wenn dieser Mann aus dem Weg geräumt ist, wird unser Senhor es leichter haben», sagte Paco mit Inbrunst.

«Der Papst wird es sich überlegen, noch einmal Legaten zu schicken, wenn die beiden erledigt sind.»

Sie hatten vorher nicht abgesprochen, was sie tun würden, und doch waren sie sich völlig einig, als Paco jetzt dem Pferd die Sporen gab und den Pfad hinabsprengte, auf das Lager zu. Pierre de Castelnau nahm die Reiter nicht wahr, so vertieft war er in sein Morgengebet und vielleicht war er ja auch schwerhörig. Die beiden hatten angehalten und berieten nur kurz.

«Compadre, jetzt ist der Moment.» Guillhem zögerte trotz seiner Worte.

«Lass mich. Ich will es tun!» Paco zog die Lanze, stemmte sich in die Steigbügel und schleuderte das Geschoss auf den Rücken des Legaten.

«Fort!», keuchte Guillhem, «er ist getroffen, zwischen die Schulterblätter. Er wird sterben.»

Guillhem war schon auf und davon in Richtung Beaucaire, Paco aber trieb sein Pferd näher heran, sicher, dass ihn jetzt von all denen, die aufgeregt dem Getroffenen zu Hilfe eilten, keiner in der Verwirrung festhalten würde. Er wollte sehen, wie gut er getroffen hatte, gewiss sein, dass Pierre de Castelnau tödlich verletzt war. Gegen alle Vorsicht ritt er langsam näher und beugte sich über die Männer, die den Gesandten gerade auf eine Bahre betteten.

Der Mönch war noch blasser als sonst. Seine übergroßen Augen trafen die von Paco. Es war ein Blick, der alles wusste.

«Gott möge dir verzeihen, da ich dir verzeihe.» Die Worte kamen gurgelnd aus dem Mund des Schwerverletzten. So elend es ihm auch ging, er war in der Lage zu sprechen. Pierre de Castelnau betete das Ave Maria, sich verhaspelnd wie einer, der in größter Eile ist. Wie angewurzelt stand Pacos Pferd, während sein Reiter die Zügel schlaff hängen ließ.

«Gott möge dir verzeihen, so wie ich dir.» Pierre de Castelnau schrie es röchelnd, als sei er in Angst, Paco, dem die Worte galten, könnte sie überhören.

Für Sekunden schloss Paco die Augen. Der blasse alte Mönch in all dem Blut. Die Lanze war viel zu stark gewesen für den schmächtigen Alten. Warum wollte Pierre de Castelnau ihm unbedingt verzeihen? Immer das Gleiche. Man fühlte sich nicht gut, wenn man einen erschlagen hatte, und doch brachte es der Krieg mit sich, Männer zu töten. Und das hier war nichts anderes als Krieg, auch wenn der Mann unbewaffnet und ein Mönch gewesen war.

Paco wendete den Gaul und gab ihm die Sporen. Der elende Pfaffe würde sterben, das war eindeutig, Raymond, sein gräflicher Vater, würde ihm unendlich dankbar sein. Was er getan hatte, war die mutige Tat eines Mannes, der mehr als ein Söldner war.

Paco fühlte sich seltsam leer, als er unter dem diesig grauen Januarhimmel weitergaloppierte, bis die Verfolger aufgaben. Da war keine Genugtuung in ihm, als er ihnen endlich entkommen war.

Es war gegen Abend des 1. Februar 1208, dem Tag von Mariae Lichtmess. Im Palast der Tornamira in Montpellier standen die Konsuln der Stadt mit dem alten Bischof und sämtlichen anderen Würdenträgern zusammen und sprachen leise miteinander. Immer wieder richteten sich aller Augen auf den Aufgang der Treppe in den ersten Stock. Fackeln brannten an den Wänden des Empfangssaals.

Don Martí de Bicalaú und Jordi de Montcada waren eben eingetroffen. Sie hatten sich kaum Zeit genommen, sich zu erfrischen, und standen mit schmutzigen Stiefeln und verschwitzt vom Ritt neben dem Bischof. Mit Erleichterung nahmen die

Herren aus Montpellier die Ankunft der Vertreter des Königs von Aragon zur Kenntnis. Ganz offensichtlich war sich der König in Zaragoza der Bedeutsamkeit des Ereignisses in Montpellier bewusst.

«Deus vult», sagte der Bischof mit einem strahlenden Lächeln, als Domna Guillhelma de Montcada auf ihn zutrat. Er schüttelte den Kopf und legte den Finger auf die Lippen. Dann folgte er der Hofdame die Treppe hinauf in den Raum, in dem Königin Domna Maria die letzte Phase der Geburt durchkämpfte.

Der Bischof, gestützt auf zwei Pagen, kam schon sehr bald wieder die Treppe herabgeeilt. Sein rosiges Greisengesicht strahlte so sehr, dass die Menschen im Raum kaum seine Worte abwarteten.

«Der Infant ist geboren.»

«Hoch lebe der Infant Don Pedro!», riefen Jordi de Montcada und Martí gleichzeitig.

«Dank sei Gott dem Allmächtigen für das, was er getan hat! Was den Namen angeht, das Kind hat noch keinen», beschwichtigte der Bischof.

«O doch, der König von Aragon hat für seinen ersten Sohn den Namen Pedro beschlossen», richtete Martí knapp aus. Auch der Bastardsohn hieß schließlich Pedro, und es war klar, dass dem legitimen Erben ebenfalls der Name seines Vaters zustand. Schließlich konnte der Neugeborene nichts für das zerrüttete Verhältnis seiner Eltern. Don Pedro hatte in Zaragoza beschlossen, der Welt zu zeigen, dass er hinter Domna Marias Kind stand und in ihm den Infanten von Aragon sah.

«Unseren Namen kennt nur Gott.» Der Bischof stützte sich auf seinen Hirtenstab. «Domna Maria wird erst Seinen Willen erfragen, ehe der Junge einen Namen erhält. Der Infant ist, mehr als andere Menschen, ein Geschenk Gottes an Domna Maria, den König von Aragon und die Stadt Montpellier.»

Während im Festsaal des Hauses der Tornamira die Geburt des Infanten von Aragon und Katalonien gefeiert wurde, verließen mehrere Menschen durch den Hintereingang das Gebäude. Guillhelma de Montcada hielt den warm eingehüllten Neugeborenen im Arm. Hastig und unerkannt gingen die Frauen mit einem Bewaffneten durch die Gässchen der Altstadt zur Kirche «Notre Dame des Tables». Als sie eintraten, waren die Mönche bei den Frühgebeten.

«Te Deum laudamus», wurde gerade angestimmt, als Guillhelma in den dämmerigen, kühlen Raum eintrat. Unerkannt knieten die Hofdamen vor dem Hauptaltar nieder und beteten leise, dann erhoben sie sich und machten sich auf den Weg zur Kirche des heiligen Firminus, wo gerade das «Benedictus Dominus Deus Israel» durch den Raum klang. Es waren gute Zeichen für den Neugeborenen, fand Guillhelma. Die Domna würde sich darüber freuen.

«Guillhelma, die Kerzen? Wo – sind die Kerzen?» Domna Marias Wangen waren hochrot.

«Ich habe sie in der Kapelle aufgestellt.»

«Hast du sie vorher noch einmal gewogen?»

«Ja. Eine wiegt so viel wie die andere.»

«Und die Schildchen mit den Namen der Apostel?»

«Stehen davor.»

«Dann lass uns gehen.»

«Domna, sie werden stundenlang brennen. Solange könnt Ihr nicht in der Kälte ausharren.»

«Ich möchte sie wenigstens selbst anzünden.»

Der Wunsch war verständlich. Mit eigener Hand entzündete Domna Maria die zwölf Kerzen mit den Namensaufschriften, die Guillhelma vor dem Bild der Heiligen Jungfrau in der Hauskapelle aufgestellt hatte. Es waren schwere Wachskerzen, die einen angenehmen Duft verbreiteten.

Am nächsten Morgen hatte Gott eine klare Antwort auf die Frage Domna Marias erteilt. Elf Kerzen waren völlig heruntergebrannt und erloschen, nur die Flamme auf der Kerze des Apostels Jakob hielt sich wunderbarerweise noch zwei Stunden länger als die anderen.

So kam es, dass der Infant auf den Namen Jaime getauft wurde. Sein Vater in Zaragoza ließ sich jedoch nicht abhalten, den Sohn in allen offiziellen Urkunden als den Infanten Pedro zu bezeichnen.

Zwei Tage nach dem so erfreulichen Ereignis für Montpellier und Aragon wurde eine Amnestie verkündet. Der Wächter warf Magalit ein sauberes Gewand zu, als er ihr den Napf mit der Morgensuppe brachte.

«Was soll das bedeuten?», fragte Magalit, die die Jubelrufe und das Geschrei in den Straßen gehört hatte, ohne sie deuten zu können.

«Der Infant ist geboren. Sie werden Euch gleich begnadigen, Domna. Dann seid Ihr frei und könnt hingehen, wohin Ihr wollt.»

Magalit hoffte, dass Folquet noch einmal zu ihr in den Kerker kommen und mit ihr sprechen würde, doch es war lediglich ein städtischer Bediensteter, der ihr eine Urkunde vorlas und sie zur Tür ihres Kerkers hinausließ. Im Erdgeschoss angekommen, händigte er ihr einen Beutel mit den Gegenständen aus, die sie damals vor neun Monaten zum Sängerfest mitgebracht hatte. Sogar das zerrissene Troubadourgewand mit den Schellen an den weiten Ärmeln war darin. Draußen auf dem Platz vor dem Rathaus schloss Magalit geblendet die Augen. Die Luft roch nach Freiheit. Das Licht, die Sonne, die Menschen, die an ihr vorbeihasteten, ohne sie zu beachten – Magalit stand fassungslos da und genoss es, wieder Mensch unter Menschen zu sein. Neun Monate hatte sie in dem feuchtkalten Kerkerraum ausgeharrt und sich dabei einen elenden rasselnden Husten zugezogen. Einige Male war Barcelone bei ihr gewesen, eine verwitwete Freundin, die in der Stadt lebte. Barcelone hatte ihr Kuchen und Wein mitgebracht und erzählt, Don Fernando sei beim Rat der Stadt und den Konsuln vorstellig geworden, dass man wenigstens gewisse Hafterleichterungen für die hochgeborene Gefangene gewähren möge. Sie hatte ihr auch von der Verletzung erzählt, die Don Fernando Fra Roberto zugefügt hatte, von dessen Genesung und von Domna Leonors Flucht mit dem Erbgrafen. Magalit war entschlossen, irgendwie den Weg zu Leonor zu finden, wo immer sie auch sein mochte.

Dann setzte sie vorsichtig einen Schritt vor den anderen, wurde bald atemlos, und es war, als ob sie das Gehen neu lernen müsste. Die Monate der Gefangenschaft hatten Spuren hinterlassen. Sie würde erst einmal Barcelone aufsuchen, die nicht weit entfernt wohnte, und mit ihr beraten, wohin sie sich wenden sollte.

Von der Klosterkirche her war der Gesang der Mönche zu hören. An der Tür der Domna zögerte Oswaldo einen Moment. Sooft er in Vallderonca war, machte er den Abstecher zum Kloster und besuchte Domna Elvira, die schon vor längerer Zeit ihre Wohnung im Turm der Burg aufgegeben und hier eine etwas größere Mönchszelle, die ebenirdisch gelegen war, bezogen hatte. Obwohl sie immer höflich zu Don Martí war, konnte sie ihn als Burgherrn nicht ertragen. Für sie war und blieb er der Junge aus dem ärmlichen Bergdorf, der eines Tages barfüßig in Vallderonca aufgetaucht war und Peire vor den heranstürmenden Pferden gerettet hatte. Domna Elviras Geist war trotz ihres vorgerückten Alters scharf und klar, sie war jetzt um die sechzig Jahre alt und benötigte zum Gehen einen Stock. Die Gespräche mit ihr gaben Oswaldo Trost und riefen die alten Zeiten in ihm wieder hervor, in denen doch manches besser gewesen war als heute. Bedauerlich war lediglich die Verbitterung der Domna über die Zeitläufte und ihren Sohn Peire, dem sie den Tod ihres Ältesten nie verziehen hatte. Die Domna hatte auch ein schwieriges Verhältnis zu Urban, dem leichtlebigen Prior des Klosters. Im Lauf der Jahrzehnte waren sie sich ganz langsam näher gekommen, und auf alle Fälle hatte die alte Gräfin zu dem Prior mehr Vertrauen als zu Don Martí.

Es war nutzlos, zu klopfen, da die alte Dame schwerhörig war, trotzdem schlug Oswaldo mit aller Kraft gegen die Tür und trat schließlich ehrerbietig ein.

«Gut, dass Ihr mich besucht, Oswaldo.» Elvira erhob sich und kam dem Hofnarren entgegen. «Ihr seht ja, wie es ist. Urban spricht nicht mit mir, und außerdem heißt es, er habe das Kloster verlassen. Mein Sohn hat mich nicht einmal zu seiner Hochzeit gebeten – und die Burg ist fest in der Hand des ehemaligen Stalljungen!»

Im schlicht möblierten Raum stand das Säulenkapitell mit der Heiligen Jungfrau und dem Jesuskind, vor denen die Heiligen Drei Könige gerade anbetend niederfielen. Domna Elvira ließ sich wieder auf dem gepolsterten Sessel nieder und winkte ihm huldvoll, es sich auf dem Betschemel zu ihren Füßen bequem zu machen.

«Bitte, Domna, sprecht nicht so von Don Martí. Er ist einer der Freunde des Königs, und Ihr wisst genau, er verwaltet die Burg nur, solange Don Peire in Zaragoza ist –»

«Ich mache mir nichts vor, mein Lieber. Tatsache ist, dass mein großartiger Sohn mir die neue Schwiegertochter nicht einmal vorgestellt hat. Ich wollte sie doch fragen, ob sie die Bastardtochter des Grafen von Cervera ist, und ihr Gesicht dabei sehen. Sie muss sehr glücklich sein, jetzt die Gräfin von Vallderonca zu sein.» Während sie sprach, schlug Domna Elvira rhythmisch mit dem Stock auf den Boden.

«Gießt Euch doch etwas Wein ein, dann plaudert es sich angenehmer.»

Oswaldo griff nach dem Tonkrug auf dem steinernen Kapitell und goss für sie beide in die bereitstehenden Trinkpokale aus besseren Zeiten ein.

«Alles dahin», sagte Domna Elvira unvermittelt und schaukelte mutwillig auf ihrem Stuhl. «Der Glanz von Vallderonca, der Glanz unseres Hauses.»

«Glaubt Ihr nicht, dass Euer Haus neu aufblühen wird? Domna Elena ist jung und schön, und nach dem, was alle erzählen, sind die beiden sehr verliebt ineinander. Glaubt mir, Euer Sohn ist glücklicher als in den Zeiten mit Domna Mariela.»

«Verliebt! Eheleute sollen nicht verliebt ineinander sein. Die junge Frau soll ihre Pflichten erfüllen, die Dörfer verwalten, die mein Sohn ihr leichtfertig als Sponsalitium übergeben hat, und ihr Decimum, damit hat sie alle Hände voll zu tun. Ich kann mir denken, was sie stattdessen tut. Sie kauft von ihrem Decimum Kleider und lässt sich an Peires Seite in den Hofgesellschaften sehen.»

«Das ist ihr gutes Recht. Und für Don Peire ist es höchste Zeit, dass er wieder bei Hof erscheint.» Die Welt war aus den Fugen, mehr denn je, aber Don Peire hatte sich wieder in ihr eingerichtet und sang zur Al-ud. Oswaldo freute sich über diese Entwicklung, während Domna Elvira sie missbilligte.

«Der Stadtpalast der Vallderonca war zu Don Juliáns Zeiten vermietet. Don Julián ging nur in die Aljafería, wenn es unbedingt sein musste. Ansonsten war er in den Dörfern der Grafschaft unterwegs und sprach Recht oder kämpfte gegen die Sarazenen. Wie geht es Adelina?»

«Domna Elena leiht sie an Festtagen an andere Domnas aus. Sie ist in der Hauptstadt berühmt für ihre Suppen und Eierspeisen. Sie hat sogar schon für den König kochen dürfen.»

«Freut Euch, dass Eure Tochter in Zaragoza zu so hohen Ehren gekommen ist.» Diesmal meinte die Domna es ernst und ohne Spitze. «Was dagegen unseren Stadtpalast angeht, so ist es keine gute Idee, dort zu leben.»

«Ihr solltet es jetzt sehen, Euer großes Haus in Zaragoza. Die Wände sind neu gestrichen, die Fenster mit samtenen Vorhängen ausgestattet –»

«Wir wissen beide, dass ich es nicht sehen werde.» Domna Elviras Gesicht verzog sich. «Peires Platz ist hier auf dem Stammsitz der Vallderonca. Hier ist einiges zu tun, wofür Don Martí sich nicht interessiert. Paco, der Stallmeister, kniet jeden

Tag in der Klosterkirche und tut Buße für die Schandtat seines Sohns.»

«Er hätte sich besser vorher um ihn gekümmert, jetzt ist das Unglück geschehen.»

«Ein furchtbares Unglück. Papst Innozenz hat den ermordeten Pierre öffentlich zum Märtyrer erklärt und Graf Raymond von Toulouse für den eigentlich Schuldigen.»

«Es war Paco in seinem Wahn, ich weiß, Maiorina hat ihm in den Kopf gesetzt, der Graf von Toulouse sei sein Vater.» Wegen dieser Sache war Oswaldo jetzt sehr bedrückt. Vielleicht war er der Einzige, der Paco den Unsinn hätte ausreden können. Gewiss, der Graf von Toulouse war etliche Male in Vallderonca zu Besuch gewesen und dabei auch Maiorina begegnet, aber jedem, der Augen im Kopf hatte, fiel doch die Ähnlichkeit von Maiorinas Sohn Paco mit dem Stallmeister auf, der so lang und hager wie der Junge war, mit den gleichen finsteren Augen. Im Nachhinein verstand Oswaldo manche Andeutung Maiorinas ihm gegenüber. Sie hatte immer etwas Höheres in ihrem ältesten Sohn gesehen und sich eingeredet, Raymond sei der Vater ihres Bankerts. Doch es war unverzeihlich, dass Maiorina auf dem Sterbebett ihren Paco aufgefordert hatte, sich an seinen angeblichen Vater, den Grafen von Toulouse, zu wenden und ihm zu dienen.

«Don Julián hätte Maiorina damals in ihrer Jugend verjagen sollen. Stattdessen hat er sie gewähren lassen, und jetzt sind wir alle Maiorinas Opfer geworden.»

«Paco hat alle Schuld auf sich genommen und geschworen, niemand habe ihn beauftragt, aber keiner glaubt ihm. Es ist, als hätte die päpstliche Kirche nur auf diesen Mord gewartet. Und ausgerechnet Paco, dieser Idiot, hat es getan. Gewalt erzeugt jedes Mal nichts als neue Gewalt.»

«Jetzt sprecht Ihr wie ein Häretiker.»

«Es gibt Punkte, in denen sogar die Häretiker Recht haben.»

«Was passiert mit Paco? Werden sie ihn hinrichten?»

«Er ist zu lebenslanger Haft verurteilt worden. Pater Pierre hatte ihm seine Schuld verziehen, während er starb.»

«Niemand wird ihm helfen, Oswaldo. Am wenigsten sein angeblicher Vater, der Graf von Toulouse.»

Oswaldo verdrehte die Augen. Niemand konnte Paco, dem Bastard, mehr helfen. Er hatte die gesamte Christenheit gegen sich aufgebracht, den Grafen von Toulouse in eine hoffnungslose Lage versetzt und der päpstlichen Kirche den Vorwand für den Kreuzzug gegen die Ketzer im Süden Frankreichs geliefert.

Während die neu ernannten päpstlichen Gesandten, Magister Milo und Thedise, den Grafen von Toulouse hinhielten und ihm die Bedingungen des Papstes für seine Rückkehr in die römische Kirche stellten – äußerst schmähliche, demütigende Vorgaben –, hatte die Kirche eine Schar von Predigern ausschwärmen lassen, die ab dem Sommer des Jahres 1208 in Städten und an Fürstenhöfen zur Beteiligung am Waffengang in Okzitanien aufriefen. Es waren hauptsächlich Zisterziensermönche.

Den katholischen Rittern bot dieser Feldzug eine doppelte Chance. Da war zum einen der übliche Sündenablass für jeden Teilnehmer. Wer im Kampf fallen sollte, würde als Märtyrer für die Kirche direkt in den Himmel eingehen. Es waren dieselben Argumente, die seit über hundert Jahren für die Unterstützung der Kreuzzüge nach Jerusalem gebracht wurden. Ein bestechendes Angebot für die angesprochenen Ritter. Zum anderen schien der Feldzug bei weitem ungefährlicher zu sein als die Züge nach Outremer, und die Beute waren diesmal nicht Kastelle in der syrischen Wüste, sondern das blühende Land und die Weinhänge Okzitaniens.

Fernando und Adegunt hatten im Herbst des Jahres 1208 Okzitanien verlassen und waren ein paar Tage bei ihrem Schwiegersohn und der Tochter in Zaragoza abgestiegen. Der Glanz, von dem Domna Elena umgeben war, tat den Eltern gut. So stolz er war, machte Fernando sich auch gewisse Sorgen. Er nahm seine Tochter beiseite und sprach ein ernstes Wort mit ihr.

«Sieh zu, dass du die Einnahmen der Grafschaft beisammen hältst. Peire neigt zur Verschwendung. Es freut mich, dass Adelina eine exzellente Köchin ist, aber ich war bei ihr in der Küche und habe gesehen, mit welchen Zutaten sie arbeitet. Diese arabischen Gewürze müssen nicht in jedem Werktagsgericht sein, mein Kind. Das Zeug kostet ein Vermögen. Man nimmt es sonntags und an Festtagen, aber nicht täglich. Versprich mir, dass du –»

«Ich verspreche es Euch, Vater.»

«Und denk nicht, du müsstest in Konkurrenz mit dem König treten. Fang das gar nicht erst an. Don Pedros Kassen sind erschreckend leer, ich weiß es. Nimm dir ein Beispiel an Don Martí, der täglich reicher wird und der, wenn es keiner sieht, sich Kichererbsensuppe bereiten lässt.»

Elena schmunzelte. Von Don Martí wurde auch erzählt, dass er auf einem Strohsack schlief. Don Martí war kein gutes Vorbild.

Fernando runzelte die Stirn. «Die Vorhänge sehen ebenfalls zu kostspielig aus. Auch in meiner Stellung kümmere ich mich um solche Angelegenheiten. Viele Kleinigkeiten dieser Art haben schon manchen Edlen ruiniert. Als Ehefrau musst du Peire daran hindern, sein Geld zu verschleudern. Sei im Alltag fügsam und freundlich. Aber mach dir klar, es gibt Dinge, für die sich ein Streit unter Eheleuten lohnt.»

Elena wurde rot wie ein kleines Mädchen. «Bitte, Vater, regt Euch doch nicht auf wegen solcher Sachen.»

«Wann wird Euer Kind geboren werden?»

«Wahrscheinlich um die Weihnachtszeit.»

Fernando nickte wohlgefällig. «Ihr werdet, wenn Gott es will, noch mehr Kinder haben, denn du bist jung, und Don Peire ist dir zugetan. Eines Tages wird die Grafschaft dann an ein oder zwei Söhne gehen, und vielleicht musst du auch noch einen Bischof ausstatten. Ich sage du, denn dein Ehemann denkt an solche Dinge nicht. Er lebt wieder in der Welt der Musik und des Gesangs.»

«Danke für Euren Rat, Vater.» Der Gedanke, dass ein zukünftiger Sohn ein Bischof würde, gefiel Elena.

Mit seinem Schwiegersohn besprach Fernando den Ernst der politischen Lage. Wie man es auch sah, der König von Aragon war durch die Hochzeiten seiner Schwestern ins Haus von Toulouse doppelt mit dem Grafen Raymond verbunden, und dreifach, wenn man die Kredite bedachte, die er bei seinem Schwager aufgenommen hatte. Alle Maßnahmen, die die Kirche gegen Raymond verhängte, berührten auch Don Pedro.

«Sowohl Raymond von Toulouse wie der Vizegraf Trencavel haben versäumt, etwas gegen die Ketzerplage zu tun», sagte Peire missmutig. «Selbst wenn ihnen sonst nichts vorzuwerfen ist, muss man doch sagen, sie haben ihre Länder schlecht regiert.»

«Es gibt kein Heil außerhalb der Kirche», sagte Fernando bitter, als er abends mit Peire zusammensaß. Wieder sprach er dem Wein stärker zu, als gut für ihn war. «In meiner Grafschaft habe ich die Ketzer gar nicht erst hochkommen lassen. Die Prediger wurden ausgewiesen, bekennende Häretiker habe ich außer Landes geschickt. Aber was hilft es. Ich habe Leonor verloren und, wie es aussieht, auch meinen Sohn. Im eigenen Haus bin ich gescheitert. Nicht einmal die Tatsache, dass ich Magalit aus dem Kerker geholt habe, hat sie mir gegenüber milder gestimmt. Zweifellos ist sie am Leben und wohnt irgendwo in Okzitanien. Ich bin sicher, ihr Bruder weiß genau, wo sie steckt. Aber er hält zu ihr und gibt mir nur höflich ausweichende Antworten.»

«Es war jedenfalls gut, dass du dem Häretiker den Arm abgeschlagen hast.» Peire sah in Fra Roberto die Wurzel allen Übels.

«Nein, es war ein Fehler. Ich hätte ihn töten sollen.»

«Was hat dich davon abgehalten?»

«Sehr einfach. Ich hatte Angst, sie würde es mir nie verzeihen. So wird man zum Narren der Domna, die man liebt.»

«Die Geschichte, wie du Fra Roberto den Arm abgeschlagen

hast, wird im ganzen Königreich erzählt. So kommt auch niemand auf den Gedanken, dich als Häretiker zu verleumden.» Denunziationen hatten in letzter Zeit unleugbar zugenommen. Seit die Aussicht bestand, sich des Besitzes eines Nachbarn bemächtigen zu können, wenn dieser als Ketzer verdächtigt wurde, mussten selbst päpstlichste Christen auf der Hut sein. War eine Anklage erst einmal erhoben worden, befand man sich unversehens vor den kirchlichen Untersuchern, musste seine Rechtgläubigkeit beweisen und erklären, warum man im Gespräch mit Häretikern auf der Straße stehen geblieben war oder sie zu einem Essen gebeten hatte.

Fernando de Vallderonca wurde am Weihnachtstag des Jahres des Herrn 1208 in Zaragoza geboren, ein kräftiges, munteres Kind, das zu den schönsten Hoffnungen und Träumen berechtigte, klar und deutlich ein Geschenk des Herrn nach den Jahren der Trauer im Leben seines Vaters. Er erhielt den Namen des Großvaters mütterlicherseits, nachdem Peire alle anderen Vorschläge heftig von sich gewiesen hatte. Er wollte nicht, dass der Kleine Peire hieß, auch Julián kam nicht in Frage, schon gar nicht Alvaro, wie Elena behutsam vorgeschlagen hatte. Don Martí war erschienen, um ihn zu beglückwünschen.

«Es ist ein Freudentag, Don Peire», sagte er und umarmte seinen einstigen Herrn, der erstarrt dastand und keine Dankesworte zustande brachte. Martí sah sich amüsiert um. Der altehrwürdige Stadtpalast der Vallderoncas war durch Domna Elena zu neuem Leben erweckt worden. Sie hatte die Böden mit neuen Teppichen ausgestattet – ein gewisser Luxus, da man sie eigentlich nicht benötigte. An den Wänden hingen gewirkte Wandbehänge mit biblischen Darstellungen. Die Sitzgelegenheiten waren bequeme Polstersessel mit Armlehnen und die üblichen Klappstühle. Zum Altbestand gehörte ein schwerer eichener Schrank mit abschließbaren Türen und eisernen Beschlägen. In einer Ecke befanden sich Holzböcke und Platten für die Essenstafel.

Als Kind hatte Elena in dem beengten halb verfallenen Wohnturm der Cerveras in der Altstadt von Zaragoza gelebt, jetzt als Ehefrau und Gräfin hatte sie beschlossen, nicht zu knausern. Den Reichtum der Vallderoncas sollte jeder Besucher auf den ersten Blick bemerken.

Peire, das stellten bis zu den Dienstboten alle fest, die im Hause waren, benahm sich seltsam, nachdem das Kind doch so wohlbehalten und gesund zur Welt gekommen war. Kaum wahrte er die üblichen Formen der Höflichkeit. Weder der jungen Mutter noch seinen Gästen gegenüber fand er die rechten Worte. Er war vielmehr sichtlich verstört und betrübt und zog sich trotz der Gäste und Freunde im Haus in ein entlegenes Zimmer zurück, wo er sich betrank und traurige Weisen auf der Al-ud spielte.

«Senhor, was fehlt Euch?» Oswaldo hatte sich in das zugige Dachzimmer hineingewagt, in dem Peire teilnahmslos zwischen zwei Kissen saß und auf der Al-ud klimperte.

«Lass mich in Ruhe, Monstrum», herrschte Peire den Hofnarren an.

Oswaldo hockte sich neben ihm nieder und knirschte mit den Zähnen. Es bereitete ihm Mühe, Scherze zu machen, seine Glieder waren nicht mehr so beweglich wie noch vor wenigen Jahren. Er ging auf die siebzig Jahre zu, auch wenn man ihm sein Alter nicht gleich ansah, und an manchen Morgen gelang es ihm kaum, sich aus seinem Bett herauszubewegen, so sehr schmerzten ihn Rücken und Kreuz.

«Das ist jetzt mein Leben», sagte Peire, und es klang wie ein Schluchzen.

«Was meint Ihr damit?»

«Sie wird ein Kind nach dem anderen gebären. Sohn, Tochter, Tochter, Sohn, immer so weiter.»

Oswaldo nahm seine Hand und drückte sie. Peire ließ es geschehen.

«Und eines Tages wird sich wieder ein jüngerer Sohn gegen

den älteren erheben, und alles wird sein, wie es schon einmal war.»

«Don Peire, wartet doch ganz ruhig ab, was Gott Euch sendet. Vielleicht sind es ganz andere Dinge. Vielleicht werden noch drei Töchter kommen, friedliche Mädchen, die nur sticken und nähen. Ihr müsst die Geduld haben abzuwarten. Vielleicht verliebt sich Domna Elena auch in einen jungen Edlen und läuft Euch davon. Und jetzt kommt wieder herunter und esst mit Euren Gästen. Der Tisch ist aufgebaut und reich gedeckt. Adelina hat ein Festmahl bereitet.»

Peire erhob sich schwankend. Das Leben hatte wieder nach ihm gegriffen und ihn in sich hineingezogen. Er kam sich vor wie im Wasserwirbel eines Flusses, den er durchschwimmen musste, um auf die andere Seite zu kommen. Ein Sprichwort fiel ihm ein, das Tarik manchmal gesagt hatte. «Das Leben ist eine Brücke. Wir sollen uns nicht darauf niederlassen, sondern sie überqueren.»

Es war Mittag, und es regnete. Ein kühler Januarwind strich über den Marktplatz des hoch gelegenen Städtchens Fanjeaux. Miguel rieb sich die klammen Hände. An manchen Tagen konnte man schon verzweifeln. Dann betete er zur Heiligen Jungfrau auf dem roten Felsen, sie möge ihm helfen. Ihm knurrte der Magen wie seit Tagen schon. Jetzt im Winter war es doppelt schwer, wie die Guten Menschen zu leben. Und zu reden wie sie und sich segnen zu lassen von den Perfecti. Vor dem Einschlafen bat Miguel jeden Abend Gott und die Jungfrau Maria sowie alle ihm bekannten Heiligen um Verzeihung für den Frevel, den er täglich beging. Aber er hatte die Domna Leonor und den kleinen Périco auf Fouzilhon gesehen, ja sogar mit Périco ein paar Mal Ball gespielt. Er würde sie wieder erkennen, da war er sicher. Und er musste sie finden. Don Peire hatte ihm den Auftrag gegeben. Leicht fiel es ihm nicht. Da waren nicht nur der ständige Hunger und die Kälte, er hatte außerdem Heimweh nach Zaragoza, Domna

Elena und Don Peire. Ohne ihre Nähe kam er sich leer vor, wie unsichtbar. In den Pyrenäen, über die er gewandert war, gab es Bären und Wölfe, so erzählten die Pilger, die er abends in den Herbergen traf. Barfüßig und ärmlich gekleidet, wanderte Miguel seit Monaten von Dorf zu Dorf, von Stadt zu Stadt, suchte die Guten Menschen auf, ließ sich Wasser, Nüsse und Äpfel reichen, kaute Brot dazu und versuchte jeden Gedanken an Eier, Kaninchenbraten und Käse aus seinem Hirn zu verbannen. Auf den Marktplätzen machte er die Musik eines armen Joglars, indem er die Maultrommel schlug und dazu sang, Lieder, die andeuteten, dass er einer der Ihren war. Das brachte ihm so viel ein, um sich ein Brot zu kaufen und einen Schlafplatz zu sichern. Mit jedem Ort, den er hinter sich ließ, schwand seine Angst ein wenig. Miguel war inzwischen bei weitem mutiger als an dem Tag, an dem sein Senhor ihn hinter Gerona losgeschickt hatte.

Bei dem Wetter heute blieb niemand bei seinen Darbietungen stehen, jeder saß in seinem Haus oder seiner Hütte möglichst nahe am Herdfeuer. Das machte das Leben schwer und mühsam. Es war nicht die Zeit, in der Spielleute und Joglars unterwegs waren. Miguel hatte es sich unter dem Arkadengang der Markthalle bequem gemacht. Auf seinem Bündel Kleidung hockend, ließ er die beiden Gestalten in den schwarzen Kutten nicht aus den Augen. Fra Roberto war mit einem Glaubensgenossen unterwegs. Miguel hatte davon gehört und war ihnen dann gefolgt, ohne dass sie ihn bemerkt hätten. Aber selbst wenn er ihnen aufgefallen wäre, wären sie nicht auf den Gedanken gekommen, dass der armselige Joglar unter den Arkaden der Spion des Grafen von Vallderonca war.

«Denk nicht daran, dass du suchst, denk daran, sie zu finden», hatte Oswaldo ihm eingeschärft.

Miguel erhob sich und schulterte seine Habseligkeiten. Langsam und scheinbar absichtslos schlenderte er hinter den beiden Perfecti her.

Zum ersten Mal war er ohne Hoffnung. Er hatte die Spur

des Fra bei Pamiers aufgenommen, war dann hinter ihm nach Mirepoix gegangen, und es sah so aus, als wollte der Fra mit seinem Begleiter nach Carcassonne. Nirgendwo hatte sich dort, wo Miguel bisher gefragt hatte, einer an einen etwa achtjährigen Jungen mit einem auffälligen Muttermal zwischen Nase und Mund erinnert. Die Erde verschluckte niemanden, aber sie war groß und unübersichtlich. An diesem windigen Januartag des Jahres 1209, an dem ihm erbärmlich die Nase lief, glaubte Miguel nicht mehr, dass er Périco oder Domna Leonor je finden würde.

Vor einem Haus in einer Seitenstraße des Markplatzes blieben die beiden Schwarzröcke stehen. «Ist es hier, Guilhabert?», fragte der Fra. Guilhabert nickte bestätigend. Fra Roberto schaute um sich, und sein Blick fiel auf Miguel. Der verbeugte sich tief und kniete nieder. Dreimal, so wie es die Guten Christen taten. Er murmelte kaum hörbar: «Bittet Gott für mich Sünder, dass er mich zum Guten Christen mache.» Dann erschütterte ihn ein Hustenanfall.

«Gott segne dich. Gott sei gebeten, dass er dich zum Guten Christen mache», erwiderte der Fra. Die Tür des Hauses wurde geöffnet. Der Fra wendete sich noch einmal nach Miguel um. «Du bist ein Joglar?», erkundigte er sich.

«Ja, Senhor.»

«Komm mit uns ins Warme, Trockene.» Der Fra lächelte. «Heute ist kein Tag, um zu singen. Besser, du hörst dir eine Predigt an und isst vom Brot, das wir weihen werden.»

«Danke, Senhor.»

Im Inneren des Hauses roch es nach frisch gegerbtem Leder. Im vorderen Raum stand ein schmutziger Tisch, auf dem zugeschnittene Lederstücke lagen. Offenbar befanden sie sich in der Werkstatt eines Schuhmachers. Froh über die Einladung, folgte Miguel den Perfecti in den hinteren, größeren Raum des Hauses. Wohlige Wärme drang aus einem großen gemauerten

Kamin an der Rückseite. Viele einfache Leute und Kinder aus der Stadt hatten sich im Raum um einen Tisch versammelt, auf dem in einem Korb mehrere Laibe Brot lagen. Sie hatten miteinander geredet und verstummten augenblicklich, als Fra Roberto und sein Begleiter eintraten. Während sie die beiden Perfecti mit den üblichen Grußformeln bedachten und dreimal vor ihnen knieten, fiel Miguels Blick auf den dunkelhaarigen Jungen mit dem auffälligen Muttermal zwischen Nase und Mund. Er stand neben dem Kamin, einen rot gestrichenen Holzhund in der Hand. Es war unverkennbar Périco. Miguel hielt den Atem an. Er war endlich am Ziel.

Fra Roberto sprach jetzt das Vaterunser und brach dabei die Brotlaibe, die in kleinen Stücken von Helfern unter den Zuhörern ausgeteilt wurden. Dann hielt der Mann, den der Fra mit Guilhabert angeredet hatte, eine längere Ansprache mit vielen Zitaten aus der Schrift. Miguel hörte interessiert zu. Er hockte auf dem Boden, seiner Nase ging es in der Wärme besser. Périco war nicht ganz bei der Sache. Er schien sich zu langweilen. Einmal fiel der Hund klappernd auf den Boden, und eine schwarz gekleidete Domna kam eilig herbei und hob ihn auf. Miguel konnte ihr Gesicht nicht sehen, so schnell war sie wieder in der Menge verschwunden. Langsam, um kein Aufsehen zu erregen, erhob er sich.

«Kennst du mich noch?», fragte er Périco, als er endlich neben ihm angekommen war.

Périco erkannte ihn nicht. Plötzlich stand die Frau in der schwarzen Kutte wieder neben dem Jungen.

«Ich weiß, wer du bist. Don Peire hat dich geschickt», sagte sie leise. Miguel starrte Domna Leonor fassungslos an. Ihr Gesicht, scharf geschnitten und fein, war das der Heiligen Jungfrau vom roten Felsen.

«Wie kommt Ihr darauf, Domna?»

«Ich habe dich auf Fouzilhon gesehen, du hast mit meinem Sohn Ball gespielt. Du bist Don Peires Joglar.»

«Danke, dass Ihr Euch an mich erinnert», murmelte er und holte den Lederbeutel mit dem zusammengefalteten Brief seines Herrn hervor. «Das sollte ich Euch geben, wenn ich Euch begegne.»

Langsam und zögernd öffnete sie den Beutel und entnahm ihm den Knäuel aus arabischem Papier. Sie strich das zerknitterte Blatt glatt und begann zu lesen, was ihr offenbar leicht fiel. Er sah, dass sie errötete wie ein junges Mädchen, und es war ihm unangenehm, sie dabei zu beobachten. Da war etwas, das seinen Herrn mit Domna Leonor verband, aber Miguel durchschaute nicht, was es war.

«Ich weiß nicht, was der Senhor Euch geschrieben hat», sagte er und knackte vor Verlegenheit mit den Fingern. «Ich soll Euch ausrichten, dass Ihr keine Angst haben sollt. Don Fernando wird nichts erfahren. Er wird Euch nicht verraten. Aber mein Senhor bittet Euch inständig darum, wenigstens Périco zu seinem Vater zurückzuschicken und am besten ebenfalls zu Don Fernando zurückzukehren.» Es kostete ihn Mühe, das alles zu sagen.

«Es ist unmöglich», sagte sie leise. «Es ist ganz unmöglich.»

«Werdet Ihr mir einen Brief für Don Peire mitgeben?»

«Auch das ist unmöglich.»

«Wie soll ich dann beweisen, dass ich Euch wirklich gefunden und Euch den Brief ausgehändigt habe?»

«Richte ihm aus, dass ich jeden Tag dafür bete, dass Gott auch ihn zum Guten Christen macht.»

«Ist das alles?»

Sie überlegte. «Ich danke ihm dafür, dass er mich nicht verfolgt und mich nicht verrät. Hier, nimm das. Du hast einen langen Rückweg vor dir.» Sie reichte ihm ein Säckchen, in dem Münzen klimperten.

Die Mandelbäume blühten im Tal des Ebro, als Miguel in Zaragoza eintraf. Don Peire eilte die Treppe hinunter, um seinen Boten zu begrüßen, gerade so, als sei Miguel der Graf. Am breiten Grinsen im Gesicht des Jungen sah Peire, dass er gute Nachrichten hatte.

Flüsternd berichtete Miguel, wo und unter welchen Umständen er Domna Leonor und Périco begegnet war.

Peire wurde rot vor Freude.

«Du hast einen Wunsch frei. Nenn ihn sofort oder warte bis morgen. Ich werde versuchen, ihn zu erfüllen, was immer es auch ist.»

«Senhor», sagte Miguel, als habe er seit langem auf dieses Angebot gewartet. «Erlaubt, dass Joana hierher kommt und Domna Elena bedient. Glaubt mir, sie wird Euch nützlich sein. Jetzt ist sie bei einem Notar in Montpuig und schreibt dort Briefe und andere wichtige Dinge. Ich war bei ihr und habe mit ihr gesprochen.»

«Dann geh los und hol sie, nachdem du dich etwas erholt hast.»

Peire nahm dem Jungen noch das Versprechen ab, sein Wissen für sich zu behalten. Danach ging er in das Dachzimmer des alten Palasts und spielte ein wirbelndes Lied auf der Al-ud. Jetzt, nachdem er wusste, wo sie sich befand, musste er alles daransetzen, sie nach Aragon zu bringen. Dort war es sicherer als jenseits der Pyrenäen. Morgen würde er Domna Elena bitten, zu gestatten, dass der Wohnturm der Cerveras neu hergerichtet wurde. Und er selbst würde ihn mit Möbelstücken und Teppichen behaglich einrichten.

Über Jahrzehnte hinweg hatte Paco, der Stallmeister, auf Vallderonca seinen Dienst versehen, er hatte im Auftrag des jeweiligen Grafen Pferde verkauft und neue erworben, sich um die Lasttiere und Esel gekümmert. Dabei war es immer um höhere Geldsummen gegangen, die er stets korrekt abgerechnet und abgeliefert hatte. Er war manchmal betrunken gewesen und oft zu streng mit den Stallburschen, ansonsten war er seinen Pflichten untadelig nachgekommen. In den letzten Monaten aber waren größere Summen verschwunden und andere, ebenfalls höhere Beträge, unter falschen Benennungen verbucht worden. Es blieb Don Martí nichts anderes übrig, als der Sache nachzugehen. Er hatte zunächst den jungen Schreiber im Verdacht, der ebenfalls Zugang zur Schatzkammer hatte. Recht schnell richtete sich der Verdacht dann gegen den Stallmeister selbst. Schließlich fand sich ein Bursche, der mit eigenen Augen beobachtet hatte, wie Paco mit einem Sack Goldstücke die Schatzkammer verließ. So leidig es ihm war, Don Martí ließ die Wohnung seines Vertrauten durchsuchen, wo silberne Gefäße aus dem Besitz des Grafen von Vallderonca gefunden wurden, die Paco offensichtlich vorgehabt hatte zu veräußern.

Kurzum, es handelte sich um eine Serie von Hausdiebstählen der schlimmsten Art. Die Fueros ebenso wie die Dreytos sahen in einem solchen Fall die Höchststrafe vor. Im Grunde genommen war es auch ein Vergehen gegen die Hoheit des Senhors.

Nachdem er durch Zeugen und die Funde in seiner Wohnung überführt war, gestand Paco auch in vollem Umfang, ohne zu erklären, was ihn nach Jahrzehnten treuen Dienens zum gemeinen Dieb gemacht hatte.

Auch Urban wusste keinen Rat. Mit Rücksicht auf die lange gemeinsame Zeit verzichtete Martí darauf, Paco foltern zu lassen, um den Verbleib des verschwundenen Geldes zu erfahren.

Er tat auch sein Möglichstes, den Wert des Diebesguts so gering wie möglich anzusetzen. Doch nach einem erneuten eingehenden Verhör und den Aussagen der Zeugen konnte er in seiner Eigenschaft als Gerichtsherr nicht anders, als den Stallmeister zum Tod durch Erhängen zu verurteilen. Einen Tag später im Tal zwischen der Burg und dem Kloster wurde das Urteil vollzogen.

Auch lange nach der Hinrichtung Pacos des Stallmeisters beunruhigte Martí noch die Verwandlung dieses Mannes, der plötzlich so massiv gestohlen hatte. Was hatte ihn bloß dazu getrieben?

Im Sommer des Jahres des Herrn 1209 setzten sich zwei Abteilungen des Ritterheers unter dem Banner des Kreuzes in die Richtung der Vizegrafschaft Trencavel in Marsch. Der Großteil davon war unter dem Befehl des Abtes von Citeaux, Arnaud Amaury, den Juni über in Lyon konzentriert worden. Zahlreiche französische Erzbischöfe und Bischöfe führten Ritter aus ihren Diözesen und ihrem Gefolge nach Lyon. Aus dem nördlichen Frankreich stießen kleinere Gruppen hinzu, außerdem Teilnehmer aus Deutschland, die vom Rhein und aus Schwaben kamen. Sie alle trafen bis zum 24. Juni, dem verabredeten Stichtag, ein. Es war ein Heer von erstaunlicher Größe. Die Sonne glänzte auf den Rüstungen der Ritter. Hinzu kamen Bogenschützen aus der Gascogne und zahllose Fußsoldaten. Wer das Kreuz gegen die okzitanischen Ketzer nahm, war durch kirchliche Gesetze vor seinen Gläubigern geschützt. Für die Dauer des Feldzugs waren alle Schulden gestundet und jede Zinsnahme untersagt. Einzelne Bischöfe, so der Erzbischof von Sens, hatten für ihre Ritter die Sammlung eines Kreuzzugszehnten organisiert. Die meisten der angeworbenen Ritter hatten ein Gelübde auf 40 Tage abgelegt. Sollte sich der Krieg allerdings in die Länge ziehen, würde es Probleme bereiten, genug Kämpfer zu mobilisieren.

Schon vorher waren Kreuzzugstruppen gegen die Häretiker nördlich von Toulouse unterwegs und versuchten, dort einzelne Burgen zu erobern.

Trotz Miguels Versicherungen, man werde sie an ihrem Zufluchtsort nicht behelligen, und Peires langem Brief traute Leonor ihm nicht. Jeden Tag konnten Beauftragte Fernandos auftauchen und sie zwingen, an die Seite ihres Ehemannes zurückzukehren, oder, schlimmer noch, Périco mitnehmen und zu seinem Vater bringen.

Sie zögerte nicht, sondern schloss sich Fra Roberto und Guilhabert de Castres an, die, sowie sich das Wetter besserte, wieder auf Wanderschaft gingen. Périco jammerte und klagte, er wollte lieber bei seinen Spielkameraden in Fanjeaux bleiben, doch sie bestand darauf, dass er mitkam.

Jeden Tag wurde es wärmer. Die Predigergruppe suchte alle paar Tage einen neuen Ort auf. In der Verborgenheit eines Hauses der Guten Menschen ermahnten sie die Croyants und Unterstützer zur Standhaftigkeit und zum Durchhalten.

Sowohl Guilhabert wie Fra Roberto rieten dazu, sich nicht nach den Glaubensinhalten ausfragen zu lassen und Einzelheiten preiszugeben über das, was die Perfecti und die Croyants taten. Es war durchaus möglich, den Schein zu wahren und dennoch den Lehren der Guten Menschen treu zu bleiben.

«Wer noch nicht konsoliert ist, sollte versuchen, der Gefangenschaft und der Beschlagnahmung seines Vermögens aus dem Weg zu gehen. Denkt immer daran, dass uns als letzte Konsequenz die Todesstrafe droht», mahnte der Fra. Doch es war klar, dass die Perfecti getrost auf den Scheiterhaufen gehen konnten. Der Tod war kein Schrecken für sie, die die Welt ohnehin schon überwunden hatten. Der Tod war der Aufstieg in den Himmel des Guten Gottes, die Wiedergeburt als Engel.

«Was mich angeht», bemerkte Guilhabert nachdenklich, «so möchte ich als Perfectus noch möglichst vielen verängstigten und leidenden Menschen auf den richtigen Weg helfen. Es ist Selbstsucht, nur die eigene Erlösung im Blick zu haben, so beglückend sie auch sein wird.» Guilhabert hatte den Rang eines Bischofs der Kirche der Guten Menschen. Anders als bei einem Bischof der katholischen Kirche bedeutete dieser Rang nicht Prunk und Glanz, sondern lediglich größere Verantwortung und mehr Arbeit. In früheren Jahren war er bei öffentlichen Disputen zwischen Theologen der katholischen Kirche und Vertretern der Lehre von Albi stets hinzugezogen worden. Er war ein mitreißender Redner, ruhiger als Fra Roberto, mit kühlerem Kopf und ohne das Flackern in den Augen, wie es der Fra hatte. Guilhabert strahlte kühle Zurückhaltung und Askese aus. Auch äußerlich war er das Gegenteil von Fra Roberto, der auch jetzt, über sechzigjährig, immer noch etwas von einem großen linkischen Tier hatte. Der Bischof dagegen war von mittlerer Größe, seine Hände waren auffallend zierlich, er hatte kleine, eng am Kopf anliegende Ohren, sorgfältig gestutztes Haar und einen gepflegten Backenbart. Er lächelte oft und war ein Mann der Kompromisse, mehr als der Fra. Leonor fand, Périco könne keine bessere Erziehung haben, als im Gefolge dieser beiden bedeutenden Prediger zu leben, täglich mit ihnen am Tisch zu sitzen und bei allen ihren Auftritten zugegen zu sein.

Die beiden gingen von Haus zu Haus, man bat sie vor allem zu Sterbenden, denen sie das Consolamentum spendeten. Mit großer Zufriedenheit und Freude sah Leonor, wie verbreitet gerade auf dem Land, in kleinsten Dörfern, der neue Glaube war.

«Die päpstlichen Pfaffen haben die Schlacht vor dem ersten Schwertstreich verloren», sagte Guilhabert lächelnd. «Sie wollen ein Blutbad, allein daran sehen wir deutlich genug, wes Geistes Kind sie sind. Es ist nicht der Gute Gott, es ist Satan, der sie leitet.»

Leonor drückte Périco an sich, der verängstigt zuhörte. Ihre unverzeihliche Schuld war, diesen Jungen in eine solche Welt hineingeboren zu haben. Aber er sollte nicht auf die Seite der Teuflischen, der Fleischesser, der Zeugenden geraten, das war sie ihm schuldig. Immer wieder gingen ihre Gedanken zu Peire. Immer wieder stand sie vor dem Herdfeuer, seinen Brief in den Händen, und wollte ihn in die Flammen werfen. Und dann konnte sie es nicht. Sie war Perfecta und doch zu schwach. Dieses Blatt Papier mit seinen Worten und Sätzen verband sie noch mit der Welt Satans. Es war in gewisser Weise das letzte Hindernis, das sie überwinden musste. Aber es war auch eine Mahnung, Peire, der sie liebte, dem Guten Gott zuzuführen. Abends, wenn Périco längst eingeschlafen war, lag Leonor noch wach und überlegte, was sie tun konnte, um Peire de Vallderoncas Seele zu retten. Er war noch nicht verloren, und sie war die Einzige, die ihn von der Welt Satans abbringen konnte.

Ab und zu fanden Zusammenkünfte der Perfecti bei geschlossenen Türen statt. Dann beichteten sie sich gegenseitig die Verfehlungen, die sie begangen hatten; so kam es etwa vor, dass sie an einem anstrengenden Tag einschliefen, ohne die vollständige Zahl von Vaterunsern gebetet zu haben, ein Perfectus gestand vor den Brüdern und Schwestern, kürzlich ein Ei gegessen zu haben. Er hatte es getan, weil ihn eine unbändige Lust dazu überkommen hatte. Leonor saß mit klopfendem Herzen dabei, sie wusste, es war höchste Zeit, vom Brief Peires zu berichten, und doch konnte sie es nicht. Das, was sie unbedingt bekennen musste, ging ihr nicht über die Lippen. Die Brüder und Schwestern würden einstimmig verlangen, das Blatt Papier mit Peires Handschrift ins Feuer zu werfen.

Sie war noch nicht so weit.

Der Kronrat des Königs tagte wie immer nach der heiligen Messe am Sonntag in der Aljafería, ein kleiner Kreis, an dem neben Alfonsin und Don Fernando, dem jüngeren Bruder Don Pedros, Don Martí stets teilnahm, wenn er in der Hauptstadt war. Dazu gehörten auch Don Guillhem Jordi de Montcada, schließlich der Vizegraf von Cardona, der Bischof von Zaragoza sowie weitere hohe Geistliche, und der Schatzmeister des Königs. Oft war auch einer der Grafen Lara und von Luna anwesend, gelegentlich kam Fernando de Cervera. An diesem Sonntag im Mai hatte man erstmals Peire de Vallderonca durch einen königlichen Boten zu der erlauchten Runde bestellt.

«Es kommt Euch zu, Don Peire», sagte Elena. «Seht zu, dass Ihr regelmäßig teilnehmt.»

Der Eifer, mit dem sie seine Interessen überall zu vertreten suchte, war rührend. Elena wachte darüber, dass Peire seinem Rang entsprechend behandelt wurde, dass er richtig gekleidet auf die Straße oder an den Hof ging.

«Früher hat mich dein Vater wie ein Löwe beschützt, jetzt tust du es, mit deinen neunzehn Jahren.»

«Achtzehn, Don Peire», berichtigte sie ihn. «Erst im nächsten Monat ist mein Geburtstag.»

«Du lieber Gott, achtzehn», sagte er.

Der Apfelschimmel war aufgezäumt, Miguel hielt ihn am Zügel, und der neue Page half dem Senhor in den Steigbügel. Peire schwang sich auf das Pferd. Der Page kletterte auf den Maulesel, und dann schlugen sie in raschem Tempo den Weg zum Palau ein.

Der Gottesdienst war schon vorbei, die Sitzung hatte bereits angefangen, wie der Hofmeister, der am Treppenaufgang wartete, berichtete. Peire hastete die Treppe hoch, geriet dabei außer Atem und sah sich auch schon Don Pedro und seiner Beraterrunde gegenüber, die um einen runden Tisch – die neueste Mode für solche Beratungen – versammelt saßen, im gleichen Raum, in dem bereits Don Alfonso zu Peires Pagenzeiten den Kronrat abgehalten hatte. Die Holzschnitzereien der Decke waren mit Gold- und hellen Grüntönen gefärbt, Kunsthandwerk, das noch aus der Zeit der Moros stammte.

«Wir müssen Don Fernando de Cervera benachrichtigen», sagte Don Pedro, nachdem Peire ihn und die anderen Herren mit allen Höflichkeitsformeln begrüßt hatte. «Er wird sicher nichts dagegen haben, in unserem Auftrag unterwegs zu sein, zumal er verwandtschaftliche Bindungen in Okzitanien hat. Domna Leonor, seine Ehefrau, ist die Schwester des Vizegrafen Trencavel.»

Bei der Nennung ihres Namens sank Peire in sich zusammen.

«Auch Ihr kennt Euch gut aus dort im Land der Troubadoure, Don Peire. Man schätzt und bewundert Euch dort. Ihr kennt unseren Schwager Don Raymond, den Grafen von Toulouse.»

Der König lehnte sich zurück. Seinem immer noch jugendlichen Gesicht waren die schweren Sorgen der letzten Zeit anzusehen. Der leicht vorgeschobene Unterkiefer erweckte den Eindruck von Willensstärke und Energie. Don Pedro war selbstbewusst, aber nicht der Draufgänger, für den man ihn allgemein hielt. Don Pedro glaubte an die Macht des Wortes, der Schrift und der Verhandlungen. So hatte man ihn erzogen. Er war vorsichtig und hörte seine Berater geduldig an.

«Wir lieben Okzitanien, das Toulousain, das Land der Trencavels und die blühenden Städte fast noch mehr als die Grafschaft Provenza, wo Don Alfonso, unser Bruder, Gott sei es gedankt, die Zügel fest in der Hand hält. Okzitanien ist schlecht regiert worden, deshalb hat sich in den vergangenen Jahrzehnten dort die Häresie der Leute von Albi in unvorstellbarem Ausmaß ausgebreitet. Dass es auch anders geht, beweisen unsere eigenen Kronlande und die Grafschaft Montpellier. Jetzt droht ein Krieg, ein Kreuzzug gegen das Land, das uns näher steht als die meisten anderen, in dem wir selbst Freunde, Verwandte, Lehnsleute und Herrschaftsgebiete haben. Wir sind voll größtem Schmerz und tiefster Besorgnis. Wir haben alles versucht, auf dem Weg der Verhandlung diesen Krieg zu verhindern, und, so wahr uns Gott helfe, wir sind noch nicht am Ende. Wir, unsere Exzellenz, der König von Aragon, werden weiterverhandeln, denn dieser Krieg muss nicht sein. Er würde furchtbare Opfer auf allen Seiten fordern. Er würde ein blühendes Land zerstören. Er würde Tausende Menschenleben kosten. Dieser Krieg darf nicht sein.»

«Vielleicht wird der Anblick des Kreuzfahrerheers die Häretiker endlich zur Einsicht bringen. Der Papst, mit Verlaub, hat lange genug Geduld gehabt. Er geht nicht gegen Unschuldige vor, nicht gegen katholische Christen, sondern tritt der Seuche des Unglaubens mutig entgegen. Noch ist kein Schwertstreich gefallen. Wenn die Ketzer die Truppen des Papstes sehen, ist es an ihnen, sich zu bekehren.» Der Bischof von Zaragoza, ein zittriges dünnes Männchen, hatte gesprochen.

«Es darf nicht zum Kampf kommen», wiederholte der König, «wie soll man denn überhaupt die Häretiker von den Kirchentreuen unterscheiden? Ich habe mehrfach an den Heiligen Stuhl in Rom geschrieben, man solle bedenken, dass die gesamte Angelegenheit keine Kriegsangelegenheit ist, sondern eine, die von Untersuchungen, Prozessen und Verurteilungen geprägt ist. Nun denn, wir werden mit einer Begleitung von etwa hundert Rittern im August selbst hinunterreiten, um die Verhandlungen weiterzuführen. Bis dahin möchten wir Don Peire de Vallderonca und Don Fernando de Cervera darum bitten, als unsere persönlichen Gesandten sowohl die bedrohten Städte wie das Kreuzfahrerheer zu besuchen, unsere Friedensbotschaft überall zu verlesen und uns umgehend Berichte über die Geschehnisse zukommen zu lassen, bis wir selbst eintreffen. Ein Herold und zwei Bewaffnete werden die Gesandtschaft begleiten. In Montpellier könnt Ihr Euch gegebenenfalls weitere Infanzones besorgen. Schickt die Berichte auf dem Schiffsweg nach Zaragoza.»

Er schwieg. Keiner erhob das Wort.

«Die Häretiker sind nicht wie die Heiden in Outremar oder die Sarazenen in der Hispania, sie sind irregeführte Schafe aus der christlichen Herde, unsere Brüder und Schwestern. Auch deshalb darf es nicht zum Krieg kommen», schloss der König die Sitzung, «Es wäre ein Krieg der Brüder gegen die Brüder. Monsignores, Senhores, wir danken Euch.»

Elena schwankte zwischen Betrübnis über die Abreise Peires, der aller Voraussicht nach für Monate abwesend sein würde, und Stolz, den sie wegen der Bedeutsamkeit seines Auftrags empfand, den er gemeinsam mit ihrem Vater ausführen sollte. Doch die Trauer überwog, beim Abschied weinte sie. Sie wusste, dass es ihn nicht glücklich machen würde, wenn sie ihm mitteilte, dass sie erneut schwanger war, deshalb behielt sie es für sich. Die königlichen Bewaffneten auf ihren Rössern machten ihr deutlich bewusst, dass die Reise mit Gefahren verbunden war. Peire nahm seinerseits Miguel und Oswaldo mit und nur das unbedingt nötige Reisegepäck auf einem Packtier. Elena stellte fest, dass er die Al-ud obenauf geladen hatte. Mochte er auch als königlicher Botschafter unterwegs sein, Peire war zuerst ein Troubadour.

«Macht eine schöne Alba für mich, Don Peire», sagte sie und umarmte ihn.

«Vielleicht bekommst du sie schon zu hören, bevor ich zurück bin. Die Lieder wandern schneller als die Menschen. Du wirst mir fehlen», erwiderte er und umarmte sie und den auf ihrem Arm zappelnden kleinen Fernando. Als er schon auf dem Pferd saß, beugte er sich noch einmal zu ihr hinab. «Bete, dass es nicht zum Krieg in Okzitanien kommt.» Er lächelte kurz. «Die Gebete von Menschen wie dir werden erhört.»

In aller Eile waren Peire de Vallderonca und Fernando de Cervera mit Gepäck und Gefolge nach Okzitanien geritten und verlasen in den Städten und kleinen Landsitzen, die sie erreichten, vor den Stadträten und den jeweiligen Herren den Friedensaufruf des Königs von Aragon. Er riet dazu, die führenden Häretiker, ihre Prediger und Wortführer aus dem Land zu verweisen und den Mitläufern und Croyants mit unnachsichtigen Strafen zu drohen. Je öfter Peire diesen Aufruf verlas, desto mehr wurde ihm die Aussichtslosigkeit der Situation bewusst. Die Ketzer dachten nicht daran, von dem, was sie für wahr hielten, Abstand zu nehmen. Die Prediger predigten weiter, und die Stadträte und Burgherren wollten und konnten es sich nicht mit den Anhängern der Ketzerei verderben. Allen war klar, dass das Kreuzfahrerheer täglich näher rückte. Aber statt in sich zu gehen, regte sich überall Trotz. Keiner wollte sich offenbar von denen aus dem Norden Frankreichs Vorschriften machen lassen, wie er zu leben hatte. Mit Betroffenheit begriff Peire, dass der Papst an vielen Orten nicht mehr anerkannt wurde. Die Drohung von Exkommunikation und Kirchenbann verfehlte ihre Wirkung in den Gegenden, in denen die Kirchen ohnehin seit Jahren leer standen.

Fernando kämpfte mit Magenschmerzen, die ihn schon gequält hatten, als er in Gerona auf Peire getroffen war. Grau im Gesicht und ohne Hoffnung ritt er neben Peire einher. In Narbonne brach er im Rathaus lautlos zusammen. Der herbeigerufene

Medicus stellte hohes Fieber fest und machte ein bedenkliches Gesicht. Peire blieb nichts anderes übrig, als den Freund mitsamt seinen beiden Pagen zurückzulassen. Den einen der beiden hieß er umkehren, um Jaume zu benachrichtigen. Die Antoniter hatten in ihrem Kloster eine gut eingerichtete Krankenstation. Der Medicus versprach, alles zu tun, damit Fernando bald nachkommen konnte.

Fernandos Stimme beim Abschied war so matt, dass Peire sich über ihn beugen musste, um ihn zu verstehen.

«Tu alles, um Périco zu finden», murmelte der Kranke. «Und kümmere dich um ihn. Leonor ist keine gute Mutter, und Jaume wird ihn niemals gerecht behandeln, verstehst du? Jaume ist ein guter Junge, aber bei ihm soll Périco nicht –»

«Ich verstehe. Ich werde versuchen, ihn und Domna Leonor zu finden.»

Dann lächelte Fernando und flüsterte erneut, Peire verstand ihn nicht gleich. «Das Lied über die Freundschaft, Peire. Du hast es mir versprochen, vergiss es nicht.»

Es war der Tag der heiligen Maria Magdalena, der 22. Juli. Schon jetzt am frühen Morgen konnte man spüren, dass es heiß werden würde. Ein wolkenloser blauer Himmel spannte sich über dem Tal. Würgende Angst ergriff Peire, die immer stärker wurde, je näher sie der Stadt Béziers kamen. Schon bevor er vom Tal des Flüsschens Orb aus den wuchtigen ummauerten weißen Felsen mit der Kathedrale und dem Palast des Vizegrafen auf der Höhe sah, hatten ihm die Anwohner der Dörfer berichtet, das Heer der Kreuzfahrer habe im Osten auf den Hügeln vor der Stadt Stellung bezogen und sei im Begriff, einen Belagerungsring um die gesamte Stadt zu ziehen. Der Vizegraf sei kurz zuvor aus der Stadt abgezogen und habe die Juden zu ihrem Schutz mitgenommen.

«Wisst Ihr, wohin er wollte?»

«Nach Carcassonne vermutlich, um Verstärkung zu holen.»

Servian sei erobert und menschenleer, berichteten sie, die Leute aus Servian und den umgebenden Orten hätten sich in den Mauerring von Béziers geflüchtet.

Als Peire fragte, was mit Fouzilhon geschehen sei, erfuhr er, dass der Ort ebenfalls besetzt worden war. Fra Roberto sei in der Stadt und spreche den Guten Menschen Mut zu, erzählte ein Bauer ehrfürchtig, der mit seiner Familie ebenfalls in Richtung Stadt zog. Sie hatten weder Ziegen noch Hühner dabei, und Peire schloss daraus, dass es sich um Häretiker handelte.

«Glaubt Ihr, sie lassen uns noch ein, Senhores?»

«Ich weiß es nicht. Sie müssen die Tore geschlossen halten. Die Tore sind die gefährdetsten Stellen bei einer Belagerung. An Eurer Stelle würde ich in die andere Richtung fliehen.»

«Sagt uns, wohin.»

«In das Gebiet des Grafen von Toulouse. Er gehört zu den Kreuzzugsteilnehmern», riet Oswaldo. «Dort seid Ihr fürs Erste in Sicherheit.»

«Raymond von Toulouse ist nicht mehr bei Trost. Wie konnte er sich darauf einlassen! Die Guten Christen sind die wahren Christen, das weiß er doch. Wie kann er mit dem Kreuz gegen die eigenen Leute ziehen?»

«Die Kirche hat es von ihm verlangt. Es war eine vernünftige Entscheidung.»

«Er ist ein Verräter, dieser Mann. Er weiß nicht, was er will. Wir versuchen, in Béziers Einlass zu finden. Seht Euch den Mauerring an, den durchbricht so schnell kein Heer von unten. In der Stadt gibt es Brunnen genug und Vorräte für Monate. Es sind Hunderte von Bewaffneten oben, die sie verteidigen werden, und Zehntausende aus der Umgebung. Die Kreuzfahrer wird ein Steinhagel von den Mauern erwarten.»

Peire und seine Begleitung ritten an den Flüchtlingen vorbei. Von überall her waren Landbewohner unterwegs mit Säcken von Besitztümern und Lebensmitteln. Sie wollten in der Stadt Schutz suchen. Sie schoben Karren vor sich her, in denen gebrechliche Alte und Kleinkinder saßen, als sei das Fassungsvermögen der Bischofsstadt auf dem Felsplateau unendlich.

«Die mit den lebenden Hühnern unter dem Arm sind Katholiken», versuchte Oswaldo zu witzeln. «Sie fürchten sich ebenfalls vor den marodierenden Rittern und Fußsoldaten.»

«Wir müssen erst hoch in die Stadt, damit ich dort den Aufruf des Königs verlese, und dann zum Heer, um das Gleiche zu tun.»

«Don Peire, ich fürchte, wir kommen ohnehin zu spät.» Oswaldo hüstelte. «Wir werden die Kreuzfahrer nicht von dem abhalten, wegen dem sie gekommen sind. Sie haben nicht vor, unverrichteter Dinge abzuziehen.»

«Dann werden wir zuerst mit den Anführern des Kreuzzugs unterhandeln. Der König von Aragon will keinen Krieg.»

Es war der Morgen des 22. Juli, als der Unterhändler in die Stadt eingelassen wurde, der katholische Bischof von Béziers, Renaud, der im Lager der Kreuzfahrer mit Arnaud, dem Abt von Citeaux, und den Fürsten verhandelt hatte. Magalit stand auf dem Platz vor der Kirche der heiligen Magdalena, inmitten der anderen Bürger. Zahlreiche Menschen hielten oben auf den Mauern Wache, um zu verhindern, dass eines der Tore in einem unbeobachteten Moment gestürmt wurde. Vor der Stadt streiften Söldnertruppen einher, die zum Kreuzfahrerheer gehörten. Diese bezahlten Routiers kamen von überall her, sie waren Katalanen, Aragonesen oder aus Brabant, und eigentlich verbot die Kirche ihren Einsatz in christlichen Heeren. Die Söldner waren andererseits unverzichtbar. Als Berufssoldaten waren sie für die Dreckarbeit zuständig, sie erkletterten im Pfeilhagel Stadtmauern, riskierten, mit kochendem Pech übergossen zu werden, und warfen sich dem Feind als erste Reihe vor dem Ansturm der Reiterei entgegen. Sie waren das lebende Fleisch, das man der feindlichen Armee zum Fraß vorwarf, gieriger und skrupelloser als die Ritter und Fußsoldaten, die aus dem Land rekrutiert waren, scharfe Hunde, lüstern nach frischem Blut.

Magalit war ziemlich klar, was der Abt von Citeaux verlangen würde, nämlich die Auslieferung der in der Stadt befindlichen Guten Menschen, und was er androhen würde, ein Massaker an der gesamten Bevölkerung. Natürlich würde niemand die Mitbürger ausliefern, und das Massaker konnte nur stattfinden, wenn die Stadt erobert war. Bevor das geschehen konnte, würden dem riesigen Heer draußen die Lebensmittel ausgehen. Es lief alles auf eine Belagerung hinaus, bei der die Päpstlichen sich blutige Nasen holen würden und die besseren Chancen auf Seiten der Belagerten waren.

«Ich habe Angst, Tante Magalit», sagte Périco und ergriff ihre Hand. «Warum ist Mama nicht bei uns geblieben?»

«Sei still, es darf keiner wissen, wohin sie wollte. Versprich mir, dass du niemandem davon erzählst.»

«Mitbrüder, ich bitte euch, den Kreuzfahrern die Stadttore zu öffnen. Tut, was sie verlangen, dann erwarten euch nur geringe Strafen. Wenn nicht, wird nicht einer am Leben bleiben, um hinterher die Leichen zu zählen. Begreift den Ernst der Lage. Papst Innozenz und unzählige Adlige stehen gegen euch.» Bischof Renaud sprach langsam und deutlich. Man sah ihm die Anstrengung an. Es war ihm ernst mit seinem Auftrag. Beschwörend rief er und streckte dabei die Hände aus: «Brüder, unterwerft euch!»

Dumpfes Murren erhob sich. Unwillige Schreie waren zu vernehmen. «Diese Räuber empfangen? Ihnen die Stadt ausliefern? Eher schon sterben! Die Kreuzfahrer werden leer ausgehen. Glauben sie, wir hätten Angst vor ihnen? Sie werden sich die Hälse an unseren starken Mauern brechen! Zwei Wochen, dann sind sie abgezogen. Wir stehen es durch!»

Das Gesicht des Bischofs hatte sich gerötet, seine Hände zitterten, unfähig, zu antworten, stand er vor der Menge, und seine wässrigen Greisenaugen füllten sich mit Tränen.

Der kleine Trupp unter dem Banner des Königs von Aragon hielt jäh zwischen Stadt und den Zelten der Kreuzfahrer an, wo die Kreuze überall hoch aufgerichtet standen. Ein paar Reiter und Fußsoldaten bewegten sich eilig auf eines der Stadttore zu, doch der Großteil des Heeres befand sich erkennbar im Lager. Man sah Pferde weiden, Feuer brennen und Menschen zwischen den Zelten ohne Hast einhergehen.

«Senhor, hört Ihr, was da vorgeht?»

«In der Stadt werden die Glocken geläutet, alle auf einmal», sagte Peire irritiert.

«Kein Mensch steht mehr auf den Mauern», ließ sich Miguel vernehmen.

Verunsichert sah Peire hinüber zum Lager. «Wir werden erst mit den Anführern des Heeres sprechen und den Aufruf verlesen», entschied er. «Wir werden –»

«Senhor! In der Stadt wird gekämpft. Hört Ihr das Brausen und Schreien?» Oswaldo saß vornübergebeugt im Sattel und lauschte.

Von unten waren nur die Mauern zu sehen, abweisend und uneinnehmbar.

«Da! Der Mann!» Miguel packte Peires Arm vor Aufregung.

Ein einzelner Mann warf ein Seil in die Tiefe, das er offenbar an der Mauer befestigt hatte, und glitt daran blitzschnell nach unten. Er fiel ein Stück in die Sträucher am Fuß des Mauerwerks, kämpfte sich wieder hoch und kam taumelnd auf die Gesandtschaft zu.

Das Gesicht des Mannes war blutverschmiert, seine Augen blickten leer. «Senhores», schrie er und suchte Halt am Pferd des Herolds. «Senhores, die Söldner sind in die Stadt eingedrungen und machen alles nieder. Sie sind im Blutrausch. Jeder hat einen Knüppel und ein langes Messer, und damit schlagen und stechen sie alle nieder, Katholiken, Mönche, Geistliche, kleine Kinder, Frauen, ohne Erbarmen, alle. Sie sind jetzt in den Kirchen, wohin die Leute vor ihnen geflüchtet sind, und metzeln dort weiter.»

Er taumelte weiter zu Peire und griff in den Zügel. «Diese Hunde glauben weder an Gott noch an den Teufel. Weder das Kreuz noch die Kirchen sind ihnen heilig. Sie sind Wölfe im Blutrausch.»

Im Zelt des Abtes von Citeaux herrschte betretene Stille. Mit gesenktem Kopf ging Arnaud Amaury betend auf und ab. Peires Blick fiel auf das Betpult, das seitlich vor der Zeltwand stand, unter einem Kruzifixus, der am Stoff befestigt war. Der rote Samt auf der Polsterung der Knieleiste war in der Mitte abgewetzt.

Über den Mauern der Stadt stieg schwarzer Rauch auf. Ein beißender Geruch lag in der Luft. Winzige Ascheteilchen schwebten im Sonnenlicht. Raubvögel kreisten über der Stadt. Ein Schwarm Krähen flog dicht über der schmutzigbraunen Grasnarbe vor den Zelten.

«Das wollten wir nicht», sagte Arnaud Amaury. «Senhor, Ihr wisst, im Krieg lässt sich nicht jedes Ereignis voraussehen. Unsere Söldner wurden von der Stadt aus angegriffen. In Wut geraten, brachen sie sich den Weg durch eins der Tore, und die anderen Trupps drängten hinterher. Die Ketzer haben sie frech gereizt und dabei übertrieben.» Er rang die Hände und sah an Peire vorbei zum elfenbeinernen Körper auf dem hölzernen Kruzifixus.

«Die Stadt ist voller Landbewohner und Leute aus dem Umland. Mindestens die Hälfte davon werden kirchentreue Katholiken sein», schnaubte Peire.

«Vergesst nicht, es ist Gottes Wille, was dort geschieht.»

«Schickt Eure Ritter in die Stadt, damit sie dem Gemetzel Einhalt gebieten», verlangte Peire.

«Ihr wisst, man kann die Söldner nicht zurückrufen, wenn sie einmal Blut gerochen haben. Sie würden glauben, dass man ihnen ihre Beute wegnehmen will und sich gegen unser Heer wenden. Ihr wisst, wie vorsichtig man mit ihnen sein muss.»

«Dann gehe ich», schrie Peire außer sich. «Der König von Aragon will nicht, dass eine blühende Stadt niedergebrannt wird, mitsamt Tausenden, die in ihr Schutz gesucht haben.»

«Dann geht», sagte der Abt von Citeaux. «Da die Stadt brennt und die Söldner zurückkehren, glaube ich nicht, dass Ihr noch etwas ausrichten könnt.»

Der Herold mit der aragonesischen Fahne schritt voran, Peire, gefolgt von den beiden Bewaffneten, taumelte hinter ihm her. Die Tore standen jetzt alle offen. Grölend und singend wankten die Söldner aus der Stadt. Alle schleppten sie Beutestücke mit sich, einige Männer waren über und über mit goldenen Ketten behängt. Alle waren sie verschmutzt und bis zu den Hüften blutbespritzt.

«Senhor, wollt Ihr wirklich in diese Hölle hinein?», fragte der Herold. «Hier herrscht nur noch der Tod.»

«Ich muss», schrie Peire.

Gleich neben dem Tor lagen verstümmelte Tote mit verkrümmten Gliedmaßen übereinander, mit zertrümmerten Schädeln und aufgeschlitzten Bäuchen, aus denen die Gedärme heraushingen. Peire entrang sich ein Schrei. Ein abscheulicher Geruch hing in den Straßen. Der Herold war am Tor zurückgeblieben. Peire stieg über Kinderkörper, bückte sich und prüfte, ob noch Leben in ihnen war. Ein kleines Mädchen starrte ihn aus aufgerissenen Augen blicklos an. Peire fühlte sich schuldig. Er hatte alles falsch gemacht. Wenn sie schneller gekommen wären, wenn sie den Aufruf hier verlesen hätten und er einfach behauptet hätte, der König von Aragon werde, nicht dulden, dass der Bevölkerung von Béziers ein Haar gekrümmt werde, und sei mit seinen Truppen auf dem Weg hierher, hätte dieses Blutbad vielleicht verhindert werden können. Im Krieg war jede Lüge erlaubt.

Das Kind war ungefähr so alt wie Nina Isabel, als sie starb. Ein feines Goldkettchen hing um seinen Hals mit einem kleinen Kreuz.

«Scheißkrieg», sagte der Bewaffnete neben Peire.

Die Opfer der Söldner waren wie frisch geschlachtete Tiere, ihre Haut war noch unbeschädigt von den Zeichen des Todes. Peire kam nur langsam vorwärts, weil er hoffte, den auf der Straße Liegenden helfen zu können. Doch sie waren systematisch ermordet worden. Die meisten Häuser brannten lichterloh, während aus den Kellern klagende Schreie zu vernehmen waren. Peire zog einen Zipfel seines Waffenhemds über Mund und Nase. Die Söldner konnten unmöglich in den zwei bis drei Stunden, die sie in der Stadt zugebracht hatten, Tausende von Menschen umgebracht haben. Wo mochte Leonor sein? Vielleicht hatte auch sie sich in eine der Kirchen geflüchtet.

Inmitten all der Verheerung, der Leichen, der Rauchschwaden, die ihm den Atem nahmen, stand plötzlich Magalit vor ihm. Sie hielt ein weinendes Kind an der Hand. Peire erkannte die beiden nicht gleich, sie waren die ersten Überlebenden in der Stadt, auf die er getroffen war. Es war ein Wunder.

«Domna Magalit?»

«Peire! Sie sind nichts als Räuber! Sie wollen unser Land, unseren Besitz! Es ist kein Kreuzzug gegen Häretiker. Es sind Mordlust und Habsucht.» Magalits Gesicht war von Ausschlag übersät, ihre Augen waren gerötet. «Sie haben Katholiken und Gute Menschen, Frauen und Kinder, Kirchenmänner, Nonnen und Laien ohne Unterschied niedergemacht.»

«Wo ist Leonor?»

«Peire, ich flehe Euch an, nehmt den Jungen und rettet ihn. Ihr könnt Leonor nicht mehr helfen. Sie ist –» Magalit begann wieder zu weinen.

«Sagt mir die Wahrheit!»

«Sie ist tot», stammelte Magalit.

Sie konnte nicht tot sein, sie war nicht tot, es war unmöglich. Magalit sagte es sicherlich nur, um ihn abzuwimmeln.

«Ihr lügt. Ich werde nicht von der Stelle weichen, bis ich weiß, wo sie ist.»

«Habt doch Mitleid mit dem unschuldigen Kind. Es wird sterben, wenn Ihr es nicht mitnehmt.»

Fernandos und Leonors Sohn umklammerte die Hand seiner Tante, ein verstörter kleiner Kerl mit übergroßen dunklen Augen im blassen schmalen Gesicht. Aber er hatte die Schrecken überlebt, er war gerettet.

Peire packte Magalit an den Schultern und schüttelte sie. «Ich will alles wissen. Alles! Führ mich zu ihrer Leiche! Ich will sie sehen!»

Noch nie hatte er eine Frau so angefasst. Die Angst um Leonor machte ihn unmenschlich.

«Bringt mich doch um, ich bin eine alte Frau. Aber habt Erbarmen mit dem Jungen. Er ist Euer Kind.»

Peire starrte den Kleinen an. Der Erbgraf von Cervera, Fernandos einziges Kind, es konnte nicht sein.

«Ihr lügt.»

«Seht ihn doch an, dann wisst Ihr die Wahrheit.»

Er starrte das Kind an. Wie sein Sohn sah er nicht aus. Zierlich und dunkeläugig erinnerte er an Leonor. Gut, das Muttermal zwischen Nase und Mund. Heilige Jungfrau, als Kind war er manchmal gehänselt worden wegen seines eigenen Muttermals an der gleichen Stelle. Mit zwanzig war der Bart darüber gewachsen, und irgendwann hatte er es vergessen. Wollte Gott ihn verhöhnen? Und Fernando? Fernando musste doch noch wissen, dass er, Peire, einen ebensolchen braunen Flecken über der Oberlippe hatte.

«Heilige Jungfrau», stöhnte Peire auf, «ich habe nichts davon gewusst. Weiß es Fernando?»

«Nein. Nur ich bin in das Geheimnis eingeweiht.» Magalit sah ihn triumphierend an.

«Wo ist Leonor?», schrie Peire.

Périco fing an zu schluchzen und schlug die Hände vor das Gesicht.

«Fra Roberto hat sie mitgenommen», stieß er hervor. «Vorher, ehe wir in die Kirche gegangen sind.»

«Guter Junge», murmelte Peire.

«Sie wollen in die Schwarzen Berge, zu einer von den hoch gelegenen Festungen.»

«Zu welcher?» Peire hielt Magalit fest im Griff.

«Lass Tante Magalit los», sagte Périco plötzlich, zornig und bestimmt. «Sie wollten nach Minerve. Nimm mich mit, Pate. Ich werde dein Knappe sein.»

Es war lächerlich, der Kleine war zu jung für einen solchen Dienst und überdies zu schwächlich. Trotz all des Grauens, das sie umgab, begann Peire zu lächeln. Die Domna war den Schrecken des Todes entkommen, Périco und Magalit lebten. Er war nicht umsonst hierher gekommen.

«Gut», entschied Peire, «wir müssen so schnell wie möglich aus der Stadt. Ich kann kaum noch atmen. Könnt ihr gehen?»

«Noch ein kurzes Stück», sagte Magalit. Wieder schüttelte sie ein Hustenanfall. Trotz allen Elends blitzte aus ihren Augen noch ein Rest der alten Energie hervor, die Lebenslust des Troubadours Maga.

Am Abend dieses Tages kniete Peire vor dem Schreibpult, hielt den Kalamus in der Hand und starrte das Papier an, auf das er den Bericht an den König schreiben musste. Ihm fehlten die Worte, und doch musste er sie finden.

Sie hatten ihr Zelt in einigem Abstand vom Lager der Kreuzfahrer und ihrer Söldnertruppen aufgebaut. Magalit und Périco waren erschöpft eingeschlafen.

Oswaldo kam in seiner rollenden Gangart wieder zurück vom benachbarten Lager, wo er sich umgehört hatte.

«Erklär es mir, Oswaldo.» Peire sah auf. «Was hast du drüben gehört? Was wird geredet? Die offizielle Begründung habe ich ja vernommen.»

Oswaldo ließ sich langsam neben ihm nieder.

«Es war mehr oder weniger geplant. Nicht so, wie es dann geschah. Aber grundsätzlich war es so verabredet.»

«Warum, Oswaldo? Welcher Mensch denkt sich solche Grausamkeiten aus?»

«Aber Senhor, tut nicht so, als kenntet Ihr das Kriegshandwerk nicht. Zu Beginn eines Feldzugs muss die Angst gesät werden, versteht Ihr?»

«Der Leiter dieses Kreuzzugs ist ein Zisterzienserabt, ein Christ, und die ganze Angelegenheit steht im Zeichen des Kreuzes.»

«Gewiss. Aber wer sagt, dass im Namen des Kreuzes nicht auch militärische Interessen durchgesetzt werden?»

«Der Abt hat mir gegenüber beteuert, es sei nicht beabsichtigt gewesen, die Stadt zu diesem Zeitpunkt zu zerstören und zu bestrafen. Magalit versichert, der Bischof von Béziers habe unmittelbar vor dem Eindringen der Söldner genau das angedroht, wenn die Stadt nicht übergeben werde.»

«Gut, und ich habe mit Leuten gesprochen, die gehört haben, wie Arnaud Amaury auf die Frage, wie man Ketzer und Katholiken auf die Schnelle überhaupt unterscheiden wolle, antwortete: ‹Tötet sie alle. Der Herr kennt die Seinen.›»

Peire nickte grimmig. Dann tauchte er den Kalamus in das mit Tinte gefüllte Horn und schrieb mit fliegendem Stift, damit Oswaldo und Miguel schnellstmöglich auf verschiedenen Wegen die Botschaft nach Aragon bringen konnten, sofern sie den König nicht schon von anderer Seite erreicht hatte. Er schrieb auch diesmal auf Romans, der Sprache seiner Lieder. Sein Lateinisch hätte nicht ausgereicht, um die Gefühle auszudrücken, die ihn bewegten und die er Don Pedro mitteilen wollte.

«… Verzeiht, Exzellenz, die Eile des Berichts. Als wir kamen, war das Massaker an der Bevölkerung von Béziers bereits im Gange. Gott sei den Seelen all dieser Menschen gnädig. Die meisten von ihnen waren nicht einmal Häretiker. Am heutigen Tag bin ich zweimal durch die Stadt gegangen, soweit das überhaupt möglich war. Beim zweiten Mal gegen Abend

war ich in einem Kloster, in dessen Schutz sich die Bevölkerung zu Hunderten geflüchtet hatte. Ich fand unzählige Erschlagene und Erstochene, unter ihnen zu meinem Schmerz Geistliche im Chorhemd mit dem Kreuz in der Hand, Kinder, Frauen, Alte. Die Zahl der Getöteten beläuft sich, so versicherte mir der Abt von Citeaux, auf ungefähr 20 000. Wer nicht direkt von den Söldnern getötet wurde, erstickte im Keller der angezündeten Häuser, so erklärt sich die hohe Zahl der Toten. Die genaue Zahl wird man nie erfahren, da sich die Landbevölkerung aus der Umgebung in die vermeintlich sichere Stadt begeben hatte. Es gibt kaum Überlebende, doch zwei von ihnen sind Magalit de Trencavel und Périco de Cervera, die sich unter meinem Schutz befinden und die ich nach Aragon geleiten werde …»

Oswaldo brach mit Peires versiegeltem Bericht in die Bischofs- und Hafenstadt Agde auf, in der Erwartung, auf einem Handelssegler möglichst schnell nach Katalonien zu kommen. Miguel wiederum versuchte auf dem Landweg schneller zu sein. Womöglich war der König bereits auf dem Weg nach Carcassonne, und Miguel konnte ihn dann diesseits der Pyrenäen erreichen.

Peire spielte leise auf der Al-ud, kein Lied ging ihm jetzt über die Lippen. Er würde ein Klagelied erfinden, aber jetzt fühlte er sich leer und müde. Magalit war aus dem Zelt getreten.

«Was haben die Schlächter als Nächstes vor, Don Peire?»

«Sie brechen auf, in Béziers ist nichts mehr zu holen. Sie wollen Carcassonne einnehmen.»

«Und Ihr, was werdet Ihr tun?»

«Ich muss Leonor finden, ehe sie in die Hände dieser Leute gerät.» Peire deutete auf die Zelte der Kreuzfahrer, wo man sich gerade zum Essen niedersetzte.

«Lasst sie in Frieden.» Magalit hob abwehrend die Hände. «Das, was Ihr von ihr wollt, wird sie Euch niemals geben. Sie ist –»

«Ich weiß, sie liebt Roberto», schrie Peire ihr ins Gesicht.

«Ihr habt nichts verstanden. Ihr seid immer noch so ungestüm und kopflos wie vor Jahren. Begreift doch, der Fra ist ein Vollkommener. Auch Leonor hat das Consolamentum angenommen. Er würde Leonor niemals anrühren.»

«Ist er etwa nicht aus Fleisch und Blut?»

«Die Vollkommenen sind lange geprüft worden –» Magalit hustete. Der Wind trieb den Rauch jetzt direkt über sie hinweg.

«Ich hasse die Ketzer», stöhnte Peire. «Gebe Gott, dass ich eines Tages den Fra brennen sehe.»

«Wenn er brennt, wird auch Leonor brennen.»

«Ich werde alles tun, um sie zu retten.»

Magalit nahm auf Oswaldos Klappsessel Platz. «Das könnt Ihr nicht. Lasst sie in Ruhe. In der Obhut der Guten Menschen ist sie am sichersten.»

«Nicht mehr, seit dieses Heer sich durch die Vizegrafschaft der Trencavels wälzt. Die nächsten Wochen werden hier nur noch Kampf und Verzweiflung sein. Die kleineren Orte und Burgherren werden sich kampflos ergeben und die Häretiker an die Kirche ausliefern. Niemand will das Schicksal von Béziers erleiden. Die Gewalttäter ernten jetzt die Früchte des Blutrauschs.»

«Ich sehe, Ihr seid von Eurem Vorhaben nicht abzubringen», seufzte Magalit. «Ich werde nach Agde gehen und mich nach Montpellier einschiffen, wenn Ihr nichts dagegen habt. Montpellier ist recht sicher, ich habe dort eine Freundin. Eines Tages werden wir uns wieder bei einem Sängertreffen begegnen, wenn Gott will.»

Drei Ruhetage hatte der Abt von Citeaux dem Heer gewährt. Danach brachen Ritter, Geistliche und Fußsoldaten mitsamt dem Tross auf. Ochsenkarren zogen hoch mit Beute beladen über die Brücke am Orb.

Mit seinen Bewaffneten und dem Herold folgte Peire der Spur des Kreuzfahrerheeres, das sich wie ein riesiger bösartiger Lindwurm durch das Tal der Aude wälzte.

Sie hatten in einem Dorf einen kleinwüchsigen braunen Gaul für den Jungen gekauft und sahen überrascht, wie gut er mit dem Tier umging.

Der Junge bestand darauf, Peire mit «Pate» anzureden, und Peire nahm es hin. Trotz seines Alters war er nicht weinerlich und ängstlich, sondern voller Freude darauf, demnächst wieder mit seinem Vater Fernando zusammenzutreffen, wie Peire es ihm angekündigt hatte. Er hatte ein Holzschwert im Gürtel stecken, sprach wie ein Erwachsener und benahm sich keinesfalls wie ein achtjähriges Kind. Manchmal starrte Peire ihn fassungslos an. Périco war ganz anders als Nina Isabel. Er ertappte sich bei dem Gedanken, dass er ihn nicht lieben könnte. Jedes Mal, wenn Périco auf Fernando zu sprechen kam, empfand Peire schneidende Scham. Insgeheim hoffte er, dass Périco nicht verstanden hatte, was Magalit ihm an den Kopf geworfen hatte. Er war froh, dass sie nicht länger bei ihnen war, und hoffte, ihr so bald nicht wieder zu begegnen. Sie wusste so viel von Leonor und ihm.

Carcassonne mit dem wuchtigen äußeren Ring, der abschreckenden Ummauerung der Altstadt, seinen dreißig starken Festungstürmen und trotzigen Bollwerken im Norden und Süden, auf einer Anhöhe über der Aude gelegen, war die mächtigste Festung im gesamten Languedoc. Hinter der Stadt ragten die Felsmassive der Pyrenäen in den Himmel.

Martí stand vor seinem gestreiften Zelt und starrte hinauf. Die Aragonesen hatten sich neben dem Lager des Grafen von Toulouse ausgebreitet, das in einem gewissen Abstand zum Kreuzfahrerheer aufgebaut war, als wolle Graf Raymond damit seine Distanz zum Unternehmen der Päpstlichen ausdrücken, die ihn mehr oder weniger zur Teilnahme gezwungen hatten.

Diese Mauern waren uneinnehmbar, insofern hatte Raymond-Roger de Trencavel sich gut verschanzt. Aber die Stadt lag zu hoch und hatte unfassbarer Weise keinen Brunnen innerhalb der Ringmauer. Die Menschen gingen im Sommer jeden Tag hinaus und schöpften ihr Wasser aus dem Fluss. Nur im Herbst und Winter fiel genug Regen, um die Zisternen zu füllen.

«Und was meint Ihr, Meister?»

Al Ustadh ließ die schiefen schwarzen Zähne sehen und bückte sich nach dem Hund Nico, den er immer bei sich hatte. «Eine Belagerung in einer Stadt ohne Wasser, noch dazu im Sommer, wenn es nicht regnet, ist nicht durchzuhalten. Das ist alles, was dazu zu sagen ist.»

«Ihr habt wirklich nur zu Recht. Genau das habe ich auch gedacht.»

«Sie sollen verhandeln. Auch die Kreuzfahrer haben etwas zu verlieren. Man kann Kriege auch durch List gewinnen.»

«Jetzt sprecht Ihr wie unser König.»

«Don Pedro ist trotz seiner Jugend ein kluger Mann. Wer ihn nicht kennt, denkt, er hat nur Frauen im Kopf, aber ich sehe seit Jahren, wie er unermüdlich Gesandte schickt mit Briefen und Vorschlägen und keine Mühe scheut, um friedliche Lösungen zu erreichen. Don Pedro ist ein großer König, der, wenn er könnte, bei Allah und dem Teufel persönlich vorsprechen würde, um etwas zu erreichen.»

«Könnt Ihr sehen, was da oben stattfindet?» Martí sah zur Mauer hoch, an der zahlreiche Männer arbeiteten.

«Sie lassen den Keller der Domkanoniker abreißen, um mit den Steinen die Mauer auszubessern – eine vernünftige Maßnahme», erklärte Al Ustadh, der am Morgen mit Don Pedro zusammen bei dem Vizegrafen gewesen war, um die Lage zu besprechen. Der König von Aragon war mit nur drei Begleitern in die Stadt gegangen, nachdem er zuvor Rüstung und Waffen abgelegt hatte. In der Stadt war er freudig empfangen worden. Man erwartete, dass es ihm womöglich gelingen würde, die Lage für Carcassonne zum Besseren zu wenden. Auch der junge Trencavel hoffte auf die diplomatischen Fähigkeiten des Älteren mit dem besonderen Verhältnis zu Papst Innozenz. «Außerdem hat Raymond-Roger die Mühlen im Umland zerstören lassen, damit sie nicht die Versorgung der Belagerer übernehmen.»

Die Kreuzfahrer hatten am Tag vor der Ankunft des Königs von Aragon versucht, mit Leitern die Mauern zu erstürmen, und waren dabei in die nördliche Vorstadt eingedrungen. Es hatte hunderte von Toten auf beiden Seiten gegeben, dann hatten die Angreifer die Holzbauten in der Siedlung angezündet. Die eigentliche Stadt jedoch war davon unberührt geblieben.

«Arnaud Amaurys Kämpfer haben die Vorstadt eingenommen und können von dort ihre Belagerungsmaschinen direkt gegen die Stadtmauer einsetzen. Noch schlimmer, sie haben die Wasserversorgung der Stadt in den Händen. Wenn es nicht in den nächsten Tagen regnet –» Al Ustadh beendete den Satz nicht. «Martí –», er lächelte verlegen, als sei er selbst an allem schuld, «ich habe die Katapulte und Wurfschleudern im Lager der Kreuzfahrer inspiziert. Simon de Montfort, der Baron aus dem Norden, ist für sie zuständig. Sie haben mehrere Trebuchets dabei, wie ich sie selbst für Al Quti gebaut habe, du erinnerst dich –»

«Solche, mit denen man 5000 Steine in zehn Stunden schleudern kann?»

«Vermutlich eher die Hälfte, an die maurischen Maschinen kommen die hier nicht ganz heran. Es scheint, er hat genug Leute dafür trainiert. Ich habe auch überdachte Rammböcke gesehen, zwei Belagerungstürme und einige Katapulte. Sie sind hervorragend ausgerüstet, und sie haben meiner Beurteilung nach genaue Pläne, wie sie die Mauern stürmen wollen.»

Sie sahen beide zum wolkenlosen Abendhimmel auf, über den ein Schwarm Vögel flog.

«Ein Abend, um Cansos zu hören und zu singen», stellte Al Ustadh fest.

«Peire wird den Planh vortragen, in dem er das Sterben der Menschen in Béziers besingt.»

«Wo wird das stattfinden?»

«Im Zelt des Königs.»

Die untergehende Sonne tauchte den Himmel über der Silhouette der Festung in zarte Rosatöne. Martí und Al Ustadh gingen ohne Eile zum Zelt Don Pedros mit den vergoldeten Pfosten, wo sich die übrigen Ritter schon versammelt hatten, während die Pagen hin und her hasteten und die Spanferkel aufschnitten und auf Platten herumreichten. Es gab Brot, Wasser und Wein dazu.

«Eigentlich ist es unglaublich, dass der Mensch selbst an solchen Tagen Hunger hat und freudig ein Abendessen zu sich nimmt», sagte Al Ustadh. «Genauso unfassbar wie die Tatsache, dass es mir heute Morgen gelungen ist, bei meinem alten Freund Simon in Carcassonne vorbeizugehen und ihn zu begrüßen.» Er hatte Simons alte silberne Münzen retten können, hatte er Martí schon vorher stolz berichtet. Sie stammten aus der Hafenstadt Agde, die vor langer Zeit einmal von Griechen besiedelt war. «Bevor die Routiers sie rauben», grinste er grimmig. «Allerdings wäre es mir lieber gewesen, ich hätte Simon und seine Familie mitnehmen können.»

«Wir sind und bleiben Raubtiere.» Martí ließ sich auf dem Boden nieder und schlang die Hände um die Knie. Ein Schatten fiel auf ihn, der Schatten einer Domna.

«Ihr wart früher schon schweigsam, aber jetzt sprecht Ihr nur noch, wenn es um militärische Dinge geht.» Domna Angelina war vor Martí stehen geblieben.

Martí schreckte aus seinen trüben Gedanken hoch. Wenn er zu lange von Vallderonca wegblieb, erkannten ihn die Kinder kaum wieder. Er wusste, es fehlte ihnen nichts während seiner Abwesenheit, dafür sorgten mit vereinten Kräften Adelina und Francisca, aber Martí wäre lieber in ihrer Nähe gewesen. Dazu kam, dass er erfahren hatte, dass Oswaldo an den Betrügereien des Stallmeisters beteiligt gewesen war, und er ihn gerechterweise ebenfalls bestrafen musste. Und über allem schwebte das Unglück hier in Okzitanien.

«Verzeiht, Domna. Ich war in Gedanken.»

«Spielt und singt Ihr überhaupt noch?»

«Ich bin lange nicht mehr aufgetreten. Aber ich spiele täglich auf der Al-ud.»

«Das müsst Ihr auch. Sonst kommt Ihr aus der Übung.»

«Es fällt mir schon jetzt jeden Tag schwerer.»

«Schön, dass Ihr da seid.»

Er starrte sie an, unfähig, die entsprechenden höflichen Sätze zu erwidern. «Ich war aufgehalten. Ihr wisst ja, Domna Dihya fehlt auf Vallderonca. Ich muss mich um Dinge kümmern, die nichts mit dem Krieg zu tun haben.» Dann kam ihm der Gedanke, dass Angelina sich überhaupt nicht für die Situation auf Vallderonca interessierte. «Jaime hat die Masern. Ich wäre am liebsten bei ihm geblieben», fuhr er trotzdem fort.

«Der Älteste.»

«Einer von den Zwillingen.»

«Ich weiß», sagte sie. «Roberta hält mich auf dem Laufenden.»

Der König von Aragon, jetzt Mitte dreißig, hatte erste graue Haare im kurz gestutzten Bart. Die Ritter und Edlen erhoben sich, als er kam, und verbeugten sich zur Begrüßung. Etliche Ritter waren auch aus dem Kreuzfahrerlager herübergeeilt, unter ihnen der Herzog von Nevers und Simon de Montfort, ein großer breitschultriger Mann mit angenehmen Gesichtszügen und schulterlangem braunen Haar, der um die fünfzig sein mochte. Niemand von den Rittern und Edlen aus Aragon empfand Sympathie für den nordfranzösischen Baron, der der engste Vertraute des Abtes von Citeaux war. Einige gaben ihm die Schuld am Massaker von Béziers, doch im Gespräch wirkte er vertrauenswürdig und charmant. Bevor er die Hand nach dem in kleine Stücke geschnittenen Ferkelbraten ausstreckte, bekreuzigte er sich und betete kurz.

Danach blieben die Männer in Gruppen beieinander sitzen und sprachen dem Spanferkel zu. Das leise Gemurmel und muntere Plaudern nahmen kein Ende, ab und zu blieb Don Pedro stehen und begrüßte Einzelne. Die Gespräche schienen immer herzlich, aber kurz zu sein. Der König bemühte sich sichtlich um jeden seiner Ritter und Lehnsmänner. Von seiner Erscheinung gingen Festigkeit und Vertrauen aus. Der Papst hatte Pedro vor fünf Jahren mit eigener Hand in Rom gekrönt, immer hatten sie in gutem, ja besonderem Kontakt miteinander gestanden, der junge König von Aragon war der Günstling von Innozenz. Für Momente schien die Gefahr in größere Entfernung gerückt. Am Ende wurde doch noch alles gut, und man würde ein gemeinsames Fest der Aussöhnung mit den Päpstlichen und den Franzosen aus dem Norden feiern. Don Pedro war so etwas durchaus zuzutrauen. Zwar hatte er seinem Schwager, dem Grafen von Toulouse, bislang Beistand geleistet, es damit aber auch nicht übertrieben.

Peire stellte sich auf das Holzpodium, das vor dem Zelt aufgebaut worden war. Als er gestern endlich auf die kleine Truppe des Königs stieß, zu der nicht nur Martí, sondern auch Miguel und Oswaldo gehörten, hatte er große Erleichterung gespürt. Der König würde verhindern, dass diese Art von blutigem Gemetzel sich fortsetzte. Das alles war ein riesiges Missverständnis. Er, Peire, hatte nichts verhindern oder aufhalten können, doch Don Pedro war dazu in der Lage. Er war froh, dass sein Auftrag nun beendet war, und wenn er nicht in Narbonne gehört hätte, dass Fernando schon vor Tagen gestorben war, wäre ihm fast leicht ums Herz gewesen. Er hatte mit Périco den Friedhof der Antoniter aufgesucht, wo sie beide am Grab Fernandos geweint und gebetet hatten. Jaume war bereits wieder auf dem Weg zurück zu seiner Mutter, um sie zu trösten.

Für diesen Abend war er der einzige Troubadour, und er würde nur das Klagelied singen. Die alte Sicherheit war vom ersten Augenblick wieder da. Er fuhr mit der Hand über die Saiten der

Al-ud und stimmte sein Planh an. Er lächelte Miguel und Oswaldo dabei zu. Miguel schlug die Trommel, sein Gesicht war tiefernst. Oswaldo hockte Grimassen ziehend in der Ecke und streckte die Zunge heraus.

Als er das Lied beendet hatte, applaudierte niemand. Schweigend saßen die Männer da, einige weinten, und auch Peire senkte den Kopf.

«Ziryab war der beste Al-ud Spieler aller Zeiten, Ihr erinnert Euch sicher an ihn.» Die Stimme des Königs war rau.

«O ja, er war mein Lehrmeister, damals, als Euer Vater König Alfonso noch lebte.»

«Gut, dass Ihr wieder singt. Gut, dass Ihr Worte für das Unglück der Stadt Béziers gefunden habt. Euer Lied war sehr schön, obwohl es voll Trauer war.»

Peire verneigte sich.

«Ich hätte Euch gerne weiterhin um mich, am Hof von Zaragoza. Sehr oft lasst Ihr Euch da ja nicht sehen, obwohl Ihr in der Stadt wohnt. Was haltet Ihr davon?»

«Ich werde gern kommen, mit Freuden. Ich habe mich oft nach der Gesellschaft der anderen Troubadoure gesehnt. Allerdings bitte ich, dass ich mein Mündel mitbringen darf, dem der Aufenthalt am Hof gewiss von Nutzen wäre. Das ist er, Peire Federico de Cervera, Domna Leonors Sohn», sagte Peire nicht ohne Stolz, «mein Patenkind.»

«Armer Junge», teilnahmsvoll wendete sich Don Pedro zu dem Kleinen, «du bist in schwierigen Zeiten geboren und aufgewachsen. Wie alt bist du jetzt?»

«Acht Jahre.» Périco war rot vor Aufregung.

«Es tut mir leid, dass dein Vater so früh aus dem Leben scheiden musste. Er war ein wahrer Christ, ein Ritter, der die Moros aus dem Land zu vertreiben half. Er hatte Anteil an manchem Sieg unserer Truppen.»

«War er ein Held?», fragte Périco mit belegter Kinderstimme.

«Ja, das war er. Du kannst stolz auf deinen Vater sein.»

Am nächsten Morgen begab sich der König von Aragon, begleitet von Peire de Vallderonca und Don Martí, in das Zelt des Abts, wo die Barone und Edlen des Kreuzfahrerheers sich versammelt hatten, um einen für beide Seiten akzeptablen Übergabevertrag zwischen dem Vizegrafen und den Kreuzfahrern zu verhandeln. Stunden vergingen, ohne dass man sich einigen konnte. Im Bewusstsein ihrer militärischen Überlegenheit waren die hohen Herren mit den Kreuzen auf den Mänteln zu keinem Zugeständnis bereit.

Don Pedro trank an diesem Morgen nur kühles Wasser. Sein Zorn war ihm deutlich anzumerken.

Peire schrieb schließlich die Bedingungen nieder, von denen jeder der Anwesenden wusste, dass ein Mann von Ehre sie niemals annehmen konnte.

Der Vizegraf war frei, zusammen mit elf Personen seiner Begleitung und so viel Habe, wie ein jeder von ihnen tragen konnte, die Stadt zu verlassen. Die Bevölkerung und die Stadt jedoch sollten bedingungslos an das Heer der Kreuzfahrer übergeben werden.

Don Pedro knirschte mit den Zähnen und murmelte: «Erst wenn die Esel Flügel haben, wird Trencavel zustimmen.»

Leonors Bruder, der junge Vizegraf, ohnehin schon blass und übernächtigt, wurde weiß im Gesicht, als Peire den Wortlaut vorlas. Neben ihm stand breitbeinig sein Berater Pierre Roger de Cabaret, ein grauhaariger Bärtiger mit Narben im Gesicht, ein verwegener Ritter und Burgherr, zugleich einer, der sich offen zu den Lehren von Albi bekannte.

«Es ist unannehmbar», sagte Raymond-Roger. «Bei meinem Leben, Herr König, ich bringe mich lieber um, als das zu tun. Ich werde meine Leute nicht im Stich lassen. Kehrt in Eure Länder zurück und lasst mich weiterkämpfen. Seid bedankt für Eure Vermittlung.»

«Wir hätten uns ebenso entschieden», sagte Don Pedro.

«Was jetzt, Exzellenz?», fragte Peire draußen vor dem Palast des Vizegrafen.

«Zurück nach Zaragoza. Wir haben nicht die Kraft, das anzusehen, was sich in den nächsten Tagen hier abspielt.» Don Pedro schluckte. «Wenigstens haben wir versucht, zu vermitteln. Mehr haben wir nicht vermocht.»

Mit gesenktem Kopf ritt der König durch das Stadttor zum Lager zurück, Peire folgte ihm. Wenig später hatten die Aragonesen ihre Zelte abgebrochen und zusammengepackt, und während der Tross langsamer hinterherkam, ritten Don Pedro und seine Ritter bereits ein gutes Stück weiter voran auf die Bergkette der Pyrenäen zu.

Martí war zurückgeblieben, bis er Oswaldo erreicht hatte.

«Du weißt, warum ich auf dich warte?»

«Ich kann es mir denken, Senhor.»

«Wenn wir allein sind, kannst du mich Martí nennen.» Martí musste zwangsläufig an Oswaldos Großzügigkeit ihm gegenüber denken, als er noch ein halber Junge war.

«Was sagst du zu deiner Verteidigung?»

«Martí – du bist so reich. Musstest du es überhaupt bemerken?»

«Ihr habt übertrieben, du und Paco, der Stallmeister.»

«Senhor, es geschehen viel schrecklichere Dinge auf der Welt. Es ist, egal, wie Ihr es seht, doch nur ein kleines Unrecht.»

«Aber eins, für das Paco mit dem Tod bezahlt hat.»

«Jetzt wollt Ihr mir sagen, dass Ihr auch mich bestrafen wollt, mich mit meinen siebzig Jahren?»

«Oswaldo –» Die Pferde der beiden standen dicht beieinander und beschnupperten sich freundschaftlich. «Ich will wissen, warum du es getan hast, oder besser gesagt, ich kann nicht fassen, wie viel du für diesen Taugenichts riskiert hast.»

Graf Raymond hatte den Stein ins Rollen gebracht, als er wütend erzählte, dass Paco den Päpstlichen aus dem Gefängnis in Beaucaire entkommen und verschwunden war. Irgendwer hatte die Wächter mit hohen Summen bestochen, anders war es nicht zu erklären. Er, der Graf von Toulouse, hatte damit wirklich nichts zu tun, er war sogar der Meinung, dass man diesen jungen Dummkopf ruhig hängen sollte für seine überflüssige Tat. Als Martí dies hörte, wusste er, dass es nur Oswaldo sein konnte, der Pacos Wächter bestochen hatte, und von dort bis zu dem verschwundenen Geld war es nicht mehr weit.

«Ich habe es für Maiorina getan», sagte Oswaldo langsam und sah Martí unter seinen buschigen weißen Augenbrauen verlegen an. «Der Stallmeister und ich hatten keine Ruhe mehr, solange der arme Teufel im Kerker geschmachtet hat. Du siehst, es ist uns gelungen.»

«Ausgerechnet der Stallmeister. Dem war sein Bankert doch so gleichgültig, dass es jedem wehgetan hat.»

«Offensichtlich nicht, Senhor. Vergesst nicht, wie oft er ihn verprügelt hat. Sagt, was Ihr wollt, aber er hat alles für ihn getan, was er konnte. Er sagte mir, er müsste es tun, Maiorina sei ihm im Traum erschienen.»

Martí reichte Oswaldo die Hand und hielt sie kurz.

«Lass uns nie wieder darüber sprechen, Oswaldo. Keiner von uns weiß etwas davon, wie Paco befreit wurde. Keiner von uns hat je davon gehört.»

«Amen», sagte der Narr.

Die Stadt hielt sich nur noch wenige Tage. Mit der gesamten Wucht ihrer Belagerungsmaschinen und Rammböcke gingen die Kämpfer des Kreuzfahrerheers gegen die Bollwerke von Carcassonne vor. Das Ziel war zunächst die südliche Vorstadt namens Castellar.

Sobald die Mauer durch die Steinwürfe der Katapulte oben etwas erschüttert worden war, führten die Angreifer einen großen vierrädrigen Karren, der mit Ochsenhäuten ganz bedeckt war, an die Mauer heran. Unter seinem Schutz begannen die Mineure, die Mauer zu untergraben. Die Verteidiger warfen beständig

Feuer, Holz und Steine herab und zertrümmerten den Karren in kurzer Zeit. Die Mineure aber zogen sich in den Schacht zurück, den sie bereits gegraben hatten, und nichts konnte sie mehr an der völligen Untergrabung der Mauer hindern.

Überdies wurde die Stadt mit Brandgeschossen beworfen. Die Hitze des Hochsommers nahm täglich zu. Die Menschen litten unter dem Wassermangel. Carcassonne lag im Sterben.

Acht Tage später kapitulierte die Stadt bedingungslos. Die Bewohner wurden gezwungen, sie in ihrer Unterkleidung barfuß zu verlassen. Sie durften nicht den geringsten Gegenstand aus ihrer Habe mitnehmen. Gleichzeitig drohte Arnaud Amaury seiner Soldateska die Strafe der Exkommunikation an, sofern einer plündern würde. Anders als das verheerte und geplünderte Béziers sollte die Stadt Carcassonne, die weitgehend von den Bewohnern verlassen war, dem neu zu ernennenden Vizegrafen mit allen Reichtümern vollständig und unversehrt übergeben werden.

Nach einigem Hin und her wurde Simon de Montfort aus dem Lager der Kreuzfahrer zum neuen Vizegrafen von Carcassonne und Béziers ernannt.

Raymond Roger Trencavel wurde formell seines Amtes enthoben und in einem Verlies des eigenen Palasts eingekerkert. Er sollte nie wieder die Freiheit erlangen. Am 10. November 1209 starb er unter Magenkrämpfen in seinem Kerker. Es wurde von Gift gemunkelt, das der Graf von Montfort in die karge Nahrung des Gefangenen habe mischen lassen.

Peires Auftrag als königlicher Gesandter war beendet. Kurz hinter Gerona hatte er sich von den Rittern aus Aragon verabschiedet, um nach Vallderonca weiterzureiten. Diesmal begleiteten ihn nur Miguel, Oswaldo und Périco. An Elena hatte er eine Nachricht geschickt.

Im Schein einer flackernden Kerze kritzelte Peire ein Gedicht auf den Rest Papier, den er bei sich hatte. Périco saß halb aufgerichtet im Bett und sah aus großen müden Augen zu ihm hinüber. Er musste todmüde sein, konnte aber nicht einschlafen, auch in den Nächten schrak er immer wieder hoch.

«Warum siehst du mich so lange an, Pate?», fragte der Junge.

«Mach dir keine Gedanken», murmelte Peire.

«Bist du böse auf mich?»

«Nein, da sei Gott davor.» Périco war unschuldig, so schuldig auch er, Leonor und der Fra waren. Letzten Endes erschien es Peire auch belanglos, wer Leonors Sohn gezeugt hatte. Er würde ihn in das Kloster zur Erziehung geben, damit er Lesen, Schreiben und Rechnen und so viel Latein lernte, wie es sich für den künftigen Grafen von Cervera gehörte. Hinterher mochte er dann wieder sein Knappe sein. Was er an Wissen besaß, würde er ihm gerne weitergeben. Vielleicht würde der Kleine ja sogar Freude an der Musik finden.

«Ich bin müde, Pate.»

«Schlaf nur, Kind.»

«Pate, ich habe aber Angst, dass die Franzosen kommen.»

«Hierher kommen sie nicht, wir sind im Land des Königs von Aragon.»

«Glaubst du, dass wir bald bei Mama sind?»

Peire betrachtete ihn mit Besorgnis. Hatte er etwa Fieber? Was, wenn er krank wurde?

«Ich weiß es nicht. Wir wollen beten, dass sie in Sicherheit ist. Gott kann ihr helfen, wir müssen ihn bitten, sie zu retten.»

In Wirklichkeit, dachte er mit Bitterkeit, gab es weder auf Erden noch im Himmel Rettung für sie, nicht, solange sie Fra Roberto und den Albigensern anhing.

«Pate, ich habe Angst vor dem Kreuz. Darf ich es abmachen?»

«Tu, was ich dir gesagt habe. Du musst es Tag und Nacht am Hals tragen.»

«Aber es kratzt.»

«Périco, es wird dir das Leben retten. Kein Wort mehr. Du tust, was ich dir sage.»

«Aber der Fra –»

Als Peire später die Kerze gelöscht hatte und sich auf sein Lager begab, deckte er vorher Périco noch einmal zu. Seine Stirn war fiebrig heiß. Das Kettchen mit dem Kreuz hatte er abgenommen und neben seine Kleidung auf den Stuhl gelegt.

Beunruhigt über die Erkrankung des Jungen, setzte Peire sich auf den Stuhl neben ihn. Périco warf sich von einer Seite auf die andere und stöhnte leise, dann schlief er wieder tief und ruhig. Peire war zu müde, hinüber zu seinem Bett zu gehen. Er schlief ebenfalls ein. Ab und zu schreckte er hoch. Er träumte von Scheiterhaufen und Tribunalen. Er sah Folquet in der grauen Zisterzienserkutte mit erhobenem Kruzifixus und Leonor, wie sie, ohne nach ihm, Peire, zu sehen, energisch dem Einarmigen folgte.

Gut, dass Fernando ihn zu Péricos Taufpaten gemacht hatte. Es war seine Aufgabe, seine Pflicht, Périco vor Fra Roberto zu bewahren.

Am Morgen ging es Périco etwas besser. Peire betrachtete ihn sorgenvoll, als er seinem Schützling gegenüber auf der Herbergsbank saß und ihm zusah, wie er seinen Kanten Brot in die Schale mit heißer Milch tunkte. Am Abend zuvor hatte er keinen Hunger gehabt. Peire musste nicht mehr überlegen. Fast die ganze Nacht war er wach geblieben und hatte entschieden, wie er vorgehen würde. Er war schließlich nicht nur für das Seelenheil des Jungen zuständig, sondern auch für dessen körperliche Unversehrtheit. Kränklich und verängstigt, wie Leonors Sohn war, musste er ihn unbedingt aus den blutigen Kämpfen heraushalten.

«Werden wir bald bei Mama sein?»

«Ja», log Peire.

«Du wirst ihr doch nicht erzählen, dass ich Hühnchen gegessen habe?»

«Mach dir keine Sorgen. Ich verrate nichts.»

«Ich freue mich, dass wir bald bei ihr sind. Aber sie kann sehr streng sein. Sie verbietet fast alles, und wenn ich etwas sehr Böses getan habe, spricht sie tagelang nicht mit mir und lässt mich allein.»

«Und wie ist Fra Roberto?»

«Fra Roberto sagt, es gibt keine Sünde auf Erden. Die Erde ist Satans Ort.»

«Fra Roberto ist ein Ketzer», erklärte Miguel. «Du darfst nicht auf ihn hören.»

Périco schlief in den Nächten wieder ruhiger, seine Krankheit war nach zwei Tagen verschwunden, und Peire dankte dem Himmel überschwänglich für seine Genesung. Nach vier Tagen tauchten die Zinnen der Mauern von Barcelona vor ihnen auf.

«So munter wie heute Morgen wart Ihr schon lange nicht mehr, Senhor», sagte Oswaldo und schlug einen seiner unfassbaren Purzelbäume.

«Mir wird jedes Mal schwindlig, wenn ich sehe, wie du in deinem Alter Purzelbäume schlägst», stöhnte Peire.

«Pate, ich freue mich so auf Mama.»

Peire zuckte zusammen.

«Sie ist sehr streng, aber sie meint es immer gut. Es gibt keinen Menschen auf der Welt, den ich so lieb habe wie Mama. Danke, dass du mich zu ihr bringst.»

«Schon in Ordnung.»

«Und danach, wenn wir Mama begrüßt haben, darf ich unter der Fahne des Königs von Aragon kämpfen?»

«Aber sicher», sagte Peire.

«Glaubst du, es gelingt mir, einen Moro zu erschlagen?»

«Das schaffst du spielend.»

«Du bist der beste Pate, den es gibt, Pate Peire.»

«Senhor, ich kann es nicht ertragen.» Oswaldo sah Peire gequält an. «Zugegeben, er ist ein Kind. Meint Ihr nicht, auch ein Kind hätte ein Recht auf die Wahrheit?»

«Er würde sofort wieder krank werden, wenn ich ihm mitteilen würde, was ihm bevorsteht.»

«Ihr solltet ihn auf die Wahrheit vorbereiten, Senhor.»

«Ach verdammt, Oswaldo. Es gibt keine Wahrheit auf dieser Erde. Der Papst, der König, die Bischöfe, die Häretiker, die Moros, jeder hat eine andere. Ich will Périco retten, das ist alles.»

«Hoffen wir, dass er sich retten lässt», erwiderte Oswaldo ernst. «Er ist so hartnäckig und zäh wie seine Mutter, wenn er etwas will.»

Sie ritten jetzt durch das Tal des Llobregat, an dem sie mittags und abends die Pferde tränkten, und Périco wollte alles über den Montserrat wissen, den sie langsam umritten. Immer wieder drehte er sich nach der gesägten Gebirgskette um, nachdem sie sie hinter sich gelassen hatten.

Hier in Katalonien fühlte Peire sich wieder wohler. Immer noch haftete der Geruch der Rauchwolken von Béziers an seinen Kleidern.

Nach einigen Tagesritten sahen sie endlich die Burg von Vallderonca vor sich auf der Höhe. Peires Herz schlug bei ihrem Anblick höher, doch er ritt nicht zu Martí hoch, sondern schlug den Weg zum Kloster ein.

Urban würde Rat wissen. Urban würde ihm die Entwicklungen erklären, die in so kurzer Zeit alles verändert hatten. Mit jeder Pferdelänge, die sie ihm näher kamen, überlegte sich Peire, was alles er ihn fragen würde.

Ein kurzer, heftiger Regenschauer war niedergegangen. So unvermutet, wie sie gekommen waren, verzogen sich die Wolken wieder. Im Wald auf der Höhe roch die Luft würzig nach dem nassen Laub der Steineichen. Die scheckigen Schweine suhlten sich in den Wasserpfützen auf dem Vorplatz des Klosters, als sie kamen.

Der Bruder Pförtner war neu. Er kannte weder Oswaldo noch Peire, reichte ihnen aber wie allen Ankömmlingen das in Leder gebundene schwere Evangelium, damit sie den Friedenskuss darauf drückten.

«Meldet uns bitte dem Prior», bat Peire. «Ich bin ein alter Freund.»

Der Pförtner rief einen Novizen herbei, der die drei Besucher durch den Kreuzgang hinüber zu den Gemächern Urbans führte.

Kurz musste Peire an Francisca denken und beschloss, sie respektvoll und höflich zu begrüßen, sollte sie unvermutet auftauchen. Vom Kirchenraum her hallte Gesang durch die Gänge.

Der Novize, ein halbwüchsiger Junge mit unkindlich ernsten Gesichtszügen, öffnete die Eichentür mit dem geschnitzten Lamm im oberen Drittel. Ungeduldig folgte ihm Peire in den Raum. Alles war hier verändert, so kam es ihm vor. Statt des Bildnisses der Maria mit dem Jesuskind hing nur noch ein Kruzifixus im kahlen Raum. Die Polster waren von den Stühlen entfernt worden, und auf dem Tisch in der Mitte stand ein Krug mit Wasser.

«Ich hole den Prior. Nehmt schon einmal Platz», sagte der Junge und entfernte sich lautlos.

Sie setzten sich nieder.

«Gleich kommt Prior Urban», flüsterte Peire Périco zu.

«Bringt er meine Mama mit?»

«Sie wird später hierher kommen», log Peire mit schlechtem Gewissen. «Du wirst hier ein paar Tage auf sie warten, und dann –»

«Aber Pate, sie würde nie ein päpstliches Kloster betreten.» Péricos Stimme bebte. «Sieh mal, hier hängt sogar ein Kreuz an der Wand. Mama würde ausspucken –»

«Leise, Junge. Glaub mir, sie wird kommen.»

«Oh, der Graf von Vallderonca.» Bruder Paulus war eingetreten und umarmte Peire. «Was führt Euch zu uns?» Er lispelte noch genauso intensiv wie damals, als er Peire mit Bruder Waso auf den Felsen geleitet hatte.

«Ich wollte eigentlich mit dem Prior sprechen.»

«Der Prior steht vor Euch.»

Peire griff nach dem Leimästchen auf dem Tisch vor ihm.

«Soll das bedeuten, dass Ihr der Prior seid?» Unter dem Druck seiner Finger zerbrach das Hölzchen in mehrere Stücke. «Wo – ist Urban?» Er zerkrümelte eines der Astbröckchen.

Bruder Paulus goss Wasser aus dem bereitstehenden Krug in kleine dunkelblaue Gläser mit braunen Noppen und reichte diesen Trunk den Gästen.

«Wo ist er?»

«Bruder Urban. Hm, das ist eine längere Geschichte.»

«Steht er einem anderen Kloster vor?»

«Verzeiht, ich muss etwas weiter ausholen. Seit der Ermordung des päpstlichen Gesandten im letzten Jahr hat sich viel getan. Überall im Land wird Buße gepredigt, und in den Klöstern hat sich manches geändert. Der Abt von Poblet hat sich gegen Urban ausgesprochen. Es war ja kein Geheimnis, dass er es mit den Vorschriften der Ordensregel nicht so streng nahm. Und auch er selbst war kein gutes Vorbild für die Mönche.»

Paulus schwieg. Offenbar war es ihm unangenehm, mehr zum Sturz seines Vorgängers zu sagen, als unbedingt nötig war.

«Ich verstehe», murmelte Peire betroffen.

«Ihr wisst wahrscheinlich, dass er mit Francisca fünf Kinder hat.»

Peire hatte keine Einzelheiten gewusst, über seine Kinder hatte Urban selten gesprochen, trotzdem senkte er den Kopf und fühlte sich mitschuldig an Urbans Fehlverhalten.

«Wir wollen nicht richten. Wer ohne Sünde ist, werfe den ersten Stein. Urban war über zehn Jahre lang Prior unseres Klosters. Unleugbar, dass er Gutes und Nützliches bewirkt hat. Bei den Mönchen und im Dorf war er sehr beliebt. Doch in diesen Zeiten bedarf es anderer geistlicher Führung.» Trotz des Lispelns sprach Paulus voll Überzeugung und Selbstbewusstsein. «Die Ketzer sind fast überall. Wir christliche Mönche müssen leben wie sie, aber predigen, wie es der Papst und das Evangelium vorschreiben.»

Hastig überlegte Peire, ob er Périco trotzdem unter der Obhut der Mönche lassen sollte, und kam zu dem Ergebnis, dass Bruder Paulus vertrauenswürdig war.

«Ich müsste Euch um ein Gespräch unter vier Augen bitten. Oswaldo und Périco könnten solange, mit Eurem Einverständnis, im Refektorium etwas zu sich nehmen.»

Seufzend lehnte er sich zurück, nachdem Oswaldo sich mit dem Jungen entfernt hatte.

«Périco de Cervera ist mein Patenkind. Zu lange habe ich mich nicht um ihn gekümmert, was ein Fehler war. Der Kleine ist von Ketzern erzogen worden. Obwohl er christlich getauft wurde, ist seine kindliche Seele von den Irrlehren verwirrt. Man muss ihn Schritt für Schritt wieder zurück in die katholische Kirche führen, eine sicherlich schwierige, aber verdienstvolle Aufgabe.»

«Wo ist sein Vater?»

«Sein Vater ist in Narbonne verstorben.»

«Und seine Mutter?»

«Sie ist mit einem Häretikerpriester in die Berge geflohen.»

«Armes Kind», sagte der neue Prior. «Und es ist Euer Wunsch, dass wir den Jungen bei uns aufnehmen und erziehen?»

«Ja, ich bitte darum. Ich selbst kann es nicht tun, ich bin kein Theologe. Auch mir ist vor vielen Jahren im Kloster geholfen worden, damals, nach dem Tod meines Bruders.»

Paulus nickte, da er die Geschichte kannte.

«Périco ist halb erstickt in den Flammen von Béziers. Er hat nachts schlimme Albträume. Man muss behutsam mit ihm umgehen. Er braucht Zeit.»

«Wir werden unser Bestes tun.» Paulus lächelte versöhnlich. «Was habt Ihr vor? Werdet Ihr nach Vallderonca zurückkehren?»

«Ich will nach Zaragoza zurück. Vorher möchte ich aber Urban aufsuchen und mit ihm sprechen. Irgendwo muss er doch sein.»

Der Abschied von Périco fiel Peire schwer.

«Aber ich muss nicht lange hier bleiben? Nur so lange, bis Mama kommt?» Périco drehte den Holzhund mit der abgeblätterten roten Farbe in den Händen. «Und mein Pferd? Warum wollt ihr es mitnehmen?»

Peire einigte sich mit Prior Paulus darauf, dass Péricos Pferd im Klosterstall bei den anderen Tieren bleiben sollte, und bat darum, dem Jungen ab und zu einen Ausritt zu gestatten.

«Pate, aber du bist dabei, wenn Mama mich abholt?»

«Ich denke schon.»

«Wenn Ihr gestattet, Senhor», mischte sich Oswaldo in das Gespräch, «werde ich im Kloster bleiben und mich ein wenig um den Kleinen kümmern, bis Ihr wiederkommt.»

Peire war ihm dafür dankbar.

«Ohnehin», sagte Oswaldo, «muss ich meine alten Knochen etwas schonen.»

Mauersegler glitten mit schrillen Schreien durch den unbewegten Himmel über dem gelblichen Burgturm der Festung Minerve. Der Sommer des Jahres des Herrn 1210 war heiß und drückend. Hier oben war die Luft staubig und trocken. Es gab wenig Schatten, die Kalksteinblöcke der Schlossgebäude und Mauern speicherten die Hitze des Tages und strahlten sie nachts weiter ab. Leonor hatte ständig Durst.

Simon de Montfort, der neue Vizegraf von Carcassonne und Béziers, hatte seit dem Frühjahr des Jahres das Land wieder mit Krieg überzogen. Sein Heer aus angeworbenen Söldnern und Kreuzfahrern zog mit schweren Belagerungsmaschinen vor die Burgen aufständischer Herren und schoss sie sturmreif. Viele der Albigenser hatten sich auf steile, sicher befestigte Berghänge im Vorland der Pyrenäen zurückgezogen. Die meisten von ihnen waren nach Montsegur ausgewichen, die sicherste Burg in der Hand der Guten Christen.

Fra Roberto und Leonor befanden sich seit einigen Wochen in

Minerve, der kleinen ummauerten Stadt auf einer Kalksteinanhöhe am Südwestrand der Montagne Noire, hoch über den Steiltälern der Flüsse Cesse und Brian. Der einzige Brunnen des Städtchens lag unterhalb bei der Kirche des heiligen Rusticus, die von oben durch einen gedeckten Kalksteingang zu erreichen war. Viele Perfecti, Männer ebenso wie Frauen, aber auch einfache Croyants mit ihren Familien waren hierher gekommen und hatten sich in den Schutz des Burgherrn, des Grafen Guillaume, begeben.

Es war nicht mehr die Zeit, wo die Croyants öffentlich vor den Perfecti niederknieten, um ihnen das Melioramentum zu erweisen. Man saß nicht mehr stundenlang am Flussufer und angelte, ins Gespräch vertieft mit einem Novizen, den man in die Geheimnisse der Guten Menschen einweihte. Obwohl der Ort voll mit Anhängern der neuen Lehre war, hatten die Leute Angst, sich allzu offen zu ihr zu bekennen.

Leonor stand bei Fra Roberto unter dem kerzenähnlichen Bergfried des Schlosshofs an der Mauer und sah hinab in das Schwindel erregend tiefe Flusstal, während die Mauersegler über ihr im Nachmittagshimmel ihre Jagdschreie ausstießen.

«Und du bist sicher, dass Magalit und Périco noch leben, Bruder?»

«Ich versuche die ganze Zeit über, dir klarzumachen, dass diese Frage nicht wichtig ist, Schwester. Erst, wer tot ist, gewinnt das Leben.»

«Ich weiß, aber trotzdem –»

«Schwester, in letzter Zeit bin ich sehr unzufrieden mit deiner Entwicklung.»

«Ich will nur wissen, ob Périco lebt. Er ist mein einziges Kind.»

«Leonor, wichtig ist allein, ob seine Seele gerettet wird, ob er Eingang in die Welt der Engel findet.»

In Leonor regte sich die alte Verzagtheit. Ihr Bruder, der sie notfalls hätte schützen können, war tot, eines der Opfer der Kreuzfahrer. Magalit war nicht da, und Fernando de Cervera, so hatte sie gehört, war in Narbonne verstorben. Sie hatte geweint, als sie es hörte. Der gute Fernando mit seinem Geiz und dem strengen katholischen Glauben. Sie hatte ihn nicht glücklich gemacht, und doch hatte er versucht, ihr zu helfen, wo immer er konnte. Einige Male hatte er hilflose Drohungen ausgestoßen. Er werde sie in ein Kloster bringen, er sei durchaus in der Lage, ihr gegenüber gewalttätig zu werden. Sie hatte ihn ausgelacht, und er war verstört gewesen und hatte nicht gewusst, was er tun sollte. Alles in allem hatte sie, wenn sie es recht bedachte, nur Gutes von ihm erfahren. Es gab unangenehme Ehemänner, Fernando war keiner davon gewesen. Damals hatte sie ihn verachtet. Jetzt vermisste sie ihn.

Fra Roberto erschien ihr jeden Tag fremder. Sie ertappte sich dabei, dass sie ihm aus dem Weg ging. Meistens zog sie sich in das Haus zurück, in dem die albigensischen Frauen lebten. Fast alle von ihnen waren Flüchtlinge, Romenge aus Fanjeaux befand sich unter ihnen sowie Aude aus Fouzilhon. Sie machten Handarbeiten und unterhielten sich über die politische Lage.

«Leonor, außerdem interessiert dich nur, wo Peire de Vallderonca ist. Du sollst wissen, er ist wieder verheiratet, mit Don Fernandos Tochter, und sehr beschäftigt.»

«Mit – Elena?» Leonor kannte die Kinder Adegunts. Die ganze Sache war ihr nicht so verborgen geblieben, wie Fernando immer gehofft hatte. Jaume war ohnehin immer einmal in der Begleitung Fernandos aufgetaucht und sah seinem Vater so ähnlich, dass Leonor sich den Rest zusammengereimt hatte. «Woher weißt du davon?»

«Leonor, du sollst keine weiteren Fragen stellen. Was für dich und deinen Weg nötig ist, erfährst du von mir, deinem Engelsbruder. Lies in den Schriften des Neuen Testaments, das ist genug.»

Warum hasste sie ihren Engelsbruder plötzlich? Leonor betrachtete ihn prüfend. Ihretwegen hatte er fast das Leben verloren, als Fernando ihm den Arm abgeschlagen hatte. Jahrelang hatte sie Fra Robertos Nähe gesucht und davor gezittert, er könnte sie fortschicken. Jetzt wünschte sie insgeheim, er würde nach Montsegur oder Peirepertuse aufbrechen und sie hier zurücklassen.

Er wusste fast alles von ihr. Oft fürchtete sie, er könne ihre Gedanken lesen, wenn er sie manchmal streng oder fragend ansah. In solchen Momenten wurde sie rot wie ein beim Naschen ertapptes Kind. Fra Roberto behandelte sie wie ein unmündiges Mädchen, anders als die anderen Frauen, die zur Perfecta geweiht waren. Er tat, als sei sie sein Hündchen, willenlos, unterwürfig, allein deshalb, weil er sie so lange kannte.

Diesmal stiegen Tränen der Wut in Leonors Augen auf. Périco war ihr Kind. Nach Fernandos Tod hatte sie ein Recht darauf zu erfahren, ob er noch lebte.

«Noch bin ich kein Engel und lebe auf dieser Erde, Bruder.»

«Bedauerlicherweise, Schwester.»

«Ich bin froh, dass ich noch hier bin.»

«Der Gedanke ist schon wieder falsch. Ich will dir erklären –»

«Lass mich allein.»

«Was willst du denn allein? Willst du verbotene Dinge essen? Damit gefährdest du deinen Status. Du zerstörst dir alles, wenn du so weitermachst.»

«Bruder, ich will allein sein. Ich will Gedanken haben, die nur mir gehören.»

Leonor empfand wieder das Gefühl von Beklemmung und Atemnot, das sie in letzter Zeit überkam, wenn sie mit dem Fra und anderen Perfecti zusammen war. Ein paar Mal war es so schlimm gewesen, dass sie ins Freie hatte gehen müssen.

«Ich möchte dich nicht allein lassen. Ich sehe, dass es nicht gut für dich ist.» Er trat näher zu ihr.

«Bruder, was maßt du dir an? Ich weiß, was gut für mich ist.»

Die Auseinandersetzungen mit ihm strengten sie an. Einige Male hatte sie ihn angelogen, nur, damit er sie in Frieden ließ. Seine ständigen Überzeugungsversuche machten sie nicht mehr mürbe, sondern wütend.

Sie wünschte ihn weit weg, auf eine Insel im Meer. Dann würde sie endlich den Mut haben, nach Périco zu suchen. Vielleicht würde sie sich auf den Weg zu Magalit machen oder Peire aufsuchen, der wahrscheinlich den Aufenthaltsort ihres Sohnes kannte. Ein neues Leben würde beginnen, in dem sie andere Dinge tun konnte, neue Dinge, wenn sie auch nicht wusste, welche das sein könnten. Vielleicht wieder einen Hund haben und auf einem Pferd reiten. Sie war seit Jahren nicht mehr geritten.

«Mach dir nichts vor», sagte der Fra, «ich durchschaue dich bis in die Tiefen deiner Seele. Ich lese in dir wie in einem aufgeschlagenen Buch.»

Sie wollte nicht von ihm durchschaut werden. Er sollte nicht mehr alles von ihr wissen. Sie wollte seine ständigen Fragen nicht mehr beantworten.

Sie musste stark sein, obwohl sie am ganzen Körper zitterte. Sie musste anfangen, kleine Geheimnisse vor ihm zu haben, selbst, wenn es sie ihr Engeldasein kostete. Und sie wollte Périco wieder sehen.

Am Abend dieses Tages ging Leonor in die Burgküche und aß seit Jahren das zweite hart gekochte Ei. Heißhungrig und mit Lust verzehrte sie es und war enttäuscht darüber, wie schnell es gegessen war und wie wenig es sättigte. Ein Küchenjunge sah erstaunt zu ihr hin und grinste keck. «Wollt Ihr noch eins, Domna?», fragte er.

«Ja, bitte», sagte sie.

Die Truppen Simon de Montforts trafen Mitte Juni vor Minerve ein. Sie kamen in vier Abteilungen. Der Graf Montfort selbst mit seinen Bewaffneten und Rittern schlug die Zelte östlich vom Ort auf. Der Ritter des Grafen, Guy de Lucy, der die Gascogner Bogenschützen befehligte, lagerte auf der westlichen Seite. Im Norden zog der Herr von Narbonne, Aimery, seine Leute zusammen, im Süden sammelten sich weitere Kreuzfahrer.

Die Gascogner begannen unverzüglich mit dem Aufbau einer Kriegsmaschine namens *mangonellus*, sogar in der Nacht hämmerten und zimmerten sie an dem gewaltigen Bau im Schein von Fackeln. Ebenso entstanden im Süden und Norden zwei Kriegsmaschinen. Im Westen vor den Zelten des Grafen stand eine riesige Steinschleuder. Um Leute anzuheuern, die an dieser Maschine zogen, musste Montfort ihnen täglich 21 Pfund als Sold zahlen. Nur die stärksten Männer kamen dafür in Frage.

Ein Blick auf die riesigen Belagerungsmaschinen machte Leonor klar, wie bedroht die Menschen in der Festung waren, die sie für uneinnehmbar gehalten hatten.

«Aude», murmelte sie.

«Habt Ihr Angst, Domna?»

«Nein, nicht Angst. Sehnsucht nach Périco.»

«Seid froh, dass er nicht hier ist. Sonst müsstet Ihr Euch noch um ihn sorgen.»

«Es ist doch unsinnig, ausgerechnet gegen uns, die wir den bewaffneten Kampf ablehnen, mit Feuer, Schwertern und Steinkugeln vorzugehen.»

«Wir sind in Satans Welt.»

«Aude, aber sieh dich um. Satans Welt ist schön.» Leonor gefiel die Umgebung, die Flusstäler, die bewaldeten Höhen rundum, die Rebenhänge.

«Die Schönheit ist nur Täuschung. Wahr ist die Bösartigkeit, die Hinterlist, der Menschen dort unten. Seht doch, was sie da drüben tun.»

Leonor sah dorthin, wohin Aude zeigte.

«O mein Gott», murmelte sie. Soldaten waren dabei, die uralten Reben umzuschlagen und die Wurzelstöcke auszureißen, ein unersetzlicher Verlust für die Anwohner, da die Rebstöcke erst nach Jahren ohne zusätzliche Bewässerung gedeihen konnten. Die über zehnjährigen Pflanzen reichten mit ihren meterlangen Wurzelstöcken bis hinunter an tiefere Wasserschichten im felsigen Untergrund. Neue Reben würde man jahrzehntelang hegen und pflegen müssen, bis sie von selbst gediehen und Erträge brachten.

«Heute zerstören sie die Rebstöcke und demnächst die Bewohner von Minerve», sagte Aude leise und legte den Arm um Leonor.

Nachdem die Kreuzfahrer den Ort schon länger belagert hatten, machten die Belagerten eines Sonntags in der Nacht einen Ausfall. Sie schlichen sich mit großen Körben voller Werg, trockenen Holzstücken und Fett zu der hölzernen Steinschleuder. Dort hängten sie die Körbe mit Haken hinten an die Schleuder, um sie in Brand zu setzen. Nachdem sie den Inhalt entzündet hatten, schlug die Flamme schnell hoch hinauf, denn trotz der Nacht war es heiß und trocken.

«Doch geschah es nach dem Willen Gottes», berichtet der Chronist Pierre des Vaux-de-Cernay, «dass einer aus der Bedienungsmannschaft der Steinschleuder gerade zu dieser Stunde beiseite gehen musste, um ein dringendes Bedürfnis zu erledigen. Beim Anblick des Feuers stieß er einen lauten Schrei aus. Daraufhin schleuderte einer von denen, die das Feuer hergebracht hatten, seine Lanze nach ihm und verletzte ihn schwer. Im Heer wurde Alarm gegeben, und eine große Anzahl der Unsrigen rannte zu der Steinschleuder und verteidigte sie sogleich auf derart wunderbare Weise, dass sie ihre Tätigkeit nur ganz kurz aussetzen musste.»

Nachdem die Mauern der Festung schwer erschüttert worden und den Menschen oben in der überfüllten Stadt die Nahrungsmittel ausgegangen waren, trat der Burgherr Guillaume de Minerve hinaus und bat um eine Unterhandlung mit Simon de Montfort. Zu der Unterredung kamen auch der Abt von Citeaux, Arnaud Amaury, und der päpstliche Gesandte Magister Thedise. Montfort bestand darauf, dass der Abt von Citeaux, der offizielle Leiter des Kreuzzugs, die Bedingungen stelle und nicht er.

Der Abt ordnete an, dem Burgherrn und allen im Ort, auch

den Häretikern, wenn sie sich bekehrten und zu den Geboten der Kirche bekennen würden, das Leben zu schenken. Alle sollten unversehrt den Ort verlassen dürfen. Der Ort selbst sollte in den Besitz des Grafen übergehen. Auch die Perfecti unter den Ketzern, von denen Hunderte im Ort waren, sollten davonziehen dürfen, sofern sie sich zum katholischen Glauben bekehrten. Einer der anwesenden adligen Kreuzzugsteilnehmer widersetzte sich an dieser Stelle dem Abt und sagte ihm ins Gesicht, die Kreuzritter würden dies auf keinen Fall zulassen. Sie seien gekommen, um die Häretiker zu vernichten. Der Abt beruhigte ihn mit den Worten: «Seid unbesorgt, es werden sich nur sehr wenige bekehren.»

Der Zisterzienserabt Guy de Vaux-de-Cernay hatte sich schweren Herzens auf den Weg zu den beiden Häusern unterhalb der Burg begeben, in denen die Guten Menschen sich versammelt hatten, um sich auf den Tod vorzubereiten. Man konnte diese Ketzer retten, sie waren einmal Christen gewesen, und er musste nur die richtigen Worte finden, um ihre Seelen zu gewinnen. Es gab sie ja, die eine und einzige Wahrheit, die er aus dem Studium der heiligen Schriften kannte. Er hielt kurz inne und senkte den Kopf. Warum war er kein besserer Redner? Das Herz tat ihm weh bei dem Gedanken, dass die Ketzer ihn vielleicht nicht anhören würden. Es war leichter, einen von ihnen zurückzugewinnen, wenn man mit ihm allein war, das wusste er inzwischen aus Erfahrung. Eine große Gruppe zu bekehren war nahezu unmöglich, weil keiner vor den anderen Zweifel zeigen wollte, selbst, wenn er sie hegte. Das Predigen vor Leuten dieser Art war eine mühsame Angelegenheit. Einige Male hatte der Abt bei solchen Gelegenheiten festgestellt, wie gering die theologischen Kenntnisse der einfachen Menschen im Land letztlich waren. Es war das Unwissen, die Unkenntnis selbst der gängigsten Bibelstellen, die sie so verführbar machte. Wären die Sonntagspredigten der Landpfarrer besser, ihr Lebenswandel vorbildlicher gewesen, müsste man die Häretiker jetzt nicht zu Hunderten verbrennen, dachte er unwillig. Unmöglich, in ein paar Stunden nachzuholen, was seit Jahrzehnten versäumt worden war.

Vor der Tür des Hauses verschnaufte der Abt kurz, er war nicht mehr jung, und die letzten Tage hatten ihn angestrengt. Schließlich waren sie doch Hirten, nicht Schlächter.

Er stieß die unverschlossene Tür auf und sah in den Raum. Da war sie, die aufsässige, der Kirche entlaufene Herde.

Die versammelten Männer, unter ihnen auch einige Knaben, hatten alle das schwarze Gewand angelegt, was bedeutete, dass sich selbst die, die vorher nur Croyants gewesen waren, in Erwartung des Todes das Consolamentum hatten spenden lassen. Trotzig blickten sie ihm entgegen. Keiner sah aus, als hätte er Angst.

«Der Friede des Herrn sei mit euch allen», begann er. «Ich bin gekommen, um euch zu helfen, nicht, um euch zu vernichten. Gott ist gut und voll Barmherzigkeit, er will euch nicht strafen, sondern retten.»

«Wir sind gerettet», sagte der einarmige Prediger, dem er schon früher begegnet war, Fra Roberto. Der Mann war der Wortführer der gesamten Gruppe. Trotz des abgeschlagenen Arms wirkte Fra Roberto allein durch seine Größe und die Kraft, die er ausstrahlte, Furcht einflößend. Der Abt hielt ihm das Kreuz entgegen.

«Es ist nichts als Holz», sagte der Fra und lächelte spöttisch.

«Dieses Kreuz, an dem Christus starb, hat auch dich erlöst.»

«Jesus war ein Mensch, einer der Propheten, die Gott auf die Welt hinabgeschickt hat. Erst die Kirche hat ihn zu Gottes Sohn gelogen und den Papst erfunden und ist von der Botschaft des Evangeliums in Ketzerei abgeglitten, um eine weltliche Herrschaft zu errichten. Ihr Katholiken seid die wahren Ketzer, wir aber sind die Guten Christen, die der Gewalt und dem Blutvergießen abgeschworen haben. Ihr zieht mit Schwert und Feuer über ein blühendes Land und bringt Krieg und Unglück über die leidende Menschheit.»

Der Abt rang nach Worten und setzte erneut an.

Diesmal unterbrachen ihn wütende Schreie. «Was predigt Ihr uns? Wir wollen Euren Glauben nicht. Gebt Euch keine Mühe. Wir schwören der katholischen Kirche ab. Von dem, was wir glauben, können uns weder der Tod noch das Leben abbringen.»

Der Abt entfernte sich keuchend und ging in das gegenüberliegende Haus, in dem die Frauen versammelt waren. Doch während die Männer ihn wenigstens noch hatten reden lassen, fand er bei den Frauen überhaupt kein Gehör. Mit ärgerlichen Schreien jagten sie den alten Herrn hinaus, es fehlte nicht viel, so hätten sie ihm das Kruzifix aus den Händen geschlagen.

«Denkt an Euer Seelenheil», rief Guy de Vaux-de-Cernay, während sie versuchten, ihn durch die Tür hinauszudrängen.

«Genau das tun wir, Herr Abt», sagte eine junge hübsche Frau zu ihm, eine zarte Blonde. «Macht Euch keine Sorgen um unsere Seelen. Wir werden bald dort sein, wo Ihr nie hingelangen könnt, wenn Ihr mit Mord und Totschlag so weitermachen werdet. Satan hat Euch fest in den Krallen.»

«Gegen Satans Macht hilft Euch nicht das Kreuz, sondern nur die Umkehr», sagte eine andere. «Bekehrt doch Ihr Euch, Herr Abt. Geht mit uns ins Feuer und rettet Eure Seele.»

Der Scheiterhaufen war unterhalb der Stadt im ausgetrockneten Flusstal errichtet worden und bereits in Brand gesetzt. Die Ritter schauten in einem gewissen Abstand vom Feuer dem Spektakel zu. Direkt neben ihm standen die beiden Äbte, Arnaud Amaury und der von Vaux-de-Cernay, und einige Mönche. Die vierhundert Perfecti zogen in langer Reihe singend an ihnen vorbei. Guy de Vaux-de-Cernay empfand Bitterkeit und Betrübnis beim Anblick all dieser Menschen, von denen viele ganz jung waren. So wichtig der Feldzug auch war, man musste die Predigt intensivieren, wie Pater Dominico immer wieder forderte. Selbst wenn nur eine von hundert Seelen gerettet wurde, war es den Aufwand doch wert. Er dachte an das Gleichnis vom verlorenen Sohn. Am Ende würde Gott, der Herr, einen solchen bekehrten Ketzer mehr lieben als die von Anfang an gerechten Kinder der Kirche. Als er jünger war, dachte er beschämt, hatte er überzeugender, leidenschaftlicher gepredigt. Jetzt war seine Stimme schwächer, und ihm fehlte manchmal die letzte Überzeugungskraft. Hirten mussten jung und stark sein, um die Herde zurückzugewinnen. Dass er von den Hunderten nicht einen mit der Kraft des Wortes hatte überzeugen können, stimmte ihn traurig und hoffnungslos. Wollte der Herr, der alles konnte, nicht wenigstens einen einzigen von all diesen Leuten retten? Oder war er, der Abt, so unfähig? Wollte der Herr ihm, Guy de-Vaux-de-Cernay, seine Nichtigkeit zeigen? Die Flammen hier waren nicht der Triumph der Kirche, sie waren die tiefste Niederlage. Die Hirten hatten ihre Schafe schlecht geweidet. Aufgewühlt lenkte der Abt von Vaux-de-Cernay seine Schritte zum Scheiterhaufen.

Einer nach dem anderen traten die Ketzer, ohne zu zögern, in die Flammen der brennenden Strohbündel und aufgeschichteten Holzscheite. Die Kämpfer mit dem Kreuz auf dem Waffenhemd zerrten jeden, der stehen blieb, in den Feuerstoß hinein. Die meisten aber gingen entschlossen von selbst.

Fra Roberto sah aus flackernden Augen zu Leonor hinüber, als er zwischen die Strohbündel trat. Sie glaubte seine Blicke auf sich zu spüren, doch sie sah nicht zu ihm hin. Die Frauen neben ihr nahmen ihre Plätze ein, keine weinte, keine jammerte. Leonor hielt die rechte Hand an den Beutel mit Peires Brief. Auch er würde in den Flammen zu nichts verbrennen, und der Gedanke schmerzte sie. Peires Worte in seiner Handschrift, seine Sätze, die kein zweiter auf der Welt so formuliert hätte. Leonor trat einen Schritt zurück. Ein Ritter griff nach ihr und wollte sie in die Flammen stoßen.

«Lass sie los», herrschte der Abt von Vaux-de-Cernay ihn an. «Bereut Ihr, Sünderin?», fragte er Leonor.

«Ich weiß nicht», flüsterte sie. Das Stroh prasselte unter den aufzüngelnden Flammen und sank in sich zusammen. Halblaute erstickte Schreie drangen aus dem Inneren des Scheiterhaufens.

«Gott ist gut, und er liebt Euch. Auch hier ist er Euch nahe. Bekennt Euch zu ihm und seinem Sohn Jesus.»

Leonor stand am Rand der Gruppe, fast außerhalb des Feuers und deutlich abgegrenzt von den anderen Guten Menschen, die sich an den Händen hielten.

«Komm, Leonor», das war Fra Robertos Stimme.

Sie hatte plötzlich ungeheure Angst, die Flammen könnten nach ihrem Gewand greifen, und in Sekunden wäre alles entschieden. Aude war unerschrocken auf bloßen Füßen an ihr vorbei ins Feuer geschritten, Leonor aber dachte mit aller Inbrunst an ihr Pferd, an die Weichheit seiner Nüstern, an die Wärme seines Körpers, an den guten, kräftigen Geruch seines Fells, daran, wie sie auf ihm durch einen schattigen Wald reiten würde.

«Ich bereue!», schrie Leonor. «Es tut mir leid! Ich will –»

«Bist du bereit, auf das Heilige Evangelium und die heiligen Schriften der Mutter Kirche zu schwören?»

«Ich bin bereit.» Leonor sah dem Abt in die Augen, der ihr den Lederfolianten entgegenhielt. Das Pferd, Périco und Peires Brief. Nein, sie dachte nicht an Gott, allenfalls in der Art, dass sie sich zum katholischen Glauben bekennen musste, um zu ihrem Pferd und Périco zu kommen und Peires Brief für immer behalten zu können.

Sie kniete nieder und küsste das Evangelium. Sie spürte im Rücken die Hitze der Flammen, sie roch den widerlichen Geruch des verbrannten Fleischs, doch sie sah nicht zurück. Die Vergangenheit lag hinter ihr, war Asche und verkohltes Fleisch.

Sie war lebendig. Ihre Füße waren angesengt, ihre Wangen gerötet, sie weinte. Es war ihr noch nicht klar, aber sie war gerettet.

Guy de Vaux-de-Cernay kämpfte gegen den Wunsch an, sie auf den Arm zu nehmen, an sich zu drücken und im Triumph vor aller Augen davonzutragen, das gerettete Schaf aus der verlorenen

Herde. Stattdessen nahm er sie an der Hand, froh darüber, einen Grund zu haben, sich vom Scheiterhaufen zu entfernen.

Im Frühjahr des Jahres des Herrn 1211 gelang es Oswaldo nicht mehr, aus eigener Kraft sein Pferd zu besteigen. Er wiederholte den Versuch an einem Maultier, und auch diesmal scheiterte er.

«Betrüblich, betrüblich», murmelte der Narr und zwinkerte Périco zu, der besorgt zusah. «Du wirst jeden Tag stärker, und meine Kräfte nehmen ab.»

Périco nahm den Klappstuhl unter den Arm und stellte ihn neben dem Eingang des Klosters auf. Er war ein aufmerksames Kind, immer ängstlich darum bemüht, Oswaldo behilflich zu sein. Wenn Oswaldo krank war, ließ Périco es sich nicht nehmen, ihm selbst die Suppe aus der Küche ans Bett zu bringen.

«Dann siehst du eben zu, wenn ich reite.»

Oswaldo ließ sich auf dem Stuhl nieder und schnitt Grimassen. Schöne Aussichten waren das. Er würde den Ritt nach Zaragoza zu Don Peire und Domna Elena nicht mehr bewältigen und den Rest seiner Tage wohl oder übel hier im Kloster zubringen. Diese Erkenntnis schmerzte.

Périco kam mit dem aufgezäumten kleinen Gaul, den sie damals auf dem Weg von Béziers hierher für ihn erworben hatten, saß auf und begann seinen morgendlichen Ausritt. Da Don Peire in seinen seltenen Briefen nur ungenaue Anweisungen gab, hatte Oswaldo die Erziehung des Erbgrafen von Cervera in die eigenen Hände genommen und entschieden, der Junge brauchte mehr Vorbereitung auf seine spätere Laufbahn, als die Mönche ihm von sich aus zubilligen wollten. Nach der Morgenmesse übten Oswaldo und Périco die Fechtkunst, anschließend fand der Ausritt statt. Die Bewegung im Freien kräftigte den schwächlichen Körper seines Zöglings. Périco war kein Stubenhocker, es hielt ihn nicht lange beim Schreiben, Lesen und Lateinlernen, obwohl er ein gutes Gedächtnis besaß. Besonders das Schreiben der Buchstaben bedeutete eine sichtliche Quälerei für ihn. Mit dem Gaul ging er erstaunlich gut um, er fütterte ihn liebevoll, rieb ihn trocken nach dem Ritt und sah dreimal am Tag nach ihm. Er freute sich riesig, wenn es ihm gelang, seine Lanze weiter als Oswaldo zu werfen, und der Narr war stolz darauf, wie gut Périco sich entwickelte. Wenn er demnächst seinen Pagendienst antrat, war er darauf vorbereitet und würde Lob von seinem Herrn ernten.

An den Sonntagen besuchten Oswaldo und der Junge Domna Elvira, die an allem, was Périco tat, erstaunliches Interesse zeigte. So spitz sie über ihre Schwiegertochter Domna Elena und Don Martí, den Herrn von Vallderonca, sprach, vom ersten Moment an war sie Périco mit Freundlichkeit entgegengetreten. Manchmal stellte sie sich ans Fenster, um Oswaldo und Périco bei ihren Übungen vor dem Kloster unter den Steineichen zuzusehen.

In Zaragoza hatte sie jetzt zwei Enkelkinder, Fernando und Petronila, mit denen Peire im letzten Jahr einmal kurz vorbeigekommen war. Die Schwiegertochter Domna Elena hatte sich gar nicht erst bei ihr sehen lassen. Sie war bei Don Martí in Vallderonca auf der Burg geblieben.

«Da kommen sie.»

Oswaldo schrak beim Klang der Stimme zusammen. «Ihr, Domna?»

«Meine Füße tragen mich noch bis hierher.»

Oswaldo erhob sich schwerfällig, um Domna Elvira seinen Sitz anzubieten, was sie dankbar annahm.

«Wer kommt?», musste er nachfragen.

«Habt Ihr denn keine Augen im Kopf, Hofnarr?»

«Sie sind schwächer geworden.»

«Don Martí? Um diese Zeit?» Oswaldo hielt die Hand über die buschigen weißen Brauen und spähte am Brunnen vorbei zum Pfad, der in das Wäldchen führte, das zwischen Vallderonca und dem Kloster lag. Zwei Reiter näherten sich.

«Peire de Vallderonca!» Domna Elvira sagte es triumphierend.

«Und die Domna auf dem Pferd, da bin ich mir sicher, ist Domna Leonor de Trencavel.»

«Heilige Jungfrau.»

«Wahrscheinlich wollen sie ihren Sohn abholen.»

«Domna, bitte, leise. Davon ist uns nichts bekannt, und außerdem –»

«Ich habe Augen im Kopf. Niemand kennt Peire de Vallderonca so gut wie ich, seine Mutter.»

«Domna, bitte. Don Peire kommt mit den besten Absichten.»

«Ich fürchte nichts mehr als die guten Absichten meines Sohnes.»

Die Reiter hatten ihre Pferde angehalten und waren vor Périco stehen geblieben. Oswaldo konnte die Gruppe nur schlecht sehen, und sie waren zu weit entfernt, um zu verstehen, was sie besprachen.

«Vater, Mutter, Sohn», sagte Domna Elvira. «Keine Angst, Hofnarr, ich vergesse es sofort wieder.»

«Domna Elena hat den alten Wohnturm der Cerveras in Zaragoza für Domna Leonor herrichten lassen. Périco soll doch Page am Hof von Don Pedro werden.»

«Witwen gehören ins Kloster, besonders wenn sie noch so jung sind wie Domna Leonor.» Domna Elvira schlug den Takt zu ihren Worten mit dem Stock.

«Sie ist nicht mehr jung. Schön ja, aber nicht mehr jung. Es werden andere Domnas besungen, nicht mehr sie.»

«Mein verrückter Sohn schreibt ein Canso nach dem anderen für sie.»

«Woher wollt Ihr das wissen?»

«Ich weiß viel. Und den Rest denke ich mir. Warum sollte er sich geändert haben?» Sie schwieg kurz. «Don Julián und ich, wir waren damals zu hart zu Peire. Er war ein Kind, so wie Périco, mit einem weichen Herzen.»

«Das Leben ein Feuer», murmelte Oswaldo, «es beginnt mit Funken und Rauch.»

«Und endet mit Staub und Asche», fügte Domna Elvira hinzu und berührte Oswaldos Arm mit dem Stock.

In Okzitanien wuchs der Widerstand gegen das Regime des neuen Vizegrafen Simon de Montfort und die Truppen der Kreuzfahrer von Monat zu Monat. Zahlreiche Städte und Burgherren schickten Gesandte nach Montpellier und Zaragoza und flehten den König von Aragon an, sie unter ihren Schutz zu nehmen und zu verteidigen.

Don Pedro aber konnte die okzitanischen Belange nicht weiterverfolgen, so sehr sie ihn auch bedrückten, denn auf der iberischen Halbinsel waren drängende Probleme entstanden.

Seit über einem Jahr hatten die Mauren in Al-Andalus ganz offen Truppen zu einem größeren Feldzug gesammelt und an den Grenzen der christlichen Königreiche konzentriert. Besonders gefährdet war die Gegend südlich von Toledo, ein seit Jahrzehnten heftig umkämpftes Gebiet. Den Christen war es 1198 gelungen, die Burg Salvatierra zu erobern, aber schon im September 1211 verloren sie sie wieder an die Almohaden. Dieser Verlust des christlichen Vorpostens zog einen Sturm von Emotionen nach sich. Alfonso von Kastilien, bestens unterrichtet durch seine Spione, hatte Gesandte mit schriftlichen Hilfegesuchen an den Papst und an seine königlichen Kollegen geschickt. Innozenz rief daraufhin die christlichen Ritter in ganz Europa zum Kreuzzug gegen die Sarazenen auf. Die Aussicht auf Sündenerlass und darauf, im Fall des Todes als Märtyrer gen Himmel aufzusteigen, sowie nicht zuletzt die Hoffnung auf maurische Sklaven und Kostbarkeiten zogen zahlreiche Ausländer nach Kastilien. Vor allem aus Frankreich waren viele Ritter und Infanzones gekommen.

Im Juli des Jahres des Herrn 1212 hatten sich die drei hispanischen Könige, Alfonso VIII. von Kastilien, Pedro II. von Aragon und Sancho, der Gewaltige, von Navarra getroffen. Der König von León, der Schwiegersohn Alfonsos, war – weil hinterhältig und durchtrieben – nicht erschienen. Die Truppen der Franzosen, erschöpft von den Schwierigkeiten im kahlen Bergland, waren bereits wieder abgezogen. Weitere Kämpfer hatten das Heer verlassen, als ihnen nach der Rückeroberung von Calatrava verboten wurde, zu plündern und die Muslime zu töten.

«Alfonso von Kastilien will nur sein Land zurückerobern, aber wir sollen leer ausgehen», murrten sie.

Der kastilische König, grau geworden und mittlerweile siebenundfünfzig Jahre alt, hatte die Niederlage von Alarcos nie vergessen. Diesmal war er gut vorbereitet. Zehntausende Kämpfer, Ritter, Fußsoldaten wie Söldner hatte er bereits mit Geld, Wegzehrung, neuer Kleidung und Ausstattung belohnt und dafür Unsummen ausgegeben, von denen er nicht wusste, ob er sie durch neue Eroberungen je wieder in seine Kassen bekommen würde. Der Zug gegen die almohadische Streitmacht war das größte Unternehmen dieser Art seit der Schlacht von Alarcos, ein Kraftakt, den die hispanischen Königreiche nur gemeinsam bewältigen konnten, den aber Alfonso und Kastilien fürs Erste finanzieren mussten, da die kastilischen Grenzen direkt bedroht waren.

Zahlreiche Äbte und Bischöfe zogen mit, um mit ihren Gebeten den Himmel günstig zu stimmen, unter ihnen Rodrigo Jiménez, der Erzbischof von Toledo, der König Alfonso Mut zusprach. Alle trugen das Kreuz auf dem Mantel und dem Waffenhemd. Vorangeführt wurden neben den Wappen der drei Königreiche Kreuze und Banner mit dem Bild der Gottesmutter und ihres Sohnes. Gott war auf der Seite der Kreuzfahrer, aber jeder wusste, dass der Allmächtige manchmal vor sich hin schlummerte, ohne auf die Seinen zu achten. Es galt, ihn wach zu halten.

Der Julihimmel war wolkenlos und tiefblau. Der Kriegsrat der vereinigten Könige war übereingekommen, Salvatierra nicht anzugreifen, sondern direkt auf das sarazenische Heer zuzuhalten, das hinter der Bergkette auf die Ankunft der Christen wartete.

Martís Kehle war so trocken, dass das Sprechen eine Qual bedeutete. Der Brustpanzer scheuerte an der rechten Schulter, Ströme von Schweiß liefen ihm den Bauch hinunter. Er hatte sich selten so schlecht gefühlt. Eine Vorhut und Späher waren vorausgeeilt, um auszukundschaften, wo sich die Feinde jetzt befanden. Die drei Könige folgten ihm und Diego de Haro. Der Boden unter den Füßen der Pferde war kaum trittfest, ab und zu rollte ein Stein in die Tiefe. Am Rand des schmalen Ziegenpfads wuchsen nur noch Disteln und harte vertrocknete Dornen. Dahinter kamen die Ritter und die Fußsoldaten, alle jetzt schon am Ende ihrer Kraft. Auch die Pferde und Lasttiere würden nicht mehr lange durchhalten.

«Niemand kann die wirklichen Folgen eines Krieges voraussehen», ließ sich Al Ustadh vernehmen. Der alte Alchimist war von Natur aus so mager und ausgedörrt, dass ihm der Wassermangel offenbar nichts ausmachte.

«Hört zu», rief der König von Aragon, «die Könige von Aragon haben ihre Schlachten entweder gewonnen oder sind im Kampf gestorben. Ich hoffe, wir gewinnen, aber wir können ebenso gut das Leben verlieren.» Wie immer, wenn er «wir» sagte, meinte er sich selbst.

«Vorher werden wir sterben», sagte Diego, ein stiernackiger gewaltiger Kämpfer. Martí murmelte ein Gebet. Es war keine schlechte Aussicht, dahin zu kommen, wo Dihya auf ihn wartete. Das ganze Leben war eine ungewiss bemessene Wartezeit.

Die Kundschafter auf ihren Maultieren kamen ihnen jetzt atemlos entgegen.

«Senhores, wir können den Pass überqueren, aber etwas weiter unten ist eine Engstelle, wo die Sarazenen uns erwarten. Sie stehen zu Hunderten auf den Höhen. Es ist unmöglich, dort mit dem Heer weiterzukommen.»

«Nachdem wir einmal hier sind, können wir auch nicht auf der Höhe bleiben und lagern. Weit und breit gibt es kein Wasser», wendete Al Ustadh ein.

Die drei Könige schwitzten in ihrer Ausrüstung. Sie hielten jetzt die Pferde an und warteten.

«Wir sollten wieder zurückgehen, an den Fuß des Bergrückens, wo es Wasser gibt und wir lagern können», schlug Martí vor.

«Don Martí, es sähe nach Feigheit aus. Die Feinde würden denken, wir fliehen», sagte Alfonso von Kastilien.

«In dem Engpass der Schlucht ist das Heer verloren. Die Moros halten die Anhöhen darüber besetzt und werden ihre Pfeile abschießen. Es ist eine Falle.» Diego de Haro versuchte Martí zu unterstützen.

«*Arzobispo, muramos aquí, yo y vos.* Wir werden dort sterben, ich und Ihr», wandte sich der König an den Erzbischof von Toledo, der die ganze Zeit über nicht von seiner Seite gewichen war.

«Der Herr wird uns retten, vertraut darauf. Denkt an das Kreuz, das im Himmel erschienen ist.» Rodrigo Jiménez war die Erschöpfung nicht anzumerken.

«Wenn das Wunder nicht jetzt geschieht, sieht es schlecht aus für die Armee des Herrn», ließ sich der Sohn de Haros vernehmen, ein etwas vorlauter junger Ritter.

Ein paar Ziegen sprangen heran, und aus ihrer Mitte tauchte ein barfüßiger Hirte auf. Mit verlegenem Grinsen näherte er sich den hohen Herren. Er sei ein *Mozaraber*, erklärte er in verständlichem Kastilisch, und da gäbe es noch einen weiteren Pfad zwischen den Dornen und dem Gestrüpp. Nein, niemand außer ihm kenne ihn. Nur er treibe seit Jahren sein Vieh hierher, so wie früher sein Vater. Man müsse erst ein Stück nach Westen gehen, dann nach Süden, um zu einer weiten öden Fläche zu kommen, groß genug für das Heer, um sich zu sammeln und die Zelte aufzuschlagen. Die Schlucht sei damit in großem Bogen umgangen, und die beiden Heere ständen sich an dieser Stelle gegenüber.

Nein, da hätte er keine Sarazenen gesehen. Der Pass sei ihnen wahrscheinlich unbekannt. Normalerweise verirrten sich keine Menschen an diese Stelle.

Es konnte eine Falle sein, aber es war nichts zu verlieren. Ein paar Kundschafter, Diego de Haro und Martí folgten dem Mann über den Pfad und sahen, dass man ihm trauen konnte. Der Weg war schmal, aber begehbar, man musste vorsichtig sein, um auf dem steinigen Untergrund nicht abzurutschen, das war alles.

Der kurz abgehaltene Kriegsrat der drei Könige und ihrer Edlen entschied, dass der Hirte ein Sendbote Gottes war. Deshalb folgte das riesige Heer ihm auf dem seitlichen Pfad über den Gipfel zu einer größeren abfallenden Fläche, die ebenfalls öde und wasserlos war, aber ansonsten gut geeignet, um die Zelte aufzuschlagen. Die Wasservorräte wurden sparsam ausgeteilt, jeder Mann erhielt für sich und sein Tier nur das unbedingt erforderliche Quantum. Auch die Könige und Edlen tranken nicht mehr als die anderen.

Gegen Abend ließen sich die Sarazenen sehen. Sie hatten das hoch gelegene Lager der Christen erspäht und zogen die eigenen Kampflinien ebenfalls höher hinauf.

Am nächsten Morgen, dem 15. Juli, einem Sonntag, näherte sich die gesamte sarazenische Armee in Kampfformation. Al Ustadh und Martí ritten vor dem Lager ein Stück hinab, um zu erkunden, wie groß die Zahl der Feinde war und welche Abteilungen sie vorangeschickt hatten. Fußsoldaten und Reiter waren vor dem christlichen Lager in einer langen Reihe so postiert, dass der Feind nicht unerwartet das Lager angreifen oder es einschließen konnte.

Am Abend dieses Sonntags, als Martí mit dem Alchimisten nachdenklich die Linien abschritt und hinunter zu den Feinden sah, kam wieder ein barfüßiger Hirte den Berg hochgeklettert. Er hatte den Kopf verhüllt, sodass man sein Gesicht nicht gleich erkennen konnte. Alarmiert sahen Martí und Al Ustadh zu ihm hin. Womöglich war er ein Spion der Feinde. In vorsichtigem Abstand blieb er stehen und winkte.

«Hören wir ihn an», schlug Al Ustadh vor. «Auch wenn ich diesen Mann nicht für einen Ziegenhirten halte.»

Mit ein paar Sprüngen setzte der Fremde über die Steinblöcke, die zwischen ihnen lagen, dann war er neben ihnen. Er schlug das Tuch um seinen Kopf zurück, und Martí erkannte ihn sofort. Tarik Ibn Arrueshs Bart war grau geworden, sonst aber hatte er sich kaum verändert.

«Wer schickt dich? Allah oder der Kalif?», fragte Martí und freute sich, seit langem einmal wieder Arabisch zu sprechen.

«Keiner von beiden.» Er blieb schweigsam, bis sie sich im Zelt niedergelassen hatten. Tarik streckte die Beine bequem aus. «Wo ist Peire de Vallderonca? Ich hoffe, er ist wohlauf.»

«Er wird gleich kommen.» Martí winkte dem Pagen.

«Ich muss die Könige sprechen, es geht um den Angriff. Ich habe euch etwas Überraschendes mitzuteilen.»

Tariks Nachrichten waren so erstaunlich, dass die Könige dankbare Blicke gen Himmel sandten. Gott hatte ein weiteres Wunder für die Seinen bewirkt.

«Es hat einen Aufstand im Lager gegeben. Die Söldner haben seit Monaten keine Bezahlung mehr erhalten. Immer wenn sie es einfordern, lässt Al-Nasir sie vertrösten. Sie schieben es auf seine Wesire und haben erklärt, dass sie kein Schwert und keine Lanze heben werden, wenn sie weiterhin nichts bekommen. So groß das Heer zu sein scheint, es ist wie gelähmt. Morgen wird keiner der Männer kämpfen, so haben sie es beschlossen.» Es gebe gleichwohl Abteilungen, die zu allem entschlossen seien. Aber die zehntausend türkischen Bogenschützen würden morgen nichts tun, so hätten sie verkündet. Das Heer sei immer noch von gewaltiger Größe und nicht zu unterschätzen, am heftigsten werde der Widerstand der Leibwachen des Kalifen sein, sie seien der zu allem entschlossene Kern der Truppe. Doch ansonsten hätten die Unruhen auf zahlreiche Abteilungen übergegriffen.

Tarik erhob sich, kreuzte die Arme vor der Brust und verneigte sich.

«Und du, wo stehst du?», fragte Peire ihn, als sie beide hinausgegangen waren.

«Ich werde mit meinen Kriegern noch in der Nacht zurück nach Beni Arruesh aufbrechen. Es hat keinen Sinn, in eine Schlacht zu gehen, die verloren ist.»

«Besuche mich in Zaragoza, wenn dich der Weg nach Norden führt. Mein Haus steht dir immer offen.»

«Es freut mich, dass du wieder eins hast.»

«So wie ich mich freue, dass du in Beni Arruesh residierst.»

«Hamid, der Nachfolger Al Qutis, hat mir Bewaffnete geschickt, die mich dabei unterstützten. Wir helfen uns gegenseitig. Im Herbst werde ich nach Aragon kommen und einen schriftlichen Vertrag mit eurem König machen, wie er es vorgeschlagen hat. Dass wir unsere Gebietsgrenzen gegenseitig respektieren.»

«Dein Vertrauen zum König der Almohaden scheint nicht sehr groß zu sein.»

«Wenn er seine Söldner beruhigt hat, steht es gut um ihn. Wenn nicht, wird er sich wieder nach Marrakesch zurückziehen und die Dinge in Al-Andalus sich selbst überlassen.»

«Wird er sie beruhigen?»

«Seine Kassen sind leer. Die Männer werden morgen nicht kämpfen, was auch geschieht.»

Peire hätte gern mehr erfahren, doch hatte Tarik bereits alles getan, was nach Lage der Dinge für einen Moro möglich war. Und das, was er Tarik sagen musste, galt es ebenfalls in unmissverständliche Worte zu kleiden, ohne die Pläne der Könige zu verraten.

«Reite mit deinen Männern gleich los, wenn du zurück bist», sagte er halblaut.

«Es ist wegen des Wassers», gab Tarik zur Antwort. «Ich habe es mir gedacht.»

Gegen Abend nahmen die Geistlichen im Lager den Männern die Beichte ab und erteilten ihnen die Absolution. Um Mitternacht hörten die christlichen Kämpfer die heilige Messe und ließen sich die Kommunion reichen. Danach bestiegen sie die Pferde und stellten sich an ihre Plätze. Fast lautlos begann der Angriff der hispanischen Truppen gegen die Sarazenen im fahlhellen Schein des Vollmonds. Es waren vier verschiedene Züge, die hinabrückten, die Aragonesen, geführt von Martí de Bicalaú, die Ultramontanen mit den beiden de Haros an der Spitze, die Kastilier mit König Alfonso und die Navarresen, geführt von Sancho, dem Gewaltigen.

Auch die Feinde waren bereit. Man hörte die Trommeln, die von unten zum Vorwärtsmarsch kommandierten. Die Feinde hatten sich weit über den Gebirgshang ausgebreitet und Vorposten auf steile Felsen postiert, die durch tiefe Steiltäler so gut wie unerreichbar waren. Im Angriff bestätigten sich die Nachrichten der Kundschafter. Die Truppen Al-Nasirs waren unvorstellbar zahlreich. Umso erstaunlicher war, wie schnell die ersten Reihen unter dem Zeichen des Kreuzes niedergemacht waren. Erst die letzte Linie wurde von entschlossenen Kämpfern gehalten.

«Der Palenque! Al-Nasir ist da vorne!», schrie ein Söldner Martí zu. Es war unmöglich, sich umzusehen. Bogenschützen, Ritter und Fußsoldaten der Christen standen zu dicht, um ihre Waffen wirklich einsetzen zu können. Es war, als hätte der Kampf jetzt erst begonnen. Die Männer gingen sich mit den Händen an die Kehlen und versuchten sich zu erwürgen. Martí rang nach Luft. Irgendetwas hatte ihn im Nacken getroffen. Er spürte keinen Schmerz, nur das Blut, das aus ihm herauslief. Mit beiden Händen hielt er das Schwert und schlug einige Mauren nieder, die ihm entgegentraten. Er sah und hörte nicht mehr, wer von den eigenen Leuten noch um ihn war. Während er weiter nach vorn auf den almohadischen König zuhielt, kam ihm der Gedanke, dass es zu schwer war, die Feinde zu zahlreich, sie selbst zu müde und erschöpft und dass Gott enttäuscht war von seinen christlichen Verteidigern. Steine flogen gegen das Kreuz, das einer vor ihm hielt, das Banner mit dem Bild der Heiligen Jungfrau war von Pfeilen durchlöchert und zerfetzt.

Der Almohaden-König hatte bis kurz vor dem Eintreffen der Christen in seinem Zelt ausgeharrt. Bekleidet mit dem schwarzen Mantel des Propheten, sein Schwert griffbereit neben sich, las er laut aus dem Koran. Sein Zelt war in einem weiten Viereck mit einem Graben voller Eisenspitzen, Eisenketten und Palisaden umgeben. Davor hatten sich Hunderte seiner Leibwächter bis zu den Knien eingraben lassen. Sie waren zudem an den Oberschenkeln mit Eisenketten aneinander gebunden, sodass keiner von ihnen in der Gefahr entkommen konnte. Dies war freiwillig geschehen und um der Sache des Glaubens willen. Sie waren es, die das Zelt des Kalifen bis zum letzten Atemzug verteidigen wollten.

«Hilf Urruaca», murmelte Martí und schmeckte zugleich das Blut im Mund.

Die christlichen Krieger, die nach einem unglaublichen Gemetzel Mann gegen Mann schließlich den Palenque und das Zelt erreichten, mussten über die aufeinander gestapelten Leichen der Leibwächter klettern und feststellen, dass das Zelt des Gebieters verlassen und Al-Nasir geflohen war. Überall lagen Waffen und Leichen herum, das Zeltlager selbst war verlassen. Nahrungsmittel und Ausrüstung waren zurückgeblieben. Die Sarazenen selbst waren geflohen.

Jeder christliche Krieger nahm sich an Waffen, Maultieren und Kriegspferden, so viel er wollte, auch Lebensmittel lagen genug herum. Und obwohl jeder versuchte, so viel an sich zu nehmen wie möglich, blieben doch noch zahlreiche Maultiere, Pferde und anderes Material herrenlos zurück.

Am dritten Tag verließen die Truppen die Kampfstätte und marschierten auf die feindlichen Burgen Vilches, Banos und Tolosa zu, die sie sofort einnahmen.

Die Stadt Baeza war von den Einwohnern fluchtartig verlassen und geräumt worden. Alle waren nach Úbeda geflohen, einer wehrhaften großen Stadt, die kaum von den Christen einzunehmen war.

König Alfonso setzte Baeza in Brand und ließ die Moschee zerstören. Danach belagerte er dreizehn Tage lang die mit Flüchtlingen überfüllte Stadt Úbeda. Eine unvorstellbare Anzahl von Menschen wurde hierbei getötet. Alfonso von Kastilien nennt in seinem schriftlichen Bericht an Papst Innozenz die Zahl von 60 000 Sarazenen, die in Úbeda umkamen. Zehntausende wurden gefangen genommen. Viele davon wurden zur Zwangsarbeit in die Klöster der Grenzregion geschickt für den dort nötigen Wiederaufbau.

Es war jetzt Anfang September. Martí hatte einige Zeit fiebernd in seinem Zelt zugebracht. Die Wunde im Nacken hatte sich entzündet und heilte schlecht. Die Hitze des Hochsommers lag drückend über dem Lager der Kreuzritter. Weithin roch es nach Leichen und verbrannten Häusern. Viele Kämpfer waren bereits auf dem Rückweg. Auch die gefangenen Sarazenen waren in langen Zügen weggeführt worden. Al Ustadh und Sinan kümmerten sich um ihren Herrn.

«Sid», sagte Sinan eines Mittags entschuldigend. «Die Qaiyna ist hier. Sie will dich sprechen.»

Martí schrak hoch und legte die Al-ud beiseite.

Nichts an der hageren grauhaarigen Frau erinnerte noch an die einstige Qaiyna. Man hätte sie auf den ersten Blick noch nicht einmal als Sarazenin erkannt, hoch gewachsen und blauäugig, wie sie war.

«Zubh», stammelte Martí, erschrocken über ihren Anblick. «Du? Wo ist Hamid? Weißt du etwas von ihm?»

«Er ist in Sicherheit, er begleitet Al-Nasir hinüber nach Marokko. Er weiß noch nicht, was mit den Kindern geschehen ist.»

«Mit euren Kindern?»

«Sie sind tot.» Zubh sagte es ruhig, fast sachlich. «Eure Männer haben sie erschlagen, unschuldige Kinder, die keinen Christen jemals bedroht haben. Leila und Bashir. Mit ihnen sind unzählige andere gestorben, Alte, Kranke, Frauen, Kinder. Warum habt ihr das getan?»

«Ich weiß es nicht, Zubh. Ich wollte, es wäre nie so weit gekommen.»

Martí überlegte, wie alt Zubhs Kinder gewesen sein mochten. Obwohl sie tot waren, war es ihm wichtig. Er wagte nicht, sie danach zu fragen. Sie hatte nichts mehr von ihrer stolzen Erscheinung. Ihre Haare waren verfilzt und glanzlos.

«Ihr habt all die Unschuldigen in Baeza niedergemetzelt, aus reiner Mordlust. Da war niemand, der euren Kriegern Einhalt geboten hätte, obwohl doch so viele edle Ritter in der Nähe standen. Martí, ich hörte sie rufen: *‹Deus vult›* – sag mir, was es bedeutet.»

Martí senkte den Kopf. Gelehrt, wie sie war, wusste sie zweifellos, was die lateinischen Worte meinten. Während des Kreuzzugs hatte es auch vorher schon Plünderungen und kleinere Massaker gegeben. Als die Franzosen und ihre Truppen zurückgezogen waren, hatten sie in Toledo das jüdische Viertel plündernd und marodierend überfallen und unzählige Juden dabei umgebracht. Einmal im Kreuzzug gegen die Ungläubigen, waren solche Kämpfer schwer zu kontrollieren.

«Noch einmal bin ich deine Gefangene. Allah scheint es wichtig zu sein, dass wir uns begegnen.»

«Deus vult», hörte Martí sich sagen und schämte sich zugleich. Er wollte sie nicht verhöhnen.

«Es gibt nur einen Gott, den Einen. Er ist sowohl der unsrige wie der Eure», schrie Zubh auf Katalanisch. «Er will nicht den Tod unschuldiger Kinder. Ihr seid grausame Mörder.»

«Im Krieg stehen sich immer grausame Mörder gegenüber. Wenn alles vorbei ist, wenn die Beute aufgeteilt ist, wird der Schrecken schnell vergessen. Erklär ihr, wie alles gekommen ist, Al Ustadh», murmelte er. Die Knie zitterten ihm, er fühlte sich noch schwach. Zubh setzte sich nicht, sie stand im Zelt, barfuß, wie ein Racheengel am Tag des Jüngsten Gerichts, und Martí begriff, dass sie Rechenschaft von ihm forderte und er unfähig war, sie ihr zu geben. Rechenschaft nicht nur für sich, sondern für unzählige andere, die in den Trümmern Úbedas erschlagen worden waren.

«Noch immer können Sieg und Ruhm mit keiner anderen Währung erkauft werden als mit den Tränen der Unglücklichen und Verzweifelten», sagte der Alte.

«Gott hat es nicht gewollt, die Menschen waren es, die wieder einmal in Blutrausch verfallen sind. Zubh, auch wenn du mich für immer hassen wirst, ich wollte es nicht. Es gibt keine Entschuldigung dafür, Unschuldige zu metzeln, und ich glaube nicht einmal, dass der Papst einen Sündenablass dafür bei Gott bewirken kann.»

«Wo ist eure viel besungene Courtesia? Die Mezura? Ihr habt meine Kinder erschlagen. Niemand war unschuldiger als sie.»

«Hör auf, Zubh! Ich habe es nicht getan.»

«Du gehörst zu ihren Mördern. Wo sind Leila und Bashir? Es gab keinen Grund, ihnen das Leben zu nehmen.»

«Zubh, es ist Krieg! Begreif es endlich!»

Auch die Sarazenen hatten Christenfrauen und Christenkinder niedergemetzelt, Unschuldige ans Kreuz geschlagen und Kinder in die Sklaverei verkauft. Einmal im Kriegszustand, herrschte das Gesetz der Gewalt.

«Zubh! Ich werde dich zu Hamid zurückschicken. Hab keine Angst, dir wird nichts geschehen. Das Wort Don Martís gilt.»

«Was soll ich bei Hamid?» Zubhs Augen blickten leer, und Martí begriff, dass er ihr nicht mehr helfen konnte, egal, was er tat.

«Du und ich, wir werden auf ewig Feinde sein!» Sie ging auf ihn zu, eine Frau ohne Kraft, als wollte sie ihn erwürgen, dann ließ sie die Hände sinken.

Schließlich bat er Sinan, sie hinauszuführen und unauffällig ein Auge auf sie zu haben.

An diesem Abend betrank sich Martí allein in seinem Zelt,

während überall der Sieg gefeiert wurde und Siegeslieder durch die Nacht hallten. Es war einer dieser Siege, die ihn, wenn er nachts schlief, genauso aufschrecken ließen wie die schlimmste Niederlage.

Der Sieg von Las Navas de Tolosa hatte alle Kämpfer zu reichen Männern, ihn aber zu einem der reichsten von Aragon gemacht. Ländereien von gewaltigem Umfang würden ihm und den anderen Edlen von Aragon und Katalonien gehören mitsamt ihren Schafherden und Baumwollfeldern, Obstbäumen und Getreideanpflanzungen; Mühlen und kleine Manufakturen gehörten dazu. Don Pedro, der sich in ewigen Geldnöten befand, würde einige seiner Kredite zurückzahlen können.

Während Martí sich schlaflos auf seinem Feldbett hin und her wälzte und ihm Fetzen von Liedern und Musik durch den Kopf irrten, empfand er nicht das geringste Glück und keinerlei Hoffnung. Er wusste nur, dass Zubhs Leben mit dem Untergang von Baeza für immer zerstört war. Nass geschwitzt und mit heftig pochendem Herzen lag er auf seinem Feldbett und rechnete nach, wie alt er eigentlich war. Seines Wissens musste er auf alle Fälle Ende vierzig sein, und vielleicht wurde er langsam zu alt für die großen Schlachten. Andererseits, sagte er sich, war es unwürdig, seinen König im Stich zu lassen, dem er so viel verdankte und der ihn so sehr brauchte.

Martí war entschlossen, Zubh zu helfen und sie zu Hamid nach Marokko zu schicken. Doch wenige Tage nach ihrer Begegnung wurde sie gefunden, sie hatte sich an einem Baum aufgehängt. Nonnen hatten sich in den Tagen zuvor um sie bemüht und sie daran erinnert, dass sie ursprünglich eine Christin aus dem Norden Spaniens war. Aber den Tod ihrer Kinder hatte sie nicht verwinden können.

Es war der 8. September des Jahres des Herrn 1213. Unglaublich, was dieses Jahr gebracht hatte. Im März war die Königin Domna

Maria in Rom gestorben. Sie war im Petersdom Seite an Seite mit den Heiligen beigesetzt worden, und es hatten sich Wunder an ihrem Grab ereignet. Die Sonne brannte vom Himmel, und auch das weiße Waffenhemd verhinderte nicht, dass der Kettenpanzer zu heiß wurde. Schwitzend saß Martí auf seinem braunen Wallach. Nicht weit von ihm tänzelte Peires Apfelschimmel mit seinem Herrn, der es vorgezogen hatte, im Alltagsgewand aufzusitzen.

Innerhalb weniger Monate war der Günstling des Papstes, der strahlende Held der Christenheit, der Sieger von Las Navas de Tolosa über die Sarazenen, Pedro von Aragon, selbst in den Verdacht der Ketzerei geraten und gezwungen worden, gegen den Papst die Waffen zu ergreifen.

Noch waren sie nicht auf den Feind getroffen. Die Gegner waren diesmal die Päpstlichen, die das Kreuz gegen Raymond von Toulouse, den Schwager des Königs von Aragon, genommen hatten. Diese hatten sich im Dreieck des Zusammenflusses von Louge und Garonne oben auf der Burg und in der Stadt Muret verschanzt, nicht mehr als hundert Mann. Sie waren hoffnungslos unterlegen. Wahrscheinlich war es ihnen gelungen, einen Hilferuf an Montfort abzusetzen, obwohl keine Reiter gesehen worden waren. Aber sie angesichts der Übermacht, die die Festung umschlossen hatte, alle in Sicherheit zu bringen war so aussichtslos, dass auch Simon de Montfort die Hände davonlassen würde.

Martí schlug an seinen Schild, um den König zu begrüßen, und die Tausende taten das Gleiche. Die Pferde der Kämpfer tänzelten, die eisenbesetzten Schutzdecken auf den Rössern klirrten im Wind. Der Lärm dröhnte über die Ebene.

Es war nicht möglich gewesen, die vielen Bewaffneten aus Katalonien und Aragon in Toulouse selbst mit dem Heer der Okzitanier zusammenzuführen. Die Stadt war schon vorher überfüllt mit Flüchtlingen und Söldnern. Deshalb hatte man Muret vor den Toren von Toulouse für den Truppenaufmarsch gewählt. Schon seit dem Frühjahr war der Ort in die Hand der

Kreuzfahrer geraten und bedrohte die Verkehrsverbindungen der gräflichen Hauptstadt. Sein Umland im fruchtbaren Garonnetal bot alle Möglichkeiten, sich mit Proviant zu versorgen und das Lager aufzuschlagen. Die Fußtruppen aus Toulouse, besonders die städtische Miliz, konnten von Toulouse aus jederzeit über den Fluss nach Muret gebracht werden.

Der König hatte jetzt die Bühne betreten. Auch er trug die volle Rüstung. Martí war so dicht bei ihm, dass er die Schweißperlen im Gesicht seines Lehnsherrn sah, die ihm in den Bart tropften. Die Senhores der Ministerriege nahmen im Hintergrund Aufstellung. Die Stimme Don Pedros hallte weithin über den Platz, auf dem das Heer versammelt war.

«Mit diesem Marsch werden wir gegen den Kreuzzug ziehen, der die Länder des Toulousain verwüstet. Sie nennen es Kreuzzug und meinen doch nur Raub an ihren eigenen Brüdern. Der Norden kämpft gegen den Süden, um sich zu bereichern. Graf Raymond hat mich um Hilfe gerufen, man zerstört sein Land, man verbrennt es, man tötet dort, obwohl er niemandem von seinen Angreifern ein Unrecht angetan hat.

Er und sein Sohn sind Ehemänner meiner Schwestern. Sie sind meine engen Verwandten, und ich kann nicht zulassen, dass sie so behandelt werden.

Marschiert nun, meine Herren, gegen diese gekreuzten Banditen, die alles zerstören und wegnehmen, gegen diese Räuber unseres Landes!»

Martís Gedanken wanderten weit weg, erst nach Bicalaú, dem Ort, an dem er nie wieder gewesen war, nachdem er ihn als Kind verlassen hatte. Jeden Tag ging man durch einen verwitterten Toreingang, trat man aus einem Haus und verabschiedete sich von Menschen, ohne zu wissen, dass es für immer sein würde. Und umgekehrt gab es Kirchen, die man nie betreten, und Frauen, die man nie kennen lernen würde, Landschaften, zu denen der Zutritt ihm für immer verwehrt war, gerade so, als seien es gemalte Bilder.

Er versuchte nicht an das gestreifte Zelt zu denken, an dem er Angelina, geschmückt und schöner denn je, kurz gesehen hatte. Sie hatte leise nach ihm gerufen, hatte etwas sagen wollen, doch er war mit finsterem Gesicht wortlos an ihr vorbeigeritten, als hätte er sie nicht erkannt. Er hatte beschlossen, nie wieder mit ihr zu sprechen, das schuldete er Don Pedro.

Das Lager mit den Zelten und dem Tross lag weit entfernt, und doch war ihm, als müsse er sich umdrehen, weil Angelina mit brennenden Augen nach ihm Ausschau hielt. Heilige Jungfrau, wenn sie es darauf anlegte, würden sie sich wieder begegnen, und es würde auf Dauer sehr schwer werden, ihr zu widerstehen. Die Moros hielten es so, sie nahmen die Frauen anderer Männer nicht zur Kenntnis, grüßten sie nicht und sahen ihnen nicht in die Augen. Und so würde auch er Don Pedro seinen Respekt bezeugen, dem er verdankte, was er war und was er besaß. Die Liebe zu einer Frau war es im Allgemeinen nicht wert, dass man seinen Freund und Beschützer verriet. Das waren Hamids Worte gewesen.

Durch den Aufmarsch der Armee des Königs von Aragon geriet die gesamte Landschaft um Toulouse und Albi in Bewegung. Die Ritter aus Aragon zogen vor die Burgen und Städte in der Hand Simon de Montforts und forderten die Leute zum Überlaufen auf. Die Kreuzritter verloren auf diese Weise mehrere stark befestigte Orte.

Morgen oder übermorgen würden sie Muret einnehmen, und irgendwann würde Raymond von Toulouses Position wieder gefestigt sein. Irgendwann würde der Krieg vorbei sein. Danach würde er sich eine Zeit lang zurückziehen und seinen alten Plan verwirklichen. Martí seufzte kurz. Er sehnte sich plötzlich nach Bicalaú.

«Simon de Montfort muss ungeheure Angst vor einer Niederlage in Muret haben», erklärte Peire.

«Hat er auch.» Martí lächelte grimmig. «Wir müssen ein

Massaker an den Bewohnern verüben, ohne Pardon.» Die letzten Jahre seit Dihyas Tod hatten ihn härter gemacht. Der Krieg veränderte jeden. Die Päpstlichen begingen grausame Taten an den Okzitaniern. Mit der Begründung, sie seien alle Häretiker, stachen sie ihnen die Augen aus und verstümmelten sie. Wenn er es genau bedachte, steigerte sich die Grausamkeit mit jedem Monat des Kriegszustandes. Und Don Pedro, der Träumer, hatte Montfort, beim Versuch, seinen guten Willen zu beweisen und einen Waffenstillstand zu erreichen, den Infanten von Aragon, den kleinen Jaime, ausgehändigt und den Vierjährigen mit Montforts jüngster Tochter verlobt, die noch in der Wiege lag.

«Denk an die Unschuldigen, die dabei sterben werden.»

«Wir dürfen keinen verschonen. Vergiss nicht, was die Kreuzfahrer in Béziers getan haben. Nach dem Blutbad haben sich Dutzende von Burgen und Städten aus Angst vor dem, was kommt, den heranziehenden Kreuzfahrern ergeben.»

«Hier in Muret wird die Unterlegenheit der Kreuzfahrer offensichtlich. Darauf können wir schon jetzt unsere Gläser erheben», schmunzelte Jordi. «Das ganze Land wird zu Graf Raymond und dem König von Aragon zurückkehren.»

«Sie haben nicht mal tausend Mann.»

«Aber mindestens drei Bischöfe dabei», spöttelte Peire, «darunter den unvergesslichen Folquet.»

«Ich freue mich auf den morgigen Tag. Glaubt mir, ich bin zu aufgewühlt, um zu schlafen.» Martí reckte sich. «Nach der Schlacht schlafe ich zwei Tage und hole alles nach.»

Bruder Joaquin saß in dem kleinen Zelt unweit dem des Königs und nahm all denen die Beichte ab, die in einer langen Schlange draußen warteten. Ab und zu trank er einen Schluck aus dem Weinkrug, um wieder zu Kräften zu kommen. Fliegen umsurrten ihn. Er war schweißgebadet. Über hundert Männer waren allein heute schon bei ihm gewesen, er hatte sie nicht gezählt, sich vielmehr ihre Sünden geduldig angehört, sie getröstet und aufgerichtet und sein *«Ego te absolvo»* gesprochen.

«Morgen oder übermorgen wird es zur Entscheidungsschlacht kommen», sagte Martí verlegen, als er Peire sah, der ebenfalls vor dem Zelt anstand.

«Vielleicht auch nicht. Es sind barfüßige Boten zu Don Pedro gekommen, Abgesandte der Bischöfe, die verhandeln sollen. Warte nur ab, Folquet wird auch noch bei ihm vorsprechen.»

«Wie auch immer», Martí reichte Peire die Hand, «vor der Schlacht sollten wir uns die Hand geben.»

Verwundert reichte Peire ihm die Hand.

«Es ist kein Streit zwischen uns», begann Martí, «aber vielleicht doch eine Unklarheit, die wir bereinigen sollten, ehe wir diese Erde verlassen. Wir stehen in Gottes Hand. Keiner kann sagen, ob er morgen Abend noch lebt.»

«Ich bin damit einverstanden, dass du der Herr von Vallde');ronca bist.»

«Sollte ich am Leben und bei Gesundheit bleiben, werde ich nicht dort bleiben. Don Pedro hat mir eine Urkunde ausgestellt. Ich habe meinen Heimatort Bicalaú zum Lehen erhalten.»

«Und du bist sicher, dass du dorthin willst?» Peire grinste freundlich.

«Es ist höchste Zeit, Don Peire. Auf meine alten Tage möchte ich dort meinen Alterssitz errichten.»

«Weißt du eigentlich etwas von Urban? Ich suche seit langem nach ihm und habe ihn immer noch nicht gefunden.»

«Sie haben ihn seines Amtes enthoben», berichtete Martí, «ich glaube, es war ihm ganz recht. Er war nie glücklich als Prior des Klosters.»

«Wo ist er jetzt? Und wo ist Francisca?»

«Er ist Notarius in Tarragona. Eigentlich wollte er auch in die Schlacht mitziehen. Ich habe ihm gesagt, dass es unsinnig ist. In seinem Alter kann man nicht plötzlich kommen und sagen: Ab heute bin ich ein Kämpfer. Stell dir vor, er war bei mir und hat mich um ein Pferd und Ausrüstung gebeten. Natürlich habe ich es ihm verweigert. Ich habe ihm gesagt, dass er ein elender Pfaffe ist und bleibt und außerdem zu alt. Er solle das Kämpfen solchen wie uns überlassen, die es gelernt haben.»

Martí stapfte schwerfällig hinüber zum Zelt des Königs, wo gesungen und gezecht wurde.

«Will hier keiner schlafen?», fragte er mit schwerer Zunge.

«Wir feiern schon den Sieg», grölte Uc und reichte ihm einen Becher.

Nach dem ersten Schluck wusste Martí, dass der Wein zu schwer für ihn war.

«Wir müssen alle schlafen, auch Ihr, Don Pedro.» Martí schwankte leicht und hielt sich am vergoldeten Eingangspfosten des Zeltes fest, entschlossen, nicht einzutreten und mitzutrinken. «Auch die morgige Schlacht ist kein Kinderspiel. Jeder Mann muss sein Schwert und das Pferd und die Lanze sein und bereit sein zu sterben.»

«Gut gesagt, Martí. Ich werde morgen nach dem Kampf ein Canso darüber abfassen.» Uc taumelte auf Martí zu. «Martí, du bist ein wunderbarer Kämpfer, aber ein schlechter Sänger, weißt du das eigentlich?»

«Der Kampf morgen ist eines Ritters nicht würdig. Wir sind in der Überzahl, und die Kreuzritter haben nicht einmal genug Vorräte, um sich heute Abend satt zu essen», rief Don Pedro übermütig. «Wir werden Simon de Montfort einen Hirschbraten hinüberschicken. Das verlangt die Courtesia!»

«Senhor, lasst sie ruhig hungern. Sie werden umso gereizter sein, wenn sie auf uns losgehen.»

«Habt Ihr etwa Angst, Don Martí?»

«So viel wie jedes Mal.»

Peire saß auf dem Boden und schlug die Saiten seiner Al-ud an. Sofian war nicht einmal dazu mehr in der Lage, so betrunken war er. Er kicherte albern vor sich hin.

Zarte Frühnebel schwebten über der Ebene vor Muret. Die Kämpfer aus dem Heer der Aragonesen waren bereit. Sie standen vor den Stofftüren ihrer Zelte und zogen die Kettenpanzer über. Roberta hastete durch die Zeltreihen voran.

Martí trat in das königliche Zelt, zu dem Domna Angelina ihn durch Roberta hatte rufen lassen. Don Pedro lag auf dem zerwühlten Bett unter dem Baldachin, Don Peire und Don Jordi knieten vor ihm und tätschelten ihm die Backen, um ihn wach zu bekommen. Ein Blick auf den Herrscher von Aragon und Montpellier machte Martí klar, dass er im tiefsten Morgenschlaf nach einer durchzechten Nacht lag.

«Er ist betrunken», sagte Angelina außer sich. Sie fühlte sich verantwortlich dafür, dass der König seinen Pflichten nachkam. «Ich weiß nicht, wie du ihn zum Gottesdienst zerren willst.»

«Er muss zur Messe gehen. Die Messe ist wichtiger als die Schlacht. Ich werde ihn stützen.»

«Er ist schwer.»

«Ich weiß.» Martí zog eine Grimasse, die ein freundliches Lächeln sein sollte. «Wir müssen ihn wecken.»

«Ich versuche es schon die ganze Zeit.»

Martí ergriff eins der königlichen Aquamanile und goss seinem Herrn Wasser über das Gesicht.

«Lasst uns», murmelte Don Pedro schlaftrunken.

«Hör zu, Martí», Angelina beugte sich näher zu ihm, «er ist unfähig, auf einem Pferd zu sitzen.»

«Ja», sagte Martí. Sie hatte völlig Recht. Don Pedro, der bis eben noch gebechert hatte, würde mit Mühe und Not auf der Kirchenbank sitzen können. Sein Streitross im Kampf zu dirigieren, war dieser Mann nicht in der Lage.

«Großer Gott», sagte Peire, «dann lasst ihn doch nach der Messe im Zelt seinen Rausch ausschlafen. Die Schlacht werden wir schon ohne ihn gewinnen.»

«Die Männer draußen dürfen es nicht merken. Einer muss seine Rüstung anlegen und mitreiten.» Angelina sah die beiden an.

«Ich würde es gerne tun, fürchte aber, die Platten sind zu groß für mich.» Prüfend griff Peire nach den Beinschienen.

«Mir passen sie wie angegossen», sagte Martí.

«Gut», entschied Angelina, «nach der Messe bringt ihr den König zurück in sein Zelt. Du, Martí, legst seine Rüstung an, lässt dich auf Marisol heben und reihst dich in die Kampflinien ein. Du weißt ja, was auch immer geschieht, die Könige werden nicht attackiert. Auf diese Weise bist du so sicher wie in Abrahams Schoß –»

«Und du wirst mich zum Abschied küssen, so wie Don Pedro, wenn er in die Schlacht reitet.» Er wusste nicht, was ihn ritt, so mit ihr zu reden.

Während der Lesung des Evangeliums fielen Don Pedro die Augen zu. Immerhin hielt er sich einigermaßen gerade auf der Bank, empfing kniend die heilige Kommunion und ließ sich segnen. Hinterher führten ihn Peire und Martí zurück in das Zelt, wo Angelina und die Knappen bereitstanden, um die Verwandlung der Männer zu bewerkstelligen.

Der König wurde auf sein Bett geleitet. Er ließ sich in die Polster fallen und schlief schnarchend sofort ein. Angelina zog die Vorhänge um die Bettstätte zu, um ihn vor neugierigen Blicken zu schützen. Inzwischen halfen die Pagen Martí beim Anlegen des königlichen Panzers.

Martí blinzelte, als er hinaus in die Sonne trat. Marisol war aufgezäumt und mit der Schutzdecke versehen. Die Schimmelstute schnaubte irritiert auf, als Martí sich auf ihren Rücken schwang. Das Tier wusste ganz genau, dass nicht sein gewohnter Reiter auf ihm saß.

Angelina war ihm gefolgt. Er hob grüßend die Hand, so, wie auch Don Pedro seine Männer immer begrüßte, wenn es auf eine Cavalgada ging.

«Lebt wohl, Don Pedro. Gott und alle seine Engel mögen Euch schützen.»

«Domna Angelina, wenn Er will, werde ich zu Euch zurückkehren.» Er beugte sich zu ihr und war unfähig, sie zu küssen. Er wollte es nicht einmal. Und doch berührten seine rauen Lippen ganz zart ihr seidiges Haar.

Sorgenvoll sah Angelina hinter Martí her. Marisol schritt würdevoll dahin, sie würde ihm keine Schwierigkeiten machen. Die Trompeter hatten die Kampfmusik angestimmt, und obwohl alles so klar und deutlich vor ihr lag, stieg ein Gefühl von dumpfer Hoffnungslosigkeit, von Furcht und Beklommenheit in ihr auf. Jetzt war sie wieder die kleine Leila auf dem Sklavenmarkt, die vor Angst kaum atmen konnte. Angelina ließ sich auf einen Hocker neben dem königlichen Bett gleiten, lehnte den Kopf gegen den Bettpfosten mit dem Samtvorhang und hörte auf die ruhigen Atemzüge Don Pedros. Und dann, ohne es zu wollen, schlief sie selbst ein.

Es waren die Trompetenstöße, die das Innerste des Königs von Aragon erreichten. Er richtete sich auf und zerrte die Vorhänge weg. Mit einem Schlag war er hellwach.

«Wo ist unsere Rüstung? Martí!»

Nur Angelina lag schlafend auf dem Teppich und umklammerte ein Kissen. Er rüttelte sie unsanft wach.

«Wo sind unsere Männer?»

«Legt Euch wieder hin.»

«Was soll der Unsinn?»

«Ihr seid betrunken.»

«Wir sind der König.»

«Ihr habt verschlafen.»

«Ein König, der seine Männer allein in die Schlacht reiten lässt, bist du wahnsinnig! Warum hat uns denn nur keiner geweckt?»

Wütend suchte er nach seiner Rüstung, stolperte aber nur über die Metallteile von Martís Ausrüstung.

«Hilf uns in den Panzer», herrschte er Angelina an. «Was ist mit unserer Rüstung?»

«Martí hat sie angelegt.»

«Schon wieder Martí. Er wird es besser machen als wir, vermute ich –» Don Pedro stolperte erneut, fing sich wieder und setzte den Helm auf. Angelina half ihm, die Panzerweste zu binden und die Beinschienen anzulegen.

«Wie kann Martí nur kämpfen in so beschissenem Rüstzeug! Er ist doch reich, warum lässt er sich keine neuen Brustplatten anfertigen, dieser idiotische Geizhals. Warum, zum Teufel, sind die Pagen alle weggelaufen?»

«Sie sind nicht weggelaufen, sie sind mit Martí in den Kampf geritten.»

«Das Zeug drückt!» Don Pedro legte das Waffenhemd über den Panzer. «Und Marisol? Ist sie wenigstens fertig und aufgezäumt?»

«Don Pedro, Ihr müsst Martís Gaul nehmen. Alle anderen Schlachtrösser sind unterwegs.»

«Was fällt dem Mann ein! Er kann doch nicht einfach unser Pferd nehmen!» Pedro sah irritiert nach draußen über den leeren Platz vor den Zelten. Nur ein paar Hunde stöberten nach Essensresten.

«Heilige Jungfrau, das hast du dir ausgedacht. Es ist genauso hirnrissig wie die Sache mit Maria von Montpellier, zu der du uns ins Bett geschickt hast. Wir werden es dir nie im Leben verzeihen.»

Er griff nach dem einzigen Schwert, das noch im Zelt bereitlag, und befestigte es an seinem Gürtel.

«Es ist ohnehin ritterlicher, wenn wir mit den Männern vorne stehen und kämpfen. Der König auf der Schimmelstute ist nur Dekoration, so unnütz wie die Verzierungen beim Essen.»

«Sprecht nicht so, Don Pedro.»

«Wir sind ein guter Kämpfer, nur, dass keiner gegen uns anzutreten wagt.» Don Pedro hatte jetzt eine Lanze gefunden, wog sie prüfend in den Händen und stapfte hinaus. «In den früheren Zeiten waren die Könige die Vorkämpfer, stärker und besser trainiert als ihre Ritter. Pelayo war einer von ihnen. Wenn wir schon in der Übermacht sind, will der König von Aragon sich wenigstens ehrenhaft schlagen.»

«Übertreibt es nicht damit. Es hat seinen Sinn, dass die Könige geschont werden.»

«Weibergerede, dummes Gewäsch! Begreif doch, Gott selbst schützt uns, egal, in welcher Schlachtreihe wir stehen. Kein König in Spanien ist wie wir vom Papst gekrönt worden. Gott hat uns einen Sieg nach dem anderen geschenkt – Gott liebt uns mehr als die anderen christlichen Könige.»

Don Pedro küsste den Kruzifixus, den Angelina ihm entgegenhielt. Sie hängte das Kreuz zurück an die Zeltwand und war ihm dabei behilflich, auf Martís Rappen zu steigen.

«Idiotische Steigbügel», schimpfte der König. «Martí tut nur so wie ein christlicher Ritter, im Herzen ist er ein Moro –»

Roberta und Jacobina winkten. Leutselig winkte er zurück.

Gott liebte Don Pedro, daran war kein Zweifel. Er gab dem Wallach die Sporen und sprengte zum Lager hinaus. Staub spritzte hinter dem Pferd auf. Angelina lehnte sich an den Eingangspfosten des Zelts. Gewiss, die Katalanen hatten den Sieg schon in der Tasche, und doch spürte sie nichts als grenzenlose Traurigkeit in sich.

Der rechte Steigbügel war abgerissen. Peire schwankte im Sattel, dann schlug er energisch den Sporn seines rechten Fußes in die Schutzdecke des Pferdes, um besseren Halt zu haben. Wieder traf ihn ein Schlag auf der Schulter. Er duckte sich, mühsam die Balance haltend. Zwei Feinde jagten an ihm vorbei und hieben auf einen Ritter ein, dessen Pferd die gleichen Farben kennzeichneten wie das seine. Er sah für einen kurzen Moment den erhobenen Schild des Reiters, und ein seltsamer Verdacht stieg in ihm auf. Das Pferd des Mannes bäumte sich auf, getroffen und blutend stürzte der Kämpfer zu Boden, während das Pferd ein Stück weitergaloppierte, wild aufwieherte und dann wie vom Schlag getroffen zuckend zusammenbrach.

Überall im Gras lagen Schilde in den verschiedensten Farben, weggeworfen von den Flüchtenden, die um ihr Leben rannten. Peire hielt seinen Schimmel an und sprang ab, um dem Verwundeten behilflich zu sein. Er schob ihm den Helm vom Kopf und schrie auf.

Es war Urban, der vor ihm lag. Peire schob die Hand unter seinen Rücken, um ihn aufzurichten.

Er blutete aus mehreren Wunden. Eine größere Verletzung lag offenbar im Bereich der Hüfte. Fast schwarzes Blut quoll Peire entgegen. Irgendeines der inneren Organe musste getroffen sein.

«Lass mich», murmelte Urban. Seine Augen waren eigenartig glasig und sahen an ihm vorbei. «Sieh zu, dass du fortkommst –»

«Ich wusste nicht, dass Ihr», stammelte Peire.

«Lass gut sein –» Urban hatte Mühe, die Worte zu artikulieren.

«Ich wollte nicht –»

«Die Guten kämpfen gegen die Bösen. Du kannst nichts dafür, dass es so ist. Jeder hält sich für den Guten und den Feind für teuflisch –»

«Ihr dürft nicht sterben. Ich helfe Euch auf mein Pferd.» Peire umklammerte Urban und versuchte, ihn hochzuzerren.

«Lass mich.» Urban röchelte. Peires Versuche, ihn anzuheben, bereiteten ihm sichtlich große Schmerzen. Ratlos ließ Peire ihn wieder ins Gras sinken und kauerte sich neben ihn.

«Wer seid Ihr?»

«Lass das Fragen. Frag deine Mutter», hauchte der Sterbende. «Ich verzeihe dir, so wie Gott dir verziehen hat.»

Peire beugte sich über ihn und küsste ihn.

«Stirb nicht, Bruder», murmelte er. «Ich brauche dich, jeden Tag und für immer.»

«Ich werde immer bei dir sein, nicht abwesend, nur unsichtbar.» Das Flüstern wurde unverständlich. Peire hielt sein Ohr über Urbans Mund.

Hatte Urban es ausgesprochen oder er selbst es gedacht?

Peire starrte tränenlos auf Urbans Gesicht, das in einem Lächeln erstarrt und dem Alvaros seltsam ähnlich war. Die Augen sahen zum Himmel hoch. In ihnen lag eine Gewissheit, die Peire einen Schauer über den Rücken jagte. Gott hatte ihm verziehen, es gab keinen Zweifel mehr. Der Regen ließ nicht nach.

Der Neffe des Abtes, der Leonor aus dem Feuer gerettet hatte, Pierre de Vaux-de-Cernay, ein Zisterziensermönch, schrieb den folgenden Bericht über die Schlacht, deren Augenzeuge er war:

«... die Unsrigen verließen den befestigten Ort Muret und zogen in drei Schlachtreihen, zu Ehren der Heiligen Dreifaltigkeit angeordnet, ohne Furcht gegen die Feinde. Die Bischöfe und die Geistlichen gingen jedoch in die Kirche, um Gott für seine Diener zu bitten, die sich für Seinen Namen dem drohenden Tod aussetzten. Diese zum Himmel Betenden und Rufenden brachten wegen der bevorstehenden Gefahr einen so großen Lärm hervor, dass sie eher ‹Schreiende› als Betende zu nennen waren. Währenddessen gingen die Ritter Christi frohlockend zu dem Schlachtfeld, bereit, für Seinen Namen nicht nur Schmerz, sondern auch den Tod zu erleiden. Als sie Muret verließen, erblickten sie auf der Ebene bei dem Ort die Feinde, die den Kampf erwarteten und so zahlreich wie die ganze Welt waren.

Sofort stürmte unsere erste Schlachtreihe gegen die Feinde und drang in deren Mitte ein. Kurz darauf folgte ihr die zweite Schlachtreihe und drang wie die erste in die Feinde ein. Bei diesem ersten Angriff fiel der König von Aragon und viele Aragonesen mit ihm. Er selbst hatte nämlich, hochmütig, wie er war, seinen Platz in der ersten Schlachtreihe genommen, während die Könige sonst stets in der letzten Schlachtreihe zu sein pflegen.

Auch hatte er seine Rüstung vertauscht und die eines anderen angelegt …

… unsere Feinde, die in kurzer Zeit besiegt worden waren, suchten in völliger Unordnung ihr Heil in der Flucht.

Sobald das die Unsrigen gewahr wurden … setzten sie hinter den Flüchtenden her. Alle Nachzügler machten sie nämlich nieder und töteten viele tausend …

Danach befahl der Graf (Montfort) einigen von den Seinigen, ihn zu der Stelle zu führen, wo der König von Aragon getötet worden war, denn er kannte überhaupt nicht die Stunde, noch den Ort von dessen Tod. Als der Graf zu der Stelle kam, fand er den Körper des Königs nackt mitten auf dem Schlachtfeld ausgestreckt: Er war von unserem Fußvolk entblößt worden. Dieses war nämlich, als es den Sieg sah, aus dem befestigten Ort Muret herausgekommen und hatte alle, die es noch lebend am Boden fand, gänzlich erledigt. Doch als der überaus fromme Graf den König auf dem Boden hingestreckt liegen sah, stieg er vom Pferd und stimmte über den Verschiedenen wie ein neuer David über einen neuen Saul die Totenklage an.

Nachdem man dies alles so, wie es sich gehört, erledigt hatte und etwa 20 000 von den Feinden des Glaubens sowohl durch Ertrinken als auch durch das Schwert getötet worden waren, ging der allerchristlichste Graf, der wusste, dass ein so großes Wunder durch das Wirken Gottes und nicht durch menschliche Kraft vollbracht worden war, von der Stelle, wo er abgestiegen war, barfüßig zu der Kirche, um dem allmächtigen Gott für den gewährten Sieg Dank zu sagen. Außerdem gab er sein Pferd und seine Rüstung als Almosen den Armen.»

Der Tod des Königs löste eine Massenpanik im Heer der Okzitanier, Katalanen und Aragonesen aus. Alle suchten sie ihre Rettung in der Flucht. Die Reiter ritten über die eigenen Fußsoldaten hinweg. Auch der Graf von Toulouse, der mit seinen Truppen zu diesem Zeitpunkt noch gar nicht in den Kampf eingegriffen hatte, floh. Die Kreuzfahrer verfolgten die Flüchtigen, erschlugen Tausende von ihnen und trieben weitere Hunderte in den Fluss, wo sie ertranken, sofern sie sich nicht auf eines der Boote retten konnten. Unzählige Ritter und Granden um Don Pedro waren ums Leben gekommen, darunter Uc de Mataplana.

Spät am Abend des folgenden Tages sammelten sich in sicherem Abstand von den Kreuzfahrern versprengte Trupps der Aragonesen und Katalanen.

Im Schutz eines bewaldeten Hügels hatten Jordi de Montcada, Peire de Vallderonca und Martí ein Feuer angezündet.

«Martí, wie konnte das geschehen?», stammelte Peire.

«Ich weiß es nicht, Senhor.»

«Die Franzosen schlugen auf ihn ein. Er hat laut gerufen: Ich bin der König! Aber sie haben nicht darauf gehört. Sie trafen ihn, und er rutschte vom Pferd und lag im Gras», sagte Jordi.

«Haben die nicht erkannt, wen sie vor sich hatten?»

«Ich denke schon», sagte Jordi müde. «Aber die Kriege werden nicht mehr nach den alten Regeln geführt. Die Zeit der Courtesia ist vorbei. Es war seine eigene Entscheidung, in der vordersten Reihe wie ein gewöhnlicher Ritter zu kämpfen. Es war sehr ehrenhaft und sehr mutig. Ich fürchte allerdings, es war der größte Fehler, den er je gemacht hat.»

Sie schwiegen und hielten die klammen Finger über die Flammen.

«Gott hat entschieden», sagte Jordi leise und sprach aus, was die anderen auch dachten. «Gott hat Don Pedro und dem Graf von Toulouse den Beistand verweigert. Es hat keinen Sinn mehr, gegen Montfort weiterzukämpfen.»

Am Morgen des nächsten Tages verabschiedete sich Martí von Jordi und Peire.

«Wo willst du hin?», fragte Peire.

«Noch einmal zurück», sagte er finster. «Niemand soll sagen, dass Don Martí ein Feigling ist.»

«Ihr findet dort nur noch Tote», sagte Jordi und deutete in Richtung Osten.

Tot oder lebendig, Martí war entschlossen, sie zu finden, die er suchte. Er sah nicht zurück. Vielleicht war sie nach Miraval geflüchtet, wo sich die Söhne Don Raimóns befanden. Oder nach Montpellier. Wo auch immer sie war, es war seine Pflicht, ihr zu helfen und sie zurück nach Aragon zu bringen. Und außerdem waren da noch Jacobina und Roberta.

Fast eine Woche war Martí unterwegs, dann endlich begegnete er einem einsamen Maultierwagen, der ohne Begleitschutz in Richtung auf die Pyrenäen holperte.

«Don Martí!» Roberta hatte Martí zuerst erkannt.

Angelina ließ die Zügel sinken und stieß einen kleinen Schrei der Erleichterung aus.

«Guter Gott», murmelte sie, «Ihr tragt ja immer noch Don Pedros Rüstung.»

«Es war keine Zeit, mich nach einer anderen umzusehen, Domna Angelina.»

«Zum zweiten Mal ein Schutzengel», sagte sie und brach in Tränen aus.

«Ich bin froh, dass Ihr nicht in die Hände von Montforts Truppen geraten seid. Ich habe Euch überall gesucht.»

«Ihr wart im Lager?»

«Es war nicht mehr viel davon übrig. Hier. Das habe ich Euch mitgebracht.» Er zog den kleinen Beutel aus seinem Gewand hervor. «Darf ich fragen, was es ist? Eine Reliquie?»

«Ja. Sand von den heiligen Stätten.»

«Oh, von Jerusalem?»

«Nein, von Mekka und Medina.»

«Weint nicht», sagte er unbeholfen.

«Warum haben wir es überlebt?», fragte Angelina.

«Gott wollte es so, der Gott der Moros, der Christen und der Juden.»

«Wir müssen hier hoch», flüsterte sie und wies auf das Gebirge. «Wenn wir oben sind, sehen wir die Hispania, und dann –»

«Wir sind in Sicherheit», versuchte er sie zu beruhigen. «Hier sind nur noch Pilger und Hirten unterwegs.»

Der Wind wehte und ließ sie beide frösteln.

«Ich werde Euch nach Zaragoza bringen.»

«Was soll ich dort? Don Pedro ist tot. Es gibt einige Leute bei Hof, die mich hassen.»

Martí stand vor ihr, scheu wie ein Novize, und wagte nicht, sie zu berühren. Angelina nahm seine Hand.

Er entzog sie ihr.

«Später», murmelte er verlegen.

Sie sah ihn erstaunt an. Er überlegte, ob sie es verstehen würde.

«Es ist eine Angewohnheit. Damals, als ich bei den Moros war, habe ich nach ihrem Brauch gelebt. Nach der Schlacht, wenn man einen getötet hatte, musste man sich erst in fließendem Wasser reinigen, ehe man zu Gott beten durfte.»

«Aber ich habe Euch nicht gefragt, ob Ihr zu Gott beten wollt. Ich wollte mich nur bedanken.»

«Hört zu, ich habe fünf Männer getötet. Ich kann jetzt niemanden anfassen.» Er sagte es fast grob.

«Wir sollten uns einen Platz suchen, wo wir die Nacht verbringen», schlug er vor. «Und wir müssen den Wagen zurücklassen. Es ist sicherer, wenn wir nur mit dem Maultier und zu Fuß über das Gebirge gehen. Wir sollten nicht auf der Landstraße bleiben.»

Zwei Tage später hatten sie das Gebirge erreicht. Roberta und Jacobina saßen die meiste Zeit auf dem Rücken des Maultiers. Angelina war erstaunlich gut zu Fuß.

Direkt am Felsen war eine Hütte aus rohen Zweigen und Fichtenplanken als Unterstand für die Ziegen zusammengenagelt. Ein Salzstein war an der Hinterwand befestigt. Der Bergbach sprudelte spritzend an ihr vorbei. In der Ebene tief unter sich sahen sie Burgen und ein kleines Dorf. Martí sah jetzt selbst aus wie ein Hirte, er hatte die Rüstung des Königs ausgezogen und dem Maultier aufgeladen.

Ein paar Schaffelle lagen auf einem unter dem Dach eingeschobenen Brett. Die Mädchen hatten es sich darauf bequem gemacht und schliefen tief und fest.

Martí starrte zum Himmel hinauf und versuchte, die Sternbilder zu erkennen.

«Woran denkst du?», fragte Angelina. Er antwortete, ohne zu zögern.

«An die Männer, die ich erschlagen habe. Lass mich noch etwas allein.»

«Quält es dich sehr?», fragte sie nach einer Weile.

«Ja. Es quält jeden. Es ist sogar schwer, ein Tier zu töten. Und ein Mann braucht seine Zeit, bis er den Gegner im Kampf zielsicher niedermachen kann. Manche sterben lieber, als selbst zu töten.» Er hatte es oft genug erlebt. «Andere gehen ins Kloster. Denk nur an Peire de Vallderonca.»

In Gerona tat Martí, was er gelobt hatte. In einer wollenen Kutte begab er sich barfuß zur Beichte, anschließend zur Messe, wo er kommunizierte. Angelina hatte gleich nach ihrer Ankunft in einem der Läden um die Kathedrale eine gewöhnliche Laute, ein Tamburin und Schellen erstanden. Sie trauerte um Don Pedro und wusste zugleich, dass ihr neues Leben begonnen hatte, eines, in dem sie wieder singen und tanzen würde.

Nach der Messe küsste Martí sie zum ersten Mal, seit sie sich wieder begegnet waren.

«Und jetzt?», fragte sie und schlang die Arme um ihn. «Werden wir nach Vallderonca reiten?»

«Ja, wahrscheinlich.» Er lächelte. «Und danach werde ich mein Lehen in Besitz nehmen.»

«Welches Lehen?»

«Das in Bicalaú.»

«Hört sich nach einem sehr einsamen Ort an», sagte sie.

«Ist er auch. Weißt du, was das Schlimmste an Bicalaú ist? Es gibt dort keine Musik. Ich glaube, es ist höchste Zeit, dass sich das ändert.»

«Ich verstehe. Wann wirst du die Büßerkutte ausziehen?»

«Noch vor dem Mittagessen, auf das ich gewaltigen Appetit habe.»

«Hast du alles abgebüßt?»

«Fürs Erste und so weit es überhaupt möglich ist. Wirst du –» Er schluckte. Schließlich war es eher unwahrscheinlich, dass sie es an einem entlegenen Ort wie Bicalaú aushalten würde.

Sie nahm seine Hand, und diesmal wehrte er sich nicht dagegen.

«Du machst dir keine Vorstellung, wie klein Bicalaú ist.»

«Ich weiß es doch. Du hast mir alles von Bicalaú erzählt.»

«Bestimmt nicht.»

«Doch, damals, als ich zur Truppe Miravals gehörte. Weißt du, was ich dir damals versprochen habe?»

Die Erinnerung tauchte bruchstückhaft aus seinem Inneren auf. Das Meer bei Tarragona. Die Kleidung der Joglares mit den Schellen an der Wäscheleine. Er roch wieder Angelinas trockenen Geruch nach Zimt und Narden.

«Und du weißt es noch?»

«Wir beide werden die Musik nach Bicalaú zurückbringen.»

«Damals war es nur die Musik, die ihr in Tarragona gespielt habt. Jetzt ist es viel mehr. Es ist auch meine eigene, Moro-Musik, okzitanische und katalanische Lieder. Don Pedro hat mir eine Urkunde ausgestellt damals –»

«Du hattest ihn darum gebeten?»

Das hatte er, wenn auch aus einer Laune heraus. Er hatte sich nie wirklich vorstellen können, an den Ort seiner wahrlich nicht leichten Kindheit zurückzukehren. Doch mit Angelina zusammen würde er dort vieles anders machen. Auf der Höhe würde er eine Burg errichten, vielleicht mit einem maurischen Kachelbad und einem Söller für Angelina. Und das Wichtigste: Er würde die Musik nach Bicalaú zurückbringen. Plötzlich war er sich ganz sicher.

«Ja, ich wollte immer nach Bicalaú zurück.»

Schlussbetrachtung

Simon de Montfort erlaubte den Brüdern des Johanniterordens, die Leiche des Königs von Aragon zu bergen und nach Aragon zurückzuführen. Don Pedro wurde im königlichen Kloster Sigena der alten Königsstadt Huesca beigesetzt. Der Thronfolger Jaime, mit seinen fünf Jahren noch unmündig, befand sich zu diesem Zeitpunkt in der Obhut Simon de Montforts, mit dessen Tochter er verlobt war. Montfort lieferte das Kind auch nicht nach Aragon aus, als man dies von ihm erbat, und es bedurfte der Intervention von Papst Innozenz, damit, ein Jahr später, endlich Jaime nach Aragon zurückkehren durfte, wo er die Regierung als Jakob I. antrat. Jaime, der zunächst mit einem Thronrat regierte, fand bei Amtsantritt leere Kassen vor. Jaime, genannt «der Eroberer», wurde einer der größten Könige Aragons, wenn nicht gar Spaniens. Unter seiner Herrschaft eroberten die Aragonesen die Balearen und Valencia zurück. Sein südfranzösisches Herrschaftsgebiet gab Jaime bis auf den mütterlicherseits ererbten Besitz von Montpellier auf. Außer Gesetzeswerken hinterließ er eine ausführliche Autobiographie.

Montfort, der Sieger von Muret, unterwarf das restliche Languedoc, Raymond VI. suchte zunächst in England Zuflucht. Die Katharer wurden weiterhin verfolgt und an vielen Orten auf Scheiterhaufen verbrannt.

Ihr Zufluchtsort Montsegur in den Pyrenäen fiel erst 1244. Doch das Katharertum erwies sich als hartnäckig und trotzte den Verfolgungen.

Der letzte bekennende Katharer, Guilhelm Belibaste, ein Perfectus, wurde im Jahr 1321 verbrannt.

In Italien erhielten sich Reste der Katharerkirche bis ins Jahr 1412, von den letzten Katharern in Bosnien ist zu hören bis zum Jahr 1463.

Zeittafel

1118: Rückeroberung Zaragozas durch Alfonso I. von Aragon

1177: Alfonso II. von Aragon erobert Teruel

1177: der Vertrag von Cazorla zwischen Alfonso VIII. von Kastilien und Alfonso II. von Aragon regelt die Grenzen beider Reiche und steckt die zukünftigen Expansionsgebiete ab

1186: Alfonso VIII. gründet Plasencia als Vorposten gegen almohadische Angriffe

1195: Sieg der Almohaden bei Alarcos/Arak

1198: Lothar Graf von Segni tritt als Papst Innozenz III. sein Amt an

1204: Krönung des aragonesischen Königs Pedro II. in Rom durch Papst Innozenz

1206: Beginn der Dominikanerpredigten gegen die Ketzer in Südfrankreich

1208: Ermordung des päpstlichen Gesandten Pierre de Castelnau bei Saint-Gilles an der Rhone

1209: Beginn des Kreuzzugs gegen die Albigenser, Massaker in Béziers

1210: Die Franziskaner werden als Orden anerkannt

1210: Ketzerverbrennungen in Minerve

1211: Ketzerverbrennungen in Lavaur und Les Cassès

1212: Las Navas de Tolosa, in der Nähe von Guadalajara. Entscheidender Sieg der christlichen Könige Spaniens über das almohadische Heer unter Al Nasir

1213: Schlacht bei Muret, südlich von Toulouse. Pedro II. von Aragon steht seinem Schwager, dem Grafen von Toulouse, gegen das Kreuzfahrerheer bei, fällt jedoch zu Beginn der Kampfhandlungen

Glossar

A

Adab: (arab.) feine Bildung

Al-Andalus: (arab.) das muslimische Spanien, vielleicht von «Vandalen» abgeleitet

Alarcos: Ort bei Ciudad Real am Guadiana, am 18. Juli 1195 wurde hier das christliche Heer unter Alfonso VIII. von Kastilien vernichtend geschlagen. Schwerer Rückschlag für die Reconquista (christliche Rückeroberung islamischer Gebiete). Erst die Schlacht von Las Navas de Tolosa brachte 1212 die Wende.

Alba: Tagelied, zum Repertoire des Troubadours gehörig. In der Alba wird die Trennung der Liebenden am Morgen besungen. «Wächter», «Dame» und «Ritter» kommen darin vor.

Albigenser: s. Katharer

Almenara: (arab.) Wachturm. Wie vorher das römische Spanien war auch das maurische von Wachturmstrecken durchzogen. Durch Feuer- und Rauchzeichen von Turm zu Turm bzw. Burg konnte man Gefahren signalisieren. Daher der häufig in Spanien anzutreffende Burgenname Almenara.

Almohaden: Berberdynastie, die im Anschluss an die Almoraviden von ihrer Hauptstadt Marrakesch aus zwischen 1130 und 1269 über den Maghreb und Spanien herrschte. Von (arab.) *el-muwahhidun*, Verfechter der Einheit, nach der Lehre Muhamad ibn Tumarts von der Einheit Allahs.

Almoraviden: abgeleitet von (arab.) *el-murabitun*, Bruderschaft von Kriegermönchen. Berberdynastie aus der Sahara. Begründet von Yusuf ibn Tasufin zunächst über Marokko und den Maghreb, ab 1086 auch über Al-Andalus.

Al-ud: (arab.) Laute, s. Ziryab

Amir: (arab.) Befehlshaber, Fürst, Gouverneur

Aquamanile: dekoratives Wassergefäß, oft in Form eines Tieres, aus Silber, Bronze oder Keramik, mit zugehöriger Wasserschale zur Handwaschung

Astrolabium: flaches kreisrundes Gerät mit durchbrochener drehbarer Scheibe, meist aus Metall. Bei Persern und Arabern beliebtes Instrument zur Zeit- und Tagesberechnung. Ein arabisches Astrolabium des Abu Bahi aus dem Jahr 1216 befindet sich in der Nationalbibliothek Paris.

Aucassin et Nicolette: «chantefable», erzählender Gesang eines unbekannten Troubadours Ende 12./Anfang 13. Jh.

B

Bab: (arab.) Tor

Balearen: Inselgruppe im Mittelmeer

Beatus-Handschrift: Der Mönch und Schriftsteller Beatus von Liébana in Asturien verfasste die Urschrift der Beatus-Kommentare zur Apokalypse, wohl gegen Ende des 8. Jahrhunderts in Erwartung des Weltuntergangs im Jahr 800. Dieser Text erfreute sich vor allem in Spanien großer Beliebtheit und ist in 32 illustrierten Handschriften erhalten.

Benediktregel: Regel für das Zusammenleben der Mönche im Kloster, von Benedikt von Nursia um 550 im Kloster Monte Cassino erstmals aufgeschrieben und in späteren Zeiten von zahlreichen Klöstern übernommen.

C

Caballero: Ritter, Angehöriger des adligen Ritterstandes

Canso: Troubadourlied unterschiedlichen Inhalts

Cantiga: (port. /gal.) Troubadourlied

Cavalgada: Kriegszug, Kriegsdienst, Verpflichtung des Vasallen seinem Lehnsherrn gegenüber

Conde: (span.) Graf

Consolamentum: Handauflegung durch den «Perfectus», das

Gelöbnis, das den Katharer endgültig zum «Perfectus» machte, in dem versprochen wurde, sich fortan des Fleischessens, Geschlechtsverkehrs u.a. zu enthalten. Deshalb meist erst auf dem Sterbebett gegeben, um als geretteter Engel in den Himmel einzugehen. Nur ein Vollkommener konnte es entgegennehmen. Voraussetzung für die Gültigkeit war zudem, dass der «Perfectus» auch tatsächlich vollkommen war. Hatte er gesündigt, also etwa Geschlechtsverkehr mit einer Frau gehabt, war das Consolamentum unwirksam. Papst Innozenz rief schließlich zum Kreuzzug gegen die Katharer auf, in dem erst die Schlacht von Muret 1213 die entscheidende Wende brachte.

Courtesia: höfische Lebensart, «Höflichkeit», eines der angestrebten Lebensideale von Rittern und Troubadouren, s. Noblessa, Mesura

Croyants: lat.: *Credentes*, Kathareranhänger, die das Consolamentum noch nicht erhalten hatten

D

Decimum: «Zehnt», der Anteil am Einkommen eines Grafen, über den seine Ehefrau verfügen durfte

Dirhem: arab. Silbermünze

G

Godalunia: ursprüngliche Form des Wortes Catalunya, wahrscheinlich von «Goten» abgeleitet

Godo: (kat.) Gothe

H

Hidalgo: Adliger ohne genaue Bestimmung seiner gesellschaftlichen Stellung, meist von niederem Geburtsadel

I

Ifriqiya: (arab.) römisches Afrika

Infanzón: Bezeichnung für Angehörigen des niederen Geburtsadels

Inkluse: in Einzelzelle eingeschlossener Mönch oder Nonne innerhalb des Klosters

J

Jaime Matamoros: Jakob, der Maurentöter (Beiname des heiligen Jakob)

Joglar: Spielmann, «Gaukler»

K

Katharer: «Katharer» ist eine moderne Bezeichnung. Die Katharer selbst verstanden sich zunächst als die besseren Christen im Gegensatz zu den Anhängern der katholischen Kirche. Sie selbst bezeichneten sich als «Leute von Albi» oder «Gute Christen», «Gute Menschen» *(boni homines)*. Unter dem Eindruck der sichtbaren Verfallserscheinungen der offiziellen Kirche (Prachtentfaltung und Prunk von Bischöfen, Äbten etc.) entstand eine immer größere Bewegung, ausgelöst von aus Bulgarien kommenden Wanderpredigern, zunächst in der Stadt Albi, dann vor allem in der Gegend um Toulouse und im Languedoc.

Alles, was mit der Materie zusammenhängt, lehnten sie ab: Ehe, Privateigentum, Fleischgenuss. Wesentlich war auch, dass sie den Gottesdienst in Kirchen und die Sakramente verweigerten. Sie leugneten Jesus und die Kreuzigung und glaubten gleichwohl, sich auf der Grundlage des Evangeliums zu befinden. Sie begannen damit, das Evangelium in die Volkssprachen zu übersetzen, um es für jedermann verständlich zu machen. Neben dem «guten» Gott glaubten sie an das Prinzip des Bösen, aus dem heraus die Materie entstanden sei. Hauptgnadenmittel war das Consolamentum.

Katib: Pl. *kuttab* (arab.). Sekretär, Schreiber, Staatsbeamter, musste jedwedes Staatsschreiben aus dem Stegreif abfassen können

Kapitell: ausladendes, oft verziertes Kopfstück einer Säule

L

«Lauzata»: «die Lerche», berühmtestes Lied des Troubadours Bernart de Ventadorn

M

Madjlis: (arab.) Empfangsraum

Maravedi: von den christlichen Königen der spanischen Reiche geschlagene Goldmünzen, Nachahmungen der arabisch-spanischen Golddinars. Letztere waren so verbreitet, dass Alfonso VIII. von Kastilien die kufischen Schriftzeichen beibehielt, jedoch ein Kreuz und die Initialen seines Namens hinzufügte: «Marabotinos afonsinos».

Melioramentum: bei den Katharern die Ehrenbezeugung gegenüber den «Vollkommenen» (Perfecti) durch mehrfaches Kniebeugen

Mesnada: Gefolge des Königs

Mesura: «Mäßigung», «Beherrschung», höfische Tugend, vgl. Noblessa

Montcada: katalanisches Adelsgeschlecht

Moro, Moros: Maure, Mauren. Sammelbenennung für die Bewohner des muslimischen Spanien, die verschiedenster Herkunft waren: Araber, Berber, schwarze Afrikaner, Juden, ursprüngliche Hispanier entweder gotischer oder romanischer Abkunft

Moulaya: (arab.) Meister

Mozaraber: arabisierte Christen, die im muslimischen Al-Andalus lebten, arab. *mustaribun*

Muret: Stadt an der Garonne, bei der die entscheidende Schlacht stattfand, in der Pedro von Aragon im September 1213 fiel. Beide Seiten betrachteten den Tod des Königs als Gottesurteil gegen die Ketzer

N

Nadim, nudama: (arab.) Tafelgenossen, Freunde

Noblessa: «Noblesse», höfisches Lebensideal, s. Mesura, Courtesia

Novize: noch nicht endgültig ins Ordensleben eingetretene «Neulinge», die sich mit Hilfe des Novizenmeisters darauf vorbereiten, die Gelübde abzulegen

O

Okzitanien, okzitanisch: der Süden des heutigen Frankreichs, das Gebiet, in dem die okzitanische Sprache verbreitet war im Gegensatz zum Norden des heutigen Frankreichs. «Okzitanisch» nach der dort geltenden Bejahungsform *oc*, vom lateinischen *hoc*, im Gegensatz zur *langue d'oil*, vom lateinischen *ille*.

Die Troubadoure selbst bezeichneten die Sprache ihres Dichtens und Singens als *romans* oder *lemosin* (limousinisch), womit ebenfalls die Sprachen des gesamten südfranzösischen und katalanischen Sprachraums gemeint waren.

Outremar: Bezeichnung für die von den Kreuzfahrern aufgesuchten sarazenischen Länder auf der anderen Seite des Mittelmeers

P

Palau: (kat.) Palast

Palenque: hölzerner Wehrgang mit Öffnungen zum Beschuss des Feindes, oft an Türmen angebaut

Peón: einfacher Bauer

Planh: Trauerlied, Totenklage

Poblet: Zisterzienserkloster 40 km nördlich von Tarragona, 1166 gegründet

Q

Qaiyna: (arab.) Musikantin

R

Routiers: gefürchtete Söldnertrupps, die sich meistbietend an die verschiedensten Herren verkauften

S

Sahib: (arab.) Herr

Saut: (arab.) Kampfpeitsche

schuf henne otta: (arab.) komm her, Katze

Senhal: Künstlername, Pseudonym des Troubadours und seiner Freunde, die er in verschlüsselter Form in seinen Liedern anspricht

Saida: (arab.) Herrin

Sid: (arab.) Herr

Sirventes: Liedform der Troubadoure

Sponsalitium: «Hochzeitsgeschenk» des adligen Mannes an seine Ehefrau, etwa ein Dorf oder mehrere Landgüter, deren Erträge sie für sich verwenden durfte, ohne berechtigt zu sein, das ihr überschriebene Gut selbst zu veräußern

St. Jaime: der heilige Jakob
St. Jordi: der Ritterheilige Georg

T

Tjoste: Turnier

Trebuchet: Hebelwurfgeschütz, mit dem in zehn Stunden 5000 schwere Steine geworfen werden konnten. Einem solchen Beschuss hielten die wenigsten Burgmauern stand.

Trencavel: Adelsgeschlecht in Südfrankreich

Troubadour, Troubadourdichtung: Dichter aus verschiedenen Teilen Europas, die vom 11. bis zum Ende des 13. Jahrhunderts ihre in okzitanischer Sprache verfassten Versdichtungen sangen und vortrugen. Diese Geistesströmung nahm in Südfrankreich ihren Ausgang, weitete sich aber bald nach Norditalien, Katalonien und Portugal aus. Heute sind insgesamt etwa 2550 Dichtungen von etwa 350 Autoren überliefert. Nur etwa 10 Prozent der zugehörigen Melodien sind erhalten. Die Troubadoure Bernart de Ventadorn und Guiraut de Bornelh bevorzugten schlichte klare Verse, Marcabru liebte raffinierte Wortspiele. Raimon de Miraval gehörte zur Umgebung des aragonesischen Königs Pedro II. der ebenso wie sein Vater Alfonso ein großer Förderer der Troubadourkultur war.

V

Vasall: musste seinem Herrn 40 Tage im Jahr Kriegsdienst leisten (Quarantaine)

Z

Zarf: (arab.) Eleganz

Zarif: (arab.) Eleganter

Personenverzeichnis

Alfonso II. von Aragon: geb. 1154, gest. 1196. König von Aragon und Graf von Barcelona durch die Verbindung seiner Eltern. Unter ihm wurden die Herrschaftsgebiete Aragon und Katalonien vereinigt. Die Mutter Petronila war die Erbin des Königreichs Aragon, der Vater Ramón Beringuer Graf von Barcelona. Von da an hießen die Könige von Aragon «Grafkönig», Alfonso II. war der Grafkönig Comterey.

Alfonso VIII. von Kastilien: 1155 in Soria geb., gestorb. 1214, König von Kastilien, Sohn von Sancho III. und Blanca von Navarra. Kämpfte zeitlebens gegen die Almohaden. Freundschaftlich verbunden mit dem Königreich Aragon. Im Vertrag von Cazola, auch «Cazorla», von 1179 wurden die Zonen der Expansion und Rückeroberung des islamischen Spaniens festgelegt. Bedeutender Gesetzgeber.

Al Nasir: Sohn des Siegers von Alarcos und der Sklavin Zahar. Im Jahr der Schlacht von Las Navas war er 30 Jahre alt. Er hatte auf den Koran geschworen, seine Truppen bis nach Rom zu führen und die Pferde am Tiber zu tränken. Flüchtet im Mai 1212 bei Tarifa nach Afrika.

Augustinus: 340–430, Heiliger und Kirchenlehrer. Verfasser der «Confessiones» (Bekenntnisse), «De trinitate dei» (Über die Dreifaltigkeit Gottes), «De civitate dei» (Der Gottesstaat). Übte großen Einfluss auf mittelalterliche Theologen aus.

Dominico Guzmán: 1170–1221. Der heilige Dominik, Gründer des Dominikanerordens. Von Papst Innozenz beauftragt, predigte Dominico zunächst ebenso wie die Wanderprediger der Katharer, ohne Reittier durch das Land ziehend. 1206 gründete er das Kloster in Prouilhe, in dem sich – wenige – bekehrte Katharerinnen versammelten. Im Sommer 1215 erhielt er in Toulouse von Bischof Folquet (Fulko) die Urkunde für den neuen Orden und die Erlaubnis, dass alle Brüder und Mitglieder des Ordens gegen die Ketzer predigen durften – eine

Neuerung gegenüber den früher üblichen Ordensregeln, die für die Mönche die Ansässigkeit in einem Kloster vorsahen.

Folquet von Marseille: ca. 1155–1231, zunächst Kaufmann, Troubadour, verheiratet, ab 1195 Zisterziensermönch, später Abt in Toronet und Fontfroide, seit 1205 Bischof von Toulouse

Guilhabert de Castres: Bischof der Katharer

Innozenz III.: Papst von 1198-1216.

Jakob / Jakobus von Compostela: «Jaime», «San Jago», Nationalheiliger Spaniens

Pedro II. von Aragon: auch «Pedro el Católico» genannt, geb. 1176 in Zaragoza, 1213 in der Schlacht bei Muret gefallen. Günstling des Papstes. Sieger bei der Schlacht von Las Navas de Tolosa. Bemühte sich um Vermittlung im Kampf gegen die Albigenserbewegung, scheiterte jedoch bei seinen Verhandlungen mit dem Papst. Förderer der Troubadoure und eines üppigen höfischen Lebensstils. Hinterließ bei seinem Tod völlig leere Kassen.

Pierre des Vaux-de-Cernay: 1194 geb., tritt als Achtjähriger in die Zisterzienserabtei Vaux-de-Cernay bei Paris ein, wo sein Onkel Guy Abt war. Pierre nahm als Begleiter seines Onkels am 4. Kreuzzug teil und kam 1212 mit ihm nach Okzitanien, nachdem Guy zum Bischof von Carcassonne gewählt war. Pierre war wohl eine Art Privatsekretär dieses Onkels und verfasste eine Geschichte des Kreuzzugs gegen die Albigenser, die Historia Albigensis.

Simon de Montfort: Graf aus Nordfrankreich, militärischer Anführer der Kreuzfahrer gegen die Katharer in Südfrankreich

Uc de Mataplana: katalanischer Troubadour, 1213 an einer Verwundung in der Schlacht von Muret verstorben

Ziryab: vor 785 geb., Todesjahr unbekannt. Bedeutendster Musiker in Al-Andalus. Er kam aus Bagdad an den Hof Abdarrahmans II. in Córdoba, wo er eine führende Rolle für das Musikleben einnahm. Er konstruierte eine neue Form der Laute

(Al-ud) mit einer fünften Saite und führte verschiedene höfische Sitten aus Bagdad in Al-Andalus ein, unter anderem Speisenfolge, kristallene Trinkgefäße, Sommer- und Winterbekleidung.

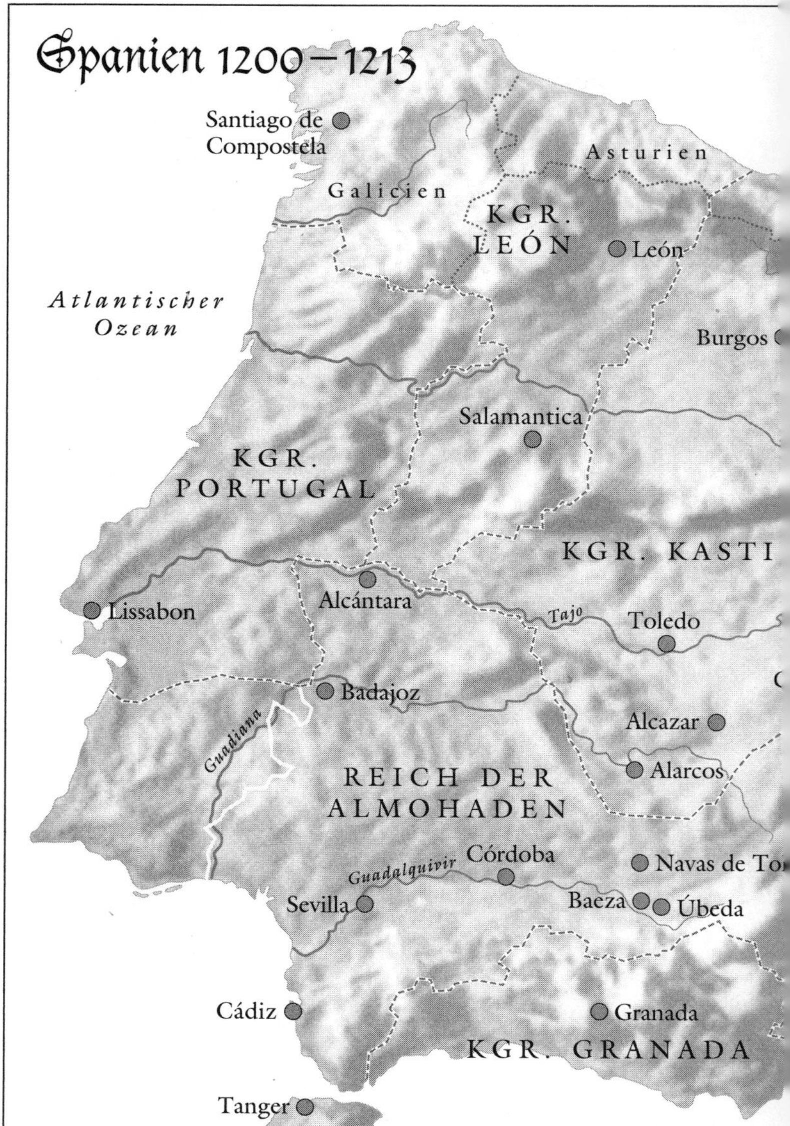
Spanien 1200–1213
Santiago de Compostela
Asturien
Galicien
KGR. LEÓN
León
Atlantischer Ozean
Burgos
Salamantica
KGR. PORTUGAL
KGR. KASTI
Alcántara
Lissabon
Tajo
Toledo
Badajoz
Guadiana
Alcazar
Alarcos
REICH DER ALMOHADEN
Córdoba
Guadalquivir
Navas de To
Sevilla
Baeza
Úbeda
Cádiz
Granada
KGR. GRANADA
Tanger

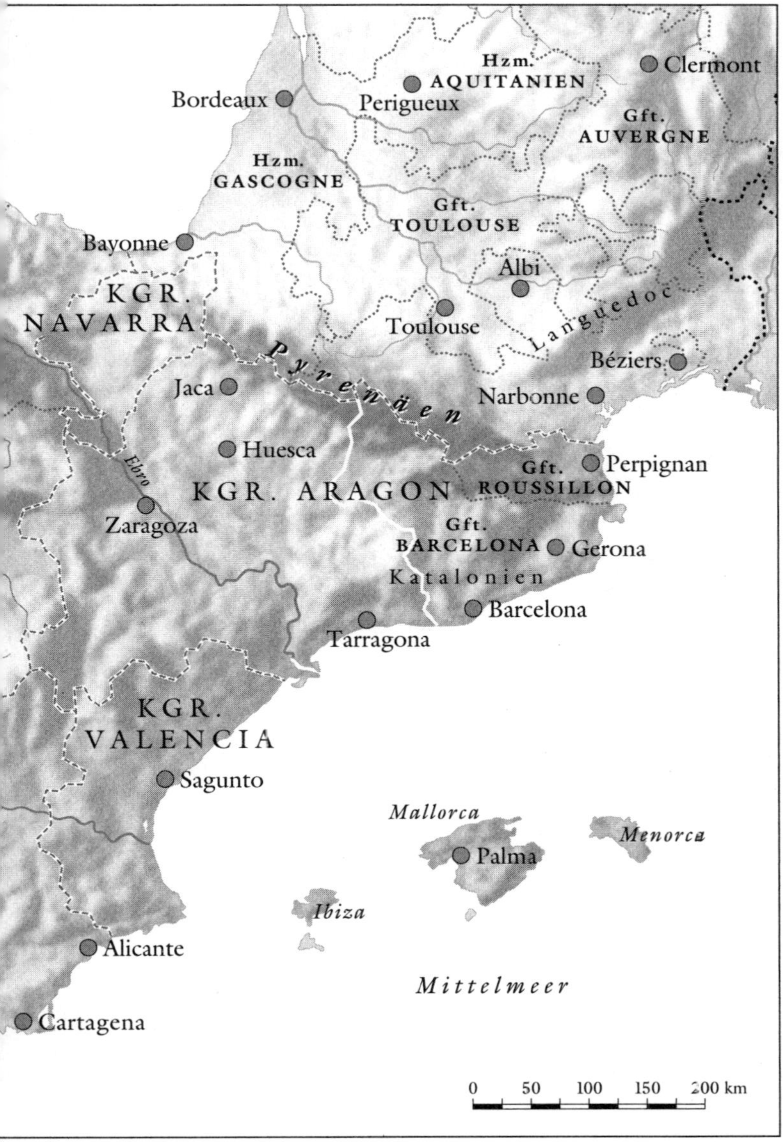

Hzm.
AQUITANIEN
Clermont
Bordeaux
Perigueux
Gft.
AUVERGNE
Hzm.
GASCOGNE
Gft.
TOULOUSE
Bayonne
Albi
KGR.
NAVARRA
Languedoc
Toulouse
Pyrenäen
Béziers
Jaca
Narbonne
Huesca
Ebro
Perpignan
Gft.
ROUSSILLON
KGR. ARAGON
Zaragoza
Gft.
BARCELONA
Gerona
Katalonien
Barcelona
Tarragona
KGR.
VALENCIA
Sagunto
Mallorca
Menorca
Palma
Ibiza
Alicante
Mittelmeer
Cartagena
0 50 100 150 200 km

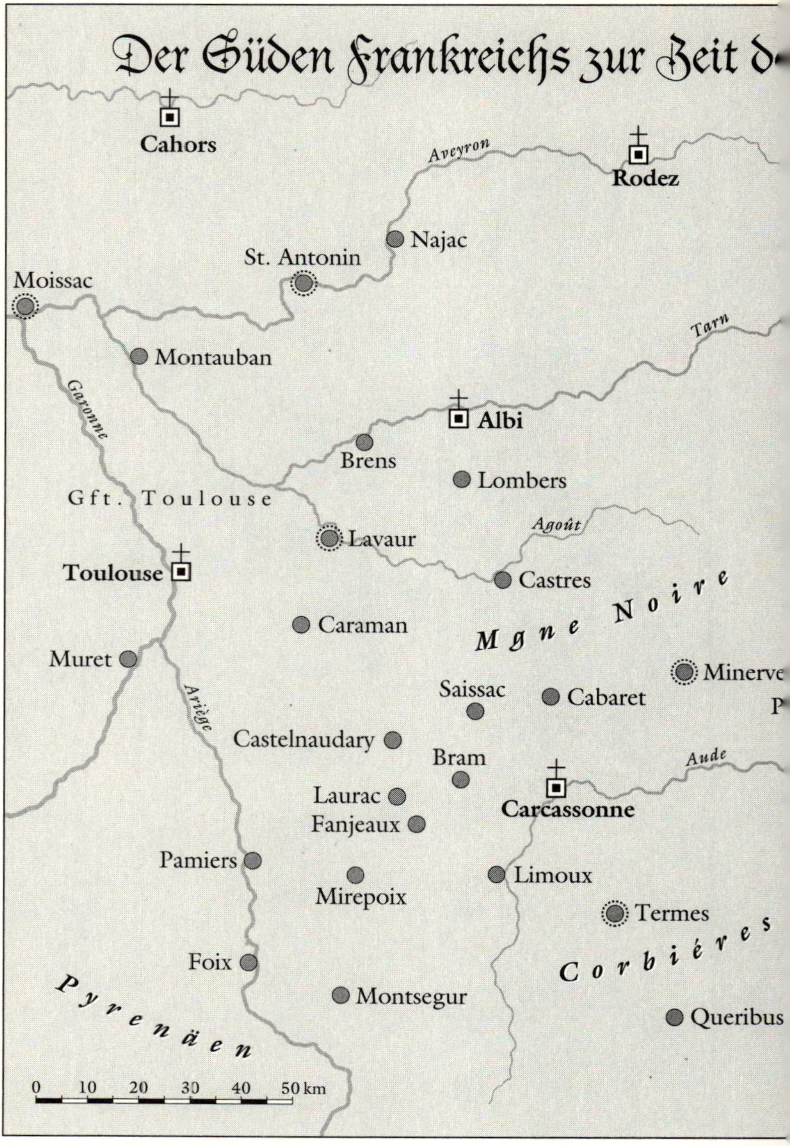
Der Süden Frankreichs zur Zeit d
Cahors
Aveyron
Rodez
Najac
St. Antonin
Moissac
Tarn
Montauban
Garonne
Albi
Brens
Lombers
Gft. Toulouse
Agoût
Lavaur
Toulouse
Castres
Mgne Noire
Caraman
Muret
Minerve
Saissac
Cabaret
P
Ariège
Castelnaudary
Bram
Aude
Laurac
Carcassonne
Fanjeaux
Pamiers
Limoux
Mirepoix
Termes
Corbières
Foix
Pyrenäen
Montsegur
Queribus
0 10 20 30 40 50 km

Albigenserbewegung 1200–1213
assif
Central
Mondragono
Rhône
Avignon
Nîmes
Beaucaire
Tarascon
Herault
Arles
Lodève
Montpellier
St. Gilles
Fouzilhon
Servian
Béziers
ier
Agde
rbonne
Mittelmeer
N
S
Bischofssitz
befestigter Ort
Belagerung

B 114/1

Astrid Fritz

Historische Romane – lebendige Porträts der Ausgestoßenen, der Hexen, Bettler, Gaukler, Huren, Henker ...

Die Hexe von Freiburg
Roman. rororo 23517
Freiburg im 16. Jahrhundert: Der Hexenwahn fegt über Deutschland. Als in dem Universitätsstädtchen am Rande des Schwarzwalds zum ersten Mal die Flammen über einer Hexe zusammenschlagen, wird Catharina geboren. Ein schlechtes Omen? Das wissbegierige Mädchen wächst zu einer selbstbewussten jungen Frau heran, die ihr Leben lang gegen die Abhängigkeit von den Männern ankämpft. Am Ende droht sie deswegen alles zu verlieren — nur eines bleibt ihr: eine unendliche Liebe, vor der selbst der Tod seinen Schrecken verliert.

Die Tochter der Hexe
Roman. rororo 23652
Ein großer Schicksalsroman, eine Liebesgeschichte und ein Porträt der Ausgestoßenen jener Zeit.

Die Gauklerin
Roman
Die junge Agnes führt ein behütetes Leben bis zu dem Tag, als der Krieg ihre Geburtstadt Ravensburg heimsucht. Fünf Jahre währt das Schlachten schon — dreißig werden es am Ende sein ...

rororo 24023

Weitere Informationen in der Rowohlt Revue *oder unter* www.rororo.de